【鸱舞云台系列丛书】

临安十二月（上）

博言 著
BO YAN

辽宁人民出版社

© 博言 2022

图书在版编目（CIP）数据

临安十二月 / 博言著 . —沈阳：辽宁人民出版社，2022.9
（鹤舞云台系列丛书）
ISBN 978-7-205-10460-3

Ⅰ.①临… Ⅱ.①博… Ⅲ.①长篇历史小说—中国—当代 Ⅳ.① I247.5

中国版本图书馆 CIP 数据核字（2022）第 075059 号

出版发行：辽宁人民出版社
　　　　　地　址：沈阳市和平区十一纬路 25 号　邮编：110003
　　　　　电　话：024-23284191（发行部）　024-23284304（办公室）
　　　　　http：//www.lnpph.com.cn
印　　刷：北京长宁印刷有限公司天津分公司
幅面尺寸：165mm×235mm
印　　张：31.25
字　　数：460 千字
出版时间：2022 年 9 月第 1 版
印刷时间：2022 年 9 月第 1 次印刷
责任编辑：赵维宁　段　琼
封面设计：乐　翁
版式设计：一诺设计
责任校对：吴艳杰
书　　号：ISBN 978-7-205-10460-3
定　　价：99.80 元（上、下册）

写在前面

　　大宋的西北边城阶州，邻近西夏、金国和吐蕃各部。这里有一块肥美的高山草地，名叫千坝。方圆几十里内，地势平坦辽阔。六月，这里正绿草如茵，牧人们骑着马，赶着羊群从草地上的碎花中穿行而过。老牧人一路唱着苍劲的牧歌，惊起了一些雀儿在歌声中一掠飞过。

　　此时晴空万里，柔风拂面。羊群在绿色旷野上安详地吃草，好似大团白云在草原上飘浮。向远处望去，群山环抱，重峦层叠。走进山谷，鸟鸣山静，林幽水清，真是一个人间仙境。

　　一队大宋骑兵从远处跑来。为首的统领叫杨泽，奉边关大将麻仲命令，带着部下到这里巡查。忽然几只野兔被战马惊了起来，到处乱跑。年轻的士兵们看见了，顿时兴奋起来，开始追逐嬉闹。不一会儿就射中了几只，士兵们纷纷下马，架起了篝火烤起兔肉来。

　　稍许工夫过后，一个副官扯了烤熟的兔腿，讨好地递给坐在一旁饮水休息的杨泽："杨统领，您来尝尝。这是草原上的野味，虽然比不上临安的美食精致，倒也是西北独有的滋味。"

　　杨泽接过去咬了一口："嗯，不错。"

　　杨泽这人没有什么架子，士兵们都聚在他的旁边，一边吃喝一边聊着。有人好奇地问他，临安是不是比阶州城热闹很多？那里的食物怎么样？那里的婆姨好看吧？他是个有耐性的人，一一回答了他们的问题。这些边塞长大的士兵，无法想象临安的繁华与富庶，杨泽的回答可以满足他们强烈的好奇心。

有一个士兵问："杨统领，听说你兄弟就要娶齐安郡主当驸马了。大婚那天，你这个长兄要回去吧？"

提起了自家兄弟，杨泽的脸上露出开心的笑容："当然要去。"

另一个士兵嬉笑着问："统领带我一起去吧，我就想看看那郡主长得啥模样，是不是跟昆仑山上的仙女一样。"

旁边有人起哄："这厮又做白日梦了，说的好像见过昆仑山仙女一样。"

副官呵斥道："你们这些小厮说话粗鲁，去了吓到郡主怎么办？"

那人立刻回呛了过去，士兵们闹哄哄地吵个不停。

杨泽并不制止他们，只笑着听听，心里却想着别的事情。几个月前，父亲让他到这个遥远的边塞来历练一下。父亲在兵部担任堂官，已经为自己安排妥当。这里太平已久，无仗可打。在这做满一年军官，调回临安后就可以升职了。那时，就可以跟新婚两年不到的妻子再不分开。想到这些，杨泽的脸上满满的都是幸福……

突然，从遥远的山那面由远而近，传来了巨大声响，草原似乎也在颤抖起来。士兵们不约而同，全都安静了下来。

有人大声喊道："不好，是金狗的骑兵来了！"

杨泽与士兵们赶紧骑上马，向附近的山上跑去。众人跑到山顶向远处眺望，顿时惊得呆住了。

只见漫山遍野的骑兵，正向这里飞驰而来。他们全都身穿皮甲，肩上背着弓箭，手执长矛或者狼牙棒，腿上挂着圆盾，腰间还佩着弯刀或者短斧。

跟金军多次打仗的老兵立即大声喊道："他们不是金狗！"

杨泽紧张地思索着，他们是哪里来的骑兵，吐蕃？西夏？还是蒙古？绝不可能！

这时，对方几个前锋哨骑快速地向这边跑了过来，发现了他们后，便互相打着手势向回跑去。

随后响起了号角声音，对方大队的骑兵开始加速，向他们冲了过来。一看就知道，这些士兵训练有素，一边骑马冲锋，一边拉弓放箭。

霎时间，小山上箭如雨下。杨泽身旁有人叫道："不好！他们是蒙古骑兵。"

话音未落，这人被一支利箭洞穿前胸，栽下了马背。

杨泽高声喊叫："快撤！"

然而已经来不及了，大群的蒙古轻骑兵很快就追上了他们。一场突如其来的屠杀就在千坝发生了……

第二天，边关报警的快马，从遥远的西北开始接力，飞速地驶向大宋的行在临安。

目录 CONTENTS

写在前面 …………………………………………………… 001

第一章　烈风迅雷（一）………………………………… 001
第二章　烈风迅雷（二）………………………………… 007
第三章　成吉思汗（一）………………………………… 012
第四章　成吉思汗（二）………………………………… 019
第五章　西夏灭国（一）………………………………… 024
第六章　西夏灭国（二）………………………………… 029
第七章　楚州乱象（一）………………………………… 035
第八章　楚州乱象（二）………………………………… 040
第九章　临安大火（一）………………………………… 046
第十章　临安大火（二）………………………………… 052
第十一章　新任临安（一）……………………………… 057
第十二章　新任临安（二）……………………………… 062
第十三章　云台山庄（一）……………………………… 067
第十四章　云台山庄（二）……………………………… 072

第十五章	南平疑案（一）	077
第十六章	南平疑案（二）	083
第十七章	明尊宗主（一）	089
第十八章	明尊宗主（二）	095
第十九章	高州平乱（一）	099
第二十章	高州平乱（二）	104
第二十一章	灵隐重逢（一）	111
第二十二章	灵隐重逢（二）	115
第二十三章	聚仙山庄（一）	121
第二十四章	聚仙山庄（二）	127
第二十五章	莲阁仙会（一）	132
第二十六章	莲阁仙会（二）	137
第二十七章	疑案迭起（一）	142
第二十八章	疑案迭起（二）	147
第二十九章	宋慈断案（一）	153
第三十章	宋慈断案（二）	158
第三十一章	月明客栈（一）	164
第三十二章	月明客栈（二）	169
第三十三章	缉捕明亮（一）	175
第三十四章	缉捕明亮（二）	181
第三十五章	北上金陵（一）	187
第三十六章	北上金陵（二）	192
第三十七章	群豪逐乱（一）	197
第三十八章	群豪逐乱（二）	202
第三十九章	清净尊使（一）	208
第四十章	清净尊使（二）	213

第四十一章	初会王琬（一）	218
第四十二章	初会王琬（二）	223
第四十三章	重返金陵（一）	229
第四十四章	重返金陵（二）	234
第四十五章	董贤踪迹（一）	239
第四十六章	董贤踪迹（二）	244
第四十七章	密室谋局（一）	249
第四十八章	密室谋局（二）	254
第四十九章	王诚命案（一）	260
第五十章	王诚命案（二）	265
第五十一章	费忠陡现（一）	271
第五十二章	费忠陡现（二）	277
第五十三章	太平酒楼（一）	283
第五十四章	太平酒楼（二）	288
第五十五章	赵葵定计（一）	293
第五十六章	赵葵定计（二）	298
第五十七章	盱眙军变（一）	303
第五十八章	盱眙军变（二）	308
第五十九章	楚州英魂（一）	313
第六十章	楚州英魂（二）	318
第六十一章	李全复仇（一）	323
第六十二章	李全复仇（二）	329
第六十三章	重重黑幕（一）	335
第六十四章	重重黑幕（二）	340
第六十五章	萧山血案（一）	346
第六十六章	萧山血案（二）	352

第六十七章　激斗临浦（一）	358
第六十八章　激斗临浦（二）	363
第六十九章　余赵争辩（一）	369
第七十章　余赵争辩（二）	375
第七十一章　宰相出手（一）	380
第七十二章　宰相出手（二）	385
第七十三章　调任淮东（一）	391
第七十四章　调任淮东（二）	396
第七十五章　归德溃兵（一）	401
第七十六章　归德溃兵（二）	406
第七十七章　光明尊使（一）	412
第七十八章　光明尊使（二）	418
第七十九章　淮东之乱（一）	424
第八十章　淮东之乱（二）	429
第八十一章　开拔徐州（一）	434
第八十二章　开拔徐州（二）	440
第八十三章　徐州之战（一）	445
第八十四章　徐州之战（二）	450
第八十五章　智取字鲁（一）	455
第八十六章　智取字鲁（二）	460
第八十七章　莫彬失踪（一）	465
第八十八章　莫彬失踪（二）	470
第八十九章　李全之死（一）	476
第九十章　李全之死（二）	482

第一章　烈风迅雷（一）

六月底的临安，按例梅季尚未结束，可天气突然变得无比炎热。临安的街头热得烫人，路上几乎没有了行人。因为酷暑，高官富商们纷纷携带家眷，赶往自家建在郊外的山中别院前去避暑。而普通人家只要无事，也几乎不再外出，因而街面上显得有些冷清。

火烫的中午，忽然从城外疾驰来一骑快马，马上的人汗流满面，上衣几乎被汗水浸透。这是机速房的探马，不知从哪里送来最新的敌情通报。

这人穿过城门时并不下马，只手举着令牌高声叫着："边关军报，紧急通过！"

守门的士兵不敢阻拦，目送着他马不停蹄地穿过城门，向内城枢密院急速奔去。

此时，宰相史弥远正在府里，他身披薄衣，斜躺在东花厅的凉榻上面，手里正拿着一卷书，一边读着，一边想着心事。他看着满池碧绿的荷叶，不由得走了神。

自从真德秀与魏乃翁这些人被先后逐出了朝廷，朝上再听不到让他不快的声音，一晃就是三年过去了。可史弥远觉得，自己烦心的事情越来越多了。这一年来，边事愈加紧张，尤其最近一段时间，兵部总是送来各种让他心烦意乱的坏消息。很多事情都难以决断，他觉得自己理解不了军势的变化。更糟糕的是，自己的精力，还有脑力，真的每况愈下了。

他抬头望着湖中的荷花，只有这时，他才能暂时搁下解不完的各种烦难。这一池的莲花，千姿百态，有的含苞欲放，躲在碧绿的荷叶下欲语还羞；有的含笑伫立，落落大方，倾吐满池的芳香。他觉得它们就是一群美貌的年轻女子，如同府里的侍妾、丫鬟一样，实在惹人怜爱，他忍不住念道："中池所以绿，待我泛红光。"

满池荷叶与莲花的香气让他沉醉，可震耳欲聋的蝉鸣又让他觉得烦闷，慢慢地打起了瞌睡。

管家万昕见他打起儿盹来，小心地走过来，在香炉里添上了一把熏香，将花厅的珠帘轻轻放下，然后退了出来。

约半炷香工夫后，天色突然变暗，霎时间乌云堆满了天空，花厅里开始变得漆黑。然后刮起了狂风，将珠帘猛地拉起，又狠狠地摔了下去。这样大的动静立刻将浅睡的史弥远惊醒，他刚坐起来向外张望，眼前就出现了一道闪电，随后传来一声炸雷，狂风夹着雨点砸向了他钟爱的荷池。看着那些莲叶与花苞被暴雨蹂躏，全都倒伏下去，他突然心里一阵悸痛。

烈风迅雷，天变在即。难道要出大事了？

他张口喊着老万，却突然发不出声音了，刚才的雷声震得他手脚仿佛不能动了。史弥远心里忽然觉得有些冰凉，眼前如此黑暗，他产生了一种从未有过的孤独恐慌感。

这些年来他除掉无数的敌人，哪怕是先帝的皇嗣子赵竑，又能如何？在自己强大的意志面前，全都不堪一击。可是现在，一种莫名的无力恐慌感，涌上了他的心头。这是不祥之兆，会发生什么事情？

万昕终于来了，还带来枢密院和兵部呈送给他的最新边报。万昕的手脚很是麻利，将所有的门窗珠帘关好，又在各处点上了灯烛。史弥远这才定了定神。

他慢慢地坐到书案前，拿起边报，打开了正要读时，耳边又响起一记暴雷。史弥远觉得心都要被震了出来。他打开这份西北急报：前期逡巡在大宋与西夏边界的那支蒙古骑兵，突然不宣而战，他们袭击了西和州与阶州，到处杀人，劫掠财物。驻守仙人关的沔州都统程信，不听属下苦谏，轻率地出击，被蒙古军大败于兰皋。几个老资历的边关大将麻仲、马翼、王平，还有新任统领杨泽等人全都战死。主管川蜀的四川制置使郑损，在得到败报后惊慌失措，不顾利州戎帅赵彦呐的反对，放弃了关外五州：成州、凤州、阶州、天水军、西和州，命令全部守军退回了关内。随后郑损上书，自称一定力保三关：仙人关、七方关和武休关。

史弥远看完急报，不由得大为恼怒，用力地捶击了一下桌案，"这个郑损，要坏大事！"

发怒之余，史弥远又从头读了一遍，心里既惊且怕，然后又疑惑了起来，来袭的是蒙古骑兵，他们的将领是谁？他们的目的究竟是什么？这份边报是一字未提。他们到底是不知道，还是知情不报？不管怎样，郑损他们如果不是无能，那就是渎职！史弥远不由得冷笑了一声。而后转念又想，或许兵部随后就有详细的报告过来，再等等看吧。

史弥远拿着兵报，躺在榻上来回地掂量。他接到过秘密报告，知道蒙古军队残忍成性，每每在攻下一城之后便大肆屠城，即使老幼妇孺也全不放过。他们通过残忍的屠杀来报复，宣示武力。因为担心在朝廷和民间引起不必要的恐慌，史弥远把这些密档全都封存了。

过去有金国相隔，大宋军队从未跟蒙古军队开战过，所以从不了解他们的战力。如今金国势危，大宋跟蒙古终于变成邻国了！

可令人费解的是，已经在跟西夏与金国同时开战的蒙军，为什么还要攻击大宋的边城？难道他们真的是战争狂人，丧心病狂地要跟所有邻国为敌吗？又或者他们只是蛮人，不分青红皂白地胡乱攻击呢？这之后，他们会正式入侵大宋吗？

对于这些问题，史弥远毫无头绪。现在朝里有哪位官员了解蒙古人呢？回忆片刻，他想到了一个人：苟梦玉。

在自己知道的官员当中，只有苟梦玉去过蒙古。这人曾经追寻成吉思汗大军的西征路线直到西域，见到了成吉思汗铁木真本人，而且他们还深入地交谈过。苟梦玉回来向自己汇报，成吉思汗对大宋有非常的期待，希望能联合进攻共同的世仇：金国。当时自己非常的恼火，严词斥责了他，随即将他贬去了淮东。

自从自己发动宫变，除掉了力主开禧北伐的前宰相韩侂胄，"和金"就是朝廷坚持执行的国策。而苟梦玉竟敢事先不向自己请示，擅自跟第三国商谈伐金，这是何等的胆大妄为！

记得那时有人对自己说，苟梦玉平时自恃才高，屡出狂语，很多同僚都不喜欢他，于是自己顺势贬谪了他。当时满朝官员并没有任何人出面为他求情，而且事后，再也无人提及苟梦玉这个人。

如果不是蒙军突然入侵边关，自己是怎么也不会想到此人的。现在要不要将他调回朝廷，让他掌管蒙古事务呢？史弥远从榻上坐了起来，心里琢磨着苟梦玉。这个人显然在朝里并无人脉根基，经过这么多年来的贬谪磨砺，按说是可以将他提拔上来做事了。想到这里，史弥远不由得点了点头。按才论用，不分亲疏，这是宰相之责。事关国家安全，不要再有什么顾忌了。

史弥远起身，准备按刚才的想法写一个批复。

突然，又有一声巨雷传来，窗外继续雷电交加，豪雨如注。

万昕从外面走进来，呈给他另一份刚送到的急递。史弥远打开一看，金国名将完颜合达与完颜赛不率领三万金兵，在铁山以及唐县攻破大宋守军，随后他们又去围攻枣阳。枣阳约三万马步军出城迎击金军，被完颜合达击败，逃回了枣阳城。完颜合达领军一直追逼到城边，杀死及淹死宋军三千多人。完颜赛不又与随后赶来的武仙大军一起包围了前来救援的上万朝廷援军，宋军继而大败。

史弥远并没有因为打了败仗而感到懊恼，自从他进入官场以来，朝廷对金作战的失败实在就是平常之事。他只是觉得诧异，自从金主完颜守绪登基以来，已经基本不再与大宋、西夏为敌，转而全力对抗蒙古的进攻，可现在为什么金主突然派遣这几位最能打的金军统帅，率军进攻我枣阳方向？难道他们跟蒙古达成了什么协议，要一起入侵大宋？

想到这里，史弥远开始冒出了冷汗。真是这样，大宋存亡的危机终于来了。国难思良将，要是赵方、孟宗政这些老将仍然健在，丝毫不用担心枣阳会有闪失！但这些人都已经亡故了。史弥远突然有些伤感，自己这辈的同僚们陆续凋零，可自己还在宰相位上，值得他信赖的将领越来越少。是不是该放手让年青人挑起重担了？

那么派什么人去枣阳迎战完颜合达他们呢？史弥远首先想到了史嵩之，这是史家的未来希望。他不禁微笑着点了点头。史嵩之是个帅才，却不是将才。他又想起了孟珙，这是个将门虎子，可是他还年轻，缺乏历练。还有赵范、赵葵，但他们正在守着扬州、滁州，这些都是紧要的地方。史弥远犹豫了。

正在他想得入神时，万昕又送进来第三份军报。史弥远的手反射般地颤抖了一下，问道："老万，还在打雷吗？"

万昕侧耳向窗外仔细倾听，摇头回答："老爷，没有啊。"

而此刻，窗外的风雨声却更加急促了。

史弥远强行振作了一下，打开第三份急报，这是山东、河北那边的军情速递，报告了两件事情。第一件，青州之围解了。一年前，蒙古元帅孛鲁率军闯进了山东，他想招降山东那些拥兵一方的汉人豪强，第一个就是李全。李全不从。孛鲁就带领重兵攻打青州。李全吃了败仗，退城死守。城内原有军民数接近十余万人，据最新的报告，青州被围困将近一年后，仅剩下不足万人，粮草严重匮乏，青州已经是岌岌可危。可是占尽优势的蒙军为何就突然撤围了呢？难道蒙古那里有事，还是李全已经投降了？

他的眉头紧锁，继续看了下去。第二件事情，在河北折了忠义军大将：彭义斌。史弥远突然一阵心痛。他心疼的不全是损失了这员大将，而是他上个月同意了让赵善湘和赵范他们给彭义斌送去了十万石军粮。才一个月刚过，彭义斌怎么就兵败身死了呢？这份报告对具体情形语焉不详。史弥远心里充满了疑惑和愤懑，这次的损失意味着，大宋可能永远失去在河北的立足之地了。

必须要追责，要搞清楚那里到底发生了什么。想到这里，史弥远吩咐万昕备轿，他要赶到枢密院去。万昕的嘴唇动了动，刚想劝阻，可看到史弥远神色坚定，立即就明白了，一定是有天大的事情发生了。

上轿之前，史弥远吩咐万昕派人去通知郑清之、乔行简和余天锡他们。万昕点头答应。因为大雨，万昕让轿夫们把史弥远的一品大轿一直抬到东花厅门口。此刻，黑沉沉的天空仿佛随时就要崩塌下来，暴雨如同天河决堤般，疯狂地从天而降，哗哗地浇在轿顶上面，发出了巨大的声响，一路震得史弥远心神不宁。

第二章　烈风迅雷（二）

到了枢密院，值日官见宰相冒雨前来，慌得赶紧撑开大伞，护送着史弥远走进了议事房。史弥远一边往里走，一边吩咐立即将兵部尚书余天任叫来。

进去之后，史弥远发现郑清之和赵汝谈也在。两人看到史弥远来了，赶紧起身迎了过来。

"史相啊，如此大雨您还过来，派人通知一声，我们到您那里去就好了。"

这是郑清之对自己的尊重和关心，史弥远懂得他的心意。他抓着郑清之的手，用力地握了握，却对旁边的赵汝谈视而不见，然后两人牵手走进去入了座。

赵汝谈只好尴尬地跟在他们的后面，随后也坐了下来。

史弥远这才转头，冲赵汝谈点了点头："德源和履常都在，我已经让万昕去通知寿朋和淳父，我们五个一起，跟兵部议一下。"

郑清之和赵汝谈两人点头。

过了大约一盏茶的工夫，几位参知政事全部到齐。史弥远开口发话，让余天任将最新的军情向众人仔细叙述了一遍。

等余天任讲述完毕，郑清之率先发问："蒙军不宣而战，这是他们大汗下令的行动，还是下面将领擅自发动的劫掠？他们的主将又是谁？"

余天任摇头说："这些暂时还未探听清楚，下官已经派人送去八百里急递，严令郑损和赵彦呐急速回报。"

乔行简问："蒙军在西北对我发动袭击，山东那里却撤了兵，然后又在河北剿杀了彭义斌。这一系列动作，应该不是巧合吧，他们到底为了什么？"

余天任摇头不能回答。

赵汝谈接着问道："他们的成吉思汗现在在哪里？听说蒙古军不是在进攻西夏吗，那西夏已经跟金国结盟为兄弟之国，共同应对蒙古。为何金国不去援救西夏，却来攻击我们？"

余天任犹豫了一会儿，还是不能回答。

余天锡是余天任的兄长，见他如此不济，觉得自己必须主动站出来，表明一下态度。于是他责问道："宰辅们连发三问，你作为兵部尚书全都不能回答，怎么会如此失责？"

然后转头向史弥远说："史相，我要弹劾兵部和余天任，请朝廷追究他们的失责。"

余天任紧张得头上冒出了冷汗，两眼紧盯着史弥远的表情。

在座的都在官场历练多年，知道余天锡这是以退为进。史弥远若无其事地端起茶盏，饮了一口茶，摇头说道："淳父，这一次事发突然，也不能完全责怪他们。"

听史弥远这样表态，余天任暗自松了一口气。

赵汝谈皱了皱眉头，看其他人都没有反对，也没有赞成，便将想说的话咽了下去。

稍微冷场了一下后，郑清之说："当务之急是稳住枣阳、光化军那一带的军势，防止金兵进犯襄阳。西北和山东情形不明，可以适当地向附近调兵，等局势清楚后再做决定。"

乔行简问："河北、山东的事情，是不是可以去函急问赵善湘与赵范？"

史弥远点头回答："可以。对了，上回我让赵范、赵葵他们想办法支援一下李全，为什么竟然半年了援军还到不了青州？"

余天任犹豫了一下，轻声回答说："赵葵他们没有派援军去。上一次李全的部属，刘庆福、李福和国安用他们，带了忠义军几支部队要北上青州，我让赵范及时拨付了粮草。"

史弥远知道赵范、赵葵跟李全素有嫌隙，但在强敌来袭时，应该尽弃前嫌，共同对敌才行。他觉得这赵氏兄弟的心胸实在不宽，难成大器。想到这不由得摇了摇头。

赵汝谈有些生气："赵葵年轻气盛，赵范是个明白事理的，为什么也不顾大局？"

郑清之跟赵氏兄弟渊源颇深，当年他曾是赵方下属。赵方让两个儿子拜他为师，所以他对兄弟二人感情很深，自然对他们多加回护，就回答说："他们也有难处的。如果抽调军队北上青州，金军就会趁机进攻盱眙、滁州，那造成的威胁不是更大吗？"

赵汝谈不赞成这样的说法，但郑清之言之凿凿，一时间也不好反驳，就回答说："没有了彭义斌，我们跟河北就彻底断了联系。在山东的李全，只怕也靠不上了。以后不管是对金军还是蒙军，我们已经彻底失去在北方对他们的牵制。今后淮东面临的压力，只怕会更大了。"

因为赵汝谈跟真德秀、魏乃翁他们走得很近，余天锡对赵汝谈一直戒心很重，两人的关系很差。现在他见赵汝谈对赵范兄弟多有不满之词，就为他们解围说："李全这个人本来就不可靠。以前赵葵多次上表，说他就是个极度自私的小人，朝廷千万不可重用。这次蒙古退兵，很难说是不是因为李全已经变节投敌了？"

这样的说法，立刻引起了众人的警觉。乔行简马上附议："余大人言之有理，兵部和机速房，要立即派人赶赴山东，到底发生了什么，必须尽快调查清楚。"

史弥远点头同意二人的建议，李全是他一直以来力排众议刻意支持的，现在他必须向众人明确自己的态度。于是他说："李全这个人，的确有很多毛病。但他最大的用处就是会打仗，而且是忠义军公认的首领。他跟金国人是死敌。即使李全有可能投靠蒙古人，但绝不会投降金国人。我们跟蒙古不是敌国，不管发生了什么，对李全还是要尽力安抚。"

他见四位参知政事都低头不语，知道他们心存疑虑，就说道："不但是李全，还有其他人，河北的武仙、张柔、史天倪、史天泽兄弟，山东的严实、郭胜、赵祥他们，这些北方汉人地方豪强，我们都应该尽力去争取。武仙，我们没有争取到，现在他死忠金国，实在太可惜了！"

众人听了这话，都觉得史弥远异想天开，朝廷的恩惠一直没有给予这些人，拿什么去笼络他们呢？

赵汝谈建议说："史相，武仙他们离我们太远，朝廷心有余而力不足啊。先不谈他们，现在光是楚州、盱眙的忠义军将领，我们就没有安抚好他们。夏全、张惠、张林和国安用这些人，都是勇猛善战的将领，听说他们对赵范、赵葵一直颇多抱怨。我担心他们积怨已久，会在某一天哗变，或者变节投降金国，那就是大麻烦了！"

史弥远听了这话，嘴角动了动，然后并不答话。他觉得这些都是军中的小人物，无足轻重，赵汝谈言过其实了。

但乔行简同意赵汝谈的观点："履常说的有理。楚州和盱眙两地，是我们同金国对峙的前沿，一旦这两个地方乱了，淮东门户大开，将直接威胁到江南的安全。而且，这些人都是久经战阵的大将，现在军中这样的将领极度稀缺啊！朝廷必须稳住他们才行。"

郑清之回道："淮东的事情，由赵范和赵葵二位将军辅助赵善湘共同决定，寿朋，履常，我们这些人就不要过多干预了吧？"

余天锡立即附议。

史弥远对赵范和赵葵的表现很不满意，正在考虑要不要斥责一下他们。可他们都是郑清之的学生，郑清之毫不掩饰对他们的回护之意。史弥远一时犯难了。

正为难时候，余天任起身说道："史相，下官想说一下武仙的事情。这武仙本来在河北组织汉人武装保护一方，蒙古人来后，他们就跟蒙古人作战，被金主任命主持真定府兼经略使。后来他被蒙古打败投降，任命为蒙军的河北西路兵马都副元帅。金主得知后,写了一封辞真意切的书信给他。他看后痛哭流涕,誓言回归金国。不久后,他杀死了正元帅史天倪,举兵反叛蒙古。又被蒙古大军击败后,他率领剩余军队南下与金主会合,然后转战山西,据说多次击败蒙军。不知为何,他这次也被金主派到枣阳来了。下官认为,金主一定有特别的企图。"

史弥远夸奖说:"你们看,兵部的差使干得还是挺细致的。"

"多谢史相褒奖。兵部一直以来盯的只是金国,现在看来,必须要调整了。"

史弥远接着问:"你认为这次入侵枣阳,金主的真正目的是什么?"

"下官……不知。"

听了这话,史弥远点了点头,余家兄弟都是实诚的人,哪怕能力有所不足,只要有实心做人、踏实办事的态度,他就有可用之处。其他几位宰辅见史弥远对余天任多加维护,便没有人再责问他了。可对金作战是朝廷的头等大事,这个问题是绕不开的。

众人正在苦苦思索之时,一旁记录的枢密院检详文字官吴渊笑了。

史弥远看见了,就招手问道:"吴渊,你来说说看,金主为什么要派兵进攻枣阳呢?"

在座的几位参知政事并非每人都认得吴渊,只是平时在枢密院会议时见过此人,面熟而已,却不知为什么史相要特意向这个下级官员咨询此事呢?

吴渊见众人都在看着他,从容地站起身向史弥远拱手施礼,回答道:"丞相,下官才疏识浅,在各位大人面前,怎敢胡言呢?"

史弥远摆了摆手:"你不要过谦,我知道你博闻强识,现在又担任着文字官差事,一定读过不少公文密档。你就说说看,供我们参考吧。"

为什么史弥远会对此人如此高看?

众人看他胸有成竹,不慌不乱,知道他一定有了自己的见解。他会如何作答呢?众人一时都产生了强烈的好奇。

第三章　成吉思汗（一）

吴渊从容地回话："丞相，各位大人，下官认为金主下令完颜合达等人进攻枣阳，其意却并不在枣阳，他们暂时还不会南下襄阳。"

余天任摇头问道："你凭什么这样肯定？"

"大人，如果要南下攻取襄阳，他们带出来的这些兵力是不够的。就算他们倾巢而出，襄阳也不是他们能够迅速拿下的。一旦迁延日久，蒙古军队打到兵力空虚的汴京去，金主怎么办？"

众人点头。

史弥远问："那么你说，他们究竟想干什么？"

吴渊走到墙上挂着的大幅地图旁边，用手指着枣阳旁边的光化军和均州："他们真正的目标可能是均州。"

几位参知政事走到地图旁，问道："为什么是均州？"

"他们应该是想要一个入川的通道。"

这句话一下点醒了众人。川蜀沃野千里，物产丰富，人口众多，关键是地形险要。只要有精兵强将，据守险关，外兵是很难攻进的。从均州那里入川，的确是条便道，而且出人意料之外。如果金国君臣真的这样打算，那他们就是在给自己准备最后的退路了。

史弥远赞成地说："你说的有道理。你看我们该如何应对呢？"

吴渊看了看几位大臣，拱手说道："那下官就斗胆了。"

郑清之带着欣赏的目光看着他说："有什么建议，你就大胆说吧。"

有了史弥远和郑清之的支持，吴渊不再犹豫，开始侃侃而谈："下官听说史嵩之大人在荆襄一带练兵多年,在这一带朝廷兵精粮足。如果金兵一直待在我境内不走,朝廷只需选出良将,带领襄阳的精兵主动出击,兵分两路,一路加强均州的防御,另一路跟枣阳守军内外夹击,击败金军的胜算很大。"

史弥远问:"你认为谁可以率军去枣阳击退金军?"

"丞相,各位大人,我们在襄阳附近还有一支'忠顺军'。孟宗政老将军还在世时,招收了金国境内唐、邓、蔡三地壮士两万多人,编成了这支军队。孟老将军在军中的威望极高,他去世后,这支军队由副将江海统辖。却因为军队组成复杂,军情不安,一直不能形成有效的战力。下官建议,朝廷可以下令征战多年的江海将军增援枣阳;再起用孟老将军的儿子孟珙将军。他此时正在屯田,听说他有勇有谋,是个大将之才。我想,他一定能重整忠顺军,这将是一支让金人预料不到的奇兵!"

史弥远听到这里,连声说好,转头吩咐余天任,稍后兵部立即命令江海,率领襄阳部分守军支援枣阳,击退金军;再发调令,让孟珙立即接管所有忠顺军,然后率军赶往均州。

接着史弥远又问吴渊:"你对蒙古军队的动向怎么看?"

吴渊回答:"下官所知有限,无法作答。"

史弥远又问:"那你大胆推测一下,他们究竟要干什么?"

吴渊想了一下:"下官觉得,这次很可能是蒙军对我大宋的一次战略性试探。"

"说得具体些呢?"

"好。下官认为,蒙古的成吉思汗是一位雄主,绝不是一个莽撞之徒。他这次派军队突然进攻我大宋边境,应该不只是为了抢掠我们的几个边城,而是为了试探我大宋的军力强弱。另外,更是要向我们,他们的未来之敌率先发难,以示军威。所以,现在大宋面临的威胁绝不仅仅是金国,还有未来的心腹大患:蒙古。"

史弥远听了这话,紧锁眉头:"这么说来,他们已经在做准备,一旦灭掉西夏和金国，就要与我们开战了。"

吴渊回答："是的，下官认为可能性非常大。这次边战失利，会助长蒙军的野心，从今往后，他们会给我们带来更大的麻烦。我们，金国和蒙古之间，已经形成了三国对峙的局面。在三国之中，蒙古的士气和军力都是最强的。丞相，我们一定得未雨绸缪，准备应对蒙军的全面入侵。"

郑清之接话说："史相，郑损擅自撤退，使朝廷丢失了关外五州，他说的所谓'退保三关'只怕也会是纸上谈兵。我认为，必须撤换此人了。"

这个建议得到了赵汝谈的支持，而乔行简和余天锡都没有表态。

史弥远问："你们看谁适合接任郑损？"

因为无人接答，史弥远就问旁边捋须沉思的乔行简："寿朋，你看谁去西北主持大局呢？"

"史相，仓促之间也无从甄别合适的人选。要不，一动不如一静，就用赵彦呐如何？"

郑清之反对说："以前崔与之主政川蜀时，曾经考察过赵彦呐，有一些考评语，我记得是这样写的：赵彦呐大言无实，不可赋予大任。"

乔行简摇了摇头："时过境迁，他也经过这些年的历练了，也许我们不该用老眼光看人哪。"

史弥远就将目光投向余天锡和赵汝谈。两人都说不了解赵彦呐其人究竟如何，还是由史相定夺。史弥远想了一下说："一时间也难以寻到最合适的人选，就让他代理一阵？"然后怔怔地自言自语："如果他能稳住西北局势，就说明他还是有些本事的吧。"

随后吩咐余天任赶紧发函询问赵善湘与赵范，将李全的实情摸清，急速上奏枢密院与兵部；还要他们无论如何，必须安抚住驻守淮东的那些忠义军，特别是在楚州的李福、刘庆福等人；最后要询问赵范，苟梦玉是不是还在淮东，朝廷要调他到临安来任职。

吩咐完毕，郑清之问："史相，今天的这些事，我们要不要去跟皇上奏报一下？"

史弥远不假思索地回答："兹事体大，当然要奏报。只是最近太后患病，卧床不起，皇上是个至孝之君，一直忙于照顾皇太后。这样吧，吴渊，你把刚才的事情写成一个纪要，写完后亲自给皇上送去，解说一下。"

吴渊拱手领命。

众人结束会谈后，三三两两地开始离开。史弥远把吴渊单独留了下来，跟这个年轻人交谈了一阵。

郑清之与余天锡两人一道，向外边走边谈。郑清之问："余大人，刚才吴渊的对答，你觉得如何？"

"嗯，是个青年俊才。"

"淳父，你可知为什么史相对他如此青睐？"

"不清楚，这是为何？"

"吴渊的父亲吴柔胜，是二十多年前的知名大儒。他出知随州时，修筑了随州、枣阳两城，还建立'忠勇军'抵御金兵进犯。后来宰相韩侂胄大搞庆元党禁，将所谓伪学逆党之人记录成簿，其中就有吴柔胜，于是他被罢官归乡。这以后吴柔胜无心仕途，转而在家升馆授徒，精心培养两个儿子。除了自己悉心教导，更为儿子遍访名师。吴渊跟胞弟吴潜二人，全都天资聪颖，在江南一带素来就有才名。两人虽然很年轻，在先帝那时就先后高中了进士。入仕之后，他们才能出众，常常被同僚们所称赞。"

"哦，这么说来，他们应该跟史相很早就有渊源了吧？"余天锡很想知道，史弥远跟吴家到底有多深的交情。

"是啊，史相一直欣赏他们父子三人。嘉定七年吴渊中了进士，从太学调任建德主簿，史相特地邀请他到学馆里谈话，还要提拔他担任开化尉之职，你猜他当时如何回答的？"

"能得到史相的垂青，是他的造化，难道他还敢推辞？"

"正是。他回绝了史相说：'甫得一官，何敢躁进。'史相非但没有生气，反而觉得他能成大器，从此对他更加看重。"

余天锡听了这些，只呵呵一笑，并未当真。

郑清之停下脚步，轻声对他说："淳父，你还未懂史相的深意啊。"

"德源，愿闻其详。"

"史相是在给你我这些人，培养接班人选哪。"

余天锡并没有想到这一层，不由得听愣了。

郑清之哈哈笑了笑，两人拱手作别。

走在后面的赵汝谈听到这番对话，不由得想起了冉璡、冉璞兄弟二人，他们同样都是富有才华的青年才俊。他站在屋檐下面，怔怔地想了一会儿，决心要寻找机会将冉璡、冉璞二人调到京城临安来，绝不能因为真德秀遭贬的缘故，而埋没了两位贤士。

赵汝谈暗自下定了决心，抬头看了看天空，这时暴雨渐渐减弱，最后停了。他走到高台上向西眺望，大片霞光从黑云里穿透出来，天边豁然出现了一道极长的彩虹，从东南跨向西北。雨过天晴，是否预示着这次大宋能转危为安？赵汝谈默默地祝祷着……

谚语说，六月的天就是孩子的脸，说变就变。大宋的边境局势，也如同这天气一样，在一个月之后突然变好了，以至于朝廷中枢的宰辅们接到消息后，仍然惴惴不安，难以相信怎么会有如此之大的突然转变。

西北率先传来了好消息，赵彦呐飞书传报，蒙古军突然全部撤离了宋境。这段时间，赵彦呐率军坚守城池，命令关外的百姓坚壁清野，全部撤退到关内来。赵彦呐在奏章里说，是因为蒙古军粮供应不上，在各处又没有劫掠到足够粮草，只好退兵。

郑清之和赵汝谈对这样的说法充满了怀疑。可赵彦呐奏章中又提到了另一件事，引起了宰辅们的争执。

金国陇州防御使汪世显，召集了金国陇右各州数万失散士卒，将巩昌府移治到石门山，依险坚壁防备蒙古。汪世显跟赵彦呐有旧，所以致信赵彦呐，请求两方通力合作，共同抵御蒙古的进犯。赵彦呐不敢擅自同意，所以特地向兵部一并请示。

兵部如果同意这样的请求，就意味着宋金开始合作，一致跟蒙古对敌了。这就改变了朝廷先前对金不和不战的方略。乔行简一直主张和金,利用金国作为大宋的北方屏障,抵御新近崛起的蒙古。因此对赵彦呐报来这样的提议,自然是欢迎的。而郑清之对这件事情强烈反对,他认为汪世显是金国秦巩一带的地方豪强,没有信义,汪氏向大宋求助不过是为了他自己的私利,这根本不可能是金主的授意。

郑清之的观点得到了史弥远的认同,很快地给了赵彦呐批复,让他小心防范,不要被他人利用,又催促赵彦呐必须尽快弄清蒙古袭击宋境,然后又突然撤军的真正原因。

随后,不但西北的战事平息了,荆襄那里也传来了好消息。金国大军在均州方向跟孟珙率领的忠顺军接触了几次,就突然撤军了。枣阳那里的金军也全部撤回了金国境内的邓州、唐州。

狂风暴雨过后,一片晴空万里。众人都在想,原来当时只是一场虚惊。

过后余天锡跟史弥远私聊的时候说道:"上回吴渊说,今后蒙古会给我们很大的麻烦,现在看来,言语太过,年轻人还是不够沉稳啊,需要多加历练。"

史弥远笑了笑:"淳父,事情往坏的方向多加考虑,也是我们身在中枢应该做的。"

"清臣那里,有什么奏报到吗?"余天锡关心赵善湘那里能不能传来李全的确凿消息。

"清臣写来一份报告,说李全曾经写过一封信给他,信里都是些杀身成仁、赤诚报国这类的套话。虽然他没有最新消息,赵善湘认为李全非常有问题,应该已经投降蒙军了。他已经派人赶往青州探听消息去了,相信会有确实的消息传过来。"

"赵大人这样老到的人,说话办事才牢靠啊。"

史弥远琢磨余天锡的话有所指,有些冲吴渊去了。心思很深的史弥远立即猜测,余天锡是不是要给自己举荐什么人,而吴渊碍事了?他就换了个话题:"清臣那里暂时还没有消息,倒是嵩之刚刚送来一份急递。正好你看看吧。"

余天锡接了仔细读过,原来,在攻打西夏的时候,成吉思汗得了重病。现在蒙古大军驻扎在六盘山下清水县附近。成吉思汗的儿子、孙子们,以及各地主要的蒙古将领正迅速地向那里集结。

第四章　成吉思汗（二）

余天锡看完了就问："难道这成吉思汗就快死了？"

"我也觉得是。这应该就是蒙军突然撤兵的原因了。"

"还是嵩之能干，这样绝密的消息，他如何能率先得知？"余天锡赞道。

史弥远诡异地笑了："那是花了很大代价才能得来的。哎，现在我们了解蒙古人的渠道实在太少了！"

余天锡知道几年来，史弥远与史嵩之秘密接触了一些神秘的人物，也许就是那些人提供了这宝贵的消息。余天锡问道："史相说的很大代价是什么？"

史弥远伸出五个指头："五百两黄金。"

余天锡吃了一惊，不过很快平静了下来，说道："那也值得。我们现在的官员里面，有没有熟悉蒙古事务的人？"

"有一个苟梦玉出使过蒙古，还跟成吉思汗长谈过，他对蒙古是了解的。我打算把他调过来，却被赵范给挡了。他写信跟我说苟梦玉人品败坏，涉嫌串连刘庆福等人害死了许国，因此千万不能重用此人。"

"这个赵范，说话一定得有证据才行。再说了，那许国都已经死了几年了，还不肯罢休吗？"

"是啊，他现在是封疆大吏，我不能轻易驳了他的面子。可这么一来，我想要的人也不能用了。淳父，你想个法子，把这个人弄到临安来，如何？"

"没有问题，我管着吏部，找个名目，调一个人过来还不容易吗？对了史相，有一件事情，梁大人的侄子梁光，三年前中的进士。梁大人想要梁光进枢密院做检详文字。我见过这个年轻人，是个可造之才啊。"余天锡想趁势把梁成大对他的请托，交给史弥远。

史弥远却笑了起来，说："梁成大的心思，我当然知道。淳父，他的事情你不要管，以后也不要跟他们几个多来往了。我自然有安排的。"

这番话让余天锡听得摸不着头脑，难道史相要撇开梁成大他们几个了吗？但他不愿意多说，又不好追问，只好讪讪作罢。

史嵩之花高价买来的绝密消息，的确非常准确。

蒙古成吉思汗铁木真，一年前以西夏国主违约作为罪名，发动了他一生中最后一次亲征。西夏国主李睍抵抗不住蒙军的打击，遣使向他求降，成吉思汗不允。然而在击溃西夏军主力之后，成吉思汗却突然病倒了。他的儿子们将各地名医全都请到六盘山来了，却无计可施，无法治愈成吉思汗的重病，只能眼看着他日渐枯槁，奄奄一息。

成吉思汗在临死之前，把孛儿只斤黄金家族的子孙召到身边，他当着所有子孙的面说："草原上最雄壮的金雕，也有坠地的那一天，我的这一刻就要来了。"

他在子孙们的心目中，就是一座永不坍塌的高山。听到他这样说，众人觉得就要山崩地陷一样，全都失声痛哭起来。

成吉思汗抖动着嘴唇，说道："有一些话，你们要千万记住了，如果你们希望富贵尊荣地了此一生，继续享有黄金家族的权力和财富，我的告诫就是：尊奉窝阔台继承我的汗位。不管发生了什么，你们都要服从他的命令。因为他的意志坚定卓绝，他的见识高超豁达，他的仁义可以团结所有的人。所以，我指定他作为我的继承人。我把帝国的钥匙，交到他的手里。"

众子孙们在窝阔台带领下一齐拜倒在地，全都泣声为成吉思汗祈福。

这时成吉思汗挣扎着坐了起来，费力地说："不许哭，你们都是男人，男人可以流血，但不能流泪！男人真正的幸福在于战胜敌人，夺了他们的财产，品尝他们的绝望，占有他们的妻子和女儿。在我有生的时间里，我出色地完成了我的工作,建立了这个庞大的帝国。现在,这个帝国必须传给你们了!"

众人的哭泣声这才慢慢停止。

他又断断续续地说:"都记住了:只要你们兄弟互相支持、帮助,你们的敌人,就永远不会战胜你们。但是,如果你们彼此远离,相互猜忌,那么你们所有的敌人,就会变成狼群,像追逐落单的绵羊一样,将你们一个一个地撕碎。今后哪个不肖子孙胆敢背叛家族的首领,他就不容于所有的黄金家族。"

众子孙磕头领命。

随后,成吉思汗示意让所有人都出去,只留下了窝阔台一人。

他让窝阔台坐到了他的榻前,颤巍巍地拉着窝阔台的手说:"长生天任命我,带领我们黄金家族的子孙,去统治目力所及的所有国家。现在,我的重担要交给你了,你要保证我们家族的统治,就像每天的日出、日落一样,永远地传承下去!"

窝阔台坚定地点头答应。

"中原,是膏腴之地。你们今后首要的事情,就是灭掉金国,统一中原。可惜,我是看不到那一天了。你要记住,对付金国,可以利用宋、金世仇,借道宋境绕开险关,最好能联合南朝一起对付金国。再有,如果将来对付南朝,你要记住:我们的人口与士兵数量,跟他们相比,太少了。所以,你要分化他们,大胆地任用汉人去进攻、牵制南朝。南朝虽然比我们发达,但是他们的人心不齐,这就让我们占优势了。"

说到这,成吉思汗有些坐不住了,就躺了下去,对窝阔台叹了一口气,说道:"丘处机道长是个得道高人,他跟我说过的话很对,要惜福,不要过多杀戮。唉,太可惜了,我听到这话时太迟了。我这一生,杀戮太过,所以寿数不长!你要记住了,真正的征服,不只是占领敌国的国土城池,抢夺他们的财产女人,而是收服他们的人心。在这一点,我相信你会做得比我好。"

窝阔台看着父亲的眼神,明白了传位给自己的深意。

"拖雷有山一般的意志，他很会打仗，这一点他最像我。但他会轻易地杀戮，他不会理解我刚才说的话。你有智慧，有耐心，懂得笼络人心，平衡兄弟。这些金子般的品格，才是我要传位给你的原因。"

窝阔台点头沉思着父汗的这番话。

"我最放心不下的，就是你们兄弟之间会有不和。我把最遥远的地方，分给了你大哥术赤和他的继承人拔都。当初我答应了术赤，他自己打下的江山就归他自己。他已经不在了，拔都将来要是想独立建国，你就随他去吧。"

窝阔台疑惑地看着父亲，这跟刚才他说不要分裂的话，显然并不一致。

成吉思汗知道他的心思，解释说："我知道，察合台和你以前跟术赤不和，你们一直在疑忌术赤不是我亲生的。现在我告诉你，你们错了，他就是我的亲生儿子。为了不使你们冲突，我将术赤留在很远的地方。他的封地路途遥远，消息传递不畅，以至于他生了重病我都不知道。有人诬陷他，说他还能打猎，是在装病，故意违抗我的命令，拒绝带军过来参战。我不但相信了挑拨的谣言，而且发怒要带兵去打他。前不久，他病死的消息传来后，我痛悔莫及啊，是我这个做父亲的对不起儿子，我亏欠了术赤和他的一家！"

说到这里，成吉思汗的眼圈变红，呜咽着哭了。看到从来都是铁石心肠的父亲因为心疼逝去的大哥而哭了，窝阔台也忍不住哭了，捶胸顿足地连声说自己对不起大哥。

"从此以后，你们兄弟不能再相互猜忌了。"

窝阔台点头答应。

成吉思汗停了悲声，说道："可我最担心的就是你跟拖雷。"

"父亲放心，我们一定会遵照父亲吩咐，不会兄弟内斗。"

成吉思汗痛苦地看着他，摇了摇头："只怕到时候由不得你们。"

窝阔台一脸的惊疑，看着父亲，允诺道："父亲放心，我以长生天的名义起誓，对兄弟们我一定不会手足相残，一定像疼爱自己的家人一样，保护兄弟们和他们的家人！"

成吉思汗被打动了，目光变得柔和起来，然而他的表情又突然变得冷冰："但无论如何,蒙古的大草原上,只能有一个太阳。黄金家族的核心,任何时候都只能有一个。现在,他就是你,窝阔台。"

"儿子记下了!"

成吉思汗以他最大的力气,握了握窝阔台的手,让他分别叫进了察合台与拖雷,对他们各自托付了一番。

当夜,成吉思汗阖目离世。

在他去世后,窝阔台、察合台、拖雷和也遂皇后以及来到六盘山的蒙古王公商议后,按照蒙古"幼子守灶"的传统,由拖雷暂时担任"监国",监摄国政。将来所有的蒙古王公聚齐后,召开库里勒台大会,再正式拥立窝阔台继任蒙古大汗之位。

此时,东南一隅的临安城里,史弥远为首的宰辅们哪里能料及,几年后大宋朝廷直面的生死危机,正在西北的六盘山,开始正式地酝酿、发酵。

窝阔台、拖雷、察合台与大将速不台、孛鲁、塔察儿等人召开了一次重要的军政会议。

第五章　西夏灭国（一）

夜色之下，驻扎在六盘山的蒙古大军清水行营各处都点起了灯火，从山上俯眺大营，犹如繁星聚集。高大雄威的金色王帐之内，灯火亮如白昼，窝阔台、察合台和拖雷三兄弟正在和也遂皇后以及最重要的蒙军元帅们举行会议。

窝阔台问拖雷："四弟，该如何结束西夏的战事，父汗临终前究竟怎么吩咐你的？你给大家讲讲吧。"

众人都知道在军事方面，成吉思汗生前最是倚重拖雷，他临终前必定对拖雷做了详细的军事交代。众人都认真地盯着拖雷，等待下一步的部署。

拖雷回答："父汗要我们在他走后不许发丧，尽可能地保守秘密。所有赶来会战的大军集结后，要对西夏王城中兴府，给以最猛烈的进攻。破城之后，不管李睍君臣是否投降，都要给他们最严厉的惩罚，不留后患。"

众人知道，这是要屠城了。

也遂皇后的塔塔儿部族就被成吉思汗屠杀过，她有一些恻隐之心，觉得这样做很是不妥。况且西夏王妃李嵬名，一直跟自己的关系不错，于是她劝说道："如果西夏人投降了，杀了李睍他们就可以了，可不可以不杀城里的平民呢？"

众人看着拖雷，拖雷没有回答。这是大汗去世前的要求，拖雷认为这没有讨论的必要。

蒙古军队的传统是不杀降的，大汗去世前为什么下了这样的命令呢？

正在一旁记录的中书令耶律楚才是窝阔台的心腹，深得也遂皇后的信任,起身劝道:"这次出征西夏前,我曾经谏言大汗,停止对平民大规模的杀戮以收复人心。大汗当时同意了我的建议。"

拖雷立即瞪着耶律楚才,恶狠狠地说:"这里轮不到你说话。"

耶律楚才见他的态度十分蛮横,只好默不作声地退了下去。

窝阔台见拖雷强硬,就问:"四弟不要生气,父汗要这么做,一定是有他的道理吧?"

拖雷回答:"是的三哥,那晚父汗对我叹气说,长生天本来许给他百岁的寿数。他说,'西夏国着实可恨,不可留!'"

众人听了这话,心里觉得这个理由有些勉强,一定还有别的缘故。可这既然是大汗生前决定的事情,那么只好执行吧。

拖雷转头吩咐孛鲁:"拿下中兴府后,屠城由你带兵执行,我的兵也交给你了。"

孛鲁起身领命,不过疑惑的眼神看着拖雷,心想自己刚刚到达六盘山,为什么要让自己带兵去执行呢?

拖雷的外表看起来虽然很是粗豪,其实他是个非常细心的人,能看穿别人的心思。他对孛鲁解释道:"你在金人与汉人的地盘上经营了多年,我发现你身上少了我们蒙古男人的豪放彪悍,却多了汉人才有的妇人之仁。所以,这次屠城由你来干。我希望,你能像你父亲木华黎叔叔那样,做一个真正的英雄!"

孛鲁叉手应诺。

窝阔台随后吩咐孛鲁:"结束之后,你要尽快赶回去。河北、山东那里不稳,最近投降的那个李全未必是真心归顺。还有,武仙虽然被赶跑了,可金国军队随时会打回河北去,光靠史天泽和张柔恐怕顶不住。"

孛鲁冲窝阔台和拖雷叉手说道:"请大汗和监国放心,孛鲁知道怎么对付他们。李全这人的确不是真心投诚。不过我已经给他下了死命令,要他做一件重创宋廷的事情。"

拖雷问道:"他答应了?"

"当然，我们的军队仍然驻扎在附近，随时可以回去，他只能答应。"

窝阔台问拖雷："四弟，灭了西夏后，我们的主力大军是回漠北去，还是守在刚占领的临洮呢？"

这其实是在询问是否接着攻打金国？

拖雷回答说："我们出来快有半年了，连续作战对大军不利。况且金国军队现在缩成一团，像个刺猬一样，拿下他们并不容易。三哥，咱们还是先回去休整一下，你看行不？"

现在军事上还是拖雷说了算，窝阔台便点头同意了，转头问察合台："二哥有什么想法吗？"

成吉思汗大军出征西夏后，二子察合台一直留守大斡耳朵，他是接到父汗病危的消息才火速赶来的。一直以来，察合台与长兄术赤不和，却与窝阔台非常融洽。因为察合台熟悉蒙古各种法令，执法严峻公正，所以窝阔台对察合台非常尊重，两人的关系非常亲密。

拖雷是幼子，最得成吉思汗的宠爱。行军打仗都会带着他，在他亲自教导下，拖雷已经成长为有勇有谋的军事统帅。成吉思汗生前多次对蒙古各大王公说，拖雷是最像他的儿子。他多年来战功赫赫，现在掌控了大部分的蒙古军队。相反，窝阔台虽然被指定为汗位继承人，但直属自己的兵力却非常有限。

察合台见拖雷在发布军令时，就是一副当仁不让的模样，他心里觉得拖雷不妥。但此时父汗刚刚过世，他既要支持窝阔台继任大汗，也必须在过渡期间维护拖雷监国的权威。所以他对拖雷越发的强势只能视而不见，说道："攻金是我们今后最大的事情，必须慎重。我赞成西夏之战结束后，大军回去休整一段时间。让我们到那时再制定详细策略吧。"

拖雷见察合台也支持自己，就对速不台和塔察儿下令道："大军回去后，你们带着各自人马，在夏州和临洮之间轮流变化位置，让金国人搞不清我们的目的，要对他们保持巨大的压力，他们才不敢轻举妄动。"

二人齐声领命。

这时察合台想起了一件事情，问拖雷："四弟，我来之前听说，你最近带大军深入了南朝境内，还占了他们几座边城？"

拖雷点头："是的。"

察合台摇头说："四弟，你太莽撞了，我们跟三个国家同时开战，这犯了兵家大忌。"

拖雷笑着回答说："二哥，你说的很对。拖雷征战多年，怎么会不懂这个道理？可这是父汗命令我去的。"

"哦，这是为何？"

"父汗让我不宣而战，试探一下宋军的实力。没想到一打他们就跑了，全都缩起来了！"说到这里，拖雷非常得意。

窝阔台摇头说："既是父汗下的令，一定有他的道理。不过，今后我们还是以灭金为主，南朝就暂时不去管他吧。"

察合台立即附和同意。拖雷本就不想再跟宋军纠缠，便点头同意了。

会议结束后，窝阔台离开中军大帐，正要进入自己的营帐，他的另一个心腹，克烈人镇海突然急急地跑过来，小声对他说："王爷，我得到消息，拖雷王爷派人沿河到处搜寻王妃李嵬名。"

窝阔台眉头一皱："不是都说了吗，她已经跳到黄河里死了。"

"也不知拖雷王爷听信了什么人的谣言，说她并没有死，被人藏了起来。他大发雷霆，说就是把黄河大堤扒开放水，也要找到李嵬名的尸体！"

"胡闹！"窝阔台觉得自己这个四弟莫名其妙，不由得皱起了眉头，想了想对镇海说："你去，把这个事知会一下也遂皇后，她会有办法处理的。"

镇海领命离开。随后窝阔台陷入了深思，父汗的妃子李嵬名，本是西夏公主。因为她身上有一种天然的特殊体香，所以被称为香妃。那年西夏国主襄宗李安全为保国家，将西夏第一美女，自己的女儿赠与父汗。哪知道父汗得到她后，并没有取消攻打西夏的计划。最近军中有传言，说因为李嵬名憎恨大汗违背承诺，发兵灭亡西夏，所以在夜里侍寝的时候，用牙齿咬伤了父汗。因而大汗流血过多，才得了这场重病。还有人传言，她给父汗下了毒。

总之军中士兵都相信,大汗的死就是她造成的。

随后香妃李嵬名被逼跳了黄河,自己派人大张旗鼓地搜寻了几日,一直毫无下落。

因为谣言四起,窝阔台在军中三令五申,严禁士兵流传谣言。不知为什么四弟拖雷好像听信了这种谣传,他现在这么大动干戈地寻找李嵬名,究竟要干什么?

想了一阵,他让人把耶律楚才叫了进来,对他布置了几项秘密差使,耶律楚才心领神会,领命而去。

几天后的一个清晨,蒙古大军全部集结,开始围攻西夏都城中兴府。拖雷布置了上百架抛石车与火炮,都是攻打花剌子模得来的西域工匠以及被俘的金国汉人工匠赶造的。在这些威力巨大的攻城重器无情的轰击下,仅仅约一个时辰,中兴府的厚重城墙就被砸开了许多缺口。蒙古士兵潮水般地涌了进去,开始攻击内城。

这时,内城的城门突然打开了,西夏皇帝李睍开城投降,带着贵族和百官来到蒙古军营,要拜见窝阔台与拖雷请求纳降。

拖雷命令士兵,将包括李睍在内的所有西夏官员与王公贵族全部捆上,原地待命。随后命令大军开进城去,解除西夏降卒的武装。

蒙古大军完全控制了中兴府后,天色渐渐昏暗,突然刮起了大风,到处飞沙走石。窝阔台和拖雷正坐在中军大帐里,两人一边悠闲地喝着酒,一边等待着孛鲁来报。

他们听到了帐外的军旗猎猎飘动以及蒙古士兵呵斥西夏投降官员的话语。拖雷开始皱起了眉头,他有些不耐烦,为什么孛鲁做事如此慢慢吞吞?

过了一会儿,全身顶盔贯甲的孛鲁进了大帐,向两人行礼,对拖雷说:"一切已经就绪,请监国下令。"

"好,那就赶快执行吧。"拖雷已经很不耐烦了。

"诺,末将领令。"

第六章 西夏灭国（二）

随后，孛鲁带着大军在中兴府大开杀戒。根据拖雷的命令：上到皇族王公，下到贩夫走卒，所有西夏成年男人全部斩尽杀绝。

首先在城外被处斩的，是末帝李睍在内的上千名西夏官员与王公。李睍他们直到这时，才知不能幸免，绝望之下全都骂声不绝，被杀前他们高声地诅咒成吉思汗和他的儿子们。蒙军事先挖好了一个巨大的万人坑，手执信号旗的百夫长喊着号令，士兵们将捆成一串的李睍君臣拉到坑边。随后信号旗挥动，一声令下，一批批西夏人被蒙军士兵挥刀斩首，或者刺杀，尸体全都推进了万人坑内。

在城内，孛鲁的大军同时开始了屠杀，按照拖雷的命令，对西夏平民的屠杀实行"车轮法"，只要比车轮高的男子，全部杀绝。蒙军士兵们按五十个西夏人为一队，事先全部捆成一串，先对他们刺杀一遍，第二天早晨再补刺一遍。参与屠城的约有三万蒙古兵，平均每人手刃三十多个西夏都城的百姓，被屠杀者接近百万之多。

按照蒙军规矩，西夏的女人和孩子则另行关押，屠城结束后全都分给蒙军将士作为他们的奴隶财产。

仅仅一天过后，繁华富庶的西夏中兴府，变成了一座人间炼狱，血流满城，尸体遍布。到第三天上午，中兴府的屠杀才算结束。蒙古大军在离开之前，拖雷下令放火焚城，将西夏皇宫与宫城全部泼油点火，烧了个精光。所有的西夏律令法规、户籍簿册以及文化典籍全都付之一炬，片纸不许留存。

为了破坏西夏国主李氏的龙脉风水，窝阔台又特意下令，将城外的西夏皇陵全部夷为平地。将里面的棺椁打开，取走陪葬的珍宝，再将西夏历代君主的尸体全部拖出烧毁。

曾经威名赫赫的西夏国，与大辽和北宋鼎立对峙多年。即便金国鼎盛时期，对其也无可奈何。如今终于在自己手里灭国了，窝阔台骑马站在中兴府城外的山巅之上，俯视着燃烧中的西夏国都。

拖雷站在窝阔台身边，两人许久都没有说话，各自想着心事。最后拖雷打破了沉默，对窝阔台说："我们应该派人到金国去，到南朝去，到各处去传播我们在这里做的事情。"

窝阔台皱了皱眉头说："四弟，这有必要吗？"

"三哥，我们要让敌人，还有未来的敌人，只要听到我们的名字，就闻风丧胆。这就是兵法里说的，不战而屈人之兵。"

窝阔台没有回答，转头将目光投向了北面，那里是遥远的家乡漠北草原。

"三哥，你在想什么？"

"没有。四弟，我只是有点想回家了……"

拖雷点头回答："嗯，我们是该回去了，该给父汗操办丧事了。"

窝阔台说了声："那就走吧。"说完，直接策马离开了。

拖雷看着骑马远去的窝阔台，心里突然涌上了一阵陌生的感觉。三哥好像跟以前不一样了。

随后，成吉思汗的儿子们、也遂皇后以及蒙古王公开始操办丧葬仪式。成吉思汗在临死之前，交代窝阔台，要按照蒙古贵族的传统习俗来办理自己的丧事。现在他的命令得到了最严格的执行。

按照信奉萨满的传统，成吉思汗去世前的最后一刻，窝阔台将一团白骆驼毛放在他父汗的口鼻处，留下了他生前的最后一口气息。萨满们在一旁举行盛大的仪式，摇动着法器，吟诵着长生天保佑成吉思汗，他的灵魂就留在了白骆驼毛里。

仪式结束时，窝阔台跪下，双手捧着这团白骆驼毛放进了镶满金珠的宝盒里面，供奉在桌案之上，然后率领黄金家族的子孙们，一起向宝盒下拜致敬。随后萨满举办了三天三夜的法事，祭奠成吉思汗。

在蒙古大军返回漠北之前，成吉思汗生前的三千亲军先行出发，护卫他的尸体北上。他们一路北上穿过鄂尔多斯，将成吉思汗的尸体埋在了广阔无垠的大草原上。在这支军队所到之处，只要见到这支军队的人，立即被屠杀殆尽。窝阔台和他的兄弟们，不愿意让任何人知道他们的父汗被埋葬在什么地方。而在成吉思汗的银棺里面，就只有那团放在宝盒里面的白骆驼毛，供后世黄金家族的子孙们祭奠敬拜。

大军返回的路上，孛鲁和塔察儿并马同行了一段路程。两人是通家之好，各自的父亲都是成吉思汗心爱的大将。塔察儿的父亲是博尔忽，孛鲁的父亲是木华黎。两人的父亲都是蒙古"四杰"之一，成吉思汗征战四方最为倚重的大将。

孛鲁被窝阔台任命继续经营中原。塔察儿跟他一边骑马行军，一边谈论对金国以及山东、河北的汉人军队作战的事情。他们谈到了武仙，又谈到了李全。塔察儿问："兄长，听你所说，李全只是那里许多割据的汉人将领之一，为什么你对他这般看重，竟然提议让他担任山东淮南、楚州行省？"

孛鲁笑着回答说："我不只看重李全一个人，还有一些能打仗的好汉，比如河北的张柔、史天泽他们，都在为我们担当重任。不过讲心里话，我最看重的却是彭义斌和武仙。"

塔察儿奇怪地问："武仙你肯定得不到。彭义斌已经被你杀了，你还这么高看他们？"

"彭义斌这人义气深重，作战勇猛。如果不是他们那儿出了叛徒，我们没有那么容易抓到他。"

"那这个人不错啊，很像我们蒙古好汉，你为什么不收服他？"

"我也爱惜他的，只是他誓死不降，只好处死了。"

塔察儿是个识英雄、重英雄的，连声说道："可惜，可惜。"然后又问："可那个武仙就是一个反复小人，也值得你高看吗？"

这时孛鲁收起了笑容："不，其实武仙不是那样的人。他背叛了我们，是因为他的心一直忠于金国皇帝。而且他是汉人，才更显得特别。"

"他是汉人，为何不对南朝效忠，却忠于他们的死敌金国呢？"

"他们是北方汉人，不受南朝管辖。就像我们以前的蒙古一样，曾经分裂为许多部落，就是一团散沙。如果不是大汗统一了蒙古，我们还不就是任由金国宰割的羔羊吗？"

塔察儿点头同意，得意地笑着说："昔日的不可一世的大金国，现在却变成了任由我们宰割的羔羊！"

孛鲁摇了摇头："不能因为我们打了一些胜仗，就小瞧了金国。他们的主力还在，还有一些名将在，金主又起用了一批能打仗的新人。所以要像打败西夏一样彻底击垮金国，没有那么容易。"

塔察儿哈哈大笑："你说的名将是完颜合达他们几个吗？他们已经太老了！金国的军队如果不是畏惧我们，为什么全部收缩起来呢？他们再不敢出战了。"

孛鲁虽然年轻，却是老成持重："塔察儿，我觉得你们是不是胜仗打多了，有些太轻敌了？完颜合达、完颜赛不这些人虽然老了，可他们经验还在，只要他们指挥军队，就会给我们带来很大麻烦。还有，他们并不完全是因为畏惧我们才缩到了关内。这是他们的元帅郭仲元提出的'据关守河'策略。"

"郭仲元？我知道他，这也是个汉人。我听父亲说过，就是他在守凤翔的时候，带人伏击我们，还打伤了木华黎叔叔。"

这时，孛鲁沉默不语了。

塔察儿知道，大将木华黎就是那一次受了重伤后被迫退军的。以后蒙军几次攻打凤翔，全都铩羽而归。不久，木华黎伤重辞世。为了这个事情，成吉思汗大动肝火，认为就是因为西夏军心怀叵测，迟迟不去救援，这才让木华黎军队受到郭仲元突袭。为此成吉思汗不惜撕毁协定，带着大军非要灭亡西夏不可。

孛鲁叹了一口气,说道:"我明白了,为什么拖雷一定要我带军屠城。"

塔察儿明白他的话:"这是要你亲手给木华黎叔叔报仇!"

"唉,我真正的仇家是郭仲元,可惜他已经病死了,我未能亲手杀了他!他提出的'据关守河'策略,正在被金军忠实地执行着。现在他们的大军全都集中了起来,据守几处关塞,恐怕一时难以攻下啊!"

"哼,他们缩成一团刺猬,那我们就用铁锤砸开它们!"

"如果砸不开呢?"

塔察儿想到了大汗临终前的吩咐:"大汗不是让我们借道宋境吗?"

孛鲁点头:"是啊。所以不管怎样,我们早晚都要跟南朝打交道。这就是为什么我现在大力拉拢汉人将领的原因。"

塔察儿佩服地说:"兄长你能文能武,做事用心。怪不得大汗生前对你这么看重,指定了让你继承木华黎叔叔继续经营中原,真是用对了人。"

孛鲁笑了笑,两人正说到这里,前面跑来了探马,递过来山东快报。孛鲁接过去看了,皱起了眉头。

塔察儿问:"兄长,是不是出事了?"

"嗯。"说完,孛鲁将快报递给了他。

塔察儿读过了,奇怪地问:"这个李全,是不是有毛病?你的大军围攻他快一年了,一直都不肯投降。怎么突然不但降了,而且主动要带兵去攻击南朝?这改变也太大了!"

孛鲁若有所思:"一定是有原因的。"

"会不会是他故意做出样子,欺骗咱们呢?"

孛鲁笑了笑:"放心,不出几日,一定会有准确的消息传过来。"

"兄长你为何如此自信?"

"因为我已经安排了人,故意投诚到他们南朝去了,半年前,我就把这个人派了过去,就是要他潜伏在那里,将来给我们做内应,随时给我传递宋廷的消息。"

塔察儿哈哈大笑:"都说这些汉人像狐狸一样狡猾,他们却不知道兄长你是天上飞的老鹰,最会捕捉狐兔了。"

听他这样的比喻,孛鲁也得意地笑了。

两人分别时,塔察儿向他行礼说:"兄长就此别过,我等着你的好消息。"

孛鲁向他回礼:"兄弟保重。"

于是两人挥手告别,各自率大军向不同的方向开拔离去。

第七章　楚州乱象（一）

字鲁接到了李全出兵楚州的请求，让人回话给李全："不准轻举妄动。"

李全接到字鲁的命令，心里又急又恼。他恨不能即刻带军回到楚州去，因为那里随时就要出事了。前些日子蒙古军撤了围城的军队，外面的消息才能陆续传进青州，原来就在他被围的时候，大本营楚州发生了很多变故。

自贾涉、许国、徐晞稷等人起，朝廷任命的连续几任淮东制置使，都不能制约李全和他的部下。后来由赵范推荐，宋廷任命了武将刘琸上任淮东制置使。他上任之前，特意去了滁州跟赵葵一起谋划，想要除掉李全在楚州的势力。

赵葵说："刘大人，你知道守江必守淮，从楚州到徐州、宿州这一带，是金国与我们必须争夺的要害之地。楚州，尤其是我们跟金国对峙的前沿。可是这里总是发生兵乱，许国被李全乱军所害，我从来就没有忘记这段恨事。该怎么对付李全这些人呢？我琢磨了很长时间，终于想出了一个稳妥的办法。"

刘琸问道："南仲请指教。"

"那就是以乱制乱。目前楚州、盱眙一带，来自山东的忠义军除李全之外，还有夏全，他统领的那支军队也很强。"

"难道夏全会跟我们合作对付李全？"

"为什么不可以呢？"

"他们可都是从山东一起过来的，咱们疏不间亲哪？"

"大人您说得对。可是也别忘了，他们毕竟是两股不同的势力。我早就观察到，李全指挥不了夏全的军队。"

"可他们也没有互相为敌啊？"

"那是因为他们还没有这个需要。只要利益足够，这些人连亲娘都可以出卖！据我了解，夏全这个人功名利禄之心非常重，他对李全一直是不服气的。我们完全可以利用他……"

然后，赵葵详细地跟刘琸讲述了自己的想法，刘琸听了大喜过望。第二天，刘琸派遣善辩的心腹彭什去游说镇守盱眙的主将夏全。

彭什对夏全说："夏将军，现在有一个天大的机会，不知道你是否有兴趣？"

夏全回答："老友从刘大人那里过来，一定有什么指示吧？"

彭什笑着对夏全说："受刘大人之托，给你送一个立功机会来了。"

"哦？刘大人有什么差使，尽管直说。"

"那我就实话直说了，这次来就是为了解决李全这个麻烦。那李全在青州被蒙古军重重包围，一直无法脱身，可就是没有援军去支援他一下。将军想过没有，这是为什么呢？"

"还请直言告我。"

"因为朝廷里很多大员都很讨厌李全，早就想清剿了他留在楚州的余部。这真是天赐良机啊！他现在无法从青州抽身，守在楚州的杨妙真嫡系兵力并不多。刘大人希望夏兄能理解朝廷的苦衷，率先出兵拿下他们，事成之后一定会论功行赏。"

"让我去干这件事情，不合适吧？"夏全挠头说道，"都是忠义军的同袍，我怎么能做这种事情？"

彭什笑道："哦，原来夏兄跟李全的交情很深？"

"那倒不是。只是一来我于心不忍。二来真去干了这个事，其他忠义军的统领们会怎么看我呢？"

彭什收敛了笑容："原来夏兄对李全有情，可惜啊，只是那李全对你从未有义！当年你和李全在山东共同起事，你的功劳一点都不比他小。可后来呢？李全抢占了几乎所有的好处，他可曾想到将军分毫？"

这番话恰恰说中了夏全一直以来的心病。

彭什看他认真倾听，就劝道："来之前，刘琸大人承诺，如果你能成功除掉李全在楚州的余部，那么今后，楚州、盱眙的忠义军将全部交给你来统领，并且任命你做淮东制置副使。"

这可是至少四品的高阶官职，对任何一个带兵的将军来说，能转成高阶文官，当然是非常诱人。夏全便不再犹豫，答应了彭什。但他又以军粮短缺为由，向刘琸索要了两万石粮草。

夏全出兵到了楚州城外，此时城里正在疯传李全在青州阵亡的噩耗，李全军的士兵人心浮动。面对夏全与刘琸的突然联手进逼，杨妙真派人紧急通知李福和刘庆福回军楚州。

但他们能及时赶回来吗？杨妙真觉得自己已经内外交困，心力交瘁。数声叹息后，杨妙真自问，自己从来没有轻易低过头，可这样的世道里面，自己的命数难道跟无根无底的浮萍一样，只能任由他人摆布吗？杨妙真将自己锁在佛堂里，跪拜佛像，默诵经文。冥想了半天后，她下定了决心。

她随后派人去见夏全，请求与夏全当面会谈。说客走进夏全的营帐，先送上了厚礼，对夏全说："将军您也是山东南下的义军。如果今天我们被消灭了，以后您就是最强的，下一个要被刘琸整肃的，一定就是将军您了！兔死狐悲，物伤其类，将军可不能犯糊涂啊！"

夏全对刘琸本就有些狐疑，觉得这番话很有道理。如果保全杨妙真，让刘琸一直求着自己，不是更好吗？于是他暂时收起了趁火打劫的心思，想要跟杨妙真先谈谈，看能不能得些好处，就对来人说："你先回去吧，告诉你家夫人，我一定按时赴约就是。"

第二天，夏全如约而至杨妙真的大营里，进去之后发现她已经摆下了盛宴，招待的客人只是他一人。坐下之后，仔细观看杨妙真，才发现她今天精心梳妆打扮了一番，粉烛映照她的脸庞，那种与平日不同的娇媚与热情，让夏全怦然心动。

酒过几巡之后，夏全看着分外妩媚的杨妙真，不由得酒意上来，心痒难忍。跟杨妙真又喝了几杯酒后，见她更显得格外娇艳。夏全看着她的笑靥，根本就是一种欲拒还迎的意思，顿时不能自持，将手伸了过去，拉住了杨妙真的手。

而杨妙真并没有拒绝，夏全大喜过望。

但随后杨妙真提出了自己的要求，他当然满口答应。杨妙真承诺，事成之后一定遂了他的心意，而且另有厚报。于是酒酣耳热之后，夏全满心欢喜地回去准备了。

第二天上午，两人各自领军，按照约定出其不意地攻进了刘琸的官衙。

此时刘琸正在官署休息，亲兵卫队猝不及防，很快就几乎全被杀净。左右亲随护着刘琸拼死杀出，但城门已经被杨妙真派人锁死。刘琸无法，只好由随从们从城楼上用绳子缒下城去，连夜逃往扬州向赵范求救了。

夏全得手之后，自恃是杨妙真的恩主，变得非常骄横，放纵属下在楚州到处抢劫。杨妙真深知夏全的品性，对他在自己的地盘上纵兵大掠极度不满。

两天后，李福与刘庆福率军回到楚州，还带来了消息，李全并没有死，仍然在青州。杨妙真大喜，于是三人合军一处，将夏全军赶出了楚州。

两手空空的夏全恨恨地对部下说："这女人的心，就是海底针啊。杨妙真艳若桃李，却是心如蛇蝎。我被她骗了，可恨！"

羞恼交加的夏全回到盱眙，张惠和范成进他们却拉起了吊桥，紧闭城门，拒绝让他进城。并且让小校们在城楼上张弓搭箭，喊话说朝廷已经发布通告，因为夏全领军作乱，正在悬赏抓捕；如果不是因为彼此有旧，早就出城抓他了。夏全狂怒之下，想要攻城厮杀，却又兵力不够。走投无路之下，他干脆横下心来，渡河投奔金国去了。

正在汴州的金国皇帝完颜守绪得到报告，宋将夏全带兵来投，就问手下众臣："列位臣工，这夏全来投我们，究竟是真是假，你们怎么看？"

枢密院经历官白华走出来奏道："陛下，臣接到密报，镇守盱眙的宋将夏全和杨妙真勾连，合谋驱逐了主官刘琸。后来李全的部将刘庆福、李福等人率兵回到楚州，容不下夏全，又将他赶出了楚州。这夏全被宋廷通缉，万般无奈之下，只好来投我们了。"

完颜守绪当太子的时候，曾经跟随移剌蒲阿、黄掴阿鲁答等金国大将在山东作战，跟李全和夏全等人作战过，所以白华一提这些名字，他就想起来了。他问尚书左丞张行信："你们汉人最看重'忠义'二字，可这夏全背叛宋廷，穷途末路才来投奔我们，你说是收了他好，还是不收？"

张行信回奏："回陛下，当然应该收下。现在蒙古军队势大，我们严重缺乏战将和士兵。夏全能带兵来投，就算我们不喜欢，也得接纳他们，否则将来哪会有人再投奔我们呢？"

枢密院判官移剌蒲阿向来看不起汉人将领，马上站出来反驳道："陛下，臣反对。夏全这种人见利忘义，反反复复，而且他带的兵战力低下，用他们只会更加误事。不如驱逐了为好。"

金主觉得这话说得有理，就把目光投向了尚书右丞相完颜赛不："右丞相，你看如何？"

完颜赛不回答说："皇上，夏全的军队还是有点战力的。就算没有，哪怕将来当作炮灰，也是他们的用处吧。"

听到完颜赛不这样戏谑的口吻，众人忍不住都哈哈大笑，完颜守绪也笑了。

这时，忠孝军提控蒲察官奴站出来说："不，陛下，在下却认为，夏全此人大有用处。"

第八章 楚州乱象（二）

金主觉得有些诧异："哦？你说说看。"

"夏全一人固然不足道，可是他可以带动其他宋将一起来投我们，那就可观了。"

听到这里，完颜守绪眼睛一亮，问道："你打算让他去劝降其他宋将，是吗？"

"正是。尤其是张惠和张林，原本就是我们大金国的将领，因为种种原因不得已降了宋。只要夏全去劝说，他们肯定会回来效力的。"

完颜赛不听到这话，大声地说："此言有理，有理！"

白华再次站出来奏道："陛下，臣赞成这个办法。恒山公武仙，就是一个归来的成功例子。楚州、盱眙那里的统领中，张惠作战勇猛，人称'赛张飞'；张林武艺出众，人称'张大刀'；国安用，足智多谋。如果这些人转投我们，可以大大增强我军的实力。"

听了这话，金主很是高兴，即刻下令蒲察官奴与白华二人负责此事。随后，金主又下旨，封夏全为金源郡王，命他跟蒲察官奴与白华一道，全力拉拢、策反驻扎在金宋边界盱眙和楚州的张惠、张林、国安用、王义深以及范成进等人。

金主跟群臣的朝会结束后，完颜赛不请张行信和枢密院的几位主官一起留下，随即向金主奏报了刚刚收到的西夏灭国以及拖雷在中兴府屠城的消息。

刚刚还兴高采烈的完颜守绪，听到这些消息后突然心慌了起来，面色变得苍白，脸部连续地抽搐了几下。不过他很快控制了自己的情绪，作为大金国的皇帝，他绝不能让臣下们知道自己对蒙军的恐惧。

于是他故作镇定地问："右相，你有意不在朝会时通报此事，是怕引起群臣恐慌，对吧？"

"陛下，老臣正是此意。蒙古灭亡西夏后，一定会全力进攻我们。现在就是我们危急存亡的时候，我们必须要全国动员起来，随时准备战斗！"

移剌蒲阿接话说："陛下，为臣坚持认为，我们应该夺取南朝的川蜀地区，在那里我们一定可以守得住蒙古的进攻。"

张行信自始至终不同意他们的冒险计划："陛下，此事断断不可。要攻下川蜀，我们非得举国出兵才行，这是绝对不可能的。蒙古的大军在北面虎视眈眈，如果南面再多一个强敌，这将是最可怕的局面。"

金主点头，对移剌蒲阿说："这件事情，以后就不要再提了。上次听了你的建议派兵攻宋，基本无功而返。因为分散了兵力，差点让蒙军偷袭了凤翔，最后我们还是丢了临洮。两面作战，兵家大忌，你要切记！"

白华接话说："陛下英明。刚刚病故的元帅郭仲元，提出了'据关守河'方案，这才是我们的最佳策略。只要我们上下一心，坚定地执行这个策略，蒙古军是打不进来的。"

金主点头，吩咐白华尽快跟夏全接头，争取招揽一批宋将来投，只要他们肯带兵过来，可以全部封王。

听了这话，张行信与白华两人对视了一眼，都在想，皇帝愿意对更多的南朝降将封以王爵，这在从前是难以想象的。可见他真的是开始恐慌了。当年曾经给大宋带来了'靖康之耻'，威名赫赫的大金国，在蒙古大军无情的打击下，信心全无，竟然堕废到这个地步！

张行信和白华二人心里不由得万分感慨。

那边楚州，杨妙真虽然逐走了夏全与刘琸，可是她又有了新的麻烦。李福与刘庆福二人突然水火不容了起来。这两人向来互相猜忌，矛盾越积越深。楚州大乱后，城里和军里都极缺粮食，李福派人向刘庆福索借军粮。刘庆福称自己短缺军粮，推辞不给。

李福恼了，亲自到了他的军营，质问刘庆福道："赶走许国那次，你们打开了制置使官衙府库，抄出几十万两官银。那些都是军饷，可你们却全部私吞了事。现在我们缺粮，你难道不该调剂些给我们吗？"

刘庆福当即叫起了撞天屈："李将军不要听信那些谣言，哪里有那许多银两。你要是不信，我叫人现在就打开仓库，你自己去看吧。"

李福冷笑了几声："到底有没有，你自己心里最清楚。咱们两军的关系不浅，这次到底借还是不借，你说个实话罢。"

"李将军，我军中真是没有余粮了，实在爱莫能助。"

"那好，告辞了。"李福扭头就走。

刘庆福知道李福不会善罢甘休，情急之下紧赶了两步，说道："李将军停一下，有一件大事，干系不小。我一直以来不知真假，正要向将军请教呢。"

李福听他说的郑重，便停下来回头问："什么事情？"

刘庆福诡异地笑了："还记得三年前的济王案吗？那妄想拥立济王称帝的潘壬和潘甫兄弟两个，曾经写信给李将军，请我们出兵湖州？"

"那又怎样？我们又没去。"

"可有人给潘壬他们去信了，说要一道起事！"

李福顿时警觉起来："你这话什么意思？到底想说谁呢？"

"难道不是阁下？"

"血口喷人！你有证据吗？"

"嘿嘿，李将军别忘了，那潘壬起事失败后，为什么要逃到楚州来？"

"我怎么知道？"

"他根本就是来找你的！我的手下明亮抓到了他。都还没打他，就全部招供了。那份供词，嘿嘿，一直就收在我的手里。"

"呸，那是诬陷！"这时李福明白了："哦，你在威胁我？"

"不敢。都是过去的事啦，李将军。我这人不喜欢与人为恶，可也不想有人总刁难我。我们以后就互相让一步吧,如何?"

李福心里明白,他说的话都是真的,现在自己的把柄被他拿住了。只怪当初自己贪图富贵,想冒险赌一次,就擅自派人去湖州回复了潘壬。本以为事情做得隐秘,没想到却被刘庆福这厮抓到了把柄。

于是他杀心顿起,却笑眯眯地叉手对刘庆福说道:"好说,好说。"

这之后,他开始整日盘算,如何除掉刘庆福。

细心的杨妙真很快发现李福形迹不对,就询问他发生了什么事情。李福知道这个弟妹最有主张,于是将事情的原委和盘托出。杨妙真听后大为恼怒,着实埋怨李福糊涂。但她更加怨恨刘庆福包藏祸心。两人下定了决心,合谋铲除掉刘庆福。

恰在此时,赵善湘为了稳定两淮局势,向朝廷举荐了姚翀接任淮东制置使。史弥远希望姚翀这个文官能够安抚住李全、杨妙真。于是姚翀还在上任的路上,就连写了几封谄媚的书信给杨妙真。杨妙真见他的态度极其谦卑,就同意了姚翀进入楚州,而且举办盛大的晚宴,要为新任制置使接风洗尘。

所有在楚州与盱眙的主要将官,都收到了赴宴邀请。

刘庆福当然也收到了请帖。这些日子,他害怕李福会对他下手,一直龟缩在自己的营盘里面。可这个宴会有新任制置使大人在,他料李福不敢造次,于是也去赴宴了。

这夜,楚州淮东制置使官衙外面分外热闹,大门外面站满了将军们的亲兵队列。官衙朱红色的大门上,一对硕大的圆铜狮头以及叼着的铜环,在大门外亲兵们手执的火把光照下,熠熠发光,格外醒目。

张惠、张林、范成进、国安用、阎通、邢德等统领一一抵达。进去之后,众人发现官衙的大厅安排了三张圆桌,主位上已经坐下了新任制置使姚翀,左右陪位上分别坐了李福和杨妙真。李福跟姚翀谈笑风生,不知说了什么,他正在仰头大笑。

因为主桌上再没有安排其他座椅,众将被仆役们依次引导,坐到了两张次席之上。

张惠立时就不高兴了,冷着脸一声不吭。

张林跟李福素来有仇,见他一副小人得志的模样,冷笑一声说:"李福兄弟,听说你高升制置使了,恭喜啊!"

李福立即喝道:"这厮不要胡说。"然后指着姚翀说,"这位才是新任制置使,姚翀姚大人。从你开始,都过来参见吧。"

张林故意不理,大剌剌地坐了下来,自己斟酒先喝上了。

张惠哼了一声,将椅子拉开,仰面坐下,却把穿着军靴的脚重重地搁在了酒桌之上。

其他诸将虽没像他们二人那样,却也无人响应李福。

姚翀顿时觉得脸上无光,李福更是大丢颜面,因为恼怒,脸涨得通红。

杨妙真全都看在眼里,却不急不恼,微笑着让差役给众人上酒上菜,然后故意问道:"怎么,刘将军还没有到吗?"众将这才发觉还没有刘庆福。

这时,姚翀站起身,拿着酒杯,主动走到次席,对众将说道:"各位将军,本官到任楚州,初来乍到,将来之事有赖各位。希望我们戮力同心,为朝廷守好疆土,为陛下分忧解难。本官来时,已经发函转运使大人,军粮一定会尽快运来。各位将军,本官承诺,只要我在楚州一天,就绝不会让我们的将士饿着肚子为国守土!"

众人听姚翀说话,十分地谦逊,很是受用。毕竟是淮东主官,该给的面子还是要给的。于是众将陆陆续续站起身来,分别向姚翀敬酒示意。

正在这时,军士喊道:"刘将军到。"

刘庆福穿了便服,带了十几个随从在制置使衙门外下了马,就要直接闯进去。制置使亲兵当即拦下。刘庆福出示了请帖,可领头的亲兵只让他一人进去。刘庆福无法,就让随从们守在门外,自己独自进去了。

进去之后,识趣的刘庆福走到次席上,正要悄悄坐下来,那边杨妙真向他招手,说道:"刘将军请坐到这边来。"说完,吩咐手下搬了一张椅子过来。

刘庆福很是高兴,以为杨妙真给他面子,邀自己坐到主桌那里。他刚刚坐了下来,要向敬酒回来的姚翀致意,李福起身掏出了一份公文,大声说道:"各位,我有事要讲。"

众人安静了下来,姚翀很是惊诧,他有什么事?

李福大声念道:"兹有叛将刘庆福,勾结湖州匪党潘壬、潘甫等人,妄图谋逆,拥立赵竑篡位。经查实,证据确凿,人证物证俱全。刘庆福心怀叵测,危害社稷安全,罪不容诛。"然后停了一下,众人鸦雀无声。

这时,刘庆福已经彻底愣住了,他做梦也想不到,这个罪名竟然会安到自己的头上!然后恍然大悟,今天这桌宴席,其实是给他摆的鸿门宴。想到这里,头上的冷汗涔涔地流了下来,然后大喊:"你胡说,血口喷人!"

李福说道:"来啊,请证人出来。"

众人定睛一看,走出来一个低阶军官。有人认出了他,就是上回抓住潘壬的那个小校明亮。这明亮走过来后,先向姚翀和杨妙真叉手施礼,然后转向众人,指证当初刘庆福跟潘壬勾结,要带兵到湖州去。上回潘壬逃到楚州来,就是要投奔刘庆福的。

刘庆福听得顿时蒙了。明亮如此颠倒黑白,一定是被李福收买了。他不由得心头怒焰腾腾烧起,大骂道:"贼子明亮,你收了他们多少钱财,竟敢背叛诬陷于我,我要杀了你!"

说完就要拔刀,可今日来赴宴,哪里有武器在手。正好手边有一把酒斛,抄起来就向明亮砸了过去,酒宴的秩序顿时大乱。

第九章　临安大火（一）

李福见刘庆福想要行凶，大喝一声："来人！"

十几个军士应声从外面冲了进来，他们都是李福的贴身卫士。李福手指着刘庆福："将此人拿下。"士兵们上前就要捉拿刘庆福。

刘庆福见势不妙，大喊："谁敢拿我？"

话音未落，他的背后有人冲了上前，一脚将他踢倒，士兵们一拥而上，将刘庆福捆绑了起来。

李福冷笑了一声："刘庆福勾结叛逆，妄图谋反，推出去立即处斩。"

刘庆福破口大骂李福卑鄙，又转头向姚翀高声呼救。可姚翀早被如此变故惊得目瞪口呆，哪里还能说得出话来。刘庆福又转头向次桌的统领们求救。

张惠看不下去，刚要站起来说话，被范成进一把拉住。范成进轻声说："这事不能管，小心惹火烧身。"张惠顿时醒悟了过来，这是做局设的鸿门宴，弄不好今天自己能不能回去，都还不知道呢。

于是众统领无人吭声。这时外面刘庆福的亲兵已经被缴了械，全都蹲在地上，眼睁睁地看着刘庆福被推到墙角当场行刑。亲兵们强按着心头的悲愤，敢怒而不敢言。

随后，刘庆福的首级被送进了晚宴现场，放在盒子里交给了姚翀。李福叉手向姚翀行礼，请他向朝廷详细奏报此事原委。

姚翀这时醒悟过来了，原来李福与杨妙真利用欢迎自己的晚宴，将刘庆福诓来，又将他当众杀掉。恐怕他们除了要去掉心头之患之外，还要给自己一个下马威,更要向其他将领示威。自己刚刚来的第一天,就毫不知情地被他们算计利用了。

但他毕竟是官场老手,一旦明白发生了什么,就立即知道该如何说话了,"好,好,这个人就是戕害前任制置使许国的罪魁祸首,杀的好!李将军,本官一定向朝廷为你们请功!"

李福向姚翀行礼表示谢意。

杨妙真见此时次席上众将鸦雀无声,就走了过去,向众人敬酒压惊。张林本来心惊胆战,担心李福也会向他下手,见杨妙真向自己敬酒,知道他们此刻应该不会为难自己。但是自己后悔万分,今天实在不该亲身赴险,不由得惊出了一身冷汗。

其他人也是各怀心思,宴会变得索然无味。过了片刻,众人就纷纷借故告辞了。

宴会结束后,姚翀回到书房,立即向朝廷书写奏报,将今天发生的事情详细记录了下来,最后写下了自己的评判:"李福诬杀刘庆福,个中缘由,晦暗不明。李、杨等人心胸险恶,匪性难除,楚州乱象恐难平息。日后淮东局势,为祸非浅,应早做准备。"

姚翀的奏章上达枢密院之后,郑清之随即下令赵善湘,暂停补给盱眙与楚州忠义军。两地军中缺粮越发严重,士兵中间谣言四起,随时可能哗变。诸将先后派人向杨妙真与李福要粮,而杨、李二人一味推托不管,只让众人向姚翀催促朝廷尽快送来军粮。

众人无法,一齐来找姚翀。姚翀就告诉众将,自己上任时带了一批粮草已经全数交割,都在李福那里,大家可以找他磋商分一些去。众人犹如被踢球般地再去找李福说理,谁料李福不但不允,而且恶语相加。惹得诸将大为恼火,只要提起李福,人人都是切齿痛恨。

这时,有人散布消息说,朝廷不肯发放军粮的原因,是因为真正想要造反的人是李福,并不是刘庆福。刘庆福是被冤杀了的。于是就有人开始暗中串联,密谋要杀了李福以让朝廷安心。此时淮东的局势,犹如堆满的干柴上面，又泼洒了烧油，只要一点火星就可以燃起冲天大火。只有姚翀在中间苦心经营，勉力维持着各方的平衡。

远在青州的李全，本就对朝廷一年来拒不出兵援救自己极度失望，如今知道楚州的情形后，失望于是转为怨恨。先是许国，然后是刘琸，最后是姚翀，没有一个心怀善意，都希望把忠义军的人马整垮。如果自己再不回去，楚州那里随时可能发生哗变，自己就会失去这个仅有的根基。因此李全万分焦虑地等待着孛鲁回来。

十天之后终于等到孛鲁过来了。李全向他苦苦请求，要带兵回楚州去。孛鲁面无表情地听着，无论他怎么讲，孛鲁只是摇头。李全万般无奈，却又不敢惹翻了孛鲁，只好极其失望地退了出去。

李全的心腹穆椿见他一筹莫展，便说："大帅，咱们本来是被困孤城，内无粮草，外无援军，这才无奈投降。所以孛鲁疑心我们不是真心投降。那咱们必须按照他的吩咐，做一件重创朝廷的事，才能让孛鲁彻底信任。"

"那你说该怎么做？"

穆椿回道："我们不必公开跟朝廷翻脸，只需做得非常隐秘。"

两人商议了半天，最后想出一个凶险绝后之计。李全嘿嘿冷笑："朝廷的衮衮诸公，你们不仁，就不要怪我李全不义了。"

第二天，李全将穆椿派往了楚州。穆椿悄无声息地潜入楚州后，立即去了李福那里，随即又将杨妙真请了过来。

杨妙真见穆椿回来了，顿时大喜，急问李全情形到底如何。

穆椿就将李全迫不得已降了蒙军的经过详细讲述了一遍，杨妙真不由得紧锁双眉。

李福一拍大腿，说道："降得对，早就该降了。这么些年，受够了许国和刘琸这些狗官的窝囊气，反了算了。"

"大哥慎言！"杨妙真对李福这样说话很是不满。

"怕什么，穆椿是咱们自己人，信不过他，我兄弟也不会派他回来了。"

"大哥，我是担心你说惯了嘴，万一被外人听了去，又要惹出一场风波来。"

李福懊恼地拍了一下桌案:"诶,这楚州算是咱的大本营,可现在说话、做事,咱们都得处处小心,真让人憋屈死了!"

穆椿笑道:"李将军不要着急,我这趟来楚州,就是要商量一件事情。办好了,孛鲁王爷就会放手让将军回来大干一场。"

"哦,什么事情,快说。"李福很是好奇。

可杨妙真的眉头皱得更紧了,她有一种预感,下面的麻烦将会越来越多。

穆椿就将李全跟他商量的计划讲了出来,杨妙真一听就摇头说:"不行,绝对不行。"

"夫人有什么担心呢?"

"你们没有人接应,这件事情绝对办不成。更何况,赵范、赵葵他们正鸡蛋里挑骨头,给我们找麻烦呢。万一走漏了风声,他们一定会唆使朝廷出动大军征讨我们,到时候我们连楚州这个落脚点都没有了。"

"夫人,事在人为,只要我们筹划得当,此事很有希望成功。"

李福听到了这里,笑着说:"穆椿兄弟说的对。弟妹,你是有些过于担心了。依我看这件事并不难办。"

"哦,你有什么主意吗?"杨妙真见他很有把握的样子,也起了一点好奇心。

"要办成这件事情,就一定得出其不意。"

"可临安那里有人接应吗?"

"当然有,弟妹。这几年来,我结识了一个神通广大的人物,他叫上官镕。前次湖州济王事件,就是他背后操控的。"

杨妙真更加好奇了,问道:"你怎么会认识这个人呢?"

李福笑了:"我原来当然不认识他。世上的事情,要想人不知,除非己莫为。这上官镕在背后指使潘壬、潘甫他们做了很多大事。他以为自己不为人所知,可日子久了,那潘壬也搞清了上官镕的真实身份。"随后,李福将湖州之变的经过讲给了二人。

接着说道:"潘壬事败后,跑到楚州来,就是要投奔我的。被明亮捉住后,为了保命,他和盘托出了湖州事件的全部秘密。而明亮早就是我的人,他在第一时间通知了我。所以我才知道了湖州之事的内幕。大哥知道你们不想惹这种麻烦,所以就没有告诉你们。"

杨妙真叹了一口气:"大哥你糊涂啊,这件事情怎么能不让我知道?"

"还不是怕你们担心吗?你放心,那潘壬当日就被我割了舌头,下了药后然后由明亮送去了临安。那次明亮不但领了朝廷封赏,而且找到了那个神秘的人物,上官镕。"

穆椿奇怪地问:"难道那个上官镕不将明亮灭口吗?"

"所以你干不了人家的大事。"李福笑了,"这几年来,他不但没有找我们的麻烦,还跟我合作,做了好些大生意。他需要我们这里的水路通道,将他的货物安全地运到金国去。他赚到了暴利,自然分给我们一部分。"说到这里,李福更是得意。

听说了这些事情,杨妙真劝道:"大哥,这种人太过复杂,还是不要招惹为妙。"

"不跟这些有本事的人来往,哪里能赚到那么多银子呢?如果没有这些银子补贴,我军营的粮饷也早就不够了!现在是有粮就有兵,而兵一旦多了,朝廷就会高看我们,别人才会怕我们。弟妹,你说对不对?"

"大哥,你得听我的劝。刚才听你的讲述,我觉得上官镕这个人,就是一个深不可测的陷阱。你跟他打交道,总有一天会把自己陷进去。"

"弟妹放心,李福从不做亏本的买卖。你看,我兄弟这件事情,不就得人家帮忙吗?"

"你如何知道他一定肯帮你呢?"

"这三年来,我已经基本摸清了这个人,他应该就是金国皇帝安插在临安的卧底细作。所以我们这件事情,他一定会帮忙。"

杨妙真连连摇头:"这还牵涉上金国了,更加麻烦!大哥你听我的,千万不要做这个事情。相公那边，我再想办法，一定让他平安回来就是。"

李福与穆椿见杨妙真的态度极其坚决，只好不再说了。

杨妙真离开以后，李福对穆椿说："女人胆子小，做不得大事。明天我带你去跟明亮见面，你们两个仔细商量一下，用两天时间做好准备，尽快出发。"

穆椿叉手施礼："太好了，李将军放心，我等一定不虚此行。"

第二天，李福瞒着杨妙真，挑选了四个武艺出众的贴身卫士交给穆椿和明亮。随后两天，一行人精心地做了各种准备，然后悄悄地潜出了楚州城……

第十章 临安大火（二）

这天是中秋佳节，正是临安城里满城金桂最为繁盛的时候，浓郁的香气熏得人有些微醉。佳节之夜，人们不约而同地来到湖畔、江边，将"一点红"小水灯放到水面之上，任由四处漂流。远远望去，水面上漂满了各种样式的水灯，好似繁星片片。还有的人则忙着敬香，安排果品，祭拜江神。

而御街、清河坊这些热闹之处人潮涌动，人们都在闲逛夜市，赏玩花灯。御街的两旁，数万家临街商铺，纷纷挂起了自家的花灯：元宝灯、鱼鳞灯、芝麻灯、金鱼灯、荷花灯、莲子灯及各种鸟兽花树灯等等，令人眼花缭乱。两层以上的楼房主人，将做好的花灯用绳系在竹竿上，悬挂在顶楼的屋檐和露台上。

在犹如硕大圆盘的朗月衬托之下，满街的花灯更显得美轮美奂，精巧别致。这夜满城的灯火，将临安城装点得如同幻境一般，安静祥瑞。

宫里各处悬挂的花灯，自然是最为精美华贵。有的悬挂起来长达数丈，层层叠叠，造型精巧，变化无穷。宫女、太监们难得放假清闲，更是三五成群地在御街各家店铺里赏玩，购买宫里不大多见的物件以及各种零食小吃，各色绒线、香料、蜜饯等物。

临安北瓦聚集了各种戏班，表演杂剧、傀儡戏以及说书等戏艺，入夜后，鼓乐声与叫好声混成一团，响彻几里之外。

平日夜间肃穆安静的皇宫，今日不同寻常地热闹。因为杨太后病情转好，奉行孝治天下的理宗很是高兴，临时下旨在宫里大摆夜宴，虽然夜深，皇宫里器乐之声一直响到四更。

理宗带着妃嫔陪奉着杨太后在慈明殿里中秋宴饮。宴乐已毕，理宗跟杨太后以及妃嫔们一边赏月，一边聊天说着闲话。因为杨太后喜爱水晶，香苑堂的宴席上，一应御用器物均以水晶制作。在理宗和杨太后的桌案后面，各立有一架水晶嵌成的巨大屏风，清澈通透，纤尘不染。

慈明殿的香苑堂就在湖畔，理宗陪着杨太后站到堂前的水榭上赏月，此处荷香四溢，放眼看去，月光流动，水面上下恰有两个圆月，互为映衬。水波清泛的湖心，有一座精致的水上亭阁，全部是由不远千里地从新罗运来的白松木构筑。远观此亭洁白柔美，好似仙阁一般。从岸边曲折来回牵连至湖心亭的长桥，全是玉一般晶莹剔透的白石筑成。

杨太后在湖边赏月片刻，稍觉夜凉，便回到香苑堂。老太后却又兴致不减，即兴调墨题词了一幅画卷。理宗陪在一旁细观，不住地称赞："太后，佳节良宵，此画实在应景。"

杨太后笑着说："皇上既然喜欢，这画就赠与陛下赏玩吧。"

说完，吩咐身旁侍候的宫女把自己的印玺盒拿来。取来之后，杨太后挑选了那枚"坤卦小玺"，蘸了印泥在画上加盖了一次。理宗接过此画，爱不释手，轻声念道："'相逢幸遇佳时节，月下花前且把杯。'此画就叫作《月下把杯图》吧。"然后又念了杨太后刚才题写的另一首，"人能无着便无愁，万境相侵一笑休。岂但中秋堪宴赏，凉天佳月即中秋。"

杨太后看着面前年轻的皇帝，听他念到"万境相侵一笑休"时，突然想起了济王妃吴氏，她此刻正在荐福寺带发修行，赐号"惠净法空太师"。杨太后想到吴氏悲惨的遭遇，不禁伤感了起来。

理宗见杨太后的情绪低落下去，以为老人经不住熬夜疲累了，便劝她回鸾休息。杨太后摆了摆手，吩咐身旁的太监将酒宴上的各色果品点心，每样挑一些放到果盒里，再带上些绫罗布匹和太平通宝金钱五十枚，立即送到荐福寺，交给惠净太师过节支用。

理宗这才明白，老太后心里一直记挂着吴氏，顿时心生不悦，但又不能

053

说出口来，只好装作不知。又坐了片刻之后，众妃嫔们随着杨太后的离开各自散去。

这夜，皇城内外全都沉浸在一片安详的节日气氛里。

可临安人做梦也料想不到，一场巨变就要发生了。大约五更时分，街面上的人群已经散去，闲逛游玩的人们陆续回到各自家里补睡一觉。

这时七八条黑影悄无声息地潜入了御前军械库和储物库附近，为首的两个大汉翻墙进了军械库，从里面将侧门打开。此时侧门外守卫的几个士兵已经被其他黑衣人杀死，身上的衣甲被剥了下来，穿到黑衣人的身上，然后这几个人扮作卫兵守在门口。其余的人分头则在军械库里到处泼洒火油，随后四处点火。军械库里开始冒出了黑烟，迅速地燃烧起来。

值守军械库的军官惊醒了，慌慌张张地带了十几个士兵冲出来，正试图救火。黑衣人立即拔刀，向他们突然袭击过去。由于没带兵刃，这些士兵被黑衣人迅速砍倒，只有军官还在跟两个黑衣人厮斗。随后一声弓弦响动，军官中箭应声倒地。

黑衣人在点火之后，用重锁将军械库大门锁死。随后赶到了附近的御史台吏周浩家，不久周浩家也烧起了大火。

御史台附近人烟密集，临安百姓的房屋多是"席屋"，以竹木为主构建，用茅草、竹席覆盖，房屋的四周围墙，也多是芦苇隔断，涂上黄泥，用石灰粉刷。一旦一处着火，其他房舍隔离不开，火势便迅速蔓延。不久御前军械库的火药房发生了爆炸，一声巨响爆出，顿时黄雾弥漫，黑烟四起，扬起的烟尘入鼻酸涩无比，熏得人无法睁眼。

理宗刚刚入睡不久，被这声巨响震醒，心知不妙，一定是出了大事。他立即叫来了董宋臣，派人出去打听发生了什么事情。接着又叫来了江万载，吩咐他将禁军点起，随时准备出动。

此刻，临安城的着火范围越发扩大，而且火势越加凶猛，黑黄烟雾四处弥漫，即使相隔几丈之外，也分辨不清四周的情形。几路大火，沿着街道向外围迅速蹿了出去。

惊醒的女人、小孩哭喊着向外呼救，人们顾不得自己的家私财物，急匆匆地扶老携小向城外逃去。而许多老弱孤残无法逃脱，就葬身在烧塌的房屋里面。临安的街头，到处都是四散逃难的人，互相推挤，甚至发生了踩踏，一时间秩序大乱。临安府派来救火的衙役们被拥堵的人群推挤，无法进入火场，只能眼睁睁地看着大火到处肆虐。

之后大火烧了两天两夜，才渐渐扑灭。南至太庙墙，北至太平坊，东至新门秘书省前，东南至小堰门，西南到宗正司、吴山上狱庙、皮场庙，东北至通和坊，西北至开元宫门楼，都有烈火燃烧，近三成的临安城为之一空。临安府事后上报朝廷，这场大火共烧毁民宅五万多家，灾民多达三十多万人，死伤数千。

尤其是朝廷的御前军械库与储物库被付之一炬，多年积累下的军械、盔甲、火药等，全都损失殆尽。兵部尚书余天任带着属下们核查损失，眼看着烧成一片焦炭的军械库，不禁心如刀绞，众人都潸然泪下。

由于五万多户的临安百姓失去了自家的房屋，生活困顿，理宗下旨临安府务必妥善照顾，安抚民心。三年前，理宗对临安府少尹吴全的办差能力很是不满。但宰相史弥远与多名朝廷大员如梁成大等先后上书力保，所以吴全幸运地得以留任到现在。吴全自知这次一定难逃罢官的结局，心灰意冷之下，对救灾之事三心二意，敷衍塞责。上司官长对救灾是这样的态度，下属们自然更加懈怠。临安府官员上下如此失责，一时间惹得民怨沸腾。

这次大火烧毁了大量普通官员和百姓的宅舍，而宰相史弥远的府邸，位于远离皇城的湖边，所以得以独全。失去房舍的官员和百姓们对此都议论纷纷，人们心里的怒火不约而同地烧向了史弥远和吴全。

一时间传言汹汹，人们都说本来大火可以得到及时控制，但是吴全却擅离职守，没有尽责组织灭火。更有人传言，吴全将大量的差役派往了宰相府邸附近，以防大火蔓延烧到史家。因而在真正着火的地方，差役和兵丁的数量严重不足，导致迟迟不能控制大火。

这是严重的指挥失当，人为扩大了这次火灾的损失。御史们可以风闻奏事，但他们不敢得罪威权赫赫的宰相史弥远，于是将参劾的矛头全都对准了吴全。

第十一章　新任临安（一）

　　今天的朝会，文德殿里气氛异常凝重。宰辅们除了史弥远没有上朝，其他参知政事以及在朝三品以上的官员全部到齐。

　　理宗坐在龙座上逐一扫视这些大臣们，特别地在吴全身上停留了一下。理宗对吴全的失职万般恼怒，但他早已学会隐藏自己对官员的好恶。君主必须有天子威仪，不能让臣下看透自己的心思。这是以前郑清之与真德秀给他讲学时都提到的，理宗一直牢记在心。他冷冷地看着众臣，将这个令他厌恶的吴全视作空气。

　　这次临安火灾如此严重，宰辅们理应做一个详细的奏报。郑清之第一个出列，将救灾的情形叙说了一遍。随后郑清之对吴全发起了弹劾。有第一副相开口弹劾，御史们也纷纷出列，罗列了吴全的各种失责。

　　理宗听着，眉头深深地皱成一团，双手不由得紧握起来。

　　吴全则面无表情，眼睛木呆呆地盯着自己脚下，沉默不语，一句也不辩解。

　　等众人参劾完毕，吴全主动将自己的官帽摘下，向理宗躬身说：" 陛下，臣无能，未能制止火灾，罪臣无言可辩，甘愿领罪。"

　　理宗冷冰冰地说：" 吴全，你的罪不只是火灾本身。那么多灾民需要救助，他们正处在困顿当中，需要你这个父母官去安抚、慰问，给以救济。" 说到这里，理宗略微提高了声音，质问道："可是你呢，你都做了些什么？"

　　皇帝的语调虽然没有动怒，但难以掩饰他对吴全的厌恶。于是吴全"扑通"跪倒："陛下，总是为臣办事不力，未能给陛下分忧，臣……知罪。"

理宗竭力掩住自己的愤怒，以平静的口吻说道："来人，将罪官吴全带到大理寺监牢收监，由大理寺、刑部和御史台共同审问。"

两个当值的侍卫应声而出，将吴全押了下去。

随后乔行简出列奏道："陛下，当务之急就是赈灾，天子行在千万不能民情不稳。否则，一旦出现了灾民哗变，那就很难收拾了。"

理宗问："乔大人所说有理，依你看，该如何赈灾？"

乔行简回答说："目前很多灾民都失去了自己的房屋和财产，他们居无定所，身无分文。朝廷赈灾的要务，第一是粮食，第二就是住所。尤其是再过些日子入冬后，灾民急需过冬的衣物，朝廷都必须提前准备。"

郑清之接着说："陛下，这次火灾中临安的粮仓受损不小，单靠临安现有的存粮远远不够，急需向外郡征调粮食。"

理宗点头："该从哪里调粮呢？"

"先就近征调，可以从绍兴府、庆元府、台州府等地紧急调来一批粮食救急，其他州府如苏州、松江、徽州等地都要陆续将库存粮食运过来。"

"准奏。朝会后就拟旨，你们几个可以随时来找朕，朕随时就批。要赶紧去办。"

"臣等领旨。陛下，粮食的事情容易办些，可灾民的住所问题，臣等一时间也没有太好的办法，陛下请容臣等商议。"

理宗问："这一次烧掉了这么多民房，能尽快重新建起来吗？"

赵汝谈出列奏道："陛下，这是不可能办到的，现在建房需要的材料短缺太多。以往火灾过后，光临安附近的竹木供应，根本无法满足建房需要，这次更加如此。朝廷必须想办法从外地征购大量的竹木。"

理宗皱着眉问："这次火灾烧了那么多房屋，就是因为太多房子都是竹屋的缘故，如果再用竹木，下一次火灾怎么办？"

乔行简回奏道："陛下，多年以来，官府一直提倡民间改建瓦屋，但是瓦屋的费用要比席屋多十倍，一般临安的居民负担不了，只得作罢。实话说，现在官府里面低级一些的官员，他们也只能住在席屋里。"

理宗听了，默然无语。

余天锡出列奏道："请陛下不要忧心。臣等已经派人去联系了径山寺、灵隐寺、普照寺、昭明寺等各家宫观院庙，他们都答应腾出空房来，有的甚至愿将佛堂和大殿挪出来，以供安置灾民之需。"

理宗听罢，皱紧的双眉稍微舒展了一些，吩咐几位参知政事："就请你们几位辛苦一阵子，尽快拿出一个办法。还是要争取在入冬之前建造一批新屋出来，尽可能多安置些灾民。"

郑清之领衔，乔行简、余天锡与赵汝谈一齐应声："臣等遵旨。"

理宗叹了一口气："近些年来，每隔三五年，临安就会有一场大火，除了因为房子本身易燃，有没有其他的原因？这次务必好好总结一下，不要将来总是吃同样的亏。"

余天锡站出来说："陛下，这次的确有所不同。"

刚说到这里，郑清之急忙拦住了他，奏道："陛下，要不朝会就暂且到此吧？各部都有紧急事务需要处理。臣等还有事情，要细奏陛下。"

理宗心里明白，郑清之要单独陈奏，一定跟火灾的原因有关。看来，这次火灾大有蹊跷。理宗就冲董宋臣点了一下头。董宋臣高喊："退朝。"

下朝后，大臣们议论纷纷，很多人都看出来了，这次火灾可能非同寻常。

莫泽与赵汝述两人边走边谈，后面梁成大追了过来，笑嘻嘻地说："莫大人，赵大人，依我看来，这次赈灾非得你们二位出马不行了。"

莫泽笑着问："哦，梁大人为何这么说啊？"

梁成大将手一摆："莫大人，你是户部尚书；赵大人是刑部侍郎。只有你们二位出马，才能镇得住哇！"

官场上都知道，历来赈灾的事情里猫腻很多，油水很厚。莫泽知道梁成大很想插手。"梁大人，主持赈灾的人选，关键是要德高望重。我觉得梁大人你才是最合适的人选！"

梁成大听这话正合心意，哈哈大笑了起来："按说怎样都轮不到咱的。

不过，真要是我去担任此事，一定会请你们二位鼎力相助。"

三人会心地大笑。笑罢，赵汝述说："二位大人，依我看来，这次主持赈灾的官员，很有可能就是新任临安。"

梁成大惊讶地问："老赵，这人是谁？你是不是听到什么风声了？"

"没有没有，这只是我的猜测。你们刚才都看见了，现在上下对吴全都是义愤难平啊。吴全倒台了，谁来接这个烂摊子呢？皇上和他们几位参知政事，应该正在商讨谁来接任临安。我想，这个人必须得有威望，资历很深才行。"

莫泽与梁成大对视了一眼，问赵汝述："老赵你分析的有道理，这人会是谁呢？"

"莫大人就别猜了，咱们一定得争。我们这就去找史相，不管他是谁，必须史相点头同意才行。"

于是三人约好，公事结束后一起到宰相府去。

此刻文德殿的偏殿里面，四位参知政事正在向理宗汇报一件让他极其震惊的事情：有人杀害了军械库守卫士兵，然后纵火焚烧了军械库，这就是引起大火的原因。

这消息太过惊悚，理宗觉得实在匪夷所思，他丝毫不掩饰自己的愤怒了，高声问道："狂徒猖獗！查到是什么人干的吗？"

郑清之摇头回答："目前还在调查当中。因为是禁军士兵被杀，军械库被烧，这个案子直接由殿前司接手了。江万载带着人正在勘查。为了保密，暂时没有知会临安府，也没有惊动刑部和两浙路提刑司。"

理宗这才明白了，为什么一直到现在都没有见到江万载。

余天锡接着奏道："除了军械库那里受到了袭击，还有御史台周浩一家被杀害，歹徒放火焚烧了周家。因此，这次火灾共有两处起火点。"

理宗已经十分震怒，猛拍了一下书案："狂妄歹徒，丧心病狂！竟敢在天子脚下杀害朝廷命官，纵火焚城！"然后他想起了江万载正在调查此案，立即说道："查案不是江万载的专长，他现在哪里？叫他过来回话。"

董宋臣赶紧回答："遵旨。"赶紧派出了内侍去找江万载。

理宗盛怒之下，问余天锡："歹徒杀害了周浩一家然后放火，这肯定不是巧合。周浩平日里有什么仇家吗？"

余天锡曾经掌管吏部，对朝里的官员最是熟悉，所以理宗自然会问余天锡这个问题。余天锡回答说："这个周浩平日为人过于耿直，经常为各种事由弹劾官员，因此得罪了不少人，很多官员对他都很不喜欢。"

听到这样的回答，理宗很不满意："不喜欢耿直的官员？我朝的官员都这样想吗？"

余天锡很是后悔刚才自己的话轻率了，赶紧描补解释："不，不，臣不是这个意思。他以前的上司在考评档案中，曾经给他写了这样的评语：'该员语言偏激，行为古怪，不能与同僚和睦。'陛下，为臣只是转述他上司的评价。"

第十二章 新任临安(二)

理宗沉着脸,心想这其实是个好官!

赵汝谈站出来说:"陛下,臣建议,立即将周浩生前所有的弹劾奏章整理出来,或许里面会有线索?"

理宗点头:"赵大人言之有理,这件事情就交给你了,要尽快办好。"

"臣遵旨。"

理宗又加了一句:"不过,也不要完全排除误撞误杀的可能。整理出来后,你要跟江万载好好商议。"

"臣明白。"

乔行简说道:"陛下,刚才朝会说到,尽快赈灾以安抚人心是当务之急,可查案也是刻不容缓。这两件事情,都跟掌管临安府的官员密切相关。朝廷必须尽快选出一位合适的人选来接替吴全。"

理宗点头:"是啊。这件事朕也在犹豫,你们说说,都有哪些合适的人选?"

郑清之立即回答:"臣保举赵范,他素有政声,又有地方州府施政的丰富经验,最是合适。"

余天锡附议说:"臣赞同。"

乔行简反对说:"赵范的资历、才干都是够的,可扬州是金陵和江南的门户。楚州、盱眙那里频繁出事。有赵范跟赵善湘两人在那里,朝廷才能安心。他们二人都不能轻动。"

赵汝谈建议说:"要说民望和资历,真德秀真大人当然是不贰人选。"

理宗心里很是赞同，嘴唇动了一动，话到嘴边却又收了回去。

余天锡摇头说："赈灾情况紧急，可真大人现在福建老家，重新起复他赶到临安来，岂不误事？还是在现任官员里找的好。"

他这话听着是有点道理的，理宗心里很是失望。

乔行简上前提议说："陛下，臣有一个合适的人选。"

"哦，说说看。"

乔行简用手指向赵汝谈说："就是赵大人的胞弟，现任温州知州赵汝说。"

听到这个名字，理宗眼前一亮。当年赵汝说跟真德秀在潭州合作默契，现在温州任上，几年来为朝廷办了很多实实在在的好事。赵汝说的资历很老，官声正派，的确是负责这次赈灾的合适人选。而且温州距离临安不远，调令过去，来回不到十日，应该就可以上任了。

理宗刚要张口说好，突然又想起了一件事情，三年前赵汝说在潭州查处私盐大案，得罪了莫泽他们几个人。恐怕对他的任命，莫泽、赵汝述他们一定会强烈反对。到时如果史相不点头，怎么办？就算强行任命了他，有莫泽在户部，会不会在他任职临安期间处处掣肘呢？

几位参知政事没有想到理宗在短短时间，想了这么多事情。赵汝谈率先表态说："臣弟之才，只怕不堪此任。还是物色其他人选吧。"

乔行简微笑着说："举贤内不避亲，外不避嫌，这是宰相之责。陛下，为臣以为，赵汝说无论是资历还是才干，都是合适的，况且他平素为官清廉，担任临安知州又是平调，我看不出有什么可以反对的理由。"

郑清之知道莫泽、赵汝述他们跟赵汝说不对付。但是他们几个人官声很差，自己本来就跟他们并非同道，如果这时却开口反对赵汝说调任临安，就会授人以柄跟莫泽他们同党了，于是他开口说道："陛下，臣不反对。"

余天锡跟着郑清之说："臣也不反对。"

看到几位参知政事勉强达成了一致，理宗心里踏实了。但他并没有立即表示同意，只说要征求太后的意见后再定夺此事。

几位大臣心里明白了，皇帝对赵汝说的任命是支持的。至于动用太后的名义，当然是用来应对朝中可能的反对，特别是用来搪塞史相的反对。

乔行简抚须微笑，心里很是赞赏理宗的做法，这位年轻的皇帝真是越来越老练了。

正如几位副相所料，杨太后对赵汝说任职临安当然是全力支持的。第二天，吏部就接到了圣旨，紧急派人送函到温州去，急调赵汝说改任临安，全权负责本次赈灾一事。

温州地处浙江东南沿海一线，这里是朝廷海路贸易的中心。这条海岸线上最重要的港口有两个，一是明州，另一个就是温州了。昔日高宗逃难，就曾经落脚在温州。史弥远主持的嘉定和议谈成之后，由于对金岁币增加，又要负担犒军钱三百万贯钱，朝廷的税赋压力陡然增加。

为了解决朝廷财政困难，赵汝说在温州大力促使对南洋各国的瓷器、丝绸贸易。此时最为流行的瓷器便是浙江的龙泉瓷，对内能满足皇宫需要，对外能行销各国，龙泉陶瓷出口的起点就在温州。这几年来，在赵汝说等一批官员的努力经营之下，由温州联结到泉州、广州等地的瓷器外销格外兴盛。"市舶之利最厚，所得动以百万计"，大大缓解了朝廷的财入困顿。为此赵汝说屡次受到朝廷的褒奖。

赵汝说在温州干得风生水起，以为自己即将终老于温州任上了。这日，突然接到兄长赵汝谈的一封急信，信中详述了临安大火的事情，并告知他做好准备，皇上可能随时调他就任临安知州，负责赈灾一事。

赵汝说拿着这封信，来来回回读了好几遍，不禁踌躇了起来。夫人范氏见他心事重重，就问："老爷，这信里说了什么事，让你这样犹豫不决？"

赵汝说没有回答，只将书信递给了夫人。范氏读后，立刻明白了丈夫的处境，叹了一口气说："温州虽然偏远，却是个和顺的地方。我一直以为，我们一家都会在这里彻底安顿了呢，没想到他们还要把你架到临安那个火炉上去烤。"

"夫人，你为何这样说呢？"

"他们要你去临安,不就是去接那个吴全留下的烂摊子吗?赈灾的事情向来复杂,上下都在盯着。如果有人背后掣肘,老爷你很难办事的。"

赵汝说捋须点头:"我犯难的也就是这个。据说吴全就是宰相史弥远的心腹之一,我去顶了他的位置,史相如何肯善罢甘休呢?"

"更何况还有御史被害和纵火大案,到底是什么人才会干出这等恶事?老爷啊,临安那里的重重黑幕,哪里是那么容易揭开的呢?"

赵汝说轻声叹道:"是啊,这才是最让我忧心的事情!"

"那老爷如何打算?"

赵汝说沉思了片刻:"圣旨明后日就到,不去是不行的了。夫人,我此去临安,干系很大,有太多的风险。你和孩子们就不要跟我去了,等以后看情形再说,如何?"

"也好,老爷,我在这里维持家里稳定,好歹你也安心些。孩子们都在进学的时候,不要让他们为你的公事整天担惊受怕。"

"夫人所说的正是我的想法。不过,夫人不要太过担心了,这天下不是他史相的天下。我有太后和皇上的支持,兄长又在阁,料他们也不敢太过分就是。"

"嗯。老爷,还有一样,临安可比温州大多了。你又有那么棘手的大案要查,更加需要一些信得过,又很得力的帮手。"

"夫人说得很对,我刚才也一直在想这件事,打算把原来在潭州的一些部下调到临安去,冉珽、冉璞兄弟,还有蒋奇他们,夫人你觉得可行吗?"

范氏笑了:"当年就是你们这些人,一起把人家好好的财路断了。要是你们又在临安凑齐了,那些人能轻易饶过你们吗?"

赵汝说哈哈大笑:"可不就是,不是冤家不聚头啊!"

第二天上午,吏部的堂官带着旨意和公函到了温州府衙,赵汝说领着一班衙役接旨。宣读完旨意后,堂官拱手对赵汝说说:"临行前,参知政事赵大人和副都指挥使江万载大人,让我通知您一下,大人此去临安,路上务必小心,防止有奸人作祟。"

赵汝谠惊讶地问:"他们说的是什么人?"

堂官回答:"这个下官不知道,也无从猜测两位大人的意思。下官只是将他们的原话传到。赵大人,这次调任十分紧急,皇上希望您能尽快启程。"

"哦,请问给了我几日时限呢?"

"皇上没有明说。不过越快越好,临安赈灾一事万分紧急,可等着大人过去主持呢。"

赵汝谠点头答应,派了差役领堂官去驿馆休息,随后开始整理行装,安顿家里诸般事情,少不得叮嘱儿子们勤于课业,不得懈怠。

第二天赵汝谠出发之前,交给差役两封书信。一封送到潭州,交给转运使周成大人;另一封送到播州军都指挥使杨文那里,请他转交给居住在绥阳的冉琎、冉璞兄弟二人。

随后,赵汝谠跟吏部的堂官一道启程,赶赴临安。

第十三章　云台山庄（一）

这日，荆湖南路转运使周成收到了温州知州赵汝说的紧急公函，跟他磋商借调蒋奇到临安办理赈灾一事。周成让人叫来了蒋奇，将公函以及写给蒋奇本人的信件一并交给了他。

蒋奇将信仔细读了几遍。这信里还有一层意思，请他去一趟播州冉琎、冉璞那里，劝说他们二人跟他一起去临安府就职。蒋奇心想，自己曾经跟随赵汝说多年，现在他力邀自己到临安相助，于理于情都应该答应。只是冉氏兄弟近况如何，自己并不知晓，赵汝说肯定也不了解。也许这就是赵汝说请他去一趟的缘故吧。

周成见蒋奇拿着信，看得走了神，便问："怎么，你不愿意去吗？本官可以出面替你回绝掉，你不用为难就是。"

"多谢周大人，我没有什么为难之处。赵汝说大人昔日对我有恩，赈灾又是朝廷的大事，在下应该去的。"

"我看你好像有些心事，有什么顾虑，可以放心地说给我。只要能力所及，本官可以帮你。至少可以帮你决断一下。"

这位周大人对蒋奇很有好感，平日衙门里的大小公事对他也是多有倚重。蒋奇自然明白他的好意，"谢过大人。在下的家眷仍然留在潭州，如果有事，属下就拜请大人照看一下。"

"好说，你放心就是。"

次日，蒋奇收拾了行装，奔往播州绥阳。到了绥阳后，他直接去了当地官衙，向衙役打听冉氏兄弟的住处。这才得知，这几年来，冉琎、冉璞在云台那里置办了上百亩山田,又垦荒了附近的山地,创办了云台山庄。他们在山庄里建了茶园和果园。因为山庄很是兴旺,在绥阳一带无人不知,所以蒋奇毫不费力地就打听到了庄园的所在。

按照知情人的指引,蒋奇骑马来到了云台山庄。只见这个山庄依山而建,背后是一座极为雄伟的高山,寒冬里可以遮住凛冽的北风,向阳一面山势渐趋平缓。行走在半山的石径上,不时有泉水激射而出,水花飞溅,汇流成溪,沿着山道旁边流淌下去,在山庄附近的谷底聚成了一个湖泊。湖水清澈透明,有成群水鸟栖息在此。

俯瞰山脚之下,到处都种植了茶树和各种果树。绿茵茵的茶树排列整齐,有采茶人正忙碌其间。往庄子方向行去,看到成片的果树,蒋奇认得有核桃、杨梅、枇杷等等。蒋奇一边走,一边暗暗夸赞,这里可真是世外桃源。

快要进庄子的时候,蒋奇见到了大片的葡萄架。此刻虽然已是正午,艳阳最旺,空气却很是湿润。只见成片的葡萄架,均匀地排列分布。放眼望去,绿叶犹如碧云层叠,密匝匝的葡萄藏在浓厚的绿叶背后。阳光照去,好似玛瑙一般晶莹透亮。已经成熟的葡萄大如蜜枣,到处甜香四溢,沁人心脾。

蒋奇不由得停下马来,欣赏这番诱人的景致,一个庄客迎了上来,问:"客官,您是来买酒的吗?"

"哦,不是。我是你们庄主的好友,今天特地前来拜访。"

"您认识我们大庄主,还是二庄主?"

蒋奇笑道:"他们两个,我都认识。"

"我们大庄主不在庄里,二庄主正在前面带人检看果园。您向前走,说不定就遇到他了。"

"多谢了。"

蒋奇拱手致谢,然后沿着小路行了半里左右,远远地望见了几个人,其中有一个无比熟悉的背影,正站在一棵果树下面忙碌着。蒋奇的心头顿时涌上一阵喜悦，这不正是昔日朝夕相处，曾经一起火烧太平寨，又一起经历了湖州之乱的冉璞吗？冉璞的身形看起来，似乎比从前更雄健了一些。人已中年，他开始略微发福了吧？

蒋奇下马，笑着走了过去："冉兄弟，我来了。"

冉璞听到了熟悉的声音，一时愣住了。他惊讶地回头一看，顿时喜出望外："蒋兄，昨日我还想到你，没想到今天你竟然就来了。"

蒋奇上下打量着冉璞的脸，见他也蓄了胡须，不由得笑了，认真地说："几年不见，冉兄弟你的脑门上可有了皱纹啊。"

"可不是嘛，蒋兄的两鬓，白发也见多了。"说罢两人大笑，双手紧握互相问候着。

冉璞让一个庄客赶紧回去通知夫人谢瑛有客来访，然后陪着蒋奇在山庄四处走走看看，将他领进了庄子。

这时夫人谢瑛，辞官致休的谢周卿以及老家人谢安，全都等候在客厅里。冉璞将蒋奇直接引进了正屋。众人跟蒋奇一起经历了湖州之变，之后再也没有见过面。如今故人来访，自然格外地高兴。冉璞让庄客赶紧开宴，拿出了自家酿造的葡萄美酒，要跟蒋奇一醉方休。

蒋奇见餐桌上的酒杯晶莹透亮，跟平日用的酒樽大不相同，不禁十分好奇，将酒杯拿在手上不停地把玩。

冉璞笑着解释说："这是西域产的玻璃酒杯，杨文赠送给我们一套。因为今天咱们喝的是葡萄酒，所以特意用这西域的酒杯。这杯通体透明，正好用来辨认葡萄酒色。"

蒋奇很是好奇，问道："这酒果真是你们自家酿的？"

"当然。这还是杨文从西域请来的酿酒师教给我们的。蒋兄有所不知，因为播州自产粮食常年不能自给自足，所以官府严禁用粮食酿酒。如果用各种水果酿酒，则不但不禁，而且给予免税，大力支持。我们建庄以后，杨文特意为我们购进了来自西域的葡萄良种，经过三年种植开始大量出产。去年我们第一次试着酿酒，到今年才开始有些心得了。蒋兄，请品尝这酒呢。"

蒋奇听罢,端起了玻璃酒杯,见这酒的色泽呈现纯净的绛红色。闻了一下,觉得酒香浓郁,扑鼻而来,其中不但有葡萄香气,还带有新鲜的山梨等其他果香。尝了一口,开始时虽然有些酸涩,随后却感觉十分爽口,尤其余味悠长,而且令人食欲大开。

蒋奇顿时赞不绝口:"好滋味,这跟我平时喝的烧酒大是不同,而且还有特别的水果香气,应该不止葡萄一样?"

谢瑛笑着回答:"是的,蒋大哥。葡萄酒酿造的方法,我们还在摸索,所以尝试了不同选择。这是今年最新一批酿制的,里面除了葡萄,还加了梨和杨梅这些水果的汁液。"

谢周卿说道:"烧酒性烈易醉,喝多了误事。这葡萄酿的酒,恐怕更适合你们公门中人。"

蒋奇笑了:"谢大人是老知州了,最恨属下贪杯误事。您放心就是,蒋奇可是个明白人,从来没有因为饮酒而误了公事。"

听他提到了公事,众人猜测他一定是有事而来。

随后蒋奇放下了酒杯,说道:"冉兄弟,我这次来,是受了赵汝谠大人的委托,特地来请您出山的。"

刚说到这里,冉璞却笑着岔开了话题:"蒋兄,刚才提到了酿酒,我可是花足了功夫琢磨里面的法门。我们汉家传统的《北山酒经》里收录了葡萄酒法说:'酸米入甑,蒸气上,用杏仁五两。葡萄二斤半,洗净,去皮,去子,与杏仁同于砂盆内一处。用熟浆三斗,逐旋研尽为度,以生绢滤过,其三半熟浆泼,饭软。良久,出饭摊于案上,依常法候温,入曲搜拌。'"

蒋奇听得连连点头,然后又摇摇头,他听不懂这里面的意思。

"这其实错了,还是酿制米酒的法子。因此酿出的葡萄酒往往滋味不伦不类,口感不佳,因此不为人喜。我们用的是来自西域的酿酒法子,而且改良了许多。蒋兄,这酒的滋味可比寻常米酒要好上许多吧?"

蒋奇听他故意岔开了话题,这是回避赵汝谠之意,就回答说:"这酒确实不错,如果只埋没在播州就太可惜了。不如送到临安去,一定能大放异彩。"

谢周卿听了这话,大笑了起来:"我记得临安的饭庄酒店里,各种名酒极多。我们这自家酿酒如何敌得过它们?"

蒋奇正色说道:"谢大人,如果不试过一下,又如何知道呢?"

众人明白他的意思。冉璞放下了酒杯:"蒋兄,前日杨文来过,送来了赵大人的一封书信。所以我知道你此次前来的目的。这件事,须得等我兄长回来后,我们仔细商量才能定夺。今夜我们就一醉方休,开怀痛饮如何?"

蒋奇听他这样说,只好点头答应。

过了一会儿,雁儿进来了,还搀来了一个小孩儿。谢瑛随即将小孩儿抱在腿上逗弄玩耍。冉璞见蒋奇望着小孩儿,就笑着说:"蒋兄,这是我们的孩子,名叫从周。"

蒋奇听了,拱手说道:"冉兄弟,恭喜恭喜!只怪为兄来得太过匆忙了,不然应该准备一下贺礼才是。"

谢瑛笑道:"蒋大哥您能来看我们,就足够了。"

蒋奇感慨说道:"三年,来去匆匆,这么大的变化。你们都过得好吧?"

第十四章　云台山庄（二）

冉璞见蒋奇动情，也很有感触，将这几年的情形讲述了一遍。三年前，冉母和师父杨钦先后辞世，冉琎、冉璞便在家守孝。守孝期间，兄弟两人用尽所有的积蓄建了这个山庄。在二人苦心经营之下，山庄终于开始兴旺了起来。

蒋奇问起了冉琎。半年前孟珙将军派人送来了书信，言辞恳切地邀请冉琎去忠顺军那里帮忙。冉琎却不过昔日的情面，再者自己也有些静极思动。三年守孝已满，的确也想出去看看，于是便应邀而去。蒋奇好奇地问："你兄长该成家了吧？"

冉璞和谢瑛互相看了一眼，他们知道冉琎的心思很高，寻常女子入不了他的心。现在蒋奇这般问，只好含混着回答："大哥的事情太多，还没有顾得及呢，他自己总说缘分未到。"

冉璞陪着蒋奇，一边饮酒，一边畅谈。又说到了真德秀，现在他也隐居在家乡，冉璞感叹不知何时能再见他一面。

蒋奇回答说："冉兄弟，只要去了临安，就一定会有机会再见到真大人。我相信真大人的起复，只是早晚而已。"

冉璞听他还是在相劝自己，就又岔开了话题。几个人兴致勃勃，饮酒谈天，直至夜深。

回房休息后，谢瑛问冉璞："相公，你现在究竟怎么想的呢？是同蒋大哥一起去临安，还是回绝了他？总不能一直回避吧。"

"现在大哥去了孟将军那里，我如果不在，这么大的庄子，该怎么办呢?"

"有我,还有叔父在。再说这个庄子经过三年,已经上了正轨,应该容易照看的。你不用担心。"

冉璞听罢,默然不语。因为思绪太多,翻来覆去地过了半晌,这才睡熟。

第二天清晨,蒋奇有早醒的习惯,因此很早就醒了,躺在床上想着心事。冉璞应该是不会跟自己去临安了,既然这样,就不要再逗留了。他正想着如何赶往临安去,窗外传来了有人在练武的声音。蒋奇披上衣服,一出门,就远远地望见冉璞正在练习刀术。蒋奇见他身手矫健,舞刀的动作如流水一般动静自如,可见这些年来,冉璞并没有放下一身武艺。

蒋奇看罢,大声赞好。

冉璞见蒋奇过来了,笑着说:"曲不离口,拳不离手,兄弟不敢懈怠啊。蒋兄,也来操练一番如何?"

"我就算了吧。兄弟,我马上就要走了。你陪我在这山庄四周逛逛,让我再欣赏一下你这儿的景致如何?"

"为什么这般着急?不如多待几日,这里还有很多山珍野鲜,蒋兄还没有品尝呢。"

"多谢兄弟美意了。不知道为什么,我总是有些担心赵大人,想着不如早点过去。"

冉璞听他这样说,便不再挽留了,陪着蒋奇在庄园里到处走走逛逛。经过湖边时,看见远处飞来了几只白鹤,高声鸣叫着,盘旋了几圈,落在湖边。

"这里也有鹤?"

"原来没有的。两年前,这里有一个池塘,被挖深扩大。我们从山上引来了泉水,又有雨水积聚,因此这湖的面积已经变得很大了。想来是因为里面的游鱼多起来,它们就被吸引过来了。"

两人驻足湖边,欣赏白鹤在水里嬉戏。蒋奇赞道:"我听说只有地杰人灵之处才会有鹤。兄弟，你这里可真是仙境一般。我要是你，这辈子都不想离开这儿了。"

说罢，两人会心地笑了。过了半个时辰，庄客过来说，夫人已经准备好了早膳。

两人回到庄里，谢瑛给蒋奇特意准备了各种精致的潭州早点，蒋奇品尝后连声夸好："兄弟，我总算明白了，弟妹做得如此美食，难怪你舍不得离开了！"

谢瑛笑了："蒋大哥，他总是说从小练武养成了习惯，每天不练就不舒服。其实我明白，他还是在想着出山。特别是大哥去了孟将军那里后……"

说到这里，谢瑛看冉璞闷头吃着早点，便停口不讲了。

蒋奇见他这样，知道他心里犹豫，便跟冉璞说："兄弟你不要为难。我先去临安，大人那里如果需要紧急援手，我会立即通知你，到那时你再去吧。"

"如此最好，多谢蒋兄了。"

用完早膳后，蒋奇收拾了行装，牵着马向庄外走去。众人一起送行，直到送至庄外。蒋奇上了马，跟众人拱手告辞，然后打马离去。

蒋奇骑马奔了约半炷香工夫，前方有两名军官骑着快马疾速驰来。他仔细一看，认得其中一人正是杨文，便高喊了一声："是杨文将军吗？"

杨文听到有人喊他，勒住马定睛一看，觉得蒋奇有些面熟，问道："请问尊驾是哪位？"

"杨将军，我们在潭州见过面，我是赵汝谈大人的属下蒋奇。"

听到蒋奇这个名字，杨文猛然回忆了起来。两人下马寒暄，杨文问："尊驾到这儿，是来寻冉璞他们的吧？"

"是的。"蒋奇随即将来意告诉了杨文。

杨文听罢，皱了眉头："我就是为了赵大人的事情来通知冉璞的。你们赵大人，出事了。"

蒋奇大吃了一惊："杨将军，发生了什么事情？"

杨文将一份邸报递给了蒋奇："尊驾自己看吧。"

蒋奇接过这份邸报，快速浏览了一遍，不由得眉头紧锁。邸报上说，新任临安知府赵汝说的车驾，在温州以北雁荡山官道上不幸坠到山底，目前赵汝说生死不明。

难道这是个意外，还是有人加害赵汝说大人呢？蒋奇一直担心的事情还是发生了。

杨文说道："冉璞还不知道这件事情。我们一起再去山庄，细说此事如何？"

蒋奇点头答应，于是跟随杨文他们折回了云台山庄。

冉璞、谢瑛见蒋奇去而又返，还有杨文一道过来，惊讶之余，立即猜到有事情发生了。杨文长话短说，将那份邸报递给了冉璞。

看完之后，冉璞震惊不已，问蒋奇道："蒋兄，你认为这是一个意外，还是另有隐情呢？"

"现在赵大人生死未卜，朝廷应该已经派人去雁荡山调查了吧。估计很快会有消息传来。"

杨文说道："我看你们与其坐等，不如去一趟温州，或者直接到临安去打探消息。"

冉璞犹豫了一下，看了看谢瑛。

谢瑛还未说话，旁边的谢周卿对冉璞说："杨将军所说有理。赵汝说大人是朝中少有的栋梁直臣，你们都是他的旧部，于情于理都应该过去帮忙。他现在生死不明，如果确实有奸人作祟，谋害赵大人，那更应该查个水落石出，向朝廷和天下人揭露此事真相。"

蒋奇轻叹了一口气说道："赵汝说大人嫉恶如仇，这些年来不知得罪了多少豪商和赃官。别的不说，单是潭州的盐案，就得罪了户部尚书莫泽，背后还牵涉到不少官员，只怕这些人都将他视作眼中钉了吧。"

谢周卿一下子想到了史弥远，不由得摇了摇头："我听说赵汝说大人的兄长赵汝谈也是宰辅，只要有他在，这些人总不能一手遮天的吧。"说完转头看着冉璞。

谢瑛见冉璞没有接话，便说道："赵大人有难，相公你应该去临安。家里的事你尽管放心，我会照顾好从周的。庄子里的事，有我和叔父在，应该不会有大碍。"

杨文知道冉璞放心不下，笑着说道："舐犊之情，人皆有之。冉兄是舍不得娇妻爱子啊？"

冉璞苦笑了一下，点了点头。

"如果冉兄要去，庄里的事情你不要担心。这里一旦有事，我自然会全力帮着维持。即使我无法前来，杨声定会随叫随到。你放心就是。"

杨文如此仗义，冉璞对他一揖到底："有杨兄相助，我没有后顾之忧了，多谢杨兄！"

"那你们二位的行程如何安排？"

冉璞说："我们走水路，顺江而下，路过鄂州，在那里稍停一天。蒋兄，我们先去见一下兄长，如何？"

"应该的，如果冉琎兄弟能跟我们一道去，那当然是最好了。"

杨文笑道："冉琎愿意去忠顺军帮孟将军做事，却为何不帮一下我们播州军呢？"

冉璞拱手回答："杨兄那里如果有事，我们必定效劳。"

随后，冉璞跟谢瑛与管家谢安交代了庄里的各项杂事，谢瑛则帮冉璞收拾了行装。

当夜，杨文也住在庄上，少不得众人又痛饮了一顿庄里自酿的葡萄美酒。

第二天清早，冉璞抱着儿子，谢瑛与谢周卿陪着他牵马走出庄外。谢安领着庄客们将他们一直送出了几里之外，冉璞与蒋奇这才跟众人挥手作别。

随后冉璞与蒋奇二人取道南川，赶到临江的江津，雇了船顺江直下，几天后船行到了鄂州。

第十五章　南平疑案（一）

冉璞与蒋奇乘船到了鄂州，上岸后立即赶往刘整驻军处。到了军营外，二人发现军士们正在乱纷纷地整理行装，一副准备开拔的样子。冉璞请门口当值的小校向刘整通报。听说冉璞来了，刘整很是高兴，立即带着副将江虎、江波到营外迎接二人。

刘整陪着二人进了中军大帐。入座后，冉璞问："刘将军，你们这是要离开驻地吗？"

"是的。半年前，冉琎先生来到我这里，然后跟孟珙将军一道去了枣阳。现在，我们也要调去枣阳了。"

"这么说来，我兄长现在在枣阳？"

"他不在那里，十几天前，先生到我这里住了一个晚上。第二天就赶去夔州了，说是要把江林儿那里的上千民军带过来，加入我们忠顺军。"

"那他还在夔州吗？"

"应该是的。"

听到刘整这样说，冉璞和蒋奇都有点失望。

刘整就问："你们找他有事？"

冉璞点头："是的。"

蒋奇有些好奇地问："冉琎先生是个文士，不知他在军队里都做些什么事呢？"

刘整笑道："冉先生大才，帮了我们孟将军解决了很多麻烦。"然后将这段时间来冉琎帮助孟珙屯田练兵的详情讲述了一遍。

冉琎自从跟随孟珙到了枣阳后，详细勘测了襄阳、枣阳军和光化军一带的地形，带领士兵们在枣阳城西十八里处创修了平虏堰，由八叠河经过渐水，修建八十多丈的通天槽，引来河水灌溉良田十万顷。又规划了十多个农庄，准备开垦荒地。开出的田地，由忠顺军与民户分屯。预计屯田两年后，可以自行解决忠顺军的粮草供给，不再需要朝廷专门供应了。

孟珙最为头疼的问题是军马严重不足，由于西夏那里战争连绵，从西北榷场以茶换马已经没有可能。冉琎建议孟珙，让忠顺军军户每家养马，由官府统一供应饲料和粮食。如此不需几年，一定可以初见成效。

对冉琎的谋划，孟珙无一不是言听计从。军队繁琐的事务有了冉琎接手，孟珙自然省心很多，专心于对金作战和士兵的训练。可是士兵的数量依然不足，为了支持孟珙扩兵，京湖制置使史嵩之发函辖内各郡，各地的厢军、民团都要向襄阳、枣阳一带集中。

冉琎便想起了江林儿，他在夔州立了一个山寨，带领一支民军护卫当地百姓，免受来自山里"溪洞蛮"的袭扰。江林儿武艺出众，是个大将之才。他如果能加入，忠顺军当然是如虎添翼了。孟珙听了他的想法很是高兴，于是请冉琎赶往夔州劝说江林儿。

冉璞听了很有些失望，但又确实等不及兄长了，只好留下一封书信，请刘整转交冉琎。随后冉璞、蒋奇雇船顺江而下，赶往临安去了。

冉琎此时的确仍在夔州。夔州雄踞瞿塘峡口，形势险要，历来是川东军事重镇，兵家必争之地。州治奉节历史悠长，占据荆楚上游，把控巴蜀东门，是大江上行船的必经之地。因此往来的客商众多，商船云集。冉琎正住在奉节城的一间客栈里。临行之前江波、江虎告知他，江林儿驻军在南平细沙寨。但那里地处夔州南面的山区，很不太平，经常有山匪伙同溪洞蛮袭击劫掠。所以往来的行商往往必须聚成足够人数一道前行，还需携带武器，才能放心前往那里。

孟珙为了冉琎行程的安全，特意派了精明彪悍的年轻护卫张钰一路跟随。两人最近一直在奉节城里打听消息，终于等到一个机会，可以跟随一群茶客，一道赶往细沙寨附近的南平城了。

众茶客赶了一个大早，从奉节城出发，中午时分赶到了一个山岗上，当地人把这里称作五峰竹岭。竹岭距离南平还有十几里山路。此时众人赶路已经有些乏了，正口干舌燥，遇到了一个酒馆，于是便停下来买茶水喝，三三两两地在店里或树下歇脚一下。

冉琎一边饮茶休息，一边跟卖茶的老汉聊天，问道："老丈，您在这里开店多少年哪？"

老汉看了看冉琎："客官是第一次来这里吧？"

冉琎有些好奇："老丈好眼力，您如何知道呢？"

老汉捻须笑道："来往的客商行人只要经过五峰，都知道老汉我在竹岭这里开的酒馆，卖些酒水吃食。到今年已经二十多年啦。"

"请问老丈贵姓？"

"老汉姓张，名叫张程。"

"哦，您是汉姓。"

张程笑道："我当然不是那山里的洞蛮，祖上也是跟随高宗皇帝从北面渡江南下的。年轻时候我凭着祖荫，在军队里得了差使，大小也是个军官。后来军队开拔走了，而我也老了，走不动了，就留了下来。"

冉琎拱手致礼："原来是前辈呢。"

张程还礼，然后说："你们刚到，我就看出来了，你跟他们不一样，你是官府的人？"

冉琎摇了摇头："过去是的。"

"现在不是？"

"现下在军队里当差。"

"哦，那你到这里来干啥？"

"我要去细沙寨寻一个旧友，跟您打听一下，前面的路还算太平吧？"

张程眼珠转了转，摸了摸胡须，说道："早些年那里不太平，经常有山匪出没，还有洞蛮出来抢东西。某年山里起了瘴疫，死了很多人，朝廷便派了军队将山路封锁了，不给进出。等到后来部分地方解了封，可那里又闹起了山匪。三年前来了一个有本事的人，组织了民团在细沙寨护卫乡民。所以渐渐好了一些。"

冉珊知道，这说的一定是江林儿了。"这么说来，我可以放心赶往细沙寨了？"

"要说现在完全太平无事，倒也不见得。"

"哦，这是怎么说？"

"前面就是南平城，这是四下里人口最多的市镇。我听来往的客商说，那里总有幼童丢失，大半年以来，接连丢失了好多个。"

"那些孩童的家人不去寻吗？还有官府，都找不到吗？"

张程摇头："找不着。有人出城去找，结果撞到恶鬼了，被吓得疯疯癫癫。人们都说他们遇到了山鬼，是山鬼抓小孩去吃了！"

听到这里，冉珊和张钰对视了一眼，都不信这话。冉珊问："老丈您住在这山里二十多年了，遇过山鬼吗？"

张程苦笑："要是遇到了，老汉还能活着跟你们说话吗？"

旁边一个茶商听了，诡笑着说："您老以前当过兵，杀过人吧？据说鬼怕恶人，那些山鬼见到您，都躲着走呢。"

张程摇头："老汉我心善，平时杀只鸡都不愿意。开这个茶铺，一来是个营生，二来为过往的客人行个方便，积个功德吧。所以有山神老爷护着，老汉我从来就没撞到山鬼。"

这时冉珊若有所思，自言自语说道："'务民之义，敬鬼神而远之。'"

张程听到了点了点头："这是圣人说的话呢。老汉很久没读书了，很多大道理几乎都忘了。"说完摇了摇头，又说，"其实，人比鬼更可怕。敬鬼神？不如敬人哪！"

突然之间，冉珊觉得张程的眼睛里有些精光四射，尽管只是那一瞬间就收敛了。

张程叹了一口气，走开了招呼其他客人去了。

冉琎听他话里有话，似乎有什么含义，待要再跟他聊聊，这时却又来了更多的客人，张程一直忙着招待那些人，竟然没有空闲下来。

又坐了一阵，众人起身继续赶路，冉琎特地走过去向张程拱手致意，告辞而去。

进了南平城，的确正如张程所言，这里是个大县。南平地处几条河流的交汇处，西边和北边各有几座大山拱卫，城池外围修建了高大的城墙，易守难攻，所以千百年来南平就是这一带的中心，人口聚集，商业繁盛。

住进客栈后，两人稍事休息片刻。乘着天光还亮，两人又骑着马在南平城里四处走走。在一个印书铺里买了一份本地图本，冉琎标记好了细沙寨的位置和往来路线。

随后两人走进一个饭庄，点了酒菜，再买一些第二天路上用的食物、酒水。小二给他们上了今年的新茶，两人就一边饮茶，一边等待上菜。因为挑了临窗的桌位，向外看去视野格外清楚。这饭庄靠近城门，城门口有不少商贩摆了摊位，正吆喝着自己的生意，街上很多行人和车马不停地进出城门，人群的喧闹和车马行过的嘈杂混成一片。

这是一幅太平景象。

冉琎聚神看了一会儿城门那里的情形，忽然觉得有些不对。那几个站在城门附近的乞丐，并不像是一般的乞丐，因为这几个人明显都孔武有力。冉琎从小习武，练武之人的身形和站姿，他能够辨别出来。

正盯着那几个人观看，远处来了一个身形佝偻的老乞丐，背着一只沉重的背囊向城门走来。城门附近的那几个人望见老乞丐走了过来，就纷纷起身，互相打了手势，向城门外走了出去。看到这个情形，冉琎不禁起了疑心。这些人很可能跟老乞丐是一伙的，他们在互相策应。这些人的形迹着实可疑。

等老乞丐走近了，那些人已经不见了踪影。当冉琎眼睛的余光扫到这老丐的脸时，不由得一怔。这张脸就像蟾蜍的背一样疙疙瘩瘩，呈现灰黄色，如同僵尸一般了无生气。这是贴了一张面具吧？世间怎么会有人长着这样一副尊容呢？更糟糕的是，这张"面具"后的眼睛竟然是死灰色的，几乎看不到他的瞳孔，和任何表情的变化。

这时张钰也注意到了这个老乞丐，不由得倒吸了一口凉气。

第十六章　南平疑案（二）

冉琟对这老乞丐背上沉重的口袋感到非常好奇，一个老乞丐会背着什么东西？莫非这伙人在干一些见不得人的勾当？

张钰问："这老乞丐有些古怪，不像好人模样。先生，要不要出去看看？"

冉琟摇头回答："奔了一天，还是先吃饭吧。"然后催促小二赶紧端上酒菜。

两人匆匆地用完晚膳，随即骑上马顺着老乞丐行走的方向追了上去，不一会儿就出了城。

出城后很快就是山路了，两人向上望去，没有任何行人。此时天色已暗，如果那老乞丐进了山，只怕很难找到他了。两人试着向前追了一段，并没有什么发现。

"先生，天色已晚，我们还是回去吧？"

冉琟犹豫了一下说："再追一段，再看不到人就回去吧。"

于是两人又追了一阵，正准备放弃回城，突然看到了那老乞丐的身影正在前面移动。

两人渐渐追近，望见老乞丐背上已经没有了那个沉重的背囊，现在走在山道上毫不费力，丝毫没有减速的意思。

张钰说："这老乞丐一定是个年轻人假扮的。"

"应该是的，你带兵刃了没有？"

"只有一把短刀。"

"那就好。前面应该不止这老乞丐一个人,我们对这里地形不熟,如果动起手来,千万不要恋战。"

张钰点头答应。两人随即纵马加速向老乞丐追了上去。

张钰马快,一马当先从前面截住了老乞丐,大喊一声:"站住!"老乞丐见他来势不善,就停了下来。这时后面也有马蹄声到,老乞丐回头一看,冉珊也追到了。

这老乞丐不慌不忙,也不答话,从腰间拔出了一对钢刺就向张钰扑了上去。张钰见状立即跳下马来,手里瞬时多出了一柄短刀,跟老乞丐斗了起来。

冉珊也下了马,正要上前夹攻,却见张钰出刀飞快,那老乞丐显然不是对手,于是便停下手在一旁观战。斗了一阵,老乞丐眼见不敌,急忙后退,攀上了一块巨石。张钰紧逼了上去。

这时老乞丐突然猛地仰头,向下对着张钰吐出了一团火来。张钰一惊,连忙退了下来。

那老乞丐见张钰一时不敢上前,用袖袍遮住了自己的脸,然后猛地抬头,他的脸顿时变成了青、白、黑的三色脸,这分明就是一副骷髅脸,但眼上冒出金星,头上、胸前、后背都在冒光,而且蓬发虬髯,耳鬓竖立,一副恶煞凶神的模样。

冉珊和张钰顿时惊得呆住了,这老乞丐到底是人,还是鬼?

正在对峙的时候,从山上传来了有人向这里跑动的声音。冉珊便向张钰示意上马撤退。刚骑上了马,那鬼突然哈哈大笑起来,两人一看,他又换了一脸面孔,只见他面色惨白,两道一尺多长的眉毛拖在肩上,口里吐着一条血红的长舌。这鬼手里还拿了一个木牌,上面写着"捉拿"二字。

这不就是传说中的无常鬼吗?冉珊和张钰登时惊出了一身冷汗,立即拨马回头,冲下山去。

一直到进了城,两人仍然心跳不止。

张钰问道:"先生,刚才咱们是真撞到了鬼吧?"

冉琎摇头："必然不是，鬼怎么会跟你厮斗？"

"可他的确变成了鬼的模样，还变了两次？"

饶是冉琎学识颇多，也想不出这老乞丐如何在片刻之间，就变成了无常鬼，只好沉默不答。

两人回到客栈后，张钰向小二打听南平城最近是否有闹鬼的传闻。小二连问张钰是否遇到山鬼了。张钰是个实诚的人，将刚才的情形如实告诉了他。小二顿时惊得下巴都合不上了，愣了一会儿才磕磕巴巴地说："您二位真是命大福大！南平城但凡遇到这恶鬼的，没有不被吓成疯癫的。您二位一定不是常人！"

客栈老板在一旁听说了原委，赶紧吩咐人去报官，跟二人解释道："我们新任南平县令发下告示，今后只要遇到恶鬼的，不许以讹传讹，到处传扬，必须立即报官。"

冉琎点了点头，觉得这位县令见识不凡，就问老板："你们的县令尊名叫什么？"

"我们县尊的名号叫邓若水。"

这个名字为何这般熟悉，冉琎抚着短须沉思了起来。

老板见他这样，便问："先生您认识我们县令大人？"

"哦，不是。只是好像在哪里听过这个名字。"

想了一会儿，冉琎记起来了，在临安时听魏乃翁提到过，有一个新科进士在他的策论里慷慨陈词，指斥宰相史弥远奸邪，请求皇上立即罢免史弥远，另行任用贤相。不知怎的，这篇文章竟流传开了。在临安，士子们争相诵读抄写，甚至很多官员都看过了这篇文章。史弥远知道后大为恼怒，几次要将他下狱，最后被人阻止。这个进士的名字就是邓若水，难道他就是现任南平县令吗？这个人有胆有识，南平的这个告示，的确像是他这样的人发布的。

如果真的是邓若水，他写了那样的文章，现在不但无事，而且到这南平当了县令，可见朝里有一股力量，在悄无声息地跟宰相史弥远、梁成大和莫泽这些人对抗着。那么真大人和魏大人就不会是孤军作战了,看来他们重新出山,大有希望。

张钰见冉琎忽然微笑着点头,知道他在想心事,便说道:"先生,现在不早了,明天还得赶路,不如早点休息吧。"

"恐怕休息不了,过一会儿那位县令大人,一定会赶过来问话。"

张钰半信半疑,见冉琎拿出了本地图本参研了起来,只好陪着他坐在那里等着。

果然,不到半个时辰,县衙的捕快到客栈敲门,说是县令大人到了,要见冉琎和张钰二人。

二人来到客栈前堂,店老板正陪着县令说话,见二人出来,便向邓若水介绍了他们。

邓若水仔细端详了一下,顿时觉得两人气度不凡,特别是冉琎,像是一个有学问的士人,于是十分客气地问冉琎:"请问阁下尊姓?你们从哪里到南平来的?"

冉琎拱手回答:"在下冉琎,这位是张钰。我们是忠顺军孟珙将军帐下,因有公干,要去细沙寨。"说完,出示了忠顺军的令牌。

"哦,原来是孟将军麾下,失敬了。"邓若水对二人更加客气了些。前些日子,金国大军被孟珙率部击退,这些事情邓若水从邸报里都读到了,对孟珙十分的敬佩。

"既然是军务,我就不多问了。只是有一件事情,请二位务必照实告诉本官。"

"邓大人有事尽管询问。"

"本官想问一下,你们刚才在城外都见到了什么?今天城内又有幼童丢失,我怀疑这两件事情可能有关。"

冉琎便将事情原原本本地叙说了一遍。当邓若水听说张钰跟那恶鬼交过手时,很是惊讶,仔细地询问了张钰详细情形。问完后,邓若水捻须问道:"现在已是深夜,不好实地勘查。烦请二位明早陪同本官,到现场去看一看,怎么样?"

冉琎点头:"可以。"

于是邓若水跟冉琎、张钰约好时间,便带着衙役们离开了。

第二天清早,邓若水如约领着衙役到客栈来了,众人碰齐后一起赶到城外的山道上。冉琎将截住那老乞丐的过程仔细讲述了一遍,只是那老乞丐如何就忽然变成了恶鬼,实在不明就里。

当邓若水听到讲老乞丐第二次变成了无常鬼时,说道:"民间传说无常鬼是两个,黑无常与白无常,通常成双出现。听你所说,他应该是白无常了?"

张钰问:"大人为何这样肯定呢?"

邓若水捻须回答:"相传这白无常叫谢必安,属阳,高高瘦瘦,经常坏笑,吐着一条长长的舌头,手拿哭丧棒或者木牌;那黑无常名叫范无救,属阴,五短身材,黑面无情,手里拿着铁链。根据刚才冉先生所说的特征,这鬼定然是白无常了。可是昨夜为何没有黑无常现身呢?这里一定有诈。"

冉琎接话道:"县令大人所说有理。这鬼应该是奸人假扮无疑。在下只是想不明白,他如何会口中喷火,又能在片刻之间变换了两次。"

邓若水想了想,回答说:"施州这一带,汉蛮杂处,龙蛇混杂。往南山区那边的溪洞蛮,盛行巫蛊之术,说不定有人会用一些幻术、诈术来为非作歹。"

冉琎点头:"恐怕是的。对了,大人昨日怀疑,这件事情可能跟幼童失踪案有关。我想起那老乞丐曾经背着一个很重的背袋,那里面会不会就是被拐的孩童?"

邓若水眉头紧皱:"很有可能。可是该到哪里去抓这些假扮乞丐的歹人呢?"

"大人何不来个请君入瓮?"

邓若水反应很快:"先生的意思是设诱饵引诱他们?"

"是的。"

"主意是不错。只怕昨天那些人被你们惊了，短时间内怕是不敢再来南平城了吧？"

"只怕未必，大人。这些歹人的想法，很难预料的。"

"那好，我就按照先生说的先试试。先生马上不是要去细沙寨吗？也烦请先生沿途打听一下，说不定能有新的线索。"这时邓若水在想，冉珽与张钰二人都有过人之处，如果能有他们相助，也许可以早日破掉这个困扰他很久的南平疑案。

"好。即使县令大人不说，我也一定会这么做的。"

"如此，多谢先生了！"邓若水立即向冉珽躬身施礼。

冉珽回礼，然后跟众人告辞，带着张钰快马奔往细沙寨而去。

第十七章　明尊宗主（一）

冉琎和张钰从南平到细沙寨一路顺利，并没有遇到任何山匪阻劫。这验证了张程的话，自从江林儿在这里组建一支民军以后，山匪被他率军屡次打击，已经不再猖獗了。两人进入细沙寨，很快就找到了江林儿。江林儿见冉琎不期而至，十分惊喜，叫军士摆下了酒席宴请二人，一起饮酒叙旧。

江林儿听说真德秀三年前被撤职贬走后，冉琎就回了家乡。如今他突然来到自己这里，一定是有事而来，说道："冉先生，在我的心目中，您跟真大人一样，都是朝廷真正的栋梁。"

冉琎听了笑着摆了摆手。

"您这次来，应该不只是为了找我叙旧吧？如果有事，先生请尽管开口，只要能办到的，江林儿一定尽力！"

听他说得坦诚，冉琎便直说道："我这次来，是受孟珙将军的委托，请您来了。"

"哦，孟大帅是不是看中了我这支小小的民军？"

冉琎笑了："当然是的。"然后把忠顺军扩编的情形讲述了一遍。

江林儿的面色有些为难："冉先生不是外人，咱就实话实说了。我这里有一千左右的士兵，他们大都是本地的青壮乡民。因为还要忙着农事，所以他们都不是训练精熟的士兵。我们这些士兵，往往还有父老妻儿在家，因此要他们离开家乡加入枣阳大军里去，恐怕他们未必愿意。"

冉琎点头理解，说道："在别的州郡，厢兵如果能加入主力军队，对他们来说，是一件求之不得的好事，给养和军饷都要高出不少。"

"先生，您可能不太知道我们这里的情形。我们的士兵大多家里有田地要耕种，他们之所以自愿加入民军，是为了抵御土匪和山上的洞蛮，保护自己的家园不受抢劫。"

看来这的确是实情，细沙寨这里的士兵不愿意离乡，总不能逼迫他们吧？冉珽心想，如果邀请江林儿独自去忠顺军，只怕他也并不愿意。这件事还得从长计议，不能冒昧提出要求，结果让彼此尴尬。

于是冉珽便不再提这件事了，转而聊起自己昨天的遭遇。

江林儿一边抚着长髯，一边听冉珽的讲述，听完说道："你们遇到的那个老乞丐很可能是巫祝的人。"

"哦，他们是什么人？"

江林儿轻叹了一口气："说来就话长了。这一带包括辰州、富州、高州等地，从来都是朝廷的羁縻州。朝廷一直实行以夷制夷，禁绝汉人与溪洞蛮人往来。这山上的洞蛮有信巫的习俗，一旦得了重病，就去找巫医做法。我听人讲过，这里的巫医妖言惑众，经常杀人祭鬼来治病，这叫作血祭。"

张钰大怒："难道他们到南平城绑架幼童，就是要用来血祭？"

江林儿点头："应该是的。"

"无知愚昧，丧心病狂！"

张钰怒不可遏，用手掌重重地拍击桌案："我要杀了这些畜牲！"

冉珽听了也是愤怒至极："他们只去南平拐走幼童，还是没有差别地到处作案呢？"

"这就不知道了，我也是只是猜测。"

"哦，应该不是凭空猜测吧？"

"当然，我一个友人亲眼看过这种祭礼。据他说，那些巫祝都精于装神弄鬼，有些巫祝在祭礼中会用嘴喷火，身上能冒烟，最能唬人的就是连续变换鬼脸。"

"变脸？"

"其实变的只是面具而已。"

"将军能详细说说吗？"

"这个我也不知了，得去问我的好友张程。"

听到张程这个名字，冉珃和张钰都是一愣，冉珃问："你说的张程，是不是在竹岭开了一个酒馆？"

江林儿笑了："你们已经见过他了。"

"正是。不知为什么，我总觉得张程这个人不简单。"

"先生好眼力。"江林儿赞道，"就是张程，当年邀请我到南平这里来的。"

冉珃顿时起了好奇："他究竟是什么人？"

"先生听说过本朝有一些大富大贵之家吧？其中有一个张姓宗族，他们一家就有良田上百万亩，每年收租数十万石以上。张家曾经一次捐献给朝廷二十万石米，清单上开列的捐献田庄，分布在江东和两浙路六个州府，所属十多个县，共十几个庄园。"

"哦，姓张？"冉珃竭力地回忆他所知道的各地张姓大族。

"张家在各地州府拥有无数房屋宅第，仅所收房租一项，就年入几百万钱。他们家里的银子堆积如山，为了防止被偷，他们将家里窖藏的银子铸成上百斤重的大银球，取名'没奈何'。是说这银球太重，盗贼对它们没办法。"

张钰一听哈哈大笑："这种事都能流传出来，是他们有意炫富吧？"

江林儿点头，跟二人互敬了一杯酒，又继续说道："绍兴二十一年某天，张家大开筵宴，奉迎高宗皇帝驾临，官史上记载了这次宴席的详细食谱，有上千道水陆珍馐，人间美味，各类美酒、果品多达几百种。据说这是有史以来最大的一桌筵席。"

听到这里，冉珃点头："我知道了，是张俊家。"

"正是。张程的曾祖张保就是张俊的兄弟。"

"那张程怎么会流落到这里呢？"

"张保做过拱卫大夫，他的为人不像张俊那样贪财无义。张俊是拥戴高宗登基的大臣，又有军功，跟岳飞、韩世忠和刘光世一起名列'中兴四将'。仗着是高宗皇帝的心腹，他一味贪婪敛财，在各地兼购田地。张保多次劝他惜福，张俊不听，反教训张保不懂为官之道。后来张俊跟秦桧串谋，害死了岳飞，张保一怒之下，就跟张俊断绝了兄弟关系。"

冉珽问："孝宗朝时候，朝廷平反了岳飞一案，张俊家因为名声不好开始走衰了。张保这一支族人是不是也受到了牵连？"

"正是如此。到韩侂胄当宰相的时候，张保家已然败落了。张程随军到了南平，就一直再没离开过。他为人耿直，对官场上的贪腐很是失望，一直不愿意出来做官。就在五峰竹岭那里开了一个酒馆，结交各处往来的英雄好汉。"

这番话验证了冉珽的猜测，他隐约觉得这个酒馆只是一个幌子，张程的身上可能有许多不为人知的秘密。冉珽接着问江林儿："就是张程亲口告诉你，他见过那些巫祝杀人？"

"是的。"

"那他为什么不去报官？"

"去过了，可原来南平的官员一味推托，说管不了溪洞蛮人的事情。"

"我刚刚见过现任的邓大人，他一定会管的。"

"那好，先生如果想要了解更多情形，我明天就带你们一起去见他。今天有些晚了，你们这一路奔忙辛苦，就在我这里好好休息一夜，如何？"

冉珽拱手致意："这样安排最好，多谢将军了。"

第二天清早，江林儿带路，三人骑马奔往竹岭，却没有去那个山道上的酒店，而是去了那酒店后山上的一个庄子。江林儿昨夜就派人通知了张程，今日冉珽来访，已经约好了在庄园里会面。

冉珽、张钰跟随江林儿进了庄子，看见庄内的房屋错落有序，庄客们正忙碌着各自的活计，采茶、晒茶、编竹篾、喂牲畜，一切看起来都井井有条。

江林儿对这里的情形很是熟悉，直接将二人领进了庄园的会客堂。张程正在里面等候他们，看到冉玵他们进来，就起身迎了上来，拱手对冉玵笑道："没想到这么快，老汉我又见到先生了。看来一定是我们有缘吧。"

冉玵作揖回礼，也笑着说："前日赶路匆忙，在您那里只能停留片刻。江林儿是我的好友，今天带我过来，是有事特地向您请教的。"

随后江林儿跟张程仔细介绍了一下冉玵。张程频频点头，说道："昨夜你派人来通知后，我就去见了宗主。宗主说，他想要见一见这位冉先生。"

江林儿有些吃惊地问："宗主要见冉先生？"

张程笑着回答："宗主说，他跟这位冉先生有缘。冉先生是远客，作为这里的主人，他必须尽一下东道之谊。"

冉玵疑惑地看着张程，问道："你们说的宗主是什么人？"

张程回答道："我们宗主叫谢昊，是朝廷钦封的世袭顺州。这一带的庄园、产业都是他的。"

原来他是个大财东，冉玵问道："谢姓是汉人的姓，你们宗主是汉人哪？"

张程笑着回答："这一带朝廷钦封的可不止他一个，还有世袭富州的向氏他们，实际上都是汉人。只不过朝廷一向把我们这里当成溪洞蛮罢了。"

冉玵好奇地问道："既然如此，为何不用官职称呼，而称宗主呢？"

张程转头看向江林儿："关于我们的事情，你还没有告诉冉先生吗？"

"未得到宗主允可，在下怎敢造次呢？"

张程点了点头："宗主说了，冉先生是大贤，可以跟他说一说我们的事情。"

江林儿听罢，很是高兴，对冉玵说："这么看来，我们宗主非常欣赏先生了。"

张程问冉玵："冉先生，你以前听说过明尊教吧？鄙人就是明尊教的一个堂主，江林儿也是。"

冉玵顿时吃了一惊。他知道一点明尊教的事情，人们也称其为明教或者金刚禅。在唐朝时曾经大兴于世，后来衰落了。自从他们的教众里出了方腊和钟相之后，朝廷对明尊教明令禁止。没想到江林儿也入了明尊教，而且还是一个头目，更没想到今天在这里能见到他们的宗主。冉琎惊讶之余，更感到好奇，于是点了点头："知道一点。"

张程解释说："世人对我们明尊教多有误解，只因为出过方腊和钟相这样的人。其实我们信奉的是：'人当努力向善，以造光明世界。'如果归纳成八个字，就是'光明、清净、智慧、大力'。自从钟相以后，我们的几代后任宗主吸取教训，历来都只以帮助受苦受难的人们作为己任，而禁止信众公开与官府作对。现在我们的教众中既有普通的农人，也有士人、吏员和兵卒等，甚至还有大量金国那边的人。为了避人耳目，免遭官府的查禁，我们一直以来都严守各自的身份和教中秘密。所以世人对我们的了解往往似是而非。"

冉琎拱手问道："不知谢宗主为何要见在下呢？"

"这个我也不知。过一会儿先生就能见到宗主，我想这一定是善缘，请先生不必多虑。"

江林儿提议说："既然如此，那我们现在就出发吧，这里到宗主那里还得一个多时辰才行。"

既来之，则安之，冉琎心想，且去看一看这位谢宗主为了什么事情要见自己。

于是众人离开了庄园，赶往顺州。

第十八章　明尊宗主（二）

冉琎一行人快马奔到了顺州灵台山，远远望去，秀峰连绵相接，群山之间有数条河流穿行其中。沿江两岸都是峭壁悬崖，其上翠竹如海，其下山水交融，实在是美不胜收。尤其是每座山峰上都有规模巨大的宫观分布，有的孤崖之上竟然也修建了高大的庙宇。冉琎心想，这里跟家乡云台山那里相比，各有奇绝之处。此处景物已经如此令人称奇，那位宗主必定不是平凡之人。

上山后，张程将众人引进了最大的宫观——醉峰观。宗主谢昊正在观里处理教务，听差事进来报说冉琎到了，就让差事将众人引到茶亭，稍等他片刻。

这茶亭建在醉峰观的南侧，有通道相连。众人穿过通道，走到亭前，冉琎看到亭柱上写着一副亭联："月明风清自来往，山高水流无古今。"横挂一副匾额，上面写着"明尊"两个篆字。这亭规模颇大，足可容下几十人。其下是百丈悬崖，崖下有江水流过，成群的白鹤飞过，阳光照在江面之上，粼粼波光不时闪现。坐在亭中，一边品尝本地佳茗，一边欣赏山水景致，真是个招待尊客的绝好去处。

约有半炷香的工夫，差事出来，通知张程将冉琎一人请了进去。

进去后，冉琎见到了宗主谢昊。出乎他的预料，原来这是一位慈眉善目的长者，虽然须发皆白，但面色红润。谢昊见冉琎进来了，便起身迎了上来，只见谢昊身材高大，额头突出，说话中气十足，握了握冉琎的手，请他入座，然后回到自己主位，坐下说道："我早就听说过冉先生的大名，先生有德有才，令人钦佩。"

冉琏惊讶地问："承蒙宗主谬奖了，不知宗主如何知道在下呢？"

谢昊哈哈一笑，先吩咐差事上茶，然后说道："我跟你们真德秀大人是故交，曾经一道在白鹿洞书院抵足而眠，连续三日探讨学问。所以他的事情，我一直都很关注。听说先生辅佐真大人在潭州惩贪倡廉，改革弊政，颇有作为。你们不畏权贵，太平盐仓一案更是声名鹊起啊。连远在顺州的我们，都听说此事了。"

冉琏拱手说道："此事不值一提，宗主过奖了。"

谢昊示意冉琏饮茶，接着说："真德秀大人德高望重，是朝廷的中流砥柱。听说先生深得真大人信任并言听计从。我有一个问题，想问一问先生。"

"宗主请问。"

"先生你们想过没有，私盐的弊端，就是那几个贪官造成的吗？你们查处了这批墨吏，是不是就能一劳永逸呢？"

冉琏听他话锋转了，似乎另有深意，就再次拱手说："宗主请赐教。"

"先生在潭州查处私盐的时候，有没有想过，为什么私盐会一直存在呢？"

谢昊停了一下，见冉琏非常认真地在听，就继续说道："因为它比官盐畅销，为什么呢？因为它的价格更低，更因为它的质量比官盐要好。"

冉琏想了想，点头同意。

"那么这是一件于小民有利的事情，对不对？"

"宗主，我们查处的是渎职贪墨的赃官，反对的是他们利用朝廷给予的便利，假公济私，中饱私囊，并不是要与民争利。"

"很好，就因为这一点，老夫才对真大人和你们感到敬佩。可是这件事情，对小民来说，意义却是截然不同了。事实上，它带来的一些后果，恐怕是你们当初始料未及的。"

"哦，宗主请说。"

"先生可知道我们顺州、富州、高州这些地方用的盐，都是从哪里来的吗？"

"此地位处川蜀夔州附近，应该是用四川本地的井盐吧？"

"先生答对了，可也不全对。通往我们这里的盐道，由于各种原因，并不十分通畅。除了船运，就得靠人力，肩挑车载从山道运过来。到了我们这里，价格翻了何止十倍！即便这样，因为禁山的原因，川盐通常也是很难得的。数年以前，这里的人们可以买到从大江下游运过来的私盐，盐价倒也公道。自从先生你们在荆湖南路查禁私盐以后，就已经很难买到私盐了。现在，这里的小民的生活是苦不堪言哪。"

听到这些话，冉琎犹如被人当头棒喝了一般。这个事情他以前曾经想过，但从没有人跟他讲得如此透彻，他的额头上不禁冒出了汗。

谢昊见他如此，笑着说："先生不必尴尬，这并非你们的过失。朝廷在川盐的大政方面，一直以来都有些急功近利。当年高宗渡江之后，为了纾解川蜀的财政困难，就不断增发盐引、钱引。建炎二年的发行量是两百万缗不到，几十年不到就达四千余万缗；现在的数字只怕更加惊人。它的后果是盐引的大幅贬值，导致了川盐无利可图，盐业日渐凋敝，井户、盐商与小民的境遇同时恶化。"

冉琎拱手说道："宗主所说很有道理，这的确是盐政的大弊。"

"不光是盐，还有药。"

听到这里，冉琎疑惑地看着谢昊。

这时谢昊收起了微笑："药的事情，跟你向张程求问的事情密切关联。张程，你来说说吧。"

张程起身施礼，然后跟冉琎讲解了夔州以南各地的情形。原来一直以来，施州清江、建始及辰州、富州、高州、定州等许多州县被朝廷视作羁縻州。羁縻州的番民所居几乎都是山地川壑，经由山谷、河流、隘口通向其他地区，因此又被称为溪洞。朝廷在主要关口上设寨扼守，布置巡检，率领厢军堵截番民。又分派士兵屯在溪谷、山道之间，以为这样可以阻止蛮人进入境内，进而杜绝边患。因此，山谷溪洞的地形，就成为隔绝洞蛮的天然界线，深山峻岭往往绵亘数百里，人迹不通，这被称为禁山。朝廷严禁商人违反例令，擅自将货物运进山里。

张程叹气道："可是药不同于茶盐，一旦瘟疫来临，山里的洞蛮缺医少药，就会更加依赖于巫祝、巫医。于是一些心怀叵测的歹人，就会趁机煽动愚民，做出令人匪夷所思的事情。最近几年，山里就接连瘟疫，有人趁机传播邪教，终于出现了血祭的现象。那些巫祝散布谣言，声称只有人血祭奠，才能让瘟神消退。这就是为什么先生会在南平遇到孩童丢失的案子。我们也是几个月前才查清这些事情。"

冉珽向张程作揖施礼："多谢指教了，那些巫祝都是什么人？怎么才能抓到他们，解救被拐骗的幼童呢？"

谢昊笑着说道："先生不要急，还有几件事情，可能跟先生有关。不知是否有兴趣呢？"

"宗主请讲。"

"据我所知，潭州盐案的背后，牵涉的官员很多。先生你是否知道，这幕后的操控人物究竟是谁呢？"

"在下不知，还请宗主告我。"冉珽突然有些好奇，谢昊为什么总要提到潭州盐案？

"潭州的案子跟湖州济王案，都跟同一个人有密切的关联。"

听到这句话，冉珽大吃了一惊。

第十九章　高州平乱（一）

冉琎听了谢昊的话，顿时吃了一惊，问道："宗主说的是什么人？"

"此人名叫上官镕，这是一个化名。他的真实身份，我可以告诉你，你们就可以通过这条线索追查下去。"

冉琎听了这话很是兴奋，却摇头说："宗主有所不知，真大人已经被贬官回乡了。在下如今在军队里当差，还不知几时可以再去临安，更不要说继续查案了。"

"那么先生这次到这里来，所为何事呢？"

冉琎就将忠顺军的事情讲给了谢昊。谢昊听说过孟珙率军击退了金国主力，就称赞道："孟珙将军年轻有为，有胆有识，将来必定是大宋的擎天之柱。先生此行就是为了江林儿吗？"

"正是。"

"我明白了，你一定是想带走江林儿这支民军？"

冉琎拱手说道："枣阳那里形势紧张，忠顺军急需扩充士兵，如果这里可能的话，还望宗主支持一下我们。"

听了这话，谢昊背着手来回踱步，回头看了看冉琎："先生应该已经知道了，江林儿带领的并不是什么正规军队，他们只是普通乡民组织起来的民团。我虽然是世袭顺州，也不能强迫他们。但是……"

"宗主有话但请直说。"

"如果朝廷能开了山禁，就完全不一样了。"

一旁的张程补充说："冉先生，朝廷一向将所谓溪洞蛮当作麻烦，但是反过来想想，他们其实也是大宋的子民。如果能开了山禁，将盐和药运进来，这里的山民就可以将所产粮食、茶叶和其他山货运出去，朝廷不但可以节省下驻军的费用，而且增加了税入，这不是皆大欢喜吗？"

冉琎觉得很有道理，点了点头。

张程接着说："这些山民很适合当兵，别看他们普遍并不高大，但身体壮健，翻山越岭，如履平地。尤其是，他们特别能吃得苦，只要好好地对待他们，一定可以成为忠顺军最好的士兵。"

冉琎回答："您所说的很有道理。只是开禁的事情并非南平县令个人所能决定。可惜真大人不在朝里，否则他一定会向皇上进谏。"

谢昊听到他这样说，哈哈大笑："只怕真大人在朝，即使上书进言了，也会无济于事。"

"不知宗主何出此言？"

"先生经历官场时日尚短，你可能不知道，有些事情即使很有道理，也未必能得以施行。越是朝廷以前的定规，就越是难以打破。除非，朝廷有特别的需要。"

冉琎回答道："真大人跟我说过，迟早他要返回朝廷，帮助皇上兴利除弊，到时候这一条必定会放进条陈奏给圣上。宗主，那上官镕究竟是什么人？还请您不吝赐教。"

谢昊背着手，又踱了几圈，盯着冉琎说："要告诉你上官镕究竟是谁，可以；先生要从这里招募一批士兵，也可以；我还要帮助先生，抓捕那些伤天害理的巫祝，营救被拐走的幼童。"

冉琎大喜，站起身向谢昊深深地作了一揖："宗主如此深明大义，在下感佩之至！"

"不过，有两件事情，我想要先生答应。"

听了这话，冉琎忽然心里有点紧张起来了，这位宗主不会要求自己加入明尊教吧？他犹豫了一下，说道："宗主请说。"

"我要你帮我找两个人。"

"哦，是哪两位呢？"

"第一个就是上官镕，你要为我抓住他，向朝廷和世人揭露他们所有的罪行。"

"可以，这是在下分内之事。"

"第二个人叫白华，他是本教的光明尊使。已经快七年了，他从没有回来过。听说他现在在金国做官，而且是枢密院的高官。我想请先生带一封信去金国，帮我说服他回来。即使不为大宋出力，至少也不再为金国做事。"

冉琎听罢暗暗吃惊，想不到明尊教里真是藏龙卧虎，居然有人在金国的中枢做官，而且是执掌军事的要害位置。可是自己又怎么能见到这样一个位高权重的金国高官呢？

于是他为难地说："宗主，这件事并非不可以，只是在下不明白，为什么宗主要我去呢？况且，在下现在只是忠顺军里一个小小主簿，怎么会有机会见到他这样的金国高官呢？"

谢昊听了这话，便向差事摆了一下手。那差事心领神会，立即端出了一个托盘，放到冉琎面前。托盘上面是一个墨绿色龙凤玉璜，冉琎拿起来仔细一看，上面刻了四个篆字，"智慧尊使"。

谢昊微笑着说："冉先生，你才德兼备，我很是欣赏。这个玉符，就请先生收下，暂时代理我们智慧尊使之位，为期三年，先生意下如何？"

一旁的张程高兴地鼓起掌来："恭喜先生。智慧尊使是我教仅次于宗主的四大尊使之一，已经空缺了几年。这些年来宗主考察了很多人，最后才看中了先生。这是宗主的一番美意，也是先生跟我教的缘分，万望您不要推辞！"

冉琎不假思索，拱手说道："多谢宗主美意了。只是我已经继承了师傅云台道的衣钵，不可能再进贵教了。还望宗主海涵！"

谢昊点点头："先生不要急着推辞。我派当中很多人原本就是道人、僧尼。不瞒先生，儒、释、道的很多信条教义，甚至弥勒、景教这些，都被我们采纳吸收，并不排斥。只要认同'人当努力向善，以造光明世界'，任何人都可以是我们的一员。我们追求的是美好公平的光明天堂，而不是尔虞我诈的黑暗地狱。现在从大宋到金国，甚至蒙古统治的地方，共有三十多万我们的会众，大家都会彼此帮助，在兵荒马乱的世道里相互扶持。"

谢昊如此坦诚，明尊教竟然有如此强大的实力，这些都大大出乎冉琎的意料之外。

谢昊继续说道："刚才我说了，只是请先生暂代这个职位。我给先生三年时间，来考察我们明尊教上下。三年之后，如果发现我教不合先生心意，就请将此物交还给我就是。我承诺，那时绝不勉强先生。"

冉琎见他如此坦诚相待，不由得有些心动："可是宗主，在下对贵教一无所知，如何做得如此高的职位？"

谢昊笑了："我看中的，是先生的德与才。至于先生对我教了解一片空白，反而是我更加看好先生的缘由。张程，你领着先生到我们的勋使阁看一下吧。"

张程领命，对冉琎解释说："勋使阁是我教最为秘密的地方，里面收藏了历代宗主、尊使的密档、手卷和画像，先生这就跟我去看一下。看完之后，先生一定会对我们明尊教有一个完整的了解。"

"既然如此，有劳了。"冉琎点头答应。

于是冉琎跟随张程去了勋使阁。在这里，张程给冉琎一一讲解了明尊教历代宗主的历史，原来，明尊教起源于西域波斯，从魏晋时期起就开始传入中原。它将人世一切归纳为善与恶，善为光明，恶为黑暗，光明必会战胜黑暗。任何人只要向善，终必走向光明、极乐之世界。经过多年的进化融合，又吸收了本土佛道的要义，在唐时大为兴盛。但后来逐渐衰败，又为宋廷所不容，所以现在极为隐秘低调。直到谢昊掌管教务后，苦心改革，潜心发展。谢昊对会众约束极严，严禁向外人透露本教事情，加之从不公开跟官府对抗，所以极少为人所知。

从勋使阁回去的路上，冉琎问张程："我明白了，你们有四大尊使，分别是光明、智慧、清净和大力尊使，对吗？"

"先生果然聪慧，一点就悟。四大尊使中，以光明和智慧两位尊使位置最高，通常是宗主的接班人选。"

听到这话，冉珽再一次吃惊了。

张程会意地笑着说："由此可见宗主对先生的一片深意。"

冉珽苦笑着摇了摇头。

"一直以来，宗主对白华最为看重。十年前，他只身潜伏去了金国，后来竟然打进了金国中枢。宗主希望他能为大宋朝廷出力，但是我们都没有想到，这几年他好像变了，一心一意地为金主效力。宗主对他非常的失望。"

"可宗主为什么挑选我去说服白华呢？"

张程笑道："先生如果有一天见到白华，您就会明白了。他其实跟您很像，你们都是有大智慧的人哪！"

冉珽好奇地问："那清净和大力两位尊使都是谁，他们又在哪里呢？"

张程犹豫了一下回答道："今后有缘的话，你们一定会见面的。"

随后将话题转移说："对了先生，我们宗主对真德秀大人非常敬重。曾经说过，真先生是当世儒学宗师，他们也一直保持了彼此间的友谊。您询问真大人就知道了。也许这就是原因吧，宗主进而对先生格外垂青。他希望能有像先生这样的人继续改革教务，将明尊教引上光明的正途。这就是宗主的一片苦心！"

听了这番话，冉珽被谢昊的良苦用心打动了。

第二十章　高州平乱（二）

回到客堂后，冉珽向谢昊作揖说道："在下已经明白了宗主的心意，愿意接受您的委托，暂代三年这一职位。之后还请宗主另寻贤能之士，在下才疏学浅，只怕会让宗主失望了。"

谢昊很是高兴："先生不必谦虚。你在孟珙将军那里，一定是军务缠身。所以一般不会有本教琐事去麻烦先生，你就专注完成我托付的那两件事情吧。"

"在下一定尽力。请问宗主，那个上官镕究竟是什么人？"

"他就是你们的老对手，真名叫作莫彬。"

这个名字是如此熟悉，冉珽思索了一阵，刹那间，犹如醍醐灌顶一般，他想起了此人就是户部尚书莫泽的兄弟。在临安时，宋慈曾经推断，有一个幕后的人在操控潭州盐案，这个人很可能跟湖州济王案以及夏泽恩被害案都有关联。如果说莫彬就是跟三地有关的幕后之人，这就能解释所有的疑点了。赵奎从潭州逃到临安，由于莫彪的关系，自然会向莫彬寻求帮助。冉珽点头说道："我明白了。难怪我们在临安查案的时候，总是有人掣肘。我们本已怀疑湖州济王事件跟潭州盐案是有关联的，可就是没有找到证据和关联人物。"

谢昊面色凝重："此人还是我们上一任的智慧尊使。"

这句话再次让冉珽吃了一惊，他疑惑地看着谢昊。

谢昊叹了一口气："怪我那时没有看清此人。当时只觉得他非常精明能干，能解决很多麻烦。后来我才逐渐发现此人心术险恶，勾结朝中某些权贵做了很多令人不齿的事情。所以我就将他逐出了本教。"

冉珽问："那么他如何当上智慧尊使的呢？"

谢昊指着张程："你来说吧。"

张程说道："莫彬这个人，心思很深，又能言善辩。宗主的一个密友曾经推荐了他，说此人可有大用。的确，各地的会众如果遇到了麻烦，只要他去了，没有不迅速解决的。所以宗主一度对他非常欣赏。"

"那他被逐后就去了临安？"

"先生听说过白云宗吧？"

"略有耳闻，好像是曾经被朝廷禁止的。"

冉珽知道白云宗原宗主孔清觉，自称孔圣人后裔，徽宗年间他创立了白云宗，在江南门徒极多。却因为反对禅宗，被朝廷视作邪教，曾几度遭禁。

张程说道："这厮离开后，就去临安接掌了白云宗。"

谢昊接着说："世人都不知道，现在的白云宗在临安的上层人物中，颇有些影响力。莫彬就利用白云宗的人脉，为自己搭建了一张官场网络，勾结高官上下其手，在各州府贩卖私盐，倒卖钱引，揽权纳贿。这种人，就是大宋的心腹之患。"

张程接着说："对了，南平城幼童被拐一案，跟他和他的手下可能也有一定干系。"

冉珽很是好奇："哦，这是怎么回事？"

"高州世袭田齐，向来穷奢极欲，又极度崇佛拜神，不分门派，一概尊崇。据查，他也早被拉拢进了白云宗。最近我们得知，他们那里竟然还有一些来自吐蕃或是天竺的番僧，在山民中间传教，异常活跃。田齐这人还极其崇信巫医、巫蛊，所以高州那里巫医猖獗。前几年山里瘟疫流行，山民只要染病，因为无药可治，只得高价请来巫医作法。一些巫医在番僧的怂恿下，提出避瘟就要血祭，而且必须使用幼童。这些人不敢去拐当地幼童，就跑到邻近的州县比如南平去拐走幼童。我们最近查清，南平的幼童失踪案，就是高州巫医派人干的。"

冉琏大为愤怒："官府难道一直不知道吗？"

谢昊摇了摇头。

"宗主，那我这就去通知南平邓知县，组织人马到高州剿了这些巫医。"

"山路难行，没人给你们带路，怎么找到那些人？这个事必须得仔细筹划。"

"那宗主您有什么办法？"

"张程，你昨天讲，他们的祭瘟节是七天后吗？"

张程回答："是的，宗主。"

每当谢昊陷入深思的时候，就会背着手来回踱步。冉琏和张程看他又开始来回踱步，便不再说话了。过了一会儿，谢昊对冉琏说："据说高州那里，田齐至少养了三千多的兵力，装备精良。江林儿只有一千兵卒，装备也一般。所以南平县令必须从邻近州府调兵。不到一周时间了，先生觉得他们能调得到兵吗？"

冉琏起身对谢昊说："宗主，在下现在就走，先回南平，再去奉节向州府借兵。不管借到兵与否，在下一定会尽快通知宗主。"

"好，先生就尽快动身吧，一路小心。"

于是冉琏向谢昊及张程拱手告辞，就带着张钰急速奔回南平。

冉琏走后，张程问道："宗主，您跟这位冉先生初次见面，就请他担任本教这么高的职位，是不是……"

谢昊背着手，踱了几步："疑人不用，用人不疑。我早就派人查访得很清楚，冉琏兄弟的确是难得的人才，人也正派。如果白华不肯回来，那他就是上佳人选了。我相信，他们能将上官镕和他背后的势力最终铲除掉。不过，我只给他三年期限。"然后轻轻叹了一口气，"这三年，应该会发生很多大事。"

张程问："宗主指的是哪些事情呢？"

谢昊并没有回答这个问题，只是若有所思地说，"把江林儿叫进来吧。"

江林儿进来后，张程告诉他，冉琏已经接任了智慧尊者。江林儿吃惊之余,随即兴奋地说道:"恭喜宗主,冉先生是大才大贤,宗主今后一定如虎添翼!"

谢昊笑了笑:"你跟张程商量一下,今后如何跟冉琰保持通畅的联络。"江林儿和张程躬身答应。

冉琰回到南平后,立即向邓若水通报了高州巫医拐走幼童的始末,邓若水顿时勃然大怒:"这些人如此穷凶极恶,丧尽天良,难道以为大宋王法治不了他们吗?"

"那里一向是羁縻州,因为禁山的原因,捕快们也无法前去抓捕这些巫医。就算去了,田齐手下有三千兵马,怎么会听任我们带走那些人呢?县令大人,我们得精心策划,争取一击得中,彻底解决掉这些巫医。"

"先生,那依你的意思该怎么办才好?"

"我们必须向州府借兵,届时如果田齐作乱,可以就势弹压下去。事后,我们必须安抚山民,防止有人乘机作乱。"

"哦,你打算如何安抚?"

于是,冉琰就提出了解除禁山,给山民运进盐与药的建议。

邓若水频频点头:"冉先生你所说的很有道理,但我只是一个小小县令,这么大的事情如何做得了主?"

"大人,您可以向朝廷奏报,这是特例,先只为高州开禁,运进去民生所需物品,防止山民暴乱。以我过往的经验,朝廷通常愿意息事宁人,应该会批准大人的。"

邓若水很是赞同:"先生此行辛苦了,先好好将息一夜。明天一早,我们就出发,向夔州知州赵汝良大人报知此事。赵大人一向体察民情,我想他不会阻拦此事。"

第二天清早,冉琰同邓若水一行人赶到了夔州知州衙门。这时赵汝良正在跟人谈事。等了半个时辰,赵汝良陪着一位将军走了出来。

冉琰一看此人,顿时喜出望外,原来是忠顺军统制王坚。冉琰心里猜测,王坚此行一定是来接收夔州厢军的。

邓若水迎了上前，向赵汝良介绍了冉琎，随后将高州的情形以及他们的谋划讲述了一遍。正如邓若水预计的一样，赵汝良非常支持，对王坚说："我们刚刚移交了三千军士给将军，如果不着急回枣阳的话，就烦劳将军跟他们去一趟高州，剿了那些丧尽天良的恶徒，怎么样？"

王坚毫不犹豫地回答："当然，这是分所应为。"

邓若水将自己写给朝廷的奏表交给赵汝良，赵汝良看罢很是赞同，"邓县令和冉先生的谋划很是稳妥。这份奏章我会加急送往临安。你们就按计划行事吧，如果还需要什么，尽快派人通报，我一定全力支持。"

二人大喜，向赵汝良拱手致谢。冉琎跟王坚约定，第二天就将这三千军士带到南平去。

随后几天，一切都按照冉琎与邓若水的安排紧锣密鼓地进行着。

在高州祭瘟节当日，张程给王坚军带路，将三千人马悄悄地领到高州附近的一个山谷里潜伏下来。江林儿也领着自己的人马开到了高州密林里隐藏起来。众人耐心地等待那些巫医和巫祝聚齐，举办盛大的祭瘟仪式。

接近黄昏时分，高州澧河河畔一片平坦的高地上，几十堆篝火被陆续点燃。四下里的山民全都聚集了过来，成群结队地向高达数丈的瘟神雕像叩头拜礼。

天色微黑时候，高台之上走过来一些巫师，向人群招手示意。十几个扮成鬼卒的洞蛮士兵，将捆成一团的几个幼童抬了上去。巫师们开始行巫礼，唱颂赞拜瘟神。鬼卒们则绕着这些巫师不停地打转，手里挥动着各式古怪的法器，嘴里发出嘀嘀的怪叫声。

唱颂结束后，巫师们散开。一个巫师开始表演驯蛇，随着他吹奏哨笛，几条蛇就围着他上下起伏舞动起来。另一个巫师命人抬上一个空盆，用绸布盖上，然后作起法来。等他揭开盖布后，本来空空的里面现在全是馒头等食物。巫师叫人将食物向台下山民抛撒引起了一片哄抢。

又有巫师向瘟神叩拜，然后起身猛然甩头，他的脸霎时间变成了一个豹精；再甩就变成了狼怪；第三次甩头，变成一副凶恶的骷髅。台下的山民顿时喝彩如潮。

过了一会儿，上来两个巫师，一高一矮，一个穿黑衣，另一个穿白衣。两人向瘟神雕像弯腰施礼，当他们抬起身时，已然变脸成了黑无常与白无常，手里分别拿着勾魂锁和木牌。那勾魂锁上有长长的尖刺和钩爪，传说就是用来勾人的琵琶骨；而木牌上则写着"阎君捉拿"。这一对黑、白无常在台上结伴而行，形影不离，后面跟着两个高大的鬼卒，扛着灯笼和招魂幡。鬼卒每走十几步，就喷出烟来，火光从身上迸出。台下的山民被惊吓得连连大叫。过了一会儿，鬼卒将已经吓成泥团一般的幼童捆在柱子上面，单等田齐下令，就要杀了这几个幼童完成血祭。

过了片刻，田齐在几个番僧的簇拥下，走上了高台。他刚刚站定，突然听到远处一声号炮响起，几支点火的号箭飞向了半空，然后传来了震天般的喊杀之声。

巫师们和田齐全都愣住了，这是哪里来的军队？

田齐的卫兵们立即反应过来，护着田齐就要逃走，可是江林儿已经带人杀到了。

江林儿传下令去，只要是巫师和鬼卒，立即全部杀光。田齐的手下有人认得江林儿，便报给田齐，这些都是谢昊那边的人。对谢昊突然无故相攻，田齐大为恼怒，下令贴身侍卫赶紧快马跑回高州城，传令所有军队火速过来，围歼江林儿。

由于田齐带来的卫兵数量不多，江林儿军很快就控制了祭台，将那些被拐的幼童解救了下来。田齐见势不妙，在手下的护卫下拼死冲杀出去，向高州城逃去。

那边高州守军接到命令后，立刻整队向祭台这里赶了过来。不料半路之上，王坚的人马从山谷里突然冲杀出来，将高州军截成两段。领头的将领没想到会有埋伏，也不知有多少敌军，顿时慌了手脚夺路逃走。高州军失去了指挥，秩序大乱，很快就溃不成军。田齐随后在逃往高州的路上被埋伏的王坚军士活捉。

江林儿军与王坚军会合后,就押着田齐和一些没被杀死的巫师进了高州城。至此高州之乱彻底平定。

第二十一章　灵隐重逢（一）

王坚与江林儿率军进了高州城后，立即控制了城门、州衙以及监牢等处。冉琎与邓若水带人进了州衙，搜捕田齐的余党以及城内残余的巫医、巫祝。

当天夜里，邓若水就开始在州衙审讯被活捉的巫师。这些巫师全都大喊冤枉，哪里肯招认罪行。邓若水传来被拐的幼童指认他们，这些人不服，辩称幼童无知，不足为证。邓若水见有如此多的人证、物证，这些人尚且百般抵赖，顿时难压心头怒火，命人严刑问供。几次上刑后，几个巫医熬刑不过，开始招供。但他们众口一词地指证，是田齐指使他们在高州大搞血祭。

邓若水追问："他为什么要这么干？"

一个巫师嗫嚅着回道："田齐一直愤恨朝廷无理禁山，前几年因为起了瘟疫，朝廷派军队封了山路。他在外州一直经营的盐和药，全都运不进来。所以他要报复。"

另一个巫师交代说："拿幼童血祭的办法，是那几个番僧唆使田齐的。他们从西域过来，说这是他们的传统，只要起瘟疫的时候，血祭幼童特别灵验。"

邓若水问手下的差役："抓到那些番僧了没有？"

手下人都说不知。江林儿赶紧派人查找，过了一会儿，有人回报，那几个番僧已经都被杀了，尸体还在祭台那里。

邓若水开始审问田齐。他没有想到的是，田齐自从被抓之后就一言不发。无论问他任何事情，又或者让任何人跟他对质，田齐就是一声不吭。江林儿大为恼火，就要对他动刑，被邓若水止住了。因为田齐有朝廷册封，是世袭高州，未经呈报朝廷批准，是不能对他上刑问供的。于是对田齐的审问就陷入了僵局。

冉琎在查抄的巫师物品里看到很多奇怪的东西，其中有一本手卷，详细记载了如何瞬间换脸的技巧。翻看之后，冉琎大呼新奇。他又提审了几个巫师，仔细询问了这些人在祭礼上变脸的过程。问完之后，冉琎不由在想，这虽然是江湖术士的旁门左道，倒也是一门绝艺。人有善恶之念，但技艺本身没有善恶之分。或许将来它们也有用在正途的地方，也未可知。于是，冉琎细心地将所有手卷和面具全都整理保存了起来。

原来这些巫师变脸有不同的手法，其中就有抹脸，事先将油彩涂在脸上，到用时手法娴熟地往脸上快速一抹，便可瞬间变成另外一种颜色；还有吹脸，将金粉、银粉、墨粉等放在一个盒子里，寻找机会将脸贴近盒子猛然吹气，这些粉末就会扑在脸上，立即变成另一种颜色和图案；还有巫师擅长扯脸，事前将绸质的面具剪好，全都用丝线系好，再细心地逐次贴在脸上，只要手拉丝线，最外的面具就会瞬间脱落，而脸就变成另一副样貌了。昨夜的黑白无常，就是这样变化的。

江林儿从巫师住处又搜出了很多蛊毒。据巫师交代，他们将一些带有剧毒的毒虫如蛇蝎、蜥蜴等放进同一器物内，让它们互相啮食、残杀，最后唯一存活的毒虫便是毒蛊。搜出来的有蛇蛊、蝎蛊和蛤蟆蛊等剧毒。这些巫师认为，练成蛊后，可以遥控蛊虫将敌人杀死。高州的山民对于毒蛊的法术深信不疑，因而对这些人极为敬畏。

冉琎让江林儿把这些蛊毒放火销毁，以防这些毒物将来祸害他人。

经过三天的忙碌，邓若水将一应卷宗整理完毕，连同自己的奏章一并送到了州府，由知州赵汝良阅后报送临安中枢。随后王坚率军将田齐等一干人犯押往州府。动身之前，王坚对冉琎说："冉先生，田齐那些被打散的士卒，可以被招募加入忠顺军，先生以为如何？"

冉琎笑道："王将军真是个有心人！这个主意确实不错。"然后转头问江林儿,"新任知州到达之前,拜托将军为我们招募这些高州溃兵,怎么样?"

江林儿欣然允诺。随后王坚跟二人告辞。

两人送走王坚,往回走的路上,江林儿对冉琎说:"先生,有件事情很是奇怪。"

"发生了什么事情?"

"我的手下很多人说,那夜在祭礼上,田齐的手下自相残杀,那些番僧其实是被他们自己人杀了。"

"哦,这是为什么?难道是灭口?"

"很有可能。"

两人正说着话,张程带着人迎面走过来了,笑着对他们说:"当然是杀人灭口。"

冉琎见是张程,拱手问道:"张堂主是不是听到了什么消息?"

张程向冉琎躬身施礼,回答说:"是的。据查,这些番僧跟上官镕有关。他们都是上官镕从西域请来的,然后推荐给了田齐。"

"这么说来,杀他们灭口的,很可能是上官镕的人?"

"正是这样。如果尊使要想查清这些事情,就应该去一个地方。"

"是临安吧?"

"尊使睿智,正是临安。"

冉琎点头说:"我先回到忠顺军去,之后争取机会赶赴临安,届时我们如何联络?"

张程就呈给冉琎一个信封和一袋黄金,打开一看,里面是宗主谢昊写给白华的密信,还有一些文档,其中有主要州府的明尊教分堂地址以及堂主的姓名。随后张程又告诉冉琎如何联系各地分堂以及联络方式。冉琎一一默记在心。至于那袋黄金,则是谢昊交给冉琎,由他办差支用的。

随后几天,江林儿在高州四处张贴布告,募集士兵加入到忠顺军去。众人没想到,募兵进展得非常顺利,不到几天就征到了两千余人,大部分都是原先田齐那些被打散的士卒。这些人无产无业,又不愿落草为寇,现在有军队招募，自然前来效力。冉琎和张钰用了一周时间，将这些士兵稍许训练成形后，就将这支军队带到了夔州，交给知州赵汝良暂时代管。

随后两人赶回枣阳，大帅孟珙派人报知制置使史嵩之，另行派人到赵汝良处接收了这支新军。

同在枣阳的刘整将冉璞的书信交给了冉琎。冉琎读后心想，看来动身去临安已经势在必行了。于是他跟孟珙商量此事，孟珙看完书信爽快地说："现在暂时没有战事，大军平日里也只是日常训练，并没有太多事务。我看先生可以去一趟临安。赈灾毕竟是朝廷大事，还请先生在完事之后再回到我这里，如何？"

冉琎拱手说道："如果枣阳这里有事，就请大帅尽快通知给我，在下一定尽快返回。"

"好的。对了先生，临安可不比我们这里简单，那里的事情错综复杂，先生万事须得小心！"

冉琎明白，孟珙是在提醒自己，不要轻易地陷进各种是非里去，这是孟珙为将处世一贯的原则。冉琎点头答应，两人拱手告别。

随后冉琎收拾行装，第二天就赶到了襄阳，然后雇船前往鄂州，再顺江直下向临安行去。

第二十二章　灵隐重逢（二）

再说冉璞、蒋奇二人离开鄂州后，先到了临安。两人去临安府向当值衙役打听赵汝谠的情形。有衙役告诉他们，赵大人前天已经上任，他现在去上朝了。原来赵汝谠安全无虞，二人听罢，顿时万分欣慰。

蒋奇询问衙役："我们看到邸报上说，赵大人的车驾在路上出了状况，请问究竟发生了什么？"

这衙役回答说："那是误报，赵大人并没有走陆路，而是乘海船北上。由于遇到台风，半路靠岸避风，所以耽误了一点行程。"

两人猜测，这一定是赵汝谠为防不测，用了明修栈道，暗度陈仓的法子。也幸亏预先防备，赵汝谠才躲过了路上这一劫。冉璞和蒋奇商量一下，就去找了一间客栈，洗漱一番，又饱食一顿，打点了精神再去临安府衙门。

衙役告诉他们，赵大人下朝后没有回衙门，他直奔灵隐寺去查看安顿在那里的灾民了。于是两人向衙役要了一份临安本地图本，按照地图指示，赶往灵隐寺。

灵隐寺是临安历史最久的名刹之一，地处灵隐山麓，四周众山环绕，林木葱郁，秀竹起伏。二人骑马行在山道上，一路云烟飘渺，水声潺潺，好似世外桃源一般。

此时，赵汝谠正在跟灵隐寺住持方丈慧远禅师一边行走，一边交谈，查看寺内寺外安置的灾民状况。

这次临安大火的灾民数量太多，基本都安置在径山寺、灵隐寺、昭明寺等几十家宫观院庙，由于灵隐寺地方空阔，寺内空余的房子也多，所以这里安置的灾民最多。赵汝谠最关心的是灾民的粮米是否足够供应，问道，"请问方丈，这么多的灾民，一天怕是稻米上百石也不够，不知你们的库存够用多久？"

慧远禅师双手合十答道："阿弥陀佛。因为斋僧施粥所需，朝廷将位于杭州、秀州两地共一万三千亩田地，赐给我寺作为庙产，因此库存粮米一直颇为丰足。但这次灾民太多，消耗实在太快，本寺库粮已然耗尽了。所幸朝廷及时调来了大量米粮，而且其他没有安置灾民的寺庙，也都纷纷伸出了援手。所以现在的情形尚好。"

赵汝谠频频点头："给予援手的其他寺庙，都是哪些啊？"

慧远答道："临安的寺庙按照各自能力，或多或少全都捐助了。"

"哦，方丈可知道现在临安大概有多少寺院？"

"阿弥陀佛。我朝尊儒礼佛，'以佛修心，以道养生，以儒治世'。据老衲所知，临安府辖域共有寺、庵七百余所，其中光临安城内外就有寺院共五百多所。"

赵汝谠很是吃惊："看来，我真是孤陋寡闻了，今日受教了。"

"赵大人客气了。"

"对了方丈，跟你们灵隐寺相当规模的寺院都有哪些呢？我想，只有人多财雄的寺院，才能供得起这些善事。想来其他那些小寺，即使要做，也是心有余而力不足吧？"

慧远笑道："嘉定年间，朝廷曾经品第'五山十刹'：余杭径山寺、钱塘灵隐寺、净慈寺，外郡的宁波天童寺、育王寺，此五家为首，称为禅院五山；还有钱塘天竺寺等禅院十刹。'五山十刹'中，以我们和径山寺，当为首寺。这些年来，我们两寺不但有全国各地得道高僧，来访的还有远自东土日本以及朝鲜等国上百名僧人。"

赵汝谠顿时啧啧称赞。

慧远这时犹豫了一下，看着赵汝谠说："赵大人，其实有一些并无名气的小寺，却很是不凡。比如几年前新建的贤良寺，这次给灾民捐粮，一次就送给我们米粮多达五千余石,着实让人惊讶呀。"

"贤良寺?我如何从没有听说过呢?"

慧远没有回答,只双手合十念道:"阿弥陀佛。"

赵汝谠心中一动,这里莫非有什么隐情吗?他见慧远不再接话,正想继续问问,这时两人走到了飞来峰,慧远岔开了话题,笑着说道:"赵大人请看,这就是飞来峰。曾经有人称赞说,这里'无石不奇,无树不古,无洞不幽'。赵大人,我们上去观赏一下可好?"说完,做了一个请的手势。

赵汝谠点头答应,又顺着慧远手势望去,见这峰与周围群山迥异,当真是奇石嵯峨,钟灵毓秀。登上去后,各处老藤枝枝蔓蔓,缠在千年古树之上,盘根错节;有的地方岩石嶙峋,峰棱如刀;更有巨石,时而横卧如象,时而如岳峙立。令人称奇的是,在许多岩洞里和溪涧两旁的峭壁上,有自五代起的石刻造像三百余尊。最引人注目的,就是那尊横坐于地、喜笑颜开、袒腹露胸的弥勒石佛。

这当然不是赵汝谠第一次见到这尊石佛,不过时隔多年,再次重游故地,赵汝谠很是感慨。他仔细地观摩着坐在佛龛里的大肚弥勒,见他手持佛珠,袒胸鼓腹,开怀大笑,赵汝谠不禁感慨地说道:"容天下难容之事,笑天下可笑之人。"

慧远笑着,双手合十念道:"阿弥陀佛。"

这时有临安府差事上前禀告:"大人,有两个外地过来的差人,说是来找大人报到。"

赵汝谠急忙问道:"问过他们没有,叫什么名字?"

"一个叫冉璞,另一个叫蒋奇。"

赵汝谠听罢,顿时大喜,立即向着弥勒佛像拱手拜了一拜,回头笑着对慧远说:"方丈,贵寺可真是福地。本官今日有些事情,就不打扰方丈了,告辞。"

慧远含笑双手合十,目送赵汝谠兴冲冲地下山去了。

冉璞与蒋奇远远地望见赵汝谠走了过来,就迎了上前施礼。赵汝谠立即搀住两人，笑着说道："日盼夜盼，终于把你们盼来了！"

两人见他这样说，也都感动了起来："大人，我们终于又见面了！"

赵汝谠笑着看着二人："我本以为只有蒋奇一人能来，现在冉璞也来了，这真是喜上加喜啊。"

蒋奇笑道："他有娇妻弱子，本来是舍不得的。"

"哦，那为何会改了主意？"

"后来听说大人的车驾在雁荡山出事了，他实在放心不下，就一起过来看看。"

听到这样的话，赵汝谠大为感动，搀着两人的手说道："随我回府吧，让我们坐下细谈。"然后转头吩咐差事赶紧回去，准备一桌酒席。随后，三人边走边谈，并肩下山。

回到府衙后，一桌酒宴已经摆在了后院的花园里。于是三人边饮边谈，讲述了各自三年多的经历。当赵汝谠听说冉璞有了孩子后，立即让人封了一个礼包来表示祝贺。蒋奇绘声绘色地将云台山庄描述了一遍，赵汝谠艳羡不已，只恨无缘亲自去游览一番。

当问到临安府这里的情形时，赵汝谠的神情顿时黯淡了下来，说道："我现在有两个难题，每天都像山一样压在心里。第一就是必须在入冬前安置好这么多的灾民；第二件就是抓捕杀人纵火的凶徒。"

原来临安大火是歹人纵放，冉璞和蒋奇一直不知，当然都是吃了一惊。现在距离大火那日隔了一些日子，恐怕很难再从现场找到有用的线索，想要迅速破案更是难上加难了。

冉璞问："大人，纵火案是谁在负责调查呢？"

"原来是禁军都指挥使江万载。"

"哦，是他？"

"你们认识？"

冉璞点了点头："三年前我们打过交道。江万载这人做事非常认真，为人谨慎，但是他并没有查案的经验。"

"正是。所以吏部很快调来了两浙路提刑司的捕头费忠,帮江万载一起查案。"

"大人,现在案件进展如何?"

"没有任何头绪。"说到这里,赵汝谠饮了一口酒,叹气说道,"我接任临安府,是宰辅们共同推荐的,太后和圣上都对我寄予厚望,希望我能尽快破案。这些天来,所有的捕快都被派了出去,可就是毫无线索。"

蒋奇问:"这么说来,现在是江万载与费忠两人共同负责查案?"

"还有丁义,他从前也是提刑司的捕头。他们二人来了以后,圣上就让江万载逐渐退出查案。之后丁义被我派去了温州,调查我的车驾在山上坠毁的事情。所以现在只有费忠一人带着衙役查案。"

冉璞问道:"大人,您打算让我们干什么差使?"

赵汝谠想了一下说:"各地的粮食开始陆续运来了,赈灾的事情,慢慢地有了头绪。你们二位,还是辅助费忠查案吧。"

冉璞和蒋奇同声答应。

"费忠是本地人,地方上人头熟悉,方言交流通畅。而你们刚到临安,还不了解情况,所以让费忠负责此案。你们理解我的心思吧?"

蒋奇接话道:"大人说的有道理。"

赵汝谠这时犹豫了一下说:"但是你们跟费忠一起办案时候,要尤其谨慎,多加留意。"

冉璞好奇地问:"大人这是何意?"

"可能是我对他还缺乏了解,因此暂时无法完全信任。你们下面查到了什么,要第一时间通知给我。遇到什么事情,由我来做主。千万不要擅作主张。这里是行在临安,天子脚下,太多眼睛在盯着我们。"

冉璞跟蒋奇对视了一眼,然后齐声答应。

赵汝谠接着对冉璞说:"冉璞你去查御史周浩一家被害的案子。赈灾的事情,我可能时不时也需要你帮个忙。"

冉璞应诺。

因为提到赈灾，赵汝说突然想起白天慧远禅师曾经提到了贤良寺，他那一副欲言又止的模样，是不是在提醒自己，贤良寺有些隐情？慧远禅师有大智大慧，在临安各大寺院中享有极高声望。他一定是听说了些什么，可又不愿意卷入不必要的俗事与麻烦里，所以今天他没有直言相告自己。可贤良寺会有什么事情呢？

于是赵汝说对冉璞说："对了，你抽空去查一个叫贤良寺的庙宇，寻访一下那里有没有可疑之处。"

"好的大人，能不能再具体一点，要我查些什么事情呢？"

赵汝说抚着胡须说道："听说贤良寺的财力十分了得，你就去探访一下，看他们究竟如何筹措到那么多的赈灾粮食。"

冉璞点头答应。酒宴结束以后，赵汝说派差役给二人在府衙后院分别布置了住处，又把留在客栈的东西全部搬来。二人一直忙到深夜这才停当。

第二十三章　聚仙山庄（一）

　　第二天上午，赵汝说带着冉璞、蒋奇二人，在临安府公堂上跟所有的捕快衙役们见面。当见到费忠时，冉璞、蒋奇都是一愣，这费忠身高体壮，站在公堂上犹如一座高大的铁塔一般。虽然他的脸上带着讨好的笑容，可是面部的肌肉总是不由自主地紧绷着。这个人的眼睛虽然很小，但似乎总是要随时翻瞪起来。冉璞心想，这个人在下属跟前，一定非常蛮横。

　　除了回答赵汝说的问话，费忠很少说话。赵汝说吩咐三人务必精诚合作，争取早日破案。三人齐声应诺。所有的捕快被分作两队，一队由费忠带领，另一队交给蒋奇，分头查访纵火大案。

　　赵汝说又吩咐主簿将冉璞引到赵汝谈那里，他们已经搜集了御史周浩生前所有的奏章。赵汝说要冉璞拿回来后仔细研究一下，寻找周浩被杀案的线索。

　　冉璞说道："大人，我自己去就可以了。在下跟随真大人在临安时，跟赵大人就已经很是熟识了。"

　　赵汝说笑着点头："这样更好。"

　　今日赵汝谈不在宫里当值，正在府衙办公，差事进来禀告，有临安府公差来见。赵汝谈停下笔，吩咐将来人领进来。又让主簿将跟周浩有关的文书全部打包，准备由临安府签收领走。主簿领命，然后他头也不抬继续书写公文。

　　过了片刻，差事领着冉璞进来，因见赵汝谈正埋头书写，冉璞便示意差事不要打扰，自己就站在一旁等候。过了一会儿，赵汝谈写完公文，这才抬头，见有一人站在桌案附近，而这人的面孔竟是如此熟悉。赵汝谈一时没有想起，便愣住了。

冉璞见状，含笑作揖说道："赵大人一向可好，冉璞看您来了。"

赵汝谈听到冉璞这个名字，立时回想了起来，马上站起身，高兴地走过来，紧紧地握住冉璞的手说道："你们终于来了，这真是太好了。你兄长冉琎呢，他在哪里？"赵汝谈对冉琎印象极好，恨不得马上就见到他。

冉璞回道："家兄暂时在忠顺军孟珙将军那里，可能一时还赶不过来。"

赵汝谈有点失望，不过立即掩饰了过去，对冉璞说："你此来是为了御史周浩遇害的案子，对吗？"

"正是，赵大人。"

赵汝谈点点头："这个案子非同小可，皇上对周御史被害极为震怒，时不时地就要催问一下进展。你们务必抓紧办案哪。"

"大人放心，在下一定竭尽全力。对了，周御史一家被害的现场仍然在吗？"

"都还在，出事以后，江万载让人封存了现场，除了尸身已经安葬，一切保持原样。你们临安府应该有详细的尸检格目。"

"好的。大人，您还记得宋慈吗？"

"当然记得，你们都是真大人的学生。"

"大人，在下有个不情之请。"

"你是不是想要宋慈过来帮忙？"

"大人明鉴，只要有宋慈援手，此案必定能破。"

赵汝谈笑着说："我早就跟你们大人商量过此事了。吏部借调宋慈的公函，前些日子已经发走，算时间应该已经到了他那里。快的话，三五天后宋慈就能到临安了。"

冉璞很是高兴，拱手说道："大人知人善任，此案一定能破。"

赵汝谈又跟冉璞谈起了真德秀的近况，表示他将全力争取真德秀和魏乃翁早日重返朝廷。这时主簿进来，将那包卷宗端了进来。关于案子的事情，赵汝谈随后对冉璞仔细交代了一番。

冉璞领命，带着卷宗回到了临安府，立即研读了起来。冉璞一边详细阅读，一边摘抄归总，直到天色将黑，才大致地将这些卷宗整理了出来。冉璞在一页白纸上写下一串名字，然后闭目养神，盘算着下一步的计划。

过了一会儿赵汝说进来了，冉璞起身致意，向他简单汇报了一下。

赵汝说就拿起桌上那份名单看了一遍，上面基本都是熟悉的名字，梁成大、莫泽、李知孝、赵汝述、余天锡和王仁等人。赵汝说问："你在怀疑这些人，是吗？"

"是的，但也不是。周御史生前对这几个人的弹劾次数最多，也最为激烈。我把他们一一罗列出来，下一步的勘查，就看他们有没有跟案情交叉。如果有，他很可能就是嫌疑。"

赵汝说听了表示赞成，说道："你可以去查这些人，但是一定要严格保密，切记！不过也不要排除其他可能，防止遗漏真正的凶手。"

冉璞点头答应。

天黑以后，蒋奇从外面回来，一脸的沮丧疲累。不用问都知道，他今天查访案情一定没有任何进展。蒋奇告诉冉璞，他之所以恼火，是因为听不懂临安本地方言，只能依赖手下的本地捕快跟人交流。他们查访了很多客栈、酒店，只要问起那日火灾情形，没有任何人能说出有用的线索。

冉璞劝慰蒋奇说："费忠就是本地人，他对临安的情形很是熟悉。他尚且查了好多天，并没什么进展。可见这个案子的确难度很大。"

"是啊。暂时没有什么线索，只能漫天撒网，到处去碰了。"

"蒋兄，费忠和你都去查客栈、酒馆这些地方，是不是认定了凶手一定是从外州过来的呢？"

"我们上午商量过了，一致认为凶手从外地来的可能性最大。"

"但是如果他们在临安有人接应呢，就是说，他们可能不住在客栈里？"

"你是不是有了什么想法？快说说看。"蒋奇听了冉璞这话，顿时来了精神。

"我琢磨这个案子，假如真是外地凶手做的，他们能精准地对军械库一击而中，如果没有熟悉情况的本地人配合，这是不可想象的。"

"说得对，我们应该将调查重点转向本地的可疑人物。"

冉璞笑着点头："费忠查过了哪些地方，你都知道吗？"

"他大致说过一次，都是酒店、客栈这些地方。"

"蒋兄你看，我们能想到刚才那一层，而他是经验丰富的提刑司总捕头，怎么会想不到呢？"

"你是说……"

冉璞轻声说道："赵大人要我们留意费忠这个人，看来不是空穴来风。蒋兄，我觉得这个人有可能对我们隐瞒了一些事情。"

蒋奇点头同意。

"我们必须尽快去见一个人。"

"是谁？"

"江万载。"

蒋奇恍然大悟。

第二天，蒋奇推说有事，让手下的捕快自行查访客栈，然后跟冉璞两人赶往禁军大营。当江万载听说临安府公差冉璞求见，顿时喜出望外，一阵小跑出了大营，见到冉璞就是一个有力的拥抱，笑着问："我一直以为你再也不会来临安了，为什么到了也不通知一声？"

冉璞笑道："听讲江大人已经高升，哪里是我等随意来见的呢？"

江万载捶了冉璞肩膀一下："不要胡说了，你要是无事，会来找我吗？说吧，今天来是什么公事？"

冉璞先把蒋奇介绍给江万载，然后问起火烧军械库的事情。江万载便将二人领进了中军，然后入座细谈。原来这军械库隶属御前军器监。军器监掌管东、西两个作坊，弓弩院，皮角场，作坊物料库等。其中东西作坊雇用几千工匠，制造各类武器、旗帜、油衣、滕漆、什器等等，各类专作超过几十个部门，分工极细。他们历年制作的各类军器，除了发往外州以外，基本都存储在军械库里。在军械库里，还藏有大量的火药、油衣、滕漆等易燃之物，这就是为什么那日一旦着火，很快就发生爆炸的原因。

冉璞问道："出事以后，将军你们可曾封锁全城，搜查凶手？"

江万载叹了一口气："当时大火几乎烧了半个城池，无数灾民向城外逃难，那天是不可能封锁城门的。凶手应该很容易地躲在中间逃脱了。"

蒋奇问："请问将军，有没有可能是内部人作案呢，比如禁军士兵？你们怎么看？"

"不会。"江万载非常肯定，"火灾发生后，我们迅速命令禁军所有士兵全部集结，经查点后各营官兵都没有发现任何异样。从种种迹象来看，这些凶手极有可能是从外州来的。"

冉璞问道："军械库被害士兵的尸身都还在吗？"

"刑部和临安府仵作查验后，全部下葬了。你在临安府应该可以看到仵作的格目吧？"

冉璞点头："看过了。虽然记载的很详细，可说不定还得要开棺重验。"

"开棺验尸？是不是那位宋慈宋先生来了？"

"正是。几天后，宋先生会过来帮助破案。"

"这真是太好了。"江万载高兴地说，"圣上为了这个案子，已经好些日子一直烦恼不安。现在好了，有你们过来查案，一定可以水落石出。"

提到了皇帝，江万载突然想起了谢瑛。皇上时不时地还会抚琴思念佳人，三年前的情景还历历在目。时光过得真是太快了！江万载有种说不出的感觉，居然有些忆旧了，就问道："对了，你妻子还好吧？"

"她很好，多谢将军挂念。我们还有公事，这就告辞了。"

"等一等。"江万载从自己的桌案上拿起了一个通行的令牌交给冉璞，"此案至关重要，皇上时刻挂念着案件的进展。你们查这个案子，早晚须得跟我们打交道，这个就交给你了。有了这个令牌，你可以随时进来见我。需要什么帮助，我一定尽力。"

"如此多谢了。请代我向彭壬将军问好，等在下公事稍有空闲，我一定请你们二位饮酒。"

　　江万载高兴地答应了。

第二十四章　聚仙山庄（二）

随后两天，冉璞待在衙里反复阅读凶案的验尸格目，以及起火处的检验记录。一时间没有什么新的发现，冉璞有些郁闷，在房间里来回踱步，猜测凶案的各种可能，可是都没有足够的证据支持。

静极思动，不如出去一下，或许能得到新的思路。

冉璞想起了前日赵汝谠让自己抽空去探查贤良寺，择日不如撞日，不如今日就去吧。于是他将自己的书房锁上，带上了地图，一个人骑马奔向了贤良寺。

冉璞没有想到，就在他走了以后，一个身影悄悄地闪过，打开了他的房间。然后在他的桌案上翻看卷宗，当那人看到了那页写着几个名字的信笺时，便停了下来。又过了一会儿，直到有人进来，这人才匆匆锁门离去。

贤良寺是一个荒废的旧寺改建的，位于钱塘江与西湖之间的一座小山上。冉璞骑马行在山中的小道上，这条山道委蛇曲折，两边竹木云蓊，郁郁葱葱，着实令人心情舒适。

前面有一个茶馆，门外卖茶的小二很是机灵，看冉璞骑马过来，在不停地四处张望，就招手喊道："今年的上等好茶，客官来尝尝。"

这声吆喝果然吸引了冉璞的注意，因为自家庄园也在种茶，冉璞对茶有着特别的兴趣，于是下了马，走近了问小二："伙计，你卖的都有什么茶？"

小二立即听出了冉璞并非本地人，回答道："客官是从外地刚来的吧？这些都是灵隐、天竺两寺僧人种出来的上等好茶。两位方丈大师慈悲为怀，让我们各处售卖庙产茶叶，所得全部用来赈灾。"

听到赈灾，冉璞更加有了兴趣，走过来仔细瞧了一瞧，只见这些茶叶很是光滑，挺直而平扁，色泽嫩绿有光泽，捻起一片立即有香气扑鼻而来。他不由得赞道，"真是好茶，这叫什么名字？"

"这叫香林茶，我们还有少量的宝云。客官，这些都是本地的贡茶，平时价格昂贵，还很难买到。今年寺里扩大了种植规模，所以客官您也有机会可以品尝到了。"

冉璞立即买了一包，说道："这茶的价格可真是不便宜。你刚才说卖茶所得用来赈灾，这倒是一件善事。"

"是啊，要不然客官您就没有这口福啦。"

冉璞听这卖茶小二口气不小，不由得暗自发笑，又问："这附近除了灵隐寺和天竺寺，还有一个贤良寺吗？"

"有的。翻过前面的山头，就能看见了。"

"哦，他们也卖茶赈灾吗？"

小二摇摇头："他们没有。客官您要去那里上香吗？"

"是啊，一个朋友托我去那里，为他还愿。"

这小二说道："那你这位朋友一定是个大官？"

冉璞好奇地问道："这真是奇了，你怎么会知道？"

小二神秘地笑了："这贤良寺虽然不大，去的香客也不是太多，但只要去的人，一定是有些来头的。"

"哦，这是为什么？"

"因为这寺一般不接纳外客，只有那些持有会牌的富贵人家，才能进去。"

冉璞摇头笑了："佛祖说众生平等，难道进香拜佛，还要区分高低贵贱吗？"

"说是这么说，可要是没有会牌，那门您是进不去的。客官，您那朋友应该知道的啊？"

"哦，他是给了我一个东西，是我不明白底细，竟然没有带它。"

"那您还是回吧，免得白去一趟。"

"看来规矩不小啊。你知道住持方丈是谁吗？"

"好像叫惠德法师。客官，您是个官差吧，如果不想白来一趟，可以到贤良寺背后的聚仙山庄去，去那里找乐的官员不少，兴许能碰到熟人，顺便将您带到寺里去。"

"哦，聚仙山庄？那是个什么地方？"

小二摇了摇头，笑着却不肯说了。再问他，就只说自己去看看吧。

冉璞陡然起了好奇心，听小二的言下之意，贤良寺和聚贤山庄之间似乎有点关联，难道这两处地方会有什么特别的名堂吗？

按照图本和小二刚才所指的方向，冉璞很快来到了贤良寺。果然如那小二所说，这里行人稀少，只有零星的车轿过来。下轿的男女香客往往都是衣着光鲜，穿戴不凡，身后都跟着仆役，一看就是非富即贵。

冉璞牵马走到近前，看到大门的门联用的是篆体大字："四阁护香云静资礼梵，灵峰什寿地妙阅安禅。"又看到大门处进出的香客，身上几乎都系了一个小铜牌。看来，自己想要进去看看究竟，今天是没有可能了。于是冉璞上了马向山后行去。

翻过山不久，看到前面有一些车马正往同一个方向行去。冉璞猜测这些人应该是赶往聚仙山庄的，于是就远远地跟上这些车马。不一会儿，前面出现了一个庄子，隐隐约约地还传来了丝竹吟唱的声音。进了庄口，发现这里真是热闹非凡，不断地有马车、轿子来往进出。

冉璞寻了一个角落拴好马，然后观察四周，进出的全是男人，从他们的衣着和举止来看，不是有身份的官员，就是颇有来历的富商。他们的随从、仆役全都等候在庄外，所以庄外聚集了不少人。有些人百般无聊时就拿出了酒，一边喝酒，一边聊着天。冉璞趁着人多凑近细听了一会儿，他们在谈论一个即将举办的"莲阁仙会"。仔细听了一会儿，这才明白了大概的缘由。

原来聚仙山庄每隔半年，都会在十五那日举办一场莲阁仙会。山庄邀请整个临安城的知名角妓舞娘以及勾栏、官坊、私坊里的青楼美女来登台献艺,这些女子不分高低贵贱,哪怕是低级的西湖灯船女子,只要有才艺,气质姿色俱佳,就都能被选出来进庄参赛。

比赛结束之后,由高价购票的人对她们按相貌、才艺逐一品评,分列次第,选出当季的女状元、榜眼和探花。只要能选上前三位,往往在临安城名声大震,身价倍增。慢慢地,这莲阁仙会就变成了临安城富商与贵人的聚欢场所。不但他们,往往很多士子也慕名而来。所以即便是平常日子,这里也是非常热闹。

冉璞冲旁边一个聊天的人拱手问道:"贵价请问,您知道聚仙庄庄主是谁吗?"

那人见冉璞举止客气,便回答说:"听说庄主的名字叫董贤,虽说是北方人,却在临安做了好大生意!"

冉璞顿时就有了兴趣:"这莲阁仙会是他创办的吗?"

"正是。再过几天就是十五了,你如果能进得庄去,自然就能见到他。这位庄主平时很少露面,主持庄子事务的都是一个叫费孝的管家。你看,这个人就是。"说完,手指着一个从庄内走出来的壮汉。

冉璞仔细一看,费孝这人身材高大魁硕,举止动静之间,透出他是个多年练武的人。这样的人,怎么会来做一个干杂事的管家呢?

突然,冉璞想起了费忠这个名字,这两个名字听起来如此关联,难道他们是兄弟吗?再仔细观察费孝的黑脸,真的跟费忠有着七分相似。冉璞就问刚才那人,费孝是否就是提刑司总捕头费忠的兄弟。那人听了立时就有些不自在了,不再回答冉璞的任何问题。

冉璞见他起了疑心,便不再问了,然后踱步到山庄大门附近。看到有庄客站在门口验帖,只有执帖的人才能被放行进去。冉璞听到有人羡慕地议论说,光会帖本身就须花费千两白银。价格如此高昂,即使这样,临安城里很多富人还是购买不着,因为庄主从来都是限量发售。现在聚仙山庄的会帖已经成了临安城贵人与富商的身份象征。旁边几个人听后,惊讶之余,不住声地啧啧称羡。

冉璞侧耳细听，听到庄子里除了丝竹音乐，还有许多女子欢笑的声音。这时冉璞已经清楚了，聚仙山庄就是在临安城外为高官豪富们修建的一个寻欢之地。

他忽然想起了在灵隐寺见到的那些灾民和他们嗷嗷待哺的幼儿。灾民们生活得那样穷苦困顿，而在这里，这些富贵之人却一如既往地骄奢淫逸，纵情享乐。冉璞不由得心中大怒。

忍住怒气，冉璞又观察了一阵，从怀里掏出了图本，将山庄的路线详细标注了下来，然后骑上马返回府衙。

回到府衙的时候，天色已经将黑。冉璞从怀里取出钥匙，正要打开书房门，却突然愣住了。

第二十五章　莲阁仙会（一）

冉璞掏出钥匙正要开门，发现这把錾花镂空的铜鱼锁朝向有些古怪，跟自己习惯上锁的方向刚好相反，难道有人趁自己不在打开了房门？

这人可能是个左撇子。从上锁的歪斜程度来看，他匆匆忙忙地锁上门离开了。应该是当时有别人走了过来，这人做贼心虚吧？

打开门进去之后，冉璞立即仔细检查了桌案上的卷宗，并没有什么丢失。只是那页写有梁成大、余天锡等人名字的纸张，被人抽了出来，之后并没有按照原有的顺序放回去。冉璞拿着这张纸陷入深思，这个人会是谁呢？

冉璞叫来了杂役，询问是否有人进来过。可是所有的人全都摇头否认。

过了一会儿，蒋奇回来了。冉璞跟他说起此事，蒋奇就拿起那锁，把玩了几下说："这种鱼锁对很多捕快来说，打开它并不是难事。只要有通配钥匙，配合手势和力道，可以轻易地把它打开。"

冉璞问："我们这里有谁是左撇子呢？"

蒋奇毫不迟疑地回答："费忠不就是吗？"说完，蒋奇立即明白了，"你怀疑是他？"

冉璞若有所思："恐怕也只有他，才有胆偷偷摸到这里来。"

"他要干什么？"

"是为了看我手上的案卷，这页纸上的名单已经泄露了。"

这绝不是一件小事，冉璞跟蒋奇立即到赵汝谠那里汇报了这件事情。赵汝谠皱眉说道："只怪我对你们提醒不够，让人钻了空子。"

蒋奇有些担心："大人，如果名单真的流传出去，我们是不是应该做些应付的准备。"

赵汝谠回答说:"你们只管做好手上的事情,别的先不要管。今天查案有进展吗?"

蒋奇那里依然是毫无线索。冉璞将聚仙山庄和贤良寺的情形叙述了一遍,当赵汝谠听到那山庄管家名叫费孝时,问冉璞道:"那费孝跟这里的费忠,是什么关系?"

"今天还没有查清。明天我查实了再报知大人。"

"很好。明天你们二人暂停纵火案的调查,带人在城里查访一下,搞清楚这个莲阁仙会到底是怎么回事。记住,要秘密地调查,不要让费忠知道。还有一件事情,宋慈随后几天就到了,到那时你们再一起调查纵火案吧。"

二人领命。

冉璞和蒋奇的推断十分准确,偷进冉璞房间的人正是费忠。他看了冉璞写的名单后,立即来到临安城一个秘密宅院,向大门里面塞进了一封密信。

宅院的主人行事隐秘,他就是莫彬。管家取了信后不敢耽搁,立即呈送给他。莫彬读了这个名单,冷笑了一声:"又是这个冉璞。到临安还想查我们,痴心妄想!"

管家建议说:"老爷,这几个从潭州来的人如果确实麻烦,干脆派人除掉他们算了?"

"不行,轻举妄动会暴露自己。赵汝谠和他的手下,都不是善茬。当初我们在潭州,就因为小瞧了他们,才吃了大亏。"然后自言自语,"这一次要跟他们算总账了。"

莫彬思忖了片刻,吩咐管家:"你现在准备马车,我即刻到尚书府去。"

莫彬这个秘密住处距离尚书府不远,马车直接驶进了莫泽府邸的后门。见到莫泽后,莫彬长话短说,将名单的事情告诉了莫泽。

莫泽恨恨地说:"在潭州就是这些人害了莫彪的性命。此仇不报,怎能罢休?"

"兄长,三年前我们还是不够狠心,最后让真德秀逃脱了。这次我们决不能手软，对赵汝谠这伙人，一定得斩草除根。"

莫泽点头同意："你说说看，该怎么做呢？"

"第一把火不需要我们去点，可以让梁成大去。兄长你看，这么办如何？"说完，轻声跟莫泽说了自己的谋划。

莫泽一边听，一边不住点头。随后他就出门去了梁成大府里。

果然，当梁成大听说赵汝谠命令手下秘密调查自己时，顿时七窍生烟，发怒道："赵汝谠跟真德秀他们本来就是一党。他现在把我们都列在名单上，这是公报私仇！"

莫泽笑了一笑："梁大人，您消消气。对我们这些人，他们一直都是恨之入骨。赵汝谠这次不过是借着周浩的由头整我们罢了。当初真德秀、魏乃翁和赵汝谠这些人到处造谣，说他们是'忠臣'，我们这些人是'奸臣'。梁大人，这就是没有底线的党争啊。"

梁成大频频点头："莫大人，您说得对。可是赵汝谠现在掌管临安府，手里是有权的。依您看，我们该怎么对付他呢？"

"梁大人，天塌下来，自有高个子的人先顶着。余天锡大人的名字也在名单里面。听说你跟他来往密切，不妨把这个事情通报给他。下面我们来准备弹药，请余大人出面轰他们一炮。余大人位列中枢，又是皇上的恩师。只要他出手，圣上也得给他几分情面！"

梁成大明白了，这是要他去余天锡那里架桥拨火。他想都没想，一口就答应了。

过了一天，梁成大带着侄子梁光到余天锡府上来了。几年来，梁成大处心积虑地安排梁光认了余天锡作为义父，梁光还拜了余天锡的疯痴儿子余继祖为义兄。梁光很是精明，经常带些有趣的玩具和精美的食物来陪伴余继祖，带着他到外面四处游逛。渐渐地，余继祖的疯症竟大有起色，即使偶尔病症来时，只要梁光一到，马上就会好转。余天锡夫妻感激之余，都把梁光当成了自家亲儿一般地对待。今日跟往常一样，余继祖听到梁光来了，立即兴高采烈地拉着他，就要出去游耍。余天锡的夫人钱氏吩咐管家，让儿子的贴身小厮跟着照应一下。

此时会客厅里，余天锡和梁成大两人边饮茶边谈话。

得知了那份名单后，余天锡淡然一笑："那周浩就是个倔头，朝里的大臣谁没有被他弹劾过呢。因为被他参劾了，就要杀他报复？这样去推案，太荒唐了！"

梁成大见余天锡毫不介意的样子，就倾过身子，说道："余大人，您为官清正，身正自然不怕影斜。可是有一点，这赵汝说是赵汝谈的胞弟，他们跟真德秀、魏乃翁都是一党啊。据说真德秀到现在仍以赵竑的师父自居，一直在为他鸣不平。"

听到这番话，余天锡皱起了眉头。

梁成大见起了作用，继续说道："赵汝说刚刚上任临安，就立即搞了这份名单。他要干什么？无非是要抓我们这些人的小辫子罢了。"

余天锡摇了摇头："也许他们这份名单，只是搜集纵火案线索吧？"

"余相，您是君子，但是对小人不得不防啊。"

余天锡抚着胡须，沉思了一会儿说："御史周浩被害一案，着实骇人听闻。谦之，我们不好干预他们办案。中秋大火一案，圣上日日挂念，有时甚至夜不能寐啊。在这个关口上，我们就不要掣肘也罢。"

梁成大听他这样说，虽然很是失望，却知道不能再劝他了，否则就会有反作用。只好再扯了几句闲话，便告辞了。

这天下午，聚仙山庄就要举行莲阁仙会了。

蒋奇已经打听清楚，这次花魁将在五人当中选出，她们分别是谭惜惜、赵柔奴、周小卿、花滟容与阎笑婷。

据说这几位美人，都是临安城里近来名声最为响亮的五位角妓，她们不但年轻貌美，色艺双全，而且有的人出身不凡，比如谭惜惜，本是嘉州知州之女，年幼时家族因为牵连到某个案子而被抄家败落。谭惜惜今年芳龄十七，不仅年轻貌美，而且气质如兰。人称一顾倾人城，再顾倾人国。所以谭惜惜当选女状元的呼声最高。

冉璞已经查实，提刑司的捕头费忠，的确跟聚仙山庄的总管费孝就是同胞兄弟。一个山庄的管家都这么有来头，那么庄主董贤，应该更加不同寻常吧？两人对董贤产生了强烈的兴趣，决定下午就到山庄去，见识一下这个在临安城名声大噪的莲阁仙会。

二人赶到聚仙山庄时，庄外四处人头涌动，不断地还有车马向山庄驶来。

这时梁光带着余继祖也过来了。梁光告诉余继祖，今天这里会来一位神仙姐姐，她的名字叫谭惜惜。余继祖虽然心智时好时坏，却把谭惜惜这个名字牢牢地刻在心里了，吵着要立即见到她。

梁光自然是有聚仙山庄会帖的，可是余继祖没有。进庄的时候，梁光买通了守门的庄客，余继祖就被带了进去。梁光买了两个上好的座位，陪着余继祖等待仙会开始。

冉璞和蒋奇虽然没有会帖，但蒋奇亮出了临安府捕头的专用腰牌，守门的庄客不敢阻拦。总管费孝的兄长费忠，是这里的常客。而且费忠此刻就在庄内，庄客们就以为，这二人自然是跟费忠一起的。于是两人若无其事地进去了，然后各处闲走游逛一番。

第二十六章 莲阁仙会（二）

只见这山庄当真规模巨大，庄内修建了几十处独立庭院，庭院内遍植奇花异草。庄园里面处处有湖有山，山水相映，景致宜人。各处的亭台上都有匾对和亭联，冉璞懂得书法，看得出来，这些都出自名家之手，题对典雅，书法精妙，与庭院互相辉映。冉璞心想，光是请到这些名家题词，恐怕就需花费不少。

进入会场后，冉璞发现里面的各式家具，无一不是选用红木、楠木这些上乘木料。这里如此奢华，难怪会帖本身就要价值千两白银。

更引人注意的是，这里美女云集。只要客人出得银子，她们就会陪同客人游乐饮酒。也不知这庄主从哪里竟能找来如此多的佳丽，难怪临安的贵人们都乐此不疲地到聚仙山庄来，享受这仙人般的快活。

过了一会儿，赛会开始，先由一些女伶登阁献艺，无非是寻常的吹拉弹唱这些，让客人们慢慢聚齐到会场周围。过了一会儿，会场已经是层层围得水泄不通。总管费孝终于登台，向众人宣布本次仙会正式开始。

阎笑娉率先登场，众人见她身影绰约，舞姿妙曼，不由震天地喝起彩来。

有一个自称曾经多次会她的年轻士子在下面评论说，这阎笑娉就是当世鱼玄机，虽然刚过及笄之年，却风流多情，妖娆狐媚，只是为人最是势利，喜好奉迎高官贵人，且又极其善妒。所以即使她容貌最出众，也当不得花魁。

旁边有人问他："那兄台你认为谁会是今天的花魁呢？"

137

这人哈哈一笑："除了阁笑娉，谁都做得。"旁边有人则不停地随声附和。

随后，赵柔奴、周小卿与花滟容依次登场，上台献艺招揽票数。

众人见她们一个赛似一个，好比西施、飞燕来临，不由得眼花缭乱。更有些人心痒难忍，不能自持，恨不能立即爬上台阁，摸上一摸才可称心如愿。

冉璞不由得摇了摇头，书上都说"礼义廉耻，国之四维"。这些富贵人家的子弟，难道从来不读书吗？这些人中间，不少人将来都可能掌握大权，以他们这样的品性，能担当起朝廷的大任吗？

最后一个上场的是压台主角谭惜惜。众人见她冰肤玉骨，鼻梁俏挺，烟眉轻蹙，星眸微转，目光淡然。她就像嫦娥飞降人间一般，众人不由得都看痴了。过一会儿她开口吟唱，当真是檀口含香，莺声呖呖。众人细听她唱道："花明月暗笼轻雾，今宵好向郎边去，刬袜步香阶，手提金缕鞋。画廊南畔见，一向偎人颤。"

冉璞知道，这曲词是李后主所写，讲的是他跟大周后的妹妹小周后偷偷约会的情景，追念当年郎情妾意的欢乐景象。可是这李后主就是个凄凄惨惨的不祥之人，跟今天的热闹场面当真是格格不入。而且这首词写的是怀念旧日，更有故国不保，无限悔过的意思。冉璞心想，谭惜惜在仙会上唱起这个词，难道她有什么特别用意？是不是在劝谏台下这些富贵公子不要贪欲欢场，以免将来落得李后主那般的下场吗？

这首词很少被歌伎舞女们公开吟唱，台下的人大都没有听过，而听懂的人又都默不作声，所以一时间竟然有些冷场。过了一会儿，终于爆出了雷霆般的鼓掌声。众人鼓掌喝彩的是谭惜惜仙人一般的气质和才情。余继祖看得更是如痴如醉，嘴里不停地喊着神仙姐姐。

全部表演结束以后，九位预先巨资购票的人开始投票，决出今日的女状元、榜眼和探花。投票刚刚结束，台上走出来总管费孝，将票箱放在桌案上，然后向众人宣布即将唱票，在开箱之前众人可以投注，博弈即将决出的女状元。

这是新鲜的玩法了，众人的兴趣陡然被激发了出来，纷纷下注。绝大多数人觉得今天的花魁几乎不用猜了，一定是谭惜惜。余继祖也吵着要下注谭惜惜，梁光为了哄他开心，就下注了五百两银子。

众人下注完毕，费孝从台下随机挑选了几位客人，开始开箱唱票。第一个不是谭惜惜，第二个也不是，第三个还不是。众人顿时一片哗然。余继祖紧张万分，抓着梁光的手大喊不对。等票数全部唱毕，费孝大声宣布最终结果："今天的女状元是，阎笑娉。"

这时台下几乎全是失望的抱怨声音，因为他们全都重资押注在谭惜惜身上；只有少数人欢呼雀跃，因为他们在阎笑娉身上下了重注，赢了很多银子。

突然，有人大喊一声："不公平！这不公平！"众人一看，是余继祖情绪激动地站起来大喊大叫。

台下的人群里，有很多阔少本就不是善茬，既然有人挑头喊了这一声，许多人就跟着他高喊有诈，要求退注。许多人存心想看热闹，恨不得越乱越好。于是就有人摔了杯子，有人则掀翻桌椅。顿时四下里秩序大乱，更有好些人开始厮打了起来。

眼见着情形不对，冉璞大喊一声："临安府公差在此，不许打人。"

蒋奇在一旁制住了一个，另几个又打了起来。只他们二人在此，根本无法将骚乱弹压下去。

站在台后的费忠突然看到冉璞和蒋奇，吃惊之余不由得有些恼怒。费忠让人把费孝叫到跟前，用手指着余继祖，说他就是第一个捣乱的。然后对费孝耳语了几句。

费孝领命，吩咐一些庄丁全都换成绸缎衣衫，扮成客人模样。然后让几个人围住冉璞和蒋奇，不让他们脱身。随后亲自带了几个庄丁，拿着棍棒冲到余继祖和梁光跟前，对着两人劈头盖脸乱打过去。梁光急得青筋暴起，拼死护着余继祖，大声喊叫："不能打！不能打！他是余大人的公子！"

可是台下已经大乱，厮打声、怒骂声混成一团，哪有人能听到梁光的喊话。一个庄客舞起大棒，一棍就将梁光打倒。旁边的费孝举棒狠狠地砸在余继祖的头上，余继祖登时气绝。

这时有人被惊吓得大声叫喊："杀人啦！"

这声尖叫顿时惊住了所有的人，慢慢地停止打斗，场面开始安静下来。

庄主董贤跟费忠在后面看得清楚，吩咐手下人上前将冉璞和蒋奇包围起来。

冉璞手举临安府腰牌，高声喊道："各位不要动，我们是临安府公差。费忠，你出来。"

费忠并不理会。这时庄主董贤在费孝一班人的簇拥下，走到冉璞跟前，上下来回地打量着冉璞和蒋奇，说道："二位公差，今天并没有发帖邀请你们。你们不告而来，有什么公干吗？"

蒋奇昂首说道："有人举报这里聚众滋事，公然赌博，所以我们过来查看一下。"

董贤大笑："这里是我的私人庄园，不是什么赌场。"

蒋奇立即回答："刚才的情形，我们全都看到了，你们就是在赌博。"

"那只是大家看完表演后的助兴节目，并不是什么赌博，你们大家说是不是？"

人群里立即有人附和。

冉璞大声说道："不但是赌博，而且是做局欺诈的赌博！"

听到公差这样说话，刚才输钱的人立即起哄，高喊着骗人，坚决要求退注。

费孝喝道："姓冉的，我敬你们是公门中人，可你竟然当众诬陷我们。来啊，把这两个人赶出去！"

一群庄丁立即冲上来，对着两人轮起大棒就打。冉璞和蒋奇都没有武器随身，只能向后退闪。冉璞急退的时候，顺势打倒一个冲在最前的庄丁，抢了这人的武器，随即舞起棍棒，将前面几个庄丁打翻。这时蒋奇也抢到了一根大棒，两人互相背靠对方，抵住了包围上来的庄丁。

费孝看得恼怒，拔出一把腰刀冲了上去，要跟几个人夹击冉璞。冉璞眼明手快，一棒先打倒一个庄丁，然后跟费孝刀棍交加，斗了十几回合，一时拆解不开。因为两人斗得飞快，庄丁们想要上前帮忙，却又怕伤了费孝，一时竟愣住了，不知如何才好。

就在这时，冉璞一个虚招假装跌倒。费孝大喜，上前就要拿人。不料冉璞急速转身，随即一棍敲到他的手腕上。费孝剧痛之下拿不住刀，被冉璞轻松夺走，立即将刀架在费孝脖颈上，喝令其他庄丁退下。

庄丁们犹豫了一阵，开始后退。

董贤正在呵斥庄丁们不准后退，这时费忠现身出来了。

费忠走到冉璞跟前，阴恻恻地说："没想到你们还真有些本事，小看你们了。"

冉璞微笑着问道："还是没有费捕头手段高啊，连开锁偷摸的手段都会。"

费忠当然明白冉璞在说什么，却只作不知。"二位，先放了他吧，这就是一场误会。明天我自然会跟赵大人解释这里发生的事情，你们走吧。"

蒋奇用手指着旁边余继祖的尸身，说道："恐怕我们还不能走。"

董贤走上来，对蒋奇和冉璞说："我就是庄主。二位公差，今天的事情纯属意外。好在费捕头在这里，他自然会妥善处置的，这里就不劳二位了。"

蒋奇跟冉璞对视一眼，都点头同意。冉璞便对蒋奇示意，然后用刀押着费孝开始后撤。蒋奇断后拦住追上来的庄丁。

这时费忠指着冉璞对董贤说："那人就是冉璞。"

董贤点点头，盯着冉璞不放，然后跟旁边的庄客贴耳吩咐了几句话。那庄客随后立即离去。

片刻之后，两人撤到山庄大门之外。蒋奇用绳索捆住了费孝的手脚，又将他摁倒绑在一匹马上。两人随后骑上马，带着费孝飞速离去。几个庄丁也骑马远远地跟着他们。两人一路奔出几里之外，这才把费孝从马上扔了下去。

第二十七章　疑案迭起（一）

冉璞、蒋奇离开之后，费忠带人控制了仙会会场。董贤向众人连连作揖表示歉意，当众宣布因为出了意外事件，立即向刚才所有输钱的人退还押注的银子，而赢到钱的人依旧作数。

董贤的这一举动，赢得众人的交口称赞，都说庄主的确是个贤人。

一片赞扬声中，突然有人痛哭了起来。众人一看，是被打昏后苏醒过来的梁光，正抱着余继祖的尸身哀嚎不已。众人听了一会儿明白了，原来被打死的竟然是当朝宰辅余天锡的公子。

顿时，听到消息的人都被惊呆了。随后消息迅速地传开，许多人开始向庄外撤走，都不愿被卷进是非当中，于是秩序又开始乱了起来。

董贤吩咐庄丁拦住了余下的众人。费忠上前安抚众人，说余继祖之死跟他们无关，是刚才那两个公差误伤致死的。大多数人本就不明真相，他们只看到冉璞和蒋奇两个跟庄丁厮斗，现在听到提刑司捕头费忠这样公开地告诉他们，哪有不相信的道理？费忠就让众人签下各自姓名用来作证，随后让他们自行离去。

当费忠将搜集好的签名送到董贤的手里时，董贤摸着胡须，脸上露出满意的笑容。

这时梁光仍然魂不守舍地坐在那里，只因当时场面过于混乱，他自己被人先打晕了过去，所以梁光并没有看到打死余继祖的凶手究竟是谁。董贤与费忠走过来竭力地安慰梁光，把刚才的证词交给了梁光。梁光看完后，咬牙切齿痛恨冉璞、蒋奇二人，发誓定要血仇血报。

费忠见梁光这样，不易察觉地撇了撇嘴角，却因为心里极其兴奋而两眼冒出光来。

突然，外面慌慌张张地跑进来几个庄丁，大声喊叫："不好啦，费总管被人杀了！"

突发而来的噩耗，让费忠亢奋的心情陡然降到了冰点，以至于一阵晕眩。旁边的董贤命人赶紧扶住，然后问庄丁："说仔细点，到底发生了什么？"

一个庄丁张口结舌地回答："那个叫冉璞的公差挟持了费总管出庄，然后骑上马就逃走了。"

"然后呢？快说。"

另一个人接话道："庄主，因为怕他们伤了费总管，我们追赶时也没敢靠得太近。等我们转过山去，那两人就不见了踪影，却看到费总管躺在地上，人已经没气了。"

费忠怒吼一声："带我去看！"

随后，费忠与董贤两个带人火急火燎般地赶到了出事地点。这时天色已黑，庄客们点了火把正守在那里。费忠下马，急急地跑上去察看，只见费孝躺在地上已然气绝，喉咙上有一处致命刀伤。费忠跪倒在地，抱着费孝的尸体失声痛哭。董贤在旁不住地安慰，吩咐庄丁们向前追去，看能否再追上冉璞他们。

董贤问费忠："今天出的事太多了！费捕头节哀，下面你打算怎么办？"

费忠咬牙回道："先回庄去，把余继祖的尸体一并收了，都送到提刑司去。然后出签，连夜抓捕杀人凶手冉璞。"

董贤小声说："那好，你先回庄。我现在去见宗主。"

聚仙山庄大门外，梁光失魂落魄地走了出来，正碰上焦急等待的余府小厮。此时到处有人在说，宰辅余天锡的公子刚才被人打死了。顿时吓得那小厮三魂丢了七魄，可是他又进不了山庄去确认消息，只得万分焦虑地等着梁光。直到梁光出来，小厮上前一把扯住，连问发生了什么。梁光哭泣着告诉

143

他余公子被两个公差误伤打死了。小厮当即拉住了梁光，再不肯撒手，要他一起到余府去，向余天锡夫妇当面说个清楚。

恰好费忠带人回来了，上前一把将小厮扯开，喝道："他现在不能跟你走。你们都必须跟我去提刑司，先立案，做完笔录之后，自然会送他回去。"

小厮无法，只得紧紧地跟着他们。之后众人一起去了提刑司。

提刑官冯历听说出大事了，而且是宰辅余天锡的公子被人打死了，顿时惊得面如土色。

在提刑司，梁光书写了讼状，签名画押，状告临安府捕头冉璞误伤致死人命。费忠将讼状连同在山庄拿到的签名证词，一同交给了冯历。冯历审核无误，当即发签给了费忠，命他捕拿冉璞到案。

这时余府的小厮仍然死活跟住了梁光，一定要他随自己到余府去。梁光实在无法，向费忠恳求，一同前往余府解释今天发生的事情。费忠正在犹豫的时候，董贤赶到，跟他耳语了几句。费忠点头答应，然后带着梁光一起赶往余府。

那边冉璞与蒋奇回到临安府衙时，天色已经全黑。

两人正在往里面走，差役上前对二人说，赵大人正在厅堂等他们，有客来访。冉璞心中一动，莫非是宋慈到了？

两人进了会客厅，果然，冉璞一眼就看到了宋慈正端坐在那里。冉璞立即上前拱手笑道："宋先生，我们又见面了！"

宋慈起身，握住冉璞的手微笑着说："上一次因为有事，我走得太过匆忙。这一次我们又要合作了，看来大家还是有缘啊！"

赵汝说刚刚跟宋慈聊了一阵，知道三年前为了夏泽恩那个案子，冉班、冉璞兄弟曾经跟宋慈合作过，就笑着说道："如果冉班现在赶过来，你们三人就齐全了。"

因为说到了冉班，宋慈对真德秀和冉班都很挂念，便询问起他们的近况。

赵汝说见大家很是投契，就在官衙的后园里摆了酒席，几个人一边饮酒，一边叙谈。

席间赵汝谈谈起了下午的事情。他去跟几位参知政事一起商议赈灾的时候，理宗恰好也来了。赵汝谈就向理宗当面递交了奏疏，建议朝廷鼓励各地商人，尤其是临安本地商户，到外州采买竹木运到临安来。他希望对参与的商人给以免税，这个办法虽然会让经办的商人得到厚利，但能刺激商户的贩运热情，加快所缺物资的供应速度。这样既有利于加快灾后重建，又可以减轻百姓的负担。

郑清之和乔行简对这个策略大加赞赏。由于赵汝谈在温州的经营颇有成效，理宗对他很是信任，当即批准了这个条陈，马上就要实施。可是不知为什么，今天余天锡很是有些敌意，当即表示反对。他认为这是鼓励商人从中盘剥渔利，违背了朝廷大力赈灾，救民水火的初衷。

赵汝谈反驳说，只要商户不囤积居奇，不哄抬价格，朝廷就应该彻底放开临安本地市场，允许并鼓励商人参与重建。

两人辩论了好一阵子。余天锡动了怒气，说道："圣人曾说过，'放于利而行，多怨'。商人们一定会利用这次重建的机会，哄抬价格，巧取豪夺。而一旦重建中出现任何问题，人们一定会怨声载道。最终都会变成朝廷之过！"

赵汝谈回答："'知予之为取者，政之宝也。'我们调动商人的积极性，让他们为我们所用，有什么不对呢？这是为政者聪明的做法！至于您担心会出问题，我们严加监管就是。"

这二人都引用圣哲之言，而且都言之凿凿。理宗陷入了为难，但他一向极为尊重余天锡，听他这样说，不好驳了他的面子，于是将赵汝谈要求的免税改为暂行减税，看实际执行的效果如何。

冉璞对赵汝谈拱手称赞："大人的建议非常妥当。但现在受了牵制，恐怕这一措施的效果会大打折扣。"

余天锡今天的敌意着实有点反常。这时赵汝谈突然想起，冉璞那名单当中就有余天锡的名字，会不会是由于这个缘故呢？他无可奈何，只好摇了摇头。

赵汝说问起二人今天的情形如何，蒋奇和冉璞就讲述了莲阁仙会的经过。当赵汝说听到所谓的仙会上竟然闹出了命案，不由得皱起了眉头。

蒋奇说："现在费忠在那里处理这个案子，他说明天要向大人汇报事情的经过。"

"那个被打死的年轻人是什么人，你们知道吗？"

蒋奇回答："我们本来要调查的，怎奈跟那些庄客发生了冲突。费忠让我们先回去，他来调查此案。"

冉璞有些担心地说："我总觉得费忠，跟那个庄主董贤，可能有不可告人的事情。具体是什么，我现在也说不上来。"

赵汝说吩咐冉璞："可能会有麻烦了。你明天再去一趟聚仙山庄，争取把董贤、费忠和费孝他们的底细摸个清楚。"

冉璞点头领命。

宋慈对这个命案产生了强烈兴趣，向二人询问当时事情发生的所有细节。

几个人正在议论案情的时候，一个差役慌慌张张地从外面跑了进来，说参知政事余天锡亲自带了一队禁军堵在府衙门口。声称有紧急事态，要赵汝说立即出去见面。

众人全都愣住了，赵汝说刚说了可能要有麻烦，没想到这么快就应验了！

赵汝说赶紧换了官服，带着冉璞、蒋奇等人走出大门。

第二十八章 疑案迭起（二）

这时余天锡正在大门外焦躁地来回踱步。他正竭力地压制内心的狂怒，因而脸部显得有些变形，以至于有些狰狞。这跟平日里文质彬彬的余相大相径庭。

费忠手按腰刀站在他的身后，他带来提刑司的衙役以及余天锡带来的兵丁，每人都拿着明晃晃的火把，各自站成两排，守在临安府大门的两边。没有任何人敢说话，夜风吹过，火把燃烧的噼啪声格外响亮，更显得一片肃杀。

原来，费忠跟梁光到了余府时，余府正鸡犬不宁地到处派人寻找余继祖。那小厮哭着跑了进去向余天锡夫妇报凶，钱氏顿时眼前一黑，瘫坐在地上。余天锡急得大喊："究竟出了什么事，快说！"

小厮就把梁光拽了过去。梁光只是叩头不已，竟然无法开口讲话。

余天锡见他这样，真是又急又恼。这时费忠上前，自报了身份，然后将事情原委讲述了一遍，并向余天锡呈上了提刑司的讼状和证词。

余天锡看罢，顿时七窍生烟，大喊一声："来人啊！"

余府管事赶紧跑了过来，余天锡吩咐道："赶紧备轿，我要进宫。"余天锡要向理宗当面弹劾赵汝说纵使下属，行凶杀人。

费忠上前说道："大人，当务之急是赶紧捉拿凶犯冉璞，他今天不但残忍地杀害了余公子，逃跑时还杀害了我的胞弟费孝。"说到这里，哽咽着有点讲不下去了。

"知道凶犯逃到哪里去了吗？"

"刚刚得到报告,凶犯正在临安府。"

余天锡听到这句话,恼怒之余,忽然有了一丝疑惑。这冉璞为何如此胆大妄为,连续杀人后竟然还敢回临安府去?再有,为何冉璞这个名字有点熟悉,似乎以前在哪里听到过?

这时,钱夫人从昏厥中苏醒过来,放声痛哭,哭喊着要去见余继祖。余天锡问费忠:"继祖的遗体是在提刑司吗?"

费忠回答:"是的,余大人。"

余天锡让自己竭力冷静了一下,吩咐管事:"你去准备两顶轿子,我跟夫人现在就去提刑司。之后你拿着我的帖子,去禁军见彭壬将军,请他派一队士兵到提刑司去,帮我们捕拿杀人凶犯。"

差事领命火速办差。

随后余天锡夫妇赶到了提刑司,见到了儿子余继祖的遗体。钱氏悲痛之余又是一阵哭闹,嚷着一定要让冉璞赔命。等彭壬派的士兵到了后,余天锡就带着两拨人急速包围了临安府衙。

赵汝说一走出大门,就看到余天锡如此气势汹汹,赶紧上前拱手施礼:"余相深夜过来,有什么急事吗?"

余天锡见赵汝说出来了,瞪着通红的双眼:"赵大人,你手下人办的好差事?"

赵汝说见他的举止和言语大异平常,只好小心翼翼地问:"余相,出了什么事情吗?"

余天锡见他一副若无其事的样子,顿时更加恼怒:"你手下有一个叫冉璞的差人,今天无故打死了我的幼子,请你把他交出来法办吧!"

这话犹如晴天霹雳,跟在赵汝说身后的冉璞和蒋奇顿时惊呆了。

赵汝说回头看了看冉璞和蒋奇,他知道二人断然不会对他撒谎。可是余天锡这样一副狂怒的模样,已经认定了凶手就是冉璞,于是小心地回答道:"余大人请节哀!如果真是冉璞所为,下官一定不会护短。"

"那好,你就把他交给我吧!"

"余大人，请稍等片刻，容我问一下事情的经过，行吗？"

"不用问了，你自己看看吧。"说完，余天锡让人把讼状和证词递给了赵汝谠。

赵汝谠仔细看罢，大惑不解，似乎上面所写都不是伪造，为何跟冉璞他们二人所说大相径庭呢？

这时，冉璞上前对赵汝谠拱手说道："大人，在下今天从未杀人，这是有人存心陷害！"

蒋奇也跟着上前说："大人，这里一定有小人作祟！"

余天锡大怒喝道："有这么多人的证词，你们居然还敢抵赖？"说完，回头对梁光说："你过去指认凶手。"

梁光上前，看着冉璞和蒋奇两人，他其实不确定谁是冉璞，但刚才听了他们的对话，似乎可以对得上，于是一咬牙，指着冉璞说："余大人，就是他杀了余公子！"

冉璞不认得面前这个人："两位大人，在下不认识此人。杀人之说，更不知从何谈起！"

余天锡斥责道："凭你巧舌如簧，也抵赖不了铁证如山！来人啊，将他拿下！"

几个禁军的士兵当即抽出刀来，就要上前捕拿冉璞。蒋奇立即上前挡住，喝道："这里是临安府衙，谁敢造次？"

这时，费忠阴恻恻地走上来，对两人说："二位英雄，你们好汉做事好汉当，请告诉我，你们二人究竟是谁杀了我兄弟费孝？"

蒋奇斥道："你这厮不要胡攀乱咬，费孝早就被我们放了，谁要杀他？"

"呸，还在抵赖狡辩？你们敢跟我去提刑司对质吗？"

蒋奇不假思索："可以，我去。"

"等等。"冉璞说道，然后回头跟一个衙役耳语了几句。衙役点头回去，将他们从山庄缴获的腰刀拿了出来。冉璞执刀向费忠走过去，提刑司的捕快们立即大喝："站住！"

冉璞见他们紧张，微笑着对费忠说："今天去聚仙山庄，我们根本就没有带武器，这把刀是从你们山庄收缴的。你看上面可有血渍？"

费忠冷笑："你们杀了人，还会留下证据吗？"

余天锡已经很不耐烦了，喝道："来人，将嫌犯抓了，如遇抵抗，立即格杀！"

"是。"禁军士兵齐声应诺，全都拔出刀来，就要上前动武。

虽然没有赵汝谠的命令，但临安府的衙役们同仇敌忾，毫不示弱，也都亮出武器，挡在了冉璞前面。一时间两边剑拔弩张，对峙了起来。

这时附近的百姓都被惊动了。他们不敢靠近，只远远地围观这里的动静。很快，临安城到处在传一个消息，今夜禁军跟临安府发生严重冲突了。

正在紧张时刻，远处的人群突然被驱散了。一队卫兵护着官轿过来了。长长的队列里，每人都打着灯笼，灯笼上写着"史府"二字，队列中间是朝廷一品大员官轿。余天锡一看就知道，宰相史弥远来了。

于是余天锡迎了上去，赵汝谠看清楚后也跟了过去。

走到跟前，才发现还有一顶官轿跟在后面，上面走下了梁成大。原来梁成大接到梁光的通报后，立即去宰相府通知了史弥远。紧接着史弥远又得到报告，说余天锡派人跟彭壬要了一些士兵，亲自去临安府抓捕嫌犯了。史弥远知道余天锡这是丧子心痛，做事乱了章法，事后恐怕少不了会被御史弹劾。为避免事态扩大，他就亲自到临安府衙门来了。

梁成大将史弥远扶下轿。史弥远站定后，看了看周遭的情势，露出一丝不易察觉的冷笑，随后扶着梁成大的手，走向迎过来的余天锡。

余天锡走近，向史弥远拱手作礼："丞相，你都知道了？"

史弥远握了握余天锡的手，表示慰问之意："不用说，我全都知道了。"

然后拉着余天锡，走到赵汝谠身旁说："赵大人，你担着临安府的重任，这个时候可不能枉法徇私啊！"史弥远说这话的声调很轻，很平和，在平常人听起来，他的话甚至透露出一种上司对下属的善意关切。

赵汝谠拱手作揖，平静地回答："史相请放心，赵汝谠心中有数。只是这个案子现在晦暗不明，有许多隐情需要尽快澄清。此时证据不足，所谓'嫌犯'还不能交给余大人。"

余天锡认为他铁了心要包庇冉璞，登时又冒上火来，指着赵汝谠说："赵大人，有这么多人证，还有什么可以狡辩的吗？"

赵汝谠一口顶了回去："余大人，如果那些证词都是伪证，怎么办？"

一旁的梁成大冷笑道："赵大人，有人亲眼看到了他们行凶，况且这么多人作证，你竟还敢说是伪证？"

"哦，你指的是这个梁光吗？"

"不错，梁光就是目击证人。"梁成大斩钉截铁地回答。

赵汝谠转头问梁光："梁光，本官问你，他是如何杀人的？就是用那把刀吗？"

梁光心里有些慌，紧张地回答："没错。"

冉璞轻声对赵汝谠说："这厮在撒谎，那个死者是被棍棒敲在头上致死的。"

赵汝谠听了，对着梁光哈哈大笑："弥天大谎，你连苦主的死因都不清楚，就敢诬陷好人？说，究竟是什么人唆使你的？"

余天锡怒喝："赵大人，你要威逼证人吗？"

梁成大跟着附和："梁光，你就实话实说，有几位大人为你做主，看谁敢逼迫你？"

几位当朝高官就这样公开顶了起来，属下们全都不敢造次，无人敢在这时插话进去。

这时史弥远走到近旁，盯着赵汝谠说："赵大人少安毋躁。你为什么就那么相信你的手下？"

赵汝谠回答道："史相，这二人是受我的指派去公干的，他们没有杀人的动机！"

"那为什么会有这么多的证人，指认是他杀了人呢？难道他们全都是在诬陷吗？"史弥远已经听信了梁成大的说辞，坚信赵汝谠在护短，道理在己方一侧。

史弥远一改自己的常态,愿意跟这个下级官员论上一论。越是己方占理时,越是必须以理服人,这才是王道。尽管平时他在下属官员跟前,从来都是霸道当先。

宰相史弥远发了话,赵汝谠不敢轻易反驳,场面就安静了下来。

冉璞见赵汝谠势单,他不愿让别人受到自己牵连,便挺身站了出来,对赵汝谠作了一揖:"赵大人放心,真的假不了,假的也真不了。冉璞愿意跟他们走上一遭。"

第二十九章　宋慈断案（一）

这时，所有的人全都安静了下来，都在注视着冉璞。

史弥远早就听过冉璞这个名字了，直到今天，才第一次如此近距离地上下打量一下这个人。只见冉璞站在那里，不卑不亢，如岳峙立，气度不凡。

史弥远不禁暗暗叹道，这样的人物，为什么自己手下就没有呢？

余天锡认为冉璞放弃抵抗了，顿时有些释然，说道："很好，这才是敢作敢当。"随即吩咐左右，"来人，绑了。"

史弥远见避免了一场冲突，顿时轻松了好些，转头对赵汝谠说："赵大人，你放心，此事会秉公处理，真相一定会水落石出。我让人把他送到刑部去，你不用担心有人会为难他。"

宰相大人既然发了话，无人再提出任何异议了。

赵汝谠问："史相，此案发生地归临安府管辖，明天我跟提刑司，还有刑部一起审理此案，如何？"

史弥远点点头："应该的。"

赵汝谠就到冉璞跟前，安慰他说："刑部是讲规矩的地方，你且宽心地去。我们会尽快查清今天发生的事情，还你一个清白！"

冉璞坦然而自信地回答道："多谢大人。"

这场冲突终于结束，人群逐渐散去。史弥远上了官轿，带着人赶往刑部。余天锡和梁成大他们也都跟了过去。到了刑部办完交接以后，史弥远问梁成大："你对我说的案情，和刚才的情形，看起来有一些出入，这是怎么回事？"

"下官也不明白，正要去找梁光问个清楚。"

"只怕是来不及了。明天就要三方过堂审案，证词总是会有瑕疵的。"

"史相，您的意思是？"

"趁现在……"说到这里，史弥远不讲了。

梁成大赶紧接话："丞相放心，属下知道该怎么做。"

史弥远用手点了点他，说道："要供词。"然后跟余天锡又讲了一些安慰的话，两人就各自回府了。

而梁成大并没有急着离开刑部，他在等一个人：赵汝述。

此时的赵汝述已经升任刑部尚书。今晚出了这么大的事情，他当然很快就知道了。史府的总管万昕赶到他的府上，向他通报了史弥远的意思。赵汝述在去刑部的半路上，又遇到了前来寻他的莫泽。两人下轿商量了一阵后，赵汝述这才赶到刑部来了。

梁成大等到赵汝述，两人就进了执事房，秘谈了好一阵。

此刻临安府里，赵汝谠跟宋慈、蒋奇谈论了一阵案情，宋慈提出建议："赵大人，刚才的情形我们都看到了，梁光的话里疑点非常明显，他应该没有看到余继祖被杀的具体情形。我们不如现在就去提刑司验尸，去迟了明天说不定会生出变故来。"

赵汝谠很是赞成："好，我带你们一起去提刑司。"

蒋奇劝道："大人，我们去那里就行了。您还是好好休息，准备明天到刑部去问案吧。"

赵汝谠摇了摇头："如果我不去，恐怕那冯历不会允许你们验尸的。"

于是，三人连夜赶到了提刑司。尽管这样，还是晚了一步，余继祖的尸身已经被钱氏装殓带了回去。现在只有费孝的尸身还在。

果然如赵汝谠所料，提刑官冯历本来坚决不许宋慈他们验尸，但看到知州赵汝谠竟然深夜亲自来了，却不过官场同僚的情面，只好命人打开了停尸房。宋慈与蒋奇进去仔细勘查了费孝的尸身，两人做了详细的验尸格目。

但是众人万万没有料到，那边刑部的赵汝述竟然开始连夜审问冉璞了。赵汝述让手下将冉璞带上刑部大堂,还未开口问讯,他吩咐差役先杖刑五十。冉璞心里清楚,这是在为潭州的私盐案公报私仇了。

打完五十刑杖后,赵汝述开口问道:"下面的嫌犯,你是否认罪?"

冉璞咬牙,坚决不认。

赵汝述笑道:"原来是一个铁打的汉子!那就再打。"说完,扔下了令签。差役问道:"大人,这次打多少?"

赵汝述冷笑了一声:"打,一直打到他认罪为止。"

众人向堂上的赵汝述望去,只见他的脸黑沉沉的,眼睛里泛着凶光,于是都不敢劝阻,知道赵汝述是下定决心要了这人的性命。

又打了三十多杖,冉璞晕厥了过去。于是只得停了刑,旁边的主簿问赵汝述:"大人,再打的话就要打死他了,他毕竟是临安府的人。"

赵汝述还是冷笑,吩咐衙役泼水,然后问供,不招就再打。主簿实在看不下去了,小心翼翼地问:"大人,史相刚才说明天要会审这人,如果现在打死了……"

赵汝述瞪了他一眼,喝道:"打死了他,我去解释。你们怕什么?继续!"

差事们全都不敢再劝,一个衙役就出去端水了。主簿心细,派人悄悄吩咐那衙役,下面要尽量拖些时间。

过了好一阵子,也不见那衙役回来,赵汝述等得心焦,用手一拍桌案就要发火。终于那衙役端着水回来了,赵汝述喝令他立即泼水。

正要泼水的时候,有人进来通报,参知政事赵汝谈大人正在外面,有紧急事情要求面见。原来主簿已经悄悄地派人去通知赵汝谈了。

赵汝述明白,他此时过来,一定是听到了风声,赶过来救人的。于是让手下赶紧拿印泥去,在事先准备好的一份供状上,按了冉璞的指印。随后让人将冉璞抬了下去,自己走出公堂去迎接赵汝谈。

赵汝谈得到了消息,说赵汝述正在严刑逼供,所以急急忙忙地就赶来了。他等在外面,心里既无比恼怒,更万分焦急。过了一会儿,见赵汝述出来了，他急步上前质问："赵大人，你为何深夜私自审讯？竟然还刑讯逼供？"

赵汝述拱手说道："老大人有所不知，这个嫌犯罪大恶极，在众目睽睽之下杀害了余大人的幼子，丧心病狂，罪大恶极！下官也是义愤之下，希望能早点还余公子一个公道！"

赵汝谈根本不信他的话，却不得不尽力平和一些，问道："此案该临安府管辖，但事涉临安府公差，所以史相说了，明天由提刑司、临安府与刑部一起会审。你可不要违背了史相的安排。"

赵汝述点头回答："大人放心，本官一切遵照史相的吩咐。不过，明天大家倒是省心些了，因为此人已经招认了。"说完，向赵汝谈递过去那份按了指印的供词。

赵汝谈并没有接，却郑重地说："我要提醒你一下：在会审之前，你不可动用大刑逼供。否则，老夫定然向皇上递本参你！"

赵汝述满不在乎："老大人请放心。"

赵汝谈吩咐手下，去刑部监牢探视一下，然后甩袖离去。赵汝述看着远去的赵汝谈，嘴角轻蔑地撇了一下。

第二天上午，赵汝说与提刑官冯历如约而至刑部。开始审案之前，赵汝述大堂居中入座，赵汝说和冯历分坐左右。赵汝述先将那份供状递给了两人。赵汝说让给冯历先看，他已经知道了刑部昨夜的事情，心里正怒火中烧。冯历这人一向谨慎，从来不主动发话，看完后将供状放到赵汝说案上。赵汝说快速浏览了一遍。

赵汝述问："二位大人，犯人已经供认不讳，我们还要审吗？"

"当然要审。"赵汝说一口顶了回去，"这份供述，事实不清，证据不足。况且，你不等我们二人就私下刑讯逼供，赵大人，你可不能知法犯法啊！"

赵汝述摇头回答："嫌犯是在刑部。本官作为刑部主官，自然有权随时讯问嫌犯。"然后掉头问冯历，"冯大人，你怎么看？"

冯历被逼不过，只得回答："您有权审问。不过，再审一遍，也是应该的。"

赵汝述心里暗骂,一个老滑头,然后吩咐差事:"将原告和嫌犯带上来。"

此时梁光已经候在堂外。进来之后,赵汝述让梁光将讼状读了一遍,问赵汝说和冯历:"二位大人,你们对原告有什么话要问吗?"

赵汝说首先问道:"梁光,昨夜你说的话,我们都听得很清楚,你说余继祖是被人用刀杀死的,现在你再确认一下。"

梁光很坚决地否定说:"大人明鉴,昨夜下官太过紧张,当时可能说错了。其实他是被临安府捕快冉璞用棍棒打死的。"

"梁光,你想好了再回本官的话。"

"是的大人,下官确认。"

"你自称下官,现在哪里供职?又担任何职?"

"大人,下官现在国子监担任学官。"

"哦,那你也是个读书人,为何要撒谎呢?"

"大人,下官没有撒谎。"

"那你说,他为什么要打死余继祖?你们发生了冲突吗?"

梁光定了定神,将昨天莲阁仙会的经过叙说了一遍。

赵汝说频频点头,梁光现在说的跟冉璞、蒋奇昨日讲的基本一致了,于是又问:"照你的说法,冉璞、蒋奇二位公差是为了平息当时的骚乱,才跟那些庄丁发生了冲突,对吗?"

梁光犹豫了一下,然后点头承认:"是的,大人。"

"那你回忆一下,他们用的武器是自己带去的,还是庄丁手里的武器?"

"这个,下官不知。"

赵汝述插话道:"赵大人,这有区别吗?"

第三十章　宋慈断案（二）

赵汝谠立即回答："有区别，这一点很重要。因为昨天他们二人根本就没有带任何武器去。"

赵汝述反驳道："没有人能证明这一点。再说赵大人，您该不会自己做这个证人吧？"

赵汝谠继续追问："梁光，你想清楚了，仔细回话：他们二人，谁用刀？谁用棍？"

两起命案都不是自己亲眼所见，梁光在冒汗了。他仔细回忆董贤和费忠告诉他的那些话。费忠认定了费孝是被冉璞用刀杀了，于是他犹犹豫豫地回答："那冉璞用的是刀，另一位用的是棍。"

赵汝谠点头微笑："好，那你能不能确认这些武器，是他们自己带去的吗？"

梁光犹豫了一下："不能确认。"

"那好，本官也无需你的证词。那余继祖是被棍棒打死的，你刚才还确认了这一点。那么他就并非冉璞所杀！"

梁光有些急了："不，大人，一定是冉璞杀的，刀和棍棒他应该都用过的。"

"你到底有没有目睹余继祖被杀的过程？"

"嗯，是。"

赵汝谠用力地拍打惊堂木："梁光，你想好了再回答，作伪证是要叛监的，杖责五十！然后除去你的官职和功名。"

梁光顿时呆了，然后犹犹豫豫地说："我……是听别人说的。"

赵汝说乘胜追击，再拍了一下惊堂木："这么说，你并没有看见他们杀人，是不是？说！"

梁光的头耷拉了下来："是，大人。"

"那你当时在干什么？为什么没看到杀人的过程？"

"下官当时已经被打晕了。"

赵汝说笑了，看着面色铁青的赵汝述，说道："赵大人，你都听见了吧。下面请你把冉璞传上来吧。"

赵汝述冲堂下摆了摆手，几个差役将受了重刑的冉璞抬了上来。赵汝说看到冉璞身上血迹斑斑，立即走了过去检查伤势。

冉璞勉强抬着头，冲赵汝说笑了，极其费力地说了一句："要验尸。"

赵汝说赶紧扶住了他，轻声说："你放心吧，已经做好了。"看到他受了如此酷刑，赵汝说不禁怒火中烧，回头对赵汝述喝道，"你竟然私设公堂，酷刑逼供，我要上本参你！"

赵汝述故意转头不理。

冯历上来打圆场："二位大人，现在的关键是搞清楚真相，抓住凶手，得给余大人一个交代啊。"

赵汝述醒悟过来，立即问道："是啊，凶手不是冉璞，那会是谁？况且那庄主费孝，武艺高强，那天也只有冉璞才能杀得掉他吧？"

赵汝说反问道："证据何在？有谁目睹了冉璞杀了那费孝？"

赵汝述不能回答，正在尴尬间，差事进来通报，参知政事余天锡到了。

于是三个人暂停了审案，起身将余天锡迎了进来。

随后，赵汝述要将主审位置让给余天锡，余天锡摆了摆手，示意在审官桌案旁放一张椅子就行了。赵汝述立即让差事搬来了一把太师椅："余相，请坐。"

余天锡冲三人挥手："你们都坐吧，我进来听听就走。"然后对赵汝说说，"刑部有权独自审案的，你明白吗？"

赵汝说拱手作答:"审案可以,但刑讯逼供不可取,尤其是在事实未清,证据不足的时候。"

"哦,事实不是很清楚吗?"

赵汝说立即将刚才的审案进程叙说了一遍,余天锡说道:"不错,抓住真正的凶手,才是关键。那你们继续审案吧。"

这时,赵汝说让差事将宋慈请了进来,说道:"这位宋慈先生,是我特地从外郡请来帮助断案的推官。下面请他将昨天的验尸情形说一下。"

宋慈进来后,冲几个高官拱手致礼,然后打开了验尸格目,从容地说道:"几位大人,昨夜我们特地去了提刑司,检验了费孝的尸身。费孝的喉咙处有一致命刀伤,是有人在近距离突然发动袭击杀死了费孝。他的尸体上没有其他伤口,没有反抗的迹象;他死前惊愕的表情,说明凶手跟费孝互相认识。"

赵汝述问:"仅凭一处刀伤,你就能推断出来这么多结论,不会太武断了吧?"

宋慈回答道:"大人,那费孝是个练武之人,能被一刀毙命,除非凶手跟他相识,乘他不备突然攻击。否则费孝一定会反抗,留下各种证据。"

"那杀人的凶器呢?没有物证,你如何能让人信服?"

"大人请看格目,根据我验伤的记录,杀人凶器是一把手刀。但是,那把凶刀在我们这里并不常见。"说完,宋慈呈上昨夜冉璞他们带回的腰刀,"大人请看,这是临安府冉璞和蒋奇两位公差昨天收缴的手刀,这刀尖明显上斜,刀长三尺左右,刀身宽寸半有余,刀背厚约半寸。如果是用这把刀杀人,砍削的创口尺寸应该更大更深。如果不信可以试一试。"

说完,宋慈让人抬来半扇猪肉,然后用这刀迅速滑劈了几下,果然全都应验了他刚才所说。冯历是懂行的,对宋慈很是敬佩,问道:"宋先生高明,那么你说,凶器应该是怎样的呢?"

"杀人的凶器,应该是一把北刀。"

余天锡和赵汝述都愣了,问道:"那是什么刀?"

"那是北方汉人武装常备的手刀,其实就是我们军中的上一代用刀。我朝南迁之后,士兵用刀逐渐改进了很多,形制与前刀有很大区别:第一是刀身加宽了,特别是刀头部分比较宽;第二是刀尖改成上斜型,不再是平头刀尖。我军士兵用刀的变化,总结起来就是刀身加宽,刀背加厚,刀尖上斜幅度加大。请看这把刀,跟北刀相比,刀头明显加阔,弯度加大,这就是'前锐后斜'。而北方汉人士兵用刀,仍然保留了原来的形制,因为他们缺乏生铁,冶炼技术也没有提高。所以他们的用刀,刀刃和刀背更薄,刀尖很平,虽然锋利,却容易折断。而它造成的创口,相对浅薄而狭长,跟尸身上的伤口完全吻合。"

余天锡他们听了,半信半疑。

宋慈笑道:"如果几位大人还有怀疑,我有一个办法,可以试出这把刀,究竟是不是凶器。"

冯历立即回答:"先生,请赐教。"

宋慈让差事拿了另外一口刀,要他用刀杀了一只鸡,这样刀刃上沾了血迹。随后宋慈将这刀擦拭干净,说道:"各位大人,如果刀沾了血,即使擦掉了,仍然会保留一点血腥。苍蝇最喜血腥,闻到必然来叮。我们看看这两口刀,是不是有苍蝇来叮。"说完将刀放置在大堂之外。过了片刻,果然有苍蝇飞来,叮在了杀鸡的刀上,而那口有杀人嫌疑的刀,却并无任何苍蝇。

赵汝述摇头说道:"那冉璞将凶器擦洗得非常干净,也未可知。"

蒋奇听了这话上前反驳:"大人,要不要用这口刀在那尸体的脖颈处,再拉一道伤口,大家一起检验是不是一样,如何?"

赵汝述大怒,却又不愿跟一个他认为地位低下的差人辩论,一时间形成了僵持。

赵汝谠见他难堪,就说:"各位,现在虽然还不知道凶手究竟是谁,但距离真相已经近了一步。抓住真正的凶手,为余公子报仇,这才是最要紧的。"

此时余天锡心里已经清楚了,冉璞应该不是昨天的凶手,那么真正的凶手是谁呢？他为什么要杀害自己的儿子？

宋慈接过话说："现在有两个问题急需搞明白。第一，杀害余公子和费孝的凶手，究竟是同一批人，还是不同的人，他们究竟是谁？第二，在临安城，什么样的人会拥有北刀呢？"

赵汝谠对余天锡说："余大人，贵公子罹难，我们都很悲痛，希望您能节哀。为了能早日抓到凶手，您可不可以让宋慈，到贵府去看一下公子的遗体？"

余天锡知道，他们想要验尸。这是为了查找真凶，于是他点头同意了："可以。"

"现在已经查清，我的属下冉璞绝不是凶手，可以释放了他吧？"

他的要求是合理的，但余天锡没有吭声，赵汝述拒绝回答，而滑头的冯历，干脆闭起了眼睛。

这时，一个声音从外面传了进来："不可以。"

众人向外看去，原来是宰相史弥远来了。梁成大将他扶着，两人一起走了进来。

众人就起身迎接。史弥远走到主审官座位，毫不客气地坐了下来说道："在没有抓到真凶之前，这个冉璞还不能释放。毕竟有那么多人指证了他。"

赵汝述马上回答："遵命。"

赵汝谠眼见无法当庭释放冉璞，就对赵汝述说道："赵大人，现在你知道他是清白的。今后万万不可再对他用刑。否则，我们一起去觐见圣上，我必定要讨个公道！"

赵汝述置之不理，既不答应，也不拒绝，吩咐差役将冉璞抬了下去，立即给他疗伤。

史弥远看着冉璞被抬走后，发话问赵汝谠："赵大人，你现在的重任，一是赈济灾民，二是查访纵火大案。你就不要再纠缠在这件杀人案上了。"

赵汝谠点头答应。

史弥远对冯历说："冯大人，余家公子被害一案，就交给你们了。希望你不要让我们失望。"

冯历立即站起身来："下官一定尽力。"然后对赵汝说拱手说道，"赵大人，我有一个不情之请。"

赵汝说心思很快，知道他喜欢宋慈，就回答说："冯大人想要请宋慈帮忙是吗？"

冯历笑道："久闻赵大人大名，强将手下无弱兵，本官今日见识了！还望赵大人能帮一下可好？"

"好的冯大人。只要你那里有任何线索，我立即派宋慈过去。"

史弥远看了看宋慈，知道他是真德秀的学生。史弥远心想，赵汝说跟真德秀果然就是一党，他到临安就职，就要鸡犬升天，把真德秀的学生都调了过来。想到这里，不禁有了更多的嫌恶，说道："我只是路过，来看下就走，你们继续吧。"说完便起身离开公堂。

几位官员把他送到堂外，史弥远问赵汝说："皇上跟你谈过话了？"

"是的。"

"皇上希望你能多久破获大火案呢？"

"圣上没有说。"

"那是皇上不想给你太大的压力。可本相希望你能越快越好，三个月时间，够吗？"

赵汝说只能回答："下官尽力。"

史弥远并不相信他能按期破案，却笑着说："好，好。我就等着赵大人，早日报来好消息。"

第三十一章 月明客栈（一）

随后几天，宋慈带了衙役和仵作，对军械库纵火案中被害的士兵以及周浩一家的遗体一一开棺验尸。蒋奇则扩大了在临安城的搜索范围，如同他自己说的，大海捞针般地搜寻凶手线索。

那边提刑司的公差们，正在四处找寻聚仙山庄庄主董贤的下落，却遍寻不着。跟董贤同时失去踪影的，就是提刑司那位总捕头费忠了。

冯历大为恼火，这个平日的左膀右臂突然失踪，给自己平添了许多麻烦。而且费忠本人很可能已经涉案，弄不好还会牵连到自己。派出去的捕快在临安城里四处打探，却是毫无音信，冯历开始怀疑，费忠是不是也被人杀了？正在胡乱猜疑的时候，冯历想起了赵汝说答应过自己，可以派宋慈助他。于是他立即让人备轿，亲自前往临安府求助。

到了临安府衙，冯历下轿让人进去通报，差事回答此刻赵大人不在府里。冯历心中郁闷，让差事领自己进去，他要坐等赵汝说回来。差事无法，只得答应。

进去之后，发现会客厅里有一人正坐在那里看书，似乎也在等人。因冯历进来，这人抬起头来。只见他面色如玉，双目炯炯，沉稳凝重，一看就不是庸凡之人。冯历顿时对他生出了亲近之意。

差役给冯历端上茶水，又给此人续了杯。于是冯历主动坐近攀谈了几句，原来他是冉珽。

冯历觉得名字很是熟悉："敢问一下，赵大人有一位部下，名叫冉璞，先生可认得吗？"

冉珽抚着短须笑了："冯大人，他是在下的胞弟。"

"原来如此，怪不得如此面善。你们都曾是真德秀大人幕下，本官早有耳闻。真是闻名不如见面，贤昆仲果然名不虚传！"

冉珽拱手致意："冯大人过誉了。听讲最近这里出了一些案子，舍弟也遇到了麻烦。冯大人这两天查案可有什么进展吗？"

冉珽是昨日夜里到达临安的，上午来见赵汝说，刚巧他不在，蒋奇与宋慈也外出查案了。衙门里的差事得知他是冉璞的兄长后，就把这几日发生的事情告诉了冉珽。现在刚好冯历过来，冉珽顺势就问起了案情。

冯历将他的烦恼实言相告："冉先生，我听说你们在真大人幕下曾经破获了一些大案，本官想请教一下，依你的判断，费忠的失踪，会不会跟山庄的命案有关呢？"

冉珽点了点头："极有可能。根据刚才冯大人的叙述，那余继祖应该是被人有预谋地加害了。至于费孝之死，从目前所有的迹象来看，灭口的嫌疑很大。所以费忠的失踪，自然跟这两起命案都有关联。"

"史相将余公子被害一案交给了我。为了这个案子，我派了人去那山庄搜查过，可就是没什么有用的发现。"

"莲阁仙会那日，去山庄的人数不少，大人可曾派人找到他们一一查问呢？"

"自然派人去了。可这些人要么就矢口否认自己曾经与会，要么就对余公子被害一事全然不知，更有人一口咬定是令弟冉璞所为。然而宋慈先生在刑部，已经证明了事实并非如此。"

冉珽点了点头："想来当时的会场秩序大乱，很多人确实没有看到杀人过程，而看到的人又不愿卷到麻烦当中。"

"依先生之见，究竟会是什么缘故呢？"

"听刚才大人所述，那日是董贤和费忠二人当众指认余继祖被冉璞误伤致死。那么知道真相的人，看到提刑司的总捕头在指控临安府的人，很有可能他就不愿意牵涉到是非当中。"

"那么当务之急必须尽快找到董贤、费忠。"

"正是这样。再有，刚才大人提到的那几位角妓，阎笑娉和谭惜惜等人，大人去找过她们没有？"

"对啊，这几位极有可能知道董贤的下落。"冯历一拍脑袋，立即起身向冉珊表示谢意，然后回衙门安排去了。

冉珊又等了半个时辰后，赵汝说跟宋慈和蒋奇三人一起回到府衙。三人看到冉珊来了，都是分外地惊喜。赵汝说握住冉珊的手，久久不松："终于把你盼来了！可是，我对不起你，没有保护好冉璞。"说到这里，赵汝说有些愧疚。

"赵大人，不要这样说。"

宋慈向冉珊拱手致意："冉先生，一别三年，这一向可好？"

冉珊还礼："多谢宋先生记挂，都挺好的。"

蒋奇也过来问候，众人喜悦兴奋之情溢于言表。

赵汝说吩咐差事准备一桌酒宴，要为冉珊接风洗尘。冉珊推辞说，想去刑部监牢探望一下冉璞。赵汝说连声说道："应该，应该的。怪我考虑不周。"

随后他亲自领着冉珊，连同宋慈、蒋奇一起去了刑部监牢。那日赵汝谈命人带话给牢头，不许虐待苛责冉璞，赵汝说更是连续探监，因此赵汝述没有敢继续为难冉璞。牢头不但给他换到单人囚室，还给他按时换药，所以刑伤开始恢复了起来。

当冉璞看到兄长跟赵汝说等人一起前来看望他时，高兴之余，恨不得立即站起来。蒋奇怕他撕裂伤口，赶紧将他按在榻上。

这时狱卒进来，将众人带来的酒食铺在了桌上。

冉璞看了看那狱卒，向赵汝说示意。赵汝说明白，吩咐狱卒离开。冉璞就对赵汝说说："大人，这两天我思前想后，觉得费忠、费孝兄弟跟董贤三人，大有可疑。那日余继祖被害，应该是有人指使费孝所为；而费孝随后被杀，就是为了灭口。不管怎样，庄主董贤都有重大干系。这聚仙山庄，一定大有隐情。大人，我们得赶紧抓捕董贤、费忠。"

赵汝谠为难地说:"你说得很有道理。可是山庄杀人案,史相已经交给提刑司负责了。我们再介入进去,怕是不妥啊。"

"大人,那费忠对我查案的卷宗有着特别的兴趣,甚至不惜冒险开锁进来偷窥,一定是他背后的人指使的。他们既然对中秋夜杀人纵火案有特别的兴趣,这背后隐藏的事情就不会小。大人,这两件案子可以并案勘查了。"

宋慈与蒋奇完全赞同冉璞。

赵汝谠还是有点犹豫:"可是史相已经吩咐过了,如果我们再插手聚仙山庄的案子,一定会有人搬弄是非。这事还得仔细斟酌。"

冉璞接话道:"大人不用担心。刚才我在等待大人的时候,提刑官冯历来过,他是特地来向大人求助的。要不,明天我和宋慈就应冯大人之邀,去提刑司跟他们一起查案可好?"

赵汝谠点头说:"如果是这样,那就最好了。"

众人陪着冉璞又说了一会儿话,然后返回了府衙。

这时厅堂里一桌酒席已然摆好,于是四人坐下,一边饮酒,一边畅谈。几个人兴致很高,推杯换盏了几轮之后,宋慈高兴地说道:"赵大人,我们这几天的辛苦总算没有白费,终于有所发现了。"

赵汝谠停了酒盏:"先生,快请讲。"

"经过这几日连续验尸,我们发现两处杀人纵火案中,杀手所用的兵刃都是北刀。这种刀,在临安非常少见。且不论禁军,即使是驻扎淮东的朝廷军队,现在都很少用这种刀了。"

"哦,那这些凶手会是什么人呢?"

"我的看法是:这些人极有可能是从北军来的。"

赵汝谠不禁皱起了眉头,如果真跟北军有关,那么他们的首领李全很可能脱不了干系。而李全,一直以来就是一个非常麻烦的人物。

冉璞问:"听讲费孝也是死在这种刀下。难道是一批杀手干的吗?"

"极有可能。"

蒋奇觉得很奇怪:"我在公门干了二十多年了,见过许多凶犯。即使是

167

最穷凶极恶之辈，一般做了大案之后，要么迅速逃离，要么就蛰伏起来。现在这些凶犯制造了临安大火后，却没有逃离临安，竟然还留在这里继续犯案。这也太匪夷所思了！"

众人都觉得蒋奇的话颇有道理，该如何解释现在的情形呢？

冉珊说："如果在临安，有一股势力对这些杀手提供保护，那就可以解释了。"

宋慈同意这一说法。

赵汝谠觉得很是困惑："这些会是什么人呢？他们究竟要干什么？"

蒋奇建议道："大人，干脆明天我们去提刑司，带着他们的人去查封了聚仙山庄。看看会不会有人狗急跳墙？"

"可以，但是你们行事必须千万小心。记住，你们的一举一动都有人盯着。"

众人领命。

第三十二章　月明客栈（二）

酒宴散后，赵汝说让冉琎尽快搬到官衙来住。冉琎答应了，随即骑马奔回客栈。

这客栈名叫月明客栈，是明尊教在临安的分堂驻地。堂主邓冯昨日不在，今天回来后，听说一个叫冉琎的客人在找他，于是一直待在客栈等候冉琎回来。

冉琎刚下马往客栈里面走，邓冯就迎了上来："您就是冉琎先生吧？"

"正是，阁下是？"

"我是这里的堂主邓冯，属下昨天未曾接到尊使，失礼了！"说完，向冉琎作揖行礼。

冉琎急忙上前扶住了他，两人一起进了内堂叙话。

入座后，冉琎见邓冯在盯着自己佩戴的玉璜，便将这龙凤玉璜摘了下来递给邓冯，说道："这是宗主交给我的信物。"

邓冯双手接过，仔细观看后奉还冉琎："我们接到过通知，知道尊使要来。如果需要我等效力，分堂上下随时听候您的差遣。请尊使尽管开口。"

"邓堂主客套了。承蒙宗主看重，对我委以重任，今后还望堂主能鼎力相助。"

邓冯起身回答："尊使放心，只要有所需要，我们一定竭尽全力。"

冉琎微笑着示意邓冯坐下，然后拿出张程交给自己的一幅上官镕画像："邓堂主，我这里有一张画像，你看认得吗？"

邓冯接过看后，立即回答："这是上官镕。"

"你们在临安多年,可曾发现他的踪迹?"

邓冯叹道:"尊使,这就是令人困惑的地方,我们也有他的画像,宗主通知我们说,上官镕是一个化名,他的真实身份应该是户部尚书莫泽的堂弟,一个叫莫彬的富豪。我们曾经见过莫彬其人,可他跟上官镕的面像却是截然不同。难道上官镕是易容过后的莫彬,或者反过来,莫彬是易容过的上官镕吗?"

冉琏有些怀疑:"世上会有如此精致的易容术,竟然看不出任何破绽?邓堂主,此人的真实面目,到现在仍然不能确定吗?"

"不能。"

"那么嗓音呢?宗主有没有派人来过,去鉴定莫彬的声音?"

"有的。但这个莫彬平日只跟认识的高官、富商有所来往,一般人根本无法接触到他。另外,这个人异常警觉,只要出行,必定有武艺高强的卫士贴身护卫,陌生人极难接近他的左右。因此,宗主几次派人过来,想要接近调查他,都是无功而返。"

"你们查到他的住处没有?"

邓冯点头:"据查,莫彬此人在临安拥有的秘密宅院不下几十处。光在西湖周边就有多处封闭的独幢院落。"

冉琏突然心中一动,问道:"有一个聚仙山庄,会不会跟他也有关联呢?"

"这个在下不知。聚仙山庄是前几年刚建成的,庄主名叫董贤。这人究竟是什么来路,我们得到的消息不很可靠,到目前还没有查出真相。我们也怀疑这个山庄,曾经多次派了卧底要打进去,但都没有成功。"

"哦,这是为什么?"

"那庄主董贤非常警觉,选人进庄要求极其挑剔。"

冉琏点了点头,这些情形全都透着诡异。越是这样,就越说明其中大有内幕。随后,冉琏拿出了一幅临安本地图本,让邓冯将莫彬的住处一一标注出来,又将详细地址写在了图本的背面。

随后他圈出聚仙山庄的位置："邓堂主，这些地方哪些有寺庙相邻呢？"

"聚仙山庄的山背后有一个贤良寺，据说这个寺院只有富贵人士才能去得。"

冉琎若有所思，添上了贤良寺的标志。随后邓冯又讲了几处，冉琎一一标注，标好之后，问邓冯："阎笑娉、谭惜惜，还有赵柔奴、周小卿与花滟容这些临安有名的角妓，你们能找到吗？"

邓冯迟疑了一下，然后笑着说："当然可以，尊使想见她们？"

冉琎看到他似笑非笑的神情，立刻明白他在想什么，解释说："这几个人经常去聚仙山庄，也许她们知道董贤的事情。"

邓冯明白了，回答说："听说那阎笑娉贪财势利，只要给钱，应该可以买通她；谭惜惜当年落难时，曾经被我们的人搭救过，所以她如果知道什么内情，一定会对我们毫无保留；其他几位，我们都可以去找。尊使放心。"

第二天上午，冉琎、宋慈和蒋奇来到提刑司，冯历见不但宋慈来了，而且还有冉琎，不禁喜出望外，将三人迎到衙内，高兴地说："有几位助我，此案必破。"

冉琎笑着回答："冯大人过奖了。我跟您建议去查问阎笑娉她们，不知现在有没有什么发现。"

冯历叹了一口气："我们有人找到了阎笑娉，但她非常不合作，所问问题一概不予回答，差点将我们的衙役轰了出去。"

蒋奇问："不知这阎笑娉是什么人撑腰，竟敢对官差如此无礼？"

冯历苦笑了一下："我们的差役也只是道听途说，朝廷里有好几位大员是她的常客。我这提刑司只怕未必在人家的法眼里。"

冉琎见提刑司并无进展，就建议道："冯大人，我们得去彻查聚仙山庄，这次请大人多带些人，就将这庄园查封了吧。"

冯历问："既这么说，你们是不是有了庄主违法的确证？"

宋慈回答道："冯大人，董贤肯定是违法了。他未经官府批准，举办所谓莲阁仙会，有伤风化不说，还涉嫌聚众赌博，制造纠纷引发骚乱，直接造成了宰辅之子被害。现在庄主失踪，说明那里肯定有一些见不得人的东西。"

一向谨慎的冯历来回想了几遍，觉得宋慈的这番话很有道理。几天前，曾有高官为聚仙山庄的事情向自己说情，所以对这山庄查得也比较马虎。耽搁了这几日，冯历很是后悔，于是不再犹豫，当即发签给冉珽和宋慈，带领大队差役查封聚仙山庄。

三人带着大队差役，火速奔到了聚仙山庄。

此时这里再没有往日的繁华热闹，只有稀稀拉拉的庄丁们在园里四处走动，打听消息。他们的庄主董贤已经消失了多日。总管费孝被杀，至今原因不明。而董贤选用的副总管并不能服众，庄丁们对他的号令无人理睬，所以偌大的庄园现在是一片狼藉。

提刑司差役将庄园各处大门封锁，冉珽与宋慈向庄丁们宣布了冯历的查封令。之后衙役们将庄丁赶到一处看管了起来，就在各处开始查抄。

然而衙役们并没有查出任何违禁物事，只得将庄园的各项财产、文书一一登记造册，等待冯历上奏另行处置。冉珽就仔细盘问庄丁是否知道董贤的下落，然而竟是无人知晓。

难道今天这一趟，会白费了工夫？

正在懊恼的时候，有差役从外面带进来一个人，说此人鬼鬼祟祟地在庄外转个不停，还悄悄地窥探庄内的动静。公差认为此人十分可疑，就将他抓了过来。

冉珽见这人白白净净，穿着儒生长衫，头戴方巾，倒也不像是作奸犯科之辈，就问："你是什么人？为什么躲在庄外窥视公差办案？"

这人向冉珽作揖，回答说："小生名叫王诚，今天到这里来找人。"

"你要找庄里什么人？"

"哦，不。回大人，她不是这个庄园的人。"

冉珽见他言辞闪烁，欲言又止的模样，不由心中一动："你是来找一个女子，是吗？"

王诚回道："正是。"

"她叫什么名字，我让人查一下看是不是在里面。"

"她叫阎笑娉，平日里经常到这里来的。在下这几日寻她不着，因此有些担心，便寻到这里来了。"

这时，一个提刑司衙役贴近了小声告诉冉琎，此人是御史王仁的儿子，平日最喜欢出没花船柳巷，整日泡在脂粉堆里风流快活。据说王仁父子都喜欢名角阎笑娉，两人时不时会去找她寻欢作乐。这件事临安城的阔少们无人不知，私下里都拿这个当作笑料。可王仁父子好像并不知道，就这样一直被人们嘲笑了几年，也无人愿意告诉他们。

宋慈对王诚说："我们刚刚搜过这里，并没有发现阎笑娉，你知道她的住处吗？"

"小生知道。"

"那好，请你将住处写下来。我们会派人找她。一旦找到，我们就去联系公子，如何？"

王诚一听，很是不情愿，却又推不掉官府的要求，只好勉强地写了一个地址。

冉琎突然又问道："王诚，你认得庄主董贤吗？"

王诚回答："认得，但不熟。"

"那你经常到山庄来吗？"

听到这个问题，王诚的头摇得好似拨浪鼓一般，矢口否认道："小生很少来这里。"

宋慈问道："王诚，那天莲阁仙会，你也在场吧？"

这时王诚的脸陡然变色，因为紧张而有些涨红，回答道："小生那天不在这里，对这些事情真的不清楚。两位大人，我可以走了吗？我父亲是御史王仁，你们如果还有问题，可以到我府上来，小生一定知无不言。"

冉琎见他极其紧张的模样，猜测此人心里必定有鬼。他跟宋慈对视了一眼，宋慈点了点头，于是让他自行离去了。

望着王诚的背影，宋慈说："此人有问题。他来此一定是另有目的。"

冉琏很是赞同："得派人盯着他。还有，我们应该抓紧去会一会那个阎笑娉了。"

宋慈抚须笑了："不错，我也是这么想的。"

离开山庄后，冉琏就回到月明客栈。此时已近黄昏，天色微黑。他用过晚膳，稍事休息片刻。

随后邓冯来了，而且带来了一些令人振奋的消息。

第三十三章　缉捕明亮（一）

邓冯这边有了一些出人意料的发现。他今天去找阎笑娉，却没有找到。有人告诉他，阎笑娉已经搬去了一个新住处。邓冯就去找了花滟容。因为收了银子，花滟容愿意告诉他关于阎笑娉和董贤的一些事情。原来花滟容跟阎笑娉关系最近，两人来往密切，所以她知道阎笑娉很多事情。据花滟容说，她最近惹了麻烦，好像一直很是害怕，在躲着什么人。

冉琎问："发生了什么事情？"

"说来话长，平日里喜欢阎笑娉的人不少，大都是临安的富商和官员。但她的心气很高，基本都瞧不上。阎笑娉曾经对花滟容说，王仁父子这样的，不过是她掌中玩物罢了。"

"哦，这样说来，她可能是看中什么人了？"

"是的，尊使。阎笑娉看中了董贤，一心想要嫁给他。"

"那董贤待她如何？"

"据花滟容讲，董贤一直让她周旋交际在高官豪商之间，为他办事。"

"恐怕多半都是些上不了台面的事情？"

"尊使说得太对了。据花滟容说，董贤掌控了临安很多角妓。他在聚仙山庄用钱财美色去贿赂朝中位高权重的官员，干了很多见不得人的勾当。前些日子，山庄里来了七八个大汉，举止都粗鄙不堪，像是从外州来的军官。这几个人中间有一个头领，叫什么明亮，一次偶然的相遇后居然一眼就看中了阎笑娉。"

冉琎的心陡然提了起来："前些日子，到底是什么时候？还有，这些人是不是北方口音？"

邓冯挠头说道："她没有说这些。"

"董贤是不是让阎笑娉陪侍明亮了？"

"差不多，阎笑娉很是不满和委屈。董贤告诉她，这些人对他来说非常重要。阎笑娉纵然千般不愿，为了董贤，也只好委屈自己奉承这个明亮。也许明亮因为一直不能得到阎笑娉，过了一些日子，竟然死心塌地喜欢上了她，跟董贤提出要娶阎笑娉，还要带她离开临安。"

"要带她去哪里，花滟容说了吗？"

"说是去北方，阎笑娉当然很不情愿。于是明亮发出了威胁，不跟他走就宁愿毁了她。所以阎笑娉最近一直比较害怕。"

冉珊听到这里，不由得站起身说道："事情不妙，阎笑娉和花滟容现在都有危险。"

邓冯觉得奇怪："什么危险？"

"有人会杀她们！"

说完，冉珊跟邓冯要了她们的地址，立即离开月明客栈，匆匆地赶往临安府衙。

到了府衙，冉珊向赵汝说请求紧急调用所有的值班衙役，赵汝说吃惊地问："是不是出事了？"

"大人，有几个关键证人，可能随时被人灭口。我们必须赶快过去，将证人保护起来。"

赵汝说当即调来十几个值班衙役，分作两队，一队跟随冉珊前往花滟容处，另一队由宋慈和蒋奇带着赶往阎笑娉住处。

然而还是晚了一步，冉珊带领衙役赶到时，花滟容和贴身丫环已经被人杀死在房间里。

衙役们搜查了所有可疑之处，发现各处财物并没有丢失，也没有其他受害者。由此冉珊推断，凶手杀人不为财，就是为了将花滟容灭口。冉珊当即讯问了花滟容的其他丫环和仆佣，都是众口一词，没有听到异常的动静，更不知花滟容如何遇害。

冉琎不由得想起中秋夜的军械库纵火案。在那起案中，凶手也是不被察觉地将禁军士兵轻易杀死，两起案中的凶手手段都极其高明，难道就是一伙人所为吗？

宋慈在阎笑娉处，发现了更加诡异的事情：除了一个外出的老仆，所有的丫环和仆役全都被杀；而阎笑娉却踪迹全无，不知生死。宋慈立即带人验尸，一一填写验尸格目。随后赶到花滟容处验尸。

一阵忙乱过后，已是深夜。赵汝说也赶到了花滟容处，众人碰齐后开始简短地整理案情。

宋慈首先发话说："大人，我们共发现七人被害，其中在阎笑娉处五人，花滟容这里，她本人和贴身丫环遇害。经过查证，阎笑娉处的凶手应该只有一人。此人先翻墙进入，然后将门锁死，随后进入各房，见人就杀。此人武力高强，而且身材高大强壮，用刀基本都是从上而下地劈杀。所有被害人的创口都基本一致。由此推断这是一人所为。"

冉琎问道："那刀呢？应该不是北刀。"

宋慈佩服地看了看他："你说的对，所用凶器就是这里常见的手刀。从所有遇害人创口的特征来看，凶手是个左撇子。"

蒋奇脱口而出："是费忠！"

冉琎没有见过费忠，就问蒋奇："你为什么认定凶手就是他呢？"

"费忠就是一个左撇子！凶手身材高大壮实，这也符合费忠的特征。而且费忠武艺高强，能做到一次轻易杀死多人。"

冉琎摇了摇头："光有这些，恐怕还不能完全认定他就是凶手。"

宋慈赞成，接着说："蹊跷的是花滟容这里，她和丫环被人一刀毙命，伤口都在咽喉要害。这种伤口跟御史周浩家被害人，还有费孝，完全一致，凶器正是北刀。所以，这些案子跟纵火案极有可能是一批人所为。大人，可以并案了。"

虽然凶案迭出，但中秋夜纵火案有了进展，赵汝说心里反而有些轻松了。

冉琎随后将邓冯告诉他的消息通报给了众人。

蒋奇挠头问道:"莫非大火案就是明亮这一伙人干的吗?"

这时宋慈自言自语:"如果真是他们,那么明亮想娶阎笑娉,却为什么要杀死花滟容呢?"

众人陷入了沉思。

冉琎说:"花滟容被杀,明显不是为财;我们没有听说过有人在纠缠她,所以也不是为情。如果真是明亮这伙人干的,只能有一个原因,就是灭口。"

宋慈点头:"有道理,明亮他们跟花滟容没有关联,但跟阎笑娉有。花滟容被杀,暂时可以解释为,因为她知道了阎笑娉跟明亮他们的一些秘密,并且她愿意说出去,所以才招致了杀身之祸。"

冉琎说:"到现在为止,这些都是推测,还需要更多证据进一步证实。"

蒋奇挠了挠头问:"那么阎笑娉那边的人为什么被杀呢?是不是都被灭口的?"

宋慈点头回答:"那些丫环仆佣被杀,应该是被灭口,仇杀的可能性不大。凶手的目标就是阎笑娉,她应该是被挟持了。"

冉琎问道:"有没有可能那些仆佣认得凶手?"

这个问题很难回答,阎笑娉生死不知,那里到底发生了什么呢?

一直在听的赵汝说突然发问:"唯一活着的老仆现在哪里?一定要保护好他。"

宋慈回答道:"大人放心,我们有衙役守在那里。大人说得很对,那老仆有可能见过凶手。"

这时冉琎笑了:"看来这次又要用上您的绝技了。"

宋慈明白他的意思:"那我们赶快去吧。"

随后众人赶到了阎笑娉住所,衙役门已经将院子封住,不准任何人进出。那老仆正在里面哭泣着收拾东西,准备搬离这个凶宅。宋慈走到近前,安慰他说:"老先生,我们是临安府的人。你现在是安全的,不要担心。"

老仆"扑通"跪倒,哭喊着请官差们一定要抓住杀人凶手。

赵汝说上前扶起了老仆,安慰极度悲恸中的老人。

冉珽看老者情绪过于激动,就建议将他带回临安府衙保护起来,明天待他情绪平稳后再询问案情。赵汝说点头赞同,命众人又搜索了一遍现场,就带着老者一道回府去了。

聚仙山庄与临安城里,接连发生凶杀大案,作为临安府知州和提刑司的主官,赵汝说与冯历按例必须尽快面圣,汇报案件情况。

第二天清早,赵汝说跟冉珽、宋慈一起探望老者,宋慈问:"老人家,你认得叫明亮或者费忠的人吗?"

不提明亮则已,一听到这个名字,老人顿时激动了起来,痛骂明亮丧心病狂,是杀人越货的亡命之徒,痴心妄想不成,就要杀人绑架。显然,他已经认定了明亮就是杀人凶手。

冉珽和宋慈对视一眼,昨夜蒋奇认为阎笑娉处的凶手一定是费忠,而老人却认定了是明亮。宋慈就向老者展示了一幅费忠的画像,老者摇头,说不认识此人。

冉珽问老者如何认得明亮,老人的回答跟从邓冯从花滟容处得到的消息基本一致。明亮多次对阎笑娉提出,要带她一起离开临安。冉珽问老人:"你知道他要带你们小姐去哪里吗?"

"他说过,要去楚州。"

听到这里,众人心里的石头终于落了地。宋慈继续问道:"老人家,你知道明亮这伙人什么时候来临安的吗?是不是在中秋节前?"

"不清楚。不过他们第一次上门来,肯定是大火之后。这厮极其蛮横,强娶我们小姐不成,就要将她绑走!"

宋慈问:"明亮是个左撇子吗?"

老者很是为难:"我没有印象。"

冉珽问:"知道他们住在哪里吗?"

"在聚仙山庄,绝不会错。"

冉玨与宋慈对视一眼，他们刚刚查抄了聚仙山庄，并没有发现可疑人物。看来，明亮这伙人可能在莲阁仙会之前就已经转移走了。

"你还能想起明亮的长相如何吗？"

老人恨恨地回答道："就是把这恶人挫骨化灰，我也能认他出来。"

宋慈很高兴："那好，请你把他的相貌说给我听。"于是提起笔来，一边听老者描述，一边挥毫作画，老者就在一旁观看更正。不到一炷香的工夫，一张画像出来了。老者拿着画像来回地看："像，太像了。就是这个恶人！"

众人听到这话，喜不自胜。宋慈趁势又画了几幅。

第三十四章　缉捕明亮（二）

冉琎与宋慈商议了一下，都觉得尽管老者认定了是明亮杀人，然后绑架了阎笑娉，但那里的真凶应该不是明亮。相比之下费忠的嫌疑大了很多。可是如果真是费忠，他为什么不惜滥杀无辜，也要绑走阎笑娉呢？难道是另有原因？

两人都觉得情况紧急，明亮和费忠等人很有可能仍在临安，但也不能排除已经逃走的可能，当务之急必须尽快封锁城门，并发出海捕文书。于是，二人征得了赵汝说同意，将明亮的画像交给主簿，要他找来画师誊画多份，然后连同文书一起紧急发到临安以北各地关卡，要求他们秘密监视缉捕明亮。

随后赵汝说进宫面圣。二人就去了禁军大营找江万载，要请他下令禁军秘密封锁城门，一起抓捕明亮。

此时江万载正在大营跟枢密院吴渊议事，营外小校进来报说，临安府来人，有要事请求紧急会见。那日，余天锡带人围了临安府，这件事情闹得沸沸扬扬。江万载当然知道冉璞被人陷害入狱了。他想过要为冉璞向理宗求情，后来听说赵汝谈和赵汝说双双出手援救，现在虽然冉璞仍被羁押在刑部监牢里，想来应该已经没有什么大碍了。此刻临安府来人要见，难道是纵火大案有了进展吗？江万载吩咐小校将来人领进来。

二人刚一进来，江万载立即就发现了原来是冉琎，顿时高兴地站起身，急步走到近前，紧紧握住了冉琎的手，说道："又见到先生，真是太高兴了！"

冉琎见江万载重情,也颇为感动。两人互致问候了一番后,冉琎向他介绍了宋慈,江万载叉手说道:"宋先生,久仰大名!"

宋慈还礼,两人客套了几句。江万载随即问二人,是不是案情有了进展。冉琎点头,将昨天的情形简短地叙说了一遍,向江万载提出要求,秘密封锁各个城门,按画像缉捕要犯明亮。

一旁的吴渊听明白这些事情后,突然插话说:"且慢。你们刚才说的明亮,是什么人?为何听起来如此耳熟?"

冉琎与宋慈听他这样说,难道他会知道明亮?江万载就向二人介绍了吴渊,他是枢密院的官员。冉琎就将明亮涉案的线索,简单地向吴渊介绍了一遍,明亮到底是什么人,目前还没有确凿的证据来证实身份,只知道这些人可能来自北军。

提到北军二字,吴渊就想起来了,随即皱着眉头对众人说:"各位,这明亮很有可能就是忠义军首领李全和李福的部下。"

江万载疑惑地看着他:"吴大人,你这么说必须得有确凿的证据才行。李全这人很是麻烦,牵涉到他的事情,我们都务必谨慎些。"

吴渊非常肯定地说:"我掌管枢密院文字密档,所以记得一些北军那里的情况。几年前,忠义军里有一个叫明亮的人,解送湖州案要犯潘壬,到临安来过,他还得了朝廷的封赏。因为此人名字特殊,所以至今记得。"

众人听了这话,都对吴渊的博闻强识很是佩服。几人知道事关重大,如果明亮真是这次杀人纵火大案的嫌疑人之一,那他们的首领李全,就第一个脱不了干系。宋慈建议道:"可以这么办,缉捕明亮的公文继续向各州府发过去,但是要强调,他们不能公开此事,必须秘密抓捕。"

吴渊点头同意:"不错,秘而不宣,不会打草惊蛇。"

冉琎建议说:"吴大人,既然明亮来过临安,还得了封赏,那么朝廷里一定有官员见过此人。我们特地带了几张他的画像,现在就交给江大人,请您二位想办法找人确认一下如何?"

江万载立即接过画像:"二位放心,此事我亲自来办。"

随后江万载吩咐部下立即带了几张画像，火速送到各个城门，要守门的军官带着军士，严密监视是否有明亮外逃。

事情基本办妥，冉珽对江万载说："江大人，还有一件事情：能不能请楚州那里的官员秘密调查一下，明亮是否一直待在楚州？如果他不在，要搞清楚他最近究竟去哪里了。"

吴渊拍掌赞道："好，好，两边一起调查，真相一定可以大白于天下。此事枢密院可以派人去办，交给我吧。你们了不起啊，如此诡谲的案子，你们很快就有了重大进展，实在令人钦佩！"

冉珽与宋慈拱手致谢："吴大人过誉了。"

这时几个人忽然产生了一种惺惺相惜的感觉。

二人临行之前，江万载跟冉珽简短地谈起了冉璞的事情，现在案情取得进展，洗白冉璞冤屈而获释只是时间问题了。出狱那天，江万载要亲自去接，还要跟冉珽、冉璞以及宋慈先生痛饮一番。一旁的吴渊说道："到时知会我一声，一起凑个热闹吧。"

随后四人拱手别过。

事情办得顺畅，冉珽与宋慈心情很是不错，顺道赶往刑部监牢看望冉璞了。两人进去的时候，冉璞正百般无聊，他跟牢头要了一把小刻刀和一些柳木，雕刻了一个面具。

播州流行一种傩堂戏，戏里的人物要戴着一种特制面具，通常用柳木或白杨木。而柳木是那里的避邪之物，用它做面具自然是求取吉祥之意。冉璞自幼生活在播州，从小就非常喜欢制作这种面具。他雕好之后，又请牢头给他带来各种颜料。那牢头认为冉璞有宰辅赵汝谈撑腰，况且又是无辜入狱，也乐得对他有求必应，献个殷勤。

冉珽见冉璞在忙着一个面具，顿时觉得好气又是好笑；而宋慈则抓着这个面具观赏，爱不释手。只见冉璞用重彩色，红、蓝、黄、黑等各色漆彩在面具上勾画涂抹，又在眼睛附近一些细致的地方，用笔精心地加以勾绘。面具整体看起来色彩浑厚，凝重大方。

宋慈赞不绝口，说道："想不到你如此心灵手巧！"

讲了几句闲话，冉珽将几件案子的最新进展告诉了冉璞。听到案情有许多突破，冉璞很是兴奋，恨不能立即出去，跟众人一起参与查案。冉珽劝他再忍耐几天，真相就快水落石出了。

越是关键的时候，自己却不能参与，冉璞的心里很是郁闷。他想，自己被人诬陷的理由就是误杀了余继祖，于是问二人："聚仙山庄出事那天，一定有人目睹了究竟是谁杀了余继祖，他们只是不肯站出来澄清真相。兄长，宋先生，你们能找到这些人吗？"

冉珽安慰他："会的，一定能找到。"

这时，宋慈将冉璞做的面具正戴在脸上。两人看着他的模样，不由得都笑了起来。冉珽忽然心中一动，想起了在高州平乱后缴获的那些巫师的手卷，里面详细记载了如何快速换脸，以及制作面具的技法和窍门。一段时间来，冉珽只要空闲便读一读这些手卷，倒也学会了一些，颇有一些心得。冉璞如此手巧，他看了一定会更加喜欢。

于是，他将这些事情讲给了二人，宋慈听罢啧啧称奇。而冉璞果然大感兴趣，请兄长务必将那些手卷送给他好好研读一下。冉珽点头答应，又叮嘱了冉璞几句，两人这才离开，返回府衙继续办差。

此刻，在贤良寺外一条人烟稀少的山间小路上，有一个灰色人影急速闪进了一个毫不起眼的破旧院落。这人进去后敲了敲里面的门，一个大汉将门打开，里面坐了四五个大汉，正中一人，正是李全的心腹穆椿。

穆椿问进来的人："明亮，昨夜事情办得怎么样？"

明亮笑道："放心，咱从未失过手。"

穆椿冷笑了一下："杀了花滟容，可你却赔了阎笑娉，知道吗？"

明亮愣住了："穆统领你这是什么意思？"

"我们接到上官镕的通知，阎笑娉被人绑走了。明亮，我早就警告过你，阎笑娉就是个麻烦！可你把她当祖宗一样，现在好啦，被人挟制了？"

明亮大怒："知道是什么人干的吗？"

"当然是费忠那厮。你杀了他兄弟费孝，他怎么肯善罢甘休？他找你不到，只好绑了你的女人。看你去救还是不救？"

"呸，杀人是他们的宗主请我帮忙的。这厮惹不起上官镕，就来找我寻仇吗？"

"你上当被人利用了！杀费孝不是上官镕的主意，是董贤那厮假传命令，公报私仇，借你的手除掉费孝。"

明亮有点糊涂了："你如何知道这些？是上官镕亲口告诉你的吗？"

"当然。"

明亮勃然大怒："董贤这个小人，我要宰了他！"

穆椿叹了口气："算了吧，你连他躲在哪里都不知道。现在好了，咱们这几个人就陷在临安，暂时回不去了。"

"穆统领，咱们要走，谁还能挡得住咱们？"

"不行，咱们欠了上官镕的人情，得还！"

"那次替他杀了什么御史周浩，不是还了他人情吗？"

"不够，他说了，再干一次后就帮我们回去。"

明亮觉得有些不安，说道："可是情况变了，他自己的手下内讧，要把我们卷进来，弄不好马上就会暴露。穆统领，我们还是走吧，那个女人我也不要了。"

"不行，上官镕答应给大帅二十万两银子，还没有兑现之前，我们不能就这样走了。"

"你怕什么？他以后不用运河水道吗？我就不信，上官镕以后不来找咱们了。"

穆椿仍然摇头："明亮，做生意一件归一件，不能混的。既然答应了人家，就一定要做到。你不要再说了，等咱们干完最后一桩后马上就离开。"

"可他要是一直不发话，咱们就一直干耗在这里吗？"

几个大汉听了这话，都觉得有道理，就帮着明亮一起劝说穆椿，要求尽快离开临安。

这时，内室突然传来一阵大笑："穆统领果然义气，令人佩服！明统领还请少安毋躁，你们现在就可以走了！"

第三十五章　北上金陵（一）

穆椿、明亮等人突然听到从内室传来一阵笑声，原来是上官镕从密道里走了出来。除了明亮与穆椿，其他人都没有见过上官镕，不由十分好奇地看着他。只见他面色白皙，三绺胡须，文质彬彬，看起来跟一个普通的士子没有什么区别。可是有一点，刚才他明明是在大笑，可现在表情却没有任何变化，似乎时刻戴了一副面具一般。

上官镕走到近前，对穆椿、明亮说道："二位统领，你们必须赶快离开临安，官府正在通缉你们。特别是明统领，他们已经有了你的画像。现在各个城门都有禁军把守，就在等你的出现。"

明亮大为惊讶："上官宗主，这该不会是假消息吧？在下从来没有泄露过行踪，官府怎么可能知道是我呢，居然还有画像？"

穆椿也觉得不可思议："是啊，这些日子来，除了宗主吩咐，我们几乎不曾外出，他们怎么会知道明亮呢？"

上官镕微微冷笑一下："这就要问明统领了。你不是看中了那个阎笑娉吗？"

明亮低头不语。

"英雄气短，儿女情长，本也无可厚非。只是，你不该向他透露自己的底细！"

明亮回答："上官宗主请放心，她只知道我的名姓，和我是北方人，其他一概不知。"

穆椿问道："你当真没有说漏过咱们的事情？"

明亮很是无奈，于是对天发誓，从来没有。

上官镕背着手在室内走了几圈，判断明亮说的是实话。他叹了一口气，明白了其实是自己的对手过于厉害。先是冉璞，然后是宋慈，后来又来了一个冉珊，都是极为睿智的人物，难怪上回在潭州，己方会一败涂地。

众人见上官镕在发愣想心事，穆椿问道："就算官府调查了阎笑娉，知道明亮这个名字，又能怎么样呢？难道他们没有证据，就硬栽派我们杀人放火不成？"

上官镕摇了摇头："这些都是一等一的厉害人物，虽然没有见过你们，却能把你们的底细查得一清二楚。"

明亮很是不服："我不相信，他们这么快就查到了我的头上。"

"你们打仗都是一顶一的好手，可是这断案推疑，抽丝剥茧的细致功夫，就不是你们所能了解的了。"

穆椿问："上官宗主，您交代我们的事情，我们有做错的吗？"

"没有，你们做的已经很好了。如果一定要说有错，就错在明亮爱上了那个女人。"

明亮仍然不服，反驳道："是你们的费忠要窝里反，难道不是他泄露了我们的行踪？"

上官镕笑了笑："如果费忠真去官府投案的话，衙役们早就来抓你们了。"

穆椿觉得有些奇怪："宗主，我听说是费忠杀了人还抓走阎笑娉，这厮究竟要干什么？"

上官镕诡异地笑了笑："是我让费忠去的。我接到了消息，阎笑娉向外人泄露了你们的行踪。所以我才让费忠去解决这个麻烦。明统领，让你去杀花滟容，是我对你们两个同时的安排。阎笑娉已经被我看护了起来，你不用担心。"

明亮的心里很是不满，却不敢发作："上官宗主，你这是何必呢？"

穆椿问道："那董贤在哪里呢？我听讲费忠发誓要杀掉董贤和明亮。"

上官镕回答："此事已经解决，你们不用管了。总之，你们必须尽早动身离开临安。"

"可是我答应过宗主，还要为宗主做一件事情再走。"

上官镕听了这话，对穆椿的义气很是刮目相看，这个人不是一个草莽人物。"穆统领，我正要跟你说一件事情。"说完，轻声贴耳对他说了一番话。

穆椿不停地点头，对上官镕道："一切听从宗主安排。您放心，此去金陵，我等一定不让宗主失望。"

随后，众人饱餐一顿，整理了行装。上官镕派人用船连夜将他们由钱塘江送到盐官，然后辗转取道北上。

江万载他们哪里能想到明亮已经逃走，随后几日一直在城内外严密地监视搜寻。而冉玭与蒋奇则带人四处搜捕董贤和费忠，并寻找那些参加了莲阁仙会的目击证人。此时费孝被杀和董贤失踪的消息已经扩散了开来，渐渐地开始有人愿意说出自己见到的实情。

首先就是谭惜惜，邓冯找到了她，向她询问那日仙会事情，谭惜惜回忆说当时人群大乱，到处都挤成一团，她虽然没有见到究竟是谁杀了余继祖，可是她可以作证，两个临安府的公差并没有杀人。

谭惜惜又带着邓冯分别找到了赵柔奴和周小卿。这两人起初并不愿意谈起这件事情，后来邓冯送上了礼银，又再三强调庄主董贤失踪，聚仙山庄已被官府查封，两人这才愿意告诉自己的亲眼所见：是费孝打死了余继祖。邓冯很是高兴，立即写下证词，请两人分别按上了指印实名作证。

随后几天，临安府的公差陆续找到其他证人，而且全都拿到了书面证词。

赵汝谠立即带上所有的证词来到刑部，跟刑部尚书赵汝述辩论了一个时辰。赵汝谠认为这些证词，足以证明当初冉璞被捕入狱，就是遭人诬陷。现在证据充足，刑部必须放人。而赵汝述则一口咬定，临安府必须抓住山庄两起命案的真凶才可放人。

两人争执不下，一直闹到几位参知政事那里。几位宰辅听了案情通报后，都对李全的部下涉案深感棘手，但四人难得一致地赞成释放冉璞。余天锡的态度让赵汝述有些意外,当初是他亲自抓了冉璞送到刑部,现在居然不再反对释放他。事已至此,赵汝述心里虽然不满,无可奈何只得遵从宰辅们的决定。

赵汝说立即去刑部监牢将冉璞接了出来。回到临安府衙时,众人一片鼓舞欢欣。赵汝说让人摆下了几桌盛宴,犒赏冉琎、冉璞、宋慈和蒋奇,以及所有辛苦办案有功之人,阖府上下全都喜气洋洋,人人意气风发。

众人正在酒酣耳热时候,江万载与吴渊来了。他二人前几日跟冉琎和宋慈约定,等到冉璞出狱之日,定要相约庆祝,所以二人特地赶过来了。冉琎、冉璞立即邀请二人坐了上席,赵汝说陪着二人跟众人一起痛饮了一番。

第二天,赵汝说派去温州的丁义回来了。经温州府的捕快和仵作勘查,赵汝说的车驾在雁荡山确实遇到了袭击。驾车的差事被人用箭射穿了胸口,而后马匹受惊狂奔,最后坠下了山崖。丁义去了现场反复勘验,打开棺椁亲自验了尸,并四处查访人证,最后才认可了温州府捕快的案情通报。

赵汝说看了通报后交给宋慈和冉琎。宋慈详细读完后说:"大人,这凶手所用的箭支,以及受害人中箭的部位,跟三年前夏泽恩案完全一致。不能排除两起凶案就是同一伙人做的。"

赵汝说并不知道三年前那起因为冉璞而引发的凶案,所以冉璞将来龙去脉讲了一遍。听完之后,蒋奇脱口问道:"杀手是冲赵大人去的,会不会是赵奎回来了?"

冉璞摇头:"赵奎是朝廷通缉要犯,早已逃离了临安,他有什么必要冒险跑到雁荡山,去袭击赵大人的车驾呢?"

冉琎说:"当时已经查明,杀死夏泽恩的人是隐藏在禁军里的金军刺客。很难说,在临安一直还有这些人的残余,被什么人庇护着。赵大人离开温州到临安任职,这是朝廷的机密。杀手显然得到了精准的消息,才会去提前埋伏,袭击赵大人。"

宋慈问道:"你是说,这些杀手可能是同一股势力派去的?"

冉琎点头同意:"极有可能。上一次他们指使刺客暗杀夏泽恩,是为了嫁祸冉璞；而这一次则要直接杀害赵大人，可见他们将赵大人视作了眼中钉，必欲除之而后快。"

赵汝谠捋须不语。

冉璞随即将那张名单拿了出来，摊在了桌案上，圈了两个名字，莫泽和赵汝述。冉璞将名单递给赵汝谠。

赵汝谠问："你认为这两人的嫌疑最大？"

冉璞点头："是的。这两人，特别是莫泽，从潭州私盐大案起，已经跟我们斗法很多回合了。我们不但查抄了他们的太平盐仓，而且他的族弟莫彪事败身死，他怎肯善罢甘休？"

"那赵汝述呢？"

"赵汝述前次用济王伪书陷害真大人，最后没有得逞。这次聚仙山庄命案，他作为刑部尚书，没有秉公执法，表现得极其蛮横无理。他这种毫无顾忌的态度，恰恰意味着，有人事先策划协调，赵汝述就是其中的一环。聚仙山庄的命案，应该也是他们做的局。"

赵汝谠觉得难以置信："有人做局？甚至不惜杀害宰辅余天锡的公子？这实在骇人听闻哪！那你认为他们设这个局，究竟目的是什么呢？"

冉璞摇头说："这一点暂时还不明了，需要更多的证据。但是这些人出手狠辣，为了灭口，不惜杀死无辜之人，甚至包括他们的自己人费孝也杀了，可见这背后的秘密，非同小可。"

听了这话，众人都陷入了沉思。

第三十六章　北上金陵（二）

　　这时冉琎整理了一下思路，将他此前夔州之行的一些发现告诉了众人，只是隐去了有关明尊教的那些事情。众人听他说莫泽的族弟莫彬，有可能就是湖州济王案的实际操控者上官镕时，不禁全都愣住了。

　　当初湖州案，曾经有风声说，潘壬、潘甫二人的背后，有一个叫上官镕的人在指使他们，但官府多次搜寻上官镕从来都是杳无音讯。所以后来朝廷下了结论，上官镕这个人并不存在，只是个别罪人为了推卸罪责而编造出一个谎言罢了。

　　现在冉琎告诉大家，上官镕不但存在，而且很可能就是莫彬！

　　于是众人开始并案思考，湖州济王案、夏泽恩被杀案、中秋夜大火案以及莲阁仙会之后的桩桩命案，可能全都涉及一个存在日久的庞大势力。这个势力威权之盛，可以逼死先皇嗣子赵竑，年轻的皇帝在他们跟前，也只能一直韬晦不语。只因为他们的背后，站着一个威权赫赫的首脑人物，宰相史弥远。

　　赵汝说长长地叹了一口气："真是难以相信，莫泽跟莫彬他们竟然会如此恶毒，干出这一系列令人发指的恶事？连先皇的嗣子，他们都敢下手迫害，还有什么事他们不敢做呢？"

　　冉琎回答说："因为史弥远憎恶济王，只要是不利于济王的事情，史弥远都会支持他们。这些人就成功地利用了史弥远这一心理，才能假借他的权势，嚣张跋扈，为所欲为。"

　　赵汝说问道："可他们为什么要杀御史，烧军械库？这是叛国造反！他们就不怕事败，连累满门吗？"

冉璞接话道："大人，三年前就有人在临安庇护金国刺客，这不已经就是叛国了吗？"

赵汝说默然。

冉珽接着说："明亮的背后是李全，现在大火案的直接证据，都指向了他们。这些人跑到临安来杀人纵火，没有人接应是不可能的。抓住明亮就是破案的关键。"

宋慈非常赞成："不错。"

讨论了一圈，最后还得回到抓捕明亮上来。冉璞问："我们这些天连续搜捕都毫无音信，会不会他们得到消息，已经逃走了？"

赵汝说回答："有这可能。如果明亮他们已经逃离了临安，下面我们只能全力搜捕董贤和费忠。"

"大人，我们必须监控莫彬了。"冉璞提出请求。

赵汝说有些犹豫，他觉得现在还不到时候跟莫泽、赵汝述这些人彻底摊牌。

想了一会儿，赵汝说吩咐冉璞和蒋奇："可以，但是千万不能露出行迹来，以免不必要的麻烦。"

二人齐声领命。

结束后，冉珽和冉璞回到房间，两人又谈了一阵。冉珽将自己担任了明尊教智慧尊使的事情，一一告诉了冉璞，并叮嘱他必须严守秘密，免得不必要的麻烦。

冉璞点头应诺，问道："既然上官镕叛出了明尊教，去主持白云宗，那么追查白云宗，就一定能得到有用的线索。"

"邓冯已经在追踪那些人了。我觉得聚仙山庄南面的贤良寺，非常可疑。下面可以想办法打进去，摸清他们的底细。"

冉璞笑着说："真是太巧了，我刚来第一天，赵大人就让我查看一下这个贤良寺。看来，这个地方一定非比寻常。对了兄长，你给我的那些手卷大有用处。我想按照上面的法子，试一下制作面具。下面探查贤良寺，也许能用得上。"

冉珽微笑着连连点头。

随后，一张无形的大网在临安城全面铺开了。临安府的差役们在蒋奇、丁义的带领下，对莫彬的各处宅院开始了秘密的监控。临安城的大街小巷，也都派出了探子，就等着董贤和费忠二人出现，随时准备搜捕他们以及他们的党羽。为了不打草惊蛇，贤良寺那里，冉珽并没有安排临安府的衙役，而是让邓冯在贤良寺附近盘下了一个茶馆，对那里的情况进行密切监视。

一切都在秘密进行中。突然，从建康府传来了一个令人吃惊的消息：大臣魏乃翁奉诏起复还朝，途经金陵建康府，在那里遇到了不明歹徒的袭击。赵葵将军的部下进义副尉余玠，到金陵有事，也下榻在同一馆驿。他带领属下一起击退了歹徒。在搏斗中打死了两人，其余歹徒四散奔逃。守城的官兵在城门口截住了一个人，经过一场激烈的厮斗，眼看就要活捉他的时候，这人被一支突然飞来的暗箭当场射杀。经过仔细辨认，这个被杀的歹徒，就是正在秘密通缉中的要犯明亮。

这个消息让冉珽他们很是意外，这伙歹徒就是临安大火的同批凶嫌吗？他们是不是刚刚从临安逃走，就到建康府去刺杀魏乃翁？他们为什么要干这件事情呢？

冉珽跟赵汝谠商议，他想亲自去一趟建康府，将此事调查清楚。

赵汝谠心想，既然临安这里暂时没有什么进展，不如就让冉珽去一趟，或许会有重要的线索出现，也未可知。于是他同意了冉珽的建议，随即写了一封书信，让冉珽交给沿江制置使兼建康府知州赵善湘。

冉珽跟冉璞、宋慈和蒋奇三人商议了下面的安排后，就收拾了行装，快马赶往建康府。

明亮带人刺杀宋廷高官不成，在金陵被杀的消息，很快地由隐藏在建康府的金国密探传了回去。

此时夏全已被封为金源郡王，正带兵驻扎在五河。接到这个消息后，夏全心中大喜。这些日子来，金主一直敦促他，全力拉拢策反盱眙和楚州的几位守将。他先后派了几批说客到盱眙去，可张惠他们只要听说是他派来的人，就将这些人立即驱逐了出去，弄得他一筹莫展。他听说明亮出事后，立刻想到，明亮绝不会无缘无故地到金陵去刺杀高官，李全、李福兄弟跟此事一定脱不了干系。特别是李福，此人贪财如命，又胆大妄为，一定是他得了什么人的好处，在替人办差。这件事情可以大做文章。

夏全立即去找了蒲察官奴与白华，向二人讲述了自己的计划。

蒲察官奴听了很高兴："你这个办法很好。我再给你派一个得力的助手，他叫王世安。"

随后跟夏全简短介绍了一下王世安，说他刚刚从宋境回来，恰好可以赶上这次行动。

一旁的白华看着二人商量得眉飞色舞，想起前一阵子这夏全还是一副走投无路，极其潦倒的模样，如今却是面目一新，意气风发。看来金主用他专门对付宋廷，是选对人了。有一种人，对外敌作战，没有什么能耐；可对付自己一方的人，手段层出不穷。夏全就是这样的人吧。

白华捻须微笑看着他们，夏全注意到白华在看他，于是也笑着冲他点了点头……

很快，金陵、扬州和盱眙各地开始流传消息，说李福派人刺杀朝廷高官，马上就要造反；李全背叛朝廷，投降了蒙古。这些消息，在盱眙诸将当中顿时就炸开了。

此时国安用、张惠、张林等人军中极度缺乏军粮。可他们只要去找制置使姚翀催粮，姚翀就推说朝廷拨给的军粮都在李福那里，让这些人去找李福。而找李福要粮那是难上加难。出了明亮的事情后，赵善湘暂停了对盱眙、楚州各军的所有军粮供给，于是他们更加捉襟见肘。

这让他们对李福极度不满，愤愤不平。张林和张惠二人挑头，秘密约见了国安用、范成进和时青这些人。张林对众人说："各位，朝廷扣发钱粮，都是因为怀疑李福想要谋反。最近这厮胆大妄为，竟然派了心腹明亮到金陵去刺杀朝廷高官。既然李福现在原形毕露，不如我们杀了他献给朝廷报功。"

张惠拍着桌子赞成："太对了，早就该这么干了！杀李福，就是为朝廷立下大功。不但能得到封赏，以后军粮的麻烦也能解决，至少咱们再不用看这厮的脸色了！"

国安用他们一直是李全的部下，但他们极其讨厌李福。国安用回答道："如今李全已经降蒙，他一时是回不来的。只要谋划得当，杀李福和杨妙真二人，胜算很大。"

时青对李全一直有畏惧心理，知道李全有仇必报，因此他很犹豫，说道："如果将来李全带军回来，怎么办？"

国安用笑了："不要担心。且不说李全不能回来，就算他带军回来了，我们这么多人，为何要怕他呢？各位，从山东起兵时我就开始跟着他。跟你们几位比，我对他最是了解。跟他打仗，只要我们心齐，不会落下风的。大家放心就是。"

听了这话，众人备受鼓舞，于是歃血为盟，誓言要共同起兵除掉李福。

阎通提议说："三天后，就是李福这厮的生日。按照惯例我等必须准备礼物送他。而他一定会在那日大开酒宴，我们不如就在那天动手，如何？"

众人非常赞同他的提议，随后进行了周密的安排，约定三天之后，按计划对李福下手。

第三十七章　群豪逐乱（一）

此时的楚州城内，李福对正在酝酿的重大危机毫无察觉。李福寿诞将至，令他喜出望外的是，这次过寿居然提前收到了许多贵重的礼品，金银器物、元宝、首饰之类，都是李福的最爱。他把玩着这些爱物，忽然产生了一种令他陶醉的成就感。这些将军、都统，个个都是刀口舔血的枭雄，如今争相给他呈上贺帖，送来贺礼，还不是因为自己控制了姚翀，卡住了这些人的钱粮吗？

看着帖子里的贺词，他非常惬意。这才是征服！只有用高明的手段，才能让这些杀人不眨眼的枭雄俯首臣服。这是自己的至高成就。至于什么抗金、御蒙，这些国家大事都不是自己，也不是兄弟李全应该管的。谁爱管谁管去好了。

想到这里，李福很是得意，仿佛自己可以将一切操控于股掌之间，达到了一个他此生的巅峰。

这时，弟妹杨妙真心事重重地进来了。看着面前成堆的金银之物，杨妙真紧皱眉头："二哥，出事了，你怎么还有心思摆弄这些呢？"

李福高兴地说："弟妹，你来得正好，过来看看这些东西，有什么喜欢的，尽管拿走。"

不承想杨妙真看都不看，说道："二哥，你那个手下明亮出事了！"

李福听得一愣："明亮被抓了？在哪里，是在临安吗？"

杨妙真听李福说出这样的话，那么他必定知道明亮干了什么事情，并且明亮应该就是他派过去的。杨妙真恼火地质问："二哥，中秋那天临安大火，是明亮和穆椿他们干的吧？"

李福笑了："当然。因为不想你担惊受怕，所以他们走之前就没知会你。再说了，你不知情也好，这事跟你无关。"

"二哥你糊涂！人在做，天在看！你们干的这些事情，总会有一天遭到报应，到时又连累到我们。"杨妙真又气又急。

李福听了这话很是生气："弟妹，上回跟你商量，你说干不了，结果怎样？我们干成了！这可是掉脑袋的事情，如果不是为了你丈夫，我们会去干这事吗？"

杨妙真沉默了一会儿，想想李福的话也是实情。说到底，还是自己的丈夫李全太不成器，怎么会想去干这样伤天害理的事情？一定是有人撺掇，一定就是那个穆椿，净给他出坏主意。杨妙真突然恨透了穆椿。可是事已至此，无可奈何。

李福见她不说话，便问道："弟妹，你刚才说明亮出事了，到底怎么回事？"

"明亮已经死了。"

李福听了这话，不由得紧张起来，明亮他们会不会被人抓住了，然后供出了自己？便问："他怎么死的？你如何知道他死了呢？"

"他在临安放了火，不赶紧回来，却又跑到金陵去刺杀朝廷高官。二哥你就说实话吧，到底是不是你让他去杀人的？"

李福听了很是纳闷："谁？明亮去杀谁了？"

"我接到密报，说明亮带人去刺杀魏乃翁，事败被杀。"

李福顿时越发糊涂了："魏乃翁？谁是魏乃翁？"

杨妙真见他如此反应，倒也不像是在掩饰，觉得一定大有蹊跷："魏乃翁是朝廷的一个大人物。明亮在临安作案不赶紧回来，却跑到金陵去刺杀这个人？难道是有人逼他，或者收买他去干的吗？"

李福一下子明白了："是上官镕，一定是他要明亮他们为他杀人。弟妹，你的消息确实吗？明亮是不是真的死了？"

杨妙真非常肯定。

李福突然又释然了："死得好啊，一死百了，就能守住我们的秘密了。"

"二哥，如要人不知，除非己莫为！再说还有穆椿呢？"

"穆椿是我兄弟最得力的心腹，他肯定是可靠的。"

"可人会变的，尤其是在生死关头！"

"弟妹放心，穆椿绝不会出卖我们。"

果真能这样的话，杨妙真悬着的心就放下了大半。

但她还有疑虑，问道："二哥你发现没有，最近张林、张惠这些人一直很是安静，平日里他们三天两头来跟你吵要粮草，你是不是已经给了他们？"

"哪能呢？每次只给一部分。"

"二哥，差不多就行了，你把他们的脖子掐得太狠，人家会恨你的。结怨太深，将来不好化解。"

听了这话，李福哈哈大笑："弟妹你看，这些都是他们送来的。"说完，得意扬扬地拿起一尊金佛向杨妙真炫耀。

杨妙真见他如此得意，叹了一口气："不知道为什么，他们越是这样对你，我越是不能放心。"

"弟妹太多心了，你就放宽心等我兄弟回来，夫妻平安团聚吧！"

"平安？只怕就要有事发生了。"

李福笑道："我们有大军在此，谁敢怎样？"

正说到这里，一个心腹小校急急地走进来，将一封密函呈给李福。

李福接过一看，是制置使姚翀写给赵善湘的密信，被李福的手下截了下来。

一直以来，姚翀的一举一动都被李福派人时刻盯着。这姚翀平日里对李福唯唯诺诺，有求必应，从来不敢得罪李福。就因为这一点，官员们都说他是最无能、最窝囊的一任淮东主官。可是他毫不介意，因为他在忠实地执行史弥远的安抚政策。正是因为他到楚州后，表现得如此软弱，李福对他非常看轻，渐渐地放松了对他的警惕。

这样一个庸官写信给赵善湘，能有什么事呢？李福叫来了书办，小心地拆开了火漆蜡封的信函。打开一看，顿时愣住了。

杨妙真见他神色有变，知道有事发生了。于是将信拿了过来，看后她不禁大惊失色。

原来赵善湘许多天前就秘密地联络了姚翀，要他调查李福部下明亮的行踪，要搞清楚明亮是不是去了临安。朝廷在怀疑，他就是临安大火案的主要凶嫌。这么大的事情，姚翀不敢怠慢。他派心腹极其秘密地调查了明亮周围的人群，确认了他果然不在楚州，据说是穆椿找他外出办差了。他们离开楚州的时间，跟临安大火案发生的日子完全吻合。赵善湘还传递给他一幅画像，经过辨认，证实了画像上的人就是明亮。信中还详述了穆椿的一些情况。

李福看罢，惊出一身冷汗，说道："果然有麻烦了。"

杨妙真冷笑了一下："二哥，刚才我说过的，要想人不知，除非己莫为。你看怎么样，人家这么快就查到你了！"

这话让李福恼羞成怒："姚翀这个老东西，没想到他这么狡猾。幸亏我对他留了一手，这封信被及时堵下来了。"

"二哥，你截住这封信没用，纸是包不住火的。"

李福凶狠地说道："那就先下手为强，把这个老东西赶走。"

杨妙真仔细寻思了半天："可以，那就把水彻底搅浑，让他们无心查案吧。"杨妙真轻声跟李福讲了她的计划，李福频频点头。

这夜，李福手下几个都统，分别对部下士兵宣达："贪官姚翀，克扣军饷，证据确凿，天理难容。"

不明就里的士兵们全都被他们煽惑了起来，人人义愤填膺，群情激昂。

随后李福指挥都统们带兵包围了制置使衙门。这些士兵不打旗号，全都手执利刃，高喊着"活捉贪官姚翀！"

正在府里的姚翀大惊失色，知道是李福作乱，可仓促之间无法组织州军抵抗，侍卫们护着他拼死杀开了一条血路，向城外逃走。所幸杨妙真并不想将事情做绝，命人悄悄地打开了一个城门。所以姚翀得以逃脱，但他的妻妾家小不幸全部遇害。姚翀不敢停留，一路逃往滁州去找赵葵，发誓要调兵平叛。

楚州兵乱的消息很快传到了金陵，赵善湘愤怒了，几任制置使都先后被逐，他们的家人遭到杀害。朝廷的颜面何在？前几天魏乃翁在自己这里被人袭击的事情还未明了，已经有消息说这是李福的人干的。看来李福将要造反的传言，的确不是空穴来风。该如何收拾楚州残局呢？他很想去一趟扬州，去跟赵范商量。

赵善湘正心烦意乱地想着这些事情，差事进来报说，有临安府公人前来求见，并呈上赵汝谠大人的书信一封。原来是赵汝谠差遣冉珽前来调查魏乃翁遇袭一事，他们怀疑此案凶手跟中秋夜临安大火案有关。赵善湘看完书信，更增烦恼，心想大宋的麻烦层出不穷，还不是因为有一帮龌龊的小人在作祟吗？

但赵善湘并不打算接见冉珽，只叫来了主簿，吩咐他带冉珽去见负责查案的捕头周齐。

周齐接到主簿通知后，领着冉珽去看明亮的尸体。一番仔细查验后，冉珽确认了尸身的面容跟明亮的画像完全一致。这明亮被人迎头一箭射死，应该是被灭口了。

冉珽问周齐："请问周捕头，你知道魏乃翁大人现在在哪里吗？"

"魏大人有惊无险，已经离开金陵，赶往临安了。"

冉珽不禁皱了眉头，还是来晚了一步，又问道："当时跟歹徒搏斗的余玠将军，他在哪里？我需要见到他，查证当时的情形。"

"余将军去扬州了，他有事要找赵范将军。"

冉珽心想，看来自己有必要去一趟扬州了。

第三十八章　群豪逐乱（二）

这时楚州城内，国安用、张林几个人见姚翀已被赶走，现在楚州李福是一人独大，他们开始迟疑了，要不要暂停原定的计划？

夏全得知消息后，立即派遣王世安潜入盱眙，秘密会见了张惠。王世安游说他说："张统领，大金国皇帝陛下命我前来联系将军。只要你愿意像武仙将军一样回归大金国，您就可以进封郡王。"

张惠这人作战勇猛，善使一把大长刀，在山东、河北一带颇有些名气。他的左右肩膀纹了"忠"和"义"两个字。金国节度使李霆看中了他，带着他四处征战，为金国屡立战功。后来张惠受命镇守泗州，因为周边金军被李全击溃，他独守泗州城被围，不得已降了李全。一直以来就带着自己的军队驻守盱眙。

现在王世安劝他回归金主，他一下就动了心："先生，我也早有归去的想法。你来的正是时机，我们几位同袍已经联合起来，想要诛杀李福，向宋廷报功。现在既然先生来了，我们干脆夺下楚州献给大金国，先生觉得如何？"

王世安听了大喜，向他作揖说道："真是天佑大金！如果此事能成，您就是大金国的功臣！"

然后他提醒张惠："对了，如将军所言，你们现在的目标是除掉李福；但是之后呢？他们都愿意投奔我们大金国吗？"

张惠愣住了，他不知道别人会不会跟他一起投金？

王世安看他一脸茫然，知道他毫无把握，就问："他们几人当中，谁与你交厚？"

"范成进应当会跟我走，王义深也有很大可能。其他人，我没有把握。"

"很好，将军肯说实话，不说大话诳语，在下佩服。"说完，王世安向他竖起了拇指，"那就赶紧先联络这两个人；至于其他人，我们顺势而为吧。"

经过一天的联络，果然如张惠所说，范成进与王义深两人很爽快地答应了。但他们说，楚州那边国安用等人非常犹豫，怕时机不对，想要推迟行动。

王世安一拍桌子："不行，绝对不能推迟！迟则生变，消息就会走漏，到时一定会生出祸事。"

张惠问："那依先生的意思，我们该怎么办？"

"现在是箭在弦上，不得不发了！我们今夜就秘密地把军队开到楚州附近，然后我跟你们一起进城去找他们。"

于是，张惠三人裹挟了时青，乘夜出兵，赶到楚州城外的密林里埋伏了起来。随后几个人悄悄摸进了楚州城。

进城后他们找到了国安用和张林，竭力劝说几人不要放弃计划，警告他们如果推迟的话，迟早会有人告密，届时必有杀身之祸。王世安说道："各位，天亮之后就是李福贺寿的日子，他一定会大摆宴席。以他的禀性，这是大肆敛财的机会。更何况他刚刚赶走了姚翀，正在得意忘形，一定不会防备。所以今天起事，必定大功告成。"

张林、国安用和阎通等人听了，觉得很有道理，于是就打消了退却的念头。国安用问："看得出来，先生是个高人。可我还有一个疑虑，请先生教我。"

"将军请讲。"

"我们杀了李福和杨妙真以后，就彻底得罪了李全。如果朝廷还像以前那般怀疑我们，那我们不就腹背受敌，陷入绝境了吗？"

王世安大笑："将军的眼里难道只有李全和朝廷吗？正所谓天无绝人之路！别忘了，你们的背后有比南朝强大的大金国，还有蒙古。各位将军都是英雄，在乱世当中，只要有兵马钱粮，就能大有作为，何必整天看别人的脸色过活呢？"

听了这话，张林立即大声地叫好。其他人也大受鼓舞，一致决定今天如约起事。

果然正如王世安所说，李福从清早起，就穿了新衣，一直忙着指挥仆佣布置宴席。

这些仆役人人穿着光鲜，忙乱着搬取食物，布置椅桌。李府的大门口，张灯结彩，连同院墙全都粉刷一新。大门口还请来了五六个账房先生，桌案一字排开，准备登记贺客的寿礼。

这时值守城门的阎通正在城楼上眺望，远远地看到张惠的兵马到了，就吩咐手下打开城门，将人马放进城来。阎通随即下了城楼，集合自己的士兵，跟国安用、张林合兵一道，突然杀进了李福的府邸。

李福和部下们被打了个措手不及，几乎没有什么抵抗，侍卫们全被缴械。李福手执大刀做最后的抵抗，面对潮水般冲进来的士兵，大骂张林、国安用等人。

张林轻蔑地看着困兽犹斗的李福，吩咐士兵上前拿下。一阵厮斗之后，李福穿着崭新的寿星服被人用一把长枪钉在了地上，只剩下最后一口气了。张林狞笑着扶起了李福，在他耳边说了几句话。李福突然瞪大了眼睛，手指着张林，将一口鲜血吐在张林脸上，气绝而亡。

国安用见张林极其狼狈，问道："张将军你跟他说了什么？"

张林将脸上的血擦拭干净，冷笑了几声说："我刚才对他说，'人为财死，鸟为食亡。'可惜你的死，一文不值。"

国安用摇了摇头，有些不信他说了真话。

那边张惠、范成进带兵将李福的军营封死，勒令官兵缴械投降。随后张林带人杀到杨妙真府邸，搜寻了半天也找不到杨妙真的踪影。张林就挥刀杀了李全的小妾，然后大喊："杨妙真已死！"

李福和杨妙真的余部不明真相，听到人人都在喊李福、杨妙真已死，于是纷纷放下了武器。不到半天工夫，诸将就控制了全城。

王世安得意地对张惠说："我们进展得如此顺利，这就是上天在护佑将军啊！"

各将收拢了各自的军队后，在制置使官衙聚齐。张林和张惠是挑头谋划诛杀李福的，两人自认当然就是群雄的领袖人物了，因此格外卖力地招呼众人。

张林让人摆了一席极其丰盛的酒宴，众将围坐在一起商议后事。他首先开腔对众人说："各位将军，李贼恶贯满盈，罪有应得。来，我们干了这杯，为大家庆功。"

众人全都站了起来，一起捧杯满饮而尽，饮完之后一起坐下。

只有张惠仍然站着，对众人说道："各位，酒易喝，事难做。诛杀反贼李福，我们成功了，可喜可贺。但是大家想过没有，下面我们该怎么办呢？姚翀被李福那厮赶跑了，朝廷会再派一个制置使过来，可新的制置使会怎样对待我们这些人呢？是不是外甥打灯笼，照旧呢？"

张林接了话："当然会的。朝廷那些狗官一直百般猜忌我们，防范我们。特别是赵范、赵葵，有这两个活宝在旁边，我们怎么会有好日子过呢？"

国安用、阎通等人大声叫好，张林见众人如此情形，就挑明了说道："如果朝廷继续猜疑我们，如果赵范他们继续扣发我们的军粮，那就不要怪我们了，大家不如走为上策。"

张惠问："去哪里呢？"

"大家一起去河北投奔蒙古王爷孛鲁如何？我跟他还有些交情，蒙古人讲义气，只要真心归附，他会善待咱们的。"

张惠立即反对说："蒙古人距离我们太远，真出事的时候，对我们肯定救援不及。现成的强援就在跟前，大家为什么不去投靠？"

国安用问："你说的是金国吗？张将军慎言，金国可是我们的敌人。"

张惠哈哈大笑："究竟谁是敌人？"然后自问自答道，"抢走你钱财和地位的人，他就是敌人；那要你性命的人，更加是敌人！这乱世之下，能保你平安，甚至给你富贵，那不是比爹娘都亲吗？大家知道不知道，夏全在大金国被封了金源郡王，备受金国皇帝重用。各位觉得怎么样？"

到这时，众人逐渐听明白了，原来张林和张惠二人早有反意，一个要投蒙古，一个要去金国。

但并不是人人都想离开的，只有范成进大声赞同，而其他人如时青、邢德等全都默不作声。张林和张惠见他们这样，只好停下，暂时不再追逼众人表态。

国安用见酒宴冷了场，便站起来向众人一一敬酒，然后说："各位，前几任制置使，每次上任时，都会称赞我们说：'你们是朝廷的北方屏藩，国之栋梁。'可是他们私下里呢？他们一直称我们为'北军'。危急的时候，连我们南下避难都不准，大家都记得吧？"

他说的都是事实，众人点头称是。

国安用接着说："身逢乱世，人人自危。朝廷也是人组成的，那些官员跟我们所想的，其实都是一样，甚至有过之而无不及。无非是八个字：人不为己，天诛地灭！"

听到这里，众人频频点头。国安用将自己的满杯酒一饮而尽："可是我们的老祖宗还传下来两个字，那就是：'仁义'。"说完看着张惠，"张将军的双臂上刻有'忠义'二字，就是这个意思吧？"

张惠点了点头。

"好！在我们大宋，人人都同意'仁义'二字。就让我们再试探一下朝廷，如果朝廷能以仁义对待我等，我们就继续做他的北方屏藩；如果他们用鬼蜮伎俩对待我等，嘿嘿，既然你不仁，就不要怪我等不义了！"

阎通大声叫好。张惠问："国将军打算怎么试探呢？"

"将李福的首级装好，还有李全那个小妾的，就说是杨妙真，一起送到临安去，就以除奸有功作为名义，要求皇帝犒赏。且看他们怎么回应我们。"

众人交头接耳，商议了一阵，同意了这个办法。

酒宴结束后，一直在等待张惠的王世安，焦急地在大帐里来回踱步，看到张惠回来,急不可待地询问情形如何。张惠摇了摇头,将刚才的情形讲了一遍。

王世安皱了皱眉头:"不好,这个张林可能是蒙古人派来的奸细。"

"刚才我说了要去投大金国的想法,恐怕他们已经把我当成金国的说客了。"

王世安担心地问:"他们不会对你不利吧?"

"绝对不会。人人自危的时候,多一条路可走,总比没路可走要强。"

王世安听了这话哈哈大笑,心想,这就是大宋朝廷依靠的北方屏障吗?这么看来,为大金国将楚州夺过来,此事大有希望。

第三十九章　清净尊使（一）

再说冉珽即将赶赴扬州。出发之前，他再一次找到了周齐。

周齐告诉他，已经派出所有衙役拿着明亮的画像，查遍了建康府大小馆驿、酒店，并没有人见过凶手明亮。

冉珽心想，明亮这些人南北来去通畅自由，无非水路和陆路两种选择。听说李全和李福二人多年霸占楚扬运河的河道，南来北往的客商都被他们勒索钱财。这些年来，运河的行商中难道不会有他们的内应吗？运河直接通往临安，水路应该是他们的首选。周齐他们至今搜不到有用线索，很可能因为明亮他们根本就不住馆驿，而是藏身在各个码头、货栈甚至船只里面。于是冉珽请周齐派人调查建康府大小码头，尤其是经营楚扬运河的所有行商。

周齐不敢擅作主张，为此事特地去请示了赵善湘。

也许是因为政见不同，又或许因为史弥远的缘故，赵善湘对赵汝说一直颇为不喜，进而对临安府的事情毫无兴趣。他直接拒绝了冉珽的请求。理由是没有任何证据就去搜查，这是扰民，只会让建康府的官差徒然费事费力，却毫无益处。

冉珽请周齐再去通报一下，想当面陈情，说服赵善湘，但再一次被拒绝了。冉珽无法，只得闷闷地回到驿站。

如果就这样放弃了在建康府的调查，很有可能会错失有用的线索。该怎么办？

过了一会儿，冉珽想起明尊教的金陵分堂。于是打开张程交给自己的信封，查到了建康府分堂所在地：明月酒店。堂主的姓名叫彭渊。

冉珏按着地址找到了明月酒店。只见这个酒店颇有些格局，共修了三层相高，五楼相向；设有飞桥栏杆，明暗相通；到处珠帘绣额，灯烛耀眼。酒楼门前，又用枋木和各色花样，扎缚成一个高大的彩楼，称为"欢门"。门前还有装饰用的栅栏，挂了一些贴金的红纱栀子灯。看到这样的规模，冉珏知道这个分堂的地位应该不低。

因为有了很多装饰，人们几乎不太注意到，酒店正门的门柱上刻有一对门联："月明风清自来往，山高水流无古今"。见到这副门联时，冉珏会心地笑了。

进了酒店后，冉珏要了一个雅间。刚刚入座，点菜的小二就进来了，殷勤地端上了茶，问冉珏共有几个客人，都要点些什么菜肴。冉珏笑了笑，请他把店主彭渊请来，直说有要事找他。

小二见冉珏举止雍容有度，不像是在说诳语的样子。于是问了姓名，就向彭渊通报去了。

彭渊听讲一个叫冉珏的人要见他，立即带着随从走了过去，吩咐他们守在门外，不许任何闲杂人等进入。

彭渊进来后，拱手冲冉珏问道："先生要见在下，请问有什么事情吗？"

冉珏见彭渊举止沉稳，身高体壮，声音洪亮，中气十足，一看就知道此人一定练武多年。于是将腰间的玉璜解下，放在桌上："彭堂主你好，我叫冉珏。"

彭渊上前一步，仔细观看了这玉璜后，躬身施礼："不知是尊使驾到了，属下没能前去迎接，还请尊使见谅。"

冉珏起身扶住了彭渊，微笑着回答："彭堂主见外了，我第一次来金陵，有些事情还需要彭堂主助力才行，所以就找过来了。"

说完，两人入座。彭渊问道："尊使需要在下帮些什么，尽请直说，属下一定尽力。"

冉珏就将宗主谢昊委托寻找上官镕的事情告知了彭渊，然后问他，有没有听说过上官镕跟金陵有关的消息。

彭渊想了一下，摇头说："这些年来，属下也一直留意搜集他的消息，到目前还没有什么进展。从宗主那里传来的情况看，上官镕的主要据点应该在临安。"

"彭堂主，三年前我们曾经破获一起私盐大案，上官镕很可能涉及这起大案。我怀疑他在大江和运河上都有自己的船队，或者跟某些行商关系十分密切。建康府和扬州都是大江上的关键枢纽，他在这两处应该有自己的据点。"

"尊使的意思是，让我派人去查一下这里的行商？"

"对，所有码头行商都得秘密地查一遍，看有没有名叫上官镕或者莫彬的东家。还有，要问他们最近有没有见过一个叫明亮的人，跟他接触的都是哪些人。"说完，冉琎递给他一张明亮的画像。

彭渊接过画像："这是什么人？"

"最近我一直在帮助临安府赵汝说大人追查临安军械库大火案的凶嫌，此人是目前主要的涉案人。而且，他跟上官镕有关。"

"尊使放心，属下马上派人去查。只是……"

"堂主有什么为难吗？"

彭渊摇头说："那倒没有，我们堂里就有兄弟是多年行商，在这个行当里认识的人很多。通过他们去查访，不会引人注意。只是，如果查到线索后，尊使有什么打算呢？是我们自行处置，还是报官去抓？"

冉琎想了一下回答道："彭堂主，查到后我们不能马上行动，要通盘打算，免得打草惊蛇。"

"属下明白。对了尊使，官府那里应该有很多行商的资料，也可以去查问一下，况且这件事情本就是官府应该做的。我们将两边查出的情况比对一下，也许能得到更多的线索。"

"我去过赵善湘大人那里，也不知因为什么缘故，他很是冷淡。"冉琎就把去见赵善湘的遭遇，简略地说了一下。

彭渊笑了："听说这位赵善湘大人在官场中资历很深，而且后台很硬，跟宰相史弥远是儿女亲家。他如此傲慢，也是正常吧。其实，为了查这件事，尊使不必向他求助。有一位官员，就管着这一带的江河漕运，而且这人是一个能吏，官声一向不错。尊使愿意去见一下他吗？"

"哦，此人是谁？"

"他就是淮西总领吴潜。两淮路、两浙路每年通过大江与运河，将粮草和各种物资运到淮西总领所，以资军用。他掌管的漕船不下几千艘，几乎所有的行商或多或少都跟他打过交道，因此他那里的行商记录一定是最全的。"

吴潜，这个名字如此熟悉。冉琎问道："我好像在哪里听说过此人。"想了一下，冉琎想到了吴渊，据说他有个兄弟在外郡为官，似乎就是此人了。

"吴潜是嘉定十年宁宗钦点的状元，兄长叫吴渊，这两人自幼就很有才气，在江南一带颇有名声。"

冉琎点头，果然是他。"那好，我明天就去会一下这位吴大人。"

第二天清早，冉琎去了建康府衙门，请差事将一份公函紧急递到临安府。信里冉琎请赵汝谠派人调查临安运河与钱塘江上的所有的码头和行商。

随后他就带了名帖和赵汝谠的公文去了总领所。总领所的差事收了冉琎的帖子和公文，呈给吴潜。吴潜看了帖子，疑惑地问差事："临安府来人见我有事吗？"

"他说有急事要见，跟临安军械库大火案有关。"

吴潜觉得有些纳闷，远在临安的纵火案，怎么会跟自己这里有关呢？但听起来事关重大，也不能怠慢，于是让差事将冉琎请了进来。

冉琎进来后拱手施礼，说了几句官样套话后，就将自己的来意仔细说明。

吴潜听完问道："听你所说，那纵火的歹人从江北去临安是走的水路，你为何如此肯定呢？"

"吴大人，要说确切的证据，我现在也没有。大人试想，嫌犯明亮逃离临安后，他的画像很快就传到各处州府关隘，可为什么所有地方都没有查到他的踪迹？之后他突然出现在了建康府行凶刺杀朝廷大员。在下认为只能有一种解释，就是他们走了水路。水路通畅，隐蔽极好，一定是他们的首选。"

"嗯，你分析得有道理。那你想看我这里哪些档案呢？"

"多谢大人。在下想看过去三年，所有来往于楚州、金陵和临安三地的船只与行商登记。"

吴潜皱了皱眉头："这难度很大，大江和运河之上行船太多了。过去几年在我的任内，为了预备将来战事和运粮需要，本官催督两浙路和淮南两路造出了大量新船，光平底巨船每年就新造将近千艘，加上这里本就保有的各类漕船、商船，总数又何止十万。"

冉珽笑了，看来吴潜的做事风格非常认真。"吴大人，在下并不需要查看那么多，我只要那些来往于这三地的行商，跟上官镕、莫彬、李全和李福四个名字有关的，尤其要挑出来。"

吴潜听罢点头同意，让冉珽将地名和人名都写了下来，然后交给主簿去办。主簿拿走之前，冉珽心思一动，又添上了董贤、费忠和费孝等人的名字，然后拱手向吴潜和主簿道谢告辞。

离开了总领所衙门，冉珽回到明月酒店，问彭渊扬州那里的分堂情形。彭渊就将地址和堂主姓名写给了冉珽，然后说道："尊使这次去扬州，属下想带几个人手，陪同尊使一同前往。一来办事方便，二来也更安全些。"

冉珽问："那你离开后，这边分堂的事情，不会有什么妨碍吧？"

"尊使尽管放心，属下自然会安排妥当。"

"那就好，多谢彭堂主费心了！"

第四十章　清净尊使（二）

彭渊又说："还有一件事，我这趟陪您去扬州，想要跟尊使一道去见一个人。"

"哦，他是谁？"

"就是我们的清净尊使，苟梦玉。他隐居在扬州，已经好几年未曾跟我们联络了。宗主很是关心他。属下想，既然您要去扬州，这就是机缘，你们二位尊使应该认识一下。"

苟梦玉这个名字对冉琎来说有些陌生，可又似乎在哪里见过。于是冉琎就询问彭渊关于他的一些情况。当提到许国、李全和刘庆福这些名字的时候，冉琎恍然大悟。三年前他读过楚州兵乱的邸报，上面就提到了苟梦玉。他那时是淮东制置使许国的幕僚，兵乱时很多人罹难，而他却幸运地逃脱了。

冉琎就问："这位苟先生离开楚州后，一直就隐居在扬州吗？"

"是的。楚州兵乱，他多少受了点牵连，听说赵范、赵葵兄弟很不喜欢他，以至于朝廷几次想要调走他另行任用，都被两人坚决地挡住了。"

"既不用人家，又不许人家走，这叫什么道理？"

彭渊笑了一下："官场上如果没有贵人相助，必定寸步难行。我们这位清净尊使，也不知勘破了没有。想来他一定是郁闷不得志，现在竟然连教里的大小事务也全都不管了。教里的兄弟对他多有微词，如果不是宗主看重他，早就有人想要……"

"既然宗主看重，那他一定是个很有才能的人？"

彭渊点头称是:"不但有才,而且阅历深厚。据说他曾经作为大宋使臣,前往蒙古腹地见到了成吉思汗,商议联盟共同对付金国的事情。"

"联合蒙古?"冉珽很是惊讶。

彭渊笑了:"那时候金国非常嚣张,金兵经常无故挑衅,侵入我大宋境内。有人说,苟梦玉是本朝官员当中绝无仅有的一位,得到成吉思汗的亲自接见,而且他们相谈甚欢。据说苟梦玉甚至越俎代庖地跟成吉思汗达成协议,要共同伐金。宗主知道这事后,对我们说,苟梦玉这样大出风头,会让朝里有人很不喜欢他。果然,他之后连临安都回不去了。"

冉珽听罢,深有感触,真德秀大人未尝不是这样呢?他忽然想起了白华,就问道:"彭堂主,你知道白华吗?"

"他是我们的光明尊使。一直有人说,他是宗主中意的接班人选。可是他实在太神秘了,我竟然从来没有见过他。"

冉珽点点头,看来宗主谢昊为了保护白华,从来不透露他在金国的消息。冉珽又问道:"那你们见过大力尊使吗?"

彭渊摇头:"这位就更加神秘了,我们甚至不知道这人是否存在。"

"宗主他不讲吗?"

"有人问过,但宗主总是讳莫如深。大家见宗主从来不提,慢慢地也就再无人问起了。"

听他这样说,冉珽不禁对苟梦玉和白华,还有那位不知是否存在的大力尊使,有了强烈的好奇,他们到底是什么样的人?

用完午膳后,彭渊准备了一条大船,众人乘船顺着大江行了一个多时辰,就转进了运河。这里就是扬州境内了。冉珽看着运河沿岸农人忙碌的景象,想起扬州是淮南东路的首府,故称淮左名都,自唐代起,甚至朝廷渡江之前,都是以繁华著称的大都会。可是这里被金兵几次南下,洗劫焚毁一空,已经大不如前了。

感慨之余,冉珽轻声念了起来:"淮左名都,竹西佳处,解鞍少驻初程。过春风十里,尽荠麦青青。自胡马窥江去后,废池乔木,犹厌言兵。渐黄昏，清角吹寒，都在空城。"

彭渊见他在感慨，就说道："自从金国衰败以后，金兵已经很少进犯到这里，扬州已经开始逐渐恢复了。"

"彭堂主，这是我第一次来扬州，下午左右无事，我们不如先逛一下，看看扬州城的景致如何？"

"好，好，我们去东关街逛逛，先泡个汤浴，然后尝尝这里的美食，尊使意下如何？"

"泡个汤浴？"冉琎不解。

彭渊笑了："这可是扬州本地一绝，尊使一定要好好享受一下。战争频发期间，扬州这里没有什么娱乐，而汤浴可以解乏振作，将官、士兵、来往的行商都很欢迎。所以这个行业慢慢地变成特色了。"

这时已经到达扬州的外城，彭渊介绍说扬州城其实有三座城池，分别是宝祐城、宋夹城和宋大城，因为这里是朝廷跟金军长期拉锯战所在，所以三城的驻军很多。战争频仍导致扬州人口锐减，尽管此地军事地位陡然提高，但繁华程度却大不如前了。

大船顺着运河行到东关渡口停泊下来。这个渡口是南北行船的交汇之处，因此非常热闹。

下船之后，众人步行走到了东关街。这条街不仅是水陆交通的要道，而且是本地的商业和娱乐最集中的地方。因此街面上商铺林立，各行俱全，油米坊、鱼行、八鲜行、瓜果行、竹木行等等，将近百家之多。店铺里都人来人往，看得出他们生意兴隆。

彭渊给冉琎引路，几个随从跟着，众人一路闲逛，走到一家挂着灯笼的店铺门口停了下来。彭渊说这是一家泉水汤浴，里面有热池、凉池之分，还有享用茶点的雅厢。彭渊包了几个单间汤泉，众人惬意地享受了一个时辰。出来后又找了一个菜馆，尽情享用了一顿本地特色菜肴。

随后众人来到明尊教的扬州分堂，这是一个客栈，里面的人跟彭渊很是熟识。此时天色已晚，彭渊没有向他们透露冉琎的身份。

第二天清早冉珽出门,到了扬州府衙门想找余玠,差事告诉他,很是不巧,余玠是来过,但现在不在扬州。

冉珽无法,只得回到客栈,跟彭渊碰了头。两人决定,去拜访那位神秘的清净尊使,苟梦玉。

扬州分堂的堂主告诉他们,苟梦玉隐居在观音山上一所隐秘的宅院内。

众人骑马来到山下。只见此山不高,山上古树蔽日,远远地能望见有红墙高耸,楼殿参差,那是一座寺庙。两人将马交给了跟随,沿着山道一边上行,一边欣赏景致。这小路从山下开始就曲折弯绕,一直到顶都是青砖铺道,陡峭而蜿蜒。

彭渊说这里又叫迷楼,曾经是隋炀帝行宫。据传隋炀帝曾说:"使真仙游此,亦当自迷。"所以命名为迷楼。后来袁天罡游历至此,说这里阴气太重,只因炀帝怨气郁结于此,便建议当时的太守将迷楼改名。不知何时起,人们开始将此地称作鉴楼,寓意为炀帝在这里国灭身死,后世人应当引以为鉴,绝不可骄奢淫逸。

冉珽笑了笑,轻叹了一口气:"也许现在临安那里,更需要这样一座鉴楼吧。"

经过了紫竹林、上苑等处之后,不一会儿两人走到了小山的山巅,向下眺望,见这里的建筑各自依山而建,当真是崇楼杰阁,气宇不凡。又绕过一片竹林,来到一个池塘。池边有一片古树,树林中有一条小径,半道上修了一个竹门,上面的横匾写着"清净"二字。走完这条小路,就来到一个院落。

彭渊上前敲门,一个小童出来了,见是两个陌生人,就问客人是谁。彭渊笑道:"我是你家主人的老友,请你通报一下,就说是彭渊来了,还有一位贵客一同来访。"

小童说:"真是不巧,我家先生陪同别的尊客外出了,请你们改日再来好吗?"

两人听小童这样说,非常失望,只好留了帖,然后告辞。

在回去的路上，经过一个亭子，刚才这亭子被树林遮掩，竟然没有瞧见。于是两人便进了亭子，稍事休息片刻。

两人坐了片刻，从远处传来了笑声："请问是彭堂主吗？"

两人转头看去，走来了一个灰衣秀士，只见他三绺长髯，细眉长眼，双目炯然有神。

彭渊一见，笑着回答："原来是尊使，属下有礼了。"说完，向此人拱手施礼。

他就是苟梦玉。

苟梦玉上前还礼，然后看着冉琎，问道："请问阁下是？"

冉琎拱手回答："在下冉琎。"

彭渊刚要开口介绍他，苟梦玉摆手笑道："彭堂主不用了。"然后对冉琎说，"您一定就是新任的智慧尊使，久仰了！"

第四十一章　初会王琬（一）

冉琎见苟梦玉一下就认出了自己，感到有些惊讶："正是在下，先生客套了。"随即醒悟过来问道，"想必先生已经看到了我们的留帖？"

苟梦玉笑了，解释说："是的。刚才我下山，给两位尊客送行，本打算陪他们在城里四处逛逛，不知为什么，我忽然觉得有事发生，就折回去了。果然书童告知，你们来过了，所以我就立即追了上来。"

彭渊笑道："二位尊使，这才是真正的有缘。"然后对苟梦玉说："我们爬山过来，到现在连口茶都没吃着哪。"

苟梦玉以手拍额，笑着说："小童无知，多有得罪。就请二位随我回去吧。"说完在前引路，领着二人走了回去。

进了苟梦玉的院子，里面别有洞天，只见曲屋回环自通，轩窗交相掩映，院子的角落遍植各种花树，绿叶婆娑，沙沙作响。又见后院有一片竹林，林边设有水井一口，旁边还筑了一座精致的小亭。

苟梦玉吩咐小童在小亭里支起炭火盆，然后说道："友人送我一包寸金，最近接连贵客登门，倒是派上用处了。"

彭渊说："点茶我可不会，也没那个耐心，还是你们来吧。"

苟梦玉笑了："今天我们不斗茶，就是尝个新吧。这寸金，我也是第一次见到。"

冉琎在潭州跟着真德秀与赵汝谠耳濡目染学了一些点茶的功夫，可要说是精通，还差得很远，就笑着对苟梦玉："我只学了一点皮毛，还是先生为主，我就干一点粗使的活计吧。"说完，拿起一块茶饼就碾上了。

苟梦玉见他说的实诚，暗暗地点头。观看冉琎的手势，见他动作沉稳有序，丝毫不见浮躁之感，心想此人内敛持重，的确是个人物。

冉琎碾好之后，将茶粉倒入一个黑色兔毫盏中，然后交给了苟梦玉。

苟梦玉不再客套，接过茶盏，就开始注入沸水，用茶筅在茶盏中来回旋转挑动，调和茶粉；然后再添加沸水，如此来回几遍，点茶成功。

冉琎赞道："先生果然好茶技，佩服。"

苟梦玉听到他称赞，很是高兴："冉先生客套了。"然后给两人分茶，做了一个手势，"二位，请。"

彭渊是个急性子，拿起尝了一口，立即夸道："果然好茶名不虚传。茶好，技艺也好。就是太少了点。"

三人哈哈大笑，苟梦玉指着旁边水井说："彭堂主放心，这里的水肯定够，我慢慢给你续就是。"

聊了一阵闲话，三人开始引入正题。苟梦玉问起二人到扬州此行的目的，冉琎就将谢昊嘱托他的事情，以及临安大火案的来龙去脉讲述了一遍。

苟梦玉听罢说道："既然宗主挑中先生担任智慧尊使，他对你寄托的期望一定很深。但那上官镕绝不是一般人物，要想抓住他，很难。"说完无奈地摇了摇头。

"所以冉琎此来，就是要向先生请教的。"

苟梦玉捻须思索了一阵，回答说："抓上官镕，恐怕我帮不上什么了。不过先生要去见白华，我倒是能助你一臂之力。"

冉琎拱手谢道："如此，多谢先生！"

这时苟梦玉让小童端来一些扬州本地的精致点心，三人就一边品茶，一边叙话。苟梦玉对冉琎说："先生此来，的确有个大好机会。"

"哦，这是为何？"

"最近我有两位尊客来访，他们跟白华很是熟识。我可以向他们介绍你，有机会一起去一趟金国汴州，他们一定会带你去见白华的。"

冉琎很是高兴："那真是太好了，请问先生，他们是什么人？"

"他们是兄妹二人，兄长叫王鹗，妹妹叫王琬。他们是北方人。"

"王鹗，王琬。"冉琎若有所思，似乎这兄妹都住在金国，可为什么到扬州来呢？

苟梦玉见他有些疑惑，便笑着说："他们二人最近一段时间游历四方，经友人介绍，到扬州来找我来了。"

冉琎明白了，问道："莫非那位友人就是白华？"

苟梦玉见他心思颇为敏捷，笑着回答道："正是。他们此来，另有要事，这几日便停留在我这里，顺便在扬州游玩一下。咱们就一边饮茶聊天，一边等他们二人回来吧。"

冉琎点头答应，彭渊见这趟前来不虚此行，也很是高兴，起身说道："二位尊使，你们且聊着，我去订一桌上好的酒席，让他们送来。"

彭渊走后，苟梦玉支开小童，对冉琎说："现在就你我二人，有一些事关重大的机密，我说给你听。"随后，将王鹗来扬州的目的告诉了冉琎。

原来，王鹗此行是受金国的汉人丞相张行信委托，跟赵范秘密和谈来了。苟梦玉告诉冉琎，现在金国掌权的文武大臣中，汉官开始崛起，尚书左丞张行信为首，得到一大批汉人官员的拥趸，包括白华、元好问、赵秉文、杨云翼等人，甚至武将中的武仙等汉将，都希望金宋能够和解，然后专心应对北方强敌蒙古的入侵。但金国的一些贵族名将，完颜赛不、完颜合达和移剌蒲阿等人，一直看不起南朝军力，不愿意屈尊和谈。

金主完颜守绪重用汉人，对金宋和解抱有很大诚意。王鹗就是他登基那年亲点的状元，一直信任有加。今年王鹗丁忧，张行信跟他的学生白华商议，觉得他的身份非常合适，征得了金主同意后，派他悄悄地到扬州跟赵范谈判联合，共同应对蒙古。

冉琎问："那赵范愿意吗？"

"这么大的事情，赵范哪敢做主，派人紧急到临安汇报去了。"

"他本人如何想呢？"

"他当然不会向王鹗透露半点自己的想法。赵范这个人，身上有很多官宦子弟的固有毛病。但他跟赵葵不一样，他懂得顾大局。现在蒙古日盛，他应该会愿意联金抗蒙。如若不然，难道要当年灭辽之事再度上演吗？"

冉琎知道，赵范、赵葵二人可都是苟梦玉的上司，而他对赵氏兄弟的评价都不高，冉琎不禁笑了："嗯，联金在道理上是站得住的，但是朝廷对当年的'靖康之耻'又怎么能轻易放下呢？"

"是啊，我也觉得此事报到临安，其后多半难成。"

"不过，如今的金国，早已今非昔比了吧？他们应该放低姿态，诚心地向大宋求盟！"

苟梦玉摇摇头："以我对金国上下的了解，他们绝对不肯屈尊。"

冉琎笑道："那就是狂妄。以金国现在的实力，大宋还未必能瞧得上他们！"

苟梦玉认真地回答说："金国虽然不济，但金军的战斗力还是比大宋军队要强。"

听了这话，冉琎很是不能苟同："哦，那他们对蒙军作战为何总是一败涂地？"

这时，苟梦玉陷入了回忆当中，说道："你没有亲眼见过成吉思汗的军队，他们就是一群嗜血的猛兽，彪悍，野蛮！"随后，他将自己两次到西域会见成吉思汗的始末，跟冉琎细致地讲了。成吉思汗在中亚西征中，大军驻在西夏铁门关，亲自接见了他。两年后，他再次出使，这次跑得更远，直到西域才见到了成吉思汗。一路之上，他目睹了蒙古军队在那里攻城略地，大肆屠城的种种暴行。

"他们岂止是洪水猛兽，不，他们是从地狱里跑出来的野蛮之人。以大宋现在的军力，如何抵挡？"说到这里，苟梦玉对朝廷的前景表示深深的悲观。

冉琎现在知道了蒙军的真实情况，但他依然认为，凡事都在人为，这是当年他跟真德秀和赵汝谠两位大人，为大宋占卦得到的卦象。于是他讲给了苟梦玉。

苟梦玉哈哈大笑:"占卦岂能当得了真?"

冉琏也笑了:"那些卦象的含义,对于现实还是有意义的。"

两人就一边饮茶,一边聊天,渐渐地彼此都觉得非常投缘。

苟梦玉心想,宗主谢昊的确是别具慧眼,选出的智慧尊使果然满腹才学,而且和蔼低调,不知不觉的就让人对他有了好感。

其实二人都是很要强的,只不过冉琏很早就学了老庄之道,深谙大巧若拙、大辩若讷的道理。冉琏看着侃侃而谈的苟梦玉,对他的才华非常敬佩。可也一眼就看出了这个人最大的要害,就是言语锐利,而缺乏收敛。也许真有本事的人往往性格与众不同。如果遇到一个宽厚的上司,说不定能容得下他;但是,如果遇到不那么厚道的上司,也许就只能像苟梦玉这般情形了。

不知为何,冉琏又想起真德秀来。他的被贬可不是由于锋芒太露,而是遭人陷害了。真德秀明知前路必有陷阱,而为了大宋,他却是义无反顾。也许,他的所作所为可以点化一下苟梦玉。于是,冉琏跟苟梦玉谈起真德秀、赵汝谠和魏乃翁他们。

苟梦玉听了朝廷中枢的种种复杂情状,倍感愤懑。他明白自己的处境,似乎就是个定数,因此他有些颓丧。冉琏就将皇帝想要更化改制的事情告诉了苟梦玉,他听了顿时又有些激动起来,恨不得这一天马上就来。

二人谈兴正浓,大门外传来一阵敲门的声音,苟梦玉就说:"是王鹗他们回来了。"

第四十二章　初会王琬（二）

冉琎问："先生如何知道？或许是彭渊呢？"

苟梦玉笑道："彭渊是个粗直的练武之人，怎么肯如此文质彬彬地敲门呢？"

冉琎听罢不由得也笑了。

小童开门，只见进来两人，都是灰袍白巾，前面高一些的是王鹗，冉琎见他五绺胡须，朗目疏眉，面色红润，声音洪亮；然后看另一位时，不禁怔住了。只见此人虽然身穿灰袍，但步态轻盈，身姿婀娜，双目顾盼，灵动有神，一颦一笑之间，更显得清秀绝俗。这一定就是王鹗的妹妹王琬了。

苟梦玉和冉琎一起走了过去，向兄妹二人互致问候。

王琬冲冉琎笑着点了点头。苟梦玉就跟二人介绍冉琎："这位是我们明尊教的智慧尊使，冉琎先生。"

冉琎有点吃惊，苟梦玉为何毫无顾忌，将自己的身份如此直接地告诉他们？但转念一想，王鹗是白华的密友，他应该对白华的身份以及明尊教的事情多少了解一些的。

王鹗跟冉琎二人互相作揖施礼，王琬在旁边上下打量着冉琎，有些好奇，心想此人一定有非常之能，否则怎能当得起智慧二字？

苟梦玉随后介绍了王琬，冉琎拱手施礼。

王琬笑道："先生的名字和称号都好气派。"

"您过誉了。"

王琬又问："刚才与家兄在一家玉器行赏玩时，想起一个以前见过的问题，一时竟忘了，不知先生能否指教一下？"

"不敢，请赐教。"

"'今有共买珬，人出半盈四；人出少半不足三。问人数、珬价各多少？'"王琬这是在用书里的话来打趣"珬"字。

冉珬心算了一下，脱口而出："共四十二人，珬价十七。"

王鹗听了，对冉珬反应之快很是惊讶，随即笑着对他说："佩服，佩服！冉兄，小妹在北方长大，脾性跟南朝女子大不相同，请不要见笑啊。"

冉珬回答道："哪里，令妹读书广博，居然对九章算术也有所涉猎，而且过目不忘，真是一位奇女子！"

王琬本来瞪着兄长，听了冉珬的话，很是受用，于是对冉珬大有好感。

苟梦玉打趣道："'垂绥琬琰，和氏出焉。'你们都是美玉，都是好名字。"

冉珬和王琬这才注意到，两人的名字都是玉的意思，于是互相对视一笑。王琬在北方长大，不像南朝女子从小被女德严格地管束。王琬大说大笑，任性自由，自然有一种独特的气质。而冉珬从未见过这样的女子，因此对她很是新奇。

苟梦玉吩咐小童添了座椅，众人坐下继续品茶清谈。

过了一会儿，彭渊带着酒店的小二来了。他订了一桌经典的淮扬酒筵，又带来几坛美酒，兴冲冲地指挥小二和书童布置好酒席。

众人随后一一入座。苟梦玉再次为席中每人介绍了一番后，首先举杯，说这里三年多来，无人来访，无比冷清，却没有料到今天会有这么多贵客登门。为了表达对众人由衷的欢迎，他连倒了三杯美酒，全都一饮而尽。

王鹗见他这样，知道他是真心高兴，就打趣问道："您真是海量！不过，如果下面大家都这样饮酒的话，那不就是饮牛了吗？岂不是很无趣！"

苟梦玉问："有理有理，今日该如何饮法，您划个章程来，如何？"

王鹗笑道："行酒令怎么样？"

彭渊立即不干了："这是你们擅长的，只我一人不济，那不是诚心要我醉倒吗？"

王琬说:"那就来些雅俗共赏,又有趣味的。"

苟梦玉连声说好:"王姑娘就提议一个吧?"

王琬看着桌上的酒瓮,问彭渊:"听说这酒不错,它有什么名号呢?"

"这是扬州盛名的云液酒。"

苟梦玉补充道:"苏轼在扬州担任太守时,就最喜爱这云液酒。"

王琬立即有了主意,问道:"刚才我在亭子旁凉椅上看到一本苏轼的诗词合集,看来苟先生很喜爱苏大学士的文章?"

苟梦玉点头:"正是。"

"那么今日就用苏轼如何?"

冉珊觉得很是好奇,问道:"请再说具体一些呢。"

"席中每人,都必须讲一个苏轼的典故或者词句,要关联席中的一件物事,必须新奇,不得重复。如果答不出,就得自罚一满杯。"

苟梦玉立即说道:"'关右土酥黄似酒,扬州云液却如酥。'苏轼最爱云液酒了。"

王鹗摇头说:"您是东道,最了解扬州,这是大占便宜啊。"

苟梦玉又指着一道点心蜜藕:"苏轼写过,'锵然敲折青珊瑚,味如蜜藕如鸡苏'。"

王琬说道:"刚才那句很是关联。可这句有些勉强,他说的明明是珊瑚啊?"

苟梦玉笑了,端起杯子说:"那我自罚一杯。"

众人笑道,原来是苟梦玉自己想喝酒。

彭渊纳闷地问:"那珊瑚能吃吗?要是这样的话我也会。"然后指着几个小瓮,"这里面盛的是东坡肉,如果你们要的话,还能点到东坡鱼、东坡鸡、东坡酥、东坡肘子、东坡豆腐、东坡芽脍、东坡茯苓饼……对了,都点了来,不就是东坡宴了吗?"

众人哈哈大笑,都赞他讲的应景。

王鹗接话说道:"这样说来,天下美食,苏大学士没吃过的恐怕真是不多。据说他和苏辙同在京城,有一次街坊凿井,挖到一个异物,其嫩白有如婴儿胳膊,众人都不认得此物,于是请教博学的苏轼。苏轼看了此物说:'幸好你们没有胡乱处理,就交给我吧。'大家见他神情严肃,猜疑难道是个什么妖物不成,多亏了有苏学士在。谁料苏轼回家后,就请兄弟苏辙一起把它炖着吃了……"

说到这里,众人还是不知那是什么,于是催问。

"苏轼他没说,反正吃了也无事。我想那可能是一种菌类吧?滋味应该不错。苏轼自己吃遍天下后,评出他心中的三绝:荔枝、河豚、江瑶柱。"

彭渊说:"这三样东西今天席中有江瑶柱。还有大江特产刀鱼,长江三鲜之一。"于是众人品尝烹好的刀鱼和瑶柱,人人都是赞不绝口。

现在只剩下王琬与冉琕了,王琬主动提议道:"冉先生,现在就只剩我们二人了,不如射覆怎么样?"

众人一听提议,立即说好。冉琕见众人兴致勃勃,觉得不好扫兴推托,只得答应了。

"席中之物刚才都已经被你们用了,那我随机写下苏大学士的一首词,就射词牌名如何?"

这下除了彭渊,所有人都更加有兴趣了。

王琬走到书案旁,快速写了苏轼的一首词牌。然后折好,拿了一个茶盏将那首词扣在下面。

苟梦玉起身走进书房,取来三枚新钱递给冉琕,笑着说:"我这里简陋一些,就不用龟背了吧。"

冉琕笑着接过:"这是射覆,哪里就那么多讲究了。各位,无论在下是对是错,不过是让大家开心一笑罢了。"

众人点头,都说自然是的。

于是冉琕握住铜钱,开始摇动起卦。每掷出之后,王琬就记录下来。完成以后,冉琕拿起卦纸开始解卦,一边观看,一边详解:"主卦泽雷随变天雷无妄,震卦为体,上卦为乾为天,下卦为震为雷。看这天宇之下,雷电滚动。因此，词牌名跟战争或者动荡有关。"

王琬看着冉琊，很是惊讶。

"之后兑卦变乾，缺变满，开始云开见日，最后互见巽艮，巽为风，寓意风波；艮为止，意味着风波停止。从卦象上猜，这首词可能是：'定风波'。"

王琬笑了，揭开茶盏，将折起来的纸递给了王鹗。

王鹗打开念道："莫听穿林打叶声，何妨吟啸且徐行。竹杖芒鞋轻胜马，谁怕？一蓑烟雨任平生。料峭春风吹酒醒，微冷，山头斜照却相迎。回首向来萧瑟处，归去，也无风雨也无晴。"

念完之后，众人一齐鼓掌，都说神了，王琬这首词选得好，而卦象解得更精彩。

王琬欣赏地看着冉琊，笑着说："冉先生的确当得起'智慧尊使'四字。再起一卦如何？"

冉琊摇摇头苦笑："王姑娘过誉了，这跟智慧无关，纯属碰运，再来一次恐怕就不准了。"

这时彭渊不满意地说："你们这个不好玩，我从头到尾一句也没听懂。"

听到他这样抗议，众人大笑了起来。

苟梦玉对他说："这是猜物的游戏，要用《易经》或者梅花易数来解释卦象，所以须得读过卦书才能明白。既然彭堂主不喜欢这个，咱们就再换一个？"

冉琊就说："既然要换，那猜谜如何？"

彭渊还是反对："猜谜太难了，我不会。"

王琬笑道："猜谜的确大有讲究，不过也有不难而且雅俗共赏的。冉先生出一个怎么样？"

冉琊想了一下说："我没有他有，天没有地有。猜一个字。"

王琬脱口而出："是个'也'字。"

众人都笑了，彭渊这下乐了："这样的猜谜，我也会。"

王琬说:"那来猜我的吧:若要占天时,须得有人和。也打一个字。"

众人都在冥想,彭渊抓耳挠腮:"这是个什么字呢?"

这时冉琎笑了。王琬知他已经猜到,于是问:"请教了,冉先生。"

冉琎用筷蘸了点酒,在桌上划出两横。荀梦玉和王鹗立即明白了,都说妙极。荀梦玉打趣她说:"这'二人'相合,原来是夫妻啊!"

王琬听罢,顿时脸红了起来,将话题岔开说:"冉先生请来一个跟苏轼有关的吧,谜底必须是席中之物。"

冉琎想了片刻,说道:"苏大学士有一个友人,是个方丈和尚,寺庙就在他住处不远。有一天他吩咐自己的侍婢戴上草帽,穿上木履去寺庙找方丈取件东西。侍婢问他要取何物,苏轼说,他看到你自然就知道的。婢女只好来到寺院。方丈问她来取何物,她说苏东坡没有讲。那方丈看了看婢女,就明白了,取了苏东坡所要之物让她带回。各位,谁第一个能找到?"

彭渊挠挠头:"这是吃的,还是用的?"

冉琎并不回答。然后王鹗和荀梦玉同时想到了,正要说出的时候,王琬已经把那包寸金拿了过来,指着冉琎,笑着对荀梦玉说:"先生,他这是惦记上您的好东西了。"

几个人都笑了。只有彭渊还不明白。

王鹗就解释了一遍给他听。彭渊皱着眉说:"我就说啊,猜谜我肯定不行的。还是自觉喝酒吧。"然后自己喝了一满杯。众人见他如此,又是一阵大笑。

众人说说笑笑,正兴高采烈,小童进来报说,赵范大人派车马来接王先生,他有事相告。

第四十三章　重返金陵（一）

王鹗被扬州府的差役接走以后，众人继续饮酒聊天。冉琎因见王琬颇有学识，谈吐不凡，好奇地问起她的师承。苟梦玉却抢先介绍了起来，他因为高兴喝了太多的酒，有些颠三倒四，夹缠不清。冉琎听了好一会儿总算明白了。

原来王琬着实不是寻常女子，她出身曹州诗书名门，只因幼时体弱多病，父亲就将她送到长春宫宝玄堂寄养。父亲的密友，长春真人丘处机见王琬聪颖过人，十分喜爱，就收她做了关门弟子，将平生所学全都传授给她。机缘巧合之下，王琬还拜了几位西域高人为师，竟然学会几种西域语言，蒙古语、吐蕃语、西夏甚至梵语的各种书籍，她都可以熟练地阅读、翻译。

后来丘处机西行抵达大雪山八鲁湾行宫，觐见成吉思汗，王琬就在随行的弟子当中，负责为双方翻译。因为成吉思汗属马，丘处机属龙，他们的会面被称作龙马相会。其后，成吉思汗三次召见丘处机，向他咨询治国和养生之道，都是王琬全程相陪。之后成吉思汗下诏耶律楚材，将这几次的对话编集成《玄风庆会录》。因为这样的机缘，王琬跟耶律楚才等蒙古高官贵族颇为熟识。

冉琎听到她竟然有这样的非凡经历，不禁对她更增添了几分敬意。

此时已是夜深，冉琎与彭渊便起身告辞，而苟梦玉已经醉倒。王琬跟小童将两人送出了大门。不知为何，冉琎竟然有些不舍。回头看时，王琬仍然站在那里。王琬见他回望，就招手说道："冉先生，明天再来如何？说不定明天我们就要离开扬州了。"

冉琲有些惊讶："为什么这么快？"

王琬无奈地说："不管事情是否顺利，我们都得走了。"

冉琲便答应了王琬。

二人回到客栈时，扬州分堂正有人在等待他们。上午二人出发之前，冉琲写了一个名单，彭渊交代给了分堂的兄弟，去运河及大江码头各处查找行商，是否有名单上的人。因为扬州分堂就有人长期在运河上行船，对这一行很是熟悉，拿到名单后立即认出了一个人：董贤。

冉琲听到这个消息，大为振奋。又跟来人再三确认是否还有上官镕和莫彬，来人非常肯定地确认，没有名单上的其他人。他们仔细查找码头登记的行船簿册，除了董贤，并没有其他人的名字。于是冉琲请他明天将所有董贤的资料抄录下来，有重要的用处。来人见彭渊对冉琲非常恭敬，知道他一定是教里的高层人物，不敢怠慢，答应一定办好。

第二天清早，冉琲放心不下，与彭渊跟着那人去了码头，找到了所有董贤的有关资料，全部整理在一起。彭渊吩咐手下立即誊写，然后送回客栈。

冉琲抽了几份快速阅读了一下，看起来，这个董贤应该就是聚仙山庄的庄主董贤。他的几条大船，常年来往于临安、扬州和楚州之间，贩运的都是高档茶叶、丝绸和官窑精瓷之类的高价货品。如果没有通天的能力，董贤怎么可能得到这么多紧俏的东西？更为可疑的是，这些东西从临安运到楚州，毫无疑问最终目的地必然不是楚州，一定是金国甚至蒙古。

这几年来，董贤一直通畅无阻地在楚州与临安之间往返多次，以李全、李福兄弟平日贪婪的做派，怎么会轻易让他通过呢？除非，他们一直就是合作的。这就能解释为什么明亮他们潜入临安后，会落脚在聚仙山庄那里。临安存在一个暗中潜伏的庞大势力，它的首领就是那位神秘的白云宗主：上官镕。他跟董贤之间究竟是什么关系？再有，董贤他们有能力将货物通畅地运到金国去，说明他们跟金国的高层势力有着紧密的联系，可他们如何维持这种危险的关系呢？

聚仙山庄出事以后，董贤很可能立即逃走了。他现在究竟在哪里？会不会去了楚州，还是隐藏在金陵、扬州……

冉珽在心里给出了各种假设，然后抽丝剥茧，将现有的各种线索串连起来。渐渐地，大火案的轮廓有些清晰起来。只是，现在还缺乏最为直接的证据。

二人忙了大半天，现在已经是午后了。冉珽突然担心起来，王鹗、王琬兄妹该不会已经离开了吧？冉珽的心里陡然失落起来。

于是他立刻就要赶往苟梦玉的住所，弄得彭渊很是紧张，以为耽误了什么大事。

两人急匆匆地赶到了苟梦玉那里，看到王鹗王琬兄妹正在收拾行装。冉珽悬着的心总算放了下来。王琬见冉珽到了，笑着迎过来说："冉先生，为什么这么迟才来？本来兄长说中午就要走了。"说到这里，忽然有些脸红了起来，便不再说了。

冉珽没有注意到她表情细微的变化，上前拱手说道："真是抱歉，上午有些事情，耽搁了一阵。你们这就要走吗？"

王鹗走过来说："是啊。"

"你们要回去是吗？"

"不，我们要去建康府。昨晚赵范大人请我过去，说沿江制置使赵善湘大人想要见我，让我尽快赶到金陵去。"

原来是这样，冉珽心里的石头终于落了地。

彭渊高兴地说："那好啊，我们的船就泊在东关渡口，随时都可以返回建康府。二位如果不嫌弃，不如跟我们同船，明天动身如何？"

王琬当然非常乐意，但兄长没有表态，只好期待地看着王鹗。

王鹗寻思了一下，他觉得冉珽、彭渊二人值得信任，跟着他们同行，旅程的确能方便许多。于是拱手向冉珽、彭渊致谢："那就叨扰二位了。"

一旁的王琬顿时开心地笑了。

得知众人明天就要离开扬州，为了践行，苟梦玉领着众人在扬州各处游逛。众人先游览了南朝时开建的大明寺，然后走进旁边的西园。只见这园中古木参天,竹林摇曳,又有一池碧水,亭榭雅致,的确是一个清静宜人的好去处。

众人走进了西园湖边亭台上的茶馆,小歇片刻。茶博士很是殷勤,立即送来了本地名茶绿杨春。苟梦玉吩咐跟随的仆童到附近有名的迎月酒楼,订了一桌酒宴。

众人就一边饮茶,一边清聊。苟梦玉问起赵范情形如何。王鹗摇了摇头,说赵范只愿意谈他关心的事情,而从不回答任何实质问题,更加拒绝给出任何承诺。也许赵善湘请王鹗去,可能要谈些实质内容了。

苟梦玉说:"你们不了解赵范,外面都说这个人是个廉吏、能吏,其实他的功名心非常重。我毫不怀疑,他一定会瞻前顾后,而不愿意背负'通金卖国',或者'和金奸臣'的骂名。"

冉琎不以为然:"金国固然曾是大宋最危险的敌人,但时与势都不一样了,它未必一直是大宋的敌人。"

彭渊奇怪地问:"金国一直跟我们打仗,怎么就不是敌国了?"

王琬笑着回答:"如果两国有一个共同的敌人呢?"

彭渊有点明白了:"你是说蒙古吧?可是他们离大宋那么远,怎么会跟大宋为敌呢?"

冉琎和苟梦玉都笑了。

苟梦玉说:"彭堂主还不知道蒙古军队的厉害,情有可原。可叹的是,现今的朝廷绝大部分高官,还整日沉浸在温柔富贵乡里,根本不知大宋即将兵祸压境。"

彭渊很是怀疑:"蒙古兵难道比金兵还要凶猛?"

王鹗点了点头,没再回答。

冉琎问苟梦玉:"赵范并不是为了自己跟金国谈判合作,何况又是秘密进行,为什么要担心被人说是'通金'卖国呢?"

苟梦玉叹了一口气:"官做到赵范这一级,哪有不想再往上做到宰辅的呢?赵范跟他兄弟赵葵个性不同,他一向极其小心,因为朝中任何一派对他出现了恶评,都可能断送了他的官场前程。这是他断不能忍受的。"

王琬"扑哧"笑了:"如果大宋亡了国,他就是坐了那宰相位置,也不过是个亡国宰相罢了。"

这时王鹗的脸色开始沉重起来。冉琎看见了,就试探地问:"王兄,你本就是汉人,何必给金人做事呢,回到大宋来如何?"

王鹗苦笑了一下。

彭渊见王鹗这样,也明白了过来,说道:"王先生您是状元大才,还是来我们大宋的好。你看这扬州城如此景致,又有这等美酒佳茗,在金国哪能有这般好处呢?"

唯独苟梦玉不去劝王鹗,只在一旁斟茶自饮。

王鹗见众人关心自己,就回答道:"多谢各位关心。我身受大金皇帝厚恩,又得恩师拔擢,怎么忍心在他们危难之时,一走了之呢?"

冉琎就问:"如果大金国当真无力回天,你又如何呢?"

王琬替兄长回答道:"真有那么一天,我们就回归乡里,隐居山湖,自由自在,岂不是更好?"

王鹗点头同意。

冉琎忽然觉得,自己有时不也是这样想吗?他想起了真德秀,为国事操心劳神,却被逼丢职罢官。虽然有望起复,但细思之的确令人心冷。王鹗的心境虽然跟自己并不一样,但自己能理解他。人世间总有一些事情,明知极其难为,却不得已而为之,这就是他们共同的无奈。冉琎觉得自己跟王鹗就是一类人,于是向王鹗敬茶,说从现在起不谈国事也罢,只饮茶赏景为乐。

之后众人去了迎月酒楼,敞开心怀,畅饮而归。

第四十四章　重返金陵（二）

　　回到客栈后，冉琎看到扬州分堂的人已经把董贤的资料送来了，他立即开始梳理了起来，直到夜深才整理完毕。

　　第二天清晨，冉琎和彭渊再次去了扬州府。冉琎交给扬州府主簿一份密封的公函，里面是董贤的资料以及自己写给赵汝说和冉璞的书信。冉琎请他以最快的速度将密函急递送到临安府。随后又询问余玠的去向，有人说他去建康府了。

　　办好公事，两人赶往东关渡口，此时苟梦玉也按照约定将王鹗、王琬送到。众人碰齐后起锚开船，跟苟梦玉挥手作别。

　　王琬第一次坐上巨大的江船，感到特别新奇，看着运河的景致，跟冉琎说笑个不停。进入大江后，她对长江的阔大壮美赞叹不已。但不久就感到非常不适，冉琎知道她开始晕船了，心里琢磨着，得用个办法让她分散注意力。

　　他想起了自己在高州曾经缴获的一些巫师手卷，其中有几篇文字他完全不认得。他一直随身带着，等待机会向行家请教。眼前的王琬懂得西域几国语言，或许就能翻译。于是冉琎打开自己的包裹，取出了那本簿册，向王琬请教。

　　王琬看后说，这些是天城体的梵文，西域传说此语为佛教守护神梵天所造，故此称为梵语。历代西域高僧将各种佛经通过吐蕃向中原传播，最大的挑战不是路途遥远，而是将梵文佛经完美地翻译成汉文。王琬就曾经跟西域传道人学过梵文，所以认得。

冉珏就拜托王琬现在帮忙翻译一下，王琬欣然接下。半个时辰之后，王琬全部译好。冉珏拿起细读，记载的是几种印度秘法，教人如何制作人皮面具。原来印度那里有一些残忍的传统，将人的面皮割下，经药浸、火蒸、消毒等种种工序，可以做出以假乱真的人皮面具。上面还记载了如何用石膏拓下真实脸型，然后用羊肠肠膜这些材料制作面具，其效果也几乎可以乱真。

王琬有如此之才，冉珏对王琬更加敬重，渐渐地两人有了更多共同的话题，一路谈个不歇。

不知不觉之间，大船很快就行到了金陵。众人就下榻在明月酒店。

第二天上午，王琬陪着王鹗赶往建康府衙门，应约去见赵善湘。冉珏想起吴潜那边，或许这几天他们那里会有所发现了，于是他就去了总领所衙门。

总领所的差役认得冉珏，所以就直接将冉珏引了进去。

此时吴潜正坐在书案前书写公文，见冉珏来了，便停笔说："你来得正好，上回你要的记录，已经整理出来了。"说完，指着另一张书案，"都在那里呢，按照姓名与年份排好了。我这里还有公务，你就自己去看吧。"

冉珏一阵喜悦，拱手冲吴潜说："多谢吴大人。"

然后走过去翻看这些文档，上面记载的船主姓名分别有费孝、董贤、上官镕和莫彬四人。费孝的名字出现次数占了绝大多数，全在三年以内；上官镕的名字只出现在三年之前；莫彬的名字出现次数极少。冉珏向主簿要了纸笔，对这些文档做了详细的记录。

完成摘录之后，冉珏从头看了一遍，陷入了深思。三年前潭州盐案发生，这之前上官镕在建康府的行船记录，都是从海门、通州到金陵、鄂州、岳阳之间来回往复，正好符合他们的贩盐路线。盐案爆开后，上官镕和莫彬的名字便不再出现。而冉珏仔细核对，发现莫彬和上官镕的那些船，舷号等资料几乎不变，只是船主的名字更改成了费孝。

冉珏不禁哑然失笑，看来这些船的实际操控人就是莫彬和位高权重的户部尚书莫泽了。只有他们，才能有足够的权势，让这些船在沿江的州府之间来去自如。

令人费解的是董贤,他的名字很少出现,而在扬州那里,他是如此活跃。难道他只走运河水路吗?为什么会这样?冉琎忽然冒出了一个念头,董贤这个人的情况可能非常不简单。

过了一会儿,吴潜的公务办完,见冉琎还在沉思当中,就问道:"怎么样,这些东西对你们有用吗?"

"吴大人,它们非常有价值!是到目前为止,我们得到的最重要证据之一。"

听他这样说,吴潜很是高兴,但他并不打听案情,只问道:"你需要拿人吗?我可以给你提供帮助。"

冉琎认真想了一下说:"目前还不能捉拿,一旦走漏了风声,主犯很可能就会逃脱。所以还请大人对这些事情严加保密才好。"

吴潜不假思索地回答:"你尽管放心。"

冉琎就请吴潜派人将这些资料抄录一份,他要全部带回临安府。吴潜爽快地答应了。

从总领所衙门出来,冉琎的心情无比轻松,下一步是不是该回临安了呢?

冉琎将离开临安后的过程回想了一遍,觉得唯一遗憾的是还没有见到余玠,毕竟他是跟明亮这些凶嫌直接交过手的人。还有建康府捕头周齐,这几天他会不会也有发现了呢?

于是冉琎也去了建康府。他找到了周齐。

周齐告诉冉琎,这些天他和手下捕快们并没有什么特别的发现,不过那日跟明亮那伙人交手的余玠将军,正在里面参加会议。如果想见他的话,等会谈结束,他可以将余玠请过来。冉琎听罢很是高兴,连声向周齐致谢。随后打开随身的公文袋,一边阅读从吴潜那里拿来的资料,一边等待余玠出来。

就在等待的时候,冉琎听到了差事们聊天。原来今天参会的人当中,淮东、淮西的几位主官，包括淮西制置使杜杲、滁州知州赵葵、制置司参议官全子才和余玠将军都来了。有人说这几位都深得赵善湘的信任，如果赵范也来，今天可就齐全了。

过了午后，里面陆续有官员出来了。赵善湘陪同王鹗、王琬二人首先走了出来。冉琎一眼就看到王琬的表情轻松自如，而王鹗则双眉微皱。可以想象他们今天的谈判一定不太顺利。在他们后面紧跟出来的是赵葵！几年过去了，赵葵还是那样一副表情，他的眼睛总是不时向上瞟着。这样的眼神，对他走路并没有什么妨碍。冉琎看着赵葵的模样，想起在太平寨跟他发生的冲突，不禁暗自笑了。

突然，有一个人引起了冉琎的注意。这人是赵葵的跟随，看到赵葵出来就殷勤地走上去，两人交谈了一阵。这人身材高大，留着胡须，生了一张马脸，眼睛很是细小。他好像很喜欢笑，笑起来时，双眼就眯成了两道缝。

这不就是赵奎吗？真是冤家路窄，怎么会在这里遇到了他？

冉琎顿时惊得站了起来，刚想走过去看个仔细，那人却跟着赵葵一起出去了。冉琎忽然醒悟了过来，在这里自己不能造次。于是他向建康府的差事打听那人的情形。差事告诉他，那人名叫赵胜，赵葵的贴身亲信，是这里的常客了。

这个所谓的赵胜，分明就是三年前的通缉要犯赵奎。要不要叫人上去抓他呢？冉琎犹豫了。他现在的身份是赵葵的亲随，难道赵葵不知道他犯事？还是他明明知道，却并不在意，只将赵奎改了姓名，收留在自己的身边？过了片刻，冉琎回忆起来，这二人的老家都是潭州衡山，他们原本就是同族的兄弟。

冉琎正在发怔的时候，周齐陪着一个人走了过来，向冉琎介绍说："冉先生，这位就是余玠将军，你有什么问题，尽管问他好了。"

冉琎起身拱手向余玠致意："余将军，有劳了。"然后看着眼前的余玠，只见这人气宇轩昂，剑眉大眼，棱角分明。冉琎不禁暗赞，这人生就一副英雄气概。

余玠拱手还礼,问道:"冉先生是临安府的人,为何来调查建康府的案子?"

冉琎拿出了明亮的画像:"余将军,此人名叫明亮,有证据表明,他就是中秋夜临安军械库大火案的凶手之一。我们接到了密报,说此人逃出临安后,在金陵妄图行刺魏乃翁大人。听说余将军跟他交过手,所以特地前来向您问询。"

余玠拿着画像仔细看过,点头说:"不错,那日跟我交手的就是此人,他被同伙给射杀了。只可惜逃走的那些人全都蒙着脸,所以没看到他们的面相。"

"他们大概有多少人呢?"

"跟我们交手的有六个人。"

"有人说这个明亮是李全和李福的手下,将军觉得可信吗?"

"有可能。这些人都是山东一带的口音。"

"余将军觉得那些接应的人,都是些什么人?"

余玠皱了皱眉回答:"这个无法断定。"

"将军请再想想,有没有其他线索呢?"

余玠想了一下说:"对了,还有一个人应该跟明亮同伙。"

【鹤舞云台系列丛书】

临安十二月（下）

博言 著
BO YAN

辽宁人民出版社

第四十五章　董贤踪迹（一）

冉琔听余玠的说法，似乎有一个明亮的同伙被认出来了，急忙问："他是什么人？"

"这个人名叫穆椿，是李全的心腹。"

"将军如何确定是他呢？"

"前些天楚州出事，制置使姚翀逃到了滁州。他对赵葵将军说，李福兵变的导火索，是因为他写给赵善湘大人的一封密信被李福截获了。那信里详细讲述了明亮和穆椿二人的情形。"余玠将事情的经过简略地叙述了一遍。

这么看来，临安大火案幕后的主使，应该就是李福、李全二人。冉琔心想，当李福察觉朝廷就要查到他本人了，被逼狗急跳墙，反诬姚翀贪腐，发动兵变要挟朝廷。可李福万万没有料到，不久之后自己会被忠义军其他将领杀死。真是恶事做尽，该得的报应迟早会来吧。

李福已死，可是还有李全、穆椿等人尚未归案，现在楚州形势动荡不安，这个案子该如何查下去呢？

于是他问余玠："既然赵葵将军已经知道了他们涉案，有没有派人到楚州去抓捕穆椿呢？"

余玠摸了摸胡须，心想，这个临安府来的公人，办差很是较真哪。他盯着冉琔说道："赵大人该怎么行事，无需你临安府公差来指教吧？"

一旁的周齐听了，急忙说道："冉先生请说话慎重。"

冉琔听二人这样说话，拱手作答："余将军，二位请不要误会，在下并非强求赵大人去做任何事情。缉捕要犯归案，是我们为朝廷应尽的职责，这并非哪一位的私事。对不对？"

余玠的脸沉了下来："赵大人重任在肩，如何分神去干缉盗捕娼这等小事？抓捕凶犯是你们的分内之事。不在其位，不谋其政，你知道吗？"

"余将军说得对。但是穆椿绝非一般的凶犯，他们胆敢在天子脚下纵火行凶，杀害御史，致使军械库多年的累积一夜全部焚毁，还连累烧掉了临安城三成房屋，受灾庶民何止数十万！他们的图谋到底是什么，背后牵涉到哪些势力，这些怎么能不彻底查清呢？只有将凶犯绳之以法，才能给灾民，给朝廷一个交代啊！"

这番话说得掷地有声，余玠觉得很难驳回。余玠对此案并不清楚，现在听了冉琎所说，他也对明亮、穆椿等人的胆大妄为感到十分震惊。

冉琎继续说道："在下只是临安府普通公差，人微言轻，当然有自知之明。到外州去办这等大案，其中多有不便、不能之处，所以不得不仰仗各位大人，还请见谅了。"

余玠听完，忽然有些脸红了，面前这人一心为了公事，而自己刚才说话却颇有些以势压人，于是回答说："你说得都对。但是要不要派人到楚州去抓穆椿，这非常敏感。李全和他的手下究竟要干什么，朝廷还在观望。我们现在不能做出让局势恶化的举动而干扰朝廷的大政。这就是我刚才说的不在其位，不谋其政的意思。"

冉琎见余玠前倨而后恭，这些话说得倒也坦诚，就回答道："余将军所说，我完全理解。如果赵大人不方便派人，那在下就亲自去一趟楚州了。"

余玠急了："冉先生不可造次，就算你不顾个人安危，倘如将李全和他的手下逼得急了，再酿出祸端来，你岂不是好心办了坏事吗？"

冉琎面带着笑容："在下知道如何把握分寸。余将军请听我一句话：如果朝廷只顾一时安稳，而对穆椿这样逍遥法外的凶手不管不问，就只会让心怀叵测的野心之人更加嚣张。只有给他们施加足够的压力，他们才会有敬畏之心。这就是邪不压正的道理。"

余玠听了这话，不由得想起了姚翀。他的家人都在楚州被害，逃到滁州后,他变得疯疯呆呆,整天嘴里嘟囔着要报仇。只要见到赵葵,他就缠着问什么时候出兵楚州。但是丞相史弥远严令赵范、赵葵不准轻举妄动。所以赵葵很是为难,一直在躲着姚翀。

现在余玠听了这番话,觉得很有道理,忽然对他有了一些敬佩的感觉,就对冉琎叉手施了一个礼:"先生的话有理,刚才是我孟浪了。"

冉琎作揖还礼说:"都是为了公事,余将军不必客套。"

周齐见余玠刚才说话很有些火药味道,现在两人之间忽然如同和煦春风一般,不禁笑了,对冉琎说:"冉先生如果真要去楚州拿人,最好还是知会一下赵善湘大人。"

"那就麻烦周捕头向赵大人汇报一下如何?"

周齐满口答应,然后跟余玠商议了一下,两人一道去寻赵善湘。碰巧赵善湘给王鹗他们送行完毕,正从外面进府,两人就向他报告了此事。

赵善湘一听,登时火冒三丈,训斥道:"楚州的局势错综复杂,现在去那里拿人,不是火上浇油,成心添乱吗?到底是什么人要这么干?"

"是临安府差事冉琎,上次过来请求我们搜查大江码头的那位。"

赵善湘紧皱双眉:"又是他!你叫他不要在这里添乱了。"

周齐有些为难:"大人,要不您就见一下他,当面告诉他这里面的轻重利害?"

赵善湘立即摇头说:"你去通知一下就行了,让他赶紧回临安去。"说完转身就走了。

一旁的余玠本来想要进言几句,现在竟然讲不上话了,便疑惑地问周齐:"赵大人为何不肯见一下冉先生?"

周齐苦笑了一声:"也许是冉先生的品级规格不够吧。"

余玠叹了一口气,心想,我们这位大人也着实太古板了一些,过于把这些等级上下放在心上了。

两人只好再去见冉琎,一时竟不知如何开口。

余玠犹豫了一下,直言说道:"冉先生,赵大人有他的顾虑,不赞成你去楚州拿人。"他这样说，委婉地传达了赵善湘不许他去楚州的意思。

冉琏见两人面带尴尬，于是笑着跟二人拱手作别："多谢二位费心了，那就后会有期。"然后就准备告辞。

余玠上前拦住了他："先生且慢。我们赵葵将军一向以国事为重。冉先生不如随我去，将案情通报给他。我想他一定会支持你去抓捕穆椿的。"

冉琏无奈地笑了，自己在太平寨曾经被迫挟持过赵葵。余玠如果知道此事，一定不会说出这番话来。冉琏回答道："多谢余将军。可是在下有事必须先回客栈去，您的建议我一定会认真考虑。"说完拱手告辞。

余玠见他似乎另有想法，便和周齐一道将他送出官衙大门之外。

回到明月酒店，王鹗、王琬兄妹正和彭渊说话。见冉琏回来了，彭渊对他说："尊使，王先生他们就要回去了。"

冉琏就问王鹗："王兄，今天谈得顺利吗？"

王鹗摇头不语，王琬回答说："你们大宋的官员，一个比一个贼！可惜如果算计过了头，只怕都是一场空啊！"

彭渊见他们要谈论大事，便说："你们接着谈事，我出去叫他们送一桌酒席过来。顺便叫人在外边看着，不让闲人打扰你们。"

王鹗拱手向彭渊表示谢意。

冉琏接着问："怎么，赵善湘他们不愿意和谈？"

"他们提了很多非常苛刻的条件。"

冉琏笑了："有赵葵在，你们这笔生意一定很难做的。"

王琬问："冉兄，你怎么会知道的呢？"

"我跟这位赵葵将军打过交道，是个非常不好通融的人。"

王鹗点头了："他提出要金国让出三京，军队撤到河北、山东去才肯结盟。"

赵葵想要的三京是东京开封府、西京河南府和南京应天府。冉琏心想，金国的领地已经被蒙古压缩到了河南、山东、山西一地，再让出三京，无异于连立足之地都没有了。冉琏就问："赵葵可能是希望金国皇帝率军杀回辽东去吧？"

此时蒙古已经占领中都，将金国与当年的龙兴之地完全切断。况且，蒲鲜万奴在辽东自立，建立了东真国，与叛变的耶律留哥瓜分了辽东之地。现在金主完颜守绪想要打回辽东，那是难比登天。

王鹗有些悲愤地说："赵葵这样狮子大开口，根本就不想和谈，当然被我严词驳斥了。"

"他们都是这样想吗？"

"不，杜杲将军提出了一个建议，只要金国让出徐州给大宋，大宋就可以助金国抵抗蒙古。"

冉琎点了点头，心想这个建议有可行性。徐州位置重要，只要占了这个地方，就可以随时出兵中原地带，而且蒙古军队在山东正窥伺徐州，蠢蠢欲动。将徐州交给宋军把守，分担强敌，金主不至于完全无法接受吧？这比直接索要三京高明多了。冉琎顿时觉得杜杲这个人很有军政眼光。

王琬接话道："金国还有约三十万人马，最缺的就是粮草，如果让了徐州，能换来大宋每年支援三十万石军粮，金国皇帝可能会答应。"

王鹗摇头："恐怕很难，皇帝陛下不会答应。"

冉琎笑了："那金主的谈判条件是什么？"

王鹗叹了一口气："临行前皇帝承诺说，大金军队从此不再南侵。他希望南朝君臣，能看在唇亡齿寒的道理上，每年助一些军粮。"

冉琎笑了起来，王琬也笑了。

只有王鹗一直皱着眉头，虽然来之前他有心理准备，知道很难谈判。此行谈出这样的条件，恐怕大金国皇帝陛下要大失所望了。

第四十六章　董贤踪迹（二）

正说话间，彭渊领着小二进来，将酒席布置好，于是几人入席开宴。王鹗首先举杯向冉玸和彭渊表示谢意。

酒过三巡，彭渊问："王先生打算如何回到金国去，从盱眙走，还是楚州那里呢？"

王鹗毫不犹豫地回答："我们从楚州回去。"

冉玸问："盱眙不是更近吗？"

"盱眙对面驻扎了夏全的军队。蒲察官奴也在那里。他们一心跟南朝作对，专门刺探情报、策反南朝官员。如果遇到他们，恐怕会有麻烦。"

"策反？"冉玸听了很有兴趣，"他们如何策反大宋官员，收买贿赂吗？"

"差不多。他们有一个得力的手下，叫王世安，据说常年潜伏在宋境，收买了不少南朝官员。"

冉玸突然意识到，王鹗这是在有意向自己泄露机密："王兄，他现在在哪里？"

王鹗沉默不答。

一旁的彭渊见状，给王鹗斟满了酒，劝说起来："王先生，您希望大宋和金国能够结盟，可这样的人只要存在一天，结盟就是不可能的事情。您说是不是？"

冉玸向王鹗敬酒，然后问："王兄，这个王世安是不是常年潜伏在临安？"

王鹗将手中满杯的酒一饮而尽，虽然没有回答，却是默认了冉琎的问话。

冉琎见王鹗不答，就继续说道："要收买大宋官员，没有巨额的财物是办不到的。可金国现在国势日下，捉襟见肘。那王世安一定有特殊的敛财渠道。我想，他一定会利用金、宋两边的便利条件，非法贩运各种高价稀缺货物，比如高档腊茶、丝绸和瓷器，卖到金国甚至蒙古那边。"

冉琎一边说，一边观察王鹗的表情。当王鹗听到茶叶、丝绸时，微微变了脸色。冉琎继续说道："他一定买通了管理大江、运河漕运的大宋官员，嗯，应该还有李全、李福这些人。"

听到这里，王鹗惊愕地问："原来你都知道了？"

冉琎微笑着回答："我知道的还不全。这次到金陵和扬州，就是要调查跟他有关的案情。这个人是不是刚刚逃回了金国？他的化名叫董贤，对吗？"

"是不是叫董贤，我不能肯定。不过，王世安的确是不久前从宋境回到金国。我也只是在出发之前才得到了这个消息。"

冉琎点了点头："看来，是白华让你告诉我们的？"

王鹗轻声叹了一口气："真是什么都瞒不过你！原来天下真有能人，可以未卜先知，洞察分毫。今天王某实在是大开了眼界！"

一旁的王琬开心地看着冉琎，又给他添满了酒。

此时冉琎将以往萦绕心头的各种线索和假设重新捋了一遍，案情开始明朗了起来："王兄，不是我未卜先知，而是我一直在追查临安的几件大案，很多线索都跟这个人有关。"

"但是王世安现在在哪里我的确不知。他有可能跟夏全在一起，也有可能在楚州。"

"王兄，白华有没有提过董贤这个名字？"

"从来没有。"

"那他有没有说过有一个叫上官镕的人呢？"

王鹗很肯定地回答:"没有。"

冉珏跟彭渊对视了一眼。彭渊猜测说:"恐怕白华也未必知道上官镕的事情。"

冉珏摇头:"不,白华一定知道上官镕的真实身份,还有王世安跟上官镕之间的勾连。对了王兄,你知道白华是明尊教的光明尊使吧?"

王鹗点头:"是的。我还知道苟梦玉是你们的清净尊使。"

"白华让你把消息通知给苟梦玉?"

"是的,可我没想到,现在的苟梦玉竟是如此颓废,即便他知道了,也只会无所作为。"

"所以王兄在知道了我的身份后,就下定决心要告诉给我。"

"没错。我想,以冉兄大才,一定知道宋、金联盟的重要性。像王世安这样的人,必须除掉才行。否则宋金之间,只会不断地生出新的麻烦。"

冉珏很是赞同:"王兄,我正打算到楚州去调查一个凶犯的下落。看来我们这次又要同行了。"

王琬听到冉珏也要到楚州去,当然非常开心:"冉兄,楚州办完事后,干脆跟我们去一趟汴州如何?我猜你应该很想见到白华。"

冉珏还未回答,彭渊高兴地说:"那真是太好了,我也想到金国去看看。"

随后众人开始商议楚州之行的安排,决定仍是走水路,就乘彭渊的大船从扬州沿着运河一路北上。众人还兴致勃勃地谈论了从楚州到汴州去的行程。

冉珏算了下日子,自己离开临安已然有一个多月了。交给建康府和扬州府急递的密函,赵汝谠大人应该已经收到了,临安那里会不会有了重大进展呢?

自从冉珏赶赴金陵后,蒋奇、丁义带领衙役,对莫彬的各处住宅进行秘密的监控。临安城大街小巷之中都派出了探子,搜寻董贤和费忠等人。但一直以来都毫无进展。特别是董贤,虽然临安城里不少富商、高官都跟他很是熟稔,可是他就像在人间蒸发了一样,杳无音讯。

正在众人一筹莫展的时候，一个在街上监视的探子报告说，他看到了一个人形迹十分可疑，这个人就是王诚。探子说，上回曾经看到他鬼鬼祟祟地偷窥正被查封的聚仙山庄，所以就对他留了意。这几天，发现他几次偷偷摸摸地进了一个宅院。众人知道，王诚一向钟情于阎笑娉，莫非她藏在这个宅院里？

冉璞立即吩咐探子，从即日起时刻监视王诚，要想办法搞清楚里面到底是什么人。

连续两天监视了王诚后，一个衙役悄悄地跟踪他翻进了院墙，探查了几间屋子后，听到了他正在说话。衙役就摸到了窗下，向里面张望了一会儿，然后翻墙出来，回来报告说，他看到了阎笑娉。

这个消息顿时让众人兴奋了起来。征得赵汝谠的同意，蒋奇就要带人强行进去，将阎笑娉接到衙门里看护起来。

可是冉璞和宋慈都对此强烈反对，冉璞劝说赵汝谠："大人，如果现在就把阎笑娉抢出来，肯定会惊动背后的一些人，说不定就是费忠、董贤他们，甚至是莫彬。"

赵汝谠摇头说："董贤他们现在躲得无影无踪，将阎笑娉放在那里空等，不是浪费时间吗？"

"大人，现在距离聚仙山庄案发已经好多天了，我们其实并不在乎再多等两天。"

宋慈接着劝道："大人，阎笑娉已经在我们的控制下了，不如就这样对她保持监控，看看都有什么人来找她。或许，会有更大的鱼上钩呢。"

赵汝谠见他们两人都态度坚决，犹豫了一阵，最终同意了他们的建议。

两天之后，终于来了一个让众人意想不到的人物：梁光。

这天下午，一个书生模样的人若无其事地在大街上闲逛，绕着这个宅院走了两三圈后，看四下里无人，便上前轻轻地叩门。过了一会儿，一个侍女从门缝里向外张望，就开了门将他放进去。梁光进去之后，待了不到一个时辰，然后离开了。

冉璞调查过梁光，知道他是梁成大的侄子。据说余天锡对梁光很是赏识，曾经特地向朝廷举荐过他。冉璞心想，这梁光看起来就是一个毫不起眼的书生。可就是他，带着余继祖去了聚仙山庄，随后余继祖就被人打死了。难道这真是巧合？莲阁仙会出事那日，他拿着费忠交给他的证词指控自己，他的表现很是迂腐、笨拙。现在又如此鬼祟地出现了，他跟阎笑婢到底是什么关系？余继祖的被害，莫彬、董贤、费忠这些人，跟他会不会有什么关联呢？

第四十七章　密室谋局（一）

赵汝谠听说梁光、王诚有可能涉案后，对冉璞、宋慈和蒋奇三人说："梁光的背后是梁成大。一直以来，梁成大跟莫泽和赵汝述这些人沆瀣一气，听说他跟余天锡颇有交情。要说他跟梁光谋害了余继祖，这有些匪夷所思啊。"

冉璞回答："梁光他们究竟在干什么，很难猜测。但既然他们开始冒头了，迟早会露出马脚来。"

宋慈赞成道："不错。大人，我们应该抽出精干的捕快，专门调查王诚和梁光这两个人。我有一种预感，很快就有事情要发生了。"

赵汝谠问："那些人还要杀阎笑娉灭口吗？"

宋慈点头："有这种可能。那夜她家里几乎所有人都被杀害，一个孤身弱女子，究竟怎么逃脱的呢？到底发生了什么，我们必须尽快向她询问。"然后问蒋奇，"这两天你们有没有查出这个宅院到底是谁的？"

"房主名字叫钱昇。"

赵汝谠问："这是什么人？"

"目前还在查证，应该能查到的。"

"要快些，房主本人很难找到吗？"赵汝谠有些着急。

"地保说，这个宅院换过好几任房主，最后一位房主钱昇从来就没有露过面，都是派人来打理这个房屋的。"

几人听了这话，都觉得里面必有蹊跷。

这时赵汝谠拿出了一份密函，交给冉璞说："这是你兄长从建康府急递过来的。大家都传看一下吧。"

冉璞接过去快速浏览了一遍，然后传给宋慈阅读，很快几个人都看了。冉琎在信里说，他在扬州那里已经发现了董贤的行商记录。因此他要求派人，调查临安运河与钱塘江上所有的码头。

终于发现董贤的线索了，众人都很兴奋。赵汝谠吩咐冉璞和宋慈明天就去调查此事，蒋奇和丁义继续查找费忠等人。

第二天，众人按计划分别行动。冉璞和宋慈去了两浙路转运使衙门，查找董贤作为船东的登记，结果一无所获。负责保管文档的主簿讲，他们经常换人，交接时发生错漏很是平常。他们也都是刚刚接手，所以不知道有没有董贤的船主登记。二人无法，就去了余杭门的运河码头。可是那里船舶登记所的差事说，就在前几天，存放历来文书的房间失火，一应文档簿册，全都烧了个精光。

"一处换人，一处失火，全都无从查找。真的就如此凑巧吗？"冉璞问宋慈，"难道是有人在做手脚？"

宋慈摸着胡须笑着说："这不恰恰说明我们查找的方向是对的吗？"

冉璞冒出一个念头，说道，"莫彬他们当年将盐送到太平寨，都是用船走的大江水路。我们不妨去查私盐的源头，到淮盐的产地去查询这些人的购盐记录，应该能有所发现。"

宋慈很是赞成："这个办法可行。莫泽掌管户部，就直接管着盐引、茶引，都是容易获得暴利的东西。两淮这里，盐城、通州、海门等地每年产盐高达四百多万石，占全国总产量一半以上。而且那里运输便利，顺着大江水道直接可达鄂州、潭州等地。所以以上几处，极有可能就是他们购盐的地点。"

冉璞问："可是这么多地方，应该从哪儿查起呢？都去的话，我们人手肯定不够用。"

"小盐场暂时不用去，只查出盐量大的盐场。那里的大盐场不过几十处。我们只需派去几个精干的差事，分别跑这些地方，顺利的话，半个月就可以查清了。如果线索出现的话，我们再亲自去一趟，查个彻底。"

冉璞听了很是兴奋:"太好了,那明天就可以派人去了。"

"要紧的是,千万不能惊动了莫彬他们。"

"所以去的人必须老练才行,我看丁义可以,宋先生觉得如何?"

宋慈赞同:"不错,是个合适人选。"

两人又商议了一些细节,就向赵汝谠汇报去了。

然而他们去查访运河码头的消息,很快就有眼线传到了莫彬那里。

此刻莫彬抚摸着胡须,心里很是得意。他的对面坐着一个年轻书生,恭维莫彬说:"宗主神机妙算,早就料到他们会去。现在临安本地,是无论如何也查不到宗主的把柄了。"

莫彬听了这话,正想要大笑一下,忽然明白了这个年轻人话里有话,就盯着他问道:"梁光,你是不是想说临安之外,会出问题?"

梁光回答说:"很有可能。董贤跟宗主合作的生意,行船停靠的州县,难保会留下大量的痕迹,比如扬州、镇江和楚州。那里距离临安有点远,我们办起事来不可能像在临安一样周全。"

"你说得有理。"莫彬皱着眉头想了一下,"以他们目前的进展,还没到那一步吧?"

"宗主,大凡高手弈棋,必得向前先看五六步。所以,还是未雨绸缪的好。"

"可这都是要投入的……嗯,且让我想想,是该做些安排了。"莫彬想了一会儿,问梁光,"对了,那件事办得怎么样了?她们三人都答应了吗?"

"阎笑娉和赵柔奴二人,要她们去陪侍贵人,只要有好处,哪有不答应的呢?更何况阎笑娉还在我们的保护下。只有谭惜惜,这个小女子清高得很,还没有答应我们。"

"要快些,不然就上些手段。"

梁光笑道:"宗主,强扭的瓜不甜。即使她勉强去了,一直冷着脸,把皇上和余大人惹得不高兴了,那我们不是自找麻烦吗?"

"有女状元和探花两人,按说也可以了。这谭惜惜没福气,自己不要天大的富贵,那就算了吧。她们那天唱奏的乐曲以及衣妆都已经定下来了?"

"都定好了,请宗主放心。给皇上挑选后宫,是余大人致休前最为惦记的事情。我们替他办好了,他一定会给我们厚报的。"

莫彬不易察觉地冷笑了一下。是啊,他余天锡最惦记的,其实是把自己这辈子的富贵传给后人。"明天宫里的婆子要去验看她们吗?"

"是的,属下已经安排好了,阎笑娉和赵柔奴都答应了。就是谭惜惜坚决不肯。"

"哦,难道她不是?"

"要说清白之身,当然首推谭惜惜了。她就是心气太高,受不得这个气。"

莫彬摇头笑道:"要想做得人上人,就得忍下一时之气。这个女子,格局太小。"

"所以她当不了女状元,只能屈居第二。"

"不去管她了。这个差事你务必小心,千万不要出了差错,尤其不能泄露风声。如果传扬出去,让皇上丢了脸,那我们不但前功尽弃,而且后患无穷!"

"属下明白。"

"你最近得加倍小心些,外出办事时要注意有没有人盯梢。"

梁光迟疑地问:"宗主,我被人盯上了吗?"

"有可能,最近我的几处宅院周围,总有些陌生人探头探脑地张望,打探消息。他们应该都是临安府的人。"

"好,宗主。"

"我更担心阎笑娉已经被他们盯上了。"

梁光忽然灵机一动:"宗主,既然他们有可能盯上了阎笑娉,我倒是有一个想法,可以将坏事变成好事!"梁光双眼精光四射,轻声讲了自己的计划。

莫彬频频摇头:"这是我们极其秘密的事情。把他们那些人招惹过来,事情不就传开了吗？不行，太冒险了。"

"宗主，这是连环计，我料他们知道后，绝对不敢声张。赵汝说跟他手下那些人，都不是泛泛之辈，很难对付。对我们来说，最妥当有效的办法，还是借着余相、史相，甚至圣上的手，来除掉他们！"

莫彬沉默了一会儿说："再想想吧，这么干风险太大了！"

"好的宗主。前段时间我发展了几个新人，有丁大全和马天骥他们几个。宗主什么时候有空，要不要见一下他们？"

"这几个人可靠吗？"

"可靠。"说完，梁光手指着书案说，"有关他们几人的资料，我都放在这里了。宗主闲暇时可以细看一下。"

"很好，那你先去吧。"

梁光就躬身作揖："那属下就告退了。"

莫彬看着走出去的梁光，陷入了沉思。

第四十八章　密室谋局（二）

这时，从后堂的密室里走出了莫泽。他一直在听两人的对话，走过来笑着问莫彬："元正，这个年轻人很是能干啊。没想到你不但挑人眼光独到，而且很会调教！"

莫彬捻着胡须回答道："三年前，真德秀手下有冉琎、冉璞和宋慈这样的厉害人物，所以我们吃了大亏。现在我们这边也有不错的年轻人，已经培养出来了，也该他们挑担出力了！"

"我看梁光的确不错。他的叔叔梁成大也是我们自己人。可就是有一点，据我的观察，史相对梁成大好像保持了一定距离，难道史相开始不信任他了？"

"兄长，你是不是又听说了什么事情？"

"我听说余天锡曾经向朝廷推荐梁光，最后阻挡此事的竟然是史相。也不知为了什么。"

莫彬起身，背着手一边思考，一边踱了几步："史相不喜欢梁光，这是肯定的了。兄长，史相是有了自己中意的年轻人吧？"

莫泽略有些沮丧地说："是的。我们这代人也就罢了，他退野归西之后，接班的是郑清之和史嵩之他们，我们没份；可是他连下一代的人都选好了。他挡住梁光，应该就是为了这事。"

"兄长说的莫非是吴渊、吴潜兄弟？"

"不错，史相一直在栽培这二人。"

莫彬点头笑道："所以梁光很是识时务呢，他知道无法跟吴渊他们竞争，就退而求其次。现在一心跟着我们。"

莫泽叹了一口气,说道:"他这么年轻,就开始考虑将来了。我,梁成大和李知孝几个人,将来一旦史相不在了,恐怕连个归宿都不会有的。"

莫彬摇头说:"兄长太过悲观啦。事在人为,我料他郑清之当了宰相后,还不至于太过绝情。"

"我担心的不是郑清之他们几个。"

"哦,那是谁?"

"是我们这位年轻的皇上。"

"这是为什么?"

莫泽的语调变得有点沉重:"你看我们这位皇上,是不是事事都尊崇史相,从无违拗?"

莫彬点头:"是啊,的确是这样。"

"可我却看出来了,他其实是在韬光养晦。我早就发觉他很不喜欢我们这几个人,也不喜欢史相做的很多事情。他真正亲政之后,第一件要干的事,就是要用新人搞新政。为了推他的新政,他一定会把我们这些旧人全部罢黜。"

"兄长过虑了吧?"

"这不是空穴来风。我得到了可靠消息,说皇上经常惦记着魏乃翁、真德秀他们;他还曾经提过,想要推行什么新政……这就是为什么我要你除掉魏乃翁的原因。"

莫彬点点头:"兄长,现在我明白了,为什么你这么看重跟余天锡合作,特别是为了给皇上选妃的事情。"

莫泽笑了:"余天锡身为帝师,皇上对他那么信任倚重,连他都在忙着这件事情。可见选妃之事,意义重大!"

"杨太后指定的皇后谢道清,姿色平平。据董宋臣讲,皇上在后宫现在专宠贾妃一人,怕是没有心思在其他女人身上吧?"

"贾妃的父亲贾涉已经死了,娘家只有一个幼弟贾似道,她势单力孤,不用多虑。至于皇上的心思嘛，嘿嘿，余天锡和小董自然是最了解他的了。"

莫彬点头，倾身凑近了说："前些日子，梁光向余相推荐了莲阁仙会的女状元阎笑娉。我见过这个女子，虽然很年轻，却是很有心计，而且风情万种，善于媚眼撩人。想来皇上自幼读书，宫中管束极严，应该从未接触过此等女子，也许能被她迷住，也未可知。"

莫泽诡异地笑着说："有眼光，选得不错。"

莫彬轻声说道："关键是，皇上本人对'女状元'这个头衔很有兴趣。"

"哦，皇上已经知道阎笑娉了！他如何知道的呢？"莫泽大感好奇。

"当然是董宋臣。我们一直在小董身上使银子，现在逐渐开始派上用场了。"

"好，好！"莫泽的情绪开始高涨了起来。

莫彬见莫泽很是高兴，自己也兴奋了起来，说道："我虽然还没见过皇帝，从种种迹象来看，这位皇上的软肋，应该不止女人一样。"

"哦，还能有什么呢？"

"兄长别忘了，先帝嗣子赵竑啊。虽说他现在已经被除掉了，可史相依然对他极为忌惮。我们这位皇帝是史相扶上位的，对于赵竑，他的心思跟史相都是一样的，因为这关乎皇位正统。所以只要我们把这张牌打好了，嘿嘿！"

莫泽以手拍额："对啊，湖州的事情已经过去三年，我几乎把它忘了。"

"再有，退一步来讲，兄长也不需要为了宰相那个位置而气馁。只要咱们能把控住下一代中的关键人物，将来的朝局，还不是咱们说了算吗。"

莫泽眨了眨眼问："你是说小董吗？"

"他算其中一个。还有刚才提到的贾似道，皇上似乎很是欣赏这个小国舅。我让梁光使了手段，收他做了小弟。梁光在他的身上，投下大笔的银子，弄的小贾只要见着梁光，就一定缠着他去各处玩耍。"

莫泽哈哈大笑。

"不瞒你说，现在连史嵩之的胞弟史岩之都对梁光言听计从。"

莫泽听罢，立即竖起大拇指夸道："还是你会调教！梁光能把这些人笼住了，说明他是有手段的。怪不得你要挑他来接班。"

"先不要夸他吧。"莫彬随后将梁光的计划告诉了莫泽。

莫泽大惊失色："不行，这太冒险了，万一皇上被惹翻了脸，连余大人都会跟我们结怨了！"

"结怨？"莫彬摇摇头，"上回在聚仙山庄，让费孝趁乱打死余继祖，来激怒余天锡跟赵汝说恶斗。这个主意就是他拿的。开弓没有回头箭，我寻思着，也只能继续下去了。"

莫泽听得冷汗涔涔，惊得说话都有些不利索了："想不到他年纪轻轻，就已经如此狠辣！你怎么不拦住他干这件事呢？"

"兄长不要急，且看看事后的效果如何呢？余天锡当时就急怒攻心，然后连史相都被逼了出来。如果不是那个冉璞命大，又有宋慈帮忙，那个计策早就成功了。就是到现在，余相对赵汝说还是耿耿于怀。"

莫泽连连摆手："这两件事情怎能混同相比？现在可是直接算计到皇上了。"然后低了身子贴近莫彬小声说，"一旦泄露了出去，就是欺君大罪，万劫不复！"

莫彬摇头说："没那么严重。只要精心设计，这是一次绝好的机会，让皇上对赵汝说他们心生厌恶。"然后跟他详细讲解了自己的想法。

莫泽愣住了，觉得事情这样发展，虽然匪夷所思，倒也合情合理。只要能让皇上从此讨厌疏远赵汝说，下面的事情怎么办都好弄了！不过他还是放心不下，叮嘱莫彬道："但愿这不是纸上谈兵。既然你们已经拿定主意，我就不再说什么了。总之，千万小心！"

"兄长放心。不管怎么样，都不会牵涉到兄长的。"

第二天上午，冉璞突然接到衙役急报，阎笑娉那里去了几个女人。冉璞盼咐他们继续监视。过了一会儿，监视的探子报说，那些人应该都是余天锡大人府上的婆子。

随后蒋奇进来了，说已经查到了这个宅院的房主钱昇。原来这人是余天锡夫人钱氏的胞弟，一直居住在绍兴，从未到这个宅子来住过。

冉璞顿时警觉起来，问宋慈："难道背后保护阎笑娉的人竟然是余天锡？"

宋慈摇头："难以想象，阎笑娉竟然认得宰辅余天锡？"

过了一会儿，探子说几个婆子已经出来离开了，并没有什么事情发生。到了中午，差役又来急报，余天锡本人去了那个宅子。

冉璞和宋慈明白了，看来阎笑娉这个女子非同小可。能让余天锡亲自去找她，会是什么事呢？

众人便悄悄地来到这个宅院附近。监视的探子说，余天锡进去已经大半个时辰左右，还没有出来。几人等待了一阵，里面陆续有人向外走出。众人看到阎笑娉挽着余天锡的手，两人说笑着一起出门。随后余天锡上轿离开，阎笑娉则一直站在门口相送。看得出来，余天锡跟阎笑娉很是亲热。

冉璞觉得他的那副神态，仿佛就是父亲对待女儿一般的宠爱。

但旁边有差役小声嘀咕："余大人这是要纳妾吗？"

有人则说不像。

宋慈笑了，问那人为什么，那人却说不出道理来，只说感觉不像。

冉璞吩咐一个机灵的探子，想办法搞清楚余天锡此行的目的。然后众人满腹狐疑地回衙门去了。

回到衙里，宋慈对冉璞、蒋奇说："这两日必定有事发生。从现在起，我们必须时刻监视阎笑娉了。"

冉璞和蒋奇都表示赞成，于是将现有的衙役分作三组，即时起轮班守着那个宅院。

大约到了黄昏时分，来了一队人，将阎笑娉用轿子抬走了。冉璞和蒋奇赶紧带了人远远地跟着。

很快来到了一所大宅。虽然已经日落昏暗，冉璞还是一眼就认出了，这竟然就是三年前谢周卿和谢瑛从湖州来到临安时，余天锡安置他们的那所宅院，自己还在那里住过！

冉璞知道这是余家的房产。余天锡派人将阎笑娉抬到这里来,难道真是要纳她做妾吗?

阎笑娉进去后不久,又来了一顶轿子。轿子上走下了一个年轻女子,有人立即认出了,那是赵柔奴。

站在冉璞身旁的蒋奇笑着说:"女状元和探花都来了,现在就差榜眼谭惜惜了。"

这句话提醒了冉璞,他立即派人赶到谭惜惜那里,去看有没有事情发生。

随后四下里逐渐安静了下来。

约半个时辰过后,来了两顶大轿,一些人骑马跟着。前后各有一队仆役,每人手中的灯笼上都贴着"余"字。冉璞猜想,这应该是余天锡本人到了。另一顶轿子里坐的是什么人呢?会不会是余天锡的夫人钱氏?

这时前门被打开了,仆役们直接把轿子从大门抬了进去,那几个随从则骑马去了后门。

大约过了一炷香工夫,余府里隐约飘出了一阵丝竹音乐之声。

不知为何,冉璞心里突然有些紧张了起来,他总觉得今天这里的气氛,透着一种说不出的诡异。

第四十九章　王诚命案（一）

守在宅院外监视的冉璞他们万万没有想到，刚才轿子里的人竟然是皇帝。此刻，余天锡正陪着他一边宴饮，一边欣赏阎笑娉的曼妙舞姿，给阎笑娉奏曲的正是赵柔奴。

理宗颇通古曲，知道现在奏的是唐代宫廷乐曲"春莺啭"。传说是唐高宗早晨听到莺叫声，颇有感悟，于是命乐工白明达记下了这首曲子，并将它起名为"春莺啭"。一旁的赵柔奴弹起古筝，动静有起伏，悠然且舒扬，柔曼而婉畅。理宗听着十分受用，和着韵律吟道："内人已唱春莺啭，花下偬偬软舞来。"

阎笑娉的席位设在理宗旁边。她并没有离席，就在席间和着理宗的吟诗舞蹈了起来。只见她轻盈飘逸，长袖舞动，挥洒自如；立于席间，进退旋转，婆娑曼妙。理宗顿时大加赞叹。

尤其是阎笑娉双目含情，虽然身随舞动，但脉脉的眼神片刻不离理宗，那一笑一颦之间，着实勾魂摄魄。理宗看得逐渐心旌神摇，不禁有些痴了。又觉得全身燥热，忍不住想上前脱去她外面的衣衫。然而这种想法很快就让理宗觉得惭愧起来。

一旁的余天锡注意到了，暗自笑了，侧身问道："皇上，这女状元感觉如何？"

理宗毫不犹豫地赞道："好，很好。果然名不虚传！"然后意识到自己可能有些失言了，又补了一句，"奏曲的探花女也很不错。看来这个仙会，不只是虚名而已。"

余天锡笑了，知道皇帝已经看中了阎笑娉，小声地对他说："陛下放心，宫中女官已经验过了，她们都是清白处子之身。"

理宗听了，忽然脸红起来。他习惯了余师傅严肃地给他讲经读史，为何今日竟然对他讲起了风月之事，这种突然的改变让他有些不适应了。

这时阎笑娉已经结束了一段舞，风摆梨花一般轻盈地走到理宗跟前，笑吟吟地给理宗捧上了满满一杯美酒。理宗双手接下放在桌上，然后挽着她的手说："爱妃这舞跳得真是好极了。"

阎笑娉听了，立即跪下叩首，口称"谢陛下隆恩！"

这句谢恩立即让理宗醒悟了过来，他只是说顺了口，但话已出口就收不回来了。于是他转头问余天锡："余师傅？"

余天锡起身笑着说道："恭喜陛下了，恭喜娉儿了。"然后对理宗说，"娉儿是我的义女。她能进宫服侍陛下，老臣真是太高兴了。"

余天锡在朝中向来是道学名臣，官员当中颇有声望。理宗心想，"女状元"有了余师傅这层关系，那些御史们应该不会说三道四了。于是他心花怒放，乐呵呵地收了阎笑娉，然后干脆连赵柔奴一起收了，宣旨两人都随驾回宫，封作美人。

阎笑娉和赵柔奴两人大喜，一起敛衽礼拜，叩谢皇恩。

叩礼完毕，一旁的董宋臣笑眯眯地上前，向阎、赵两位贺喜讨赏。余天锡吩咐仆役从里屋端出内盛放元宝的礼盒，交给了董宋臣，笑着说道："董公公，已经给您备下了。"

董宋臣向余天锡道谢。此刻里面的众人一片喜悦欢腾，接连向皇帝敬酒祝贺。

连着喝了几杯酒后，理宗略微有了一点醉意，问旁桌的余天锡道："余师傅，仙会三甲女子，朕已经得了状元和探花，只是缺了榜眼，岂不是美中不足！"

余天锡听了只是饮酒，笑着并不回答。

可阎笑娉听了理宗这话，顿时脸色就变了，因为谭惜惜就是她最忌惮的人。本来她很庆幸今天这个场合没有谭惜惜，可是皇帝居然主动提到她了。阎笑娉就把求助的目光投向了董宋臣。

董宋臣贴耳对理宗说："人家今天有事，实在来不了。"

理宗瞪眼生气道："什么事能比见朕还重要吗？"

董宋臣赶紧赔笑："这是小人的错，没有让办差的人向她透底是陛下要召见。所以她应该不知道。"

这么一说，理宗觉得董宋臣这么做是对的，的确不能怪人家。但还是有些不甘心，自己贵为天子，怎么可以受到她这样的慢待呢？

董宋臣看出了他的心思："陛下有兴致的话，隔天奴婢安排好，召见一下这个谭惜惜。陛下，怎么样？"

理宗点了点头，皱着的眉头才开始舒缓。

贴心的董宋臣见理宗好些了，赶紧吩咐下面的乐工奏起乐来，宴会继续进行。

余天锡座位距离理宗很近，刚才那一幕全都看在了眼里。

他从来不认为理宗喜欢美色是什么过错，君王哪有不风流！但他认为理宗不懂过犹不及的道理，应该劝谏一下。于是趁理宗离座去方便时，对董宋臣说："人心长苦不知足。陛下今天已经得了两个绝色美女，现在还惦记着谭惜惜，这不好。好事过了头，反而会败兴的。董公公，你平时要多劝着些陛下。"

理宗一直最敬史弥远、余天锡和郑清之三位宰辅。尤其是余天锡，君臣之间要比另两位更亲近一些。他这样说话，犹如父亲关心儿子一般，董宋臣也不以为异，笑着连连答应了。

理宗回来重新入座后，宴饮渐渐进入了尾声。董宋臣看了余天锡一下，余天锡点了点头。董宋臣就跟理宗说是时候起驾回宫了。

众人正起身准备离去时，突然从外面传来了一阵嘈杂，有人在府外大声喧哗，像是发生了争吵似的，接着是一阵拍门的声音。

一直守在屋外的江万载走进来对余天锡说道："余大人，外面发生了什么事情，请您让人去看一下，不要惊了圣驾。"

余天锡答应，走出了屋外，对守在旁边的管家罗子良说："你去门口看看怎么回事。"罗子良领命。江万载冲一个侍卫使了个眼色，那侍卫明白，立即跟着罗子良去了。

两人刚走不远，一个家仆慌慌张张地跑了过来，罗子良拦住他喝问道："你跑什么？外面怎么回事？"

那仆人赶紧回答："快去告诉老爷，夫人来了，正在外面发火呢。那个杀千刀的王诚，竟敢在夫人那里栽派老爷，说老爷今晚纳妾。夫人气得不行，要向老爷问罪哪！"

罗子良顿时脑袋嗡的一声，有些手足无措。钱夫人不知道内情，如果冲撞了圣驾，那可就麻烦了。他让那仆人赶紧过去，悄悄地通知余天锡，然后自己跑去了前门。

这时前门仍然关着，今夜没有他的命令，是不准开门的。罗子良走到跟前，顺着门缝向外张望，果然见到钱夫人带着几个丫鬟，正怒气冲冲地站在门口。罗子良打开了门，小跑过去轻声说："夫人快快回去，皇上在里面！"

钱夫人正在气头上，听了这话以为他在扯谎，于是更加恼怒，指着他骂道："上梁不正下梁歪！就是你们这些人，整天撺掇着老爷，净不干些好事情！继祖过世才多久，他就要纳妾了？想要再生几个是不是？"

罗子良又气又急，压低了声音解释道："夫人真的误解啦。今晚阎笑娉她们两个，已经被皇上纳为美人了，马上就要跟着圣驾回宫。夫人千万不要乱说。"

他这话不像是在打诳语，钱夫人一时愣住了："真的是皇上在里面？"

"夫人哪，我有几个脑袋，敢拿这种事扯谎吗？您赶紧回去吧，千万不要惊了圣驾。"

钱夫人忽然又生气了："说我惊了圣驾？他在我们府上时，我天天照顾他吃饭穿衣，那时怎么就不惊了？为什么现在一个个全都鬼鬼祟祟的……"

罗子良顿时吓得魂飞魄散，赶紧截住了她的话头："夫人，我求您了，您还是先回去吧！有什么事情，老爷马上回去跟您解释。"

钱夫人哼了一声，转头问随从："那个王诚在哪里？看我怎么收拾他！"

随从赶紧四处张望，寻找王诚，却是怎么也找不着。钱夫人这才意识到，自己真是被王诚给骗了。她顿时火冒三丈，放话说道："你们赶紧去找，找到这个小厮后，先给我好好打一顿。"

几个家仆领命，四处找寻王诚去了。

钱夫人知道现在的确是尴尬，就吩咐丫鬟和随从："走，我们回府。"于是一群人抬着钱夫人的轿子离开了。

正在监视余府的冉璞和蒋奇他们，因为隔的有些远，没有听清钱夫人他们的对话，只看到刚才钱夫人气势汹汹地过来，然后突然打道回府。难道发生了什么事情不成？

蒋奇对冉璞说："我好像听到那钱氏提到了王诚，你听到了什么没有？"

冉璞点头说："我看到了王诚，不过一眨眼工夫，这人就不见了。刚才突然走了几个余府家人，似乎去找他了。"

这时，钱氏的轿子渐渐地走远了。蒋奇对她过来的目的非常好奇，问冉璞："余大人把阎笑娉和赵柔奴弄到这里来，难道真的是要纳妾？嗯，他有可能瞒过了钱氏。没想到有人多嘴，把这事捅给了钱氏，所以她刚才兴师问罪来了？"

冉璞笑了："蒋兄，这些都是豪门的家事，我发现你很乐于此道啊！"

一句话说得蒋奇"嘿嘿"直乐。

突然，一阵尖锐的女人叫声划破了静夜："杀人啦！"

第五十章　王诚命案（二）

冉璞和蒋奇互相对视一下，知道出事了，两人带着众衙役飞跑了过去。

众人远远地就看到钱夫人的轿子停在了那里，而她并没有下轿。那些随身的丫鬟们都吓得缩在了一起，仆从们围成一圈，正指指点点，无所适从地议论纷纷。

蒋奇大喊一声："我们是临安府的公差，这里发生了什么事？"

余府仆从们听到公差来了，领头的管事有些惊讶，为什么公差来得如此之快？他迎上来说："是临安府的捕快吗？"

蒋奇一边快走，一边喊道："是的。"

"快过来，有一个死人躺在这里。"

"你们是什么人？"

"我们是余大人府上的家人。"

蒋奇和冉璞走到近前一看，不禁大吃一惊，原来躺在地上的人分明就是王诚！

蒋奇招手让管事过来，问道："你们看一下，认得这个人？"

那管事马上回话说："认得，这人叫王诚。"

二人顿时感到非常蹊跷，刚才钱夫人好像在说要教训王诚一顿，然后这人就死在了不远的地方。莫非就是钱氏的仆从们干的？

蒋奇对手下说："你们赶紧去一个人，喊宋先生过来。"

这时冉璞已经蹲下身，开始察看王诚的尸身。很明显王诚是被人痛殴致死的，脸部和身上到处都有伤痕。尤其是头部，有被硬物用力打击的明显痕迹。但这是不是致死原因，还得宋慈过来细细检验。

冉璞看完尸身，问管事道：“刚才你们要寻找这个王诚，是为了什么事？”

管事刚要回答，突然觉得有些不对，就回答说：“这人死了可跟我们无关。你们可不要胡乱猜疑。”

冉璞笑了：“什么时候说跟你们有关了？”

蒋奇对管事说：“你实话实说，王诚为什么跟你们到这里来？”

轿子里的钱氏听到他们的对话，突然恼怒起来，掀起轿帘喝道：“你们是什么人，竟敢盘问起我们来了？”

管事轻声对二人说：“这是余大人的夫人。你们二位说话要仔细些！”

冉璞和蒋奇上前施礼。随后冉璞掏出了临安府腰牌，向钱氏出示了，十分客气地说道：“还请夫人见谅，这里出了命案，我们职责所在，有几句话想要问下夫人。”

这是公事，钱氏不好拒绝，忍着怒气说："问吧。"

"我们刚才看到，您的家人要去找寻王诚，请问是为了什么事情？"

钱氏极不情愿地回答说："王诚这个小厮竟敢欺骗我。"

"哦，他骗了您什么？"

钱氏突然犹豫了："我不想跟你说话。已经告诉你了，人不是我们杀的。你要问话，问你们的余大人去吧，他就在里面。"说完，吩咐管事起轿离开。

蒋奇立即上前拦住。

管事喝道："大胆！这是二品诰命夫人的官轿，你也敢拦吗？"

眼看就要冲突起来了，冉璞上前拉住了蒋奇，轻声说："人如果真是她杀的，一定可以查出来。现在没必要跟她硬顶。"

蒋奇听了这话就让开了路，让轿子通行过去，却挡住了管事，说道："你不能走，还有几句话要问。"

这管事是个明白事理的，知道如果闹开了，余天锡面子上不好看，于是就留了下来，一五一十地回答了二人的问话。

这时临安府的其他衙役也过来了，都团团地围在这所宅院大门之前。

而在院里的余天锡和江万载，此时也知道了外面有个叫王诚的人被杀了。

江万载觉得大有蹊跷："余大人，这个王诚是什么人？"

余天锡回答道："他是御史王仁的儿子。王仁以前常到我府里走动，有时也带着他，所以认得的。"

"他今晚怎么会死在附近呢？"

余天锡很是无奈："我当真不知。"

两人在外面说话，理宗在堂内等得有些不耐烦了，命董宋臣出去看看。

董宋臣过来后，江万载对他说："董公公，我们暂时不能回宫去。现在临安府的人都在外面呢。"

董宋臣觉得莫名其妙："赵汝说在外面吗？他来干什么？"

江万载就把事情简短地说了一遍。董宋臣更觉得疑惑了，问道："余大人，王仁的儿子是怎么回事？"

这个问题，余天锡完全不能回答。好在罗子良这时过来了，将外面的情形告知了三人。董宋臣不高兴了，问余天锡道："余大人，不是我说您，您这件事办得可不怎么样啊，何必要瞒着夫人呢？"

余天锡正在懊恼当中，夫人爱吃醋是众人皆知的，今晚来之前自己应该跟她讲明，避免误会发生才是。可自己本也只是为了面子，不愿让别人知道他给皇上物色美女的事情，结果现在反而弄巧成拙了。董宋臣这样问，他着实不好回答，只好觍着脸赔笑："董公公，是我考虑不周，没有想到。"

"听这意思，好像是王诚通知了您夫人。可他怎么就死了呢？"

余天锡无法回答，只好说："董公公放心，临安府的人正在外面查呢。一定会水落石出的。"

董宋臣见他回答得坦然，料想他跟命案无关，也就松了一口气。忽然他觉得有些不对劲，问道："余大人，这临安府的公差来得忒快了，就像是守在你府外似的？"

这话立即给余天锡和江万载提了醒，两人越琢磨，就越发觉得有问题。江万载对余天锡说道："董公公说得有理。临安府的人难道是有备而来吗？"江万载开始怀疑余天锡或者别的什么人，被临安府监视了。

余天锡摸了摸长须，回答道："我出去看看究竟，你们且去陪皇上说话。"

出了大门，余天锡见外面果然有很多公差。这时宋慈已经到了，让人手执火把围成一圈，他在中间开始检验案发现场。

余天锡走过来问："赵大人在吗？"

冉璞、蒋奇他们几个都认得余天锡，于是过来行礼，回答说："赵大人不在。"

"那你们这里谁在负责？"

冉璞回答道："余大人有事请说。"

余天锡盯着冉璞看了一会儿，想起来这人是冉璞，上回被人指称杀了儿子余继祖。虽然后来有证据证明他并没有杀人，可余天锡对他依然充满了恶感，于是冷冷地问道："这里发生了什么事情？"

"有一个叫王诚的人被杀害了。我们正在勘查。"

"你们在这里多久了？要查到什么时候？"

冉璞听余天锡话里有话，颇有些不善，就谨慎地回答道："余大人，我们刚刚开始验尸，可能需要一个时辰左右。"

余天锡皱起了眉头："要这么久？"

"余大人请放心，我们不会打扰贵府家眷的。对了，刚才您夫人说了，我们有任何问题，可以向您请教。"

余天锡的眉头皱得更紧了："什么问题？"

"王诚在被害前，曾经到过贵府，跟您的夫人说了一番话，所以您夫人就带着他找到这里来了。请问大人是否知道王诚说的是什么事情？"

"这个我不知道，你们应该问她本人。"

"余大人，我们问了。可是您的夫人拒绝回答，只说让我们来找您。"

余天锡顿时心烦意乱："我不知道是什么事情，等我问过她后，再告诉你们。"

"好的,大人。"冉璞见余天锡情绪很坏,便不再问话了,他也不愿意再触怒这位宰辅大人,给赵汝说带来更多麻烦。

余天锡心里希望他们能越早离开越好,就问:"你们能尽快结束吗?"

冉璞和蒋奇明白了,看来余天锡不希望自己这些人待在这里。

可这儿是凶案现场,必须先办案才行。冉璞就施礼说道:"余大人放心,我们会尽快结束。"

"你们怎么会在我的府外?已经在这里好几个时辰了吧?"这话里明显带着不快。

蒋奇不假思索地回答说:"余大人,我们在查另外一个案子。"

"什么案子?"

这时宋慈完成了验尸,走过来微笑着回答道:"余大人,就是您的公子被害那件命案。"

这样的说法,顿时让余天锡无法发作,只得忍着怒气问:"你们查到了什么?"

"大人,出于保密需要,抱歉我们暂时还不能告诉您。"

"哼!这王诚是怎么死的?"

"他被人殴打致死,大概发生在半个时辰之前。"

余天锡有些迷糊了,半个时辰之前,理宗和他正在兴致勃勃地观赏阎笑娉的舞姿,怎么能想到就在一墙之隔,王诚竟然被人活活打死?

一时间,余天锡不知道说什么好了。

这时,有一个人走了过来,对冉璞说:"冉兄,请过来一下。"

冉璞顺着声音望过去,原来是江万载。冉璞跟江万载一直相处得不错,对他很有好感,欣然走了过去,拱手问道:"江兄,你怎么会在这里呢?"

江万载拉着冉璞走了几步,小声地说道:"冉兄,圣上正在里面。"

冉璞听了大为震惊。他这才醒悟过来,江万载会出现在这里,本身就极不寻常。

"叫你们的人办完事赶紧撤走,不要挡了圣驾回銮。"

冉璞答应。刚要走时,江万载又叫住了他:"等下,还有一事。"

"江兄请说。"

"圣驾在此的事情,必须严格保密,万万不得泄露!包括赵大人在内。"

冉璞答应了。随后,江万载跟心事重重的余天锡一起走回府里。

第五十一章　费忠陡现（一）

江万载离开后，宋慈见冉璞神色有异，便走上来问："江万载怎么会在这里？"

冉璞不能实话相告，只好含糊着说："他有要事在此，叫我们赶紧撤走，离开这里。"

蒋奇顿时非常不满："这里出了命案，他难道有权禁止我们查案吗？"

宋慈心细，听冉璞的话外之意，好像颇有妨碍，于是说："验尸已经完毕，可以抬走了。"

于是冉璞跟蒋奇指挥人手，将王诚尸身挪走。三人又回头看了一遍现场，就带着所有衙役离开了。

江万载和董宋臣等临安府的人全部走完之后，这才接了理宗上轿，又用软轿抬了阎笑娉和赵柔奴起程回宫。临行之前，董宋臣对余天锡说："余大人，今晚你府上周围很有些古怪。这么多临安府的人聚在这里，又出现了不明不白的命案。这里面到底是什么缘故？咱家放心不下啊。"

"董公公放心，明天我就去找赵汝说问个明白。"

董宋臣轻声说："余大人，您是朝里最有威望的老臣之一。今晚的事情，可不能让人说了闲话。如果圣上的名声受到任何一点玷污，我想，这是老大人您最不乐见的吧？"

这是要余天锡施压赵汝说，不准泄露皇帝今夜的行踪。余天锡何等明白的人，立即回答："公公请放心，余某自然知道的。"

送走了理宗他们后，余天锡立即火急火燎地赶回府去，急切地质问钱氏，王诚到底是怎么回事。这时钱氏也有点醒悟过来了，今天的事情绝不会那么简单，就将王诚来见自己的经过告诉了余天锡。

余天锡听了夫人的大致讲述后，问道："你认为王诚说话有几分可信？"

钱氏仔细回想了一下："他说他非常喜欢阎笑娉，所以我才相信了他的话。"

余天锡觉得这个理由说得通的，如果自己今天果真要纳阎笑娉做妾，王诚找夫人告状确实可以阻拦此事。可是他怎么就被人打死了呢？凶手又是什么人呢？余天锡了解自己的夫人，她平日待人虽然刻薄了一点，却不会干出杀人的事情。但他还是开口问道："夫人哪，你跟我说实话，这事的确不是你叫人干的吧？"

钱氏听了，不由大怒："就因为他撒了谎，我至于把他打死吗？别人怀疑也就算了，老爷啊，连你都开始不相信我了……"说着，钱氏委屈地就要哭起来。

余天锡赶紧跟钱氏赔笑，哄了好一会儿钱氏才好起来。

过了一会儿，钱氏看余天锡还在若有所思，就说："王诚跑来向我报个假信，如果不是为了阎笑娉，那会为了什么呢？"

"我就是怕他另有图谋啊。"

"再怎么图谋，也不能把自己的性命赔上去吧？"

余天锡点点头，觉得钱氏的话有些道理。

钱氏见丈夫同意自己的观点，心里忽然有些得意，接着又说道："那王诚有些酒气，却因为酒醉才说了实话：他说自己救了阎笑娉的命，阎笑娉答应过他的……笑话，难道人家为了报恩，就必须嫁给他吗？我看这小厮就是痴心妄想！不过他的胆子倒是不小，竟敢跟皇上争女人。"

余天锡听她夹缠不清地说了这么一通，不禁又气又急："你不要胡说，让皇上蒙羞的话，绝对不能乱说！"

钱氏没好气地问："是啊，老爷，那你觉得是什么人，敢当街杀了王诚？"

余天锡听钱氏话里的意思，似乎有所指向，赶紧截住了话："或许他就是碰上恶人了。让临安府去查案吧，反正人不是我们杀的。可我为难的是：因为阎笑娉的缘故，毕竟牵连到了皇上；而且风声传出去的话，对我也不好！"

钱氏明白丈夫的难处，冷笑了一下："既然偷偷摸摸地出来吃喝享乐，完事了，还要带两个这样的女子回宫，就都不要怕丢什么脸！"

余天锡听罢，真是既惊又怒，这话既扫了皇上的脸面，更是对自己的冷嘲热讽，立时禁不住脸涨得通红。

钱氏不管不顾，继续说道："他本来真是个不错的孩子，现在竟然会干这些？一定是跟什么人学坏了？"

余天锡忍无可忍："够了，以后这种话再也不要说了！"说完拂袖而去……

冉璞和蒋奇他们正带着王诚的尸身赶回临安府衙，宋慈笑着对二人说："二位，你们不觉得今天余大人和江万载有些奇怪吗？"

蒋奇回道："是啊，江万载不许我们待在那里！难道他们那里有什么见不得人的勾当吗？"

冉璞没有回答，他一直在琢磨刚才发生的事情。宋慈看着冉璞说："想知道那里究竟怎么回事吗？"

蒋奇以为他知道了，连忙问："先生猜到了什么吗？"

宋慈捋须笑道："你们二位悄悄地回去看看，一定会有收获的。"

冉璞立即摇头："算了，也许余大人和江统领有些难言之事，我们还是不要掺和了吧。"

宋慈眨了眨眼，盯着冉璞看了一会儿。

冉璞知道他精明过人，怕瞒他不住，索性不再说话了。宋慈见冉璞这般情形，知道必定有什么隐情，也再不劝他们返回了。

各人一路无语，又走了一段，突然前面的路上，出现了一个高大的身影。此人的腰间右侧还斜挎了一把手刀，这立即引起了众人的注意。冉璞心想，右侧挎刀，难道这人是个左撇子吗？经过他的时候，冉璞和蒋奇都仔细看了此人一眼，黑夜里这人还戴着斗笠。他低垂着头，一直保持着同样的步速和节奏，继续向前走着。可是这人的身形，实在太熟悉了。突然，冉璞大喊了一声："费忠！"

那人立即停下来了，抬头向冉璞这边看了一眼。众人顿时看清了，这人分明就是费忠。

突如其来的遭遇，让双方都愣住了。

瞬间之后，冉璞和费忠同时反应了过来，冉璞立即冲了上去，费忠飞一般地向后逃走。就在眨眼之间，两人已经一追一逃，跑出了十几步以外。随后蒋奇也紧跟了过去，宋慈吩咐几个衙役赶紧尾随上去，其余的人跟他继续回衙。

费忠显然对临安的街道非常熟悉，所以虽然是深夜黑暗之时，他依然可以在街巷之间从容地来回穿梭。但冉璞体力充沛，更兼步法轻快，一直紧追不舍。

追过了几条街道后，路上来了一队车轿，队伍的前列有几个大汉骑马领路，几顶大轿跟在后面，两边还有人打着灯笼。费忠被冉璞追的情急之下，竟撞向了领路的大汉。

为首的一人大喝一声："什么人？"然后对旁边的大汉说道："把他拿下！"

两名大汉应声下马，上前擒拿费忠。可他们没想到，自己竟然不是费忠的对手，转瞬之间就被费忠击倒在地。为首的那人顿时大怒，立刻下马拔刀冲了上去。费忠也拔出了刀，两人持刀恶斗了起来。

这时冉璞追到定睛一看，原来是江万载在跟费忠缠斗。冉璞大喊了一声："这是通缉要犯，江统领不要放了他！"

说完执刀冲了过来，跟江万载一起合斗费忠。那些手拿灯笼的人本来正在护持着车轿，听到冉璞喊话后，就上来几个人要一起擒拿费忠。

费忠见势不妙，突然甩出了几支飞镖，扎到了几个侍卫的身上，冉璞和江万载急忙闪避，侍卫们一时大乱。费忠趁机从侍卫中间冲了出去。冉璞立即追了上去。江万载正要跟上，猛然想起皇上和两个新收的两位美人还在这里，自己的职责是护卫皇上，片刻不能离开。于是他吩咐两个手下去跟着冉璞，其余的侍卫随他护着皇上车驾，继续回宫。

冉璞紧追费忠不舍。费忠见追在后面的除了冉璞，还有几个侍卫，于是不敢再钻进巷道里，而是一阵猛跑上了一座小山。冉璞紧随其后，见附近有寺院道观模样的建筑，知道这里应该是吴山了。黑夜之中无法辨清方位，也看不见费忠的身影，只得紧紧跟随前面的声响向山上攀爬。而那两个侍卫没有跟上，因为失去了目标，只得放弃，转身回去了。

刚才突然发生的变故，理宗掀起轿帘都看在了眼里。回宫的路上，他很是不悦，把江万载叫到跟前问："刚才那两个都是什么人？其中一个似乎认得你。"

"回皇上，那人是临安府的公差，名叫冉璞。他刚才正在追捕一名通缉的嫌犯。"

理宗点了点头，觉得冉璞的这个名字好像听过："你怎么会认得赵汝说的手下？"

江万载犹豫了一下，正想着该如何回话，旁边的董宋臣突然问道："这个冉璞以前是真德秀大人的属下吗？"

"正是，现在他在临安府效力。"

董宋臣对理宗说："皇上，您还记得三年前的谢安安吗？还有，临走前给您送来琴谱的那位……"

理宗本就觉得冉璞这个名字很是熟悉，经董宋臣的提醒，想起了三年前夏泽恩的案子，又想起了真德秀他们经办的潭州盐案。原来是他，当年安安的未婚夫。理宗自言自语地问道："他不在家陪着安安，到临安来做什么？"

董宋臣嘿嘿笑道："一介武夫，在给赵汝说效力呢。"

江万载听这话刺耳，立即纠正说："董公公，他是在为朝廷效力。"

董宋臣赔笑说道："是的，是的，我说错了。"

理宗知道董宋臣在故意贬低，却只是一笑了之。随后不知为何，心里竟涌起了一阵对谢安安的思念，不由得心情复杂起来。

　　过了一会儿，回头看着阎笑娉和赵柔奴的轿子，理宗的心情又高兴起来了。回宫之后，理宗自然是温柔乡里，美人缱绻，几番云雨，以至于误了第二天的早朝。

第五十二章　费忠陡现（二）

再说冉璞一路追踪着费忠，在山上跑了大约一个时辰，渐渐地再也听不到动静了。

这时山里突然升起了一阵雾气，冉璞不知路径，终于迷失了方向。又走了一会儿，看见远处隐隐有房屋的轮廓。走近了观看，原来是一座废弃的道观。冉璞走了进去，挑了偏殿的一个角落坐下来休息一阵。因为太过疲累，不由得靠在殿墙睡了过去。

等到醒来的时候，已是天光大亮。冉璞走出来仔细辨认，只见远处峰峦峻秀，霞光蒸腾；近处奇石怪洞，竹树交互。冉璞依稀记得曾经见过这个山景，可能就是玉皇山。向前走了不久，看到一处土地被平整地分成八块，中间行成一个圆形高埠，其状有如八卦。冉璞顿时想起了，此处名叫八卦田，位于玉皇山南麓，是皇帝祭祀农耕的专用地点。

确认了方位后，冉璞很快找到了下山的路径。就在下山的路上，冉璞忽然想起，此处距离贤良寺已经很近了。

冉璞回到临安府衙时，一个差役正守在门口等他，见他回来不禁喜出望外，迎了过来说："你回来真是太好了，赵大人正在等你，都派出去几拨人到处找你呢。"

冉璞一边走，一边问："赵大人找我，是不是有什么要紧的急事？"

"不是，是有贵客来访，点名要见你呢。"

冉璞有点惊讶："谁要见我？"

"魏乃翁魏大人。"

冉璞顿时惊喜万分，疾步走了进去。刚进会客厅，就见到赵汝谠和宋慈正陪着魏乃翁饮茶谈话。魏乃翁见冉璞进来了，笑容满面地站起身来。冉璞躬身施礼，魏乃翁扶住了他说："这一别就是三年有余，你和冉玨都还好吧？"

"多谢魏大人关心，我们都很好。"

赵汝谠笑着说："我跟魏大人是多年相识的老友了。我们二人又都是真大人的密友，现在可就等他回来了。"

魏乃翁微笑着点头回答："我看皇上的意思，真大人回来，只是早晚的事情。"

众人落座后，赵汝谠问冉璞："听宋慈讲，你昨夜去追捕费忠，是不是遇到了麻烦，为什么直到现在才回来？"

冉璞回头看了一下值守的差事，请他端一些吃食过来。其实是让他回避一下，然后将昨夜追捕费忠的详情叙说了一遍。

宋慈抚须笑道："这是静极思动啊。费忠隐藏了这么久，终于开始出来活动了。"

赵汝谠问他："那他为何昨夜出现在那个地方呢？"

宋慈回答说："大人问得好，这就是关键所在了。"

赵汝谠疑惑地问："前面我们推测是费忠杀了阎笑娉满府上下，然后挟持了她。可她后来如何得救了呢？还竟然认得了余天锡大人，真是匪夷所思啊！"

冉璞回道："也许费忠当初就不想杀了阎笑娉，挟持她是另有目的。"

宋慈很是赞成："大人，我们离真相又接近一步了。我推测这些事情都是有人操控的，包括余天锡大人收了阎笑娉做他的义女。"

赵汝谠问："不错，世上没有无缘无故的爱恨，他为什么要收阎笑娉做义女呢？"

冉璞正要回答，然后却犹豫了。

魏乃翁虽然不管此案，却多少听说了一些消息，问赵汝谠："赵大人，你们谈的案情跟中秋大火案有关吧?"

"正是。"

"我明日就要外出公干,之所以今天来这里,是有个线索想要通知你们,或许对破案有所帮助。"

赵汝谠精神一振:"哦,魏大人快请讲。"

原来魏乃翁已经被任命为端明殿学士、同签书枢密院事,受理宗的委派,明天即将离开临安,去督视江淮、京湖各路军马。

魏乃翁说道:"我回临安之前,到两淮和金陵那里都走了一遍,得到了一个可靠的密报:金国皇帝手下有一批人,专门负责刺探大宋军政资情,策反各级官吏军官。他们中的一个头目叫王世安。据报此人三年前秘密潜入了临安,跟一个叫上官镕的人勾结在一起,净干些对大宋极其不利的勾当。我猜想上次临安大火案,会不会跟他们有关呢?"

冉璞和宋慈两人互相对视了一下,心里都是豁然开朗,忍不住都兴奋了起来。

这时赵汝谠突然笑了,然后紧握魏乃翁的手感谢说:"魏大人,你这个线索真是太及时了!这给我们破案提供了有力的佐证啊。"

冉璞说道:"这个消息属实的话,上官镕、董贤和明亮这些人的关系就可以基本理顺了。"

宋慈笑着问:"你好像已经认定董贤就是王世安了?"

"正是。董贤在聚仙山庄,干的事情就是用美色和财物贿赂高层官员,让这些官员为自己所用,同时也聚敛了巨额的钱财。我一直没有弄明白他真正的目的,现在终于想通了。"

宋慈接话说道:"明亮他们之所以一到临安就投奔在董贤那里,是因为李全、李福这些人跟他,还有上官镕本来就是有勾当的。"

魏乃翁疑惑地问:"你们说的这个明亮,是不是在金陵被击毙的那个刺客?"

冉璞回答:"是同一个人,已经确认了。"

"那他为什么要去行刺本官呢？"

冉璞想了想："他应该是受人之托。"除了魏乃翁，众人都知道，冉璞所指当然是莫彬了。

"哦，是什么人想要刺杀本官？"

"上官镕。"

魏乃翁皱眉想了一阵："上官镕这个名字我听过，是不是湖州案里的一个要犯？"

冉璞赞道："魏大人好记性。是的，当时在湖州有案犯供述，上官镕是他们的头目。可是后来一直抓不到此人，因此就不了了之。"

魏乃翁问："看起来，你们似乎已经抓住了他的踪迹？"

赵汝说接话道："是的。上官镕阴险狠辣，异常奸猾。当年向各州贩售私盐，用假书信诬陷真大人，在湖州掀起风波害死济王赵竑，这些事他全都脱不了干系。"

魏乃翁捻须沉思，然后说道："看来，几件大案都很有希望了！皇上和太后让赵大人任职临安，非常英明啊！"

赵汝说连连摆手："魏大人过奖了。"然后对冉璞说，"差点忘了，刚刚收到冉琎差人送来的急递，你们两个都看看吧。"

说完起身，到书房拿过来一个公文袋，交给了冉璞。冉璞打开仔细读了一遍，里面有一封冉琎写给赵汝说的信件；一些董贤在扬州的行船记录，包括几份董贤的亲笔文书；还有一封兄长写给自己的书信。在给赵汝说的信里，冉琎详细讲述了，董贤就是金国派到临安潜伏的细作头目王世安。经过多年经营，这些人在临安布下了一张巨大的黑幕，隐藏在这张黑幕背后的关键人物，除了王世安，还有那个神秘的上官镕。他们在幕后控制了不少朝廷官员，利用这些官员搜刮钱财，并将朝廷的各种情报传给了金国。在给自己的信里，冉琎提到了赵奎，他现在已经改名为赵胜，就隐藏在赵葵的身边当了一个侍卫。

冉璞惊讶之余，为兄长此行如此多的发现感到兴奋。他将公文袋递给宋慈，说道："太好了，兄长的观点跟我们完全一致。下面可以拿这些跟从聚仙山庄那里查抄的文书比对一下。"

宋慈看完之后说："万事俱备，只欠东风，现在就缺一份王世安跟董贤就是同一人的实锤证据了。"

赵汝说摇头说："不，还缺东西，我们还缺少证实上官镕真实身份的铁证。"

冉璞笑道："丁义已经去盐场了，相信会有好消息传来。"

众人说到这里，都是兴高采烈，赵汝说就要摆开宴席，给魏乃翁明日的行程饯行。魏乃翁拱手道谢，因为还有公事要办，实在不能再多逗留了。

于是三人一起将他送出了大门。魏乃翁向众人挥手作别。

随后众人忙碌了一阵。冉璞得空时，秘密地向赵汝说告知了理宗昨夜的事情。

赵汝说感到很是惊讶："看来阎笑娉这个小女子确实了得，以她这样的身份，怎么就能进了宫呢？"

"所以余天锡才要收她做义女，即使消息泄露了，也可以堵住御史们和其他官员的嘴。"

赵汝说紧锁眉头："不行，绝对不行，皇上被这些人迷惑住了。阎笑娉的背后，还不知有多少居心叵测之徒！"

冉璞劝道："皇帝私下里纳娶美人，说到底是皇家的私事。大人如果强行劝谏的话，不但会惹得皇上不高兴，而且彻底得罪了余天锡和阎笑娉。大人，您得慎重啊！"

赵汝说点头说："这里面的利害关系，我自然知道。可是这个阎笑娉身份存疑，竟然还跟董贤这个金国奸细勾勾连连。这种人只要在宫里存在一天，就会对社稷安危大为不利，我绝不能坐视不管！"

冉璞见劝不住他，便说道："大人要去管是可以的，但是这件事绝对不能直接上书。我听说皇上很是孝顺，主张以孝治理天下……"

赵汝说立刻明白了："你的意思是去告诉杨太后？"

"正是。"

赵汝说笑了:"嗯,这个办法好。下面你跟宋慈一起悄悄地调查这件事,我要搞清楚将阎笑娉送进宫的那些幕后之人。记住,除了宋慈之外,不要再对任何人提及此事了,免得消息扩散带来大麻烦。"

冉璞点头答应。

第五十三章　太平酒楼（一）

之后冉璞按照赵汝谠的吩咐，将昨夜理宗与阎笑娉在余府密会的事情告诉了宋慈。

宋慈笑着说："昨夜我已经猜到了。"

"宋先生果然高明，你如何知道的呢？"

"当时江万载的神情有些紧张，能让他这样，一定是为了皇上。他一定告诉了你皇上就在里面，而且要你务必保密。"

"是的。可是兹事体大，我不能向大人隐瞒，刚才我已经告知了大人。他让我们二人调查一下，这件事情的幕后主使都是谁。"

宋慈捻须思索了一阵说道："这么看来，大人要向皇上进谏了。"

"正是。刚才我劝大人不要直接进言，而是去找太后过问此事。"

宋慈摇头道："只怕还是不妥啊。"

"哦，这是为何？"

"大人去找太后过问阎笑娉的事情，早晚会让皇上知道。且不说龙颜不悦，单是得罪了阎笑娉这一条，就会让大人以后的麻烦越来越多。"

"可是大人认为阎笑娉身份存疑，跟董贤这种金国奸细有所勾连。这种人在宫里，只会对朝廷不利。"

"道理上是对的，可是不管是谁，为了这件事情而去进谏，都会触怒皇上。赵大人有重任在肩，对这件事情，还是暂时不碰为妙。"

"你这话似是而非啊。"这时赵汝谠进来，正好听到了宋慈说话，"如果在朝官员，人人都因为畏上而不敢言，那么皇上能听到的，就只能是各种谄媚的谎言。真话被杜绝了，小人就会猖獗，各种弊端势必日积月累。这不就是以往朝代没落，最后覆亡的根本原因吗？"

宋慈拱手回答："大人高见，在下佩服！"

冉璞说道："如果大人下定决心要管此事，一定得事先策划得当才行。"

"所以我才要你们二位仔细商量一下。"

宋慈建议说："阎笑娉跟董贤的关系，很多人都知道。我们可以想办法，先让皇上了解董贤的事情。"

冉璞赞成："我们必须尽快拿到铁证，确认董贤就是王世安，然后在朝上公开宣布。"

赵汝谠皱眉问："可是王世安已经逃走，很可能逃回了金国，该怎么办呢？"

这就是最为棘手的地方，宋慈和冉璞都陷入了深思。

三人苦思冥想了一阵，宋慈说道："也许突破口会在莫彬那边？"

赵汝谠问："宋先生说具体一点呢。"

宋慈正要回答，蒋奇从外面进来了。他调查王诚被害的案子回来，并没有发现有用的线索，所以他有些恼火。三人立即就从他的表情看出来了，赵汝谠问："蒋奇，有没有找到王诚被害的目击证人？"

蒋奇摇头："很是奇怪，一般的命案总会有些蛛丝马迹，让我们有方向去追查。可是王诚被杀，到目前为止，没有任何人目睹他被害的经过。事发的附近，也没有任何人听到异常响动。"

冉璞问："身上没有刀伤吗？"

宋慈抚须说道："我验过了，没有刀伤。王诚的致命伤在脑后，是棍棒猛击致死。凶手至少有三个人。这些人力道很大，下手毒辣，全都在要害部位。而且，现场没有留下任何有用的痕迹。"

冉璞问："杀人过程应该是怎样呢？"

"我推测应该有一个王诚的熟人，先将他从那宅院门口叫了过去，然后三个人突然包围袭击了他，迅速杀人后马上逃离现场。整个过程干净利索，这些人都是熟练的杀手。"

蒋奇说："以费忠的身手，他可以轻易做到。"

赵汝说疑惑地问道："如果是费忠带人作了案，为什么他后来又独自出现呢？"

冉璞若有所思地回答："问得好。费忠昨夜突然出现，可能是故意的。"

"你是说，他故意现身，要引诱你们去追他？"

"是的大人，费忠很可能知道江万载他们的行程，故意引着我们追捕，然后冲撞了他们的车驾。"

赵汝说和宋慈听罢，点头同意他的推测。

蒋奇不明白这其中的含义，但看到赵汝说和宋慈都表情肃然，知道一定大有隐情。

过了一会儿，赵汝说打破沉默，问蒋奇道："王诚的父亲御史王仁，来认领尸体了没有？"

"已经通知他了，说下午会来。"

"王诚平日里都跟什么人往来？"

蒋奇回答："王诚这人，不爱读书，喜欢混迹在勾栏当中，至今未曾举业。他认识不少阔公子，比如贾妃的弟弟贾似道。他有一个同窗好友，叫马天骥，两人来往很多。"

冉璞问了一句："梁光跟他有往来吗？"

"不清楚。不过王诚倒是常去余天锡府上，钱氏认得王诚。还有，马天骥是余府管家罗子良的外甥。"

这句话立即引起了众人的注意。宋慈对蒋奇说："我们得查下这个马天骥，可能会有线索。"

这时赵汝说说："光有线索远远不够，我们现在最需要的，是铁证。"

这话提醒了冉璞，问宋慈道："刚才谈到铁证，先生说突破口会在莫彬那边。你是不是想说，如果丁义能拿到证据回来，我们就立即抓捕莫彬？"

宋慈捻须笑道："正是如此。"

蒋奇不明白他们的说法，追问了几句。冉璞解释说："丁义去淮盐产地查上官镕了，如果能拿回证物，就可以跟我们这里的证据比对了。"

蒋奇还是不明白："我们这里的证据？那是什么？"

宋慈呵呵一笑："暂时天机不可泄露。"

蒋奇见他们都不肯说，急得抓耳挠腮。冉璞就贴耳跟他解释了一下，蒋奇顿时恍然大悟，连连点头。

当天下午，御史王仁带着夫人来到临安府衙，要领走儿子尸身。

赵汝谠亲自陪着王仁，说了一些劝慰的话。王仁红着双眼，很是悲戚的模样；他的夫人胡氏看到儿子惨状，受到了强烈刺激，抚尸痛哭，哭诉自己没有教好儿子，让他枉送了性命。

她的哭诉让赵汝谠疑窦大起，赵汝谠劝胡氏说："夫人请节哀，事已至此，还是好好办理后事吧。"

胡氏止住哭声，拉着王仁哭骂说："我早说过，那马天骥不是好人，叫你禁止诚儿跟他来往，可你就是不听。"

宋慈和冉璞在一旁听得清楚，立即悄悄地打手势给赵汝谠。

赵汝谠明白，上前扶住了胡氏："夫人节哀，王大人心里也难受呢。"

王仁见他解围，就顺势将夫人搀到旁边坐下，吩咐仆役将王诚尸身裹好，抬回府里去。

赵汝谠又劝慰了胡氏一阵，然后问道："夫人刚才说的马天骥，昨天可去了贵府找王诚？"

胡氏点头："是的。"

"他说了有什么事吗？"

"这种人会有什么正经事？无非是去花船上浪荡！"

这时王仁拉了拉胡氏的手，示意她不要再说了。

赵汝谠见状，就对他们说："王大人，夫人，令公子的死很是蹊跷。据你们了解，他有没有跟什么人结仇呢？"

王仁夫妇都摇头否认。

"如果你们知道些什么,还望据实相告。毕竟你们也想早日抓住凶手,为公子报仇,是不是?"

王仁回答:"赵大人,犬子虽然不爱读书,平日里只喜玩乐,但他却很心善,极少跟人结怨。"

"那刚才夫人说的马天骥,是怎么回事?"

王仁垂头想了片刻:"对他们的事,我也不太清楚。夫人,你有什么话,就跟赵大人说说吧。"

胡氏见丈夫让她说,于是就将平日里马天骥如何带着王诚在各处厮混的情形讲了出来。昨天马天骥又来了,鬼鬼祟祟地跟王诚说了半天话,然后两人急急忙忙地就出去了。

赵汝说问:"夫人可曾听到他们说了什么?"

胡氏摇头:"我让一个丫鬟去偷听了一下,声音太轻听不到。不过他们好像提到了余府……"

赵汝说听了,顿时精神大振,立即吩咐蒋奇:"你赶紧带人去捕拿马天骥,千万不要让他跑了!"

蒋奇立即拿了索牌,火急火燎般地出去办差了。

第五十四章　太平酒楼（二）

可众人没有想到的是，蒋奇这一趟差使出乎意料地顺利，很快就将马天骥带了回来。

赵汝谠立即升堂，将惊堂木狠狠地拍在公案之上，厉声喝道："马天骥，你如何跟人联手害死了王诚，从实招来！"

马天骥大声叫屈："赵大人，晚生冤枉啊。不错，昨天我是去找了王诚，不过是约他出去饮酒罢了。后来他有事就先走了，我哪里能知道他之后竟然出了那么大的事！"

赵汝谠冷笑一声："你们几时离开王府？去的哪家酒楼？"

"我们申时离开他的家，去了太平楼酒家。"

"伺候你们的店伙计叫什么？"

"他叫贾二。"

"王诚几时离开太平楼？"

马天骥想了一下："应该是酉时离开的。"

站在一旁的宋慈问："那么王诚待在酒楼总共的时间，也不到一个时辰。都有什么人可以作证？"

"贾二可以作证。对了，我们的隔壁包厢里，是萧山县尉丁大全，他那时正在跟贾似道等几个人一起饮酒聚会。"

赵汝谠吩咐差役立即去把贾二带来问话。随后，又派了人去询问丁大全。

宋慈接着问："那你们都点了哪些菜肴？"

马天骥回忆了片刻，说道："冷盘有糟决明、玉面狸、肫掌签、蟑炸肚、洗手蟹等；炒菜有鲜虾蹄子、鹁子水晶、南炒鳝、煨牡蛎、爆双脆、炒白腰等；果品有杏仁、半夏、豆豉、香药、五香豆这些；汤羹是炸沙鱼衬汤。酒用的是紫金泉、错认水各两小坛。"

赵汝谠冷笑不止："就你们两个，如何吃得了这许多东西？"

马天骥摇头反问："赵大人，这些东西多吗？"

赵汝谠见他一副满不在乎的模样，心想这人要么就是一个大奸大恶之徒，要么就是一个冥顽不灵的纨绔子弟，不由得心生厌恶之意，然后又问："王诚为什么要离开酒席？"

"他只说有急事出去一下，很快就回来。谁知道，他竟然就出事了。"说到这里，马天骥用衣袖擦拭了一下眼睛。

"他是不是去了余天锡大人的府上？"

马天骥大吃了一惊："余大人府上，这，不可能吧？他找余大人能有什么事？"

赵汝谠见他一副不知情的模样，心想这人假话连篇，可是暂时没有什么办法来拆穿他。

一直旁听的冉璞突然发话问："马天骥，你认识阎笑娉吗？"

马天骥没有料到有人突然问他这个问题，犹豫了一下说："认得。"

"你们如何认得的？她跟王诚之间来往密切吗？"

马天骥似乎对这两个问题颇有忌惮，认真想了一下这才回答："在下跟王诚是好友，曾经一起去过聚仙山庄，所以知道阎笑娉。王诚一直很喜欢阎笑娉，在她身上花了不少银子。有一天阎笑娉突然跑到他府里，请求他收留保护。大家都知道聚仙山庄出了事，王诚这人胆小，怕阎笑娉有事牵连到他，就找了我帮忙。刚好我借住了余天锡大人的一个宅子，正准备还给人家。见王诚有求于我，就擅做主张，把宅子借给他暂时安顿了阎笑娉。"

宋慈和冉璞听罢都在想，马天骥如此回答，真是滴水不漏，既把自己摘得一干二净，又将事情全都推给了王诚，同时似乎又在为余天锡开脱。看来这人是个非常厉害的角色。

过了一会儿，太平楼的贾二传到。宋慈跟他详细核对了昨日王诚和马天骥二人酒席的情形，细节全部对上了。这有点出乎众人的意料。赵汝说只好将马天骥暂时释放，但警告他暂时不可离开临安，此后要随传随到。

之后，临安府差役又分别找到了丁大全和那个年轻人贾似道，他们全都证实了马天骥在大堂上所说的话。

赵汝说见忙碌了一天，没有什么收获，心里颇有点不快。宋慈见状，就吩咐差事们全部出去，不要打扰大人，然后跟冉璞商议了一会儿，两人一起去了太平楼，要看一下喝酒的现场。

而赵汝说一个人愣愣地想了一阵，吩咐人马准备轿子。他要秘密进宫，去觐见杨太后。

冉璞和宋慈来到丰豫门外，这里紧邻西湖，风景绝佳，所以游人众多，正是一个热闹之处。这太平酒楼就建在西湖东畔，远眺千峰连环，一碧万顷，近观柳汀花坞，历历栏间，游桡画船穿行湖上，的确是个会客宴饮的好地方。

二人进去之后，找到了贾二，让他领着去看昨日马天骥和王诚订的包厢。两人一边观察，一边询问贾二："昨天就他们二人在这里吗？"

贾二毫不犹豫地点头："正是。"

"那他们二人点了那么多的菜肴，最后吃完了没有？"

贾二有点奇怪，为什么今天官差们总要问这种琐碎的问题？就回答说："他们二人当然吃不完。不过酒倒是喝了不少。"

冉璞要来了他们昨日的菜单，查看后问："这些菜肴看起来都很上档次，价格应该不菲，他们二人谁付的账？"

"是马公子。"

宋慈问："他们经常来这里饮酒吗？"

"是的。"

"每次记账吗？"

"不，从来不。马公子都是给的现钱。"

宋慈笑了："既然经常来这里，为什么不记账，那样不是很方便吗？"

"小的也提过，马公子说他不喜欢欠别人的。"

冉璞问道："王诚经常跟什么人在这里宴饮？"

"这个小的说不清，什么人都有。"

"见过梁光跟他们在一起吗？"

"梁光是谁？小的不认识。"

冉璞跟宋慈对视了一下，看起来贾二反应的很真实，不像在说谎，于是就不再追问了。小二出去后，宋慈问冉璞："马天骥和王诚经常到这些高档酒楼来，王诚倒也罢了，可能家资丰厚。这马天骥也是豪富出身吗？"

"如果他出身一般，那么他一定另有不明收入。"冉璞回道，"很有必要让人去查清马天骥及其家人的真实情况。"

在回衙的路上，宋慈有些担心地说："这一段时间，接连发生命案，先是在聚仙山庄，然后竟然在余大人的宅子外面，发生了凶杀大案。皇上昨夜的车驾又受到了冲撞。我有些担心，大人即将受到来自皇上和宰辅们的问诘。"

冉璞眉头紧皱："我也在担心呢，但我更担心大人会在压力之下，考虑不周就进宫去。"

"你是说，大人要去找杨太后？"

"是啊，大人自恃是朝廷的宗族，跟太后又亲近，一定会去告诉太后的。"

宋慈叹了一口气："杨太后断然不能容忍阎笑娉这样的女子留在宫里。如果皇上跟太后发生了不愉快，那他一定会记恨大人的！"

"这都是皇家的后宫私事，我们不该卷进去啊！"

宋慈沉默了一下说道："我有些想明白了。"

"哦，先生请赐教。"

"昨夜发生的事情，很可能是有人设的圈套。他们既要利用美色取悦皇上,同时又引诱我们去冲撞皇上的好事。就算此计不成,他们知道,赵大人一旦得知阎笑娉进宫,必定会强烈反对。这之后,他们就大有文章可做了。"

冉璞点头赞成:"你分析得很对,他们是要一箭双雕。"

二人想通了这一层,赶紧打马回衙。随后却发现赵汝谈已然不在府里了。差事告知他们,赵大人进宫去了。

冉璞紧张地对宋慈说:"看来,我们必须赶紧见一下赵汝谈大人,只有他才能从中斡旋,不至于将局面弄得不可收拾。"

宋慈很是赞成,又安慰冉璞说:"咱们也不必太过紧张,这件事情的发酵还要一阵子。我们应该有足够的时间来应对。"

但是,冉璞去了赵汝谈府上后,却并没有见到人。赵府管家告诉他,赵汝谈大人几天前外出公干,还需要几天才能赶回临安。这让冉璞顿时无比失望。

第五十五章　赵葵定计（一）

回到衙门后，赵汝说还没有回来。冉璞有些闷闷不乐，正在想着心事，蒋奇问冉璞："你昨夜追踪费忠到了玉皇山上，那里距离贤良寺很近，他会不会躲进了这个寺庙？"

"有这可能。上回搞到会牌后，你跟宋先生都去过贤良寺，有没有看到什么异常？"

蒋奇摇头说，"没有特别的异常。不过正像你说的那样，那里的香客的确是富贵人家居多。我看过功德本，香客们布施的香火钱着实不少。"

"你们见到惠德法师了吗？"

"没有，据说惠德方丈还在闭关修行。"

为什么惠德方丈这么久都在闭关，有没有什么玄机呢？想了一阵，冉璞想起，兄长离开临安之前，让邓冯在贤良寺附近盘下一个茶馆，对那里进行全天的监视。这些日子过去了，邓冯会不会有所发现了呢？

冉璞回到书房，打开冉琎写给自己的书信，里面还夹有一份由梵文翻译过来的秘法，讲的是用石膏仿制面部模型，然后用药物和颜料处理羊肠肠膜，贴在模型上面，就可以做出真实度很高的面具。冉璞忽然想到，宋慈和蒋奇进入贤良寺没发现任何线索，也许就是因为他们的身份已经被人识破了。如果戴着逼真的面具进到寺里，说不定会有意想不到的效果。想到这里，冉璞开始全神研读这份秘法。

读完之后，冉璞又陷入了沉思，兄长现在到了哪里呢？从信里的意思看，他要去追捕王世安。可王世安很可能已经逃回了金国，难道兄长要去金国吗？

再说冉琎和王鹗、王琬兄妹离开金陵后，先到了扬州，船在码头上停靠了一天。众人再次去了苟梦玉那里，冉琎向他打听在楚州的明尊教分堂情形。

苟梦玉笑着说："你向我打听这个，真是问对人了。自从我离开楚州后，那里的分堂堂主一直是国安平接任。安平跟随我多年，他胆大心细，为人忠诚可靠，跟他的堂兄比，大不一样。"

冉琎好奇地问："他的堂兄是哪一位？"

"就是国安用，李全手下的一位将军。我在楚州时，仔细观察过李全和李福的所有部将。我认为李全手下第一个会打仗的将军，不是刘庆福，更不是其他人，而是国安用。"

彭渊问道："先生，既然他很会打仗，为什么我们没有听说过他呢？"

"之所以这样，是因为李全用人，极其亲疏有别。能被他委任镇守一方的，必须是他的绝对心腹。虽然国安用作战勇猛，手下也有不少部众，但李全觉得他的心眼太多，很多时候想法跟自己并不一致，所以一直以来，国安用并不被李全兄弟赏识，多年来他就是一个偏将。既然当不上主将，各种好事也就轮不到他了。"

冉琎点头："先生看人，入木三分，能不能再介绍一下其他各将呢？"

"驻守楚州、盱眙各将当中，值得关注的首推张林和张惠二人。张林这人原先是金国的山东东路都元帅，镇守益都。自从金国军力被调走去抵御蒙军后，山东空虚，李全看准机会，带着大军进入山东，一个人闯进益都城招安了张林，二人结拜成结义兄弟。朝廷一下子就得到了张林镇守的青州、莒州、密州和济南等二府九州。李全因为这个功劳，被授以高官厚爵。可是李全并没有真心对待张林，尤其是李福贪财不义，后来两人将张林挤兑得无法容身，被逼投奔了蒙古大将孛鲁。不知为何，不久前他又反叛了孛鲁，重新归降大宋，一直驻军在楚州。"

冉琎摇了摇头："听起来，张林此人朝三暮四，难成气候。"

"时局比以往艰难,彼此又争权夺利,人心难测啊!"苟梦玉叹了一口气,言下之意,对张林颇有些同情,"比起张林来,张惠的经历就简单了许多。他跟随金国节度使李霆四处征战,但在泗州他孤军被围,就归顺了朝廷。此人勇猛无比,跟李全正是对手。"

彭渊摇了摇头:"听起来也没有什么特别的过人之处,苟先生为何对他们如此高看?"

苟梦玉认真地回答道:"为什么要特地挑出这两个人说呢?因为这两人就是杀掉李福的主谋,我推断他们很可能有异心了!"

"他们要反叛朝廷吗?"

苟梦玉肯定地点了点头:"我听到了各种消息,从种种迹象来看,有理由怀疑张林其实是效忠于蒙古的;而张惠则可能要投金,不仅因为金主曾经对他有恩,还因为赵葵、赵范这些官员一直不停地排挤、削弱他们。有武仙的先例在,张惠很可能要重投金国。"

一直旁听不语的王鹗说道:"盱眙守军原来的总管夏全投奔金国,被破格封为郡王。这样的厚待当然是有原因的。"

冉琎问:"金主厚待夏全,是不是要他拉拢、策反盱眙、楚州这些守城的将军们?"

王鹗点头:"正是。皇帝觉得自家兵力不足,希望能尽快扩充军队。为此,他特地将王世安从临安召了回去,加大策反盱眙、楚州的力度。"

彭渊皱了皱眉头:"这种时候,我们去楚州会不会遇到危险?"

苟梦玉说道:"彭堂主不要担心,到了楚州后,你们马上跟国安平联系。他一定会保证你们的安全。"说完,立即书写了一封给国安平的书信。

将信交给冉琎时,苟梦玉注意到王鹗旁边的王琬,她的表情好似很不以为然,就笑着问:"王大小姐不置一词,是不是觉得这些人反反复复,无可救药?"

王琬却摇头说:"真正无可救药的未必是他们。"

"哦,那是什么人呢?"苟梦玉一直对王琬的聪慧很是折服,听她这样说话，顿时很是好奇。

"任何人只要读了一点圣人的书，都知道'道义'吧。"

彭渊笑了："他们那些人，都是刀口舔血的厮杀汉，哪里读过什么书呢？"

王琬回道："可据我看，南朝一些饱读诗书的高官，做事的操守只怕远不如他们。"

冉琎不由得想到了莫泽、莫彪兄弟，还有赵汝述、梁成大和李知孝这些人以及他们背后的宰相史弥远。

苟梦玉拍掌笑道："说得好！痛快！"

王鹗皱眉对妹妹说："不要乱说，惹人发笑。"

可是苟梦玉不停地称赞王琬一语中的。

王琬受到了鼓励，接着说道："先师长春子说，'莫问天机事怎生，唯修阴德念常更。'人做事，天在看。无论是南朝，还是大金国的高官们，如果能公平、坦诚地对待这些人，他们也不愿意这样反复无常的吧？"

冉琎摇头说道："退一步海阔天空，也许不管是张林、张惠，还是赵葵、赵范，他们都只是太过计较彼此的得失了。"

王琬回答："'大道之行，天下为公。'朝廷是公器，执掌公器的人，如果只看重自己这边的得失，就是没有公正，不讲道义，就会失去人们对他们的信任。楚州、盱眙的这些大宋边将，他们夹在蒙军、金军和刻薄的赵葵、赵范中间，稍不留神就会身死家灭。所以他们计较得失，我觉得反倒是人之常情了。"

苟梦玉的心里一直有怨气，但他从未想过叛离大宋。王琬的这番话，恰恰就是他一直以来所想的，于是站起身来，对着王琬作了一揖，轻叹了一口气说："您这番话，振聋发聩啊。临安在朝的衮衮诸公，真应该好好地听一下！"

冉琎的心里也认可王琬所说的话。他想到了宰相史弥远，很多人都说史相选人，往往是以他为首的四明帮，或者两浙圈子为主。尽管他经常在朝上说，内举不避亲，外举不避嫌，可他的所作所为，几乎都是为了己方的私利而任意弄权！

王鹦摇头对众人说："小妹是性情中人，虽然读书不少，却不求深度，还喜欢慷慨议论。大家就权当笑话听听罢了。"

苟梦玉连声反对："王兄说的恰好反了！令妹不但涉猎广泛，所学渊博，而且见识心胸让人钦佩，尤其敢于直抒胸臆，这让我等须眉男子实在汗颜哪！"

王琬见苟梦玉这样赞她，不由得脸红起来，便不再说话了。

王鹦回答说："我妹虽在金国，其实内心却是向着大宋，真心希望大宋朝廷能革除弊端，奋发图强！"

彭渊笑了："先生既如此说，您二位不如就留下来，辅佐朝廷如何？"

王鹦苦笑着回答："刚才不是提起了'道义'二字吗？我王鹦可不能做不讲道义的人。"

苟梦玉知道这个话题有些不便，就岔开了说："小童已经订来了酒筵，就让我再用这云液美酒，为你们饯行吧。"

于是众人不再议论，尽兴地痛饮了一番。

第五十六章　赵葵定计（二）

第二天上午，众人乘坐大船行在扬州邗沟水道上，此刻正刮起南风，于是几张大帆一齐张开，大船全速向北驶向楚州。

这时的楚州城里，虽然前些日子的血腥火拼已经暂停，但空气里到处弥散着一种不安和焦躁。自从张惠、张林领衔向朝廷奏表，为诛杀李福一事请功之后，一直杳无音讯。朝廷对诸将的态度就是不置可否，既没有褒奖，也没有谴责，更没有派出新的人选到楚州继任淮东制置使。赵范和赵葵那里早已停止了拨付粮草。诸将虽然分了李福军的粮草，但也不能支撑太久，因而人人心焦，都盼着朝廷早日给出一个说法。

临安的宰辅们收到奏表后，对如何处理这件事情，产生了很大分歧，几番争执不下。郑清之受赵葵兄弟影响，对楚州各将深恶痛绝，主张趁机将李全残部全部剿灭。而乔行简和赵汝谈坚决主张以抚为主，希望从这几位将军里挑出一个忠于大宋的人，主持楚州防务，至少不要让他们倒向金国。

宰辅们既然无法达成一致，只好将此事呈给了史弥远。而此时的史弥远正在患病，无法理事，就将这事交给了赵善湘全权处置。

赵善湘接手此事时，正好王鹗到扬州找赵范商谈议和，于是赵善湘便邀请了杜杲和赵葵等淮东要员，一起到金陵商议大事。跟王鹗的谈判结束后，赵善湘再次召开了会谈，他首先问赵葵："南仲，李福被杀一事，你看该如何处理呢？"

"大人，史相可有什么指示？"

"史相重病当中，实在没有精力处置此事，不过他让人传话给我们：无论是抚是剿，都要以大局为重。"

"史相说的大局，究竟指的是什么？"

赵善湘摇了摇头："史相没有其他言语了。"

杜杲说道："谁是我们的主要敌人？这便是大局。"

赵葵点头说："那就是金国。"

"不，还有蒙军。"杜杲补充道。

赵葵对他这样的说法很不满意："杜将军是说，我们在跟金国和蒙古同时开战吗？"

"不是。"

"那将军究竟想说什么？"

"只要在楚州的这些人还愿意为了大宋跟金军和蒙军作战，我们就继续养着他们。至少，不要让楚州丢了。"

赵葵冷笑了一下："楚州会丢给谁，金国吗？他们已被蒙古打成了落水狗，还敢打我们的主意？"

杜杲直接顶了回去："他们当然敢。"然后又补充了一句，"只怕蒙古人也在算计楚州。"

赵善湘问："子昕，你是说李全？"

"是的大人。据报，李全的确是投降了。不过他究竟是诈降，还是真心投靠蒙古，在没有跟李全本人确切地沟通之前，我们最好不要轻举妄动。"

赵葵有点恼火："那要等到什么时候呢？李福被杀，李全在楚州的残部就是丧家之犬。我们这时不去控制楚州，难道还留给李全吗？"赵葵是个激进派，他一心要把大宋主力军队的防线从滁州、扬州向北推进到楚州，甚至徐州去。

杜杲再次反驳："楚州是朝廷的，不是李全的，更不是任何个人的。如果我们一直视李全他们为异己，他们迟早会有异心的！"

赵葵冷笑着说："杜将军是君子，却不知他们是一群小人，从来都是异类！"

赵善湘对他们二人发生争执，早已习以为常。可是现在举行的是重要会议，总这样争吵没有任何益处。于是他转移话题，问二人："你们看，李全还能回得来吗？"

赵葵回答："如果他真心投靠了蒙古人，他们就会放他回来。"

"放他回来？这是什么意思？"

赵葵叹了一声："我的大人哪，您就是太过心善，蒙古人收服了李全，又放虎归山，自然是让他回来跟我们作对了。"

"可这对他们有什么好处呢？我们又没有跟蒙古宣战？"

"这就是提前布局吧。我们跟蒙古军队，迟早是要交战的。他们要进攻我们，无非三条路线，西面川蜀，中间荆襄，东边两淮。楚州就是东线的要冲，占据了楚州就可以沿着运河直下扬州、金陵。"

赵善湘听得频频点头。连杜杲也觉得他说的有几分道理，一时沉吟不语。赵善湘把目光投向了余玠，这个他很看重的年轻人。

余玠见赵善湘向他问询，起身慨然说道："几位大人，在下认为，不管是金军，还是蒙军，要想从楚州南下攻击扬州，甚至建康府，都会自讨苦吃！"

因为余玠是赵葵最器重的部下，赵葵对余玠比别的同僚客气很多，所以尽管他认为余玠在说大话，却没有当众驳斥。

赵善湘对余玠的话大感兴趣，连忙问："义夫，你说具体点。"

"大人，楚州以南，至大江沿岸，河湖纵横，沼泽密布，大规模的骑兵很难集结通过。来犯敌军最有可能干的事，就是造出大船载军沿运河南下。"

众人听了，都是点头赞许。

"可是经过多年经营，我们的淮东军已经练成，无论是水军，还是步军都是精锐，我们完全可以凭借地利，在江淮之间甚至淮北，成功地阻截敌军。"

赵善湘听了很是高兴，问道："那么依你的看法，我们要不要出动主力占住楚州呢？"

余玠知道赵葵想尽快占领楚州，可杜杲等人还有顾虑。特别是如何对待李全楚州余部的问题上，他们的意见相反：赵葵想要斩尽杀绝，而杜杲还想再安抚一下。不管是剿是抚，对淮东局势的影响将会非常之大，必须慎之又慎。

于是他回答说："楚州目前的兵少，那里的将领们正在狐疑惊恐当中，军心涣散。我们派大军前去，自然可以夺下。可是之后会如何呢？现在无从知道。如果李全真的带兵回来，以他的为人，一定会不顾一切地重夺楚州。难道我们再出动大军跟李全反复争夺楚州吗？到了那时候，我们就被动了。"

"按照你所说，既然楚州随时可取，那我们不妨再观望一下，是吗？"

余玠点了点头："正是。"

赵善湘问杜杲："杜将军如何看？"

"我看可以。"

赵善湘转头问赵葵："南仲以为如何？"

"可以。不过我们对楚州和盱眙这些人，绝对不能听之任之，必须给他们施加更大的压力。"

"怎么讲？"

"楚州那里，基本都是李全的旧部；而盱眙那边张惠、范成进他们，都不是李全的嫡系。不管是不是李全的部众，这些人全都不可信任。那么为什么不让他们互相残杀，去消耗彼此实力呢？"说完，仔细讲了一下他的计划。

杜杲默然听了一会儿，说道："南仲，你这是一斧两砍的损招！恐怕人家不上你的当，怎么办？"

赵葵毫不犹豫地说："我会请出圣旨逼他们，难道他们胆敢抗拒圣命吗？"

众人都知道，赵葵拿定了主意后，是九头牛都拉不回来的。楚州和盱眙那些将领，毕竟不是自己人，众人犯不上为了他们去跟赵葵发生激烈的争执。于是无人再反对这个提议。

赵善湘见众人不反对，就接受了赵葵的建议，以朝廷的名义命令盱眙军总管张惠、范成进和王义深等人，立即合兵进驻楚州，不留后患地剿灭李全、李福在楚州的所有残余部众。

会议结束后，赵善湘留下赵葵，问道："南仲，在我的印象里，自始至终你一直要除掉李全。你能不能跟我说实话，这到底因为什么缘故呢？"

赵葵想了一下，认真回答说："自从第一次见到李全，我就很不喜欢他，总觉得此人面带反相。果然，后来他一直不服管束。自贾涉起，他的几任上司淮东制置使，都先后被他挟制、羞辱。所以我就认定，此人迟早会反。"

赵善湘点了点头，算是认可了赵葵的观点。然而事后他又重新琢磨了赵葵这番话，觉得赵葵还不能让他完全信服。也许是因为史相那里要求自己尽力保全这个李全吧？如果不是史相拦着，再有几个李全，也早就被赵葵他们拿下了。想到这，赵善湘觉得自己对李全已经仁至义尽了。

但是赵善湘和赵葵万万没有料到，张惠和范成进他们收到命令后，顿时人人怒气冲天。

张惠立即约了张林、国安用等人到盱眙来议事。国安用看完公文后，冷笑着说道："这是什么样的朝廷？竟然使出这等下作伎俩！那好，既然你等不仁，就不要怪我们不义了！"

第五十七章　盱眙军变（一）

张林听到国安用公开倡反，不由得心中大喜，赶紧附和说道："国将军说得太对了！"

国安用问张惠："张将军肯定要去金国吗？"

张惠点头："是的，不但我要去，范、王二位将军会与我同去。"

范成进和王义深二人起身说道："我等情愿跟随张将军左右。"

张林见盱眙诸将都已经铁了心去投靠金国，心知很难说服他们了。可蒙古正跟金国开战，如果他们投奔金国，那便是自己的敌人，必须想个办法阻拦他们才行。

这时张惠游说国安用道："国将军英勇机智，如果投奔大金国皇帝，一定会备受重用。将军觉得如何？"

国安用笑了笑："你们那位王世安先生说过，现在乱世当中，只要有兵马钱粮，就能大有作为。我仔细琢磨这句话，觉得很有道理。"

张惠问："那将军怎么打算？"

"你们盱眙各位统领都已经有了去处，我为大家高兴。至于我自己究竟去哪里，暂时还没有想好。不过江淮之间，地域广大，河湖纵横，一定有我们的容身之处。"

众人听他的意思，好像是要去占据一方，做一个绿林豪强。

张林问："国将军，你可以告诉我们一句实话吗？"

"张将军这话何意？"

"国将军，在我看来，现在蒙古正在跟金国开战，宋军迟早也会卷进来。

三国交战的时候，你不投靠其中一方，另两方随时可以并吞掉你。你如果真要单干，这不是自寻死路吗？"

国安用冷笑一声："那也未必！"

张林指着国安用说："李全已经投靠蒙古，执掌山东淮南、楚州行省。你一直都是李全的部下，难道你要背主行事吗？"

国安用哼了一声："你且不要拿李全来压我。没有谁是我的主子，本将军天马行空，爱去哪里，就去哪里！谁都别想强迫我做任何事情！"

阎通站起身支持国安用："说得好，国将军。你去哪里，我阎通就跟你去哪里！"

张林有些恼怒："李全迟早回来，你就不怕我们出兵剿你吗？"

国安用哈哈大笑："从山东起兵以来，大小战斗几百起，咱爷们从来就没怕过谁。更不要说你了。"

面对这样嘲讽式的反击，张林恼羞成怒，不由得双手紧紧地捏成了拳头。如果不是看在东道张惠的情面上，早就拔刀了。张林竭力冷静下来，想到国安用的兵力并不少，再加上阎通的军队，他们就是这里最大的军力了，所以他才敢如此嚣张吧？如果自己对国安用逼迫太甚，说不定会引起众怒，张林只好忍住怒气，不再说话。

只有时青和邢德二人一直默不作声，他们不愿意表明自己的态度，因为其实二人一直在盘算，别人都离开了楚州，而只有自己留下来，那么朝廷应该更加看重自己了。

此时众人都已经明白，楚州、盱眙各位忠义军的统领，今天彻底分裂了。众人各怀心事，会谈逐渐冷场，很快不欢而散。

在回去的路上，国安用和阎通二人并马前行。国安平骑马追上来，问国安用："大哥，小弟听说你们刚才谈得不顺，我们得当心，有人要对我们不利啊。"

"兄弟别担心，大哥心里有数。回去后我们就会整军出发，离开楚州。"

"我们要去哪里？"

国安用笑了笑:"现在暂时不能讲,我还在等两个人的通知。"

阎通好奇地问:"国将军,你说的是什么人?"

"李全和杨妙真。"

阎通和国安平大吃了一惊。国安平劝道:"大哥,你跟张林他们杀了李福,又将杨妙真赶走,李全必定对你恨之入骨,你怎么还跟他们一起?"

阎通也担心地说:"国将军,李全这厮心胸狭窄,杨妙真又极其善变,你可不能上了他们的当啊!"

"二位兄弟,你们的担心当然是有道理的。我怎么会信任他们两个呢?大家不过是相互利用而已。"

"大哥,他们究竟要干什么?"

"好吧,那我就告诉你们,我计划去攻下邳州当作我们新的据点。"

阎通和国安平都觉得很奇怪,平白无故地为什么要打邳州呢?

国安用就将事情的原委讲给了他们。原来,国安用跟杨妙真自山东起兵时就是老相识,关系一直不错。上次杨妙真能逃出楚州,其实是国安用暗中给了援手。杨妙真逃出之后,一直躲在海州,这里是她和李全当初转危为安的宝地。很快,杨妙真又拉出一支小股军队。

这时,穆椿已经返回了青州,向孛鲁和李全详细报告他们在临安放火烧了御前军械库的经过。当孛鲁听说,宋廷在临安积累了十多年的军械储备一夜全部烧毁后,对李全很是满意。经过此事,他相信李全已经跟宋廷彻底切割。

孛鲁特意拍了拍穆椿的肩膀,竖起拇指表示对他的赏识,然后对李全说:"兵贵精而不在多。我们蒙古的勇士,可以一个对敌十个金兵。李将军,你的手下也有很多勇士!怪不得我们围攻你一年也没有拿下。"

李全趁势请求说:"王爷看重李全,向大汗保举我,还委以重任,咱是个知恩图报的人,想着要为王爷把楚州附近的州县全部夺下来。请王爷让我带着麾下兵马回去,李全愿意立下军令状,此去必定成功。"

孛鲁知道楚州是李全的大本营,他想要返回楚州,这是情理之中,回答

305

道:"李将军,你暂且再等两日,我有大事要交给你去办。"

李全以为孛鲁还是不信任他,就学着蒙古人的礼节,向孛鲁行了大礼,表示绝不会做出背叛之事。

孛鲁哈哈大笑,扶起了李全说:"李将军,不要这样。你是一个英雄,我们蒙古人识英雄,重英雄。我绝对相信你的忠诚。"

李全起身后疑惑地问孛鲁:"那王爷要让我做什么事?"

"既然你很想知道,现在就告诉你也无妨。有一个比楚州更重要的地方,需要将军替我夺过来。"

"是哪里?"

"徐州。"

李全很是惊讶,因为那里有金国元帅徒单益都率领重兵把守,只凭自己这些兵力去攻打徐州,不是白白送掉性命吗?李全自跟随孛鲁以来,一直参与军机,知道金国收缩了兵力,号称十数万士兵西面死守潼关一带,另派精兵二十万沿黄河上千余里,分几段坚守,徐州就是金兵驻守的关键之一。这个策略目前的确奏效,在西面成功阻击了速不台和塔察儿大军多次进攻;在东面阻断了孛鲁和阿术鲁大军南下的通道。因此,蒙、金两国此时形成了隔河对峙的僵局。

李全疑惑地问孛鲁:"王爷,我现在兵太少,去攻打徐州有用吗?"

孛鲁笑了笑:"所以要你再等上几天,就要有消息传过来了。"

李全听了这话,立即猜到徐州那里有他们的内应,孛鲁想要内外联手一举拿下徐州。

于是又难熬地等待了几天,谁知从楚州传来了噩耗,大哥李福和妻子杨妙真被张林、张惠等人所杀,首级被送去了临安。李全到孛鲁跟前号啕大哭,一定要带兵前往楚州报仇。

孛鲁已经收到探马通报,知道楚州发生了兵变。蒙古人向来将复仇视作头等大事,何况是这种杀妻害兄的血仇。于情于理,孛鲁都不能再拦着李全了,于是就同意了他的请求,只要求他夺下楚州后,立即赶往徐州会合。孛鲁知道李全兵少，就将严实手下的朱榾军调拨过来由他指挥。

李全是何等精明之人，立即明白朱榾是过来监视他的。李全对于严实此人向来非常鄙视，因为此前每当严实穷急之时，只看蒙古、金国、宋廷哪边军力强盛，他便倒向那一方，先是归顺金国大将移剌蒲阿，后又依附张林和彭义斌等人，却又多次叛变。最后他临阵出卖了彭义斌，让他腹背受敌，兵败身死。因此无论如何，李全都不愿带着朱榾南下。

可是又不能不遵宇鲁的军令，李全正在心焦的时候，接到了夫人杨妙真的书信，原来她有国安用相助，逃到了海州，还带出了一支军队。这消息对李全来说，犹如久旱突逢骤雨一般，令他大喜过望。

跟穆椿商量后，李全写了秘信联络夫人杨妙真，还有国安用，要他们随时准备……

第五十八章　盱眙军变（二）

国安平听罢摇头说："大哥，李全说的任何话，都不值得相信。"

阎通也劝道："将军，我们现在去攻打邳州，万一不成，就连楚州都回不来了。刚才你看见没，张林对我们非常有敌意。邢德、时青的态度不明朗，多半也是很不可靠。"

"二位贤弟放心，为兄心里已经有了盘算。张林、张惠带头杀了李福，李全和杨妙真怎么肯善罢甘休？从李全的信里可以看出来，他三五天内就要带军回来了。到时候，不用我们动手，李全自然会收拾他们几个。"

国安平问："大哥你的意思是，我们等李全回来后再去邳州？"

"是的，我们暂时还遵奉着李全。等打下邳州，甚至徐州之后，嘿嘿，到那时我们兵强马壮，还怕他李全和杨妙真吗？"

阎通笑了："果真能这样，当然不错。不过，徐州、邳州那里是蒙古跟金国争夺的地方，我们可千万不能几面树敌啊！"

"这个当然了。"

三人一路商量大事，很快回到了楚州。

在国安用离开盱眙后，张林却故意多逗留了一夜。他派人将张惠即将反叛投金的事情，秘密地通报给了知县彭托。

彭托是前淮东制置使刘琸心腹彭什的兄弟。赵善湘曾经命令他时刻监视盱眙众将的情形，稍有风声要立即汇报。他得到张林传来的消息后大惊失色，立即命人向赵善湘、赵葵以及兄弟彭什那里紧急通报。

彭什所率的军队正驻扎在天长，距离盱眙几个时辰不到，因此彭什率先接到了警报。该不该出兵呢？彭什十分犹豫，以自己手上仅有的两千人去阻截张惠肯定无济于事。可是如果什么也不做，赵葵知道后一定会大发雷霆，然后给自己扣上一个懈怠失责的罪名，甚至可能将盱眙叛乱的责任全部推到自己身上。

寻思了一会儿，彭什拿定主意。他派人火速通报赵葵，然后下令所有人马带足了两天的粮草，即刻向盱眙出发。

到了盱眙外城，已经是深夜，彭什分兵围住了几个城门，却只围不攻。他下令士兵每人手持两个火把，仅有的骑兵队分成三队，轮流在各个城门前奔跑呐喊，营造一副大军来临的声势，然后让人在主城门前喊话："赵葵将军在此，请张惠将军出城见面。"

张惠得到通报说赵葵来了，震惊之下，不禁半信半疑，为什么赵葵深夜带着大军过来，还让自己出城去见他？难道他知道自己即将叛走金国吗？

这时范成进和王义深也得到了通报，火急火燎般地来找张惠，范成进刚进来就大声喊道："张将军，大事不好，赵葵来了，我们赶紧杀出去吧！"

张惠皱了皱眉头："慌什么！你们确信是他来了吗？"

王义深回道："现在城外到处都在喊啊。"

"不，这不像是赵葵的做派。这厮虽然极其傲慢，但是很会打仗。如果他亲自领军过来，他们一定会悄无声息地靠近我们，然后突然袭击，而不是现在这样乱糟糟地叫嚷。"

范成进犹豫了一下说："可城外兵力真的很多，到处都有火光和骑兵跑动的声音。"

城外军情不明，黑夜里贸然出城交战，一定会吃大亏，不如坚守城池为上。这个道理，对于这几个老军务，当然是熟谙于胸。于是张惠命令二人各自领兵全部上城墙戒备，准备交战。

过了一个时辰，城外的军队并没有发动攻击，但城下到处都是火光晃动，马蹄阵阵，俨然一副大军来到的模样。眼看接近卯时，天光就要发亮了，张惠的心好似火燎一般，下令全军立即整理行装，准备天亮突围，然后问范成进:"刚才派出的探马回来了没有?"

"将军别急,派出去的都是最精干的探子,估计就快回来了。"

就在这时,副将向张惠报告,有人看见张林在离开前在城里故意逗留,还派人去了县令彭杔那里,不知说了些什么。

三人顿时就明白了,一定是张林捣鬼,故意向彭杔泄露了大家的秘密。

张惠大怒:"张林这厮,真是一个杀不死的腌臢烂货,专门喜欢暗中使坏!"

王义深连忙说:"我这就派人把彭杔抓来。"

过了片刻,彭杔带到了。张惠喝令士兵一阵乱打,彭杔吃不住痛打,招认了是他派人通知了赵葵和彭什。

听到彭什的名字后,张惠立即猜想,城外应该就是彭什的队伍,因为他的驻地距离这里最近。而他的兵力不多,所以现在城外的情形,很可能就是他在搞疑兵之计,目的是想拖住自己,等待赵葵大军开到。三人正在猜疑的时候,探马回报确认,城外军队只是彭什的人马。

张惠的猜测得到了验证,三人顿时精神大振。范成进建议说:"天亮之后,赵葵的大队人马很快就会过来,我们不如现在集结所有士兵,杀出城去。"

三个人一致赞同,于是分派了任务、范成进当先锋带领精兵向西北突出城去;王义深护送家眷和粮草辎重居中;张惠领军断后。过了半个时辰,一切准备就绪。

出发前张惠下令将彭杔斩首,用来祭旗。然后范成进带领部下率先杀出了城去。

此刻盱眙城外,彭什不停地派出探马,打听赵葵大军的位置。他骑在马上,向城内观望。只见漆黑一片,城上虽有灯火,但毫无动静。彭什不由得紧张起来,直觉告诉他,越是大战之前,越是会安静得叫人害怕。彭什吩咐部下,随时准备交战。

又过了片刻,北面的城门突然大开,大队人马冲杀了出来。彭什立即带领所有人马跑去支援。此刻天光逐渐清晰，范成进用重骑兵当前开道，率先将彭什的军阵撞开缺口，后面两千士卒如同潮水一般涌了过去。

彭什的军士虽然拼死挡住，却不如盱眙忠义军勇猛善战，人数上也不占优，很快就溃败下去。后面王义深的大队人马辎重陆续开出城外。他们走完之后，张惠放了一把大火，将盱眙城里重要地点全部烧掉，率领手下部众火速逃离。

彭什败退之后，刚刚收拢住溃散的士卒，探马来报，张惠他们率领人马向西逃跑了。彭什叹了一口气，可惜自己人马太少，无法拦住这些叛军。随后吩咐进城灭火，安抚百姓。

不想进城之后发现了兄长彭杔被害。彭什抚尸痛哭，痛悔自己力量不足，不能救下兄长。几个副将见状，上前不停地劝解安慰彭什。

天光大亮之后，赵葵大军开到城下。彭什向他报告了昨夜的情形，赵葵勃然大怒，下令全军抛下辎重，不顾一切向西追击，一定要追上张惠等人。

大军一路向西，一直追到了唐河边上，终于发现了张惠军的踪迹。

可是有夏全和王世安摆船接应，张惠三人的军队已经顺利地登船而去。而赵葵大军没有船只，无法渡河。赵葵只得立马在唐河东岸，遥望远去的张惠军，切齿痛恨，却又无可奈何。

盱眙的情形很快传到楚州。国安用得知张林如此下作，竟然出卖了张惠他们，不由得心中大怒。他正在狠狠地盘算着该怎么对付张林，国安平领了两个人走了进来。

国安用抬头一看，见国安平身边一人，双目炯炯有神，神态自若，气度不凡。国安用不认识这人，但看到国安平对此人特别尊重，神态之间很是亲热。

这人是谁？他心里陡然好奇了起来。

国安平走到跟前向他介绍说："大哥，这是我们明尊教的智慧尊使，冉珽先生。"

国安用当然知道，国安平就是明尊教的楚州分堂堂主。眼前的这位冉琎，就是国安平的上司了。虽然他对明尊教了解有限，却也知道他们人数众多，势力发展很快，所以对冉琎不敢怠慢，就起身迎了上前，先说几句客套话："久闻冉先生大名，今日才得见到，冉先生快快请坐。"

然后引着冉琎和彭渊一一入座，吩咐差役将茶水送来，然后问道："冉先生来找国某，是有什么事情吗？"

冉琎拱手施礼，回答说："冉某听说国将军忠义耿直，所以特地前来找将军咨询一件事情。"

"先生请问，但凡国某知道的，一定告知就是。"

"国将军，您知道董贤这个人吗？"

国安用摸了摸胡须，摇头说："董贤是谁？我从没听说过这个名字。"

"那您知道王世安吗？"

"知道的，他应该跟张惠那些人在一起。"

"是在盱眙吗？"

国安用摇头说："昨天可能还在那里，但现在肯定去金国了。"

冉琎听罢，不禁有些失望。

国安用好奇地问："先生刚才问的董贤，这是什么人？"

"董贤是朝廷正在缉拿的要犯，他跟临安大火案以及其他几件命案都脱不了干系。有很多迹象表明，他跟金国细作头目王世安很可能就是同一个人。"

"这么说来，先生还是朝廷命官，来楚州查案是吗？"

"是的，将军。在下受赵汝谠大人相邀，为他勘查临安中秋夜大火一案。前些日子，聚仙山庄那里接连发生了好几件命案，庄主董贤突然逃走，他的嫌疑非常大。在下一直追踪董贤的行迹，现在到楚州来查他了。"

国安用点头："原来是这样。"他想了一下后，从旁边的书案上找出一封密函，递给冉琎说，"冉先生，这件东西或许对你有用。"

第五十九章　楚州英魂（一）

　　冉琏接过国安用递过来的密函，打开一看，原来是王世安写给国安用的劝降信。信中说金国皇帝承诺，如果国安用投奔金主，将会得到跟夏全一样的王爵。冉琏笑了，问道："金主如此看重国将军，将军可有意吗？"

　　国安用哈哈一笑："我若动心，何必将此信交给阁下呢？"

　　冉琏再次拱手施礼："国将军深明大义，令人钦佩！在下一定向赵汝说大人说明此事。赵大人会将此信呈交朝廷，相信朝廷一定会对国将军大加褒奖。"

　　国安用将手一摆，叹了一口气道："国某不求有功，但求无过就是。"

　　冉琏看国安用语气有些落寞，问道："莫非将军有些难言之事？"

　　"不提也罢。对了，先生这是第一次到楚州城来吗？"

　　"是的。"

　　"那就让安平陪着二位，去钵池山那里游逛一下，附近有个酒楼，叫谯楼，那里的淮式菜肴和烧酒可称一绝。先生可有意吗？"

　　冉琏听他话里有送客之意，于是起身告辞。

　　国安平陪着二人，正要走出的时候，国安用叫住了他，走过来小声说："兄弟，我们要去邳州的事情，你绝不能透露半点消息。知人知面，不知心哪！"

　　国安平一口应诺："兄长放心。"

　　随后国安平陪着冉琏、彭渊先回到驿馆，叫上王鹗、王琬兄妹，众人一起到了谯楼，点了一桌丰盛的酒宴。席间冉琏和王琬临窗远眺，四周到处都是房舍、商铺、街道与寺庙，再远处就是城墙，还有一些湖泊，并不见半点高山的踪影。

冉琏问国安平："堂主，那钵池山在哪里？"

国安平指着远处一个方向，冉琏望去，见那里是一片赤红色高处，四周全是湖水。国安平解释说："楚州原名山阳，就得名于城西北的这座钵池山。它其实就是一个冈阜，山上全是红砂，没有一片石头，周遭被湖水包围，形如钵盂，因而得名。你别看钵池山矮小，不足以称之为山，却是久负盛名啊。"

王琬接话说："从前看过《洞天福地记》，书里称这里是道家七十二福地之一。说周灵王太子公子乔隐居钵池山修道炼丹。丹炼成后，拿来试喂鸡犬，鸡犬顿时变僵，就把炼成的红丹都倒在井里。谁知过了一会儿，那鸡犬竟变为凤凰和麒麟，公子乔于是乘凤而去。从此，山上的砂都变成了红色。"

国安平称赞道："公子见识不浅，居然喜欢看道家的书哪？"

彭渊笑了，回答说："堂主，这位是长春道人丘处机的关门弟子。她读过的书要是堆起来，只怕比这谯楼还高！"

国安平顿时有些惊讶，见她面容清秀绝俗，举止娴静文雅，透出一种书卷气质，只是双颊有些微红，似乎有些羞涩。难道这人竟是一个女子不成？于是迟疑地问彭渊："这位莫非是？"

彭渊笑着回答："正是，她是金国状元王鹗的妹妹，王琬。"

国安平醒悟过来，面前的中年书生就是那位金国状元王鹗了。可是这位金国的汉人高官，为什么会到楚州来？又为什么会跟本教的智慧尊使同行呢？楚州这里龙蛇混杂，到处都是金国、蒙古以及朝廷派出的探子，国安平立即想起了国安用的吩咐。

冉琏见他不语，知道可能疑心了，就解释说："堂主，他们二位有事去了一趟建康府，跟我们一起顺道来了楚州，明天就要回汴京去。"

听到他们即将要离开楚州，国安平便释然了，对冉琏和王鹗说："几位尊客恐怕都是第一次来楚州吧？"

王鹗点头称是。

"宴后就由国某陪着各位在附近游逛一下,看看此地风景如何?"

王鹗拱手道谢,问起本地的风土人情。国安平就向众人介绍起楚州的情形。原来这里交通灌溉之利冠于全国,既有运河连接大江与淮水,又有陆上官道通达南北,所以自春秋起就开始逐渐发达,跟扬州一道并称为淮东名都。

然而这里自古以来,又是战争各方争夺的战略地区。当年靖康之变后,两路金军南下。西路军元帅完颜宗弼即完颜兀术,自淮北攻破庐州和州,渡过长江后随即攻占临安,一路打到明州。高宗被迫出海避难,在海上漂流了几个月。东路军元帅完颜昌原计划由楚州南下,攻克扬州,然后渡江。本来东路军到临安的距离更短,但他做梦也不曾想到,在楚州这里遭到了顽强抵抗。

冉珊轻拍酒桌说道:"守城的将军名叫赵立,对不?"

国安平点头,然后介绍了楚州之战的经过。

当年完颜昌大军四面围住了楚州,日夜攻城,忠州刺史赵立临危受命,带着自己的三千部下突破金兵层层阻击,进入楚州城。随后又率军连战七胜。他在一次战斗中,被冷箭射穿了脸颊,无法说话,只能靠手势指挥。

此战之后,监军向高宗奏报,赵立"两颊中流矢,不能言,以手指麾……而后拔镞"。逃难中的高宗看到奏章后,感叹地说,此人跟岳飞一样都是英雄。

有赵立率领,楚州军民上下一心,坚守城池,大宋的危局有所缓解。金军主力完颜昌部被阻挡在楚州城外,无法南下。高宗随即下令赵立坚守楚州。

后来金兵又大举攻城,赵立下令拆毁废弃的房屋,将堆垛的木料点燃形成火池,士兵们全都手持长矛严阵以待。只要金军开始登城,赵立就命令将钩投在火中烧红。金军登城时,用火钩钩断云梯,金军士兵就会坠下火池。金军重甲骑兵列成阵势,甲士们推着鹅车、洞子、楼座,用牛皮和毡包层层包裹攻城车，呐喊着撞击齐安门。赵立命令在城门之上用撞竿抵住攻城车，再用搭钩钩去上面的皮毡，将火箭射下，并推下大块条石，将金兵攻城车全部击毁。

金兵久攻不克，损兵折将，完颜昌大为气馁，率军退回到潍州，只留下部分兵马继续围困楚州。

一个月后，高宗正式任命赵立为楚州知州兼楚州、泗州、涟水军镇抚使，又运来了少量粮草。楚州军民士气大振，发誓与城池共存亡。楚州位于运河与淮河交汇处，是南下北上的船只必经之地。由于赵立率军截断了水道，完颜兀术从江南劫掠的财物，一直无法通过运河运往北方。

于是完颜兀术派人向赵立劝降，许下封王诺言。当时投降完颜兀术的宋将无数，他万万没有想到，赵立当场斩杀了使者，又发起突然袭击抢夺了金军辎重。完颜兀术恼羞成怒，在楚州南北两处囤下重兵，要断绝楚州的粮道，困死宋军。赵立再次领兵出袭，击溃了兀术大军。

完颜兀术败走之后，楚州宋军依然缺粮。完颜昌从山东调兵加紧攻城，又派刘豫写信招降。赵立收信后投到火中烧掉，说道："吾必杀刘豫此贼。"从此，赵立忠义之名四处传播。

为了鼓舞士气，赵立曾经亲自带领六名骑兵出城，向金兵挑战。接连斩杀两名金将后准备回城，几十名金兵随后追赶。赵立断后大喝一声，金兵们一时间全被镇住，就退了回去。从此金军士兵都对他有畏惧之心，甚至不敢直呼其名。

高宗看到奏章后，感慨道："赵立坚守孤城，虽古名将无以逾之。"先后五次命令刘光世救援楚州，但都被刘光世以兵力不足推托掉了；另一位将领张俊，同样以各种理由百般推托。

在一次战斗中，赵立被金军发石车打出的石块击中了头部，周围的人赶紧将他救下城楼医治伤口。伤势过重的赵立临终前长叹了一口气，说道："我终不能为国灭贼了！"说完气绝身亡。

之后金国将领还以为赵立诈死，全都不敢轻举妄动。过了十多天后，城池才被攻陷。朝廷几路主力当中，只有岳飞率军前往救援楚州，两浙转运使李承造从海道给楚州运去粮草三千斛，但没等粮食运到，楚州已经失守。

虽然楚州最后失守，却给猖狂的金兵造成极大的震撼，楚州城下共歼灭了数万金兵。亲身经历此战的完颜昌，看到南宋巨大的战争潜力，知道金国无力将南宋彻底攻灭。后来，完颜昌逐渐掌握金国大权，和秦桧南北呼应，宋金双方于绍兴八年议和，这就是第一次绍兴议和。不久后，不满的金国鹰派完颜兀术等人发动政变，杀死完颜昌，撕毁了绍兴议和条款，再次大举南侵。两国就这样又陆续交战了几十年……

国安平说："直到今天，楚州和盱眙仍是宋金对峙的最前沿，但楚州依然在大宋手里。能有今日，当年赵立功不可没。听说他不爱声色财货，与士卒同生共死，每次作战都是亲自冲在最前。当真是我辈习武之人的典范了！"

冉珊拍掌称赞："堂主，你能将赵立将军的事迹讲述得如此清楚，可见他是你心向往之的英雄，那么您也是个忠义之人！"

王琬举起了面前的酒樽说："让我们一起向赵立将军的英魂，敬上一杯酒吧。"

王鹗毫不迟疑地举起了酒樽，跟众人一道向天上致敬，然后将酒洒在地上。

重新入座时，王鹗看见彭渊似笑非笑地盯着他看。他当然知道彭渊在笑些什么，坐下后说道："各位，我有话说。"

第六十章　楚州英魂（二）

众人见他非常严肃，于是都开始洗耳恭听。

王鹗自斟自饮了一樽酒后说："金宋两国的战争，已达百年，给百姓们带来太多的伤痛，实在不应该啊。所以金国皇帝下令，不准各地金军再去骚扰抢掠大宋的边关。他为什么要这么做呢？因为现在的时势不同了。"

国安平问："哦，王先生以为有什么不同呢？"

"现在金国日衰，有了亡国危机。各位，这却不是因为大宋强盛北伐所致，而是因为北面蒙古崛起。我这次进到宋境来，就是为了两国联盟，共同应对蒙军。如果两国世仇不解，继续战争，那么两国迟早都会被蒙古所灭。只有两国联盟，才能避免双双亡国。"

国安平大不以为然，摇头说道："先生言过其实，危言耸听了吧？"

王鹗叹了一口气说："因为有金国当作屏障，大宋的百姓暂时还没感受到蒙军的残暴。"

国安平冷笑了一下："可是两淮一带的大宋子民，长久以来目睹的都是金兵的暴行。"

王鹗回道："堂主，楚州、盱眙两地没有大规模战争，已经将近十年了吧？"

"那是因为金兵不敢再来了。对了，我想先生建康府此行，必定是无功而返？"

彭渊赞道："国堂主好眼力！你如何知道呢？"

"各位可以到楚州的街头随便找人问问，这里几乎家家都跟金国有仇，他们绝不会答应跟金国结盟!"

王鹗正要回驳,王琬在桌案下狠狠地踩了他一脚。王鹗明白此时不宜争辩,只好闭口不言。

国安平见王鹗无语,也就不再难为他了。但是酒席的场面就冷了下来。

过了一会儿,王鹗开口问国安平:"国将军请教一下,赵立将军的陵墓在哪里?我想去祭奠一下。"

众人听了,都觉得很是惊讶。这更是出乎国安平的预料,他犹豫了一下说道:"王先生,不需要吧?而且也不合适。"

众人明白,国安平指的是王鹗金国官员的身份,去祭奠英烈赵立,不合时宜。

冉琎见状说道:"国堂主,我也很想去祭奠一下赵立将军,能不能带个路呢?"

"尊使要去,在下当然愿意效劳。只是,王先生就不必去了吧。"国安平如此说话,王鹗顿时更加尴尬。

冉琎解围说:"堂主,大家都身处乱世当中,谁不是身不由己呢?王先生自从出生起,家乡便被金人占据。大宋朝廷虽然不能对他们的家乡有所恩惠,但王先生的所有族人,都时刻期盼着朝廷能早日成功北伐。这就是先生要去祭奠赵立将军的原因。"

坐在他身边的王琬对冉琎笑着点点头,表示谢意。

国安平接受了冉琎的说法,对王鹗说:"我刚才言语冒犯了先生,在下就是一个武人,说话有些莽直,请先生不要见怪!"

王鹗笑了:"哪里,当然不会。我知道将军是淄州人,从山东起军,久经沙场,这才来到这里。我是曹州人,要论起来,我们其实是家乡人哪。"

这回国安平又有些吃惊了,原来人家对自己知根知底,于是站起身给王鹗斟了酒,捧杯向王鹗敬道:"大家都是家乡人!山东是礼仪之邦,最敬读书之人。先生能高中状元,可见是个大才。今天在下能与大贤同桌饮酒,三生有幸。先生,我给您敬酒了!"

说完将自己满满一斛酒一饮而尽。王鹗也举杯同饮。这时酒席的气氛逐渐热络起来，众人敞开心怀，痛饮了一番。

席毕，国安平领着众人先去了钵池山上香火极盛的洪福寺。此寺号称淮东首刹，太祖乾德元年由高僧玉海募资在此兴建。众人自山门进入，依次游览了此寺的钟楼、天王殿、大雄宝殿、藏经楼、伽蓝堂、毗卢阁等处，见此寺果然规模宏大，殿阁宏敞，金碧辉煌。

游历了一番后，众人在寺里买了一些香烛祭物。随后跟着国安平来到湖边的一片树林，树丛之间有小道可以穿行。众人行了不到一炷香工夫，看见一座近似荒冢的坟茔，坟前的墓碑已经倒下，而且被人破坏过，上面依稀可以读出"宋楚州知州泗州涟水镇抚使赵立"等字样。

显然，这里已经很久无人照看了，坟头以及四周的荒草将近半人之高。幸亏国安平心细，事先就让随从携带了铁锹等器具。众人一齐动手将墓碑竖起，又将坟上和四周的杂草除去，再给坟茔添了新土。然后铺上香烛，摆好祭物，一一上前焚香致礼。

祭拜结束后，在回去的路上，彭渊忍不住问国安平："堂主，赵立将军生前对大宋有功，官方还给了谥号，难道这里的官府不派人来看护一下他的陵墓吗？"

国安平摇头说："楚州被金国占领过，赵将军的坟茔曾经被金兵毁坏。而后这里又反复变乱，朝廷逐渐将楚州看作一个羁縻州，一个制造麻烦的地方。几乎没有官员愿意到这里来施政，因此赵将军的陵墓也就无人过问了。"

王鹗叹息道："赵立将军忠义无双，为国捐躯，是真英雄，真豪杰。可他的坟茔却如此孤寂冷落，不该如此啊！"

一个金国高官，却在这里为大宋的抗金英烈鸣不平。众人听罢，心里都很不是滋味，于是回去的路上都是沉默无语。

国安平将一行人送到驿馆后，就立即回了军营。而国安用正在等他，盘根究底地询问了下午的所有情形。听完他的叙述后，国安用抚须沉思，说道："这些人既然看重忠义，想来算是可靠之人吧。"

国安平问:"大哥这样说,是不是想跟他们结交呢?"

"是啊。那位冉先生是临安府赵汝说的幕僚。我听说赵汝说就是参知政事赵汝谈的兄弟,如果咱们能跟冉先生结交,那也算可以通到朝廷的中枢了。"

国安平笑了:"听说李全很是奉承宰相史弥远,以前逢年过节,就派人去临安给他送些贵重礼物。如今大哥是不是想通了,也要效法李全吗?"

国安用啐了一口,语带轻蔑地说:"李全这厮就是一个见利忘义的小人。咱们行事,怎么可以跟他一样呢?"

"那史弥远收了李全不少好处,大哥觉得史丞相真是李全的靠山吗?"

国安用笑着说:"兄弟你记着,什么是朝廷?说白了,这大宋朝廷就是一个戏台子。戏台子的主角,现在就是皇上和史丞相两个人。其他人来来回回,都只能是跑龙套。如果谁也想爬上这个戏台子唱几句,就得看有没有被利用的价值;或者他干脆就去拆台,那得看他有没有那个实力。没有实力的,没了利用价值的,就只能认命了。"

国安平笑着问:"大哥你到底想说什么,能不能直说呢?"

国安用也笑了:"因为李全有些实力,史相还肯待见些他。如果他真心投了蒙古,或者他的实力不济了,史相眉头都不皱,一脚就踹了他。在史相这种人心里,李全永远进不了自己的小圈子,他只能当一个炮灰而已。"

"大哥也不认识那史弥远,为什么这么肯定呢?"

"天下事,道理都是一样的。你们刚刚去祭奠的赵立,他难道不就是这样吗?用得着他,高宗皇帝就给他封官加爵;之后人死了,你看到没有,坟都没人管!"

"那赵汝说他们会不会一样地对待我们呢?"

"我听说赵汝谈、赵汝说兄弟二人官声不错,算是清官。还有,这位冉先生到了楚州,并没有到处结交这里的统领、将军们,也没有去楚州的榷场走私谋利,却去给一个素不相识,已经死了多年的将军上坟!我认为他们对'忠义'二字,可能并不只是说说漂亮话而已。"

国安平很是赞成:"怪不得,下午大哥毫不犹豫地就把那封密信交给了冉先生。"

"嗯。还有那个金国的高官王鹗,我们也得去结交。"

"大哥,来不及了。他们明天就要起程,返回金国去。"

国安用连说可惜。国安平奇怪地看着他问:"大哥你不是已经拒绝了张惠他们吗?为什么还想着金国呢?"

"兄弟,狡兔尚且有三窟,我们可不能一条道上走到黑。之所以我不跟张惠他们一起走,是因为我不愿意跟下三滥的夏全他们混在一起。"

国安平总算明白了:"大哥的意思是,我们打下邳州后就待价而沽,看他们三家谁更强,谁对我们真好,我们就投向哪一个。"

国安用哈哈大笑,拍了拍他的肩膀:"兄弟你的确是长进了。打下了邳州,甚至徐州,咱们的身价就倍增了,还怕他们不来求着咱们?好了,你赶快去安排一下,准备一些礼物,明天我要亲自出城给他们送行。"

第六十一章　李全复仇（一）

第二天清早，冉琎将写好的书信以及王世安写给国安用的劝降信一并封好，交给了国安平，请他安排得力人手即日送往临安府，交给知州赵汝谠大人。国安平安排了一顿简单的宴席，给众人饯行。随后又将几辆上好的马车交给彭渊。

冉琎与王鹗、王琬收拾好行装，正要出发时，国安用带人来送行了。他让手下端来了一个托盘，上面是一些银两："冉先生，这是我的一点心意，特地给您，还为王鹗先生准备了一些旅途盘缠。万望不要见外，收下这片心意才好。"

冉琎和王鹗拱手致谢。冉琎说："国将军义气深重，冉某感谢不尽，只是真的不能收。将军且留着，您的心意冉某领了。日后将军如果有事，冉某一定乐意相助。"

王鹗也是坚持不收。

国安用见二人这样，只好收回，然后说："那就依先生了。对了先生，还请借一步说话。"

冉琎就跟着他走到一旁。

"冉先生，楚州这个地方，在朝廷看来一向就是个麻烦。但国某绝不是制造麻烦的人。日后国某很可能有事，想烦请先生在赵汝谠大人那里通融一下，请赵大人告知皇上，在下的心里一直是向着朝廷的！"

"国将军，只要你凡事想着大宋，赵大人会理解将军的苦心，自然会为您说话。皇上和宰辅们迟早也都会知道，他们应该会体谅将军的。"

国安用很是高兴："那真是太感谢先生了。"

"听将军话里的意思，似乎楚州还要出事吗？"

国安用点了点头："李全就要回来了。先生可能听说过，国某从山东开始，就一直跟随李全。直到现在，在朝廷的军官序列里，他仍然是国某的上司。可是这个人哪……"说到这，国安用频频摇头。

"国将军有事尽请直说。"

"我看李全这个人，迟早是要反叛朝廷的。真有那么一天，还请先生在赵大人那里转圜一下，国某绝对不会跟随李全反对朝廷的。"

冉琎心想，明亮和穆椿到临安纵火烧了军械库，李全和李福二人肯定就是主谋，他只是还没有公开反叛而已。国安用说的这些话确实合情合理。

"国将军，楚州对朝廷来说非常重要。将军您得以大局为重，一旦要出事，还请尽早通知我们。王世安写给将军的诱降书信，在下已经派人急递给赵大人了，也一并为将军请了功。今后将军如果有事，可以直接跟赵汝谠大人联络。我的兄弟冉璞，正在临安府里办差，您也可以随时跟他联络。"

"多谢冉先生了。请先生放心，该怎么做，国某心里有数。"

"国将军，在下也有事想要拜托将军。"

"冉先生不要客套，尽情直说。"

"就是王世安，还有李全的心腹穆椿，这二人都是朝廷重犯。国将军如果有机会，请您帮朝廷抓住这二人，送到临安受审。这是为朝廷立功的良机啊！"

"王世安现在在金国，穆椿在李全那里。先生吩咐的事情，国某一定尽力。对了，先生此去金国，是不是有重任在肩哪？"

"是的。国将军，等在下回来时，再来找您饮酒相聚如何？"

"好啊，说定了。"说完，两人击掌相约。

国安用与国安平陪着众人向城外走去，两人一直将冉琎一行送出了城外数里，这才转道回城。进城时，国安用说："兄弟，你带着一些手下守在这里。如果张林带人要出城，很有可能是去追冉先生他们的，你就找个理由把他拦下来。"

"那我该说什么理由呢？"

"就说我有紧急军情找他，请他到府谈事。"

国安平点头答应，又疑惑地问："大哥怎么知道他一定会来追呢？"

国安用诡异地一笑："这些日子以来，我们的府外一直有人监视。你在城里陪着冉先生他们走动时，也有人跟踪。那些都是张林的人。他可能对冉先生他们起了疑心。"

国安平很是恼怒："张林这厮迟早是个祸害。大哥，我们是不是该……"

"兄弟你不用说，大哥知道你的意思。现在要更加小心，你这里一定得多派些人手。"

"大哥放心。"

冉琎和众人出城之后，马不停蹄地向西北宿州方向快速行去。王鹗跟王琬坐在马车上，冉琎和彭渊骑马并肩行在前面。众人一口气奔了将近一个时辰，王鹗问冉琎："冉先生，大家休息一阵怎么样？"

冉琎跟彭渊就停下马来，众人都下马下车。彭渊吩咐手下给马喂些食料和水。

王鹗问冉琎："看方向，估计前面就到成子湖了。刚才那段路为什么要奔得这么急呢？"

"因为我担心有人会追我们。"

王琬觉得奇怪："谁要对我们不利？"

"我也不知道，这只是猜测。"

王琬跟冉琎相处了这一段时间，知道他思虑缜密，这么说一定有他的道理，就问："冉兄是不是听到了什么？"她其实想问，是不是国安用跟冉琎说了什么。

冉琎摇了摇头："从我们进楚州城起，就有人跟踪我们。后来，安平陪着我们去祭奠赵立将军时，甚至有两拨不同的人在跟着我们。"

王鹗很是吃惊："我怎么一点都没有发觉呢？"

彭渊笑了:"王先生一直身处官府,自然不会有这些江湖的经验。"

王琬问:"冉兄觉得他们是什么人?"

"有一拨应该是国安用的人,另一拨就不知道了。可能是他的对头派来的。"

王鹗说:"看来楚州几个统领之间相互猜疑,还得继续火拼。"

"很有可能,李全就快要回楚州了。他们这些人一定会做个最后了断。"说完,冉琎看了看周围的地形,又打开了地图查看了一下,"王先生说得不错,前面就是成子湖了。绕过成子湖,我们就不用担心他们了。"

众人休息了一阵,然后上马继续向宿州奔去。

正如冉琎所料,李全与杨妙真此刻已经率军到达涟水,此地距离楚州百里不到。他们二人不久前在海州相聚,这是自李全青州被围后的第一次团圆。两年来屡次生死一线,现在夫妻两个劫后余生,自然悲喜交加,抱头痛哭了一场。李全对天发誓,这次杀回楚州,一定要为李福和被杀的两个幼子报仇。

这两人并马而行,带着大军浩浩荡荡地杀奔楚州。一路上杨妙真紧锁双眉,李全劝慰道:"娘子不要担心,那些欠了我们血债的人,一个都跑不了。第一个要杀的就是张林!我已经派人送信给国安用了,命令他在我们进楚州前就控制住张林。"

杨妙真看着李全,眼神异常复杂。自从跟这个男人相识开始,就一起刀口上舔血,整天过着提心吊胆的日子,已经十多年了。自己对他做过的太多事情都非常不满,甚至不齿!可他的生命,早已融入自己的生命里了,这是怎样的一种爱恨交加?她被这种煎熬的感觉折磨了太长时间,都快要被逼疯了!

她知道李全不会听从自己的劝告,但是该说的话现在必须说出来:"相公,我不担心报仇的事情。我担心的是今后……"

"你怕什么?"

"我怕你会跟大宋开战。"

"那又怎么样？这个乱世之下，谁的兵多将猛，谁才是真正的强者。大宋朝廷，呸，银样镴枪头！"李全一脸的轻蔑。

"相公是认定了蒙古就是最强的吗？"

"当然是。况且我们绝不可能去投靠金国，只有背靠蒙古这棵大树，才能让宋廷对我们再不敢轻视半分。"

杨妙真摇头："相公听我一句劝好吗？非我族类，其心必异。我们跟他们不是一族，他们不会相信我们的。我们最终靠不上他们。"

"那大宋朝廷能依靠吗？"

杨妙真无语。

"夫人，你也不敢相信大宋朝廷。为什么？因为他们从来就没停止过打压我们。你回想一下这些年，我们遭的罪还不够吗？"

"可是我们毕竟都是汉人哪，相公。"

"对，是汉人，却不一定是宋人！"

杨妙真听到李全这样的话，内心涌上一阵恐惧。

李全见杨妙真极其焦虑的样子，就安慰她说："娘子不用担心，你看河北的张柔、史天泽他们，甚至山东的严实，在蒙古人那里备受信赖。靠着蒙古人，他们现在个个兵精粮足，称雄一方。娘子你还不知道吧？其实孛鲁对我的看重，远远地超过他们那些人。"说到这里，李全很是得意。

可杨妙真不愿意跟宋廷公开反目："相公，你真要公开起事，我就带兵退回山东去，你万一不利，也有个退处。"

李全见杨妙真主意坚定，只好暂且答应："尊严必须靠打出来，忍气吞声永远得不到尊重。这样吧夫人，我们先做样子打一下，然后看情形再说。"

杨妙真的心里，对赵葵、赵范这样的官员也非常憎恶。矛盾了许久，她终于接受了李全的计划："相公，这样也好，不打一下，他们也不知道我们的厉害！但我们要么就不打，要打就得狠狠地打，要打痛赵葵、赵范他们，不然的话后患无穷。"

夫妻二人终于达成了一致，李全精神大振，催令大军马不停蹄，开到楚州城外下营休息。

第六十二章　李全复仇（二）

就在此刻，李全的信使已经秘密地潜进楚州城，将李全的急信交给了国安用。国安用接信看后，眉头紧锁，该来的总要来的。他立即吩咐部下做好准备，又派人请来了阎通。

阎通看了信后说："国将军您决定吧，该怎么干，咱们绝不含糊！"

国安用起身跟阎通紧紧地握手，说道："李全要我们杀张林，无非是让我们互相厮杀起来，这是他的毒计。可我觉得，张林这厮也必须除掉了。"

"国将军打算怎样安排？"

"估计张林现在还没有防备，不如把他请来？"

正说到这里，一个军校急急地闯进来报说："统领大人，大事不好，张林在城门口跟小将军就要打起来了！"

国安用一听就明白了，国安平果然在城门截住了张林，必定是张林不听他的说辞，要带人强行出城。国安用吩咐阎通："阎将军，你赶快带人去北门支援安平，无论如何一定要堵住张林，绝不能让他出城。我随后就到。"

阎通领命，带人火急火燎地赶去了。

不一会儿赶到了城门附近，很远就看见那里挤满了两边的士兵，还有更多的百姓躲在远处向这里观望。阎通下令，将四下里的百姓驱散，然后派出最强壮的一队士兵，手执盾牌钢刀，一路冲到城门下面。

此时张林无比恼怒，正要带人强行出城，却见阎通带着一支队伍杀气腾腾地冲了上来。他不禁愣住了，不过很快就缓过神来，对阎通喝问道："阎通，你要干什么？"

阎通冲他施了一个礼,手里的钢刀却没有放下,回答说:"张将军,我奉国将军的命令,来请张将军过去,有紧急军情,要跟将军商量。"

张林冷笑了一声:"你这是拿刀请我吗?"

阎通立即将刀收起:"抱歉张将军,我刚才听到报告,说这里有士兵哗变了,所以带人赶来弹压。既然张将军无事,这样最好。"

"让你们的人把城门打开,我要出城。"

"请问张将军,现在出城有急事吗?"

"刚刚得到急报,有金国的细作跑出了城,我得去把他们抓回来。"

"张将军,您说的是我们国将军的客人吧?他们可不是什么细作。"

张林冷笑了几声:"是不是细作,我自然会搞清楚的。"然后对国安平喝道,"再说一遍,叫你的人让开,打开城门!"

国安平的部下们无人理睬。张林更加焦躁,对手下喊道:"上!"

张林的士兵得令,立即举起了武器,就要逼向城门,眼看一场厮杀就要爆发。

这时阎通大喝一声,手下的士兵立即冲了上来,手持盾牌组成阵势,将张林与国安平的士兵全部隔开。

张林见阎通带来的兵很多,而且全副盔甲,装备精良,立刻明白了现在不能硬拼。但命令已下,如果撤回的话,自己的面子无论如何也无法挽回,真要厮杀吗?他一时犹豫了起来。

正在两边拉锯的时候,国安用率领大队人马赶到。此刻张林已经是绝对劣势,国安用的手下立即将张林他们包围了起来。

张林势单,心里不禁有些发怵。

国安用下了马,笑眯眯地走了过来,对张林说:"张将军,这是何必,有什么话大家不能好好说,何必动粗呢?"

张林见他一副和善的样子,胆气就又壮了起来,恼怒地说:"国将军,你兄弟要阻拦我出城,这是什么道理?"

国安用笑着拉着张林的手:"张将军来,我们一边说话。"

说完，拉着张林走到一旁，远离了张林的部下。阎通见势，立即带人上前，将张林的部下阻隔开来。那边张林尚未发觉，国安用从怀里掏出了李全的密信，交给了张林："张将军你看，我刚刚收到了这封急信，就立即找你来了。"

张林见他说得慎重，就接过了信，看完后立即冷汗涔涔，嘴唇抽搐了几下："国将军，你当真要为李全杀我？"

国安用背着手，踱了几步，叹了一口气："做人难啊！你我在这乱世做人，更是难上加难！"

张林明白了，国安用是给自己挖好了陷阱！而自己浑然不知，竟然自投罗网。张林不禁怒从心起，张口骂道："李全就是个十恶不赦的小人，他背叛了大宋，投降蒙古。国将军，他这是要我们自相残杀，你可不能上他的当啊！"

国安用看着因暴怒而情绪激动的张林，这是困兽犹斗。国安用依旧面带微笑："张将军，到今天你还不肯说出实话吗？"

"什么话？你想知道什么？"

"嘿嘿，其实你就是蒙古人派来的奸细！"

"胡说！"张林急得青筋暴突，"国将军，你千万不要听信李全的污蔑。"

国安用冷笑了几下，又掏出一封密函："这是蒙古元帅字鲁写给你的，被我的人在城外截下了。你以为我不讲出来，是不知道吗？"

张林这才彻底醒悟，原来国安用这人无比精明，自己平日里被他憨厚的外表欺骗了，居然还看不起他。张林正在无比懊悔的时候，国安用逼问道："现在你无话可说了吧。"

他刚要开口辩解，国安用突然变得面目狰狞，凶相毕露，喝道："来人，将这个蒙古奸细拿下，就地正法！"

阎通立即带着手下一拥而上，将张林打倒，然后捆了结实推到一旁。张林惊慌失措："国将军，你不能杀我！"

国安用冲阎通使了一个眼色，阎通会意，命人将张林按住，上前只一刀便取了张林性命。

张林的手下们见主将被擒杀了，立时慌乱起来。国安用挥动着李全的信大声喊道："接朝廷通报，张林通敌，已经正法。余下的人只要投降，一概不予追究。"张林的部下们犹豫了一阵，纷纷放下了武器，缴械投降。

随后，国安用跟阎通带人接收了张林的大营，又派人安抚时青等人。直到第二天，楚州忠义军才逐渐稳定了下来。这时李全与杨妙真的大军也到了楚州城外，派人进城跟国安用联络。

按照和李全的约定，国安用与阎通带着自己的军队开出城外，将城内的大营与防务全部交给了李全军。李全进城后，立即控制了所有城门和制置使衙门。他下令城内忠义军所有统领必须到官衙来听令。众将齐聚官衙，见李全和杨妙真满脸杀气，坐在主将位置，恶狠狠地盯着各将。

众将心里忐忑不安。尤其是时青和邢德二人，他们虽然没有参与张林和张惠诛杀李福的行动，但也没有给杨妙真任何援手。李全和杨妙真如今杀了回来，会不会迁怒自己呢？两人紧张得几乎能听到自己的心跳。

果然，李全的目光停在了二人身上，毫无表情地盯着他们看了一会儿，却开口问道："国安用和阎通怎么还没到？"

旁边的穆椿报说："回大帅，已经派人去传三遍了。国将军说，他们正在扎营，完事后立即过来。"

杨妙真轻声对李全说："国安用这个狡猾的狐狸，他不会来了。"

李全点了点头，说道："不等他们二人了。各位将军，李某能从山东活着回来，不容易啊。"说完，扫视了一遍众人。

众将被他看得浑身发毛，没有一人敢直视李全，全都垂下了头。

李全见众人如此紧张，恨意中忽然产生了一丝快意，却故作轻松地说："李某青州被围，一年有余。那时朝也盼，暮也盼，希望援军早点过来。在座的各位，那时你们都在干些什么啊？"说完，眼睛停在了时青和邢德二人身上。

时青见李全针对自己了，就站起来回道："李将军，那时末将要去的，被刘琸那厮挡住了。"

邢德接过了话:"刘琸那厮曾经给大家看过一个手谕,是赵葵写给他的,说我们谁要是擅自出兵,就是反叛,要就地处决。"

李全听罢,哈哈大笑,然后眼圈红了:"你们人人都怕死。只有我大哥李福,不顾这个莫须有的罪名,亲自带兵去了山东。可是你们呢,后来竟然合起伙来,害死了我大哥!"说完,狠狠地捶击了一下桌案,指着时青和邢德骂道,"你们两个丧尽天良,摸着自己的良心问问,我李全以往可曾亏待过你们?"

时青立即大声呼喊:"冤枉啊大帅,那天兵变,是张林和张惠挑起的头,我们并没有参加兵变!"

李全呸了一声,喝令将二人绑了。立时进来一群刀斧手,将两人像粽子一样捆得动弹不得。邢德性子烈一些,破口大骂:"李全,你这个泼皮无赖,那日国安用带人攻打大帅府,阎通开城门放了张惠他们进来,他们就在城外,你都不敢动他们,却向我们无辜之人报复。"

李全放声大笑:"你放心!这次回来,我就是要跟所有的人一并清算总账。"说完喝令将二人推出斩首。

时青与邢德愤怒至极,骂不绝口。其余各将看到两人被推了出去,无不面如土色。

穆椿监刑,押着二人到了辕门外,行刑前对二人说:"二位将军,临走前就别骂了。看在以往还有交情的分上,我会尽力保全你们的家小,二位就放心去吧。"

时青跟穆椿颇有些交情,红着眼睛问穆椿:"穆将军,拜托你跟李全求下情吧,求您了!"

穆椿看了看他:"二位将军,太晚了。"说完吩咐刽子手行刑。

刑毕,穆椿吩咐小校将二人首级送进了大帐,然后长长地叹了一声,自言自语说道:"不杀了你们,大帅今后怎能放心?又怎能吞掉你们的军队?"

二人首级送进来后,其他的忠义军统领受到惊吓,纷纷跪下讨饶。李全走了过去,将众人一一扶起,又大加抚慰。李全下令,穆椿接管时青、邢德二人的军队,跟自己从山东带回的嫡系人马打乱混编一处。

随后下令将运河各处渡口与河港内所有大船全部征用,再命人日夜不停打造兵器与战船,搜集粮草,准备随时南下之用。

城外的国安用在得知时青二人被杀后,不等李全下令,就不告而别,全军连夜拔营向邳州方向开去了。

李全得知后勃然大怒,立刻就要率军追赶。杨妙真拦住了他说:"相公放心,国安用家乡老小已经被我派人接来了,料他不敢背叛我们。"李全听了这才作罢。

李全就跟穆椿盘算了一阵,叫来了朱椹,命他率领自己的军队追上国安用,然后跟他们合兵一处,随时向自己报告国安用的动向。

朱椹走后,李全哈哈大笑,拍着穆椿肩膀说:"这下好了,既打发了朱椹这个眼线,又可以用国安用去搪塞字鲁。下面我们专心攻打赵范他们吧。"

可穆椿有些担心:"大帅,如果国安用他们真的打下邳州,甚至徐州,那他就羽翼丰满,咱们很难再控制他了?"

李全摇头说:"不是我看轻他,就凭他的实力去争夺徐州,多半不成。就算运气好夺了徐州,他也守不住的。就随他去吧。"

几天后,李全的部下在楚州、盐城一带广发布告,到处征召士兵,不论南北全部收用。

顿时各种消息雪片一样飞往了建康府赵善湘、赵范和赵葵那里,都说李全即将率军沿河南下,攻打扬州……

淮东告急,一封封令人不安的密报,急速地送达夜幕下的临安城。

第六十三章　重重黑幕（一）

临安入秋之后的这个夜晚突然变得十分清冷。因为没有客人，商户们早早地上板关门，街面上显得十分凋零。

远处疾驰来一骑快马，将急报送进了皇城里的枢密院。值日官拆看之后不敢有丝毫耽搁，紧急地向当值宰辅传递过去。这夜当值的副相是郑清之，接到报告后想了一阵，他没有去找兵部余天任商量，而直接去了宰相府。

此刻宰相府里，史弥远尚未休息，正待在暖阁里看书。史弥远非常畏寒，所以万昕将炭火烧的很旺，里面是专门进贡的兽金炭，并无半点烟味，却有阵阵松枝的清气扑面而来，这是史弥远最喜欢的松香气味。因为怕滚热的炭火灼伤了自己钟爱的花草，史弥远干脆搬到了暖阁居住，而很少使用自己最爱的东花厅了。

史府大门之外，郑清之的大轿刚刚停下，史府的仆役们认得郑清之的轿子，他的轿子尚未停稳就打开了大门，有人立刻向里面通报去了。因为常来常往，郑清之并不停留半分，径直走进了大门。半道上，万昕迎了过来，将郑清之引入了暖阁。

史弥远接到通报，郑清之深夜来访，他知道一定有大事商议，便披了绸衫正在坐等。

郑清之进来便说："打扰史相了。"

"德源，来，快坐。"史弥远吩咐万昕将茶送来，再端来一些上好的点心，然后问："你来是不是为了李全的事情？"

"什么都瞒不过史相。"

"清臣的急递也刚刚到了。"说完,史弥远将赵善湘的密信递给了郑清之。

郑清之看完后问:"现在完全清楚了,李全已经投靠了蒙古人。他这次来势汹汹啊,刚到楚州就杀了时青等人。吞并了他们的军队后,李全又四处征兵,现在实力大增。据报,他正在雇人打造战船,一旦完成就要南下攻打扬州了。"

史弥远怔怔地听着,过了片刻,问道:"不是说,他的嫡系几乎都在青州打光了吗?"

"兵部的消息应该是准确的,我判断他最近招了不少兵。"

"可招兵需要很多钱粮,他从哪里搞呢?"

"这就对了,史相。据可靠消息,蒙古主帅孛鲁,向蒙古大汗请旨,任命他担任了山东淮南、楚州行省。如果没有蒙古人的支持,这么短时间里,他是不可能筹到足够钱粮去招募兵马的。"

史弥远沉默了。

郑清之轻声地说:"史相,看来我们以前的确是养虎为患了!"

这句话在史弥远听来,就是诛心之语。这还是自己最信任的盟友说的,那么其他高官们,恐怕早就在看自己的笑话了!

史弥远摇了摇头:"不,我宁愿相信他是被逼的。青州被围,他们连树皮都吃光了,援兵还是不到。他也难!"

郑清之看着史弥远,犹豫了一下问:"史相您是念旧情的,难道还想再争取一下他,是吗?"

"这是军国大事,我岂会顾及什么私情?更何况是这个李全,他在我这儿怎么会有什么人情呢?"

听史弥远这样说,郑清之轻轻地吁一口气:"这次我们必须出兵征讨了。"

史弥远想了一阵:"再等等。我去一封信给他,哪怕他降了蒙古,只要能回到我们这边来,还可以既往不咎。如果他执迷不悟,你们就出兵吧。"

郑清之见史弥远主意拿定了,便不再相劝:"好吧,史相辛苦些,尽快将信送走。即便这样，我们也必须做好出兵准备了。"

"这是宰辅之责，应该的。"说完，史弥远示意郑清之饮茶，然后继续说，"不过，如果李全真是一股祸水，我们还是应该想办法，把他引到金国人那边去。"

"怎么引？史相是不是有了办法？"

"刚刚得到机速房的密报，李全的部下国安用，带着兵马拿下了邳州，那里是金国人的地盘。这个人究竟要干什么？"

这个情报是郑清之所不了解的，他顿时有了强烈的兴趣。

"所以我让你们再等等，我要看看，那里究竟会发生什么事情。"

郑清之点头同意："好，就依丞相。对了，前些天盱眙那几个统领集体反水的事情，我们是不是应该有所表示了？"

"你说该追究谁的责任？赵葵吗，还是赵范？"

郑清之听他这样问，小心翼翼地回答："他们，也不容易啊！"

史弥远沉默了片刻，长长地叹了一口气："唉，'忠义军'的人，除了彭义斌，配得上有忠有义；其余的人，除了被杀的，基本全都反了！"

郑清之听了这话，无言以对。

想了一阵，史弥远摇了摇头："拿掉了赵范、赵葵，还有谁能帮赵善湘去挑淮东的重担呢？先不谈这个了。德源，最近我听到了一些后宫的事情。陛下是不是新纳了几个美人？"

"好像有这事，具体的我也不清楚。"其实郑清之早就知道阎笑娉和赵柔奴的事情。但他觉得这是皇帝的私事，不好规劝。况且，碍着余天锡的面子，他也不能说什么，尽管他的内心非常不赞成皇帝将阎笑娉二人收进宫里。

"皇家体面，还是要顾一顾的。"

郑清之嘴唇嗫嚅了一下："史相，据说那个阎美人是余大人新收的义女。"

史弥远又沉默了，过了好一会儿问："太后本来身体已经恢复了，怎么就突然又病倒了呢，近日好些了没有？"

郑清之眼睛一眨:"后宫说太后今天好了一点。我听说前些日子赵汝说去过太后那里。"

"哦,他跟太后说了什么?"

"不知道。据讲他去过之后,太后就病了。有宫女说,太后是为了什么事被气倒了。皇上是个极孝顺的,就又住到太后宫里,朝夕服侍她老人家。"

"这个赵汝说还是有点真本事的,临安赈灾的事情,办得算有些模样了。"

"只是那几件案子,他办得很是一般,到现在还没有什么说法。"

史弥远轻哼了一声:"岂止没有说法,反而又多了一些命案。到现在没有一个告破的。"

"赵汝说上回通缉了几个纵火要犯,其中有一个叫明亮的,据说是李全的属下。这个人从临安逃走后就去了建康府,他袭击魏乃翁事败,被当场击毙。"

"这是失职,赵汝说怎么可以将凶犯放跑呢?"史弥远摇摇头,然后又问,"李全会这么疯狂,派人到临安来杀人放火?德源,你也相信这个说法?"

"无风不起浪啊,史相。我不了解具体案情,也说不出什么来。"

史弥远的两眼瞳孔骤然收缩,冷笑着说:"如果真是李全干的,我一定让他死无葬身之地!"然后又愣愣地想了一阵,"你明天派人催一下赵汝说,不管案子办到了什么程度,叫他来做一次专门的汇报。"

"好的,史相。"

今夜的临安府,正排开一场送别酒宴。吏部发函给宋慈,要求他立即奔赴长汀担任知县。虽然这是一场送行酒,但是从赵汝说到宋慈、冉璞和蒋奇,还有刚刚办差回来的丁义他们,人人都很振奋,因为这几天案情有了重大进展,众人都在兴高采烈地喝酒议论。

首先是冉琏派人送来了王世安亲笔手书给国安用的劝降信。宋慈与冉璞将聚仙山庄抄出的董贤文书,与劝降信来回比对,笔迹完全相同。至此彻底确认，这位突然失踪的庄主董贤，就是金国的细作头目王世安。

派去盐场的丁义带回了很多三年前的旧档，发现了上官镕亲笔签名的提盐收据和行船记录，还有一些他们当年使用的盐引。经过核查，这些盐引虽然并非伪造，却在临安京师榷货务没有找到对应的存档。因而这些盐引就是有人空放给上官镕的。莫泽这位户部尚书，当然是第一个嫌疑对象，以他的权力办起这些事情来，自然是轻而易举。

宋慈跟冉璞二人在临安府的文档库里，查找了所有跟莫彬有关的契约文书，历年的缴税记录等。整理出一批由莫彬亲笔书写签名的文书，经过再三核对，已经确认上官镕跟莫彬的字迹完全一致。

终于证实了上官镕跟莫彬就是同一个人。自从三年前湖州案起，困扰众人已久的各种案情开始露出了真相。众人大受鼓舞，都想要一鼓作气，拿下莫彬一干嫌犯。

酒席上，赵汝说和冉璞注意到宋慈有些闷闷不乐。冉璞猜测宋慈跟大家共事一段时间后，有了同袍之情，当然难以割舍了，就陪着宋慈连饮了几杯酒。

赵汝说也陪宋慈饮了一杯酒，然后问道："宋先生刚刚得了升迁，这是喜事呀，为什么却眉头紧锁，是不是在临安还有什么未了之事？"

宋慈回答："哦，不是。赵大人，我有一种感觉，在下这次升迁来得很不是时候。"

"哦，为什么这么说？"

"现在正是最终破案，抓捕主犯的关键时候。这时调我去长汀，背后很可能不简单。"

第六十四章　重重黑幕（二）

赵汝说捋须寻思了一阵："可是调令已下，如果强行违背，反而正中了那些人的下怀，先生不如且去上任。好在此案距离告破已经不远了，如果下面案情出现反复，需要的话我再想办法，请先生回来。"

宋慈冲冉璞和蒋奇等众人笑道："有各位在，我丝毫不怀疑，此案最终必破。"

然后对赵汝说说："可我现在担心的是，那些人一定会反扑！将我调开，很可能就是他们计划的第一步。"

冉璞问："先生觉得他们要干什么呢？"

宋慈手捻胡须，寻思了一阵："他们有可能抓住大人一个所谓的'过失'，群起弹劾攻击。"

赵汝说笑了："皇上调我来临安，就为了两件事情，一件是赈灾，另一件就是破案。现在赈灾已然完成，中秋大火案也大有进展了。"

"这些人只要存心挑剔，就一定能抓到一个攻击的借口。说不定，他们已经在圣上那里诋毁大人您了。"

赵汝说摇头说道："如果的确有什么过失，本官甘愿受罚。可是如果无凭无据，以圣上的睿智，应该不会偏听偏信吧。"

"大人，咱们越是快要功成的时候，就越得小心。上回大人向太后上奏了阎美人的事情，可能就有些不妥。"宋慈说出了自己一直以来的担心。

"你是担心皇上知道后，会心里不悦，进而迁怒于我？"

"是的。"

听到这里，赵汝说开始沉思不语。这时酒席主桌上的几个人都不再说话了，只有旁边丁义他们那一桌还在兴高采烈地饮酒谈论。

冉璞见气氛有点闷，就笑着说道："听说皇上孝顺，对太后更是百事尊崇，咱们也不用过于担心吧。"

宋慈点头："此事虽然不至于马上发作，可就怕皇上已经对大人起了心结。"

蒋奇见气氛有些沉闷，就转移了话题说道："各位，就在刚才我收到了一个线报。你们还记得太平酒楼的那个小伙计吗？"

冉璞问："当然记得，叫贾二，他怎么了？"

"我的线人今天在太平酒楼无意中听到贾二抱怨说，为了一件案子，他担着风险帮老板向官府撒了谎。"

冉璞和宋慈顿时就有了强烈的兴趣："是哪件案子，他说了没有？"

"线人问了，可贾二不肯说。只说了当初老板答应给他一百两银子，却只给了他五十两。"

一个店小二，撒一个什么样的谎就能值一百两银子？贾二隐瞒的事情肯定不会小。冉璞一听，立即就要赶去太平酒楼。蒋奇拉住了他说："兄弟你急什么，现在已经是深夜。再说了，还不知道他说的事情是不是跟王诚的案子有关。明天咱们两个去一趟，岂不是更从容吗？"

赵汝说点头说："也好，不着急这一个晚上。大家还是安心饮酒，给宋慈饯行吧。"

于是众人举杯饮酒，尽兴而散。

次日清早，冉璞和蒋奇受赵汝说委托，将宋慈送出了城，三人依依惜别。临行前，宋慈对二人说："案子办到今天这个程度，可以说就要水落石出了。临别前我想提醒一下二位，越是这个时候，越不能急躁。"

冉璞问："先生还在担心这些人会狗急跳墙，联手反扑？"

"是的。现在赵大人面对的局面非常复杂，对手绝对不止一股势力。二位千万要提醒大人，小心应付！"

蒋奇问:"宋先生,您觉得他们都有哪些人呢?"

"除了莫泽、莫彬他们,还有余天锡、梁成大、李知孝这些人。当然,还有那位站在背后的史丞相。我更担心皇上也不站在大人这边。"

冉璞点头同意:"除了这些摆在明面上的高层,还出现了一些新人,我感觉他们比当年的赵奎更加难缠。"

宋慈抚须思忖了一下:"你说的是梁光、马天骥他们吗?"

"是的。"

"如果上回贾二对我们说了谎,那么马天骥必定也撒谎了。我猜想那天太平酒楼的包厢里,除了马天骥、王诚他们二人,应该还有其他人,比如梁光。"

冉璞笑道:"真是想到一块儿了。对了,宋先生认为梁光的背后究竟是什么人呢?"

"这个很难说。梁光从聚仙山庄开始,就一直若隐若现地涉及好几个案子。下面应该在梁光身上多下些功夫。"

蒋奇说:"还有费忠。"

冉璞很是赞成:"是的,只要能抓到他,莫彬干的所有勾当就清楚了。"

宋慈摇头说:"有一个难处,莫彬跟王世安究竟是什么关系?他们是盟友,还是只是相互利用?又或者,莫彬本人也是金国安插在临安的细作吗?"

蒋奇倒吸了一口气:"如果莫彬真是为金国效力,那么身为户部尚书的莫泽也难逃嫌疑,他们不就是金国插在朝廷心脏上的一把刀吗?这太可怕了!"

宋慈点了点头:"蒋兄终于明白我最担心的事情了。"

冉璞问道:"王世安在聚仙山庄聚敛巨额钱财,这些钱财都到哪里去了,是运回金国吗?怎么运的?他们一定贿赂收买过很多高层官员,都是哪些人?他们这些年沆瀣一气都干了些什么勾当?看来当年的私盐案,可能只是冰山一角。"

宋慈叹了一口气："是啊，去查这些事情，案情将会越查越复杂，牵扯到的人越来越多！一般的官员腐败，只是为了钱财，查处他们并不困难；而莫彬和王世安他们，是抱有不可告人的图谋，则更加难以对付。这些年来，被他们拉拢下水的高层官员，一定不在少数。这些人一荣俱荣，一损俱损。逐个地查处他们，拔一个萝卜带出一堆泥，最后一定牵连大批官员，这样必定会震动朝局！这就是我为什么担心他们联手反扑赵大人的原因。可如果不去查清他们，就会有更多的朝廷官员越发陷进这重重的黑幕里，总有一天，朝廷会出现万劫不复的危机！"

蒋奇苦笑着说："照先生这样说，如果坚持查下去，可能朝廷尚未出现危机，赵大人和我们就先万劫不复了。三年前的真大人不就是前车之鉴吗？"

三人自到临安查案以来，从未感到过这样如临深渊般的压力，于是全都沉默不语了。

片刻之后，冉璞说道："不，我们得查，一定得查。只有尽早捅破这张黑幕，铲除掉莫彬这些罪魁祸首，朝局才有可能安定。大宋现在是内忧外患，如果不先解决内忧，怎么可能抵御外患呢？所以哪怕前面就是万丈悬崖，我也将义无反顾！"

听他如此掷地有声地说出这样一番话来，宋慈和蒋奇的情绪不由得都受到了感染。蒋奇连声地说："佩服！兄弟，你这样的人，才是真正的国之脊梁！"

这时，三人的手用力地握在了一起。

宋慈是不轻易流露情感的，现在居然眼圈也有些红了，只紧紧拉着二人的手，互道珍重。然后骑上马，挥手作别。

在骑马回城的路上，冉璞跟蒋奇都有心事，一路无语。到了南山大道上时，冉璞想起了叶绍翁正住在附近。叶绍翁对谢瑛有恩，又是真德秀的密友。自己来临安这么多日子，一直忙于查案，竟然没有抽出时间来探望一下他，他有了一些愧意。

跟冉璞并马前行的蒋奇见他的脸色有异，仿佛在想什么人，就笑了："兄弟，刚才咱们那番话，说的跟生离死别一样。惹得你想起弟妹了吧？"

冉璞摇头笑着回道："不，是我想起了一位故人，他就在这附近住着。这次来临安我一直没空去看望呢。"

"今天是不行了，而且你也没准备一些礼品。等空闲下来，我跟你一起来看他。"

"好啊。"

蒋奇手指着前方说："前面就快到湖滨了，我们现在就去一趟太平酒楼如何？"

"我也正有此意。"

不一会儿，两人就赶到了太平酒楼。因为此时日头尚早，酒楼里没有什么客人。蒋奇问迎上来的小二："你们老板在吗？"

那小二见他们是公差，赔着笑回话说："大清早老板就出去办事了，您有什么事情，可以交代给我，小的给您办就是。"

"不用了，你去把贾二叫来。"

"真是太不巧了。今早不知为了什么事情，贾二惹火了老板，已经被轰走了。"

冉璞跟蒋奇对视一眼，都觉得有些不对劲。

"贾二现在在哪里？"蒋奇急忙发问。

"一个时辰前，他收拾了包裹，回乡下了。"

冉璞问："贾二的家住在哪里？"

"他家在十几里外的临平。"

"你认得路吗？"

"小的不认得他家。账房那里有他家的地址。"

蒋奇连忙让他去问账房。不一会儿，账房先生过来问清缘由，就把贾二的地址写给了他们。蒋奇问账房："你们的老板叫金达吧？"

"是的。"

"他说了什么时候回来吗？"

"没有说。"

"他有急事？"

"好像也不是。可能就快回来了。"

蒋奇指着账房说："你见到他时讲一下，临安府要他过去一趟，有事情找他。"

"好的，在下一定把话带到。"

二人出了酒店，冉璞说："蒋兄，事情不对。贾二有可能会出事，金达有很大问题。"

"是的，我们这就去贾二家里找他，怎么样？"

"行，不过从现在起，酒楼这里必须派人盯住了。"

两人商量了一阵，由冉璞直接赶往临平贾二家里；蒋奇则先回衙门叫些帮手。随后两人分手，冉璞快马加鞭向临平奔去。

第六十五章　萧山血案（一）

冉璞快马奔到临平，按着那账房先生写的地址找到了贾二的家里。不承想，贾二的老父母说并没有见到贾二。难道是他的腿脚慢，还在回乡的路上吗？冉璞只好骑上马到临平镇上去看看，准备过几个时辰再去贾二的家里。

只见街上人来人往，车流不断，这里倒是一个热闹的地方。前面是一个饭馆，在门口设了摊位，出售自家做的点心热食。冉璞闻到了诱人的香味，这才想起今早起来还没有吃早膳，于是买了几个果饼，一边吃着，一边牵着马四处观看。

突然，前面有人慌慌张张地跑了过来，大声呼叫着什么。冉璞凝神细听，这人在喊镇子外的树林里有人上吊死了。有几个闲汉爱凑热闹，已经往出事的地点那里跑去了。

冉璞心想不妙，这出事的人该不会就是贾二吧？于是骑上马，向那个树林的方向奔了过去。远远地看见已经有一群人聚在了那里。这时，本地的保正赶了过来，指挥几个人，七手八脚地将树上挂着的人解了下来。有人上前立即辨认，说这人是邻村的贾二。保正立即叫人赶紧去报官。

此时人已经越聚越多。冉璞也上前细看，果然正是贾二。冉璞走到保正跟前，掏出了临安府的腰牌，要求他立即带着人群向后退，然后自己蹲下身，细细地察看起来。

自从跟宋慈一道办案以来，冉璞从他那里学了很多断案的技巧。宋慈对冉璞也是悉心传授，所以他现在的水准，俨然比很多老捕快都强了很多。冉璞注意到，贾二身上并无明显的伤痕，但面部的神情显得很是惊慌。他的手腕淤红，像是被人抓住了手腕。

在贾二身上搜了一下，发现了几张借据。看来这贾二死前欠下了不少赌债，难道是因为有人追债太紧，贾二无法还债，一时想不开就上吊了吗？贾二缺钱，这似乎解释了，为什么贾二会抱怨金达不给他承诺的银子。

冉璞又仔细察看了借据，发现指印非常新鲜，难道它们是刚刚签下的吗？冉璞心中一动，扳起贾二的手指检查起来，在右手拇指的指甲缝里发现了一点残留的红色。

冉璞不由得点了点头。那保正见他似乎看到了什么，就小心地问发生了什么。冉璞摇了摇头，然后绕着大树来回地走动观察，停下来若有所思。

过了一会儿，蒋奇带着衙役赶到临平，听说这里出事就都过来了。蒋奇见到冉璞就问：“这里发生了什么？”

冉璞回答：“地上的尸体就是贾二，大约一个时辰前他被人谋杀了。”

蒋奇蹲下身察看了一下，问道：“为什么说是谋杀呢？”

“如果真是上吊的话，以贾二的矮小个头，如何够得着这般高的枝条呢？依我看，应该是有人先挟制了他，而后他被打晕或者迷晕，所以上吊时没有什么挣扎。”

"有证据吗？"

"你看，贾二的身上没有搏斗留下的痕迹，只是手腕有淤血，明显是被人用力钳制住了。他的五官和指尖都没有中毒的症状，我推测他可能被人迷晕了。再者，你看看这借据上的指印？"

蒋奇看了一眼，脱口而出：“这是新按上去的！”

“不错，刚刚伪造的。蒋兄，过一会儿把尸体带回去，让仵作检验五脏，看是不是这样。”

随后两人带着衙役，在树林附近细细搜索了一遍，却没有任何发现。冉璞又派了人留在临平镇，四处查找看是否有人知情，或者目睹过贾二的行踪。

在回去的路上，蒋奇问冉璞：“我们昨天刚刚收到跟贾二有关的线报，今天他就被杀了。难道衙里有人泄露了消息吗？"

冉璞立即回答："毫无疑问，一定是这样的。"

"那会是谁呢？"蒋奇挠头问道。

"这人肯定在昨天酒席上听到了你说的话。"冉璞的心里已经想了无数遍，靠近自己这一侧的人，除了赵大人、宋慈和蒋奇，其余几位都是赵大人绝对信任的，应该不会有问题。问题一定出自另外一桌。会不会是丁义呢？那一桌的人，几乎都跟自己和蒋奇共同办过案，也都建立了信任。只有丁义，一直被派出外州办差，目前尚未打过交道。

"你说会不会是丁义？"蒋奇突然问出了冉璞心里的怀疑。

"现在还不能下定论，我们得尽快向赵大人汇报。"

二人快马加鞭，返回衙门急匆匆地向赵汝说报知了此事。

赵汝说皱了眉头说道："丁义应该不会有问题吧，他是我兄长特意推荐来的。据说他在提刑司是个口碑很好的捕头，人比较正派，而且很有本事，这些年破了不少案子。"说完看了看二人，"本来如果你们二位不来的话，我第一个倚重的人，应该就是丁义了。"

蒋奇挠了挠头，问道："也许他觉得不受大人器重，而有所不满呢？"

赵汝说没有回答。

冉璞说："丁义这次回来后，接手了王诚被杀的案子。他花了很多功夫，表现中规中矩。我们这么没有根据地猜疑他，会引起无谓的内耗。大人，不如把丁义叫来，您当面询问，且看他如何反应？"

赵汝说不假思索地回答："嗯，这个办法好。"于是吩咐差役去叫丁义过来。

不料主簿过来说，丁义今早过来说家里有急事，请了几天假就回去了。

众人听了这话，顿时疑窦大起，在这个时候他刚好请假，为什么会如此凑巧？

冉璞问主簿："丁义的家在哪里？"

"在萧山，西兴镇。"

冉璞让主簿查了丁义的住址，然后转头对赵汝谠说："大人，我们应该去一趟丁义的家里，确认一下真假。"

"好，那你就去一趟。但是记住，要悄悄地查。"

冉璞点头答应。

蒋奇说："我也一起去吧，万一有事也可以照应一下。"

"恐怕不行，蒋兄，你还得去查太平酒楼的老板。那老板金达跟贾二的死脱不了干系，他一定干了什么见不得人的勾当。"

正说话间，仵作验完贾二的尸体，过来呈交验尸格目。冉璞接过仔细看完，对蒋奇说："果然如此，贾二的体内确实有迷药。"

仵作说："死者贾二的手腕和脸上都有挣扎的痕迹。推测应该是一个身材高大的人从背后突然袭击，控制住了贾二；其他人用涂有迷药的东西捂住了贾二的口鼻。贾二很快就被迷晕了过去。之后他们就制造了上吊的假象。"

冉璞问："凶手应该有几个人？"

"至少有两到三人。"

蒋奇若有所思："身材高大，会不会是费忠呢？"

冉璞就叫来了一个衙役，吩咐他带上费忠的画像，去一趟临平凶案现场附近的几个村庄，让人辨认一下。随后冉璞和蒋奇两个一道去了太平酒楼。

太平酒楼的大门附近，站着一个穿着便衣的衙役，正在监视酒楼，看到他们便迎了上来。蒋奇边走边问："这里的老板金达回来没有？"

衙役很肯定地回答："没有见到。"然后见蒋奇有点失望的样子，又说，"对了，刚才丁捕头来过，也是来找酒楼老板的。"

二人顿时紧张了起来。冉璞急忙问："丁义说了有什么事吗？"

"他没说，不过他进去后又急匆匆地走了。"

蒋奇和冉璞对视了一眼，蒋奇吩咐衙役："你继续在这里盯着，有任何动静，立即回衙里通知我们。"衙役应诺。

随后两人进了酒楼。刚走进去，早上的那小二立即上来招呼说："二位公差大哥，我们老板还没有回来呢。"

"你们不是说金达会回来的吗？"

"是啊，我们也不知道为什么。刚才丁捕头也来找他的。"

蒋奇问："丁捕头来为了什么事，知道吗？"

小二被问得愣住了，心想这些公差难道不是一起的吗？

冉璞见小二诧异，就解释道："我们跟丁捕头各有差事，你照直回答就是。"

"他没说，只问了一句老板在不在，然后就走了。对了二位，丁捕头跟我们老板本就是常来常往的熟人。"

两人听了大为惊讶，丁义跟金达到底是怎么回事呢？

冉璞问："你是说他们的联系很是密切吗？"

小二点了点头。

"金达家在哪里？"

"在西兴镇。我们老板家是西兴那里最有名的豪富。"小二见两人好像毫不知情，不禁有些得意。

两人再次吃惊了，他们都住在西兴！既然丁义跟金达关系匪浅，如果金达牵涉了贾二被灭口一案，那么昨晚泄露的消息，极有可能就是丁义通报给他的。这个解释最合理不过了。

小二见两人吃惊的模样，不由得笑了："二位公差大哥的口音不是本地人，想必是刚来临安府不久。"

冉璞点头。

小二得意地继续说道："不但丁义跟我们老板相熟，你们的总捕头费忠，跟我们老板也是朋友，听说他的家在临浦，距离西兴倒也不远。"这小二说出费忠来，本意是希望二人看在费忠的面上，不要为难他们的老板。可他却不知，费忠已经是临安府的要犯了。

冉璞和蒋奇此时开始愤怒了，难道丁义跟费忠、金达根本真就是一伙的？他真是辜负了赵大人对他的一片信任。冉璞冷静了下来，询问小二关于金达和费忠之间的事情。费忠已经销声匿迹了一段时间，小二无从见到他，所以也说不出很多有用的线索来。

　　蒋奇叫来了账房先生，向他索要了金达在西兴镇的地址。随后两人商议了一下，事不宜迟，立即带人赶往西兴镇。

第六十六章　萧山血案（二）

此时已近黄昏，众人飞马赶到钱塘江渡口，紧急征用了一条渡船，等到过得江去，天色已经微黑。由一个本地衙役领路，众人飞马疾驰，直接奔向金府而去。

西兴位于浙东运河与钱塘江交界之处，此地河塘纵横，街巷之间多用石板桥互相连接。此时已是夜晚，到处都点亮了各式灯笼，街上人来车往，商户叫卖，真是一片热闹。众人无法纵马疾奔，只得下马跟着人流向前走动。冉璞、蒋奇见这里的街道两边以及商铺楼阁的屋檐上，都挂有无数精巧的灯笼，二人觉得很是新奇，于是一边行走，一边四处观望，欣赏这里繁华的夜景。

同行的衙役向他们介绍，本地是灯笼之乡，精巧的设计和工艺远近闻名，因而行销四方。其中最大的商户就是金达他们家。金家财雄势大，还是本地米市的最大东家，金达又在临安城里创办了太平酒楼。

金达的宅院建在一个小湖的背后，前面有一片树林遮蔽。这里僻静幽暗，跟几百步之外的热闹景象实在是形成鲜明的对照。走到路的尽头，看到前面豁然灯火通明。金家沿湖修了一座高大的宅院，金府大门的两侧挂有很长的灯笼，因此特别耀眼通透。

这时众人看见，大门旁边站了很多官府的差役，冉璞不禁自言自语："不好，难道又出事了？"

众人打马奔到门口，冉璞和蒋奇下了马刚要过去，有两个差役立即上前拦住，喝道："什么人？站住！"

蒋奇上前出示临安府的腰牌:"临安府的。你们是哪个衙门的?"

"我们是萧山县的。"

"里面出了什么事?"

那差役见蒋奇和冉璞二人魁硕威严,又是临安府来的捕头,不敢怠慢,回答说:"金家十来口人被害了。"

虽然二人已有了一些心理准备,听到金府出事还是非常震惊。冉璞问:"金达呢?他也被害了?"

"是的。我们县尉大人正在里面勘查。"

蒋奇问:"是丁大全吗?"

"正是。"

蒋奇跟冉璞对视了一眼,虽然跟这个丁大全未曾谋面,却不是第一次打交道了。上回太平酒楼王诚和马天骥饮酒,隔壁包厢里就有丁大全。事后他还给马天骥做了证词。这难道只是一个巧合吗?

蒋奇吩咐差役:"我们也是为了案情来的。你前面引路,带我们去见丁大人。"

那差役虽不情愿,却不得不开了大门,引着众人走进金家大宅。

众人刚进大门绕过影壁,一股血腥味就扑面而来。众人被眼前的一幕惊住了,只见金府院内各处躺着七八具尸体,看衣着都是金府的仆役和丫鬟。

往前走了一会儿进入正厅,这里也躺了几具尸身,应该都是金达的家人。众人正在找寻金达的尸身,外面传来一阵怒骂:"混账东西,本官正在查案,你怎么敢把外人领进来?"然后传来一声掌掴的声音。

差役非常委屈,轻声解释道:"他们是临安府的捕头。"

丁大全大声喝道:"临安府又怎么样,本官不受他们的管辖!"

这时冉璞和蒋奇一同走了出来,走近后细看丁大全,见他身形枯瘦,脸色青黄,面颊上有一块青痣,上面似乎还有几根须毛。冉璞曾经听人讲过,他的绰号叫作丁青皮,号称"蓝色鬼貌"。因为貌凶,孩童见了他会被吓哭。不过,据说丁大全本人对这个称号很是满意,认为自己天生异相,将来必定大富大贵。

冉璞上前拱手说道："丁大人，我们是临安府的差事，因为有紧急案情牵涉到了金达，所以连夜赶来向金达查证。丁大人，金达已经被杀了吗？"

丁大全盯着面前两位高大强壮的捕头，没有直接回答，只说道："你们有什么案情，就跟本官说吧。"

蒋奇直接拒绝说："抱歉丁大人，事涉机密，现在还没有调查清楚，所以更不能讲。请带我们去看金达的尸身吧。"

丁大全瞪了蒋奇一眼，只因二人说话占理，不好轻易反驳，就冷笑了一下，向身边的衙役打了一个手势。于是那衙役领着冉璞他们去了一个偏房。

进去之后，众人看到金达的尸身仰面斜躺在地上，他的夫人倒在旁边。冉璞和蒋奇上前一一检验，发现都是死于刀伤。冉璞仔细检查了伤口形状和尺寸，推测凶手所用的应该就是常见的手刀。但二人都是一刀毙命，这手段甚至比明亮他们还要高明，可见应该是顶尖的高手所为。

金达怎么会得罪这样的高手？他们究竟是什么人呢？冉璞问那衙役："金家的财物是不是被劫走了？"

"没有，幸存的一个管家说，财物没有短少。"

蒋奇问："那管家见到凶手了没有？"

衙役苦笑了："他要是见到，现在还能活着吗？"

"有目击证人吗？"

"没有。"

冉璞觉得奇怪："这么多人被杀，动静肯定不小，怎么会没有证人呢？"

衙役回答说："金府这里一向幽静，又有家丁看护，一般的闲杂人等靠近都难。"

这是仇杀，还是杀人灭口呢？冉璞正在思索的时候，丁大全走了过来，咳嗽了一声，说道："二位既然是临安府来的，本官正好有事要问你们。"

蒋奇回答："丁大人有事请问。"

"有一个叫丁义的捕头，是不是在你们那里？"

冉璞和蒋奇都很诧异，为什么丁大全会提到丁义呢？蒋奇点头说："是的。不知大人为何有此一问？"

"因为今天有人看到他进过金府，还手拿凶器，急匆匆地骑马走了。"

冉璞问："所以大人怀疑是丁义杀了金达一家？"

"至少他是一个重要的杀人凶嫌。"

"证人几时看见丁义的？"

"申时。这跟金达一家被害时间是大致吻合。"

"既然有人看到他出来时手拿凶器，那么进去时有没有呢？"

"证人没有注意。"

"凶器是什么？是剑，还是刀，或者其他？"

"据证人说，看形状应该是一把大刀。只是外面裹了东西，所以看不真。"

冉璞问："丁大人，证人现在哪里？我们可以见一下吗？"

"这有必要吗？"

"很有必要，我们需要了解清楚那柄刀的尺寸样式，才可以跟这些死者的伤口比对。"

这是合理的要求，作为萧山这里专管缉拿盗匪的最高长官，丁大全当然知道。他干咳了一声说："证人现在不在，你们要见，只能明天来了。好了，本官已经告诉了你们有关案情，你们也该回答本官一个问题了。"

蒋奇回道："丁大人请问。"

"你们为什么来找金达？"

蒋奇毫不犹豫地说："他店里的小二被人杀了，我们怀疑金达跟这起命案有牵涉。"

"但现在金达满府连同他自己都被人杀害了，会如何牵涉呢？"

冉璞回答道："丁大人不是在怀疑丁义吗？我们这次来也要找他的。他的家偏巧就在西兴，丁大人不会不知道吧？"

丁大全一时语塞，回答道："我们也正在查找。"

冉璞将丁义的地址交给丁大全："烦请丁大人的属下带路，我们现在就去。"

丁大全答应了："那好，本官跟你们一起去。"

然后将地址交给了一个衙役，由他带路，众人急急地赶往丁义的家。

丁义家是一个蛮小的院落，里面漆黑一片，空无一人。丁大全让人叫来了隔壁的邻居前来问话，这才得知丁义跟独女居住在此，只因他经常外出公干，所以雇了两个用人照顾他的女儿。可现在他女儿和两个用人都是踪迹全无。

这种情形非常诡异，冉璞问丁大全："丁大人，居住在这里的外州人很多吗？"

丁大全摇头："不，这里基本都是本地人。"

"丁义是北方人，并不会本地方言，为何会选择这里居住呢？"

丁大全捻着胡须，点头说："问得好，本官也在想这个问题呢。"然后问那邻居，"你知道丁义在这里有亲戚吗？"

那人摇头回答："不知道，从来没听说。不过，大家都知道那个富商金达跟他的关系很不一般。有人看到金达时不时会到这里来。"

冉璞问："他还有什么朋友吗？他的女儿叫什么名字？"

"很少见到别人来。他的女儿叫丁卉，很是乖巧，一般很少出门。"

丁卉很少出门，现在她会去哪里呢？冉璞心头闪过一个不祥的感觉，会不会她也出事了？冉璞拱手对丁大全说："丁大人，明天请您务必派人查找丁卉的下落。"

丁大全明白冉璞的用意，点头说："嗯，本官自会布置的。"

接着众人又搜查了一遍丁义府里，并没有找到什么可疑的线索。

随后众人就返回金府命案现场，刚到金府，就有萧山县捕快急速地跑了进来报说："丁大人，不好了，临浦那里刚刚也发生了一起灭门命案。"

一天之内，辖地发生了两起灭门惨案！丁大全顿时脑门冒出了冷汗："快说，是谁家？"

"是原提刑司总捕头费忠的家。"

众人一听，不禁全都愣住了。

第六十七章　激斗临浦（一）

丁大全喝问那捕快："费捕头也被杀了吗？"

"回大人，现在还不知情形，我们的人正在赶过去的路上。小的是特地过来通知大人的。"

于是丁大全吩咐手下，留下几人看着金府，余下的人跟他火速赶往临浦。说完，急急慌慌地上了轿子。轿夫们抬着轿子飞跑了起来，衙役们跟在后面，像疯了似的赶往临浦。

冉璞和蒋奇众人骑上马跟着丁大全他们，看前面那轿子随着轿夫们的跑动，也大幅地摆动着。坐在轿子里面的官员，人称青皮蓝鬼，这个场面实在是透着万分的诡异。

跑了有半个时辰左右，到达浦阳江边。费氏宗族的村落就建在一个江心洲上，费家出资建了石桥通往江心洲，桥面很是阔大，可以并排跑马。

进了费府，众人发现里面到处都是横躺于地上的尸体，场面触目惊心，血腥程度远远超过刚才金府的那一幕。有衙役已经开始将尸体抬到一边，仵作在旁一一验尸。

丁大全骂道："混账东西，把尸体全都抬回去，恢复原样。"

冉璞和蒋奇粗粗数了一下，现场足有二十多具尸体。两人验看了一下尸体的伤口，很多是刀伤，但其中有长刀还有短刀；有的人被枪刺死；还有的是被棍棒打死的。

这让两人很是狐疑，这拨凶手跟金府那里的杀手显然不是一批，他们用的武器杂乱，手法粗糙，根本不像是经过特殊训练的杀手，而更像是一群山匪或者乱兵来过。这时衙役报告说,府内的财物被洗劫一空。这似乎证实了两人的猜测。

这时,丁大全走到两人跟前:"二位捕头,你们看这凶手是什么人?"

蒋奇摇头说:"看不出来。丁大人您觉得呢?"

丁大全捻着胡须说:"我怎么觉得这里像是来了山匪?"

冉璞问:"丁大人,萧山县附近有山匪吗?"

丁大全听了这话,阴恻恻地笑了:"天子脚下,哪有山匪敢来放肆?"

"不是山匪,那会是什么人?"

"会不会是附近几个县的厢兵?"

蒋奇问丁大全:"丁大人,为什么猜是厢兵?"

"这些人多半游手好闲,他们中间甚至还有刑满出来的罪囚。平日里也就干些杂活,无事时就聚众赌博,输了钱,急眼了,什么事干不出来呢?费家有钱,这里远近闻名,所以他们就来抢劫了吧。"

冉璞又问:"如果真是厢兵劫财,他们为什么早不来,晚不来,刚好是今天呢?"

丁大全有些不高兴了:"那你怎么看?"

"我认为刚才金家的案子,跟这里的案子有某些关联。"

正说到这里,有人报说,附近的牛头山上有火光,好像有人在山上点了火把。冉璞和蒋奇往外走出,向远处山上眺望,果真有星星点点几个火把正在移动。

众人正在凝神观望时,突然院子外面有衙役大喊一声:"什么人?站住。"

冉璞跟蒋奇反应最快,听到有动静立即冲了出去。只见远处两条黑影倏地蹿过,两人立即带着手下追了上去。丁大全冲手下喊道:"还愣着干什么?还不赶紧去追?"于是衙役们全都追了出去。

冉璞和蒋奇追了片刻工夫,几次分明已经追上他们,可两个黑影突然钻进了巷道或是小树林里就不见了,过了一会儿又在前面看见他们的身影。这些人明显对江心洲的地形很是熟悉。又追了一阵,冉璞猛然醒悟,这两人根

359

本不是在逃跑，而是要兜圈子引开自己。冉璞停下来对蒋奇说："坏了蒋兄，他们是在调虎离山。"

蒋奇也明白过来了，看了看周围的情形，挠头说道："麻烦了，该走哪条路回头呢？"

幸而今夜的月光格外清亮，视野还算清楚，两人观察四周，想要找出一条路来。这时落在后面的衙役陆续追上来了。等到会齐后，有人带路领着众人向回奔去。

此刻费家大院里面，只有丁大全和两个仵作。费府四周一片静寂，冷不丁从远处传来几声不知名的野兽嚎声。丁大全看着满地的尸体，觉得头皮发麻，两手开始轻微地抖了起来。号称丁蓝鬼的他，竟然也会恐惧起来。

他喃喃自语："可怕的不是鬼，是人哪！"

突然从门外传来一阵冷笑："说得不错。"

然后走进来一个高瘦的男人，身穿灰衣，肩上斜背着一柄长刀，外面被布罩裹着。丁大全仔细看这人的脸，双眼炯然，颧骨棱角分明，两鬓略有灰白，这是一个气质忧郁的中年男子。

丁大全不认识此人，问道："阁下是什么人？"

来人盯着丁大全看了一下，说道："捕快。"然后走到尸体跟前，让两个仵作走开，然后自己查看了起来。

丁大全见这人检验尸体的手法娴熟，便相信了他捕快的身份，问道："阁下是哪个衙门的？"

灰衣人没有回答他，一刻不停地检完尸体，站起身来叹了一口气，准备出门离去。

丁大全喝道："站住，你究竟是什么人？"

可灰衣人根本没有理他，继续向门外走去。

突然，从门外涌进来十几个黑衣大汉，为首的身材魁硕，犹如铁塔一般，堵在门前。

灰衣人便停了下来，面无表情地看着那首领向他走来。黑衣人首领到了他身前,停了一下,然后继续向里面走进去,蹲下身去看一具具尸体,放声痛哭起来。

丁大全豁然明白,这人一定是费忠!

这时另外两个黑衣人走上前去,抚慰费忠,又耳语了几句。费忠止住恸哭,愣了一下,站起身来走到灰衣人跟前,咬着牙问:"是你带人干的?"

灰衣人脸上依旧淡然,但双手开始握紧,全神戒备了起来,回答说:"是又怎样?"

费忠的瞳孔陡然收缩,左手紧握刀把,咬着牙对他说:"是的话,我一定寸剐了你!"

灰衣人仰天笑道:"恶人自有恶人磨!"然后将背上的刀摘下,问道,"我义兄金达一家是你杀的吧?"

费忠没有回答,向门口的黑衣人做了一个手势。于是所有的黑衣人持刀都向前围了上来。费忠等人围定了灰衣人,就抽出自己的刀:"我再问一次,是你干的吗?"

灰衣人没有回答,将大刀取下,脱掉布罩。这时刀身露了出来,月光下耀眼的寒光,射出腾腾的杀气。只见那刀刃长约三尺,锋利无比,刀背厚重,形似半月,刀柄长达四尺有余。

费忠认得,这是仅大宋精锐军中专用的斩马刀,不由得吸了一口凉气。

那人扔掉了布罩,用刀指着费忠说:"我知道你为谁杀了金达。杀人者偿命!你和你背后的主子,迟早都要还命!"

费忠喝道:"上!"

立时十几个黑衣大汉全都手持单刀冲了上来。灰衣人双手舞刀,如同闪电一般冲进人群。这斩马刀声势惊人,刀风撩起,几把单刀被立即磕飞。随后几个黑衣人的臂膀被应声斩断,顿时哀嚎一片。

费忠大为愤怒,挥动腰刀加入了战团。费忠跟灰衣人的两把刀搅杀在一起,一时势均力敌。其他黑衣人愣了一下,也都抡起兵刃一起围攻灰衣人。

灰衣人见费忠人多,而且全是高手,知道不全力拼斗,不但难以拿下费忠，自己能否全身而退都是问题了。于是连出猛手，接连砍翻几名黑衣杀手。

又斗了片刻，费忠趁灰衣人被几个手下纠缠时，迂回到他的背后猛然出刀偷袭，灰衣人连连躲闪不及，被费忠砍伤了肩膀，手中大刀也掉在地上。费忠偷袭得手，所有的黑衣杀手士气大振，一齐冲上，要将灰衣人当场砍杀。灰衣人左躲右闪，已经无路可退。费忠瞪着猩红的双眼，举刀就向灰衣人的后脑猛劈了过去。

就在灰衣人危急的时候，突然一把刀呼啸着从后飞来，袭向费忠。费忠听到风声，赶紧闪开。那刀径直飞向黑衣人群，插进了一名黑衣杀手的肩膀里。

费忠回头一看，原来是冉璞到了，后面的蒋奇也紧随而至。

冉璞刚才为了救人，掷出了自己手中的刀，就从地上捡起了一把刀，说道："费忠，这么多人围攻丁捕头一个人，你怎么如此下作？"

一旁的丁大全这才明白，原来被围攻的灰衣人就是丁义。

费忠见冉璞他们到了，心里有点惊慌，但嘴上依然强硬："冉璞，丁义就是杀害我全家的凶手，你们现在应该抓住他。"

冉璞听他反咬丁义，冷笑着回答道："费忠，你作恶太多，这么多的仇家不去想想，为什么就一口咬定是丁义呢？"

这时丁义已经捡回了大刀，走到冉璞和蒋奇身边。三人站立一处，同仇敌忾，都在瞪着费忠。

第六十八章 激斗临浦（二）

费忠见他们三人联手，不禁有些胆怯，转身对丁大全说："丁县尉，我费氏满门被害，请您一定要给我们做主啊！"说完向丁大全跪下行了一个大礼，然后红着眼睛，带着黑衣人抬了几具尸体离开了。

蒋奇见状立即就要追出去，却被冉璞拉住："蒋兄，这里抓他不合适。"

蒋奇有些着急："现在不抓他，下面又找不到他了。"

"放心，我们的人已经跟上他们了。"

这时，丁大全走了上来，对丁义说："丁捕头，我是本县的县尉丁大全。有人说，看见你下午进了金府，是不是？"

丁义点头："去过。"

"那金府当时究竟发生了什么？刚才听你说，是费忠杀了金达全家。"

"是费忠他们干的。"

"你目睹了杀人经过吗？"

"我虽然没有亲眼看到费忠杀人，但金达昨天向我紧急求救，说费忠在威胁他。"

"那你就是没有证据证实费忠杀人了。再者，你有什么证人，来证实金达的话呢？"

丁义想了片刻："没有，当时就是我跟金达。"

"丁捕头，那本官对你的话不能采信。"

"哦，信不信由得你。"

丁大全突然露出凶相，眼睛瞪得鼓了起来："丁义，本官要你跟我一起回衙门去说明案情。有证人看见你下午去了金府，我有足够理由怀疑你就是杀人嫌疑。"

丁义笑了笑："我如果不去呢？"

丁大全大喝一声："来人，将丁义拿下。"

冉璞刚要说话，丁义微笑着用刀指着丁大全说："丁蓝鬼，就凭你们？"

丁大全勃然大怒，向手下衙役喝道："一起上！"

但那些衙役没有任何人敢动，全都在迟疑着，不知所措。

蒋奇走上一步，拦在中间："丁大人您误会了，不可能是丁义杀人的。金达是他的结拜义兄。"

丁大全冷笑道："义兄又怎样？不管怎样他都是最大的嫌疑。本官这是依照大宋律法执行公务，请你们不要阻拦。"

冉璞上前说道："丁大人，这件事情就交给我们临安府了。我们一定查个水落石出，届时赵汝愚大人会亲自向您说明案情。"

丁大全再次冷笑："你且不要拿赵汝愚来压我。此案发生地在萧山，本官公事公办，就是皇上来了，我也得先法办了这个丁义。"

丁义没有料到丁大全会如此蛮横，竟然死死咬住自己不放，不禁愤怒了起来："丁蓝鬼，我再说一遍，人不是我杀的。"

"本官不信。"

这时冉璞指了指丁义的斩马刀："丁大人您看，他的刀有如此长的刀刃，金府被害人尸体上的伤痕绝不可能是这种大刀留下的。"说完，从地上拿起一把黑衣人遗留的手刀，递给丁大全，"这种刀才是凶刀。"

丁大全迟疑了，接过刀后看了看："那也不能由得你们说，你们毕竟是一伙的。本官必须细细查明案情。"然后手指着丁义说，"这期间，丁义你要随传随到。"

冉璞见他如此不依不饶，忽然心疑了起来，这个丁大全难道是另有所图？

而蒋奇已经非常恼怒了，一把拉了丁义就向外走。丁大全手下的衙役不敢阻拦，眼睁睁地看着他们走了出去。

离开了江心洲，冉璞一行人就要返回临安府，丁义却不走了，拱手对冉璞、蒋奇说："二位对我有救命之恩，在下并非不知道有恩必报，只是实在有急事在身，丁某暂时不能跟二位回衙门去。还请二位替我向赵大人说明一下，等到事情办完，在下一定回去向赵大人请罪。"

冉璞回答道："如果真是这样，我们也不勉强丁捕头。只是有些事情，趁我们都在这里，还请丁捕头最好澄清一下。"

"冉捕头不必客气，请问。"

"贾二是怎么死的？"

"怎么，贾二死了？我真是不知道。"

冉璞和蒋奇见丁义不像在撒谎，蒋奇便挑明了直说道："我们来这里之前，认为你的义兄金达有很大的嫌疑。"

提起了金达，丁义的心绪顿时低落了下去，但他很快恢复了他平常的神态。这细微的表情变化，被冉璞注意到了，便问："丁捕头，你怎么会跟金达结拜兄弟的呢？"

丁义沉默了片刻，开口说道："十年前，我是忠义军的一名统领，因为对李全、李福兄弟不满，便寻机离开了忠义军，去了濠州那里的军队。尽管我屡立战功，却因为得罪了上司，一直郁闷不得志。后来更被人陷害，背罪入狱，差点丢了性命。幸亏金达出手相救，才得以活命。金达随后又在临安使了银子，我就被调到了这里的提刑司当了一个捕头。"

冉璞问："那金达为什么要帮你呢？"

"金达是个商人，曾经有一批贵重的货物在山道上被山匪劫走，恰好我带兵巡逻遇到，便打散了山匪，救下了金达他们。于是金达对我非常感激，以后只要经过我的驻地，必定带上很多礼物去看我。交往多年后，我们就结拜了兄弟。"

冉璞点了点头："这是一段佳话。当时你并不知道金达其实是一个萧山富豪。"

听了这话，丁义轻声叹了一口气说道："金达并没有他表面上看起来那么风光。"

蒋奇问："这话怎么说？"

"他其实一直是受命于人，为别人打理生意。很多时候，他身不由己，做了一些违心的事情。"

冉璞猜测金达背后的这人，很可能就是金达被害的关键人物，于是立即问道："那他在为谁经营这么大的生意呢？"

丁义犹豫了片刻，终于下了决心："你们知道临安有一个秘密组织，叫白云宗吗？"

冉璞点头："听说过，不过我所知非常有限，只知道他们的宗主名叫上官镕。"

丁义点了点头："怪不得赵大人命我去盐场查上官镕的踪迹。原来你们已经知道了他的身份。"

"不，我们现在还不完全清楚，缺少一些关键证据。"

"那你们应该已经知道了，上官镕就是户部尚书莫泽的兄弟莫彬的化名。"

冉璞点了点头。

"我在提刑司的时候，有过几次偶然的机会，发现费忠跟金达都在为同一个人效力，他就是上官镕。费忠为他平息各种麻烦，金达则替他打理生意。这萧山米市，是两浙一带最大的行市，金达能做到最大的东家，没有上官镕的强力扶持，凭他是无法做到的。"

"费忠知道你跟金达的关系吗？"

"开始时当然不知道，后来终于知道了。"

"他们二人同是上官镕的左膀右臂，为什么今天费忠要杀了金达满门呢？"

"说来话长，随着我对他们白云宗了解得越多，就越发觉得跟着上官镕这种人，是不会有好结局的。于是我就开始劝金达摆脱上官镕，可这是根本无法办到的。"

蒋奇问："你这样劝金达，一旦被上官镕知道，会对你们两人都非常不利。"

这时丁义轻轻叹了一口气："正是这样。三年前，突然来了一个叫董贤的人，接管了金达的很多生意。慢慢地，金达的地位大不如前了。"

蒋奇说："我明白了，金达心里有怨气，日积月累起来，就想退出江湖，脱离白云宗。可能当他向上官镕提出来时，上官镕就起了杀心。于是便指使费忠今天杀害了金达。"

"既是，也不是。"

"怎么讲呢？"

"如果是这样，费忠只杀了金达本人即可，何必要冒天下之大不韪，杀害金达全家呢？"

冉璞问："是不是发生了什么重大事情，彻底激怒了上官镕？"

"是的。也是从三年前起，白云宗开始分裂了，有人想要取代上官镕掌控白云宗。像金达这样控制财源的人，当然是他们必须拉拢的。后来上官镕对金达起了疑心。这次我刚从外州回到临安，金达就向我求救，说有人可能要杀他。"

冉璞若有所思："金达说了是上官镕要杀他吗？"

"虽然他也没有什么证据，却认定了就是上官镕。"

"那个想要取代上官镕的强力人物是谁？"

"我问过金达很多次，他只摇头，不肯明说出来。最后一次问他，金达说，他答应过人家要严守秘密，况且不讲是为了我好，知道得越少，就越安全。"

"那你认为会是什么人呢？"

"我义兄是一个非常谨慎的人，又精于算计，能让他彻底投过去，这人的实力一定比上官镕更强。"丁义停顿了一下，"也许这人比上官镕更仁义一些？"

冉璞想了想："据说白云宗的成员非富即贵。比莫氏兄弟实力更强的人，应该很有限了。一定能查清的。"

蒋奇问丁义："贾二被杀的原因，你怎么看呢？"

"我原以为贾二是什么人派在金达身边的眼线，现在看，他可能不是。据我了解，太平酒楼里面存放了一些重要的账簿。贾二这人很贪财，很有可能有人利用这一弱点，买通了他，要他将账簿盗出来。"

"贾二得手了吗？"

"上午我已经查过，账簿的确不见了。"

冉璞问他："如果的确是贾二偷走的，你觉得他要交给什么人？"

"还不知道，下面第一要查清的就是这个人。"

蒋奇又问："费忠有一个兄弟费孝，他为什么被杀，你知道吗？"

"金达曾经告诉我，这是董贤搞的鬼。董贤跟费孝不和，在聚仙山庄，费孝的身份是一个管家，却经常跟庄主董贤作对。所以两人关系非常紧张。"

"对了，你最近一直在查王诚被杀的案子，有没有什么线索？"

丁义点头说："我从外州回来后，为了这个案子曾经问过金达。他告诉我，王诚是费忠带人杀的。"

"这个我们猜到了。他还说了什么？"

"金达没有多说，只提了一句，他认为王诚被杀是给赵大人挖的一个陷阱。"

听了这句话，冉璞叹道："真是什么都瞒不过宋先生！"

第六十九章　余赵争辩（一）

蒋奇问冉璞："宋先生跟你说了什么？"

"你还记得吗，当时我们为什么都去了余府？"

"为了阎笑娉啊。"

"那天我们一开始都认为余天锡要纳妾，其实他是为了皇上选美。过后宋先生就推断说，这些人可能是布了一个局，引诱我们在余府外监视；然后他们让王诚去激怒余夫人，挑唆她大闹了一场。接着他们趁乱杀了王诚灭口，在余府外制造一起命案。这样我们就不得不介入查案。这一切都是为了将我们卷进去，引起皇上和余大人对我们的厌烦。"

丁义赞道："宋慈先生神机妙算！"

蒋奇恍然大悟："怪不得，那天夜里费忠再一次现身，就是为了引诱我们去冲撞皇上的车驾。"

"不错。阎笑娉被皇上相中，带进宫里封做美人。以她那样的身份被带进宫里，怎么说都是皇家的一大丑闻。之后赵大人向太后进言，反对阎美人进宫。想必皇上已然对赵大人有所不满了，而那阎美人更会怀恨在心。"

蒋奇不屑地笑了："那阎笑娉的丫鬟和家仆都被费忠杀光了，她不去找费忠算账，反要来找我们的麻烦吗？"

"说得好！今天杀费忠全家的人，说不定就是她派的。"

丁义也很是赞成："有道理。刚才我查过尸体的伤口，这些人明显没有经过暗杀训练。而且他们用的武器也很杂乱。所以费府灭门案很像是一群士兵干的。"

冉璞接着说:"刚才丁大全猜是厢兵干的,我突然想到,难道就不可能是禁军士兵吗?"

三人谈到这里都想到了,如果真是阎美人公报私仇,找人擅自调用禁军士卒杀人抢劫,这就是犯了朝廷大忌。今后追查这件事情,一旦查实是阎美人,就会牵连到皇帝。这个责任,赵汝说大人能担得起吗?

蒋奇说:"如果当真涉及了阎美人,这个麻烦不小。"

冉璞摇头回答:"恐怕麻烦已经要来了。今天萧山发生的两件灭门大案,明天就会有人奏报。可能有人将要弹劾赵大人。"

蒋奇挠了挠头:"为什么呢?"

冉璞沉默了。

丁义明白了:"是不是因为我?"

冉璞没有回答,这就是默认了。

丁义冷笑:"我怎么可能杀义兄一家呢?何况他们并没有证据!"

蒋奇说:"那丁大全已经声称,下午有人看到你进了金府。"

丁义很是不屑:"如果他真的相信我是凶手,那他该是个怎样的糊涂官!"

冉璞轻叹了一口气:"也许他本来就愿意相信。别忘了,上回王诚被杀案,给马天骥作证的,就是他。"

丁义醒悟了:"你是说,他们可能就是同伙?"

"是的。"

这时三人意识到了,他们现在的对手远比想象中更难以对付。

"那我现在就跟你们回去,向赵大人说明情况。"

冉璞摇头:"不,你现在不能回去。因为他们会跟赵大人要人,将你关到刑部去。刑部尚书赵汝述,跟他们沆瀣一气,他一定会用尽手段将你屈打成招,然后你可能不明不白地在狱里死去。不久之前,他们就打算这样对付我。"

丁义听罢,双眉紧锁,狠狠地攥着拳头。

蒋奇说:"兄弟,那你还是逃走吧。"

丁义坚定地摇头:"不行,我走了,赵大人不是更加说不清了吗?"

冉璞劝道:"他们抓不到你,就无法定案。在皇上和宰辅们那里,两边都是各自有理,赵大人反而处境好些。"

丁义犹豫地说道:"既然你这样说,那我就走。不过我有一事,烦请二位相助。"

冉璞明白他的心思:"是不是你的女儿丁卉?"

"正是。我刚知道她失踪了,应该是费忠这些人捣鬼,绑架了我女儿来要挟我。"

蒋奇立即回答:"丁捕头放心,我们一定全力寻找丁卉。"

可是丁义不能远离临安,下面查案还需要他。那该怎么安置丁义才是上策呢?冉璞想到了月明客栈的邓冯:"丁捕头,为了查案,我们需要随时能找到你。我有一个安全的地方,不知道你意下如何?"然后将月明客栈告诉了丁义。

丁义毫不犹豫地就答应了。

随后众人赶回临安,冉璞亲自将丁义送进月明客栈。见到邓冯后,冉璞将事情的来龙去脉讲了一遍,拜托邓冯保护丁义。邓冯很爽快地答应了。

直到将丁义安顿好后,冉璞这才放心地离去。

今天萧山发生的两件大案,消息很快就传到莫彬那里。费忠满门都被人杀了!这实在让莫彬心惊胆战。他叫来梁光,问道:"费忠回来了没有?"

"宗主放心,他回来了,现在很安全。"

莫彬的心里稍微轻松了点:"派出去打探消息的人回来了吗?"

"现在还没有消息。不过宗主,这件事究竟是谁干的,在下心里基本有数。"

莫彬盯着梁光:"哦,说说看。"

"将费忠上下几十口全都杀死,这是什么样的仇恨?谁又有这样的能力呢?目前看只有一个可能,她就是阎美人!"

其实莫彬也猜疑是她。他万万没有想到,这么一个小女子,一旦进宫有了权势后,行事竟然如此狠辣!早知如此,当初就不该扶她进宫。莫彬指着梁光说:"当初你推荐阎笑娉,是选错人了!"

"可是宗主,她是仙会的女状元啊。皇上听说莲阁仙会后,点了名的要见她。"

莫彬默然不语。

梁光见莫彬懊恼,就劝道:"是人都会变的,特别是有了权势以后。阎笑娉要报复费忠,这是早晚的事情。但是她毕竟是我们推上位的,我想她心里清楚的。宗主,其实阎笑娉这么干也可以理解。要不,这次我们就先忍了?"

莫彬只是摇头,仍然无语。

梁光微笑着劝道:"如果她将来敢跟我们作对,把她拉下来,也是容易得很。"

阎笑娉在临安,颇有点知名度,很多阔少都知道她的底细。皇帝只是暂时不知情形,难保以后知道了会不会废黜她。

莫彬思来想去,接受了梁光的建议:"但是费忠那里怎么安抚?"

"他必须忍下来。费忠是个精明的人……"

莫彬叹了一口气:"怎么会弄成这样,不应该!"

"宗主,下面可能还有麻烦。"

"说。"

"我们在太平酒楼的眼线说,前几天,临安府的丁义曾经找过金达。两个人关了门,秘密地谈论了好长时间。"

"听到他们都谈了什么吗?"

"听不到。只隐隐约约地听到上官镕几个字。"

莫彬一听,心里顿时万分紧张,脸上却装作若无其事:"哦,金达这厮会不会已经彻底泄露了我们的事情?"

"在下认为,他没有。"

"何以见得？"

"如果金达真的叛变，将我们的事情全部告知丁义，那么赵汝说他们早就有所行动了。"

"嗯，不错。"莫彬心里坦然了不少。

"可是金达的心，早已不向着宗主了。"梁光一边说，一边观察着莫彬。见他仍是毫无表情，继续说道，"所以宗主这次除掉他，非常必要。"

"找到他那里的账簿没有？"

"被酒楼的伙计贾二偷走了。"

"贾二现在人在哪里？"

"今天传来消息，已经死了。"

"知道是谁干的吗？"

"正在查。"

听到这里，莫彬心里非常烦躁，背着手来回踱了几步，对梁光说："你赶紧多派人手，查清贾二的死因和那些账簿的下落。"

"宗主放心。对了宗主，刚刚得到一个不错的消息。"

"什么事？"

"萧山尉丁大全差人来报说，下午临安府的捕头丁义去了金达府里，他身上还背着刀！"

莫彬反应很快，立即诡异地笑了："你去让丁大全上报，就说是丁义杀了金达全家。"

"是，宗主。要不要顺势把费忠家的事也推到他身上呢？"

莫彬来回踱步，问道："他是不是去过费忠家？"

"去过，不但他去了，临安府其他几个人也去了。他们跟费忠还发生了冲突。"

莫彬大喜，心想这真是上天助我，对梁光说："让丁大全上报，丁义就是在两处作案的重大凶嫌，而且临安府的人在包庇他。"

"是，宗主。"梁光领命离去。

梁光走后，莫彬沉思片刻，随即坐轿赶去了莫泽的尚书府。

当莫泽听说丁义就是两起灭门惨案的嫌疑后，大为兴奋："赵汝说旧案未破，却又新案频发，实在无能之至！何况他的下属涉嫌两起灭门惨案。元正，我这就去安排，这几天让御史们轮番上书轰他。看他怎么应付！"

"兄长的行动一定要快，要赶在赵汝说上书之前。"

莫泽问："你是不是有什么把柄给他抓住了？"

莫彬点了点头："前段时间，赵汝说派丁义去了两淮盐场，搞到一些文书和盐引，上面有我的签名。"

"什么签名？"

"是我常用的化名，上官镕。"

"那有什么关系，又不是签了本名。"

"可是兄长，他们可以核对字迹，的确是我的亲笔签名。"

莫泽笑着说道："元正，你太多虑啦。上次济王案中，那封真德秀写给济王的书信，最终被皇上认定是伪书。从那以后，这些东西在刑部就不再算是关键证据了。这是不成文的规矩。"

莫彬听到这个，顿时大感安慰。

莫泽继续说："只要赵汝述不认可，那他们就是白费心机。"

两人同时哈哈大笑。

第七十章　佘赵争辩（二）

笑罢，莫泽突然神情肃然地说："元正，我早就跟你说过，赵汝说那些人，是打不倒我们的。可我最担心的事，就是祸起萧墙！"

莫彬担心地问："兄长是不是听说了一些事？"

莫泽点点头。

这时莫彬有些气急："我也知道，近来教里一些人开始转向了，这也是我最担心的。金达跟了我那么多年，连他都要转过去，甚至想把我们多年积累的资产都带走！所以我才毫不犹豫地用雷霆手段整肃了他，以儆效尤！"

这时莫泽的眼睛里透出了凶光："实在不行，那就……"说完，用手掌做了一个刀削的动作。

"不行，那里实在敏感，而且护卫的高手众多。万一失手，消息透露了出去，会给我们带来无穷的后患。"

莫泽很是失望，叹了一口气："这都是前任宗主留下来的麻烦哪。"

莫彬摇了摇头："也不完全。教里很多老人的心还是向着他们的，毕竟是皇族一脉。"

"我们要不要迁到会稽山去？在那里我们完全做得了主。一旦临安有变，我们也好有个退处。"

莫彬拱手回答道："人无远虑，必有近忧，兄长所言很有道理。会稽山那个家，是要好好收拾一下了。从今往后，我们在临安的这一大摊子必须开始折现，向那里转移。嘿嘿，就算大宋朝廷哪一天亡了国，我们依然能活得很好！"

次日上午，冉璞和蒋奇将昨天萧山两件大案向赵汝谠做了汇报，当赵汝谠听说费忠满门被害，有可能是阎美人的指使时，眉头立即紧锁了起来，问道："你们有确凿证据吗？"

"目前还没有，这只是我们的推测。"

赵汝谠问："两个案子同日发生，又都跟费忠有关，的确太巧合了。"

冉璞立即回答："大人，一定是有人在操控这两起事件，费忠不只是他们杀人的一把刀，同时也是他们扔出的一个棋子。"

"怎么讲？"

"必要时，可以牺牲掉。"

蒋奇笑了："费忠可不是个糊涂人，他怎么会束手待毙？"

"所以我们应该争取策反费忠。"

赵汝谠怀疑地问："这很难做到吧？至少得先找到他才行。"

"能找到。"

赵汝谠见他这么肯定，便问："他会躲在哪里？"

"费忠现在躲在哪里，我还不知道；但我知道以他的为人，一定会万分急迫地要去报仇。阎笑娉是宜春人，费忠一定会带人赶往宜春，去报复她的家人。我们只要派人在沿途的关卡上堵截，就很有希望抓到他们。"

赵汝谠点头同意："这件事情就交给丁义带人去做，怎么样？"

冉璞赞道："大人高明。让丁义去确实是最佳选择。一来丁义对费忠其人非常熟悉，两人正是对手；二来让丁义远离临安，避免很多麻烦。"

蒋奇也非常赞成。

赵汝谠下了决心："那就这么定了。让他一定要秘密行事，千万不能暴露自己。"

冉璞回答："大人放心，丁义是资深捕头，自然知道该怎么做。"然后有些担心地说道，"大人，我觉得就在这几天，那些人可能要弹劾大人。"

"我知道，他们会说我办案不力，而且放纵丁义行凶杀人。"

"大人已经有了心理准备？"

"颠倒黑白，污蔑泼脏水，这就是他们一贯的伎俩！三年前，我们不就领教了吗？"

"这是破案的关键时候，大人，我们更得小心防备才行。"

"几天前，郑相要求我将中秋大火案等案情的进展向他们做一个专门汇报。今天我就按约去一趟，将这些事情一并报上去。"

冉璞接话道："大人，您千万不能提到阎美人的名字。"

赵汝谠点头回答："这个我心里有数。"

一切正如冉璞所料，赵汝谠的案情通报刚刚送达郑清之那里，刑部尚书赵汝述就火急地送来了萧山尉丁大全的奏报，还附上自己的弹劾奏章，声称赵汝谠不但办案不力，而且放纵下属杀人害命，在萧山一天之内制造了两起灭门血案。联名弹劾的还有梁成大、李知孝、薛极与胡榘这些资深高阶官员。

同一天萧山发生两起灭门血案，实在骇人听闻。郑清之、乔行简、余天锡和赵汝谈这几位宰辅面对两方截然不同的说法，陷入争执当中。

余天锡率先发难说："各位大人，自从赵汝谠继任临安府以后，去年的中秋大火案，至今没有太大进展。随后连续发生多起残忍的命案，治安越加混乱。竟然就在我的府外发生了一起命案，至今尚未找到真凶。昨天在萧山，一天之内发生了两起惨案，令人发指啊！这难道是无能就可以解释的吗？毫无作为的不负责任，这才是真正的原因。"

赵汝谈听了这话，立即反驳道："余大人，你这番话，纯属听信了一面之词。我们这些做宰辅的，难道可以偏听偏信，置事实真相而不顾吗？"

余天锡怒道："真相就是，多起案件至今不能勘破，这不是无能，又是什么？"

"余大人，赵汝谠的案情通报已经说得很清楚，中秋大火案，是李全的属下明亮、穆椿等人，从楚州流窜到临安作的案。现在明亮已被击毙；只是碍于淮东目前的紧张形势，无法对穆椿等人进行抓捕。这起案件背后的原因错综复杂，李全就是主谋，这一点已经毋庸置疑。"

"李全是主谋，证据在哪里？拿不出任何证据，他就敢胡乱断案吗？"

"各位，现在李全是何等敏感的人物？再者，李全在临安如果没有同谋，他敢前来犯下如此惊天大案吗？为了不打草惊蛇，这一段时间里，赵汝说跟他的属下们，选择低调办案，这才是明智的做法。但这绝不是毫无进展，恰恰相反，他们从小处着手，抽丝剥茧；从毫无线索，到破案在即，层层黑幕已经昭然若揭。现在临安府的有功人员，不但没有得到褒奖，反而受到了颠倒黑白的污蔑、陷害！是可忍，孰不可忍！"

话说到这个程度，赵汝谈和余天锡的情绪都非常激动。郑清之和乔行简一直没有说话，但看到两人越吵越激烈，俨然到了水火不容的地步。

郑清之心里很是不安，今天如果史相在场，无论如何他们都不会这样。可就算史相在场，宰辅们还是会照样分裂，这绝不是国家之福。他又想起刚才赵汝谈所说的黑幕，如果的确存在，那对朝廷来说，真的就是心腹之患。考虑到这一层，郑清之觉得此时不能再分远近亲疏了，必须以大局为重，于是开口问道："赵大人，刚才赵汝说大人通报里说的上官镕，究竟是什么人？他所说的什么黑幕，能不能再讲清楚些呢？"

乔行简补充说："黑幕之说，必须要慎重，再慎重。我们不能再陷进无谓的争斗和内耗当中了。"

听乔行简这么讲，余天锡激愤地说道："皇上登基以来，年年风调雨顺，如今是国泰民安。虽然偶尔有些边事，但百姓的日子确确实实地变好了。任何人只要不存心歪曲，就应该知道，现在是我大宋南渡以后难得的最好时节。这都是因为皇上圣德，君臣上下一心，努力求治的结果。而你们却口口声声，黑幕笼罩着我大宋朝廷？这实在是对朝廷，对皇上，居心叵测的污蔑之词！"

赵汝谈听余天锡这样说话，便站起身："余大人，这是我们关起门来议事，请不要搞那一套政治谩骂和诛心之术！"

郑清之也觉得余天锡的话过分了，打圆场说："淳父言重了。履常，刚才淳父说的都是气头话，你不要介意啊。"

乔行简捋须笑道:"淳父,按宗室班辈算的话,履常他们可是皇上的长辈,他们怎么会去攻击皇上,污蔑朝廷呢?"

余天锡见郑、乔二人都不支持他,只好闭口不言。

这时郑清之再次要求赵汝谈将上官镕的事情详细讲述一遍。

赵汝谈起身回答道:"黑幕指的就是上官镕及其党羽多年来建立的非法集团。他们为了一己之私,甚至勾结金国细作的头目王世安,干了太多不利大宋的勾当,严重威胁到大宋的安危。所以我们对这些人绝对不能再次姑息。"

郑清之问:"履常,上官镕到底是什么人?你说的再次姑息又是什么意思?"

"郑相,三年前朝廷曾有机会将他绳之以法。但是很可惜,有人包庇了他,朝廷没有追究。"

郑清之和乔行简立即明白了,他所说的上官镕,一定就是莫彬。

乔行简接着问:"但是这份案情通报里面,并没有详细列举各种证据。能不能请赵汝谠大人过来一趟,回答大家的询问?"

"可以,他应该已经在外面等候了。"

郑清之随即吩咐当值的差事,如果赵汝谠到了,立即将他引到这里来。

第七十一章　宰相出手（一）

那差事立即回话道："赵大人正在外面等候。"

郑清之吩咐："快请进来。"

赵汝说跟着差事进来后，快速扫视了一遍在场的所有人。

余天锡知道赵汝说在看他，却故意将头扭了过去，另外三位副相都全神注视着赵汝说。

郑清之示意他坐下："赵大人，请你来一趟，是因为有一些问题，想要当面问个明白。"

赵汝说拱手回答："郑相，各位大人，请问。"

郑清之问："赵大人，你所说的上官镕，他的真实身份，究竟是何人？"

赵汝说看了看赵汝谈，见他没有任何表示，心里就明白了。赵汝谈还没有透露莫彬的身份。他便回答道："各位大人，这几个案子已经有了很大进展，但还未彻底查清。目前来看，已经牵涉了不少官员，有一些还身居高位。这就是下官的为难之处。"

郑清之答道："赵大人，只要你公心办案，就不需要有什么顾虑。"

"郑相言之在理。因为有高阶的官员牵涉本案，所以下官不得不慎之又慎，尤其要求临安府所有办案人等严守秘密。即使这样，还是出现了多次泄密，案情勘查屡次受到阻挠。所以在没有结案之前，防止泄密，至关重要。来之前，下官斗胆准备了一份保密承诺，烦请各位大人签名后交给皇上保管，如何？"

赵汝谈马上板着脸摇头说道："不行，你作为下属，怎么可以要求上司签这种东西，太过分了！"

不料郑清之却点头说："这个要求不算过分。拿来，我签了。"郑清之率先表态愿签，是向众人表明他的态度，要坚决查处，同时也是跟莫泽、莫彬甚至赵汝述这些人划清了界限。

乔行简紧随其后签了名。下面该轮着余天锡了，他没有任何表示，只一言不发地坐在那里。赵汝谈没法，给余天锡留了签名空位，在旁边签上了自己的名字。

郑清之见余天锡还是没有动静，就走过来将文书递给余天锡，小声说道："淳父，这只是场面文章罢了。"

余天锡拗不过郑清之的面子，只好拿了笔勉强地签了名字。郑清之将签好的文书收了，对赵汝谠说："这份东西我自会交给圣上。现在你可以讲了。"

于是赵汝谠将穆椿、明亮一伙在临安中秋夜放火、杀人，并落脚在聚仙山庄的种种情形讲述了一遍。当几位宰辅听说聚仙山庄的庄主董贤，就是金国奸细王世安时，不由得全都紧皱双眉。一个金国的细作头目，在临安公然活动了三年之久，多少朝廷的高官、豪富跟他交往密切，竟然从来没有发觉吗？这几年，有多少朝廷的情报被他送往金国？他又拉拢、腐蚀了多少官员？更让人震惊的是，李全竟然跟莫彬、王世安勾结，丧心病狂地在临安放火烧了多年储备的军械库。

乔行简问道："蹈中，据你所说，是上官镕，哦，也就是莫彬，跟王世安沆瀣一气，干了很多不可告人的勾当，他的目的究竟是什么？朝廷倒了，他又能得到什么好处？还有，你的这些指控全都有足够证据吗？"

"有证据。"随后，赵汝谠出示了有上官镕、莫彬和董贤等签名的各种文书契约，笔迹鉴定，王世安写给国安用的劝降信等等，以及上午丁义刚刚写下的金达亲口证词。

郑清之问："既有人证，为什么不把他一起叫来呢？"

"丁义是我手下的捕头，现在对他另有重任，去抓捕多起杀人大案的凶嫌：费忠。"

乔行简又问:"金达就是昨日在萧山被杀害的那人,对吗?"

"正是,这是费忠他们杀人灭口。"

这时余天锡发话了:"真正的证人被害了,而丁义是你的手下,他的证词不足以采信。"

余天锡这话问到了点上。赵汝谠回道:"这么大的事情,谁敢做伪证?我们正在抓捕费忠,这个人知道莫彬的所有内情。再有,我已经派出了得力部属,去楚州待机抓捕穆椿。"

郑清之摇头说:"赵大人,你不可鲁莽,如果冒昧激怒了李全,将他逼反,那你就干扰了我们的淮东大计。"

"请郑大人放心,我这位属下知道该怎么处理。前些日子,王世安写给楚州守将的劝降信,就是他送回临安的。"

赵汝谈接话道:"这可是给朝廷立了一件大功啊,此人是谁?"

"此人名叫冉琎,他曾经是真德秀大人在潭州时的助手。"

这时乔行简想起来了,频频点头:"我记得当年的潭州盐案卷宗里,经办人中就有这个名字。"

赵汝谠拱手说道:"乔大人好记忆!真大人虽然去职赋闲在家,却给我们留下了一些得力的干将。"

余天锡本来要继续挑刺攻击,听赵汝谠提到了真德秀,不由得愣住了。真德秀和魏乃翁是他最忌惮的两个人。魏乃翁去职三年,已经被皇上调了回来继续任用,真德秀回朝也只是早晚而已。以真德秀在朝里的威望,他如果回来,一定会被委以重任,那样的话朝廷的格局又会变化了。余天锡不由陷入深思,一时竟然忘了继续问话。

郑清之见有些偏离了正题,就对赵汝谠说:"莫彬参与私盐,当年就有一些传闻,尚属可信。可要说他背叛朝廷,勾结金人,这实在令人费解?"

赵汝谠回答道:"据查,他做的生意很大,每年都偷运了不少腊茶和丝绸这些巨利货物到北方、金国、蒙古甚至更远。追逐暴利,这就是他愿意跟金国高官以及李全合作的原因。"

乔行简愤怒了:"为了一己之私利,竟然背叛朝廷?这真是无商不奸!"

赵汝谠觉得乔行简用词有些过了:"乔大人,并非所有的商人都像莫彬这样。朝廷现在一半的税入都是商人贸易带来的。尤其是向海外出口瓷器丝绸,现在更是方兴未艾。这些合法的商人贸易,值得我们大力支持。"

余天锡虽然也不喜欢商人,但由于莫泽的缘故,他跟莫彬是熟悉的。此时他不能为莫彬作任何辩解。他一直在认真倾听,想抓住赵汝谠的错处或者疏漏的地方,听到赵汝谠这样说话,心里顿生反感,说道:"赵大人读书不少,难道不知道'子罕言利与命与仁'吗?对这些逐利的商人,我们不能客气。他们靠近你,拉拢、贿赂你,就是希望你给他们方便以谋利,甚至还有更大的企图。所以对他们,朝廷还是以控制为第一要务。"

这番话跟案情无关,有些近于泄愤的意味。赵汝谠不明白他说话的用意,只好沉默不予回答。

郑清之一时也搞不清余天锡真实的含义,见他说完不再发话了,就对赵汝谠说:"赵大人,你应该知道莫彬是莫泽的兄弟。你们有没有发现莫彬,甚至莫泽跟金国勾结的直接证据?"

"暂时没有。"

"那好,一旦有所发现,你要第一时间通知我们。在这之前,你们要更加严格地做好保密。免得生出不必要的风波。"

"郑大人放心,下官明白。"

乔行简建议道:"郑相,我建议从今天开始,要对莫彬进行全面监控,以防止他转移财产,突然逃跑。"

郑清之点头同意:"可以,应该这么做。不过,我们先拿出一个方案来,向皇上和史相汇报一下,然后施行。"接着对赵汝谠说,"赵大人,你还有什么要告诉我们的吗?"

"没有了。"

"好,今天对你的问话已经结束了。"说完示意赵汝谠回避。

于是赵汝谠起身施礼后自行离开了。

郑清之就向另三位宰辅征求意见，该如何处理莫泽和莫彬。四个人疯狂地讨论了一阵，最后达成了一致。

这夜，史弥远接到了皇帝的口谕要他进宫。他立即让万昕备了暖轿，然后深夜进宫。

进殿之后，看到郑清之正陪着理宗说话，显然是正在等他。郑清之见史弥远到了，起身迎接。史弥远向理宗行礼毕，理宗吩咐董宋臣搬来软座，放在自己身边，说道："史相，请坐。"

史弥远坐下后问："淳父为什么不在？"

郑清之回答说："余相说了，一切由皇上和史相定夺，他没有什么意见。"

史弥远明白，余天锡这是要避嫌，毕竟莫泽跟他平日里的交往颇多。

理宗开口说道："刚才朕跟郑相谈了一阵临安中秋大火案。郑师傅，你给丞相再介绍一遍案情吧。"

郑清之就将今天赵汝谠的汇报详细讲述了一遍。史弥远听完，面无表情地问："他们几位都是什么意见？"郑清之就讲了白天时他们达成的意见。

史弥远皱了皱眉头："莫彬，不是早就被他们盯着的吗，还在说什么全面监控？"

理宗和郑清之明白了，原来史弥远对赵汝谠他们的动向一直很清楚。

史弥远接着说："防止那些人转移巨额财产以及抓捕金国奸细，这些才是第一要务。"

郑清之问："那史相的意思是现在就抄了莫彬的家？"

史弥远摇了摇头："那么多钱财，怎么可能都在他府里？我接到了密报，说他们已经开始转移财产了。可我的密探一直没有查出那些财产的下落。"

郑清之有些好奇，便问："他一个商人，再怎么能聚财又能有多少呢？"

第七十二章 宰相出手（二）

史弥远诡异地笑了一下，对理宗说："皇上，老臣实说了，据可靠线人说，莫彬这些年非法聚集的财产，远远超过我们的想象，几千万钱算是少了，光他们以各种名义兼并的各地田地，就有百万亩之多。"

理宗顿时大吃了一惊，因为愤怒，以至于他的脸开始泛红。

郑清之目瞪口呆，有些口吃地说道："这，这太让人吃惊了！"

理宗这时想起来了，曾经有人告诉他，莫泽、莫彬二人平日里最是讨好史弥远，甚至有传言，莫彬就是史弥远的钱袋子。为什么史相今天要说出这番话呢？难道他真是以朝廷大局为重，还是另外有什么打算呢？

史弥远继续说道："皇上，当初老臣愿意让赵汝谠调来临安府，也是想让他去好好查他们一下，借他这个钟馗，去打一下鬼罢了。现在国库很是吃紧，前线又要打仗，军费用钱将是天文数字。所以这次打鬼一定要打得彻底，彻底查抄他们所有的非法财产，用来充实国库。"

理宗说："还是丞相深谋远虑。看来下面怎么做，丞相已经有计划了？"

史弥远回道："我们必须用一个得力的理财官员来清查他们的资产。"

郑清之说："一动不如一静，还让赵汝谠来干如何？"

史弥远摇头："他不行，做这件差事还差火候。"

郑清之心里明白，史弥远对赵汝谈兄弟怀有深深的忌惮："那史相的意思是？"

"赵汝谠必须调走了，换一个人来接任临安府。"

郑清之疑惑地问："史相，这怕是不妥吧？目前查案就在最后一步了，这时把他调走,不怕功亏一篑吗?"

"德源放心,这个案子已经差不多了。再说,调赵汝说走还是为了查案。"

理宗问道:"丞相想调赵汝说去哪里呢?"

"去楚州,接任淮东制置使。自从上回出事后,朝廷一直没有派出新任制置使去那里,赵汝说去,正合适。"

理宗想,楚州变乱未平,几任制置使都没能善终。史相这是要置他于险境,借李全的手除去赵汝说吗?

这时,郑清之起身走到史弥远身边,劝说道:"丞相啊,赵汝说是我们阁僚的胞弟,咱们这么干,不怕寒了履常的心吗?"

史弥远冷笑一声:"赵汝说不是经常自诩朝廷的忠臣吗?楚州那里最需要他了。他自认查出了中秋大火的真相,那些嫌犯目前都在楚州,现在正需要他去将那些人绳之以法,带回临安。"

理宗说道:"丞相,现在楚州那里很不安全,此事只怕还得斟酌斟酌。"

"老臣已经想很久了,只有赵汝说才是去楚州最合适的人。听说他已经派一个手下去了楚州那里,所以他去楚州最合适不过。"

郑清之见史弥远决心已下,知道无法改变他的想法,便建议道:"史相,要不这样,可以调赵汝说去淮东,但驻地不是楚州,而是距离那里很近的扬州,如何?"

史弥远没有回答。

理宗本就心里不忍,听到郑清之的建议后便说:"那就任命他担任两淮转运使,名义上是专任两淮转运事务,实际上是去办案,对付李全他们。"

郑清之附和道:"皇上英明,那里只有赵善湘和赵范两个主持大局,的确吃力些。现在多了一个帮手,相信不久之后,淮东的局势就可以稳定了。"

史弥远见皇帝和郑清之都是这样的态度,只好便不再坚持让赵汝说去楚州了。

第二天宰辅们碰面,郑清之向赵汝谈、乔行简和余天锡三人传达了皇帝和史弥远的决定。赵汝谈很是吃惊，立即表示异议："郑相，在几件大案即将告破的关键时刻，为什么要将他调走呢？是不是因为他有什么重大失误？"

"履常，你不要多想，这是正常的官员调任。皇上和史相都觉得楚州那里形势危急，光靠赵善湘和赵范两人是不够的，所以考虑将赵大人调过去，一起对付李全。当然，赵大人去那里名义上主管两淮转运，实际还是以办案为主。李全就是中秋大火案的主谋，穆椿那些凶犯也在楚州。赵大人去扬州，可以靠得更近些，早日将这些恶徒抓捕归案。"

赵汝谈听了这话，似乎有些道理，不禁犹豫了。

乔行简问："郑相，那谁来接任临安府，继续查处那几件大案呢？"

"现在还没有定下来。在正式任命没有出来之前，由我们几位中的一位暂管临安府。"然后看着余天锡说，"淳父，这次又要你辛苦一下了。"

余天锡回答："应该的。什么时候去交接呢？"

"就在这几天吧，等皇上召见赵大人后就可以办交接了。"

乔行简捋须问道："赵汝谈大人接任临安以后，成效明显，不但很好地安置了灾民，那几件案子办得也大有进展。我们对他是不是应该有所褒奖呢？"

既然是正常的调任，那么皇帝和宰辅们对赵汝谈在临安的政绩就得给出一个说法，乔行简率先表明了自己的态度，赵汝谈感激地冲乔行简点了点头。

郑清之回答说："皇上在召见赵大人时，一定会有所表示的。"

赵汝谈心里还是不平："郑相，昨日我们的会议上还没有这个说法，怎么突然之间有了这么大的一个变化？这是史相的提议吧？"

郑清之看着赵汝谈，平静地回道："履常，我们这些人的使命，就是履行职责，为皇上分忧解难。只要是有利于社稷，何必管那是谁的提议呢？"

赵汝谈见郑清之用大话压他，心里更是恼火。但他毕竟历练多年，明面上仍是不动声色，心里已经想着得去找一下杨太后，看看太后能不能出面顶一下这个跋扈的史弥远。

此时内宫里,理宗正在批阅送上来的奏章。在看过了赵汝说呈交的案情通报后,他不禁陷入了深思。他想起了那日夜晚,在余天锡府上周围发生了一件命案,后来还有通缉的嫌犯差点冲撞了自己的车轿。余天锡对此事很是恼火,几次公开指责临安府办案不力。

一直想尽力做到公允的理宗,觉得这些事不是偶然,应该是冲余天锡去的,甚至有可能是对着自己来的。任何跟自己有关的风言风语,都是理宗最为忌讳的,毕竟自己这个新君威望不足,绝对不能被那些谣言坏了名声。

正想得出神,太监董宋臣笑嘻嘻地走到他身边,轻声说:"陛下,今天有高兴的事。"

理宗正为那些事烦心着,听董宋臣这样说,便问:"说吧,什么事情?"

"陛下不是一直遗憾没有见过那个女榜眼吗?她今天有空,愿意见一下。"

理宗不禁觉得很是好笑,自己贵为天子,这个小女子怎么可以这样说话呢?

随即又想起了,自己曾经严厉禁止董宋臣对外透露身份,这就难怪了。上次收了阎笑娉和赵柔奴进宫,理宗很是满意,对二人都是宠爱有加。自己曾经偶尔提过一句,已经得了女状元和探花,现在只缺榜眼了。董宋臣这个奴才就一直记在心里,算是个有心人吧。理宗心里赞赏董宋臣,问道:"她在哪里?"

董宋臣笑着回答:"小人已经把一切安排妥当了。陛下放心,那个地方非常雅致僻静。去之前,小人会再派人手,把那里的闲人清理干净。"

理宗曾经听董宋臣说过,真正的女状元应该是谭惜惜。那日聚仙山庄选票出来的状元却是阎笑娉,之所以这样,是因为有些人想操控选票结果,来赢得巨额赌资。一个阎笑娉就已经让人神魂颠倒,那么众人心里认定的女状元谭惜惜,又该是什么样的美人呢?理宗不由得动了心,便点了点头,同意了董宋臣。

随后，理宗乘坐了一顶小轿，董宋臣带着几个侍卫在前后护着，从皇宫侧门悄悄地出了宫。小轿一路抬上了吴山，来到一座寺庙，前面山门香火兴旺，后山却少有人来。这里到处都是竹林，其间一条石板小路，曲曲折折通进了竹林。有一个茶馆，取名隐秀阁，就建在竹林当中。

到了隐秀阁，理宗下轿看了看四周，觉得景致虽然不错，就是寂寞冷清了一点。这里应该是一个文人雅客会友的好去处。进了茶馆，果然正如董宋臣的描述，这里的铺陈摆设，看起来都非常雅致。茶博士上前殷勤问候已毕，就将理宗和董宋臣引上了二楼。片刻工夫，茶博士端上了茶盏。理宗要了几样茶点，然后边饮边等谭惜惜。

过了不到半炷香工夫，谭惜惜仍未现身。理宗不禁心里微觉恼怒。

正在心烦的时候，一个侍女陪着谭惜惜进来了。理宗抬眼观看，一下子愣住了。只见这谭惜惜娇俏玲珑，肌肤白皙，素齿朱唇，星眸如水，果然是个绝色女子。理宗暗自点头，当真把阎笑娉比下去了。只是她看起来很是眼熟，尤其是她的气质，很像一个人。理宗努力回想了一下，觉得她的气质很像三年前的谢安安。只不过，这个谭惜惜的神情总是非常冷淡，而不像谢安安那样温婉可人，善解人意。难怪听董宋臣说她有一个"冰美人"的称号。

但是理宗早已经习惯了后宫里谢皇后和贾妃她们对他的尊崇迎合，阎美人对他更是蜜里调油似的逢迎邀宠。本来就有些微恼的理宗，看着谭惜惜这样的做派，不禁心里更加有气了。

董宋臣是极其乖巧的人，见理宗沉下了脸，知道他不喜欢谭惜惜这样，便走上前轻声要求谭惜惜唱曲，说完将一个元宝塞给一旁伺候的侍女，希望谭惜惜能就此配合一些。

谭惜惜上前向理宗作了一个万福，然后给理宗斟上了茶，问道："公子想听什么曲呢？"

理宗的神色这才好了一些："你都会些什么曲？"

"但凡公子点的，小女尽力就是。"

理宗听她口气不小，料想她必定是有些才学的，便说道："那就请小姐唱一曲平时最喜欢的如何？"

谭惜惜回答："好，公子。"然后凝神默想了一下，开始弹曲吟唱起来。

不料当理宗听到她吟唱的曲子时，渐渐地皱起了眉头，脸上露出了不悦之色。

第七十三章 调任淮东（一）

董宋臣是经常听曲的，以前也曾听过此曲，却不知道它的来历。

谭惜惜唱道："寒蝉凄切，对长亭晚，骤雨初歇。……今宵酒醒何处？杨柳岸，晓风残月……"

理宗当然知道，这是经过翻新的唐时旧曲"雨淋铃"。早春四月，满山桃花凋零的日子，山的那头缓缓走来一队失魂落魄的士兵，这是唐玄宗从长安仓皇逃离的一支队伍。为首的将军默然注视远方，身后车驾的銮铃缓慢地摇晃。寒风又起，苦雨淅沥，雨水打在车前悬挂的铃铛上，清脆的铃声飘曳回荡。独坐车驾里的唐玄宗，听雨声和铃声混在一起，心里泛起一阵苦楚，念起了死去不久的杨玉环。一时之间，家国往事全都涌上心头，悲怆之余便作了"雨淋铃曲"，遥寄哀思。之后岁月变迁，王朝更替，大唐盛世已成昨日烟云，这首曲传到本朝，便被改编成为词牌"雨霖铃"。

颇通乐曲的理宗一直认为，对皇家来说这支曲是不祥之曲，不祥之兆。他非常忌讳这首乐曲，平日宫里是绝不许演奏的。所以谭惜惜一旦唱起此曲，他便觉得非常不自在。而她又唱得颇为投入，理宗不禁更加恼火起来。这个小女子，先是倨傲在前，而后又唱出自己最讨厌的曲词。难道她知道自己就是当今天子，却故意唱这个曲，来反讽自己跟唐玄宗一样，都是好色倒霉的昏君吗？又或者，她根本就是一个自以为是的小女子罢了？

理宗越想越恼，等谭惜惜唱罢，便起身拂袖离去。

董宋臣吓得面色惨白，不知道究竟为了什么，竟然惹的皇帝这么不痛快？理宗沉着脸，一路无语。董宋臣和侍卫们全都小心翼翼，将他送回宫里。董宋臣怕皇帝迁怒自己,于是找了一个理由再次出宫,寻人打听这首曲子去了。

理宗气恼难平,随手拿起书案上一本喜爱的书来,却因无法静心阅读,索性去前殿批阅奏章去。龙案上已经放了几个大臣们呈送的奏章,理宗知道,这些东西没有急务,都是他们阁相们商议了后写好的条陈,自己也极少驳回他们。理宗微微冷笑了一下,大权都在史相和郑相手里,自己这个皇帝就是个傀儡罢了。

不过郑相一直跟自己很亲近,想到这里,理宗便不再那么气恨了。然后打开了一个奏章,上面写的是调任赵汝谠去扬州转任两淮转运使一事,要求他一个月内完成交接离开赴任。理宗拿起朱笔将"一个月"划掉,改为"五日"。写完后,理宗又冷笑了一下。

这时皇后谢道清过来侍驾。谢道清的父亲去世很早,家道衰落,谢道清就亲自从事家务。因为谢道清的祖父谢深甫拥立杨太后有功,杨太后就选了她进宫。但谢道清生的肤色黝黑,眼睛旁还有一个黑痣,杨太后见后很是失望。不料入宫后谢道清得了一场大病,以至于面孔皮肤脱落,之后竟然莹白如玉,连黑痣也没了。

本来理宗想立贾氏为后,但杨太后认为谢道清端庄有福,而且宫里的宫人们也窃窃传言:"不立真皇后,要立假皇后吗?"理宗听到传言,这才改了主意,立谢道清为后。

皇后谢道清姿色虽然不及贾妃和阎美人她们,但非常贤惠,从不嫉妒生事。时间长了,理宗也很敬重她的为人,见她来了便说道:"皇后来陪朕坐坐。"

谢皇后见理宗气色不好,便关切地问道:"陛下,是不是龙体欠安,要不,就不要看奏章了,今日早些休息如何?"

理宗笑了笑:"朕没事,就是被一些人气到了。"

谢皇后问:"是什么人如此胆大,竟敢惹皇上生气呢?"

"有些人平日里,喜欢对朕的事情说三道四,不过是自以为是罢了。朕不计较。"

谢皇后便进谏道:"陛下宽宏大量,臣妾心里高兴。上回太后讲历史给我们听,说到唐太宗和魏徵的故事。那魏徵曾经屡次三番触怒唐太宗,唐太宗曾经想杀了魏徵来泄愤,但终于没有那么做,反而屡次采纳了魏徵的建议。太后说,所以有贞观盛世,就是因为唐太宗胸怀天下,亲近贤臣,而远离小人的原因。"

理宗被触动了,握着皇后的手说:"太后没有说吗?唐太宗有一个非常贤良的长孙皇后?"

谢皇后点了点头。

理宗笑道:"朕也有一个好皇后,所以朕决不会是那个宠幸杨贵妃,重用李林甫、杨国忠这些小人,而天下大乱的唐玄宗。"

谢皇后被他讲得脸红了:"陛下,臣妾之才怎能跟长孙皇后相比呢?"

说到才学,理宗想起了谢安安,还有今天的谭惜惜。他认为她们虽然都是才女,但终究无福进宫吧。理宗的心情渐渐好了起来,说道:"皇后无须过谦,你福德深厚,绝非常人可比。"说完,起身搀着她的手就寝去了。

第二天清早,旨意送达临安府后,众人顿时都被惊得愣住了。而后临安府上下全都愤怒起来,一时群情激昂。临安大火受灾,是赵汝说来了以后,采用各种良策妥善地安置了灾民。经过一年的辛苦,现在临安城已经回归了正常,几件大案也到了收网阶段。在这个时候,将赵汝说调走,如果不是为了摘桃,那就一定是另有黑幕。

赵汝说昨日已经得到赵汝谈通知,知道即将要调他到淮东去。但是此刻接了旨意后,这才发现时间给得如此紧迫,这跟赵汝谈传给他的消息并不一致。他甚至还没有来得及跟冉璞与蒋奇等人碰面商谈,圣旨就已经到了衙门。一夜之间难道又发生了什么事情吗?

这时蒋奇已经按捺不住了,传旨的太监刚走,他就大呼不平:"大人,就算是鸟尽弓藏,也得等到案子完结之后。朝廷如此对您,究竟是什么意思?"

冉璞心里虽然也是无比愤怒，但他知道这里一定大有蹊跷，所以并没有跟着蒋奇一起发泄不满。其他人听蒋奇这样说话，也都纷纷跟随，表达不满之意。

赵汝说向众人摆手示意，说道："各位，朝廷如此安排，一定是有特别的目的。赵某何德何能，各位如此抬爱为我担心！请大家就不要猜疑了，继续做好各人的事情。"

但众人不肯散去，仍然聚在一起议论纷纷。就在这时，执事进来报说，参知政事郑清之和赵汝谈二人来了。赵汝说吩咐众人散去，然后带着冉璞和蒋奇等人出门迎接。郑清之见赵汝说走出衙门，立即趋步上前，双手握住赵汝说的手说："蹈中，我也是刚刚知道圣旨已下，就连忙约了履常一起过来看你。"

赵汝说回道："多谢郑相关心，下官也正想请教呢。"

然后陪着郑清之和赵汝谈向衙门里走进去。

郑清之边走边说道："本来我们的建议是，给你一个月时间，好从容地办理交接。现在皇上要你尽速赶往扬州，我想是因为最近楚州紧张，皇上一直忧虑那里的形势，所以要你赶过去跟赵善湘和赵范他们共同应对。蹈中，你可不要多想啊。"

赵汝说摇头回答："下官明白。只是为什么余相不一同前来，现在就办交接岂不是正好？"

郑清之听赵汝说这话里有骨头，正琢磨着如何回答，赵汝谈接口说道："只怕余相也未必知道圣旨已经下达。"

赵汝说听罢不禁狐疑，这是皇帝本人的意思吗？

三人入座，正要叙谈的时候，冉璞和蒋奇率领众多当值的差事、衙役一起走进来。二人先向郑清之和赵汝谈施礼，冉璞开口说道："郑大人，我们临安府全体执事有话想要进谏。"

赵汝说急忙说："你们先都退下，两位大人跟我有要事商议。"

而冉璞并没有后退，旁边的蒋奇不但不退，反而上前一步说道："郑大人,两位赵大人,我们只有一事,说完即走。"

郑清之见这般动静,知道应该不是赵汝说事先安排的。群情不可违,便点头说:"你们有什么事,说吧。"

蒋奇拱手说道:"郑大人,我们刚刚得知赵汝说大人调任淮东一事,现在临安府上下所有人都倍感震惊。此时几桩大案告破在即,在这个关键时候突然调走赵大人,我们怀疑是有涉案的官员在背后捣鬼。还请郑相向皇上代奏,千万不能被奸人蒙蔽啊!"

赵汝说急忙喝道:"胡说,你们说的奸人是谁?又是什么人在捣鬼?你们都不知内情,就在这里胡乱猜疑,还不赶紧退下!"

冉璞接话说道:"大人,涉案的官员就是奸人;是他们,以及他们背后的人物在捣鬼!"

赵汝谈见群情激昂,怕他们口无遮拦,惹下泼天大祸,赶紧起身走到跟前说:"各位,我们的确有要事商议。请你们先下去,等我们结束之后,你们有什么建议、条陈,都可以写下来,我替你们向皇上陈奏,怎么样?"

郑清之走了过来,问冉璞:"你叫什么名字?"

冉璞挺胸回答:"我叫冉璞。"

蒋奇立即跟着说:"我是蒋奇。"

赵汝谈告诉郑清之:"这两位就是查案的主要有功人员。"

郑清之微笑着对冉璞和蒋奇说:"好,好,两位有功之士。你们有什么事情,过一会儿可以对本相说。"

赵汝说也过来说:"冉璞、蒋奇,你们先出去吧,回头我再找你们议事。"

冉璞和蒋奇就带着众人先退了出去。

第七十四章 调任淮东（二）

随后，郑清之向赵汝谈再次传达了理宗的旨意，然后说："蹈中，你临危受命，不辞辛劳，皇上和我们大家对你近一年的政绩是高度认可的，你上任后带来的变化，朝野都是有目共睹。这次要你去扬州，就是给你一副更重的担子去挑。你可千万不要有什么误解呀。"

赵汝谈点头回答："郑相放心。只是下官有一事，不吐不快！"

郑清之立即回答："赵大人请讲。"

"圣旨上只给了五天时间，下官觉得，实在是仓促了一些。那些案情错综复杂，如何能在这么短时间里完全交接呢？"

郑清之无法回答，只能推说："蹈中，刚才我说了，可能是皇上太过忧心淮东局面，希望你能早日赴任吧。关于案情，可以这么办，主要办案的人员留下继续跟进就是。淳父是个谨慎细心的，我想他一定能接着将案子办完。"

"郑相，这正是我觉得不妥当的地方。下官以为，余相并不是接任临安的合适人选。"

郑清之听他说的如此直接，不禁皱了皱眉头问："这是为什么？"

"因为有涉案的嫌疑人跟余相交往密切……"

赵汝谈问道："你是不是想说，余相有可能涉案？有证据吗？"

赵汝谈立即回答："目前没有证据。可是按照大宋律法，余大人应当回避。"

郑清之觉得他这话不好回驳，便为难地说："赵大人，那莫彬跟众多官员都有来往,难道他们都要回避吗?"

"回郑相,只要跟案情中的人有密切关联的,按律都须回避。"

"那好吧,我一定将你的话转奏皇上。本来应该皇上召见你,跟你谈一次,可你现在的时间太紧,皇上跟我说,这次就不见了,等赵大人下次从淮东回来述职时,一并召见。希望你能理解啊,蹈中。"

赵汝说微微一笑:"那下官还是等着跟余大人交接吗?"

"嗯,在旨意没有更改之前,还是由余大人暂管临安府。"

"行,下官知道了。"

公事讲完,郑清之变得非常亲热:"蹈中此去扬州,对楚州那里有什么想法呢?"

赵汝说迟疑了一下:"郑相,我刚刚接到调任的旨意,此前对淮东及楚州的事情了解不多,还没有什么想法。"

赵汝谈说道:"郑相的意思是,你去了那里,将要跟赵善湘大人和赵范他们共事,共同对付李全。你对他们二人有所了解吧?"

"之前没有共事过,不过他们两位的大名如雷贯耳,早就听说过了。"

郑清之笑了:"蹈中,你去了以后要多跟赵善湘大人交流。他为人勤谨谦逊,胸怀大局,曾经平定了淮东几次叛乱,是现任沿江制置使,还兼任江东转运副使。现在我提前告诉你朝廷的一个计划,即将要任命他担任江淮制置使,正式主持淮东大局。所以你今后跟他一定会有很多公事往来。"

"多谢郑相告我。"

郑清之继续说道:"赵范、赵葵兄弟分别驻军扬州和滁州,都是江淮一带最为紧要的地方。蹈中,他们二人性格迥异,赵范性格沉稳,容易共事。可是他的兄弟赵葵……有时候有些性急。赵大人,你的官署驻在扬州,赵范将是你经常共事的主要官员。我相信赵范一定会跟你合作融洽;但是赵葵?"说到这里,郑清之摇了摇头,"如果将来万一跟他有什么龃龉发生,还得请你多加担待啊。"

"郑相放心,大家都是为了朝廷公事,下官明白的。"

"那本相就预祝赵大人此番就任淮东大展宏图,再立功绩。届时回临安述职,我一定亲自为赵大人接风、庆功。"

赵汝说拱手致谢。然后三人又说了一阵闲话,郑清之和赵汝谈起身离去。

这时,冉璞、蒋奇几个人还在厅内等着他们。赵汝说吩咐随从让他们二人即刻到自己的书房去,然后将郑清之和兄长送出了衙门。

回到书房后,赵汝说对二人说:"我去扬州,已是定局了。你们两位务必得跟我走,这两天你们要把手里的卷宗都整理出来,尽快移交给其他人吧。"

蒋奇很是不甘心:"大人,此案告破就差最后一步了。在查案成功之前把我们支走,皇上和宰辅们到底是什么意思?"

赵汝说眉头紧皱:"你没看出来吗?其实是皇上对我不满。"

冉璞问:"何以见得呢?"

"郑相给我一个月交接时间,是皇上把期限改成了五天。"赵汝说轻叹了一口气,"你是对的。上回的确是我孟浪了,不该去向太后进言阎美人的事情。"

蒋奇生气地说:"只要说的在理,皇帝难道不该听一听吗?那阎笑娉在外的名声非常不好,这样的人都能召进宫,而且被封作美人,他就不怕被世人笑话吗?"

赵汝说立即止住了他:"这种话以后绝对不许再说了。"

冉璞问:"大人是否知道,究竟是谁提议将您调走呢?"

"是史相。"

蒋奇气愤地说道:"这就是莫彬他们最大的后台!他一定有什么不可告人的秘密,害怕我们查到他本人,所以现在就要将您支开。"

赵汝说立即澄清说:"史相不一定是莫彬他们的背后人物。"

冉璞好奇地问:"大人是不是听到了什么?"

赵汝说点了点头:"据我兄长说,史相在皇上和郑相他们跟前表了态,要彻查莫彬他们,尤其要追查他们的巨额非法财产,来补充国库。"

"巨额非法财产?"冉璞若有所思,"这些年来,莫彬不但大量走私淮盐,而且跟董贤勾结,向北方不断贩运茶叶丝绸,这些都是暴利。更何况他们还搞了一个聚仙山庄,他们必定聚敛了大量的钱财。可有个问题,自从我们来临安查案以来,并没有向史相通报这些案情,他怎么会知道莫彬拥有巨量财产呢?除非……"

赵汝谠问:"除非怎样?"

"除非他也在派人暗查莫彬,或者他根本早就知道莫彬这些人的勾当,却只佯装不知?"

"我倾向于前者。"赵汝谠想了一下,继续说,"如果史相也在查他们,却将我调走扬州去,可能是不想我再插手此案。这究竟是因为什么呢?"

蒋奇冷笑道:"这个史丞相口碑很差,他跟莫彬那些人一定有些勾勾连连,所以他很害怕被我们抓到他的把柄。"

冉璞说:"应该不止这一个原因。从大人刚才的话来分析,史相好像对他们的巨额财产更有兴趣。难道他是另有所图,担心大人会妨碍了他?"

蒋奇拍桌说道:"那是一定的。我们大人一旦查出那些钱财,一定会全数上缴朝廷。可是他史丞相,嘿嘿,说不定就会据为己有,也未可知?"

赵汝谠摇了摇头:"你这样猜疑,并没有任何证据。对了,你们二位跟我一起动身去扬州吧,有没有问题?"

冉璞接话说:"临安这里的案子没有结束,就这么交出去,确实让人心有不甘!对了大人,上次我派人跟踪费忠,他们的落脚点已经确定了,就在贤良寺。这些天来,我们的人一直在贤良寺附近监视。"

这句话让赵汝谠想起了灵隐寺的方丈慧远曾经暗示过自己,贤良寺很不简单,现在至少已经证实,贤良寺确实是个藏污纳垢的地方。

冉璞接着说:"所以大人,我想暂留临安一段时间,彻查贤良寺。"

"可是我调离临安了,你拿什么身份来查案呢?"

这的确是个问题。赵汝谠想了一下:"要不,你就去我兄长那里兼个差事，这样在临安办事会方便很多。"

冉璞点头答应，突然想起了一个人，便说道："大人，您此去扬州，有一个人须得特别注意。"

第七十五章　归德溃兵（一）

赵汝说问冉璞："哦，是什么人？"

"前些日子兄长的来信提到，在建康府见到了当年潭州提刑司的赵奎，他现在在滁州赵葵将军那里当一个侍卫。"

这真是冤家路窄了，赵汝说问："当年不是发榜通缉了这个人吗？"

"是啊，这个人极其狡猾，已经改了姓名，现在叫赵胜，应该是有了合法的身份。"

蒋奇问："赵葵为什么要庇护他呢？"

"因为他们都是衡山的宗亲兄弟。"

赵汝说抚须点头，原来是这样。

蒋奇说："大人，赵胜这个人非常阴险。当年跟我们结了仇，这次去淮东，说不定他会寻机报复我们。"

赵汝说皱着眉头说："邪不压正。我就不信，如果这赵胜真是当年的逃犯，早就应该是惊弓之鸟。他逃亡到今天，竟还敢有寻仇的念头吗？"

冉璞建议道："还是小心为上。大人去了扬州之后，可以派人查实赵胜的身份，然后跟赵葵将军摊牌谈一次。对了，当年的赵胜曾经逃到临安，躲在禁军里一段时间。究竟是谁收留了他？如果我所料不错，应该就是莫彬。"

蒋奇很是高兴："那太好了，干脆抓了赵胜，让他指认莫彬。这岂不是坏事变好事了吗！"

冉璞连连摇头："蒋兄务必小心行事，那赵葵脾性高傲，极难通融。你抓了他的侍卫，他怎肯善罢甘休？赵大人刚去淮东，凡事都得从长计议。"

蒋奇笑道："你放心吧，到时我会相机行事，决不给赵大人带来麻烦就是。"

五天之后，赵汝说安排好一切，就带着蒋奇等人赴任扬州去了。

临行之前，他上了一个奏章给理宗，里面并没有讲任何事情，只抄写了一段文字："昔齐威王即位，不喜政务，好为淫乐长夜之饮，沉湎不治，事皆委于大夫。百官荒乱，诸侯并侵，国家危殆，在于旦暮，而群臣不敢谏。淳于髡说之曰：'国中有大鸟，止王之庭，三年不蜚又不鸣，大王知此鸟何也？'王曰：'此鸟不蜚（飞）则已，一蜚（飞）冲天；不鸣则已，一鸣惊人。'于是乃朝诸县令长七十二人，赏一人，诛一人，奋兵而出。诸侯震惊，皆还齐侵地。"最后加了一句自己的评语，"齐威王当属一代明君。"

理宗读后默然不语，被其中隐含的深意打动了，他甚至有些自惭。现在中秋将至，让他好好过完节再走，难道不是更好吗？理宗忽然觉得，赵汝说一片忠诚之心，自己待他是不是有些过分了？

之后他将这个奏章留在书案的一角，每天只要目光扫到它，都会默默地念上一句，"不蜚（飞）则已，一蜚（飞）冲天；不鸣则已，一鸣惊人。"

再说冉琎、王鹗与王琬一行人，行到宿州时遇到了军队突然封城，被迫耽搁了几天后才穿过宿州，继续向汴州赶去。这一路之上，他们看到金国百姓大都面有菜色，而且沿途出现了大量抛荒的田地。冉琎还注意到，这里的土地都是黄土，并非书上记载黑油油的中原沃土。

王鹗见冉琎蹲在路边，手捏黄土，若有所思，就解释说："在过去一百年里，河南多次天灾人祸，黄河水患不绝，或决或塞，几次更改河道。本来这里是天下最富饶的地方，逐鹿中原，谁争到了谁就能称霸天下。可是现在已经变得非常贫瘠！"

冉琎问："这里如此人烟稀少，原来的百姓都去哪里了呢？"

"富裕的人能够跟随宋廷南迁，其余的人或死于战乱，或死于饥饿，更多的变成了流民，侥幸活下的只能受女真人和土匪欺压，苟延度日。后来金国出了一个皇帝金世宗，号称小尧舜，对汉民施政好了许多。但他又创建了屯田军,将在女真地区的猛安谋克,就是他们的军户迁入河南内地。命令他们自成组织,在原来汉民的村落之间修建新寨,不受州县管辖,由金廷计算他们的人口,免费分配官田。其实那些官田,都是从汉民手里抢走的。这些猛安谋克户占据了大量土地,却不会也不愿学习耕种,全都转租给了汉民。他们对租地的汉民百般盘剥,而收到的地租却很少纳税。因此金廷的赋税,实际上都是汉民在承担。"

"这样说来,金国境内的汉民应该很不喜欢金国朝廷。"

王鹗默认不语。

王琬接话道:"那是当然。可是大家都认为南朝现在的军队太弱,不可能收复中原。所以他们对南朝也不抱有什么盼头。"说到这里,她看见冉琎怔怔地想着事情,便问,"冉兄,你在想什么?"

冉琎这才回过神来:"哦,我在想,他们女真猛安谋克户都成了地主,食利阶层,终日饱食无忧,太平日久,怎么可能保持原来的战斗力呢?"

王鹗叹息了一声:"冉兄说得太对了,就是因为女真贵族无限制的腐败和贪婪,毁掉了曾经勃勃进取的大金国。他们曾经强大的军备逐渐荒废,直接造成了跟蒙古军队战争中毁灭性的失败。"

王琬见兄长心情沉重,并不以为然:"大哥,你又不是女真人,何必忧心呢?"

"食君之禄,为君分忧。"

王琬笑了:"既是这样,我倒希望这大金国早点亡掉算了。这样的话,大哥你就不用再整天操心忧神了。"

一直在后面的彭渊这时骑马上前,恰好听到了他们的话,不禁哈哈大笑:"这大金国即使自己不死,也会被你大哥愁死了,或是被你给咒死了。"

冉琎和王琬看着王鹗,的确是一副忧国忧民的神情,不由得都被逗得乐了起来。

王琬说:"冉兄劝劝我大哥,干脆我们一起回归大宋吧。"

"人贵有志,我钦佩你大哥。因为他要做顶天立地的大树,而不是随风乱倒的墙头草。"

王鹗叹道："冉兄知我！"

王琬看看冉琎："你欣赏他，其实因为你们一样，都是那种倔强的人。"

冉琎听她这样说，笑了笑问王鹗："像王兄这样的汉官，在金廷还有哪些人？"

"现在女真式微，皇帝开始大力任用汉官，身居高位的汉官越来越多，以尚书左丞张行信为首，侍郎杨绖、尚书张师鲁等等。白华和元好问都是我的好友。这次去汴京，我会尽快安排你跟白华见面。"

"那就有劳安排了。对了王兄，白华究竟是个什么样的人？"

王鹗捋须想了一想："白华这人，学识渊博，胸中有机谋。另外，他还善于诗词。"

"哦，写诗？"

"不但他会，他的密友元好问，更是精通诗、文、词、曲，被人称为北方文雄。"

冉琎有点惊讶："这人怎么会有这么大的名声？"

王琬笑着回答："他这个人极不寻常。你要是只跟他说话，会觉得他非常风趣健谈。但是，千万别看他写东西，看了只能让你心堵，不如不看。"

"哦，这是为什么？"冉琎好奇地问。

"冉兄，我念一首你听，'今古北邙山下路，黄尘老尽英雄。人生长恨水长东。幽怀谁共语，远目送归鸿。盖世功名将底用，从前错怨天公。浩歌一曲酒千钟。男儿行处是，未要论穷通。'"

"嗯，果然有意味。这应该是他触景动情，吊古伤今时写下的。"

"不错。冉兄能懂他的心思，我想他一定会喜欢你的。"王琬很肯定地说。

王鹗接话说道："那好，进城后我邀约白华，会把遗山兄一道请来。"

几个人路上谈谈说说，倒也不觉寂寞。行至归德府宋城时，天色已黑，于是众人在宋城找了一个客栈留宿了一夜。

第二天清早出发继续赶路，这时正是黎明破晓，众人的车马沿着一条很长的河堤向西北行去。回头向东望去，一轮红日正冉冉升起，远处的朝霞尽染无余，看着这般景色，不由得让人心里的烦忧一驱而散。

王鹗跟冉琎并排骑马在前领路，王琬的马车跟在后面。这时王琬打开了车帘，喊了一声："冉兄。"

冉琎回头，不由得愣住了……

原来王琬换了女装，这是冉琎认识她之后，第一次见到她的女儿模样。冉琎仔细端详，见她肌肤细润如玉，略施了一点粉黛，因为羞涩而脸颊有些发红，淡淡蛾眉下一双眼眸正慧黠地看着他。掀起车帘时微风吹过，两缕发丝随风轻柔飘动。王琬见冉琎正愣愣地看着她，于是有点害羞，便放下了车帘。

王鹗见冉琎还在发怔，就笑着问："冉兄，我这个妹妹一向男装，突然穿回女儿装束，你认不得了吧？"

冉琎有些不好意思："我只是没有想到……"

"没想到什么？"

冉琎笑了笑，没有作答。

这时彭渊接话说："他没有想到，令妹竟然是如此的佳人！"

王鹗听了哈哈大笑："我妹妹从来不喜欢女儿妆饰。北国女子不似你们南朝，从小很少被管束。以后你们见多了，就会习惯她的性情。"

不知为何冉琎忽然想到了谢瑛，觉得她们二人相比之下，王琬虽然不似谢瑛那般俏丽，却多了几分灵动之气。又因为饱读了各种书卷，身上带有一种特殊的自信气质。正是王琬身上的这种特质，在冉琎的心里深深地刻下了印记。

第七十六章　归德溃兵（二）

中途休息时王琬下了车，众人见她身着淡粉长裙，腰间盈盈一握，笑着向冉琎走过去，表情中略带了几分淘气。当她走近身边，冉琎闻到了一种清茶气味，又似幽兰，优雅而柔和，这正是冉琎至爱的一种味道。

王琬走到冉琎身旁，想要开口说些什么，却又闭嘴不说，在旁边找了一个地方坐了下来。

彭渊看到，赶紧把冉琎身上的水壶摘了下来，塞到冉琎手里，又使了一个眼色。冉琎接了，迟疑了一下，将水壶送给王琬："王姑娘，我们休息一阵子，过一会儿还得赶路。"

王琬笑着接了，将水壶举到嘴边，突然闻到了一股浓烈的男子气息，这是冉琎的气味，令她不由自主地有点微眩。她镇定住喝了一口，脸却更加红了，就扭头问王鹗："大哥，这么赶路的话，还要多久能赶到汴州？"

"顺利的话，再有一天半就可以到了。"

冉琎问："王兄，前面好像都是大路了，难道会有状况吗？"

王鹗说："自从皇帝南迁汴京之后，这里的土匪也比以前多了很多。我们必须小心防备。"

彭渊问："那些土匪，多半都是没有田地的赤贫之人吧？因为没有吃食，他们只能去抢。"

"是的，不过他们中很多人以前是有田地的。只是发了大水给淹了，水退之后，地界没了。原先的田地被别人抢占，官府也不愿去管。这些人为了活命，只得铤而走险。"王鹗叹息了一声。

冉琏问："金廷不去赈济灾民吗？"

王鹗苦笑一声："现在这里人多，兵多，但粮草极其匮乏。我当县令的时候，每次报灾申请赈济，从来没有得到过朝廷的回应。"

这是亡国之兆啊，冉琏心想，当年横行一时的大金国，也到了该谢幕的那天了。

王琬忽闪着大眼睛看着冉琏，说道："冉兄，我知道你在想什么。"

彭渊笑着问："大小姐很了解我们冉先生吗？"

"你看他的眼神，一定是在想，当年不可一世的大金国，竟然也有今天了？"

彭渊赶紧问："冉先生怎么样，大小姐蒙对了吧？"

冉琏点了点头："几代金主，都是豪气冲天，放言要'提兵百万西湖上，立马吴山第一峰'。可为什么他们竟会如此快地从鼎盛滑向衰败？"

王鹗回答说："为了这个，我曾经跟白华讨教过很多次，他有一些非常独到的见解。冉兄，你很快就要见到他了，你们一定有很多共同的兴趣和话题。"

正说到这里，前面远处的路上突然扬起了大量的灰尘，很多看起来像是本地的乡民，正仓皇地向着他们逃了过来。

彭渊命手下人拿起兵刃，时刻戒备，准备保护车队。

冉琏看前面跑来的一个老者，就上前拦住了问道："请问老丈，前面发生了什么事？"

老丈急急地回道："不知哪里来的乱兵，到处抢劫杀人。你们不能待在这里了，赶紧逃命去吧。"说完，急急地跟随家人继续逃亡。

冉琏跟王鹗、彭渊紧急商量一下，决定带着车队先躲进前面山包上的一片树林里。这时王琬已经上了马车，冉琏急忙跟了过去，吩咐王琬赶紧换了男装，又从窗口递进去一把短刀，让她用来防身。王琬接了短刀，正要跟他叮嘱几句，冉琏已经转身骑马走到车队前面。

到了小山顶上，众人向远处眺望，有一群从东面过来的士兵气势汹汹，到处杀人抢劫财物。冉琎问王鹗："能看出来他们是哪里的兵吗？"

王鹗看了一会儿，连连摇头。

彭渊说："这些兵明显没有军官指挥，像是一群被打散的溃兵。他们从东面过来，难道那里正在打仗？"

冉琎若有所思："东面是徐州、邳州方向，应该是徐州有事。难怪前几天，宿州要戒严封城。"

彭渊看看车队，摇头对冉琎说："我们只带了几个护卫，不能跟他们硬拼，还是找一条路赶紧离开吧。"

冉琎看了看四周方位，打开随身的地图，跟王鹗核对了一下，决定改道从小路进山，然后在这群小山里再迂回绕出去。

可是车队刚走动不一会儿，后面就传来追兵叫喊的声音。

冉琎对王鹗说："王兄，你带着马车继续向前，我跟彭渊去拦住他们。"

王琬听到，急忙打开车窗，急切地喊道："冉兄千万小心！"

冉琎听她关切自己，心里顿时涌上一阵暖意，踢马到车窗旁边轻声说："琬妹放心！"

随后冉琎和彭渊带了两名护卫堵在路上，远远地望见几十个士兵急急火火地追了上来。

彭渊立即抽刀，率先冲了上去。冉琎也拔出了腰刀，正要跟上去，心里忽然冒出了一个念头，从怀里掏出一个面具戴在了脸上。

这时彭渊已经跟几个乱兵交上了手，两名护卫也跟了上去杀作一团。乱兵虽然是散兵游勇，但人数众多，乌泱泱一大群冲了上来，将彭渊他们包围了起来。彭渊勇猛过人，眨眼之间就斩杀了几个冲在最前的乱兵。无奈对方人数太多，他们渐渐地开始招架不住了。一个护卫的肩膀被砍中了一刀，另一个护卫想要过来救援，却被乱兵团团围住，无法脱身。

正在危急时刻，突然从后面冲上来一个人，这人行动之迅捷，甚至还没有看清他的身形，就已经冲到了近前。这人接连出刀，将三人砍倒，乱兵们便舍弃了受伤的护卫，向他围了上来。

可是当乱兵们看到这人的脸时，顿时全都呆住了。这分明就是一颗极为瘆人的骷髅，面骨上还有白、黑、红等不同颜色。乱兵们惊吓得手足无措，一时全都停了手。只见这骷髅极为凶悍，手起刀落，接连砍翻了好几个士兵。

这时乱兵的首领有点醒悟过来，大喊一声："这人在装鬼，大家不要怕，一起上前杀了他。"

几个胆大的乱兵抡起长刀，向前围了过来。

谁知那人突然低下头，将袖子一卷从面部撩过，只见他的脸顿时变成了惨白颜色，多出两道一尺多长的眉毛，拖在肩膀上，口中吐出一条猩红的长舌。

乱兵们看到他瞬间改变了模样，被吓得大声惊叫："真是撞鬼了！"然后一哄而散，只剩下那首领还呆愣在那里。彭渊见状，几步赶了上去一刀剁翻。

然后彭渊回头去看，只见那鬼用手在脸上一扯，竟然变成了冉琎，原来那是一副面具。彭渊和两个护卫顿时哈哈大笑。

彭渊问道："冉先生真有你的！据我所知，我们明尊教里，从来没人会你这手绝技啊？"

冉琎只笑了笑："我们去追他们吧。"于是几人赶紧调转马头去追赶王鹗他们。

追上王琬马车后，彭渊想到刚才的情景，还在笑个不停。

王琬与王鹗见他们安全地追了上来，很是高兴，却又见彭渊等人不停地大说大笑，难道有事发生吗？不由得很是好奇。彭渊便将刚才厮杀的情景绘声绘色地描述了一遍。

这下王琬更加好奇了，于是缠着冉琎，一定要他变个看看。冉琎拗不过，只好将白无常与黑无常的面具掏了出来，变了两回展示给众人。众人一起鼓掌，都说是绝了。

王琬将面具要了过去，来来回回地把玩。她想起了在从扬州去金陵的船上，冉珽要自己翻译梵文手卷，就是跟面具有关的。看来冉珽学习变脸已经颇有心得，王琬对他不禁又多了几分敬佩。

下面去汴州的路上，众人再没有遇到任何麻烦。在汴州城的外围，众人见到大队士兵正向东面开去。王鹗向一个军官出示了官凭，询问他们的动向。军官回答说，他们是恒山公武仙的部属，奉命向徐州方向开拔。王鹗又问了一会儿，这才搞清楚，原来真是徐州出了兵变。

金国的徐州元帅徒单益都昏庸无能，部下将领王祐与都统张兴、封仙等人，见徐州军政空虚，约定夺了徐州献给蒙古元帅阿术鲁。几天前，他们乘夜烧了草料场，带领兵士包围了徒单益都的官衙。徒单益都的部卒拼死抵抗，护着他逃出了徐州城。但随后被王祐等人一路追杀，一直逃到了归德。徒单益都的败军被彻底打散，士兵们没有了军官节制，又缺乏粮草，就四处抢劫杀人。这就是冉珽他们路上遇到的乱兵。

王鹗叹道："这真是屋漏偏逢连夜雨呀！"

冉珽问："武仙是汉人将领吗？"

"是的，他是河北人，原先跟史天倪齐名，率军护佑本地汉民，抵抗蒙古。因为蒙古势大，两人先后归降了蒙古国王木华黎。后来皇帝亲自写信给武仙，他被信中的诚意感动，就杀了史天倪重新归附了金国。"

"哦，听起来此人有些反反复复。"

"现在皇帝很是信任他，将大军交给了他。近来军中盛传，说能救大金国的，是一个道士，还有一个和尚。"

"这是什么意思？"

"是说大金国又崛起了两位年轻将领，其中一位就是武仙。"

"那另一位是谁？为什么叫一个道士，一个和尚？"

"另一位叫完颜陈和尚，他其实不是和尚，只是其名罢了。而武仙年幼时做过道士。"

冉珽点了点头："这两位能有如此大名，一定是有过人之处。"

王鹗轻叹一声："军中有名的将军，如完颜赛不、完颜合达和移剌蒲阿等人都已年老，人才凋零，急需年轻将领顶上啊。所以皇帝对他们两位寄予了厚望。"

冉琎不禁心想，金国缺乏良将，现在的大宋难道不也是如此吗？

进城之后，王鹗将众人领进了自己府邸，随后他一人独自前往张行信府上了。而王琬则领着家人一阵忙乱，这才将众人安顿好。

第七十七章　光明尊使（一）

王鹗去了张行信官邸，将他金陵和扬州一行的经过详细汇报了一遍。张行信紧锁双眉，捋须沉思片刻，吩咐差事立即将白华请来。

白华来了以后，王鹗将他此行的经过重述了一遍。当白华听说宋将杜杲提出，要金国让出徐州，以换取大宋对金国援助军粮时，不禁笑道："他们要帮我们守徐州吗？张大人，这笔买卖似乎可以做。"

张行信摇头回答："不行，且不说陛下是否愿意，单单完颜赛不和移剌蒲阿他们，坚决不会同意的。"

"张大人，徐州不是发生兵变了吗？我们兵力紧张，强行调用武仙主力军队，不如诱使宋廷出兵为我所用，帮我们一起稳定淮东的局势。"

张行信觉得白华有些过于自信了："文举，你凭什么这么相信他们会帮我们呢？"

"因为这对南朝也是有利的。我刚刚得到兵报，宋将国安用率军突然占领了邳州，目前还不知道他真正的目的，但我判断，此人极有可能要出兵徐州。"

张行信抚摸着胡须，想了想："王祐、张祚这些叛将要把城池献给蒙古人，如果国安用真敢截走徐州，难道不怕跟蒙古军队在徐州开战吗？"

"如果宋军真的在东面跟蒙古人开战，就能替我们在淮东，甚至山东方向分担一些压力，二对一的混战局面不是比我们孤军独斗要强吗？况且，他们还承诺会援助我们一些军粮。"

"可是文举，这个国安用占领邳州，到底是宋廷的命令，还是李全的指使,又或者只是他个人的决定,现在还不清楚。我担心的是,一旦真是宋廷占了徐州,就可以随时挺进中原腹部,那不是对我们构成更大的威胁吗?"

"不会的,张大人。徐州是个四战之地,易攻难守,我们不怕宋廷占着。再者,探马传回最新的消息,回到楚州的李全,正在招兵买马准备反宋。李全就是制约他们最好的一张牌。"

"李全不是已经投降蒙古了吗?"

"的确是的。现在李全的忠义军四分五裂,他已经没有多少实力了。夏全、张惠这些人不是都被我们拉过来了吗?还有国安用,如果占领徐州只是他个人的图谋,那么他可能也会依附我们,那岂不是最好的结果吗?"

张行信怀疑地问:"他会吗?"

"很有可能。徐州现在就是一个烫手的山芋,一般人唯恐避之不及。而此人敢在这个时候打徐州的主意,说明其志不在小。但是他如果真敢夺走徐州,必将被蒙古所不容;又因为李全的缘故,他一定会遭到宋廷的猜疑。最终只能依附于我们。"

张行信半信半疑,摇头说:"不管怎样,我们必须尽快将徐州夺回来,力争重新掌控在自己手里,不然如何跟宋廷谈判?徒单益都现在在哪里?"

"这个人肯定不能再用了。张大人放心,只要武仙大军到达,就一定能夺回徐州。"

"那我现在就进宫去吧,向陛下请示。"

说完,张行信立即进宫去了。而后白华跟王鹗二人又谈了一阵。

王鹗告诉白华:"我这次在南朝,结识了几个朋友,其中一个叫冉琎,他给了我很大的帮助。这个人跟你有特别的关系。"

白华问:"他是什么人?"

王鹗跟着白华一边走出张府,一边说道:"他就是你们明尊教的新任智慧尊使。"

白华的眼睛顿时精光四射,看着王鹗说:"百一,你如何得知?"

"我是在苟梦玉家里遇到他的。"

413

白华点了点头,问道:"他说是宗主派他来见我的吗?"

"是的。除此之外,他还想调查一个人。"

"谁?"

"王世安。"

白华笑了:"王世安在临安那里潜伏已经被识破了,难怪这么着急地跑回来。这个冉珧在宋廷做官吗?"

"是的,他在临安知州赵汝说手下当差。"

白华皱了皱眉头,心想,宗主为何挑选了这样一个人继任智慧尊使呢?想了一阵,似乎明白了点什么。

王鹗见他沉思,就说道:"他正在我府里。今晚到我府上大家聚会饮酒如何?"

"那好我们现在就去。"

两人正要动身,张行信差人赶回来通知白华,金主宣他速速进宫觐见。王鹗只好先行回去了。

白华进宫时,恰好遇到几位来投的盱眙统领。他们刚刚见过金主,受到了隆重的接见和封赏,张惠被封为临淄郡王,王义深为东平郡王,范成进为胶西郡王。几人叩谢礼毕,正兴高采烈地出宫离去。

见到白华进来,金主对他说道:"张惠、范成进和王义深三位统领率军来投,朕十分欣慰。刚才谢恩时,张惠说愿意带兵攻打盱眙、楚州两地,你觉得怎样?"

白华立即回奏:"陛下,此事万万不可!"

"你认为他们去了会打败仗?"

"不,陛下。恰恰相反,他们能赢。"

金主觉得诧异:"那你为什么反对?"

"陛下,宋廷失去了盱眙诸将,此刻那里军心浮动,士气低落。张惠他们突然杀回去,一定出乎宋军的意料,所以必定能夺下盱眙。但是之后呢?滁州赵葵、扬州赵范一定会出动大军来夺。两军就会在那里形成胶着,而这对我们极其不利。如果我们被迫增派大军到盱眙方向，一旦北面蒙古来攻，我们将会腹背受敌！"

"你说得有理，只是朕心不甘哪！"

"陛下英明，已经定下了和宋大计，那就坚定地执行吧。如果陛下实在想做点什么，可以派人去招降李全，此人正在招兵买马，准备反宋。"

"李全会归顺我们吗？"金主十分怀疑。

"我们在徐州那里有麻烦。这个时候，我们去招降李全，至少可以先稳住他，不让他掺和徐州的事就行了。"

金主同意了他，立即派人去李全那里劝降，承诺封他做淮南王。金主又问白华："徐州的事情，朕实在揪心。武仙已经带军去了，你认为他能收复徐州吗？"

"陛下放心，武将军此去，一定成功。但臣以为，武将军此刻不必急着进城，只在徐州附近收聚被打散的士卒就可以了。"

"这又是为什么？"

"陛下，臣担心的是山东那里孛鲁和阿术鲁两支军队，如果他们夹攻徐州，武将军一定支撑不住。不如大军埋伏在附近，监视那里形势的发展。这样对我军最为有利。"

"嗯，你的说法跟刚才张行信所说一致。"

"陛下还可以调夏全的军队北上，以策应武仙。"

"不错，那朕就都依你了。你现在就到枢密院去布置吧。"

白华领旨，去枢密院忙碌了好一阵这才出宫，然后直奔王鹗府邸而去。

进了王鹗府里，他看到元好问已经到了，正在跟冉琎、王琬二人闲谈。

此刻元好问正在上下打量着冉琎，见他身上所穿并非南朝汉人的惯有服饰，而是崭新的金国衣袍，不禁很是好奇。原来这些都是王琬为冉琎精心挑选的，无论是尺寸，还是样式、颜色，都与冉琎极为搭配，更显出了他身上具有的一种特别的气质。精明的元好问立刻就觉察到了王琬的用心，笑着对她说："这趟南朝之行，我看你兄长可能是所获寥寥。倒是大小姐你，精气神十足，应该是淘到宝贝了吧？"

王琬笑着答道："的确是的。"

"究竟是不是，那得我们鉴定过后才知道。"

这时恰好白华进来，问道："你们说的是什么宝物，拿来我看看。"

见白华进来，元好问起身迎了过去，两人亲热地互相问候。王琬拉着冉琎走过来，对白华说："白大哥，这位就是冉琎先生。"

冉琎见白华身穿儒服，面如冠玉，三绺胡须，气质儒雅可亲；而白华仔细观看冉琎，见他浓眉凤眼，双目炯炯有神，举止沉稳端重，一看就不是平庸之人。

二人见面后，不由得彼此生出了亲近之意。冉琎施礼说道："久闻白先生大名，今日得见，真是有幸。"

白华还礼回答："您客套了，先生是第一次来北国吧？"

"正是。"

"那我们一定给先生好好做个东道，请先生在这里多留一些时日，白某还有好些事情要向先生请教呢。"

王琬抱怨道："白大哥，你们这些人，永远有做不完的事情！"

白华笑了，转头对王琬说："大小姐，刚才你们说的宝物在哪里？"

王琬指着冉琎腰带上的配饰："就是这个物件。"

白华一看，原来是墨绿色的龙凤玉璜。白华登时肃然，就请冉琎走到一旁："先生可否让我细观一下？"

冉琎微笑着摘了玉璜递给白华。白华双手抚摸玉璜，见上面镌刻着"智慧尊使"四个篆字，只见此玉细腻通透，颜色碧绿纯正，不由得频频点头。将玉璜还给冉琎后，白华从怀里掏出了自己的玉璜，递给冉琎："我也有一个，跟先生的几乎一样。"

冉琎接过，将两块玉璜并置仔细观看，它们的色泽与纹理完全一致，显然是来自同一块上品玉石。只是白华的这块上面镌了"光明尊使"四个篆字。冉琎将玉璜还给白华，拱手说道："白兄，我受宗主委托，特地前来寻你。有一封宗主的书信需要交给你。"说完，领着白华来到自己的房间，从包裹里取出了那封书信递给白华。

第七十八章 光明尊使（二）

白华打开了信浏览了一遍，然后将信收起问道："多谢冉兄了，这一路辛苦，遇到不少麻烦吧？"

"前面还行，后来在归德那里遇到了一群乱兵。"

白华点头："那些是徐州逃散的溃兵。如今中原兵荒马乱，冉兄不惧艰险来此找我，实在让白某感佩！"

"我受宗主谢昊委托，有话要转告先生，他希望您能尽早离开金国，回到总坛继承明尊宗主之位。还望白兄，能理解宗主的一片苦心！"

白华捻须思忖片刻，说道："多谢冉兄转告，白某一定认真考虑。冉兄你进明尊时日尚短，很多事情不是只言片语所能说清。冉兄既然已经在这里了，我自然会讲与你听，且让我们从长计议如何？"

"那好。"

正说到这里，王鹗让仆役请二人到后院花厅去，酒宴已经就绪。于是二人起身，一起走过去入席，王鹗迎上来说："今天你们二位是主客，你们不来，我们不好入座啊。"

元好问皱眉说道："不如让他们继续谈下去，我们先把酒菜吃光，叫他们后悔才好。"

白华笑着回答："那样也好，裕之，我们接着再到樊楼喝一顿。"

王鹗连连摇头："现在的樊楼，已经大不如昔了，哪里有我们这个家宴精致呢？"

众人谈笑着入了席，细观之下果然是一桌丰盛的酒宴。王鹗率先举杯，对冉琎和彭渊表示欢迎，尤其对他们这一路上的关照再三表示谢意。

酒过三巡以后，王琬提起了在扬州苟梦玉府里那次冉琎射覆成功的事情。白华听了大感兴趣，立即就要跟冉琎二人射覆以助酒兴。

元好问反对说："射覆这个东西有些难度，不是大家都能参与的。不如谈诗说词，或者说笑话也成啊？"

冉琎点头说："不错，射覆要看运气，而且闷得很。恐怕还是讲笑话不错。"

王琬见冉琎赞成讲笑话，就说道："那就说笑话吧。可是元大哥一肚子的笑话，这里恐怕没人是他的对手？"

经她这么一讲，众人反倒跃跃欲试。

元好问见王琬立即附和冉琎，心里不由得想笑，便说："最近没有什么笑话，只是翻来覆去地想起了一句诗。"

王琬好奇地问："能让元大哥来回想的，那是什么诗？"

"李义山的'身无彩凤双飞翼，心有灵犀一点通'。我寻思着，怎么自己就从来没有过这种感觉呢？刚才看到王大小姐，我突然明白了那是怎么回事。"

除了白华，其他人都猜到元好问是在隐射王琬和冉琎了，大家都笑而不语。王鹗一路之上，见到妹妹王琬的情形，早就明白了她的心思。对于冉琎的才德，王鹗觉得无可挑剔。只是他在宋廷做一个小吏，王鹗心里未免有些顾虑，所以他对妹妹的心思不很赞同。

王琬知道元好问在打趣她，故意装作不知，认真地问道："元大哥怎么会喜欢起这种诗句了呢，是不是最近又有了什么大作，又或者大哥您有什么喜事吧？"然后眨着眼睛看着他。

元好问点头说："有新作，过会儿我写下来，大家看看？"

王琬连连摇头："那还是等我们席散之后吧。"

众人都知道元好问常写"丧乱诗"，他经历家国变乱，生活长期动荡不安，因此他只要写诗作词，往往是字字饱含悲愤，笔笔都是血泪。只是现在是大家聚会饮酒的时候，读这些诗不免扫了一些兴致。

白华率先说："那我就起个头，先说一个笑话吧。某将军率军出战，眼看就要败了。忽然天降神兵，帮他反败为胜。这将军大喜，连连向神仙磕头谢恩，问神仙姓名好回去祭拜。那神仙说：'我是箭靶神，特地向你报恩的。'将军不明白，问道：'小将我有何恩于您哪？'箭靶神回答：'感谢你从前在练武场上，从来不曾伤到我一箭！'"

众人听罢哈哈大笑，都说不错。

彭渊听了说："我也有一个跟将军有关的。说黄鳝跟蛇曾经结拜兄弟，两个出门时总在一起，发誓要同富贵、共患难。后来，它俩不知为何就散了，再没聚到一块儿。过了很久，黄鳝遇到了一只乌龟，以为是蛇，很是高兴，便跑过去打招呼。哪知乌龟对黄鳝不加理睬。黄鳝很生气地走开了，然后见到人就说：'我的把兄弟，混上了一个将军，便不认我这个贫贱之交了。可见人情势利，都是这样！'别人问黄鳝，你怎么知道他做了将军呢？黄鳝答道：'它从前跟我一样，穷的就是一条光棍。可它现在却穿起了盔甲，不是做了将军，怎么会穿起盔甲呢？'"

众人听了，又是一阵大笑。元好问笑着问他："不知这位龟将军是大宋的呢，还是大金国的？"

彭渊反应很快："不管是大宋的，还是金国的，谁打了败仗，谁就是龟将军！"

众人一听，都连声说对。

王鹗见大家兴致很高，说道："我也来一个。某书生租了一间寺院的僧房来读书。结果每天都出去游玩，不曾读过书。终于有一天，书生喊书童：'取书来！'书童去找方丈和尚借了一本《昭明文选》。书生说：'太低太低！'书童又拿来《春秋》。书生还说：'太低！'书童又拿来《史记》。书生又说：'还是太低！'方丈顿时无比惊诧，前来问他：'这三部书学问甚高，熟读其一，都称得上饱学之人。足下全都嫌低，您真是大才啊！'不料书生不耐烦地说道：'你说什么呢？是我睡觉要书当枕头用的。'"

众人听罢都笑了，却又有些笑不出来。正有点尴尬，元好问说："百一兄，你这个笑话是好玩，就是有些太高雅了，还是听我的吧。说有一个书生姓王，大家都称他王生，为人机智风趣，朋友却对他有些不服。他的邻居家有一妇人，从来不苟言笑。这朋友对王生说：'你能不能只说一个字，逗得这妇人发笑；然后再说一个字，让这个妇人骂街。做到了，我便请你喝酒。'王生一口答应。于是二人一同去找那妇人。见那妇人正站在门口，门外还有只狗。王生急走几步，来到狗跟前，'扑通'一声跪下了喊道：'爹！'妇人一愣，随即笑了起来；王生又抬起头，对妇人说：'娘！'那妇人顿时恼羞成怒，破口大骂。"

他一说完，众人立即哈哈大笑。

王琬咯咯地笑个不停，然后说："该着我了。有一帮子极其惧内的男人，因为受尽老婆们的荼毒而聚到一起，歃血为盟，约定以后互相声援。不料被众老婆发现，一齐打将了过来。所有男人都吓得到处逃窜，作鸟兽散；只有一个人，一直正襟危坐，不为所动。其他男人躲在远处，对他敬佩不已，都说：'这人竟能这样镇定，应该拜他做大哥。'不一会儿，老婆们都走了。大家上前叩拜，不料那人已经被吓死了。"

众人呵呵一笑，元好问表情诡异地对冉琎说："冉兄弟，男人娶了厉害的老婆，可不就得这样吓死吗？"

王琬立即瞪了他一眼，而元好问闷头喝酒，只作不见。

最后轮到冉琎了，他想了一下说道："有一个大家族，族人分别尊奉儒、道、佛三教。祖宗祠堂旁边修建了一个先贤祠，里面摆放塑像的次序是孔夫子居中，太上老君在左边，释迦佛祖在右边。有个族人信道，看见后觉得不妥，便把老君搬到正中上位。而另一个族人吃斋信佛，他来后又将佛祖像移到中间。之后，这三座塑像每隔几天，便被搬来挪去。三位圣人不胜其烦，就互相抱怨道：他们哪里是为我们争座次呢，都是在替自己争位置呢！"

众人都笑了，然后仔细回想一下，这里面原来大有意味。白华连声说：

"笑话讲得好,不但让人开心,而且能惹人深思。冉兄这个讲得不错。"

众人说说笑笑,饮酒直到兴尽。等撤了酒席,王鹗让家人端来好茶醒酒,众人再品茗细谈。白华与冉琎去了花厅旁边的书房,两人谈话去了。王琬知道他们有要紧的事情,便吩咐家人不要去打扰他们,然后问元好问:"元大哥近来的新作,写给我们观看如何?"

元好问本来颇有了一点酒意,听王琬这么说,便清醒了几分,说道:"最近我出城,见到有人张网捉到了一只大雁。没承想原来是一对,被捉的是雄雁,那雌雁不肯离去,盘旋飞在猎人头上,不停地哀鸣。我见它们着实可怜,便买了雄雁,要将它放生去。没料到那雄雁性情孤傲,加上本来就身受重伤,竟很快就死了。"

王琬叹息了一声:"元大哥要是早去一刻,或许就能救下它了。不知那雌雁最终如何?"

元好问默然片刻,轻叹了一声:"我将雄雁埋在了河边。那雌雁从此不离半步,不吃任何喂食,三天后也死了。我便将它们合葬了一处。"

王琬连声地说:"可惜,可惜!"

元好问接着说道:"这两只雁忠贞不贰,令人钦佩。看看这人世间,太多人为抢夺名利,而终日纷纷扰扰,情人离散,夫妻失和,父子反目,以至于家破人亡的事情屡见不鲜。为什么人反不如这对大雁那么重情重义了呢?"

王琬听得很是感动,问道:"大哥的新作,就是跟此有关了?"

"正是。"

元好问就走到了书案旁边,提笔蘸了蘸墨,缓缓地书写道:"问世间,情为何物,直教生死相许?天南地北双飞客,老翅几回寒暑。欢乐趣,离别苦,就中更有痴儿女。君应有语:渺万里层云,千山暮雪,只影向谁去?横汾路,寂寞当年箫鼓,荒烟依旧平楚。招魂楚些何嗟及,山鬼暗啼风雨。天也妒,未信与,莺儿燕子俱黄土。千秋万古,为留待骚人,狂歌痛饮,来访雁丘处。"

王琬看罢，由衷地赞道："痴男怨女，情意刻骨铭心！真是绝妙好词！"
　　过了一会儿，王琬突然想到什么，脸上不禁怅然若失。

第七十九章　淮东之乱（一）

王琬读了元好问写的新词，不由得想到自己跟冉琎分属北、南两朝，彼此的情意只怕曲折艰难，多半难成正果，不由得有些心烦意乱起来。

正在这时，白华跟冉琎谈完事情，走出来跟众人告辞。

冉琎与王琬跟王鹗一道将白华和元好问送走，回来看到书案上的雁丘词，王鹗笑道："这的确是遗山先生的惯常风格，看了之后，总让人难过一阵。"

冉琎赞道："元先生号称北方文雄，果然不同凡响。以他的才华，放在大宋也是凤毛麟角。"

"他是金国目前名气最大的汉官之一。实际上，他并非纯正的汉人，而是北魏时鲜卑族拓跋氏后代，世代变迁，他们的族人不断地与汉人通婚、融合，早就跟汉人没有任何分别了，他们也全都自认为是北方汉人。"

王琬说："今天的女真必定会跟过去的鲜卑一样。大哥，很多事强求是没有用的。"

王鹗知道，她的意思是说金国迟早要消亡，何必待在汴州呢？王鹗不愿回答妹妹的问题，就对冉琎拱手说："明日我还有公事，就不陪阁下了。"

"王兄请便。"

等王鹗走后，王琬问冉琎："冉兄，白大哥跟你说了什么？"

"他告诉了我宗主信里说的事情。"

"很重要吗？"

"是的。"

王琬看着冉珽，认真地说："冉兄，白大哥这个人心思很深。你初次来到汴州，凡事还是跟我商议一下，可能会周全些。"

冉珽知道王琬关心自己："是这样的，宗主希望他尽早返回大宋去。"

王琬追问："就这件事情？"

"宗主信里要他跟我合作去抓上官镕。"

"上官镕是谁？"

"这说起来就长了。"冉珽就把莫彬这些人的事情大致讲述了一遍，"宗主要白华追查莫彬势力在金国的行踪以及他们设在金国的秘密金库。"

王琬就问："听起来，莫彬这些人无论在临安，还是在汴州，都有很深的根基，如果没有两边的高阶官员支持，他们怎么能做到那么多事情呢？"

"应该如此。"

"你又不是金国官员，如何在金国查他们呢？"

"白华说金国这边的事他来；临安那边，由我来办。"

"冉兄，你进明尊教时日尚短，很多事情还不了解，这次来金国，正好可以多问问白华。你们的宗主既然让白华去查莫彬在金国的行踪，是不是他知道了什么，由你传信通知白华呢？"

王琬的思虑很是细致，冉珽赞道："琬妹心思果然通透。不过宗主谢昊所知不全。莫彬原先一直跟术虎高琪合作，后来术虎被金主诛杀，莫彬一度跟金国高层失去了联络。过了数年之后，新任金主继位，莫彬才逐渐跟金国高层又联络上了。"

"白华告诉你都是谁了吗？"

"应该是移剌蒲阿和蒲察官奴这两个人，三年前，就是移剌蒲阿派了王世安这个细探头目去临安跟莫彬接上了头。我目前搜集到的证据，也证明了王世安的确是三年前开始在临安活跃起来。"

"这个人现在究竟在哪里呢？"

"肯定已经逃回金国了。在楚州时，国安用说他跟夏全在一起。刚才白华告诉我，夏全将要领军到徐州附近。"

"冉兄,你想找机会抓住王世安吗?"

"当然想,可这里是金国的地盘,而且白华也不一定会愿意。"

王琬说道:"事在人为。金国皇帝不是想跟大宋结盟对抗蒙古吗?像王世安这样在临安犯下严重罪行的人,如果金主肯交给宋廷处置,应该对和谈非常有利。"

冉琎笑了:"以金国君臣的行事风格,他们怎么会愿意这么做呢?"

"只要有足够大的利益,或许他们愿意。你们现在的宰相史弥远,当年不就是杀了前宰相韩侂胄,才跟金国达成和议的吗?"

冉琎摇头苦笑:"这两件事怎么能视若等同呢?"

"事在人为。如果皇帝不愿意,冉兄再想别的法子好了。"

冉琎点头,若有所思。

第二天,金主完颜守绪接到飞马急递,徐州那里发生了重大的变故。宋将国安用出人意料地发动突然袭击,占领了徐州城。国安用是李全的部下,他是受李全的命令争夺徐州吗?更令人吃惊的是,驻兵楚州的李全出兵袭击了盐城,他如果向大宋宣战,为什么又两面出击,去占领徐州呢?

金主立即宣召了重臣们商议对策,完颜赛不、完颜合达、张行信、移剌蒲阿等文武大臣齐聚殿前,金主让白华向众臣通报了淮东的最新局势。

原来,徐州总兵王祐、义胜军都统封仙、张兴等人逐走徒单益都后,派人紧急联络蒙古元帅阿术鲁,要跟他约定日期,接应蒙古军接管徐州城。不料那联络人被国安用派出的军士截获。国安用与阎通、国安平商议后,星夜出兵徐州城。王祐、张兴这些人刚刚驱逐了徒单益都,正得意之时,全然没有防备会有兵马深夜偷袭,被国安用他们一夜全部擒获。第二天清早,国安用下令将几人全部斩杀,只留下了跟自己有些交情的封仙,命他为自己收编王祐、张兴等人的残余兵马。现在阎通和国安平带领本部人马关闭了徐州城所有城门,城墙之上满是士兵,严阵以待。

国安用又亲自赶往邳州,命令朱椆赶回楚州,向李全、杨妙真报告此事,要他们派兵来援。朱椆没有想到,他走之后,国安用立即将他的兵马全部打散,编进了阎通和自己的人马。

李全见到了朱楒后,见他只带了几个人回来,立刻明白国安用已经控制了他的人马,恼怒之余又觉得好笑,便打发他去孛鲁那里报信去了。

杨妙真对李全说道:"相公,国安用已经自立门户,从此他必定不肯受我们节制了。"

李全摇头不信:"国安用单靠自己成不了什么事,虽然他运气不错,投机取巧地在徐州得了手。可是他毕竟实力不足,如果不靠我们,他能守住徐州城吗?"

"如果金国去攻打徐州,而孛鲁不去援救,我们也抽不开身,他被逼投降金国怎么办?"

"他去投靠金国,只能是死路一条!前些日子张惠、范成进他们带兵去了金国,这些蠢货!"说到这里,李全轻蔑地笑了,"金国早已经不是过去的金国,他们完蛋就是早晚的事情。现在只有投靠蒙古,才是正道。"

"相公,你既然有了蒙古相助,我们何必着急跟朝廷公开摊牌呢?能两边的好处都占了,那不是更好吗?"

李全知道杨妙真还是反对自己公开与宋廷为敌:"娘子,摊牌的一天总要来的。"

"那等到蒙古大军打过来时再摊牌,不是更有利吗?"

"娘子你不知道,现在蒙古人重用汉人将领,除了我还有史天泽、张柔和严实。我跟他们三位比,虽然名气大些,但现在我们的人马不如他们多,地盘也小。不趁现在多占些地盘,将来拿什么跟孛鲁讨价还价?"

杨妙真问:"相公,当年跟我们在山东一道起兵的,多少人都已经不在了,而我们还好好的,现在的荣华富贵还不够吗?该知足了!"

"可我大哥的仇怎么办?"

"不是已经杀了张林他们几个吗?"

"当然不够,没有赵善湘、赵葵和赵范他们的背后挑唆,就凭张林他们几个鼠辈,怎么敢下手害我大哥?真正的凶手,是赵善湘他们!"

杨妙真知道自己丈夫的气量有些小，但还是得劝他忍下这口气："相公，咱们得忍住一时之气，继续遵奉大宋，然后做长久打算，这样才能笑到最后啊！"

"夫人，忍和不忍都不是绝对的。那好，只要朝廷肯罢免赵善湘这厮，我就暂时不起兵吧。"

杨妙真无论如何，也劝不动李全，正在生气的时候，探马进来报说，李全军装粮的船只通过盐城时，知州翟朝宗不知内情，下令兵士将所有船只全都扣下了。

李全听到消息，先是勃然大怒，然后又大笑了起来，对杨妙真说："夫人你看，这不是咱们理亏吧？我正愁没有借口呢。"于是李全立即写了两封信，分别送给朝廷和宰相史弥远，声称盐城盗贼猖獗，自己要领兵前去剿匪安民。

然后下令穆椿，立即调动水陆大军，连夜开拔攻击盐城。

因为赵范放在那里的兵很少，李全几乎兵不血刃地就占领了城池。进城后，李全派人洗劫了所有公私盐场，抢走了的盐价值上千万贯；又将盐城官仓的粮食全部搬走充作军粮。

有了充足的粮草和军资，李全如虎添翼。回楚州之后，他命属下日夜操练军队，整顿军械，随时准备大军南下。

第八十章　淮东之乱（二）

金主完颜守绪接到了军报，立即在朝会上咨问众官："各位，淮东局势如此之乱，你们说该如何应对？"

完颜赛不出班奏道："陛下，徐州是我们的东面门户。如果蒙古人最终占了徐州，我们的东线将门户大开，蒙古大军就可以从东西两路夹攻我们，关河防线策略，顿时瓦解。因此徐州必须尽快夺回。"

移剌蒲阿说："现在西线跟蒙古军队暂时没有战事，我们可以调拨大军赶到徐州去。"

张行信出班反对："万万不可。"

移剌蒲阿很不高兴："为什么？"

"西线虽然暂时没有战事，但蒙古大军随时会出现在山西、陕西。如果我们的军队轻易调动，一旦有事，大军将会疲于奔命。劳师远征，是兵家大忌。"

金主同意这一说法："朕同意你的看法。我已经派遣武仙率军赶往徐州附近，三天之内他定会有消息传来。"

移剌蒲阿对汉将一向轻视："武仙，他行吗？"

白华挺身而出，回答说："武将军此去，必定成功。陛下，臣甚至觉得，解决徐州的危机，有可能都不需要武将军的大军直接攻城。"

众人都不明白他的意思，完颜赛不问道："你这是什么意思？"

"我认为，我们有可能收服国安用。"

完颜合达是稳重的老将，他不太相信白华的话："白大人，这是如此的国家大事，你怎么能用'可能'二字，来向皇上进言呢？"

白华解释道："老将军，徐州几个叛将本来就是要将城池献给蒙古人的，可是国安用进城之后，却杀了他们。这里面难道没有隐情吗？"

"他是宋将李全的部下，这些宋人无比奸猾，浑水摸鱼，趁我们内乱占据了徐州，可恨至极！"

白华笑了："老将军您知道吗？李全已经投靠了蒙古，被窝阔台任命为山东淮南、楚州行省。昨天，他刚刚出兵洗劫了南朝的盐城。"

完颜合达听罢也觉得疑惑："既然李全已经为蒙古卖命，为什么他的部下国安用，要杀掉那几个即将投奔蒙古的叛将呢？"

"所以我说，这里面一定大有隐情。如果我们在没有调查清楚之前，贸然出兵攻打国安用，这并不是明智之举。"

完颜合达明白了："那么你认为应该怎么办？"

"皇上，老将军，各位大人，从以前传回的情报来看，国安用跟李全一样，都是极端的利己者。他之所以攻打徐州，应该只是为自己争夺地盘和名声。他就是个亡命赌徒，整日干的就是刀口舔血的事。他们这种人往往极其无耻，只要利益足够大，连亲娘都可以卖掉。"

听白华这样评说，所有人包括金主，对李全和国安用都有些不屑。移剌蒲阿冷笑着问白华："白大人，就这样的人，你还打算收买他吗？"

白华回答："不，我们不需要收买他，他自己就会来投靠我们！"

移剌蒲阿摇头不信："他真会吗？"

"我判断，蒙古人一定不会放过他。如果他们攻打国安用，李全会不会出手助他呢？"说到这里，白华看着众人，众人都是茫然不知。

白华继续说道："不会。因为李全现在正忙着一心对付宋军，他怎么可能抽身去徐州呢？那么谁能帮国安用解围？"

移剌蒲阿立刻摇头："我绝不会出兵帮这种人。"

白华回道："不，我们得帮！而且要利用好国安用，将山东那边的蒙古军队吸引过来。不管是阿术鲁，还是孛鲁，他们一直是我们东面最大的隐患。为什么不趁这个机会把他们吸引过来,争取一次性地解决掉他们呢?"

这个想法的确新奇,所有的人都被吸引了。

完颜赛不点头说:"你是说,就用徐州当诱饵,在城外找地方埋下伏兵,只要蒙古兵进来,就别想再回去了!"

"对,这才是我设想的计划。陛下,一直以来,驻在山东的蒙军对我们来说,就是背后插着的一把利刃。蒙古军可以从东西两面夹攻我们,然后趁中间空虚,他们集中兵马强力从中路突破,将我们沿河部署的军队拦腰砍做两段,因此我们将东西不能两顾。这样的战法是对我们最大的威胁。这次如果能解决山东蒙军这一心头大患,山东、河北的局势就能稳定下来。我们就可以专心于西北的防务了。"

金主听了很是兴奋,其余众臣对白华都是刮目相看。

金国君臣热烈地讨论了详细的计划后,金主对金军主力做了重新部署,由白华辅助武仙收复徐州,寻找机会歼灭山东蒙军;完颜合达仍然驻守卫州,居中策应,并防备来自河北的蒙军;完颜赛不屯兵睢州随时策应武仙;移剌蒲阿率领重兵与完颜陈和尚会合,一起驻守彬州,防备西线蒙军出动主力趁乱叩关。

布置完毕之后,金主完颜守绪说道:"各位臣工,由于蒙古鞑子的部落议事会尚未召开,铁木真指定的继承人窝阔台还没有正式继位,要等他们库里勒台的最后决定。现在蒙古汗位空缺,暂由铁木真的幼子拖雷监国,他们的大部分兵力都在拖雷手里。从拖雷的动向来看,目前还没有举国侵略我们的迹象。朕收到了可靠消息,窝阔台和拖雷不和,他们正在争夺汗位。"

群臣听到这个消息,纷纷交头接耳,窃窃私语。

这时完颜守绪有点激动起来:"但是我们时刻不能懈怠!自从先帝南迁以后,我们跟蒙古军队大小作战几十次,还从来没有过一次重大的胜利。国家危急,朕的心里,每刻都在焦虑着,煎熬着。"

然后语带哽咽地说:"今后不管战事如何,朕都永远跟你们在一起,朕宁愿战到只剩一兵一卒,也绝不会向蒙古鞑子屈服投降!朕在这里期盼着,不久的将来,你们一定会带来胜利的消息!"

听到金主如此决绝,所有文武大臣一齐跪倒发誓,一定跟蒙古军血拼到底。

朝会结束后,金主又单独召见了完颜赛不、完颜合达、移剌蒲阿和白华四人,对四人大加勉励了一番。

结束所有公事之后,白华并没有回府,而是去了王鹗府上,他想要找冉琎再谈一些事情。

白华跟王鹗兄妹的关系一直很是亲密,所以进了王府大门之后,无须家人领路,白华直接就来到了王鹗的书房。他一眼就看到了冉琎和王琬正在观看金国的大幅地图。

白华好奇地问道:"冉兄,你们看这个做什么?"

冉琎见是白华来了,笑着回道:"左右闲着无事,我们就阅读一些地图。"

白华走到书案旁:"冉兄,正好我来有事请教。"

"白兄客套了,有事请说。"

白华用手点了点图上的潼关,然后顺着黄河向下游滑动:"现在大金国正在执行的对蒙作战方略,是已故元帅郭仲元制定的'拒关守河'战略:主力大军沿潼关、黄河一线布防,主力放在潼关与沿河中部,施行弹性防御,其形如同握拳,五指收放由心,所以蒙古大军多年进攻,却始终不能攻进我们的河南腹地。冉兄以为,这个策略将来会不会有问题呢?"

冉琎刚刚跟王琬谈论过这个话题了,直接回话道:"所谓黄河天险,根本不足倚靠。"

白华问:"冉兄为什么这样说?"

"黄河到了冬天会封冻,多地狭窄处可以直接通过骑兵,因而所谓的黄河天险,并不存在。再者,黄河与燕山之间是广袤的平原产粮地,金国大半的财税人口来源于这里,据关守河就是以放弃了这个核心地带作为代价。失去了主要的财源和兵源,金国的国力还能持久支持战争吗?更要紧的是,金国失去了战略纵深,蒙古骑兵可以想来就来,想怎么打就怎么打。因此这个策略太过消极保守，只能短期用来抵御蒙古大军。"

白华点头同意："的确如此。现在缺粮就是最大的麻烦。"说到这里，白华看着冉琎，认真地说，"如果大宋能看清形势，给金国支援军粮，那么金国就可以作大宋可靠的北方屏障，抵挡蒙古骑兵入侵。"

冉琎知道白华的心思，他一心想要推动宋金和解，共同抵御蒙古。可是促成这件事谈何容易？

"我刚刚接到密报，你们赵汝谠大人已经调任两淮转运使了。"

冉琎听到这个消息，顿时非常惊愕。莫非临安那里出了什么事情？白华盯着冉琎看了一会儿："我想请冉兄去劝说赵大人向皇帝谏言，与金国合作一道抵抗蒙古，才是大宋的根本利益所在。赵大人身居这个要位，正好可以促使我们两国合作，这可是绝佳的机会呀。"

冉琎摇了摇头："此事极难做成。"

"如果金国亡了，大宋将直接面对蒙古大军。我们尚且不行，宋军如何抵挡得住他们的铁骑呢？"

"大宋西面川蜀，有高山天险可以拒守；东边两淮是水网地带，蒙古骑兵难以通过；中间不但有荆襄与江淮之间广阔的空间作为纵深，更有强大的水军可以守住长江天险。这都是金国难以比拟的。"

白华正色说道："但是南朝只有步军、水军，而且一味只靠地利自守，必将难以持久。"

第八十一章　开拔徐州（一）

冉琎听罢不禁笑了："听说金国君臣上下，都看不上大宋军队的战力，从你的这些话可以看出，果然如此。"

王琬打圆场解释道："白大哥一直认为，大宋军队严重缺乏战马，没有军队的机动性，就很难跟北方强大的骑兵抗衡。"

白华却继续说："宋军之所以弱小，远不止没有骑兵，根本原因在于大宋朝廷历代主政，一直都重文轻武，武人的地位跟文官比，实在太低，因此军无战心。看看女真，他们原本是在大辽统治下的弱小一族，但女真人以武为荣，能征善战，以至于都说女真'人一满万，天下无敌'。开国君主完颜阿骨打领着数千人起兵，只用了几年时间就灭了大辽。继任者又南下攻宋，在中原建立了一个强大的大金政权。一直以来，金国上下认为自己就是北方汉人，中原正统，是中央之国的当然继承者。而南迁的宋廷却是藩夷。这不值得南朝君臣好好反思吗？"

"白兄，金国军队再凶横，可从来也灭亡不了大宋，尤其是近二十年来，他们也多次被宋军击败。对吧？"

白华点头承认，又说："但是近五十年里，金宋两国主力军队的对决中，南朝除了虞允文一人，还没有其他将领，能赢得一次对金的战役性胜利，是不是？"

冉琎摇头："不说宋金之间也罢，看看这二十年金国对蒙古的战事，金国怎么就屡战屡败呢？是实力不如蒙古吗？不妨以金国鼎盛的金世宗时期看，苟梦玉告诉我，那时蒙古的全部人口不足百万，各部族一盘散沙，即便现在，他们的军队恐怕也只有二十万。而金国人口有五千余万之多，军队则接近百万。蒙古人曾经认为'金国如海，蒙古如一掬细沙'。然而现在却是蒙古这'一掬细沙'就要填平金国这个'大海'了。白兄，金军早已不复当年之勇了！"

白华心里认可冉琎的说法，但嘴上依然说："那是因为蒙古是更加兴盛的崛起力量。让我们看看南朝，人口高达八千多万，军队至少八十万。可是在金国将领的眼里，宋人虽多，却并不值得畏惧。他们认为，南朝的君主大都昏庸无能，大臣贪婪自私，军队只图安逸。而大多数宋民驯顺怯懦、目光短浅，他们是只会拿锄头种地的农民，被管制得服服帖帖，早已没了男人该有的血性。"

冉琎当然不能同意，却不愿意再纠缠在这个话题上。说到这里，两人的对话变得有些僵持了。

王琬说道："你们两位在这里雄辩滔滔，能有什么用？要不要请金、宋两位皇帝，给你们每人十万兵马，厮杀一场来比个高下。"

白华和冉琎听了，也都觉得刚才自己有些失态了。

这时，门外传来一阵哈哈大笑，说道："说得好啊。他们二位，一个说金国不能打仗，另一个说南朝更不会打仗。那就让他们自己带兵上阵，二位敢不敢碰一下蒙古军队？"

这是元好问来了。白华便说道："裕之，你说对了，我就要带兵出征了！"

众人听他说得很是认真，可是既然要外出带兵打仗，怎么会有闲心来找冉琎高谈阔论呢？

白华见众人以费解的眼神看着他，就笑着说："我特地前来，是邀请冉兄跟我一起去。"

冉琎问："白兄要带军去哪里？"

"宿州。"

冉琎略一思索便明白了，白华真正的目的是徐州。"你们要收复徐州？"

"是，也不是。"

元好问说："文举啊，你直截了当说话好不好？"

"徐州那里的情况有些复杂，现在被一个叫国安用的宋将给占了。"白华将徐州的情形讲述了一遍，然后对冉琎说，"我知道冉先生跟国安用相识，所以想请你进一趟徐州城替我带话给他。"

冉琎问："你要我劝降国安用？"

"不，他不用归顺金国。只要他愿意跟我们同仇敌忾，并肩跟蒙古军作战就行。"

"你这样说，是不是已经知道了蒙古军队要去攻打徐州？"

"正是。来之前，我刚刚得到了最新消息，蒙古元帅阿术鲁听说国安用占领了徐州和邳州等地，还杀了他的人，气得暴跳如雷，立即派遣部将率领大军出发，攻打国安用。先生还没有见过蒙古军队吧？这次跟我一起去宿州，你有绝好的机会目睹一下蒙古骑兵。先生可愿意？"

兵凶战危，战场上千变万化，怎么可能像兵书上的推演那么简单？更何况哪里有战争，哪里就有流血和杀戮！王琬当然不愿冉琎冒险，立即推辞道："不行，他还有重要使命，不能去。"

白华和元好问见她急切地阻拦，都明白了她的心思。元好问笑着问："男儿当世，得建功立业。大小姐你说是不是？"

王琬回答："建功立业的是白大哥。冉兄是宋人，让他跟着金国军队去打蒙古人，这算怎么回事呢？"

这话说得有些道理。白华捋须看着冉琎："冉兄你自己如何想？"

冉琎没有直接回答，却走到桌案上的地图旁边，一边看图，一边向白华询问蒙军和金军的位置。问完之后，冉琎说："白兄，你们很可能想跟守在城里的国安用里应外合，夹击蒙古军队，又或者在城外设伏袭击他们，对不对？"

白华鼓掌赞道："冉兄大才，寥寥数语就点破了我们的计划！还是宗主慧眼如炬，果然识人哪。"

"白兄谬赞了。只有这样打，你们的胜算才高。这个计划的关键，在于国安用是否愿意配合你们。"

"所以我才亲自来请先生，万望先生不辞辛苦，到徐州去一趟，劝说国安用跟我们合作。"

冉琎心想，现在蒙军势大，金国颓废。如果此战金国取得徐州大捷，那么金国东面的形势将可以暂时安定，就能竭尽全力在西面和北面抵御蒙古的进攻。为了大宋考虑，金、蒙两强最好能势均力敌。想到这里，冉琎不由得心中一动，于是回答道："要我去也可以，不过白兄得答应我一件事。"

"先生请说。"

"你必须助我捉拿王世安。"

白华一听这话，顿时犹豫了。

冉琎知道他为难："王世安这些年来专一刺探大宋情报，在临安干了太多见不得人的勾当，不少大案他都有牵涉进去。我此行的主要目的，就是要将他抓回临安。白兄你想，只要有王世安这样的人在一天，金宋两国就绝不会有和平的可能，更无从谈起共同抵抗蒙古大军。"

张行信与白华一向跟蒲察官奴和王世安他们颇有嫌隙，白华的心里对此事并不反对。可是如果金主得知此事必然震怒，况且在金国境内为大宋抓捕王世安，这简直太匪夷所思了。权衡利弊想了许久，白华终于说："我可以答应你。但我不能保证一定能抓到这个人。冉兄，这毕竟是在金国境内，抓的人又是金国官员，我们务必精心筹划，隐秘行事才行。"

"这是当然。"

王琬见他们谈妥，急忙说："冉兄如果要去，那我也跟着一起才行。"

元好问笑了："男人们去打仗拼命，你去干什么，添乱吗？"

白华却点头说道："王琬聪慧过人，而且会说蒙古语言，认得蒙古文字，正是大有用处。这样吧，你跟冉兄都待在中军，给我们参谋军机好了。"

王琬听罢顿时兴奋了起来，对这场即将来临的战争，竟然没有丝毫的恐惧感，反而格外地期待些什么。

等王鹗回来，白华向他说明了此事，既然是大局所需，王鹗没有什么反对。

第二天，众人临行前，王鹗对王琬少不得反复嘱咐了一番，又拜托白华千万看顾好她。白华自然满口答应。

再说蒙古元帅阿术鲁，听说有一个叫国安用的人鸠占鹊巢，率军突然袭击占领了徐州，顿时勃然大怒。盛怒之下的他等不及向孛鲁汇报，立即派了张进、信安二人率兵攻打徐州。

国安用得到探马消息后，心里有些恐慌。他叫来了阎通和国安平二人商议，问道："二位兄弟，我已经分别派人向李全和孛鲁报告徐州消息。但我没有料到阿术鲁会恼羞成怒，探马刚刚报说，他已经派出军队来攻打我们。估计等不到李全和孛鲁他们来人，阿术鲁的军队就已经到了。你们说，我们该怎么办？"

阎通拍了拍胸脯："大帅，那就打吧。自从出兵以来，咱们哪次不是刀山火海里闯过来的吗？这时候就是求饶也没有用。"

国安平也说："我们有三万步骑兵，又占着徐州城池，粮草充足，可以跟阿术鲁拼一拼。"

国安用点了点头，他们二人有信心，自己也就有了底气，说道："这是一场遭遇战。我们不了解他们，他们也不知道我们。我听说蒙古军队现在很是骄横，可他们却不知道我们的厉害，嘿嘿，一定得让他们吃些苦头才行。"

说完，在大案上摊开了地图，三人对着地图琢磨了一阵。国安平提议说："我们三万军马都死守城池可不行，得主动出战伏击他们。"

国安用很是赞成，用手指着城北方向说："大洞山以北山谷众多，号称九十九峰，九十九岈，可以悄无声息地藏下数千人马。安平你带着五千精兵埋伏在那里，等他们的人马通过一半时，杀出去截断他们。"

国安平领命。

国安用又吩咐阎通："阎将军，你带一万人马，埋伏在微山湖与运河之间的湖荡里，阿术鲁的兵过来时，放他们通过。等前面安平发出信号动手时，你率军过来堵截。这时我会领兵从城里杀出，我们三路一起截杀他们，应该可以获胜。"

阎通大声领令。三人又协商了一阵，各自领兵安排去了。

第八十二章　开拔徐州（二）

再说楚州那边李全，刚刚得到了兵部尚书余天任的回复，信里代表朝廷向他致了歉，表示朝廷已经罢免盐城主官，另行调任他人。可李全得理不饶人，向朝廷和史弥远发出了要挟，必须罢免沿江制置使赵善湘才肯罢兵。

史弥远接信之后，叹息了一声，让人叫来了郑清之和余天任，把信交给二人看后，说道："这个李全，我对他以国士厚待，他竟然这样报答我吗？"

郑清之立即回答："丞相，无论是上回中秋夜临安那场大火，还是这次盐城的事情，都证明了李全就是一个有毒的脓包，我们不能再养痈为患了，这次必须挤掉他。不然的话，淮东的局势什么时候能安稳呢？"

史弥远望着余天任："你怎么看？"

余天任向来唯史弥远马首是瞻，现在史弥远还没最后表态，他就含糊着说："李全的要求是过分了些，特别是要我们罢免赵善湘大人，这是公然藐视朝廷的权威！"

这话戳到史弥远的心里了，哪怕他要求罢免赵范、赵葵二人，自己都愿意权衡一下，可李全要求的是罢免自己的亲家赵善湘，是可忍，孰不可忍！

史弥远下定了决心："那就出兵吧，彻底剿了他。"

郑清之问："史相打算让谁挂帅？"

"他不是要我们罢了赵善湘吗？"史弥远阴沉沉地说道，"就让赵善湘挂帅，统领赵范、赵葵他们，立即出兵攻打楚州。"

余天任问："建康府和扬州的现有军粮库存充足，还要再调拨军粮去吗？"

史弥远斩钉截铁地回答:"要的,再从临安调拨十万石给他们。这次,就是砸锅卖铁,也要他们保证彻底除掉李全。去一封急函,给赵汝说,要他火速办理,不得出现任何差池。"

余天任领命。郑清之心思缜密,问道:"万一战事不利,需要从子由那里调兵吗?"

"嵩之那里不能动。"史弥远"哼"了一声,"赵范、赵葵这两个人,平日里口口声声要剿灭李全。这次让他们去,要是打不赢,他们两个就全都回家去吧。"

这就是给赵范二人下了军令状,余天任领命,连夜向赵善湘等人发出了兵部紧急命令。

这日,白华正率领大军浩浩荡荡地开往宿州。因为武仙的军队缺乏骑兵,金主完颜守绪特地拨给白华一万骑兵,让他带往宿州交给武仙一并指挥。这一路之上,白华与冉琎、王琬三人并辔前行,彭渊则带人在后护卫着他们。

冉琎与白华二人边行边谈。冉琎问到蒙古将领孛鲁和阿术鲁二人究竟如何。

白华沉思了片刻,回答道:"蒙古军队里有两个人被称作'屠刀'。"

冉琎问:"这是什么意思?"

"一个是拖雷,另一个就是孛鲁。当年,成吉思汗带着大军攻打西域,蒙古大军抵达撒麻耳干,城中共有十一万军队,其中六万是突厥人,他们以为自己和蒙古人同种,必定会得到善待,于是出城投降。但这些人做梦都没有想到,他们在睡觉时被拖雷领军全部射杀烧死,无一幸免。接下来又是一场空前的洗劫,拖雷下令将撒麻耳干的五十万居民全部驱逐出城,到了城外就被蒙古军队集体屠杀,然后就地掩埋尸首。后来耶律楚材出面苦谏,蒙古大汗铁木真才听从了他的建议,下令拖雷停止了杀戮,幸存者不过数千。后来在中亚呼罗珊,拖雷亲自率军夺取了莫夫城,城中居民全部遭到屠杀。拖雷傲慢地坐在一把金椅上,监视了这次集体大屠杀。将男人、女人、小孩分开，按类别分配到各个军营中，然后把他们一一斩首，只有四百名工匠幸免。自此之后，当地被人称为'被诅咒的城市'。"

冉琎听了不由得捏紧了双拳。

白华继续说道："前不久，成吉思汗死后，窝阔台与拖雷指挥蒙古军队灭亡西夏，占领了西夏国都中兴府。为了给成吉思汗泄愤，孛鲁指挥大军屠杀了所有投降的西夏人，包括西夏国主李睍、王公大臣以及投降的普通士兵与平民。据探马报说，那场屠杀实行'车轮法'，只要比车轮高的男子，全部斩尽杀绝，被害人口高达百万之多。之后，拖雷又纵火焚城，毁掉了丝绸之路上以繁华之城著称的中兴府。"

"别说了！"王琬早已无法忍受听到这一幕幕惨绝人寰的世间悲剧，"他们是人吗？不，他们就是来自地狱的魔鬼！"

白华停顿了一会儿，继续说道："他们的双手已经沾满了鲜血，现在仍然不可一世，时刻策划之后的战争。先是金国，之后呢？必然就是大宋。"

冉琎曾经听苟梦玉提过蒙古军队的种种暴行，所以并没有像王琬那样极度震惊，他坚定地对白华说："只要我们有一口气在，就不能让悲剧在大金和大宋重演！"

"现在你明白了，我去徐州的真正目的，就是为了寻找战机消灭孛鲁，打断蒙古人这把臭名昭著的杀人屠刀。"

冉琎默然想了一阵，问白华："蒙古的主力军队到底有多少人马？"

"他们的骑兵满打满算只有二十余万，又必须留着部分驻守漠北老巢，还要防止西域有事。因此他们要进攻大金，争夺中原，仅靠自家骑兵，兵力是远远不够的，他们必须大量使用汪古部和其他部族的军队，当然也包括河北、山东那里的汉军。所以我多次向皇帝进言，必须争取北方汉军的支持。这些汉将当中，李全、张柔、严实、武仙和史天泽，就是代表人物，并称北方汉军五虎。"

"汉军五虎？"冉琎听了这样的说法，不禁有些疑惑。

"这些人全都能征善战，除李全外原来都是金国官员。因为蒙古劫掠河北、山东，他们纷纷组织地方汉人军队。张柔和史天泽分别以老家易州和真定作为根据地，严实在山东，收留任用了大批落难的儒士和官员，他们大力整修武备，加固城防。几年之间，都成了称雄一方的势力。"

"他们现在都站队哪一方呢？"

白华叹了一口气："很可惜，除了武仙，其他人全都先后投靠了蒙古。"

冉珽不禁叹息，为什么朝廷不能想方设法去笼络这些人呢？这些人当中，除了李全之外，其他人冉珽都不了解，就向白华一一询问。

当谈到张柔的情况时，白华突然问道："宗主谢昊有没有告诉你谁是清净和大力两位尊使？"

冉珽摇头："没有。还是彭渊告诉我，苟梦玉就是清净尊使。"

白华盯着冉珽："那我现在告诉你最后一个，大力尊使。这个事情，彭渊他们都不知道，你还须千万保守秘密。"

"哦，他是谁？"

"他就是张柔。"

冉珽大吃了一惊，他没有想到明尊教的实力如此雄厚，竟然有人能在北方称雄一方。他心里开始猜疑，宗主谢昊难道跟以前的方腊和钟相一样，想要争霸天下不成？

白华见他沉吟不语，知道他有些猜疑了，便笑着说："我们四位尊使的使命，是扶持宗主，追求美好公平的光明天堂，铲除贪婪凶残的黑暗地狱。可是历代不同宗主的做法，大不相同。我们这位宗主谢昊，决不肯兴兵反宋。他天性仁厚，对民间的孤苦贫弱有大慈悲之心，早年时候一直忙于扶危济困。"

听到他这样说，冉珽的心总算放了下来。

"你可知道他的真实身份究竟是谁吗？"

冉珽知道，白华要将重大秘密告诉自己了："还请白兄告知。"

"钟相就是他的祖父。"

冉珽再次大吃一惊："那为什么现在姓谢呢？"

"当然是为了避祸，朝廷对钟相和杨幺后人的追杀，从来就没有停止过。谢昊的母亲是高州那里谢姓土司的女儿，所以就改了谢姓。"

"原来是这样。对了，宗主提过一句，当初他的一位密友曾经向他推荐了莫彬，白兄你知道那人是谁吗？当初又发生了什么事呢？"

当白华听他问起这件事情，双眼登时精光四射，霎时间却又收敛，然后郑重地说："这就是我要向你透露的另一个重大秘密。"

第八十三章　徐州之战（一）

冉珬非常好奇："白兄请讲。"

"宗主谢昊年幼时，他的外公为了避祸，将他改名，送到江南文章之乡明州，托付给当时隐居在月湖的一个故人那里。那故人有一个儿子，年纪与他相仿。于是两个幼童就一道读书习字，两人渐渐成为了密友。直到束发之后，谢昊离开了明州。"

"明州，月湖？这故人是谁？"

"史浩。"

冉珬顿时愣住了，史浩是孝宗和光宗时期威望很高的一位宰辅，他的一个儿子，便是现今人人畏惧的当朝宰相史弥远。冉珬喃喃自语："莫非？"

"不错，宗主的那位密友就是，史弥远。"

王琬听罢也是愣住了，然后说道："他们这一对年幼时的好友，行事与为人相差竟如此之大！如今一个在朝堂，一人之下，万人之上，把控朝政，威名赫赫；另一个虽然远在江湖，却做了第一门派的宗主，仁厚慈悲，救贫济弱。这真是造化弄人。"

白华点头继续说道："谢昊接任宗主之位后，吸取祖父的教训，一直致力于改良本派，不与朝廷发生冲突。又因为好友大权在握，所以明尊教几十年来，倒也没在官府那里遇到很大麻烦。"

"这么说来，宗主跟史弥远一直保持往来吗？"

"既是，也不是。事实上史弥远对宗主十分忌惮，他们的关系不可能密切。而且他始终没有放弃对明尊教进行掌控的企图。"

"史弥远当初推荐莫彬给宗主,就是这个用意?"

"正是。他利用手里的权力,让莫彬为明尊教多次立下大功。因此当时莫彬很有可能接任宗主之位。"

"那为什么后来莫彬要转去白云宗呢?"

"莫彬这人,行事卑污,心胸险恶。宗主很快就觉察出他的本性,随之就发生了不少嫌隙和矛盾,后来宗主将他逐出了本教。不过那时他恰好也遇到了一个良机,在临安的白云宗宗主过世。那些年,白云宗在江南的势力扩张很快,临安的上层人物中很多都是他们的成员,特别是有一些赵姓宗族也都加入了他们。而莫彬也是当真了得,一去就接掌了白云宗。据说白云宗特别会敛财,我猜测,莫彬就是冲着白云宗的人脉和财力才转投过去。"

冉琎曾经破获过莫彬他们贩售私盐的大案,又经办过聚仙山庄的大案。种种证据表明,莫彬不但掌控白云宗疯狂地敛财,更在临安的中上层官员中间,建立了一个极其复杂的网络。他对内依仗史弥远和莫泽等人的权势,对外勾结金国高官。这些年来,不知做了多少有损大宋的龌龊之事。重重黑幕笼罩在临安官场之上,那些不可告人的秘密,只怕连宰相史弥远也未必完全掌握。

冉琎吁了一口气:"当初我们跟随真德秀大人在潭州,查出他们贩卖私盐的案子,只是揭开了他们黑幕的一角。这次在临安又查出了他们的很多劣迹,现在只差最后一步了!"

"你还缺一个关键证人,王世安?"

"是的,还请白兄务必帮我。"

白华想了一阵,说道:"我会以军令调夏全军到宿州来。然后我们再想办法。"

"多谢白兄!对了,本门的大力尊使怎么会在河北呢?"

白华捋须笑道:"张柔此人,文武双全,性情豪爽,在河北一带很有名气。宗主曾经访问那里,机缘巧合,遇到了这个年轻人,初见面就对他极为欣赏。为了他宗主竟然在北方逗留了将近一年,后来收了他当作义子,将自己的一身本领传授给了他。说起来,光明、智慧、清净和大力四位尊使,只有张柔才是宗主最偏爱的。"

冉琎听了这话,顺势问道:"我听张程说过,宗主最器重的是白兄,不知白兄为什么要到金国来做官呢?"

王琬笑着接话:"那还用问,一定是他吃了张柔的醋,气不过就离开了。"

白华苦笑着,向前方远处眺望了一阵,说道:"冉兄你博闻多识,在荆湖一带有没有听说,民间曾经流传这样一个说法,'明王转世,弥勒降生?'"

"嗯,听过的。"冉琎依稀记得在潭州时,曾经看过一些过去的公文记录,里面有关于官军镇压陈峒暴动的一些档案,其中就有这样的说法。

"其实本来只有一句'明王转世'。是我给它加了四个字,就变成两句了。"

"为什么要这么做呢?"

"我们明尊教追求光明、善良、仁爱、俭朴,反对贪官污吏和欺压良善的恶霸,对窘迫的人给以援手,因此颇得人心,在民间传播很广。可是还有一个宗派,跟我们几乎不相上下。"

"就是弥勒教吧?"

"正是。在佛家经典里,燃灯佛、释迦牟尼和弥勒佛分别是过去、现在和未来之佛。弥勒佛是未来的接班之人,这个说法历来被民间认可接受,很多人一心一意要往生'弥勒净土'。唐朝玄奘法师,就是虔诚的弥勒信徒。之后极其推崇玄奘的武则天和唐高宗,也跟随笃信弥勒。甚至诗人白居易也是弥勒信徒,他组织了'一时上升会',希望大家共同上升到弥勒境界。"

冉琎和王琬对弥勒教并不熟悉,因此听得饶有兴致。

白华接着说:"既然弥勒是未来之佛,未来的领袖,他代表了很多人的希望,那种对美好未来的追求。所以弥勒就是很多人的精神支柱,在民间跟'明王'一样都很有号召力。那时我对宗主提出建议,要跟弥勒教他们合作。"

"我想宗主一定很是反对?"

"是的。他那时非常生气，严厉地斥责了我一顿。"

王琬问："所以白兄就负气出走了？"

"不完全因为这件事情。恰巧那时，恩师张行信请我去帮他做事，于是我就顺势到金国来了。"

"后来宗主也是后悔了，所以一直希望你能回去。"

白华若有所思，说道："你放心，到了该回去的时候，我一定会去找他老人家。"

王琬问："那究竟是什么时候白兄该回去呢？"

白华目视远方，神情有些落寞，轻轻叹了一口气："金国大厦将倾，也许这一天很快就要到了吧。"然后一路无语。冉斑与王琬见他心事很重，知道他肩负重担，心情自然无法轻松。

大军行了一天路程，天色渐黑。白华让亲兵传令安营扎寨，埋锅做饭，大军休息一夜。

第二天清早拔营起寨，继续向宿州开拔。

此刻国安平带着士兵驻扎在大洞山上最险要的位置。通往徐州城的要道异常平静，半山腰上已经堆满了巨大的石块，只要国安平一声令下，片刻之间就可以砸下无数石块，截断这条山道。探马刚刚跑来通报，阿术鲁的部将张进担任蒙军前锋，他的马队就在十里开外了，另一位将领信安的大队骑兵和辎重跟随其后。国安平下令士兵全神戒备着，准备好弓弩随时发射。

不一会儿，张进的马队从远处渐渐跑近。国安平紧张得手心开始冒汗，他回头看到，好多士兵由于太过紧张，手脚都在发抖。于是他下令各队的军官，管束住手下士兵，不准发出任何响动。

约过了一炷香工夫，张进的马队走完，信安的人马开始进入伏击地段。国安平手举令旗，连续挥动三下，传令兵立即传令放炮。一声炮响过后，所有士兵站起来举起石头向山道砸了下去。

无数石块如同天崩地裂一般飞向蒙古马队，信安的骑兵顿时人仰马翻，很多战马受惊开始狂奔，一时间蒙古军前后人马互相践踏，秩序大乱。几轮石块掷完之后，山道已经被堵。国安平下令放箭，蒙古士兵顿时死伤无数。信安的部众毕竟训练有素，迅速架起盾牌防护，还组织了敢死士兵冲上山厮杀，却被几轮箭雨全部射倒。信安只得率领大军退出山道。

国安平下令分兵，部分士兵下山追杀，另一部堵截前面可能退回的张进部众。这时阎通领军已经从湖荡里杀出，截击信安的后队人马。国安用率领大军出城，迎面撞上了张进的骑兵。

张进军前后受敌，一时慌作了一团，不过蒙古军毕竟久经战争，很快就稳住了阵脚。张进组织骑兵队向国安用步兵军阵轮番冲击。而信安见归路受阻，迅速将人马分成前后两部，后部拦住阎通，前部向大洞山杀回，想打通山道接应张进出来。国安平受到了两面夹攻，幸亏地形有利，两边的蒙古军一时也无法攻上山来。

国安用催促手下加紧攻击张进，没想到蒙古军士兵异常彪悍，人人死战不退。经过两个时辰的激烈厮杀，这才基本全歼了被围的张进军队。然后开始清理山道，向信安发动总攻。信安见大势已去，率领所有的骑兵向阎通军狂冲过去。阎通的军队以步军为主，挡不住大队骑兵的疯狂冲击，包围圈终于被撕开了一个缺口，成群的蒙古败军潮水般逃了出去。

阎通看得心头火起，命令集中所有骑兵，跟他一起追上去再杀一阵。

这场战斗终于结束，国安用命人清点战果，杀敌八千左右，自家损失却接近上万。一仗就损失了将近三成人马，这让国安用感到了恐惧。他万万没有料到蒙古军队竟然如此凶悍，他们装备精良，训练有素。更难得的是，他们被围之后，能很快稳住阵脚，还疯狂地组织起了几次反扑。这还只是一支偏师，如果他们的主力在这里，自己恐怕绝讨不到什么便宜。想到这里，国安用冒出了冷汗。

这时探马跑来报说，阎通率军追的很远了。国安用命人赶紧追上去，传令他立刻回来。过了一会儿，还是放心不下，命国安平带了几千人上前接应。

第八十四章　徐州之战（二）

国安用惨胜回到城里，心里闷闷不乐，又放心不下国安平与阎通二人。正在心烦意乱时，随从进来通报，城外有人求见，自称是自己过去的相识，有要紧的事情请求进城相见。国安用让随从将此人带进来一看，原来是王世安，身后只跟了几个随从。他立即明白了，王世安必定是来游说自己的。国安用突然心里一动，阿术鲁如此不由分说地攻击自己，李全和宋军都指望不上，恐怕眼下能救自己的只有金国了。

果然，王世安跟国安用寒暄了几句，互相问候结束，就立即说明了来意："国将军深谋远虑，一定明白患难之交才是真正的朋友。将军如今被蒙古军逼迫，我大金皇帝十分同情将军的处境，希望将军能转投我们。武仙将军与夏全的军队就在不远的宿州，随时可以赶来救援徐州。"

国安用心想，大批金军屯在宿州，他们想干什么？要落井下石吗？

王世安见国安用起了疑心，便说道："大金皇帝陛下说过，只要国将军您肯来投，一定会赐给王爵。"

国安用点了点头："多谢先生美意。只是我的兄弟安平和阎通他们追击敌人还没有回来。等他们回来后，我们仔细商议，然后答复先生可好？"

"那我就静等国将军的好消息了。"

国安用吩咐亲随："你们这就安排王先生去馆驿休息，好好招待先生。"

王世安躬身施礼离去。

然而，国安用没有等到阎通回来，却等来一个凶信。国安平前去接应阎通，晚到了一步，阎通带领的骑兵遭遇了阿术鲁大队人马的围攻，阎通寡不敌众,终于被俘。国安平见敌军势大,只好带着剩余的人马回来了。

国安平安全回来,国安用的心稍稍安定了一些,但损失了阎通,他的心里有如刀割一样,忍痛吩咐手下封锁城门,全副戒备,准备阿术鲁随时攻城。

第二天清晨大雾,城外全是嘈杂的军马跑动声音。也不知城外情形究竟如何。国安用不敢出城交战,只带了人站在城楼上观望。

大雾消散之后,阿术鲁军出现了,约有几万蒙古兵马将徐州城完全包围了起来。但蒙古军没有攻城,只是列阵围着。过了一会儿,几个骑兵跑到城门底下,放下了一个盒子,向城门上的士兵招手示意,便跑开了。

士兵取了盒子送上城楼,亲兵将盒子打开一看,是阎通的首级。众部将看到,顿时群情激愤。盒子里还有阿术鲁的一封书信,信里说,阎通不降被杀,如果国安用三天内不降,他攻下城池之后一定会满城屠光,老幼不留。

国安用拳头捏紧,狠狠地砸在桌案上骂道:"狗鞑子狂妄!"

这时,王世安也上了城楼,对他说:"国将军,情势紧急,你还犹豫什么呢?"

国安用思前想后,蒙古军势大,自己没有外援,恐怕真的是要城破身死。即使自己再不情愿投靠金国,这样危机之下,也只能暂时答应了。

过了片刻,城外的几万蒙古军开始撤退。看来,阿术鲁说话算话,真是给了自己三天时间。又过了半个时辰,探马来报,阿术鲁军已经撤到了二十里之外,而孛鲁的三万大军也已经开到了滕州,正马不停蹄地向徐州赶了过来。

一个阿术鲁已经如此嚣张,再加上孛鲁的大军,自己如果不投靠金国,可真要万劫不复了。国安用拿定了主意,让人在中军准备宴席,要跟王世安商谈投金事宜。

国安用请王世安坐上席,他立刻就明白了,毫不客气地坐了上去。王世安谈笑风生,国安用赔着笑脸,国安平却一肚子的不痛快,不吭声地一个人喝着闷酒。

451

两个人正兴致勃勃地喝酒谈事，突然从外面跑进来一个亲兵，痛哭着向国安用报来噩耗：国安用在海州的全家老小都被杨妙真杀害了。

这真是晴天霹雳！国安用和国安平两人捶胸顿足，哭着问亲兵究竟发生了什么。亲兵叫探马进来详细叙述了事情。原来杨妙真派了部将海州元帅田福，带了几千人马赶往邳州，却在半路上遇到了埋伏，田福被杀，全军覆没。也不知为什么，杨妙真认定了是国安用派人干的，为了报复，杀了国安用全家老少。

国安用无比恼恨，咬牙切齿地发誓要杀了杨妙真报仇。一顿好宴，被突然败了兴致。王世安很是知趣，安慰了他一番就自行离开了。

他走后，国安用和国安平两人商量，准备以徐州城作抵，向金国借兵，然后杀回楚州去。国安平说："大哥，据报李全带着大军开往泰州去了，现在楚州空虚。事不宜迟，我们要行动就必须尽快，迟了还不知道下面会发生什么事情。"

"明天我就跟王世安去金国借兵，你得守住徐州三天，行吗？"

"大哥放心，只要我在，城就在！"

国安用突然痛哭了起来："可惜了阎通兄弟，要不然我们还是三个人，一起打回楚州报仇……以后再不回来了。这个世道……以后大哥再不想跟人争了！"

国安平听的也哭了："大哥，你本就不该到徐州来啊。"

两人一边喝酒，一边哭着。这时亲兵有事又进来了，看到两人这样失态，一时愣住了。国安平醒悟过来，擦擦眼睛问："又有什么事？"

"城外有人求见，自称是两位将军的朋友，名叫冉琎。"

国安平一听此言，顿时振奋了起来："大哥，有人帮我们来了。"随后国安平亲自下了城楼，将冉琎迎了进来。

原来，冉琎、王琬跟着白华到了宿州，与武仙会面。这武仙精明强悍，身材魁硕，声如洪钟，跟白华很是亲热。武仙向白华通报了徐州最新战况，白华点了点头，说道："蒙古军暂时没有攻城，看来是想要国安用投降。"

武仙哈哈大笑："国安用肯定不会投降的。"

白华问："武将军为什么这么肯定？"

"你还不知道吧？王世安给夏全出了一个绝户计，前天夏全领军，诈称是国安用的部属，全歼了楚州过来的田福军。在楚州的杨妙真信以为真，为了泄愤，已经杀了国安用的全家。有这样的血仇，国安用怎么可能再跟李全和杨妙真一起为蒙古效力呢？"

冉琎听说此事之后，跟白华和王琬商量了一阵，决定尽快进入徐州城去找国安用。第二天凌晨，由彭渊带人护着，一行人出发赶到徐州来了。

国安平将冉琎引到中军，国安用迎了上来问："冉先生，没想到在大军交战的时候您会过来，是不是有什么急事？"

冉琎就将王世安跟夏全干的事情告知了他，国安用勃然大怒，转头命人立即将王世安拿下。冉琎没有料到，王世安此时竟然敢到徐州来游说国安用，他不禁摇了摇头，这人当真是狂妄至极！

国安用问冉琎："先生如何知道这件事情呢？"

冉琎回答说："我刚刚从朋友白华那里过来，所以知道。"然后将白华的计划告诉了国安用，"国将军，您的当务之急是抵挡住蒙古军攻城，现在也只有跟白华与武仙大军合作，才能打退孛鲁跟阿术鲁，避免发生屠城这样的惨事。"

国安平向国安用介绍说，白华虽然是金国枢密院高官，同时也是明尊教的光明尊使。

国安用迅速盘算了一下，有杨妙真这个血仇在，投降蒙古肯定是不行。现在也只有借助金国大军才能打退孛鲁了。于是他打开地图，向冉琎说明孛鲁与阿术鲁的军势。

冉琎一边听，一边在图上标明了两军各自的位置，看着图若有所思，说道："孛鲁军力强大，我们只能智取，不能力拼。"随后指着大洞山问，"这里可以埋伏军队吗？"

国安平摇头说："我们刚刚在那里伏击了阿术鲁，孛鲁怎么肯再次上当呢？"

冉琎笑了笑："或许他们也不相信这个，就让我们用同一条绊马索，在同一个位置绊倒他们两次吧。"

国安用也觉得匪夷所思："先生千万不可轻敌，孛鲁绝不是一般的蒙古将领。"

"我知道。李全就是在青州，被他包围了将近一年后才投降的，对不？"

"正是此人。据说孛鲁就是一个杀人魔王，曾经率军屠杀了西夏国都城满城老百姓。对付这种人，我们绝对不能心存侥幸！"

冉琎点头："将军可以用李全部属的名义，以极其谦卑的态度，写一封书信给孛鲁，就说自己本来受李全的命令，为了孛鲁将军才到徐州来的。却没想到得罪了阿术鲁。现在自己只愿意归顺孛鲁，而绝对不会向阿术鲁投降。"

国安用半信半疑地问："孛鲁会相信吗？"

第八十五章　智取孛鲁（一）

冉琎回答道："他会相信的，因为他信任李全，他也不会愿意损耗兵力来攻打'自己人'。"

国安平担心地问："可是孛鲁有几万军马，就算我们伏击得了手，他们也能轻易突围出去。"他担心一旦重创不了孛鲁，之后会遭到更加猛烈的报复。

"所以才要写这样的一封信给他，如果我们能成功地让他相信，自己是去接收徐州城，那他就会放松戒备。不过，我倒希望他的所有兵马都能过来。"

国安用不解问道："先生这是为什么？"

"光靠你们的兵力，肯定不够对付他们。但这次伏击，白华与武仙所有兵力都会参加，争取一次就拿下这个魔王。"

国安用和国安平对视了一眼，明白了这场仗的规模已经升级，变成金国与蒙古的一次对决了。自己实际上就是金军给蒙古设下的诱饵。国安用心里苦笑着，可自己已经没有退路了。

国安用问："先生，我们派什么人去孛鲁那里送信呢？"他的言下之意是，此人实在太重要了。

"最好是孛鲁认识，而且比较信任的人。国将军，你这里有这样的人选吗？"

国安用挠头想了一下，皱眉回答："没有。"

"既然没有合适的人选，那明天就派一个精明的联络官去送信，看看情形再说。"

第二天清早，国安用正要派人给孛鲁送信，军校进来报告说，朱楫将军正在城外，要求放他进来。国安用一听哈哈大笑，对冉珊说："送信人来了。"

朱楫见到国安用后，交给他一封书信。这是孛鲁写来的，信里要求他立即投降。

国安用看罢，极其亲热地对朱楫说："朱将军，您真是及时雨！我正要派人联络孛鲁王爷。您知道，我们到徐州来，奉的是李全将军的军令。说到底，我们都是孛鲁王爷的属下。我也不知道，怎么就得罪了阿术鲁，他现在一定要置我们于死地。"说到这里，国安用一副委屈的模样，"就拜托朱将军了，一定要为我在孛鲁王爷那里求情啊！"

朱楫安慰他道："孛鲁王爷吩咐我来安抚将军。他知道阿术鲁脾气暴躁，不该擅自出兵打你。他说了，现在你们两边都有损失，就都罢兵不要再打了。"

"我当然不想再打，可是阿术鲁那里怎么办？"

"孛鲁王爷已经制止了阿术鲁。没有他的允许，阿术鲁不能再动兵打你，不然就是违抗军令。"

"那太好了！"

朱楫叹了一口气："我知道阎通被杀的事情，阿术鲁就是那么个粗人。不过，你也杀了他的部将张进，就不要计较了吧。"

国安用听了这话，红着眼睛说："这是自己人杀自己人啊！"

"国将军说得对，所以孛鲁王爷不辞辛苦，连夜带军赶过来，就是要阻止你们互相残杀。"

"王爷的大军现在在哪里？"

"跟阿术鲁一起，都在滕州。"

"那就请朱将军赶紧回去，请王爷到徐州来主持大局。"说完，国安用将写好的书信交给了朱楫。然后还让人端来了一盘金锭，一并交给了朱楫。

朱楫立即推辞，国安用热情地说道："朱将军请不要推辞，您此行阻止了一场战争，救了我们满城百姓，功德无量啊！我代表满城徐州百姓向您致谢！请您千万不要推辞。"

朱楫见他这般说，心里很是感动，高兴地回答说："国将军既然这般说，那我就不客气了。多谢啦。"

国安用拉着他的手说："都是自家兄弟，千万不要客套才是。"

随后朱楫跟国安用约定，明天上午孛鲁大军过来接收徐州，然后就兴冲冲地回去复命了。

朱楫走后，冉琎和国安平从后面走了出来。国安用仰天大笑："老天派来这个送信人，真是天灭孛鲁哇！"

冉琎笑着回答："国将军，那我们现在就开始准备吧。"

随后二人仔细商定。冉琎写了一封密信，让彭渊带上，立即快马送给白华。

白华接信后大喜过望，立即与武仙磋商依计行事。白华让彭渊立即回去，告诉冉琎与国安用，他们的大军一定会提前赶到埋伏地点。只等国安用信号发出，他们就会全军发动攻击。

这天夜里寅时，白华与武仙分兵两路，分别领军悄悄进入城北大洞山和接近滕州的承县。两军到位后立即伪装埋伏了起来。

再说朱楫回到孛鲁的中军大帐，向他详细叙述了此行的经过，他不敢私藏国安用送给他的财物，连同国安用的书信一起放在孛鲁的军案上面。

孛鲁看完书信，心想，国安用这人为何这般谄媚？就问："看起来这个国安用很是害怕。他究竟是怕我，还是怕阿术鲁？"

"王爷，他两个都怕，但似乎更怕阿术鲁。"

"为什么？"

"因为他是李全的部将，去徐州是李全的命令。说到底，他是王爷您的属下。阿术鲁跟他没有半点关系，这之前他扬言要屠杀徐州满城。"

孛鲁盯着这盘金锭看了看，突然一阵大笑，然后说："国安用这个人，好像有点本事。可就是没什么骨气，我看，还不如他的手下阎通。"

左右听他这样说，都是哈哈大笑。

孛鲁指了指金锭，对朱楫说："这是他赠你的，那你就收了去吧。"

朱楫推辞说："不，王爷，这些东西我不能收。在下只是跑了一趟差事，全仗着王爷的威风，侥幸不辱使命。如果因为仅仅一点功劳，就收到如此丰厚的赏赐，那如何能服众呢？"

孛鲁见他谦虚，心里很是满意，于是站起身，注视着手下部将们："各位将军，勇士们，你们跟着本王，只要勇猛作战，忠诚不贰，长生天就会保佑你们。世间的金银美女，富贵尊荣，今后大家将会享之不尽，用之不绝。"然后手指着朱楫说，"朱楫，本王命令你收下。"

朱楫下拜，行大礼说道："多谢王爷。"

按照国安用与朱楫的约定，第二天清早孛鲁点了五千近卫士卒，就要出发赶往徐州城。他的儿子塔思拦住了他的马，说道："阿布，您只带五千人，太少了。让我带上本部人马跟您一起去吧？"

孛鲁摇头："我是去接管徐州，又不是打仗，带那么多军队进城不方便。"

塔思劝道："知人知面不知心，儿子担心这个国安用会不会有诈？我们不能不防啊。"

孛鲁琢磨了一会儿，觉得这话也有些道理，就对塔思说："那我带两万人马过去。但是你不能去，你得待在这里，把阿术鲁给我看住了。这个家伙，实在太鲁莽了。"

塔思只好奉命留守大营。

随后，孛鲁率领两万蒙古轻骑兵，不急不慢地向徐州方向行去。一路之上，他不停地向前面派去探马，尤其是进入湖区后，他甚至停了下来，让探马走进湖荡里确认了没有兵马埋伏，孛鲁这才放心，随后加快速度，大军开进了大洞山。

进山之后，他不由得抬头，仔细看了看这里的地形。孛鲁知道阿术鲁的人马在这里受到了伏击。只见这山并不高大险峻，他又想，国安用大战之后能有多少人马剩下？就算被他袭击，自己的精锐人马也有足够把握可以击败他们。于是就催令部下不要停，赶紧通过这条山道。

跑了一阵，渐渐地前面的队伍开始出山，孛鲁彻底放下心来。

可是他万万没有料到，就在自己的帅旗行到山口时，突然一声炮响，两边响起了震天的杀声。一时间箭如雨下，全都飞向了帅旗方向。

孛鲁的亲兵大惊失色，纷纷架起盾牌护在孛鲁周围。孛鲁赶紧下马躲避。

这箭雨越射越猛，丝毫不见停歇。而且山外也传来了杀声，后面的退路被突然杀出的一支人马截断了。不知道山里到底埋伏了多少军队，渐渐地孛鲁有些心慌起来。

孛鲁哪里知道，这里竟然藏有两万精锐金军。

此时白华正在山上指挥，冉琎站在他的旁边观战。他们见孛鲁左右的护卫在轮番射击之下，渐渐稀疏，蒙古士兵被箭雨压制得无法起身。白华便令人吹起了号角。所有军士全线出击，呐喊着杀向山谷中的蒙古骑兵。

听到了号角和呐喊声，孛鲁这才醒悟，这不是国安用军，是金国军队！他大惊失色，自己上当了！原来国安用勾结了金军，诱骗自己进城。想到这里，他不由得勃然大怒，猛然起身抽出刀来，大喊一声："跟我杀敌！"然后率先冲向从山上冲下来的金兵，接连砍倒了几人。

孛鲁的部下们全都大声吼叫起来，护着他跟金兵杀成一团。白华见这团蒙军势不可挡，所到之处，金兵立即溃退。他猜测，孛鲁一定就在里面。于是立即调了两百弓箭手上前，趁乱靠近孛鲁他们身后突然一齐发箭。转瞬之间孛鲁左右纷纷中箭倒下，孛鲁也身受重伤，胸口的要害部位被射中一箭。亲兵们见势不妙，将他强行架上了马，由十几个骁勇善战的亲兵断后，其他部下簇拥着孛鲁急速撤退。蒙古士兵明白，己方已经中埋伏，现在不死战是绝脱不了身了，于是人人拼命，跟金军一番血战。

第八十六章　智取李鲁（二）

山上的白华与冉琎看得格外清楚。冉琎暗暗心惊，蒙古军果然名不虚传，他们的战力，尤其是倔狠的意志，明显要比金国军队强出不少。如果不是在山地伏击蒙军，白华率领的金军，绝不会是他们的对手。

白华看了许久，发出一声轻叹："成吉思汗虽然已死，蒙古军的战力却似乎更强大了。看来，必须另想办法，才能对付他们。"

冉琎心里一动，他这样说，莫非有了良策？

这时白华发现李鲁就要逃跑，于是厉声命令部下立刻全力追杀。

李鲁的部下们护持着他，拼死杀出了一条血路，逃出山谷。这时前面出现了岔路，一条是来时的路，从承县那里通往滕州；另一条通往沛县，但是与滕州隔湖相对。部下们正要原路返回，非常虚弱的李鲁，命人拦住了他们，下令绕道从沛县走。

部下们不解，问道："王爷，我们没有船，如何过湖回滕州呢？"

李鲁费力地说："不去滕州，去济州。"

滕州那里有塔思和阿术鲁的大军，部下们搞不懂李鲁为什么不返回大军那里，而是冒险走一条很长的路线。但他们都坚决执行了李鲁的命令。

事后他们才知道，就是李鲁此时的关键决定，拯救了他们。因为武仙的三万大军，正等在通往滕州的大道上。

李鲁受到攻击后，塔思很快收到了消息。焦急的塔思来不及细想，跟阿术鲁率领大军立即出发，火急火燎地赶去救援。他们万万没有料到，半道上突然杀出了一支金国大军，两军立即搅作一团，发生了一场混战。没有任何准备的塔思和阿术鲁被武仙打得大败，几万军队损失过半。

全部战斗结束后，国安用看到孛鲁大败，于是坚定地认为，现在的金国的确值得投靠。他热情洋溢地将武仙与白华等人接进了徐州城，随后大摆宴席庆功。

席中，他向白华和武仙提出了借兵，想要去攻打楚州。武仙一口拒绝了他，却向他提议，只有金主才能借兵给他。主意拿定的国安用，当天夜里就向金主写了奏章，表示愿意效忠……

金主完颜守绪接到捷报大喜过望，在群臣面前大加褒赞了白华与武仙二人。

现在不但徐州失而复得，而且又收了国安用这员大将，金主立即下旨，册封国安用为兖王，赐姓完颜，改名为用安，并称呼他是大金国之"脊梁"，任命他为平章政事兼都元帅，京东、山东等路行尚书省事。

因为金主总是大力提拔任用汉将，一些女真将领非常不高兴。散朝后，蒲察官奴私下里向移剌蒲阿发牢骚道："老将军，你看到了没有？皇帝陛下一味地信任提拔汉人，这绝不是好事。"

移剌蒲阿笑了，回答说："你放心，陛下的心里跟明镜一样清楚。他曾经对我说过，我们这些人跟他是自家人；而白华和武仙，还有这个完颜用安，都是外人，只是用他们去对付蒙古人。你就不要乱想了吧。"

蒲察官奴很是嫉妒完颜用安，初来乍到就封了王爵。"虽然是这个道理，可是大家同样都有功劳，陛下现在只对汉人们重加封赏，而我们有了功却很难封王。如此不公，实在让人心寒啊！"

移剌蒲阿明白了他的心思，劝他道："你不要想得太多。现在国家多难，正是用人时候。等国家安稳之后，陛下对你肯定会封妻荫子，断不会少了你的王爵。"

那要等国家安稳之后？蒲察官奴的心不禁凉了，原来自己在皇帝和他的心腹大臣心里的位置，还不如一个刚投来的完颜用安？

收到封赏后的国安用意气风发，对国安平说："用安这个名字不错，只要用我，国泰民安，上上大吉！兄弟，从此我就改名用安了。"

国安平见他非常得意的模样，不由得暗自摇头。这时冉珊来了，提出要见关在监牢里的王世安，完颜用安一口应允，让人秘密地从牢里提出了王世安。

王世安一见到完颜用安，就大声抗议道："国将军，你忘恩负义，竟把我关在牢里！没有我们大金国的军队帮你，你这次能逃脱大难吗？"

完颜用安笑眯眯地看着他，向他宣读了金主给他的圣旨，冲着西面汴州的方向拱手说道："不错，本王能有这场富贵，的确是大金国皇帝的恩赐。"

王世安见他一步登天封了王爵，心里既羡又妒，嘴上却笑着说："恭喜王爷，贺喜王爷了。"

完颜用安却突然瞪着眼，凶神一样喝道："王世安，是谁让你和夏全袭击了田福？"

王世安立即大喊冤枉，只推说自己不知此事。又说夏全跟杨妙真与田福他们素来就有私仇，他出兵袭击田福军就是为了报仇。因为夏全不在这里，也没有人可以跟他对质。完颜用安冷笑着对王世安说："你们要报仇也就罢了，为什么偏要打着我的名义？"

而王世安只是一味摇头，断然否认自己参与了此事。

完颜用安和冉珊都在想，这人心黑手狠，更无耻之尤。完颜用安摇头叹道："我见过的恶人算是多了，可像你这样的，确实是凤毛麟角。"

"王爷，你真是冤枉我了。"

冉珊一直冷眼旁观，这时突然大喝一声："董贤！"

王世安立即转头，看着冉珊愣了一下，随即反应过来："阁下是在喊我吗？"

"董庄主贵人多忘事，聚仙山庄的事情全然忘了吗？"

"你是？"聚仙山庄里来往的贵人着实不少，王世安怎么可能记住每一个人呢？眼前的冉珊看着有些陌生，他不禁疑惑了起来。

冉珊指着王世安说道："莲阁仙会，你为了报私仇，假冒上官镕的命令，让人杀了费孝。这之后，你担心祸事将至，匆匆地离开了临安，是不是？"

王世安盯着冉珽看了一会儿："阁下到底是谁？"

冉珽没有回答他，却继续列举王世安的罪行："你在临安，不但杀人害命，而且利用聚仙山庄贿赂高官，干了太多见不得人的勾当；你还居心叵测，刺探朝廷机密；你更恣意妄为，向金国走私贩货，聚敛巨额不义之财。种种罪行，你招不招认？"

王世安听罢问道："阁下，你是临安过来的官员吗？"

"不错。我叫冉珽，奉临安府赵大人之命，特地前来抓你归案！"

这时王世安猛然想起，赵汝说有一个属下叫冉璞，难道此人跟他是兄弟吗？但他还是觉得难以置信，因为在他的经验里，临安的大小官员大多满口仁义道德，而内里却贪鄙好利，往往对担责的公事敷衍塞责。面前这个冉珽，为了追捕他，不惜冒着危险，亲自跑到遥远的大宋境外，更何况这里还是金、蒙两军的战场，这简直太不可思议了！

王世安转头问完颜用安："国将军，这人自称是南朝的官员，是真的吗？"

完颜用安点头："当然。"

王世安顿时极其恼怒，尽管他竭力克制，但表情更显得有些狰狞："国将军，你到底是我大金国的人，还是南朝那边的？"

完颜用安嘿嘿一笑，回道："本将军还未上任大金国的官职，所以现在还是大宋那边的人。"

"你究竟想要怎样？"

"季布一诺重千金哪！我既然答应了冉先生，就得助他抓你归案，送你到该去的地方，受审。"

"你们敢？城外还驻扎了数万大金军队，你们就敢绑架大金官员？"

"不错，本将当然不会跟大金军队开战。你看到没有？门外有一口棺材，这是给我战死的兄弟阎通准备的。本将打算将你的腿脚打断，然后绑了塞进去，再神鬼不知地送往大宋。你看如何？"完颜用安笑眯眯地看着王世安，仿佛老猫刚捉到了老鼠，饶有兴致地把玩着猎物。

王世安心知不妙，立即跪下讨饶："王爷，我们都是在给大金国效命，请您看在皇帝陛下的面子上，不要这么做。今后我王世安一定会对王爷感恩戴德！"

完颜用安眼珠转了转："王世安，你先回答冉先生的问话。只要有了你的供词……"

王世安明白了他的用意。在随后的审问里，王世安非常配合，详细交代了他如何跟莫彬等人勾连，行贿收买大量的高官，获取大宋朝廷机密，再源源不断地送回金国。冉珽一边听着，一边记录，心里万分感慨，难怪大宋军队对金军屡战不利，就是因为朝廷里一直都有他们的奸细。

冉珽又问，莫彬为何要帮金国做事。王世安就将莫彬跟金国十几年合作的来龙去脉，全部交代了出来。他还确认就是李全，派遣穆椿与明亮等人潜入临安，在中秋夜杀死了御史周浩全家，又纵火焚烧军械库，却没想到大火蔓延，最终酿成了火灾。

虽然此前冉珽已经查出了大部分案情，但现在亲耳听到王世安说出了完整真相，依然感到极为震惊。

李全，对大宋来说，现在已经成了一个心腹之患！

第八十七章　莫彬失踪（一）

冉琏继续讯问王世安："李全为什么要杀害周浩？"

"不，杀周浩是莫彬指使的。"

"他为什么要这么做？"

"周浩握有莫泽和莫彬的不少把柄，扬言要公开弹劾他们。"

杀人灭口！一种悲愤瞬间涌上了冉琏心头，堂堂大宋朝廷，竟然保护不了一个尽职的御史！冉琏不由捏紧了双拳。

"在聚仙山庄，你为什么要假传上官镕的命令杀死费孝？"

"嘿嘿，你不是已经知道了吗？"

"我要听真实的原因，应该不只是你们之间的私仇吧？"

王世安看了看冉琏，回答道："也为了你那位兄弟，冉璞。"

"之后费忠要杀你报仇，你只好逃回金国了，是吗？"

"既是，也不是。刚巧我接到皇帝的命令，必须回来。"

冉琏想了一下，又问："指使费孝杀死余继祖的背后主谋，是不是莫彬？"

王世安有点诡异地看了看冉琏，回答道："是的。"

"他不怕得罪余天锡吗？"

王世安苦笑了一下："那也是你们那位赵大人给逼的！"

"说具体点。"

"就是为了嫁祸给赵汝谠，让余天锡跟他结仇……"

冉琏点了点头，这些证词跟他当初的推断基本吻合了。录完口供之后，冉珽让王世安看了一遍供词，随后命他画押。王世安没有犹豫，直接签上了自己的名字。冉珽又让他同时签上董贤二字，王世安也痛快地照办了。

完颜用安命人先将王世安收监，然后问道："冉先生，这个人你打算带回临安吗？"

"必须的，他现在是最重要的人证。"

完颜用安听罢捻须不语，然后又问："那先生打算何时动身？"

"当然是越快越好。"

"先生是否知道，李全正领军南下攻打扬州泰州？楚州附近的路线只怕都不通了。"

"那我就转道宿州滁州，然后赶往扬州，赵汝谠大人正在那里。"也因为王琬正在宿州，所以无论如何，冉珽都要去一趟，先跟她碰面。

完颜用安点头："那好，我命人为先生准备一辆马车，再预备些路途上必需的东西。"

冉珽拱手称谢。

第二天清早，冉珽和彭渊出城，完颜用安前来送行。

冉珽就请完颜用安押解出王世安，不料他却改变了主意，说道："先生，你路途遥远，宿州那里又有武仙他们的大军，你带着这么一个人犯，难保会出变故。不如暂且押在我这里，以后你随时可以派人来，带走他就是。"

冉珽心里不悦，但人毕竟在他的手里，总不能强行索要。

完颜用安见冉珽不语，就宽慰他道："好在他已经招供，有了那份供词，先生也是不虚此行啊。"

彭渊瞪了完颜用安一眼："国将军，希望你今天说的话，以后能够兑现！"

"那是自然。"

冉珽琢磨完颜用安的话，倒也有几分道理，便同意了："国将军，我知道金主已经招揽了你。在下临走之前，有一言相赠。"

"先生请讲。"

"蒙古军势大，国将军没办法抵抗，暂时投靠一下金国，这可以理解。但金国毕竟大势已去。成大事者，须得明白大局啊。"

"先生放心，徐州城咱是为大宋守着。本将日盼夜盼，只要朝廷的大军过来，我会立即将此城交给朝廷。"说完，将事先写好的一封书信交给冉琎，"请先生在合适的时候，将此信交给朝廷，我发誓一定不负大宋朝廷。"

冉琎接过了信，跟完颜用安拱手告别："将军保重！"

完颜用安叉手回礼，让国安平将冉琎一行人送出了城去。

出城之后，国安平拉着冉琎走到一旁说："有一件事情，我必须告诉先生。"

"哦，请讲。"

"昨夜那王世安买通了狱卒，传话给我大哥，说有重要事情，一定要见大哥。"

冉琎皱了一下眉头："看来昨天审他时，还有事情没有交代。"

"我大哥就进去见了他，两人说了大半天话。大哥出来后就改主意了，要留下王世安，不给先生带走。"

"知道他都说了什么吗？"

"我问了，大哥不肯讲。只说此人有大用处，要拿来对付金国皇帝。"

冉琎当然不信，可一时也想不出究竟为了什么，就对国安平嘱咐了一番，要他务必将王世安看住了。国安平点头答应。

随后众人告辞，向宿州赶去。

到了宿州，见到王琬和白华后，冉琎将自己即将去扬州的事情告知了他们。

王琬听罢，心里顿时很是失落。冉琎看她怅惘若失的样子，知道她不舍，便说道："琬妹放心，我此去不用几个月，就会再来汴州找你。"

王琬轻轻叹息了一声："生逢乱世，身不由己。冉兄此去，只怕再来金国会很难了。"

"为什么这么说？"

"你上回跟我们一道来金国,没有遇到阻碍,是因为我兄长是金国的官员,手里有通关文凭。可你是大宋官员,以后如何能独自来往于金国和大宋之间呢?"

白华听后,笑道:"这有何难?冉兄将我的枢密院腰牌拿去就是,从此你往来金国,应该不会再有麻烦了。"

冉琎接过白华递给他的腰牌,拱手道谢。

白华问:"冉兄你急急地赶去扬州,就是为了王世安的事情吗?"

"是的,迟则生变。临安的案子查到今天,已经到了该收网的时候。"

"可你们赵汝谠大人已经不再任职临安,你如何继续查案呢?"

"还有赵汝谈大人,他是参知政事。我到扬州跟赵汝谠大人会过面后,就会去临安找赵汝谈大人。"

白华抚须沉思,说道:"去扬州恐怕不易,那里即将要有战事。李全如果拿下了泰州,一定会全力攻打扬州。"

冉琎问:"孛鲁刚刚在徐州大败,为什么李全不北上接应孛鲁,而去攻打泰州呢?"

白华对李全很是厌恶,皱着眉头说:"这个人骄横狂妄,毫无信义可言。对他,不能以常人的心思来琢磨。"

"他现在不顾一切地起兵公开反宋,是不是因为他认为有必胜的把握?"

"应该是的。据探马报说,出兵前,李全咬牙切齿地向全军宣誓,一定要夺下扬州、金陵,生擒赵善湘、赵范和赵葵,为李福报仇。"

"李全大概有多少兵马?"

"号称出兵十万,我们探听到的消息是,他现在能打仗的士卒最多五万,其余的都是临时招募的散兵游勇,毫无战力可言。"

冉琎点了点头:"赵范、赵葵这些年一直秣马厉兵,他们练成的军队是大宋的新锐。李全应该不是他们的对手。"

几人谈话完毕后,王琬就陪着冉琎出了宿州城,一直送到十里之外。二人相约,最多三个月后,再会汴州,然后这才依依惜别。

冉琏与彭渊一行人星夜兼程，两天后终于赶到了扬州。

此时扬州三城上全都站满了士兵，城头上刀枪耀眼，堆满了条石和滚木，还支上了油锅。城头上不时传来将官呵斥的声音，士兵们人人紧张，一片大战将来的气氛。

在半途上众人听说，赵范与李全的水、陆两军在泰州大战了三天，最后赵范军终于抵抗不住李全军的冲击，水、陆军被双双击溃。幸亏赵葵率军及时赶来救援，勉强抵住了李全。经过又一番激战，两人率军退回了扬州，准备据城死守。

众人进城时遇到了极其严格的搜查，因为冉琏有临安府开具的通关文牒，守门士卒并没过多刁难。进城后，冉琏去了一趟转运使衙门。非常不巧的是，几天前赵汝谠赶回临安办理军粮去了。

冉琏跟彭渊商量下面的安排。彭渊说自己离开分堂已久，很多事务需要打理，就不能再陪冉琏去临安了。冉琏向他表示十分的谢意。彭渊跟冉琏约定，下回冉琏再到金陵或扬州时，务必通知自己一下，他自然就会赶来。

第二天上午，两人来到东关渡口，各自雇了船只，然后挥手作别……

第八十八章　莫桦失踪（二）

淮东战事正酣，而这时的临安城，街道上依然跟往日一样热闹。人们忙碌着各自养家糊口的营生，没有人关心北面的战事，甚至大部分在朝的官员毫不在意。他们觉得，这些朝廷的军政大事，不是自己应该关心的。

只有宰辅们全都忧心忡忡，因为赵范刚刚战败了。史弥远跟几位参知政事齐聚在枢密院，正在讨论淮东最新的战事。

听完兵部尚书余天任的军情通报，史弥远叹气说道："这些年我们在淮东的用人，是一误再误！前后几任淮东制置使，全都驾驭不住李全；赵范、赵葵他们，只怕也斗不过李全。"

郑清之回答："史相不必过于自责。李全反复无常，难以捉摸，谁也料不到他不但投降了蒙古，而且如此狂妄，竟然要挟我们贬斥封疆大吏！这样的叛徒，我们不管付出多少代价，都要坚决铲除掉他。"

史弥远点头："如果嵩之在淮东，一定可以制住他。可惜荆襄那里，实在离不了他！"

赵汝谈对他这样说话非常不以为然，大宋人才济济，可大权在握的史丞相，你又肯用几人？如果不是赵范、赵葵的父亲赵方在世时，在军中素来就有威望，他二人恐怕也早就被踢开了。赵汝谈说道："当务之急是守住扬州城。依我看，赵范虽然野战不敌李全，但他守城应该没有问题。"

乔行简琢磨他的话，问道："赵大人意思是不是，用消耗战拖死李全？"

"正是，李全能有多少军粮？一旦用完，谁会给他供应军需？蒙古人吗？"

史弥远摇头说:"据机速房最新报告,蒙古元帅孛鲁和阿术鲁,在徐州被金国人打跑了,孛鲁身受重伤,生死未卜。自顾不暇,他们怎么会给李全供应粮草呢?"

乔行简接话道:"好,那就让赵范先死守扬州,大量消耗李全的兵力。然后再寻找战机,一举击败他。"

几位参知政事商议了一下,对这个方案都很赞同。于是史弥远就吩咐余天任以兵部名义,将刚才的宰辅们的决议紧急递给赵善湘和赵范二人。

所有人都在讨论着,只有余天锡一声不吭。众人知道余天锡向来如此,对自己不熟悉的事情绝不多言,所以并没有人向他征询。讨论结束后,史弥远问余天锡:"淳父,那件案子查得怎么样了?"

"仍然在查。"

史弥远又问:"赵汝谠临走前,该交接的东西,都给了你吧?"

"是的。"

"那不用着急,继续按部就班地查下去。可是有一点,千万不能让首犯逃走了。"史弥远其实是提醒余天锡,必须看住莫彬这些人,更要防止他们转移财产。

赵汝谈听了他们的对答,心里不由得在想,最近冉琎、冉璞兄弟该有进展了吧?

这天夜里的子时,月光昏暗,白天安静祥和的贤良寺,现在更加寂静。寺庙的背后是一堵红墙,角落上有一个小门,今夜小门被打开了一半。透过这道木门,隐约可以看见寺内有很多高大的石像,它们或者是面色肃穆的菩萨罗汉,或者是青面獠牙的金刚力士。夜色之下,这些雕像显得竟然有些诡异狰狞。

突然木门外闪进一个人影。

这时从暗处走出了一个小沙弥问道:"是董庄主吗?"

来人应了一声:"是。"

"那请跟我走吧,有人正在等你。"

来人就跟着小沙弥，向寺内一个偏殿走去。来人一边走，一边问道："惠德方丈还在闭关修行吗？"

小沙弥摇头只说不知。

进了偏殿后，小沙弥就退开了。

这殿里点了一些巨烛，只见一个黑衣人正背着手站在菩萨像下。黑衣人听到有人走了进来，便转回头看着来人。

这人不疾不徐，走到近前看着黑衣人，不发一言。

黑衣人盯着他看了一会儿，说道："你不是董贤，你究竟是谁？"

这人微笑着问："你如何知道我不是？"

"你的声音不对！而且你连惠德早就死了都不知道！说吧，你假扮董贤闯进贤良寺，究竟要干什么？"

这人没有回答，对座上高大的菩萨像施了一个礼，然后指着黑衣人说："二地菩萨告诫众生，明修十善之行，'不杀、不盗、不邪淫、不妄言、不绮语、不恶口、不两舌、不贪、不嗔、不邪见。'可你们呢？陷害忠良，滥杀无辜，纵火劫财，无恶不作！"

黑衣人不由得勃然大怒，将手掌拍了三下，顿时从佛像后面跳出几个彪形大汉，全都身穿黑衣，手执利刃，不由分说就向来人围了上去。

那人并不慌张，疾步退出偏殿，随即发出了信号。霎时间从寺庙外面传来一片喊杀的声音，这显然是小股军队。这时几个黑衣人跟了上来，将那人围住。那人没有丝毫畏惧，拔刀跟黑衣杀手斗在一起。

正在激斗的时候，门外冲进几个大汉，帮着那人加入了战团。殿内的黑衣人见势不妙，发出一声呼哨，从寺庙四周跑来十几个黑衣杀手，他们全都手执弓箭，对准那人开始放箭。那人一边避让来箭，一边迂回着冲了过去，跟那些箭手厮斗在一起。

忽然寺庙的大门被猛然撞开，一队盔甲严整的禁军士兵冲了进来，将这些黑衣杀手迅速包围了起来。正在激烈厮斗的时候，又有黑衣弓箭手在远处现身，他们连续开弓射倒多名士兵。为首的军官大怒，下令盾牌手掩护，带了几名精干的士兵冲了过去。

此刻,贤良寺里到处都是杀声,不断有黑衣杀手和禁军士兵倒下。大约斗了一炷香工夫,这才慢慢停歇,黑衣杀手大部被歼,有一个杀手受伤被捉,余下的四散逃走。

那人跟军官会齐,两人都很是高兴,彼此握手相庆。那人摘下了面具,原来他是冉璞,另一人正是江万载。

自从赵汝谠离开临安之后,冉璞暂时投在赵汝谈衙门下面。他继续追查莫彬以及费忠等人,并寻找丁卉的下落。为调查贤良寺,他去找了邓冯,此时邓冯他们已经在茶馆监视贤良寺有一段时间,他虽然没有见到莫彬本人来过,但的确见到过费忠。邓冯认定,贤良寺一定有秘密通道连接外面。

由于没有搞清贤良寺里面的状况,冉璞并没有急于行动。这些日子,他就住在茶馆里面,一边监视贤良寺的动静,一边继续研究那些巫师的手卷以及王琬翻译好的梵文抄本。他按照董贤的画像制作了一个面具,然后戴上面具,对着镜子不断地修正,终于让自己满意了,觉得这副面具跟真人相比,应该至少有七分相像。他跟邓冯商量,要戴着面具进入贤良寺,吸引莫彬手下人的注意。他们一时间无法辨清真伪,极有可能会主动跟他联络。

果然,戴着面具的冉璞刚刚进入贤良寺,立即就引起了和尚们的注意,很快就有人通报给了莫彬。

莫彬接到消息后,顿时倍感紧张。真的是王世安吗?他怎么会突然回到临安,莫非发生了什么紧急事态?尽管对这个消息他非常怀疑,可也不敢全然不信。于是他派人进寺,跟戴了面具的冉璞约定,今夜子时从贤良寺后门进来,有人要跟他见面谈话。

冉璞大喜,带着邓冯就去见了江万载。冉璞将中秋大火案以及聚仙山庄案的来龙去脉告知了江万载,又提到了三年前杀死夏泽恩的那些金国刺客,他们的老巢极有可能就在贤良寺。包括上回冲撞圣驾的通缉要犯费忠,也正藏身在那里。

江万载知道冉璞兄弟都不是孟浪之人,既然开口找他一起行动,必定握有足够的证据了。于是他带了几十个精锐亲兵,在子时前悄悄地摸近了贤良寺。冉璞发出了信号后,江万载就带着部下冲进了寺内,剿灭黑衣杀手。

随后江万载吩咐手下检查黑衣人的尸身,果然在他们的肩膀上发现了虎头纹身,在被活捉的那个杀手身上也有这样的纹身。冉璞紧急审问此人,证实了他们确实是莫彬所派。

江万载心想,莫泽身居高位多年,他的族弟莫彬据说富可敌国,可是他们竟然包藏祸心,收留金国刺客。江万载大为愤怒,派人返回大营,立即调集人手,拘捕莫彬。

然而,他们还是迟到了一步,江万载带人查抄了所有已知的莫彬住处,却没有发现他的半点踪迹。

将那杀手押解到禁军后,冉璞继续审问,询问费忠的下落。那人招供说,费忠带人去了江西宜春。

江万载问:"他去宜春干什么?"

那人回答不知道。冉璞将他拉到一旁,将费忠一家被害的事情讲述了一遍。江万载困惑地问:"莫非他的仇家在那里?"

冉璞回答:"还没有彻底查清他的仇家是谁,不过……"

江万载见冉璞欲言又止,觉得纳闷,便请他有话直说。

于是冉璞就将阎笑娉进宫之前,阎府被费忠所害的事情讲述了一遍。江万载明白了,费忠很可能将仇怨指向了阎美人,因为她就是宜春人。江万载听罢,不禁冒汗了。

冉璞见他神色有异,就安慰他说,临安府捕头丁义一直在追踪费忠。如果费忠真要去加害阎美人的家人,他一定会出手制止。可江万载此时在想,如果费忠灭门这件事真是阎笑娉指使,很可能董宋臣就脱不了干系。这些事情最终必将牵涉到皇帝。这该怎么办?

但是今夜在贤良寺抓到了金国刺客,他万万不敢对理宗有所隐瞒。

第二天清早进宫,江万载将昨夜发生的事情一一向皇帝奏明,只是隐去了费忠与阎美人之间的恩怨。理宗听罢,大为震怒,立即宣召丞相史弥远和所有参知政事进宫议事。

宰辅们到齐之后，理宗让江万载将昨夜之事详细陈述了一遍。

史弥远问江万载："你如何知道这些歹人藏在贤良寺？"

"前临安府知州赵汝说属下冉璞，一直奉命在调查此案，是他昨天通知我的。"

史弥远很不高兴："赵汝说已经调任淮东，为何他的属下仍然奉他命令，留在临安查案？"

赵汝谈立即解释："丞相误会了。他一直在调查一件金国细作的案子，前些日子此案已经初露端倪，为了不使调查中断，便转到了我的府里继续办差。"

理宗问："什么金国细作的案子，赵大人再讲具体些呢？"

"此人就是聚仙山庄的庄主董贤，真实姓名叫王世安，是金国皇帝派来专门刺探我大宋军政情报的高阶头目。三年前，王世安潜伏进临安，跟莫彬互相勾结，以聚仙山庄庄主作为公开身份，四处结交官员，刺探情报，聚敛钱财。前些日子，聚仙山庄案件频发，此人仓促间就逃回了金国。"

关于这些事情，几位参知政事上回就已经知晓了大概。但当时被余天锡反驳，认为还缺乏关键证据。现在赵汝谈在皇帝面前公开谈论此事，莫非他已经拿到了实锤证据吗？

郑清之就问："赵汝说大人那位在楚州的属下，是不是又送回了最新的证据？"

第八十九章　李全之死（一）

赵汝谈欣然回答："正是。今天凌晨他赶回了临安。清早就到我府里来，向我递交了王世安的口供证词。"

理宗和宰辅们听说有王世安的证词，全都精神一振，理宗急问："供词在哪里？"

赵汝谈趋步上前，将供词交给了董宋臣。董宋臣知道这份东西的重要，双手接过供词，转呈给理宗。理宗迫不及待地打开读了起来。

史弥远问："看来他们已经抓到了王世安，人犯现在在哪里？"

"在徐州。"

徐州？众人顿时疑惑了起来。

赵汝谈就将冉琎去徐州的经过叙述了大概，接着将国安用的效忠书信递给史弥远，说道："国安用承诺：只要朝廷的大军一到，他将立即献出徐州城。"

这真是一个难得的好消息。史弥远看完之后，递给了郑清之，然后几位宰辅都传看了一遍。

乔行简笑着说："陛下，各位大人，李全虽然反了，但是他的部将却仍然忠于朝廷！可见李全不得人心。此战，我们必胜！"

郑清之问道："赵大人，这个冉琎怎么能够进入金国境内，去抓捕王世安呢？"

"郑相，徐州现在异常混乱，前几天蒙古军、国安用的军队还有金国军队在那里大战了一场，孛鲁军被打得大败。"

这时余天锡冷笑着插话说:"前阵子有些人吹嘘蒙古军队如何厉害,原来竟是这样不堪一击!李全的一个部将,都能击败他们的主力?"

这话说得有些不厚道,就连史弥远都觉得他有欠妥当,便打圆场说:"国安用能打败蒙古军队,了不起啊。这个人今后应该有大用处。"

赵汝谈马上接道:"还有冉琎,这次为朝廷立下了大功……"

他的话还未说完,就被史弥远打断了:"他们能不能把王世安送到临安来?"

"可以,只要平定了李全,楚州的官道和水路一通,就可以办这件事了。"

这时理宗已经看完了王世安供词,吩咐董宋臣递给余天锡,他看后再传给其他人互相传看。

"莫彬和王世安着实可恨!"理宗对余天锡说,"余大人,是莫彬他们合谋害死了你的公子。你跟江万载要尽快将他们抓捕归案。"

余天锡看完供词后,惊怒之下,差点昏厥过去。想不到莫彬这些人如此狠毒,竟然为了利用自己而杀害无辜的继祖。余天锡此刻如同万箭穿心,恨透了莫彬,立即回答道:"陛下放心,臣必定将他抓获,绳之以法。这些年莫彬他们干了那么多坏事,其兄莫泽难辞其咎。臣建议立即免去莫泽户部尚书职位,等候刑部和大理寺的讯问。"

理宗立即回答:"准奏。"然后他想起了真德秀,如果真师父知道今天终于抓了莫泽,一定会非常欣慰。

郑清之奏道:"陛下,当务之急是打败李全,将他在楚州的势力彻底剿除。之后,就可以接应国安用,徐州最终将回到朝廷的手里。"

如果能收复徐州,这将是理宗登基以来的一件盛事!众人想到这美好的前景,不禁都兴奋了起来,纷纷提出各自的建议。

此时宰辅们难得的意见一致,理宗看着他们热烈地讨论,也是异常兴奋。

结束之后,理宗激动地说道:"各位爱卿,只要我们君臣一心,上下合力,就没有战胜不了的敌人。今后,你们有什么条陈、建议,尽管写条陈上奏给朕,不要有什么顾虑,只要是有利于社稷,朕全都支持你们!"说完,他再一次看着桌案上的那张字条,"不蜚(飞)则已,一蜚(飞)冲天;不鸣则已,一鸣惊人。"

宰辅们纷纷应和:"陛下英明。"

会议结束后,郑清之挽着史弥远,一起走出大殿,在殿外的角落里秘密谈话。郑清之小心翼翼地问:"史相,莫彬会逃到哪里去呢?"

"抓不抓到他,已经不那么重要了。"

郑清之很是惊讶:"为什么这么说?"

"那些不义之财,已经有了下落。"

"哦,这些钱都藏在了哪里?"

"他们将巨额财产分作了三份,一份送往他们在会稽山的老家,我已经派人去追查了;一份被王世安秘密运去了金国,具体情形还有待查清。"说到这里,史弥远停了下来,神情有些落寞。

郑清之愤恨之情溢于言表:"该死的金贼!"然后又问,"那第三份呢?"

史弥远幽幽地说道:"交给了荐福寺,主要是田产、房屋这些。"

"荐福寺?济王妃?"这实在出乎郑清之的意料,他很是怀疑这个说法的可靠性。

史弥远叹道:"当初在湖州,淳父心软了一下,现在终于有麻烦了。"

郑清之摇头说:"她一个出家人,要那么多钱干什么?"

史弥远没有回答。郑清之想了一下,突然明白了什么,不由得头上冒出了冷汗……

再说冉珽清早见过赵汝谈之后,便来到月明客栈。小二告诉他,冉璞与邓冯正在抄检贤良寺。冉珽立即明白了,冉璞他们也取得了重大进展,于是不顾旅途疲倦,冉珽立刻赶往贤良寺。

此刻冉璞正带人在寺里搜查,发现了几个密室,从里面解救了一个少女。冉璞询问她的姓名,少女说自己名叫丁卉。冉璞顿时喜出望外。原来丁卉自从被人绑架以后，就一直被囚禁在贤良寺里。丁卉向他证实，绑架她的人就是费忠。冉璞安慰丁卉说，她的父亲丁义正在追捕费忠，应该很快就会回来跟她团聚。

冉璞正陪着丁卉说话，邓冯他们过来说，又发现了一条密道。冉璞带人打着火把走了进去，众人跟着他顺着通道一直走到尽头，打开了封门，外面是一个破旧院落。

众人走出去观察，看到有一条小径通往山外。这里人烟稀少，正是个躲藏的好地方。在院落里仔细搜查一番后，并没有什么特别之处。

正要离开时，冉璞在一个不起眼的角落里发现了一把弃刀。这把刀已经破损，应该就是它被遗弃的原因。这刀看起来很是特别，刀尖很平，没有任何弧度。冉璞抽出了自己的刀，将两把刀并置互相比较，这刀的刀刃和刀背明显要薄。

冉璞点头说道："这是北刀。宋慈先生判断，他们中秋夜杀人用的就是这种刀。"

邓冯问："难道明亮那些人，当时就藏身在这里吗？"

"很有可能。"

众人又搜查了一番，没有其他的发现。正要离开时，有一个砍柴的少年经过这里。冉璞心中一动，上前拦住了少年，给了他一些铜钱之后，冉璞向他打听是什么人住在这里。少年说，这里已经很久无人居住了，但是几个月前，曾经有几个大汉住在这里。冉璞随身带有明亮和董贤等人的画像，就拿出来让他指认，少年很快就认出了明亮。

再次回到贤良寺时，众人非常意外地遇到了在此等候的冉珊。兄弟二人久别重逢，当然是分外喜悦。邓冯等人也都过来向冉珊问候，随后众人回到明月客栈，立即开宴庆祝。

令冉珊意外的是，邓冯竟然请来了临安名角谭惜惜，为众人奏曲吟唱，以助酒兴。冉珊问起缘由，原来自从上回皇帝被谭惜惜气走之后，经常有不明来历的人骚扰恐吓她。谭惜惜没法，只得向邓冯求助。

邓冯派人悄悄调查之后，发现那些人竟然是受太监董宋臣指使。谭惜惜得知后，既惊又怕。为了躲避那些心怀不轨的恶人，只好暂时栖身在明月客栈了。

冉璞顺势就将丁卉拜托给她，请她代为照料一段时间。谭惜惜拉着丁卉聊了一阵，因见丁卉聪明灵秀，倒也心里喜欢。

于是众人兴高采烈，边饮边聊，直到夜深兴尽。

次日上午，冉珙与冉璞两人一起去了赵汝谈府里。赵汝谈见他兄弟二人一起来见，很是高兴，吩咐管家端来家藏最好的贡茶，三人一道品茗细谈。

赵汝谈告诉他们："陛下昨天下旨给余天锡和江万载两个，让他们用最严厉的手段追捕莫彬。相信用不了几日，就能抓他归案了。"

冉璞说："大人，昨天我们查抄莫彬的多处宅院，那里大都是些空宅，像是早就被搬空了。他们那些不义之财，现在也是下落不明。"

赵汝谈点了点头："这是我预料之中的。史相正在派人追查这批财物的下落。"

不知为什么，冉珙忽然想起了王世安。他趁自己不在，跟国安用说过一番话后，国安用就改变主意，不把他交给自己带回临安。其中的缘故，会不会跟这批财物有关呢？冉珙就说道："王世安跟莫彬合作多年，恐怕不少钱财已经运到金国了。"

这话提醒了赵汝谈："对了，莫彬会不会已经逃往金国去了呢？"

"有很大可能。"

赵汝谈连连摇头："如果他逃到了金国，那会是一个天大的麻烦！"

冉璞问："是因为他掌握了很多朝廷机密吗？"

"远不只机密这么简单。这个人心思险恶，又在临安经营多年。莫泽是他的堂兄，他们对朝廷的人事格局、军政大事全都了如指掌。如果他出卖给金国，必将给朝廷带来巨大的威胁！"

冉珙就向赵汝谈要了大幅图本，摊在桌上仔细琢磨了一阵，说道："莫彬要是逃亡，首选一定是从海路去金国。"

赵汝谈问:"你为什么这么肯定?"

"因为他知道,现在大宋境内对他处处都有关卡,他的画像很快就会到处张贴。如果走陆路,他很难逃脱,只有走运河和海路比较安全。可现在扬州和楚州正在打仗,运河不通。因此他只有走海路了。"

"如果他已经上了船,那他会在哪里登陆呢?"

冉璞立即接话:"海州,那里可能性最大。"

"为什么?"

"因为从那里到金国去最近,最方便。"

赵汝谈频频点头,对二人说:"恐怕又要辛苦你们一趟了。本官想请你们先到扬州去,然后设法到海州、徐州那一带去查访莫彬的行踪。"

冉琎点头答应:"还请大人开给我们通关文书。"

赵汝谈接着说:"这是自然。你们此去查访莫彬,犹如大海捞针,确实不易。蹈中已经押运粮草去扬州了,各地的军队正在向那里集结。你们先去扬州帮助几位大人,打败李全。然后再看情形决定去哪里查访莫彬,怎么样?"

冉琎、冉璞欣然领命。

第二天清晨,赵汝谈亲自送二人到了城外,交给他们一辆上好的马车。

赵汝谈心细,吩咐随从将车里装满了各种食物、酒水和随用物品,又将开具的通关文牒和一包旅途盘费交给了冉琎,嘱咐道:"你们此去肩负着朝廷重任,一定要千万小心,保重自己。我在临安等着你们凯旋!"

二人向赵汝谈拱手作揖,登车挥手离去。

第九十章　李全之死（二）

随后，二人驾车急速赶往扬州。中途在平江府休息了一夜后，继续赶路。到达镇江府时，看到各地的厢军齐聚长江码头，正排队渡江赶赴扬州参战。

二人过江之时，听到了各种消息。李全军已经围攻扬州多日，攻守两方都伤亡巨大，目前两军形成了焦灼之势。冉璞对冉琎说："行军作战，一鼓作气，再而衰，三而竭。李全久攻扬州不下，他就应该尽早撤兵，否则他必将失败。"

冉琎点头笑道："李全的确败象已露。他虽然骁勇善战，麾下的骑兵也比赵范军强很多，可为将者绝对不能是个莽夫，而不知兵法。相反，赵范老谋深算，一定在策划反攻了。"

"李全败后，赵范他们必定率军追击，收复楚州。兄长打算跟着大军一道去楚州吗？"

"不，我打算尽快赶往徐州，然后到汴州去。"

冉璞奇怪地问："为什么要去汴州？"

冉琎笑着将他跟王琬有约的事情告诉了冉璞。

冉璞大喜，连声说道："这真是天降喜事，恭喜兄长！那我无论如何也要跟着去了，见一下这位未来的嫂嫂。"

于是兄弟二人赶着马车，一边赶路，一边兴高采烈地商量如何安排汴州之行。

此刻，扬州宝祐城外，李全骑着他的枣红战马立在阵前观战，自己的士兵呐喊着冲到城下,竖起云梯向上攀爬。城上的滚木礌石就像洪水泄出一般,砸向城下的士兵。士兵们一片片地倒下,又一群群被驱使上去。李全跟部下们已经杀红了眼,几天工夫就损失了两成的士卒,而扬州城依然毫发无损。

李全已经变得非常焦虑,如果不在几天内拿下城池,朝廷的援军一旦开到,到时人家内外夹击,自己还能不能回到楚州,都是很大的问题了。他心烦意乱,想起了一年前在青州被围的情形。

那时孛鲁下令,将青州附近的所有男子全部抓来,喝令每个人都拿着棍叉冲向城池,蒙古士兵在后压阵。部下们全都犹豫不决,怎么能射杀自己的同胞手足呢?只有李全,硬着心肠强令士兵放箭,刚刚射倒一批,又一批被驱赶上来。后来李全常常梦到此事,这是作了天孽呀。

孛鲁大军包围了青州城将近一年,城里的粮食越来越少,最后连草根、树皮都要挖光了,饿死的百姓遍地都是。即使这样,李全也狠着心咬牙硬撑不降。某天孛鲁突发善意,准许他们将城里的尸体搬到城外集体埋葬,否则城里早就起了瘟疫。李全明白,孛鲁当时这么做,是在打击他们的意志,让他们绝望。李全至今仍然清晰地记得,蒙古士兵在城外架起了篝火,整日整夜地炙烤牛肉、羊肉,那美妙的香味,让饥饿难耐的自己和部下们简直就要发狂了。

抵抗到了最后,终于还是降了,压倒自己的最后一根稻草,是一个消息:赵善湘、赵范他们不准楚州诸将出兵援救自己。只有李福他们带着军队来了,可是赵范、赵葵他们竟然拒绝供给军粮!现在,仇家就在对面的城里。李全咬牙切齿,发誓一定要活捉赵善湘和赵范兄弟,千刀万剐了他们。

又是一场漫长的厮杀后,天色已晚,李全阴着脸,下令收军。此刻对阵的双方,无论是主帅、将军还是士兵都已经极其疲累。

扬州城里,赵善湘跟赵汝谠正坐在中军磋商军务,赵善湘对赵汝谠说:"蹈中,幸亏你运来了大批粮草,现在我们有足够的底气守在这里,拖死这个李三。"

"这是应该的。不过清臣,有机会的话,我们还是应该出击一下,打击李全的嚣张气焰!"

"李全这厮,十分骁勇,他手下的骑兵很难对付。保险起见,我们还是守城为上。"

这时赵范和赵葵两人进来,听到这话,赵葵很不赞成,说道:"制置使大人,今天我在城上看得清楚,虽然李全仍然凶狠,但他的部下已经兵疲意阻。你们看到没有,他们退兵时已经就是一副败军的模样了。"

赵善湘问:"南仲,那你有什么打算?"

"我想今晚去劫营。"

赵范立即表示反对:"二十年来,李全一直在打仗,他怎么会不防备劫营呢?这个办法不好,太平常了。"

赵葵说道:"这些天来,我们一直坚守不出。大家也看到了他那副骄横的模样,他怎么会想到我敢夜里去劫营呢?"

赵善湘觉得有些道理,对赵范说:"武仲,要不就让他试试?"

赵范见上司也有这个意思,便不再反对。赵善湘又问赵汝谠说:"蹈中你怎么看?"

"我不懂军事,还是你们决定吧。"

于是赵葵当晚带着两千精锐士卒,悄悄地出城了。

谁料刚刚出城不远,就遇到了李全的哨骑。哨骑紧急回营报警,李全的骑兵出动极快,立即赶来跟赵葵军混战了一场。虽然两军互有死伤,但赵葵明显吃了大亏。

回城后已是子夜,赵葵气恼地进入中军行营,正要跟赵善湘讲述今晚的战斗过程,却看到赵善湘、赵汝谠和赵范三人正端坐着跟两个人谈话。他仔细一看,这两人不正是三年前真德秀的手下吗?其中一个当初还挟持过自己,赵善湘居然还给他们设了座!

原来是冉琎和冉璞到了,他们通知了三位大人关于莫彬的事情。赵汝谠见他二人同来扬州,自然极其高兴。而赵善湘与赵范听说了莫泽被捕,莫彬逃亡，两人都是非常震惊。

当赵善湘听说国安用联手金军在徐州击败了李鲁，冉琎随后就在徐州拿到了王世安的口供，不禁啧啧称奇。他走近了对冉琎上下打量，心想，此人可真是个人物，上回在金陵真应该接见他，好好交谈一次，于是称赞道："冉先生你为大宋立了一件奇功，了不起啊！"

冉琎起身拱手回答："赵大人您过奖了。离开临安之前，赵汝谈大人盼咐我兄弟二人，先到扬州全力帮助各位大人击败李全。所以我二人特来效力。"

赵葵心里不禁冷笑，此人大言不惭！

这时赵范询问赵葵刚才战况如何，赵葵就简单讲了一遍战事过程。几位大人听说李全防备很严，不禁忧心起来，一时无语。

赵葵在路上想到了一个计策，见此时无人说话，便说道："要不，我去跟他议和？"

赵范听了大为恼怒："这种时候，怎么能去议和？"

赵葵笑了："是假的。他现在不是更加骄横吗？我们主动约他议和，他会更加认为我们怕了他，他就会放松警惕，到时候我们再发动突然袭击……"

几位大人听罢都在琢磨，这个计策似乎阴损了些，但是对付李全这种小人，也是顾不得了。

赵善湘问赵汝谠："蹈中觉得怎么样？"

赵汝谠摇头："没有必胜把握。"

这时赵善湘转头，看了看坐在赵汝谠旁边的冉琎和冉璞，问道："二位先生，你们怎么看？"

冉琎回答："此计可行。"

赵善湘继续问："哦，为什么？"

"李全现在缺粮，拖得越久，对他越是不利。既然他已经攻城多日而不能得手，再打下去也是一样。更何况扬州的援兵正在源源不断地开过来。按说，他此时应该已经有了撤兵的念头。"

冉璞补充说道："我们可以派人散布消息，说国安用为了报仇，勾连金兵就要攻打楚州。"

冉珽点头："还可以说孛鲁已死，蒙古军就要北撤。李全听说后更加没有底气了，就会坚定撤兵的念头。"

赵善湘问赵范："武仲，你觉得怎么样？"

"可以。不过，南仲去邀请议和不合适，应该以我的名义去谈。"

众人都知道，在朝廷淮东大员里面，赵范向来以诚实敦厚闻名。他去邀请和谈，李全应该不会太过怀疑。

于是赵善湘当即拍板，决定依计而行。

随后两天，各种消息铺天盖地，都说国安用勾结金兵，就要攻打楚州；蒙古主帅孛鲁伤重不治，蒙古军将要撤出山东。李全顿时大惊失色，跟穆椿商议准备要退守楚州。

正在这时，小校报说，赵范派人前来约谈。

穆椿说道："他们来议和，会不会有诈？"

李全琢磨了一下："如果是赵葵来议和，一定有假。我跟赵范打过多年交道，他算是个厚道人，不会说谎。我去谈一谈看吧。"

"那将军一定要多带些人马跟着。"

李全笑道："有我的五百铁骑跟着，他们那些鼠辈，能奈我何？"

于是李全只带了五百精骑兵，跟着来人来到一个小山下面。那人指着山头上的人影说："赵范将军正在那里。"

山上隐隐约约有人，似乎正是赵范，于是李全快马加鞭，跑上山顶后，却不见赵范半点踪影。李全便问跟在后面的那人："赵范在哪里？"

那人用手一指："赵将军在那里。"

李全顺着他的手势望去，不料那人突然拔出了刀，凶猛地砍了过来。

仓促之间，李全来不及闪躲，被他砍中了臂膀。左右看到，大惊失色，一齐涌上来，将这人乱刀剁死。部将都说："将军快走，这里一定有埋伏！"

李全稍微裹了一下伤口，正要撤走的时候，突然响起了几声号炮，四下里杀声大作。赵葵领兵团团围住了山头。李全的部下见形势不妙，纵马奋力地冲击赵葵军阵。几番拼死厮杀，终于将包围圈撕开一条缺口，李全带着剩余的骑兵从这个缺口逃走了。

他们一路飞奔逃到了一个叫新塘的地方。

然而这里却是一片沼泽泥地，经不住重骑兵的马蹄践踏，这些马顿时陷入深达数尺的泥淖当中，李全一时无法脱身。

就在此刻，赵葵的部将赵胜恰好赶到。他下令所有士卒全都瞄准李全放箭。李全顿时中箭无数，连同五百骑兵无一生还。

赵善湘、赵范接到喜报后，大喜过望，立即下令对李全军发起总攻。群龙无首之下，李全军四散奔逃。只有穆椿带着小股人马杀出重围，向楚州逃去……

随后令赵善湘和赵汝谈他们意外的是，从山东传来了消息，两天前孛鲁伤重不治。原来孛鲁兵败，回到济州后惊怒交加，突然箭疮迸发，抢救不及而死。

孛鲁已死的消息传到汴州，金主完颜守绪欣喜若狂，他下令武仙立即率军挺进河北；为保卫重镇宁州，命令移剌蒲阿的大军向北开拔，完颜彝，即完颜陈和尚担任先锋领军前出，驻守甘肃大昌原。

一时间，蒙、金对峙的东西两线同时紧张了起来。

完颜陈和尚出生在弓马娴熟的戎武之家，自幼习学武艺，年轻时就勇力超人，性情机警，见识过人。金主对他寄予了厚望，称赞他是女真人的"未来之光"。

这天清晨，陈和尚率领一千忠孝军精锐到达了大昌原。这支前锋队伍由回鹘、西夏、汉、羌等各族士兵混合组成，他们作战多年，战力是金军之最。陈和尚出征之前，特意沐浴更衣，礼拜已毕，身披重甲上马，率领这一千骑兵直闯蒙古军营。

陈和尚身先士卒，挥刀冲在了最前面。部下将士也都全无惧色，高声呼喝着猛冲了过去。蒙古军猝不及防，乱斗中几名千户先后被杀。蒙古军前军失去了指挥，被陈和尚冲击得溃不成军。溃军后逃时又冲乱了后军，蒙古全军顿时乱作一团。陈和尚见状，带着手下趁势继续猛打猛冲，竟然以一千铁骑击溃了上万蒙古骑兵。蒙军被迫从庆阳全线败退。

这是金国与蒙古二十年以来，骑兵对决的首次大胜。完颜守绪得知大昌原胜利的消息，激动得泪流满面，率领群臣去了宗庙，重礼祭拜太祖完颜阿骨打。在先皇们的牌位前，金国君臣宣誓定要一雪前耻，与蒙古军血拼到底……

然而，蒙古军政最高的两位决策人，窝阔台与拖雷却一直按兵不动。他们在等待库里勒台的召开，选出名正言顺的新任蒙古大汗。现在王位空缺，窝阔台虽然被成吉思汗指定为汗位继承人，但在库里勒台召开之前，只能由拖雷监摄国政。

这天，拖雷接到了急报，先是心腹字鲁伤重已死，紧接着又传来了大昌原蒙军主力惨败的消息。性情暴烈的拖雷猛地将拳头砸在桌案上，心里腾腾地燃烧着愤怒的火焰。

于是拖雷下令全军，立即集合，要以举国之力攻打金国……